越境する想像力

日本近代文学とアイルランド

鈴木暁世

目次

越境する想像力　日本近代文学とアイルランド

凡例　vii

序章 …… 1

1．研究動機及び問題意識

2．研究史と本書の目的

3．本書の構成

第一章　重ね合わされる「愛蘭」と「日本」 …… 21

第一節　「一番日本に似て居る国」、愛蘭土

第二節　坪内逍遥「北日本と新文学」

第三節　島村抱月「朝鮮だより」

第四節　菊池寛「朝鮮文学の希望」

第五節　丸山薫「あいるらんどのやうな田舎へゆかう」

第六節　「アイルランド文学」とは何を指すのか

第二章　明治期におけるアイルランド文学受容
——雑誌記事の調査を中心として—— ……… 65
第一節　先行研究と問題の所在
第二節　政治的文脈のもとでの受容　——明治一〇年代から明治二〇年代前半——
第三節　『太陽』におけるアイルランド受容言説の特徴
第四節　ハーン、上田敏、厨川白村による紹介　——明治二〇年後半から明治三〇年代——
第五節　『明星』における野口米次郎、小山内薫の紹介
——明治三〇年代後半から明治四〇年——
第六節　グレゴリー夫人、シングの紹介
——明治四〇年における平田禿木と小山内薫の仕事——
第七節　「想像の力に富む」民としての「ケルト」像　——明治四一年から明治四五年——
第三章　芥川龍之介「シング紹介」論
——「愛蘭土文学研究会」との関わりについて—— ……… 111
第一節　「シング紹介」の位置付けと重要性
第二節　先行研究の問題点と執筆への疑い

第三節　旧蔵書所蔵 *John Millington Synge and the Irish Theatre* との比較
第四節　『新思潮』における「愛蘭文学号」特集
——「愛蘭士文学研究会」の結成とその特色——
第五節　複数のシング像　——雑誌による言説の差異と芥川龍之介の独自性——
第六節　芥川龍之介におけるシング受容の根拠　——「放浪者」への着目——

第四章　「放浪者」の誕生
——芥川龍之介「弘法大師御利生記」におけるシング『聖者の泉』の影響——……143
第一節　「弘法大師御利生記」の成立背景
第二節　アイルランド文学受容の中心としての『新思潮』
第三節　「弘法大師御利生記」とシング『聖者の泉』の比較
第四節　「弘法大師御利生記」の独自性と「放浪者」の造型
第五節　シング『聖者の泉』流行の背景　——「壺坂霊験記」と坪内逍遥「霊験」——
第六節　見えないものを信じる　——「貉」におけるモチーフの展開——

第五章　芥川龍之介とジェイムズ・ジョイス
――『若い芸術家の肖像』翻訳と「歯車」のあいだ――……169
第一節　芥川龍之介におけるアイルランドへの関心
第二節　『若い芸術家の肖像』翻訳草稿「ディイダラス」
第三節　『若い芸術家の肖像』における幼年期の文体の特徴
第四節　置換／翻訳　――「歯車」の文体――
第五節　「感じ易い耳」を持つ「僕」
第六章　J・M・シングを読む菊池寛／菊池寛を読むW・B・イェイツ
――日本文学とアイルランド文学の相互交渉――……205
第一節　菊池寛におけるアイルランド文学受容
第二節　ダブリン演劇界における菊池寛受容
第三節　イェイツによる菊池寛「屋上の狂人」評価
第四節　菊池寛「屋上の狂人」とシング『聖者の泉』
第五節　権力への抵抗／肯定

第七章　幻想と戦争
——西條八十・その創作の転換期——……235
第一節　『聖盃』（『假面』）におけるアイルランド文学
第二節　訳詩集『白孔雀』におけるアイルランドの詩の翻訳　——『砂金』との関係——
第三節　イェイツからシングへの関心の変化
第四節　アイルランド文学の研究からチェコの詩の翻訳へ
第五節　アイルランド、チェコ文学への関心と歌謡・時局詩
第八章　伊藤整『若い詩人の肖像』におけるアイルランド文学
——北海道・アイルランド・内地——……263
第一節　北海道・アイルランド・内地
第二節　「普通人の型」への違和　——「訛り」と「詩の言語表現」——
第三節　小樽高等商業学校の教育　——アイルランド文学との関わり——
第四節　訛りの問題の表面化
第五節　「内地」への旅の持つ意味
第六節　文芸復興からジョイスへ

結語……299
あとがき 317
注 323
書誌 363
資料 日本近代文学におけるアイルランド文学受容年表 382
索引 *1*

凡例

・本書で取り扱う作品の本文引用にあたっては、漢字の旧字体は適宜新字体に改め、一部ルビを省略した。ただし、詩及び訳詩に関しては出来る限り原文通りに引用した。
・紹介文や評論等は、初出誌におけるコンテクストを考察している論の都合上、出来る限り初出雑誌に拠った。その場合、誤字や脱字も初出誌のまま引用した。
・本書では引用文中におけるアイルランドの国名、作家名、作品名の表記について、日本において、どのように表記が統一されていったのかという問題についても考察の対象とした都合上、全て原文の通りに引用した（例えば W. B. Yeats はイツ、イエツ、エエツ、J. M. Synge はシンヂ、シンジ等と記されているが、敢えて統一していない）。
・本書で取り扱う作品の、本文引用中における下線及び省略（中略、後略）は、特にことわりがない限り、すべて筆者による（脚注も同様である）。欧文の省略は（……）を用いた。
・本書で取り扱う作品の書名、雑誌名、新聞名、論文集は、『 』（二重鉤括弧）で囲んで記した。単行本中の作品名、詩篇、論文名は「 」（一重鉤括弧）で記した。また、欧文の書名、戯曲名、新聞名、雑誌名はイタリックで示し、欧文による論文名、詩篇名は " " で囲んだ。
・作品名の直後に丸括弧で囲んで記した数字は刊行年（外国書籍の場合は原書刊行年）をあらわす。戯曲の場合は原則的には初演年を示す（ただし、刊行された戯曲を単行本によって受容したことが問題となっている場合は、本文中に示した）。

序章

1. 研究動機及び問題意識

日本の近代、すさまじいスピードで近代化を推し進めると同時に、日本とは何かが問われていた時代、文学者たちが熱いまなざしを注ぐ対象は、「西洋」と呼ばれる国々、すなわち西の方角に位置していた。アイルランドは、その西洋のなかでもさらに西に位置する。明治期から昭和期にかけて、そのような西の果てのアイルランドの文学が、「極東」(Far East)と言われた東の果ての日本で注目を集めた。特に大正期には「流行」と言っていいほどのアイルランド文学熱が巻き起こっていたのである。

アイルランドは、イギリスの西に浮かぶ緑豊かな美しい島である。かつて中世には、「聖人と学者の島」と呼ばれたこの島は、現在は「詩の故郷」や「詩人と劇作家の島」と呼ばれる。(1) アイルランドが生んだノーベル文学賞の受賞者は、イェイツ、ショー、ベケット、ヒーニーを数える。そこにワイルド、ジョイスらを加えると、錚々たる顔ぶれである。それは、アイルランドが数多くの移民を世界へと送り出してきたことと無関係ではない。隣国イギリスの支配によって疲弊していた一九世紀後半、数多くの人々が新天地を求めてアイルランドより外へと流出していった。それは、文学の世界においても同様で、一八世紀アイリッシュの文学者というとジョナサン・スウィフト、ローレンス・スターン、オリヴァー・ゴールドスミス、リチャード・ブレンズリー・シェリダン、エドマンド・バークなどの名前が挙がるが彼らは皆ロンドンへと渡り、二つの島の間を行き来した。さらに、オスカー・ワイルド、ルイス・マクニース、セシル・デイ・ルイス、ジョージ・バーナード・ショーも、ジェイムズ・ジョイスも、サミュエル・ベケットも、ラフカディオ・ハーンも、アイルランドを出て、海外で活躍することとなった。彼らは、言わばアイルランドの外で書き、そのことでアイルランドを見つめた文学者たちである。

しかし、一九世紀末から二〇世紀にかけて、アイルランド独自の文学・芸術を見出していこうという意志を持ち、アイルランドを創作の拠点とし、アイリッシュであるということを文学的アイデンティティとして文学活動を行った一群の作家たちがいる。ウィリアム・バトラー・イェイツ（William Butler Yeats, 1865–1939）、ジョン・ミリントン・シング（John Millington Synge, 1871–1909）、グレゴリー夫人（Lady Isabella Augusta Gregory, 1852–1932）、A. E.（George William Russel, Æ, 1867–1935）、ジョージ・ムーア（George Augustas Moore, 1852–1933）、ロード・ダンセイニ（Lord Dunsany, 1878–1957）、ショーン・オケーシー（Sean O'Casey, 1880–1964）らである。彼らはアイルランドの民話、民謡、昔話、神話を取材し、伝統を探り、民衆の風俗や地方の風土を自分たちの作品の中に取り入れたことによって、かえって世界的な影響力を持った。

そして、その影響は、日本にも及んだ。たとえば、芥川龍之介（一八九二－一九二七）は、一九二一年の「點心」において、「以前文壇の一角に、愛蘭土文学が持て囃された[2]」と書き、芥川と同じく『新思潮』同人であった菊池寛（一八八八－一九四八）は、一九一二年頃を回想して「愛蘭文学の研究は、寧ろ当時の文壇に於ける一般的風潮となりかけてゐたものではあつたが、それにしてもその主流をなしてゐたものは、イエーツ、若しくはグレゴリー夫人であつた。その間に在つてシングを説き、イエーツに優るの卓見を示した人は上田敏博士である。自分はその異説に依つて始めてシングの巻を繙いたのであつた[3]」と述べている。芥川と同じ年で早稲田大学文学部英文科にいた西條八十（一八九二－一九七〇）は、「当時（筆者注　一九一五～六年頃）私は熱心な愛蘭土文学研究者であつた[4]」と回想している。芥川龍之介は、西條八十の自宅で開催された「愛蘭土文学研究会」で、日夏耿之介や山宮允らとアイルランド文学について語り合い、イェイツやシングといったアイルランドの作家たちを翻訳・紹介していた。少し時代は下るが、伊藤整（一九〇五－一九六九）の小説『若い詩人の肖像』（新潮社、一九五六）は、北海道生まれの「私」が、幼年期から青年期を経て詩人となり、東京へと旅立つまでの精神的な軌跡を描いた作品である。作品は、一九二二年頃の小樽高等商業学校を描き出しているが、主人公の「私」は、「購買組合で買ったシングのアイルランド劇のテキストを机の上に置いて、壇の上の教授を見上げ」、「イエーツの「葦間の風」を愛して、その前から多くの詩や訳詩を書き写していたのと同じ仕方で、それをノートに書き写」すことによって、詩人としての自分自身の表現を獲得していく。

このように、明治中期から昭和初期にかけて、「愛蘭」あるいは「愛蘭土」の文学が、独自の魅力を持つ新しい文学として、主に若い文学者や研究者たちによって「持て囃され」、イエイツ、グレゴリー夫人、シングらの作品が「愛蘭文芸復興」の代表として同時代的に翻訳・紹介されていったのである。特に大正期からは、明治初期からの西洋化への見直しと日本独自の文学の発見と伸長が試みられた時期でもあった。エドワード・サイード（Edward W. Said, 1935–2003）は、イエイツを論じた「イエイツと脱植民地化」という論考において、イエイツには「反帝国主義の抵抗運動のさなか、対岸の強国による圧政下で呻吟する人びとの経験と願望と復興のヴィジョンを明晰に語りえた、まぎれもなく偉大な民族詩人」の一面があると主張し(5)、「イエイツが詩人として属しているのは、ふつう彼のものとは考えられていない伝統、ヨーロッパ帝国主義に蹂躙された植民地世界の伝統」であると論じている。サイードは、イエイツが文学活動を展開した一九世紀後半から二〇世紀前半にかけての「アイルランドが一連の非ヨーロッパ地域と共有していた特徴とは、宗主国に対する文化的依存と敵対関係との同居状態であった」とし、イエイツは当然のように「植民地というアイルランドの特異な地位に規定された文化領域」に属している詩人として解釈されるべきであると主張している。サイードは、イエイツの文学的活動を「脱植民地化」（Decolonization）という言葉を用いて語っており、「イエイツは完璧な戦時的解放を夢想する一歩手前にとどまっていた」が、それにも関わらず「文化的脱植民地化における国際的な偉業のひとつを、わたしたちに手渡してくれたのである」と評価し(6)、ラビンドラナート・タゴール（Rabīndranāth Thākur, 1861–1941）、レオポール・セダール・サンゴール（Léopold Sédar Senghor, 1906–2001、エメ・セゼール（Aimé Césaire, 1913–2008）、パブロ・ネルーダ（Pablo Neruda, 1904–1973）らと共に「脱植民地化の詩人たちや文人たち」と捉えている。「愛蘭文芸復興」は、強大なイギリスの影響力による抑圧状態から脱してアイルランド独自の文学とは何かを問う試みとして、ほぼリアルタイムの大正初期の日本の作家や研究者たちにとってはある種のモデルとして参照された。明治期の日本は、富国強兵の手本としてイギリスをはじめとする西洋列強の文化・政治・経済・軍事・産業を輸入していた。しかし、近代日本で創作・表現活動を展開した作家・研究者は、西洋文学の影響力を自覚しつつ、それらを翻訳・紹介して自らの芸術の糧としながら、一方で西洋文学の影響力に抗い、自らが目指す独自の文学を模索した。明治初期からの急速な西洋文化・文学の輸入や移入に伴う西洋の影響力への反動あるいは抗いによって、明治後期から昭和初期にかけての「愛蘭文芸復興」運動への関心が高まり流行現象が起こったと言えるのである。強大な文化的影響力を持つ存在との緊張感のある関係の中で、取り入れるべきところは取り入れつつも、独自の文学・芸術・文化のあり様を模索するという姿勢において、しばしばアイルランド文芸復興運動は、追随するべきモデルとして日本において注目され、アイルランドが日本に「似て居る」という主張もまた繰り返されることとなる。

特にイェイツに関して、日本の詩人や評論家、研究者との文通や会見を通した文学的な交流は特筆すべき点である。明治三七年に詩人の野口米次郎はイェイツとの会見記を記し[7]、日英米の詩人の作品を日本語と英語とを並列させる画期的な構成で収録した詩集『あやめ草』には、イェイツも詩を寄稿している[8]。芥川龍之介の旧友である山宮允は、芥川と共に「愛蘭文学」を「熱意を捧げて耽読」[9]し、大正初期にイェイツの詩や評論を精力的に翻訳し、『新思潮』『帝国文学』『未來』『アララギ』などの雑誌に発表した。彼は、大正四年に翻訳書としてイェイツ『善悪の観念』(東雲堂書店、一九一五)を出版し、昭和二年八月三日にはダブリンにてイェイツとÆとの面会を果している[10]。同年には矢野峰人もまた、佐藤醇造の紹介によってイェイツに面会し、イェイツが菊池寛の「屋上の狂人」を高く評価していることを知る[11]。大正期の菊池寛が、「愛蘭文芸復興」運動を手本として「大阪芸術復興」「京都芸術復興」を唱え、彼の戯曲「屋上の狂人」(『新思潮』一九一六・五)もまたシングの『聖者の泉』の影響を受けていることをかんがみると、日本近代文学がアイルランドへと逆輸入された現象であると言えよう。イェイツが亡くなる前の

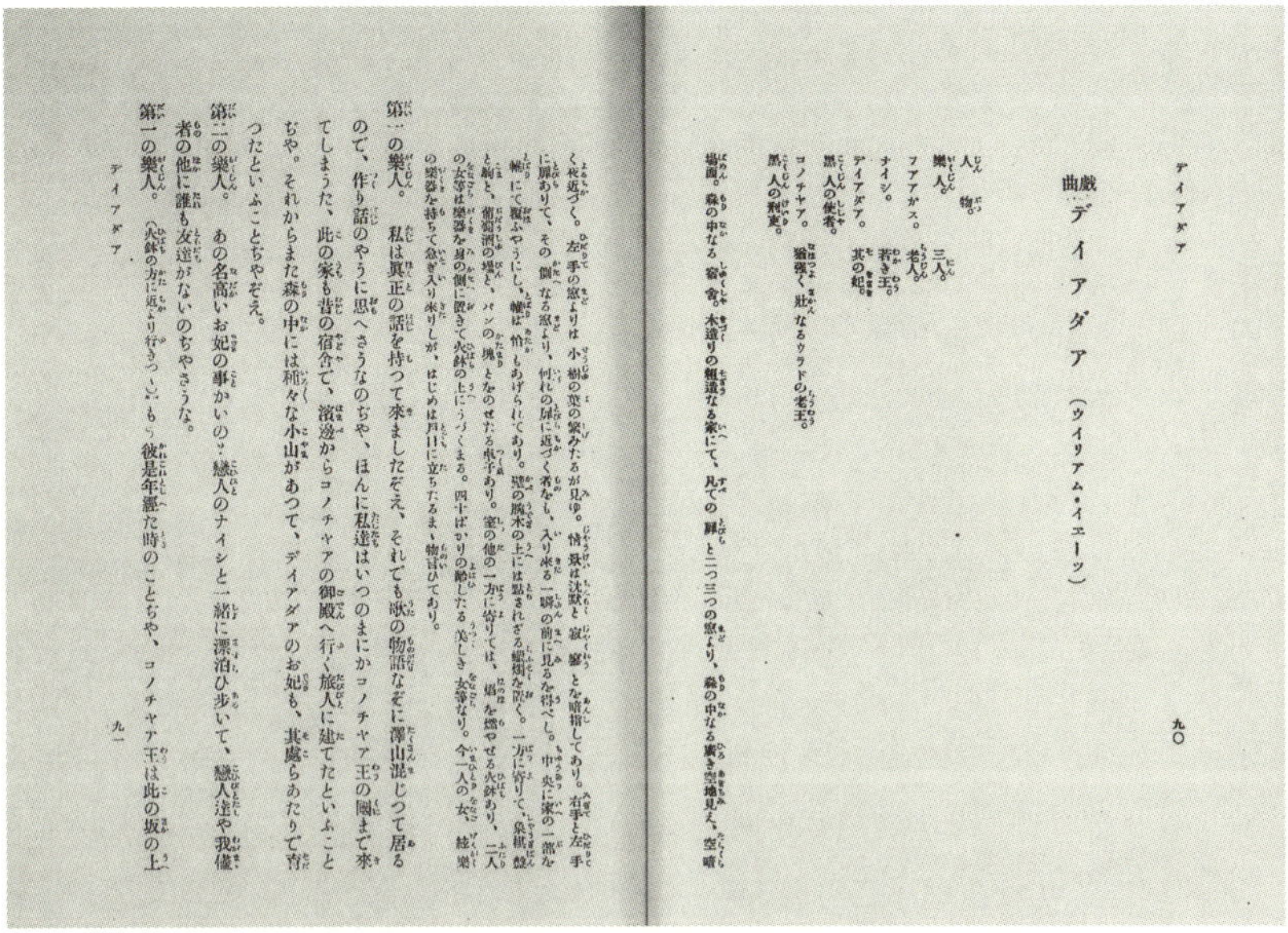
ディアダア　九〇

戯曲デイアダア（ウイリアム・イエーツ）

人物《じんぶつ》。

樂人《がくじん》。三人《にん》。

フアアガス。老人《らうじん》。

ナイシ。若《わか》き王《わう》。

デイアダア。其《そ》の妃《きさき》。

黑人《こくじん》の使者《ししや》。

コノチヤア。猶強《なほつよ》く壯《さかん》なるウラドの老王《らうわう》。

黑人《こくじん》の刑吏《けいり》。

場面《ばめん》。森《もり》の中《なか》なる宿舍《しゆくしや》。木造《きづく》りの粗造《そざう》なる家《いへ》にて、凡《すべ》ての扉《とびら》と二つ三つの窓《まど》より、森《もり》の中《なか》なる廣《ひろ》き空地《あきち》見え、空暗《そらくら》く夜近《よるちか》づく。左手《ひだりて》の窓《まど》よりは小樹《せうじゆ》の葉《は》の繁《しげ》みたるが見《み》ゆ。情景《じやうけい》は沈默《ちんもく》と寂寥《せきれう》とを暗指《あんし》してあり。右手《みぎて》と左手《ひだりて》に扉《とびら》ありて、その側《かたへ》なる窓《まど》より、何《いづ》れの扉《とびら》に近《ちか》づく者《もの》も、入《い》り來《きた》る一瞬《しゆん》の前《まへ》に見《み》るを得《う》べし。中央《ちゆうあう》に家《いへ》の一部《ぶ》を帷《とばり》にて覆《おほ》ふやうにし、帷《とばり》は恰《あたか》もあげられてあり。壁《かべ》の腕木《うでぎ》の上《うへ》には點《とも》されざる蠟燭《らふそく》を置《お》く。一方《ぱう》に寄《よ》りて、象棋盤《しやうぎばん》と駒《こま》と、葡萄酒《ぶだうしゆ》の壜《びん》と、パンの塊《かたまり》とをのせたる卓子《つくゑ》あり。室《しつ》の他《た》の一方《ぱう》に寄《よ》りては、焔《ほのほ》を燃《も》やせる火鉢《ひばち》あり、二人《ふたり》の女等《をなごら》は樂器《がくき》を身《み》の側《かたへ》に置《お》きて火鉢《ひばち》の上《うへ》にうづくまる。四十ばかりの齡《よはひ》したる美《うつく》しき女等《をなごら》なり。今一人《いまひとり》の女《をなご》、絃樂《げんがく》の樂器《がくき》を持《も》ちて急《いそ》ぎ入《い》り來《きた》りしが、はじめは戸口《とぐち》に立《た》ちたるまゝ物言《ものい》ひてあり。

第一《だいいち》の樂人《がくじん》。私《わたし》は眞正《ほんと》の話《はなし》を持《も》つて來《き》ましたぞえ、それでも歌《うた》の物語《ものがたり》なぞに澤山《たくさん》混《ま》じつて居《ゐ》るので、作《つく》り話《ばなし》のやうに思《おも》へさうなのぢや、ほんに私達《わたしたち》はいつのまにかコノチヤア王《わう》の國《くに》まで來《き》てしまうた、此《こ》の家《うち》も昔《むかし》の宿舍《やどや》で、濱邊《はまべ》からコノチヤアの御殿《ごてん》へ行《ゆ》く旅人《たびびと》に建《た》てたといふことぢや。それからまた森《もり》の中《なか》には種々《いろいろ》な小山《こやま》があつて、デイアダアのお妃《きさき》も、其處《そこ》らあたりで育《そだ》つたといふことぢやぞえ。

第二《だいに》の樂人《がくじん》。あの名高《なだか》いお妃《きさき》の事《こと》かいの？戀人《こいびと》のナイシと一緒《しよ》に漂泊《さすら》ひ歩《ある》いて、戀人達《こいびとたち》や我儘《わがまゝ》者《もの》の他《ほか》に誰《だれ》も友達《ともだち》がないのぢやさうな。

第一《だいいち》の樂人《がくじん》。（火鉢《ひばち》の方《かた》に近《ちか》より行《ゆ》きつゝ）もう彼是年經《かれこれとしへ》た時《とき》のことぢや、コノチヤア王《わう》は此《こ》の坂《さか》の上《うへ》

ディアダア　九一

図1　萱野二十一（郡虎彦）訳、イェイツ「戯曲デイアダア」（『三田文学』1913. 1）

年の一九三八年には尾島庄太郎がダブリンで面会してインタヴューを行い、日本の能や菊池寛の戯曲などへのイェイツの興味が続いていることを書き残している。[12] イェイツやÆ、グレゴリー夫人らアイルランドの文学者と面会した日本の詩人や研究者は、インタヴューなどの交流によって得た知見を、翻訳や研究へとフィードバックした。

彼らが記したイェイツとの会見録からは、イェイツ自身が、日本の能やアーサー・ウェイリー（Arthur Waley, 1889–1966）の訳した『源氏物語』（*The Tales of Genji*, 1921–1933）、日本の最新の演劇や文学事情について熱心に質問している様子がうかがえる。[13] 一九一六年、詩人エズラ・パウンド（Ezra Pound, 1885–1972）は、東洋美術研究家であるアーネスト・フェノロサ（Ernest Fenollosa, 1853–1908）の遺稿をもとに、フェノロサ＝パウンド『能　日本古典演劇の研究』（*'Noh' or Accomplishment, a Study of the Classical Stage of Japan*）をロンドンで出版する。パウンドが能へと接近する過程で、イェイツもまたパウンドや野口米次郎を通して能を知り、日本

の芸術へと興味を深めていく。一九一五年一〇月末には、舞踏家伊藤道郎（一八九三―一九六一）が舞い、作家・戯曲家の郡虎彦（萱野二十一、一八九〇―一九二四）と画家の久米民十郎（一八九三―一九二三）が謡を担当して、パウンドとイェイツの前で能を披露した。(14)『白樺』創刊同人である郡虎彦はイェイツがシング『聖者の泉』に寄せた序文「近代の戯曲に」（『時事新報』一九一二年一二月）(15)を抄訳し、翻訳「戯曲デイアダア」（『三田文学』一九一三・一）を執筆するなど、渡欧以前からイェイツの作品と評論の双方に関心が深かった。それゆえ、イェイツと郡虎彦は芸術を通して相互に影響を与えあったと言えるだろう。能と伊藤の舞踏とに心動かされたイェイツは、能の影響を受けた「鷹の井戸」（*At the Hawk's Well*）を書き上げ、伊藤道郎を鷹役に配して一九一六年四月にロンドンで初演した。イェイツと日本の関わりを見ると一九二〇年の一月から五月にかけてのアメリカ講演旅行中に、ポートランドで面会した矢野峰人の郷友佐藤醇造から日本刀を贈られ、詩に書いている。(16)翌一九二一年には日本の能に影響を受けた作品を集めた『踊り手のための四つの戯曲』（*Four Plays for Dancers*）を刊行する。さらに、ロンドンからアイルランドに戻ったイェイツは、レノックス・ロビンソンらと共にダブリンのアベイ座を舞台に外国のすぐれた演劇を上演する研究会ダブリン・ドラマ・リーグを結成し、日本の優れた現代演劇をアイルランドの人々に上演し、紹介したいと望むようになる。その結果、一九二六年にはアベイ座におけるイェイツらのダブリン・ドラマ・リーグ定期公演において、同時代の日本演劇である菊池寛「屋上の狂人」（*The Housetop Madman*）が上演された。

これらの日本近代文学とアイルランド文学の相互交渉が生まれた背景には、人、モノの交流が可能となり、メディアが発達したことによって日本の小説家・戯曲家・詩人・歌人・研究者らが同時代の世界文学をリアルタイムで受容できるようになり、同時代の「愛蘭文芸復興」に興味を抱いていたと同様に、イェイツらアイルランド側の芸術家もまた日本の文学や芸術、特に能に深い関心を持っていたことが挙げられる。実現はしなかったものの、野口米次郎や矢野峰人、一九一九年に来日して慶應義塾大学で教鞭を執っていたアイルランドの詩人ジェームズ・カズンズ（James Cousins, 1873-1956）らは、イェイツを日本へと招聘しようとしていた[17]。このように日本とアイルランドの文学者や研究者が直接に行き来し、交流しあったことも興味深いが、むしろ、芥川龍之介や菊池寛、松村みね子、西條八十、伊藤整といった大正期・昭和期に活躍していく文学者たちが、まだ見ぬ遥か彼方の「愛蘭」の作家イェイツ、グレゴリー夫人、シングらの「愛蘭文芸復興」の作品に「没頭」し、手探りで紹介・翻訳し、自らの創作の糧としていった想像力の熱い奔流と交感、その理由を問いたい。日本とアイルランドという遠く離れた国の間で、文学者たちがお互いの作品を読み合っていた、その越境する想像力の源泉を問うことが、重要であると考えられるのである。文学を通して考えると、距離的には遠く離れたアイルランドと日本の間には、様々な交流が見られる。遠く離れた国で生まれた詩や小説、戯曲へと魅力を感じ、翻訳し、紹介した彼等若い文学者たちは、後に自分自身の固有の文学を魅力的な小説、詩、翻訳、エッセイとして残すことになる。

2. 研究史と本書の目的

彼らが読んでいた「愛蘭土文学」「愛蘭文学」とは何か。なぜ、アイルランド文学が、その当時の日本において「持て囃され」、「一般的風潮」となりかけていたのか。日本での受容は、当時イギリスの植民地であったアイルランドの自治・独立運動及びアイルランド文芸復興運動期の文学が中心となった。本書は、大正期の日本においてアイルランド文芸復興期の文学・戯曲が、盛んに翻訳・紹介されたことに着目し、日本近代文学におけるイェイツ、シングら、アイルランド文芸復興運動期に活躍した作家達の日本における受容と相互影響について、文学史的事実を掘り起こし、その文学的意義を検討するものである。

一九世紀から二〇世紀にかけてのアイルランド文学には、文芸復興運動と自治・独立運動という二つの側面が存在しているため、近代日本において受容される際に、一方では日本における「幻想文学」の展開を促し、他方では「政治」と結びついて受容されたが、その二つの要素はお互いに連関しつつ展開していった。一方では、アイルランド文学の持つ幻想的な側面や「精霊」に魅力を感じ、イェイツやシングを翻訳・紹介しながら、自らの小説にも「目に見えないもの」を生かしていった芥川龍之介、「幻想」の持つ力をアイルランドの詩を翻訳することで見出していった西條八十がいる。その一方で、郷土芸術という側面や地方を舞台とする作品に着目した菊池寛や、アイルランドとイギリスの関係性と重ね合わせるように北海道と内地の関係を考え、周縁性や方言、アイヌといった自らの文学的テーマを見出していった伊藤整がいる。さらに、西條八十、菊池寛、伊藤整は、昭和期の戦時体制下において、アイルランド文学にどのような意義を見出すのかといった姿勢が、幻想文学的側面から政治的な側面へと傾斜していく。

まず、日本におけるアイルランド文学の受容に関する先行研究を整理しておきたい。市川勇は、明治期の『太陽』におけるイェイツ紹介記事を、具体的に調査し、整理した(18)。河野賢司は、『周縁からの挑発　現代アイルランド文学論考』第三章「日本作家とアイルランド」において、菊池寛によるイェイツ、シング、グレゴリー夫人、ショー（George Bernard Shaw, 1856–1950）への言及を、菊池自身の評論や回想などから詳細に整理し、分析している(19)。前波清一は『アイルランド演劇　現代と世界と日本と』の「III　アイルランド演劇と日本の新劇」において、シング「聖者の泉」（*The Well of the Saints*, 1905）と坪内逍遥（一八五九－一九三五）によるその翻案劇「霊験」（帝国劇場初演、一九一四）、及びロビンソン（Lennox Robinson, 1886–1958）「収穫」（*Harvest*, 1910）と松居松葉（松居松翁、一八七〇－一九三三）「茶を作る家」（帝国劇場初演、一九一三）、シング「海へ騎りゆく者たち」（*Riders to the Sea*, 1904）と菊池寛「海の勇者」（『新思潮』一九一六）を比較し、久米正雄（一八九一－一九五二）「地蔵経由来」にダンセイニ「山の神々」（*The Gods of the Mountain*, 1911）、シング「聖者の泉」、「西の国のプレイボーイ」（*The Playboy of the Western World*, 1907）が影響を及ぼしていると主張した(20)。

鶴岡真弓は、大正期の日本において松村みね子や菊池寛らによってアイルランド文学が翻訳され、読者が「ムーヴメント」のように読んだことについて、「大正の日本における「アイルランド文学」や「アイルランド人」に対する称賛は文学のなかで実際に生まれ、当時の世界史の構図とむしろ直結していたことは確かである。それは大正時代の時局的要件、「日本」という後発の帝国主義の国家が、「支配国たる英国」に自分をなぞらえ、英国の視点を自己のものとして「オリエンタリズム」に接近し、「周縁」や「被支配国」の「古さ」を称揚し同時に差別化した」と位置づけている。彼女は大正期日本におけるアイルランド文学の紹介・翻訳の「ムーヴメント」を、「個人の問題」ではなく、「明治末に朝鮮を併合してから太平洋戦争敗戦までの日本の文人たちが、そうした立場に立たされざるをえなかった「大日本帝国」が在ったという問題」として捉えるべきであると主張した。[21] 朝鮮におけるアイルランド劇のブームと日本のそれとの関係について、金牡蘭は、朝鮮において「アイルランド劇を中心的に取り上げた演劇団体は、日本留学という経験を共有する者達によって構成されて」おり、「朝鮮におけるアイルランド劇のブームに、当時の日本英文学教育の状況が絡んでいる」と指摘し、金祐鎮（早稲田大学英文科）、朴勝喜（明治大学英文科）、催延宇（東京帝国大学英文科）らの活動を例に検討している。[22] 佐野正人は、『愛蘭文学研究』（研究社、一九二二）の著者佐藤清が京城帝大英文科に赴任していたことに着目し、植民地期の朝鮮における「白石、柳到真、金祐鎮らのアイルランド文学の再発見は、東アジアの知的、学問的ネットワークの中でなされて」おり、「佐藤清のアイルランド文学への関心も、ある意味でそのような白石、柳到真、金祐鎮らのアイルランド文学への関心と、同時代的で相互に規定し、媒介し合うものとして存在していたと見ることができる」と論じている。[23] これらの先行研究は、二〇世紀初頭からの東アジア諸地域におけるアイルランド文学への関心が、各時代における各国の具体的な政治的状況に規定されていることを示していて、重要である。鶴岡の指摘するように、日本におけるアイルランド文学の受容の問題を考察する場合、日本の時代背景、特に植民地政策と切り離して考えることはできない。日本へと留学してきた朝鮮や中国の留学生の役割を視野に入れた「近代文学」をめぐる東アジアの文学的な相互交渉を考察していくことが必須である。朝鮮においては、日本語と「朝鮮語」の「二重言語創作」の状況に揉まれながらも独自の文学・表現が追求されていった一九二〇年代から一九三〇年代にかけて、アイルランド文芸復興運動の作家イェイツやシングが参照された。一九三〇年代の東アジアにおける地域間の文学・文化の「翻訳」が活発になった時代の事例については波潟剛が、一九三〇年代の朝鮮におけるモダニズム文学の書き手李孝石や趙容萬らが「京城帝国大学に在籍し、そこで日本語・「朝鮮語」双方の文芸誌に執筆し、やはり二重言語創作を行っていた点はあらためて考慮されてよい」と主張し、京城帝国大学で佐藤清に学び、卒業論文として「ジョン・ミリントン・シングの劇研究」を提出した李孝石が、「予科時代から日本語で創作を行い、後のモダニズムの展開を感じさせる文章を残している」ことに着目している。[24] イェイツが活動していた一九世紀後半から二〇世紀前半にかけて、サイードの言う「宗主国への文化的依存と敵対関係との同居状態」[25]にあったアイルランドにおいて、イェイツやグレゴリー夫人、シングらアイルランド文芸復興運動の作家たちは、支配者である対岸の隣国イギリスの国語・英語で書く詩人・劇作家の位置に自身が置かれるという複雑な言語状況と否応なく深く向き合っていった。彼らアイルランド文芸復興運動にかかわった作家は、イギリスからの影響力を自覚しつつも、そこから脱しようとアイルランドの口承文学、民話、神話を発掘し、ゲール語やアイルランドの方言を自作に取り入れていく。日本語と「朝鮮語」の「二重言語創作」を実践せざるを得なかった植民地朝鮮の作家達にとって彼らアングロ＝アイリッシュ文学の担い手の作品は、日本において日本語で創作した作家達とは、また別の意味をもって立ち現われたはずである。[26] 当然、日本において日本語で創作する作家にとっても、日本や日本語の持つ意味も、アイルランド文学が持つ意味も個々の作家それぞれにとって異なってくるだろう。

これらの問題は、個々の作家において生起する個別的事象を、個々の作品の分析をその作品が成立した時代背景との関連を考慮に入れて、慎重に考察していく積み重ねによって、はじめて問い得る問題であると考えている。一人の作家においても、作品の成立時期によって、作品における「愛蘭」の役割、作家が抱く「愛蘭」へのイメージに差異が生じている点が、日本近代文学とアイルランドの関係を考える上で重要である。そのような差異が生じた要因を検討することで、作家が置かれていた日本の近代の問題が浮き彫りになってくるのではないだろうか。今後は、さらに国、地域、民族、作家、時代を見据え、個々の事例を個別的に詳しく検討していき、研究を積み重ね、検討し続けていくことが必要であろう。(27)

先行研究においては、日本におけるアイルランド文学の「流行」現象に着目し、なぜそのような動きがおこったのかという要因について、複数の作家間にわたる問題として通史的に考察した論はない。本書はこれらの研究成果を踏まえたうえで、アイルランド文学が持っている幻想的な側面と、アイルランド文学を取り巻く政治的な問題の両面を視野に入れ、個々の作家の作品を個別に検討した上で総合的に受容の問題に取り組む実証的研究を目指している。(28)

また、先行研究では、大正期において芥川龍之介、山宮允（一八九〇－一九六七）、井川恭（恒藤恭、一八八八－一九六七）、久米正雄、菊池寛、西條八十、日夏耿之介（一八九〇－一九七一）、松村みね子（片山廣子、一八七八－一九五七）らが相互に影響を与え合いながら、翻訳や紹介文を執筆したという点については、明らかになっていない点が多い。加えて、その原動力となった『新思潮』（第一次：一九〇七－一九〇八、第二次：一九一〇－一九一一、第三次：一九一四、第四次：一九一六－一九一七）、『假面』（一九一三－一九一四、一九一二・七までは『聖盃』）、『早稲田文学』（第一次：一八九一－一八九八、第二次：一九〇六－一九二七）等の雑誌・同人雑誌との関係性については、具体的な実証研究は緒についたばかりである。

その背景としては、第一に、アイルランドが政治的に世界的な注目を集めた明治末期から昭和初期にかけて、アイルランド文学が日本の文学者たちに与えていたイメージの特殊性や独自性に着目した研究があまり行われてこなかった点、第二に、研究に使用する資料の多くが、雑誌や作家のノート類、旧蔵書であるため研究の蓄積がなかった点が挙げられる。本書は、これらの先行研究の蓄積を踏まえ、アイルランド文学が、政治と文学という問題を含んだものとして当時の文学者の関心を惹いたと考え、受容の背景を解明することを試みるものである。その上で、文学作品としての影響関係を分析・考察し、日本の文学者たちが、アイルランドの芸術にどのようにして出会い、作品のどの部分に魅力を感じ、そのなかで受容した側がどのように、彼等独自の文学作品を創造したのかということを明らかにしたい。

以上のような背景から、本書の目的は、個々の作家によるアイルランド文学受容の実際がどのようなものであったかを解明するための作品の具体的分析、文学史的事実の掘り起こし及び検証の二つである。とりわけ重要なことは、なぜ大正期から昭和期の作家たちがアイルランド文学に興味を抱き、受容したのか、ということの解明である。すなわち、日本の近現代文学におけるアイルランド文学の受容とその変容の過程を実証的に研究することにより、アイルランド文学が生み出した二つの流れ――「幻想文学」と「政治と結びついた文学運動」――とが、お互いに関連しつつ受容されたものであるということを明らかにしたい。これらは、二つとも〈現実とは異なる世界〉を志向するうえで繋がっているとも言えるが、現在までの研究ではどちらかの面に偏っており、両方を見据えた研究はなかった。先行研究における個別的な研究を生かしつつ、「幻想」と「政治」という要素が相互に連関して受容されたことを実証し、文学史にもうひとつの道筋を提案することを目指している。

したがって、アイルランド文芸復興期の文学・演劇の受容とその言説の変容をメディアによる言説や論調の違いに着目して調査することを通し、大正期から昭和初期の「文学」と「メディア」と「政治」が相互にいかなる力学を生成していたのかという文学の場を考察したい。そのことは、個々の作家の特質を逆照射することにもなるだろう。本書は、日本近代文学におけるアイルランド文学の受容研究として、その全体像の重要な一部分を明らかにすることを目指している。

その面から、本書では、日本近代文学におけるアイルランド文学を受容という問題において、主に雑誌や同人誌に掲載された記事に着目することによって、個々の作家の作品を細心に読み込むと共に、時代背景をも考慮に入れ、一次資料の活用による事実関係の確認と文学史的事実の再構成を試みた。各章における先行研究については、必要に応じ、改めて具体的に言及する。

本書では、アイルランド文学・文化の日本における受容の史的変遷を総合的に研究するために、アイルランド文学の受容の実態を、具体的事例に基づいて再構成するという方法を採る。

第一に、日本近代文学館の芥川龍之介旧蔵書及び伊藤整旧蔵書、神奈川近代文学館の西條八十旧蔵書、山梨近代文学館の芥川龍之介自筆原稿他資料、北海道立文学館・小樽市立文学館・小樽商科大学付属図書館所蔵の伊藤整関連資料、そしてアイルランド及びイギリスの現地資料を直接調査し、先行研究の成果を反映させると共に、資料の収集・精査と書誌情報の整理に努める。

第二に、芥川龍之介、菊池寛、西條八十、伊藤整らによるアイルランド文学に関する言説を明らかにすると共に、その同時代における意味を調査するために、作品の読解とともに、彼等が参加、編集していた同人誌・雑誌における同人たちの言説についても考察する。この理由は、芥川龍之介と菊池寛は同人雑誌『新思潮』、西條八十は同人雑誌『假面』というように、各自が同人であった雑誌に、アイルランド文学の紹介文や訳詩、評論を掲載しているためである。

第三に、大正期の文学及びメディアにおけるアイルランド文学の受容と影響の特殊性を確認すると共に、日本近代文学におけるアイルランド文学の受容の様相について、受容の初期段階から考察するよう努める。

3. 本書の構成

本書は、全八章からなる。

第一章では、「日本と一番似て居る国」と呼ばれた「愛蘭」「愛蘭土」をめぐり、どのような点が「似て居る」とされたのかを明らかにする。ラフカディオ・ハーンと柳田國男は、アイルランドでのイエイツらの文学活動を参照しながら、西洋化する近代日本で見過ごされている日本の口承や民間伝承に価値を見出していた。一方、明治末から大正初期頃からは、それまでとは比較にならない程にアイルランド文学の翻訳や紹介記事が増える。同時に、大英帝国とアイルランド―宗主国と植民地の関係―を日本にあてはめて、アイルランド文芸復興運動について語る言説が繰り返された。アイルランドは「京都」、「大阪」、「北日本」、「秋田」、「東北」、「北海道」、「朝鮮」、「植民地」など様々な地域へと喩えられた。なぜ、何のために、それらの地域とアイルランドは重ね合わされたのか。その時、大英帝国の側に喩えられたのは、何か。日清戦争、日露戦争での勝利、一九一〇年の韓国併合、一九一四年の第一次世界大戦参戦という日本の政治的状況や時代の気運との関連性を考慮に入れつつ、アイルランド文芸復興運動をめぐる日本近代文学の問題を検討する。

第二章では、まず、大正期から始まる日本におけるアイルランド文学の受容と翻訳の盛行を用意したと思われる、明治期における受容と紹介言説について考察する。特に、受容の中心的役割を果した『帝国文学』（一八九五―一九二〇）、『早稲田文学』、『太陽』（一八九五―一九二八）、『明星』（第一次：一九〇〇―一九〇八）等の雑誌に掲載された紹介言説を分析する。明治期におけるアイルランド関係の翻訳・紹介文記事を分析することは、「ケルト」イメージが形成されていった実態を検証する契機になるだろう。

第一章、第二章を踏まえ、第三章以降では、二〇世紀初頭に起こった日本におけるアイルランド文学流行現象について、その原因と作家に対して与えた影響力を、芥川龍之介、菊池寛、西條八十、伊藤整について、実証的に明らかにしたい。

第三章では、第三次『新思潮』（一九一四・八）の巻頭に「柳川隆之介」名義で発表された芥川龍之介「シング紹介」の成立背景について考察する。この作品は、芥川龍之介の自筆かどうかを含め、成立に疑問点が多かった。「シング紹介」を、日本近代文学館の芥川龍之介旧蔵書に残存している Maurice Bourgeois, *John Millington Synge and the Irish Theatre*（London: Constable, 1913）と比較し、翻訳と捉えてもいい程の全面的な引き写しであることを指摘し、第三者による代筆が疑われてきた本作が、芥川龍之介自身が執筆したものであることを明らかにする。特に、*John Millington Synge and the Irish Theatre* に残されている芥川龍之介の自筆書き込みを分析し、「シング紹介」との異同を比較することによって、「シング紹介」の主題、芥川龍之介におけるアイルランド文学受容の根拠及び芥川龍之介の作品における本作の位置づけを検討する。

第四章では、芥川龍之介が、『新思潮』同人の山宮允、『假面』同人の西條八十、日夏耿之介らと「愛蘭土文学研究会」を結成し、『新思潮』誌上で「愛蘭土特集号」を企画し、自らイエイツやシングの翻訳・紹介記事を執筆したことに着目する。第三章の考察を踏まえて、『新思潮』に掲載予定ながらも未定稿として残された戯曲「弘法大師御利生記」とシング『聖者の泉』（*The Well of the Saints*, 1905）を比較することによって、「弘法大師御利生記」に見られる『聖者の泉』の影響を明らかにすることを目的としている。

前章までの考察を踏まえて、第五章では、芥川龍之介のアイルランド文学への関心は後期作品にまで持続したものだったのかどうかを検討し、またイエイツやシング以外の作家についての芥川龍之介の関心を考察するために、芥川龍之介「歯車」とジョイス『若い芸術家の肖像』（*A Portrait of the Artist as a Young Man*, 1916）を比較、分析する。そのことによって、ジョイスが芥川に与えた影響を、主に文体の変革という観点から考察し、その文学史的意義を明らかにしたい。そして、第三章から第五章によって、日本近代文学におけるアイルランド文学受容を考える際に、芥川龍之介が中心的役割を果した一人であるということを証明したい。

第六章は、大正初期にアイルランド文芸復興運動期の文学が「流行」した時に、芥川龍之介と共に『新思潮』にアイルランド文学に関する文章を掲載し、精力的に受容した菊池寛とアイルランド文学について、イェイツとの相互交渉という観点から考察したい。イェイツは、グレン・ショー（Glenn W. Shaw, 1886-1961）による菊池寛の英訳戯曲集『藤十郎の恋　他四篇』（*Tōjūrō's Love and Four Other Plays*, 1925）を読み、特に *The Housetop Madman*（「屋上の狂人」）に感銘を受ける。なぜイェイツが菊池寛の「屋上の狂人」（『新思潮』一九一六・五）を賞賛したのかという問題を、日本文学とアイルランド文学の相互交渉という側面から、両国の具体的資料を通じて実証的に明らかにしたい。

第七章では、西條八十が、早稲田大学英文科在学中に「愛蘭土文学研究会」を結成し、芥川龍之介や菊池寛と同時期にアイルランド文学を受容し、アイルランド文学の「流行」の中心的人物の一人として活躍したことを、具体的に明らかにしたい。その上で、アイルランドやチェコを中心とする外国文学の研究や、訳詩集『白孔雀』（一九二〇）等の翻訳における西條の関心対象の変化が、詩集『砂金』（一九一九）『見知らぬ愛人』（一九二二）等の詩作と如何に響きあっていたのかということを考察する。

第八章では、伊藤整『若い詩人の肖像』（一九五六）を中心とし、北海道を舞台とした作品におけるアイルランド文学の意味を考察する。『若い詩人の肖像』は、小樽高等商業学校に入学し、東京の商科大学へ通うまでの一九二二年から一九二八年までの「私」の文学への目覚めが描かれる。作品内に描かれた時代は、前章までに分析してきたようにアイルランド文学が受容され、翻訳が出て、成熟していった時期である。作品内で言及されるイェイツやシングらのアイルランド文学が作品内で果たしている役割を分析すると共に、大正後期においてアイルランドが北海道と重ね合わされる形で受容された事の意味について考えたい。

以上の考察によって、一九世紀後半から二〇世紀初頭に、イギリスからの政治的・経済的な自治・独立運動と関連しあう形で興ったアイルランド文芸復興運動が、なぜ当時の若い文学者の関心を集め、戯曲・文学が盛んに受容されたのかということを明らかにしたい。

第一章

重ね合わされる「愛蘭」と「日本」

第一節　「一番日本に似て居る国」、愛蘭土

大正初期に大学英文科に所属していた若い文学者たちによって、アイルランド文学は研究の対象としても熱い視線を注がれていた。芥川龍之介が一九一五年四月に東京帝国大学文科大学に提出した卒業論文は、ウィリアム・モリス研究であったが、前年の『新思潮』一九一四年四月号では「柳川は山宮と共にアイアランド《ママ》文学研究会の一員としてシング研究に没頭」していると記載されている。山宮とは、芥川龍之介より一年先輩で、芥川や菊池寛、久米正雄らと共に『新思潮』同人であった山宮允のことである。彼の卒業論文の題目は「詩人としてのイエーツ」であり、一九一五年にイェイツの『善悪の観念』をいち早く翻訳して出版している。菊池寛は、一九一六年七月に京都帝国大学英文科を卒業するが、卒業論文と一緒に提出する英文エッセイで「「愛蘭劇」に関するエッセイ」を書いた。(1)第三次及び第四次『新思潮』では、山宮、芥川、菊池をはじめ、久米正雄、井川恭らがアイルランド文学に関する翻訳・紹介記事やアイルランド文学に影響を受けた戯曲や小説を発表していく。誌面からは、自分たち自身の新しい文学の表現や主題を模索する若者の熱意と、アイルランド文学研究が驚くほど結びついていたことがわかる。

一方、彼等と同時期に早稲田大学文学部英文科に在学していた西條八十は、一九一五年七月に卒業論文「シング戯曲の研究」を提出した。(2)西條八十は、以下のように自らの二十代を回顧している。

> 廿歳代を回顧すると、第一にイエーツの「蘆間の風」が眼に浮んでくる。水いろの厚い紙表紙に白麻の背どりをしたうすい本。これを熟読してから、アイルランドの詩の神秘性に興味をおぼえ、イエーツのあらゆる作品や、その他、シング、エー・イー、ライオネル・ジョンスンなど(3)――ルナンのいわゆる「セルト気質」の詩人

群の作品をむさぼるように読んだ。

大正四、五年代のわれわれ文学青年の中には、マーテルリンクの神秘思想と共に、やはりミスティックな傾向をもつ、これらや、アイルランドの文学作品を愛好した者が多く、芥川龍之介は「新思潮」の創刊号に「シング論」を書き、ぼくの家で催された「アイルランド文学研究会」には、山宮允、日夏耿之介などと一緒に集って、怪談など聞かせてくれたものだった。(4)

西條は、自らの二十代をイェイツの詩集『葦間の風』（*The Wind Among the Reeds*, 1899）に集約させており、いかに青年期の西條八十にとってイェイツの『葦間の風』が鮮烈で忘れ難い印象を与えたかが伝わってくる。芥川龍之介、日夏耿之介、山宮允ら「アイルランド文学研究会」の参加者は、「大正四、五年代のわれわれ文学青年」の中でもアイルランド文学作品の「愛好者」たちであった。彼らは、「愛蘭土文学研究会」というアイルランド文学を語る場を持つことで文学への熱意を醸成し、若き文学者間の交流を深めていったのである。

芥川のシング蔵書には、全て見返しに「丸善株式会社」という、丸善から購入した印のシールが貼ってある。芥川は、ダブリンのマンセル社が出版したシングの著作シリーズを六冊持っていたが、*The Aran Islands* には "1st July '14 Tabata" との書き込みが、*Deirdre of the Sorrows* の末尾九八頁には "10th October 1913" との書き込みが、*The Tinker's Wedding, Riders to the Sea and the Shadow of the Glen* には、"7th Oct. 1913" の書き込みが、*The Well of the Saints* の末尾九二頁には、"7th Oct 1913" の書き込みがある。第三章で後述するが、当時の書簡の記述と照らし合わせると、この日付は読了日を示しており、芥川が一九一三年からシングを貪るように読んだことがわかる。マンセル社は、シングの戯曲シリーズを一九一二年に一挙に刊行したのだが、そのシリーズが丸善を通して日本に輸入されたため、芥川龍之介をはじめ西條八十や松村みね子らが、紹介記事などではなく直接にシングらアイルランドの作家たちの作品を読むことが可能になったと考えられる。

大正から昭和期に、アイルランドの作家であるシング、グレゴリー夫人、イェイツ、ダンセイニやスコットランドのフィオナ・マクラウドらの作品を多く翻訳した松村みね子は、アイルランド文学を翻訳する時に教えを受けた鈴木大拙の妻ビアトリスのことを、「私は夫人に厚いお世話になつた。アイルランド文学の本がたくさん丸善に来てゐるから、読んでみては？　とすすめて下さつたのも夫人であつた」と回想している(5)。松村みね子がアイルランド文学の翻訳を精力的に開始するのは、一九一四年一月に短歌雑誌『心の花』（第一八巻第一号）に掲載されたグレゴリー夫人「満月」の翻訳からである。外国文学が受容されるタイミングには書籍の流通が大きく関わっていると考えられる。

アイルランドの情勢は、土地闘争や自治問題が活発になる一八八〇年代から日本でも盛んに報じられていたが、日本における受容の時期を見ると、明治から大正へと移行する一九一二年頃からはそれまでとは比較にならないくらいに、作品自体の翻訳が増え、アイルランド戯曲に対しての注目が集まっている。紹介記事による間接的な接触ではなく、作品そのものを直接読むことによって、大正期の若い文学者たちのあいだでアイルランド文学への熱意が高まったと言える。

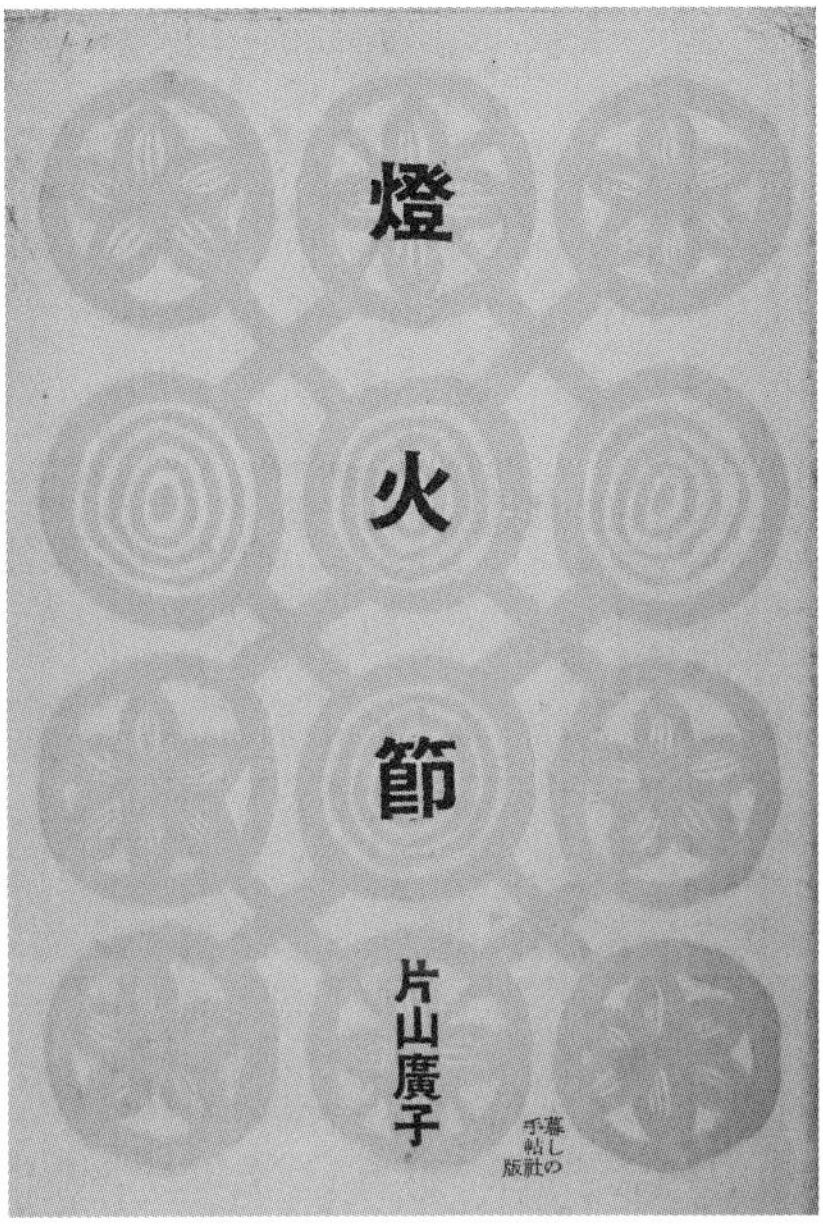

図 2　片山廣子（松村みね子）『燈火節』（暮しの手帖社、1953）

さらに、多面性を持つアイルランド文学のどこに魅力を見出したのか、どの側面に着目したのかという点も重要であろう。何かが「流行」するには、その時代の気運との適合性が重要な要因となる。日清戦争、日露戦争での勝利、一九〇二年からの日英同盟、一九一〇年の韓国併合、一九一四年の第一次世界大戦参戦と、イギリス、フランス、ドイツ、アメリカ、ロシアなど列強とせめぎあい、植民地を奪い合う帝国主義の時代の日本で、文学者たちは、「愛蘭土」を「日本」に投影している。彼らは、アイルランドの文芸復興運動に日本の姿を投影し、日本独自の芸術を模索していたのではないか。

一八九六年から一九〇三年まで東京帝国大学文科大学文学部英文学科講師に就任し、英文学講義を行ったラフカディオ・ハーン（Patrick Lafcadio Hearn、小泉八雲、一八五〇－一九〇四）は、ギリシャ人の母とアングロ・アイリッシュの父を持ち、一八五二年からおよそ一八六三年の幼年期から少年期をアイルランドで暮らした。ハーンは、イェイツをはじめとするアイルランド人作家の作品の読者でもあった。彼は東京帝国大学で行われた彼の英文学講義録 *Life and Literature*（New York: Dodd, Mead & Co., 1917）の「妖精文学」（Some Fairy Literature）の章において、イェイツを論じている。(6) ハーンは、学生たちにイェイツによるアイルランドの口承や民話に残る妖精物語の採集活動、それらを題材とした詩の創作活動を教えることを通して、「現在では消滅したり、消えかかっている諸君自身の東洋の信仰の文学」を大切にすることの重要さを伝えた。そしてハーン自身もまた、来日後日本各地の民話や伝説、口承文芸を数多く再話した。

アイルランドでの文学活動を参照しながら、西洋化・近代化のなかで看過されている日本の伝承や口承に価値を見出すことを説いたハーンに響きあうような活動をしたのが柳田國男（一八七五－一九六二）であろう。柳田國男は、明治四三年の『遠野物語』（一九一〇・六）刊行に先立って、同年五月に『石神問答』（聚精堂）で、以下のように述べている。

久しぶりの御書面なつかしく拝見　殊に数々の御話につけて更に又六角牛早地峯の山の姿を想ひ浮べ候　ザシキワラシに似通ひたる欧羅巴の神々、調べ候はゞ限なき興味可有之候へども　小生は今以て其余暇無之候先年 Yeats が Celtic Twilight を一読せしこと有之候　愛蘭のフエアリイズにはザシキワラシに似たる者もあり

しかと存じ居候　遠野物語は早く清書して此夏迄には公にし度願に候へども　何分目下は石神のこと中途にて打棄てがたく、夜分一二時間の暇は専ら此為に費し居候次第に候

この書面の宛先は、『遠野物語』の語り部、佐々木喜善（鏡石）である。『石神問答』のこの箇所に着目した詩人の吉増剛造は、「イェイツと柳田國男がおなじように、妖精の邦への深い関心をもつ時代をおなじくしつつ、どうやら相似た魂の、…「詩人」というよりも「想像力のヒト」らしいと気付きました」と書いている。(7) 柳田はイェイツらがアイルランドの農民から民話や伝承を聞き取った事例を引き、「愛蘭のフエアリイズ」とザシキワラシの相似性を指摘したのである。ここからは、イェイツらのアイルランド文芸復興運動から柳田國男『遠野物語』への道筋が見えてくる。

それから少し後、大正初期に盛んにアイルランド文学を受容した作家たちにとって、アイルランドは「日本に似て居る」国であったようである。菊池寛は、一九一七年の「シングと愛蘭土思想」(8) において、欧州の国々の中で、日本と最も「似て居る」のはアイルランドだと主張している。

欧州各国の中で、何の国が一番日本に似て居るかと云へば、自分は躊躇なく夫は愛蘭土《アイルランド》であると答へたい。或人は英国《イングランド》と愛蘭土《アイルランド》とを全く同じやうに考へて居る、が、英国《イングランド》と愛蘭土《アイルランド》とは人種を異にし、歴史伝統を異にし、其他の凡てを異にした全く違つた別な国である。如何なる場合にも、英文学と愛蘭土《アイルランド》文学とは豌豆と真珠のやうに違つたものである。

菊池は、英国とアイルランドを「全く同じやうに考え」る見方を批判し、欧州各国の中で「一番日本と似て居る」のがアイルランドであると主張し、英国とアイルランドを「豌豆と真珠」に喩え、「愛蘭土文学」を称揚する。菊

池は、イェイツ、グレゴリー夫人、シングの三人を「愛蘭土文芸復興の三尊」と呼び、特にシングを「真に愛蘭土の生活を語り真に愛蘭土の思想を語るもの」として重要視している。彼は、日本とアイルランドの類似点について、「愛蘭土の戯曲に出て来る人物」、「愛蘭土の農家」の様子、「愛蘭土の戯曲に出て来る母親」、「兄弟喧嘩」、「人間」の性質、「結婚制度」にわたって列挙していく。

> 愛蘭土は凡ての点に於て日本そつくりである、愛蘭土の戯曲に出て来る人物は孰づれも初対面とは思はれぬ程、日本人には馴染みの人達である。愛蘭土の農家には日本の百姓家に於ける如く炉があつて其処には泥炭が赤く燃えて居る。愛蘭土の戯曲に出て来る母親は欧洲の戯曲に見るやうな自我的《イゴチスチック》な母親ではなくて、常に自分以外の人の事のみを心配して居る優しい母親である、兄弟喧嘩も日本そつくりのものである、人間も激し易く悲しみ易く又喜び易い、結婚制度も欧洲の夫《それ》のやうな自由意志に基づくものでなく、日本の夫《それ》のやうに不純な動機からで、随つて結婚から起る悲劇も日本の夫《それ》と甚だよく似て居る。[9]

菊池は、一九一三年二月に市川左団次一座が歌舞伎座で興行した「兄弟」[10]がアイルランドの若い劇作家マレイの作物であるにも関わらず、「少しも翻訳臭味のなかつた」とし、同年二月に河合武雄の率いる公衆劇団が帝国劇場で公演した大久保二八（松居松葉）「茶を作る家」二幕[11]も同じくアイルランドの劇作家レノックス・ロビンソンの初期戯曲『収穫』（アベイ座、一九一〇初演）の翻案であるにも関わらず、「少しも外国臭味を持つて居なかつた」と論じている。菊池寛が列挙していくアイルランドと日本の類似点は、「愛蘭土の農家には日本の百姓家に於ける如く炉があつて其処には泥炭が赤く燃えて居る」や「結婚制度も欧洲の夫のやうな自由意志に基づくものでなく、日本の夫のやうに不純な動機からで、随つて結婚から起こる悲劇も日本の夫と甚だよく似て居る」という記述に明らかなように、大正初期の日本と言うよりは、むしろ西洋化・近代化する以前の生活様式を指していると言える。

一九一四年に坪内逍遥が東儀鉄笛らの無名会に書いた「霊験」（帝国劇場初演）は、シングの『聖者の泉』（アベイ座初演、一九〇五）の翻案だが、逍遥は、登場人物名を「又さ」、「お酒子」、「お塩ツ子」ら日本風の名前へと変更し、刊行された戯曲『霊験』緒言において「時代を足利氏の末、織田豊臣頃として見た。又言葉は稍々古い「関東べイ」に現代語を多少取交ぜて一種の混種方言を製造」したと記している。[12] 彼は、変更した目的を「成るべく異国臭味を際立たせぬやうに書いたもの」であり、「事をも、人をも、厳密に「日本化」すること、是翻案の最重義なり」「少しだに外国臭味を留めたらんは、翻案にあらずして無慚なる一種の翻訳なり」と、『霊験』執筆にあたっての創作上の工夫を「思い切つて自由な翻案」にあるとしている。

菊池は、アイルランドの家庭観や結婚制度は日本と似ているため、日本の読者や観客にとって受容しやすいと指摘しているが、このことはアイルランド文学が大正期に盛んに受容された大きな要因であろう。一九一三年の市川左団次一座の歌舞伎座公演「兄弟」にしても、同年の公衆劇団「茶を作る家」にしても、翌年の無名会「霊験」にしても、この時代の外国演劇の翻訳・翻案劇では、翻訳・翻案された元の作品の背景となる文化と日本文化との違いからくる「外国臭味」「異国臭味」をいかに無くすかという問題があった。そのなかで、松居松葉、坪内逍遥はアイルランド戯曲を巧みに「日本化」し、菊池寛はアイルランドと日本の類似性を指摘したのである。

菊池は、一九一六年の「愛蘭土劇手引草」[13]では、「愛蘭土の農民生活と日本の農民生活とは瓜二つの如く酷似」しており、夫婦喧嘩、母親、土間に燃える赤き泥炭など日本とアイルランドの農民の生活の類似点を列挙した後、「その喜怒哀楽の表現、文明の虚飾を持たざること日本に等し」と述べている。彼は、「日本人が英独北欧の社会劇を読みて自己の生活の片影を見たりとなすは附焼歯也。愛蘭土の農民劇にこそ却つて日本人の生活と相触るゝものあるを覚ゆる也」として、先進的あるいは文明的ではない非・先進的、非・文明的な生活文化を持つ国としてアイルランドを称揚している。ここからは、ヨーロッパの中にあって、未だ「文明の虚飾」に「開かれて」いないアイルランドという像を作り出し、イギリスやドイツなどの西洋諸国に対する日本の立場との類似性を喚起することで、共感を煽るような意図が感じられる[14]。このような部分からは、西洋化を目指す日本への批判的意識が含まれている一方で、アイルランドを西洋の中の非文明的な国と定義した上でその非文明的な部分をほめたたえる姿勢、すなわち「文明化された西洋」を背景におくことによって「文明化されていないアイルランド」の魅力を見出している様子が浮き彫りになる。

一方、菊池がアイルランドと日本の共通点として挙げた「欧洲の戯曲に見るやうな自我的《イゴチスチック》な母親ではな」い母親や、「欧洲の夫《それ》のやうな自由意志に基づくものでな」い「結婚制度」（「シングと愛蘭土思想」）は、松村みね子にとつては批判の対象となつている。松村みね子は「ピアスの詩と戯曲」において、アイルランドの詩人ピアスの作品には「愛国者の熱情」と「予言者の霊智」が輝いているが、「それよりももつと深く私どもの心に触れるのはその謙遜な優しい心」であると主張している。そのなかで、注目すべき点は、松村がアイルランドの他の作家達と比較した場合のピアス作品で描かれる女性像の独自性について論じている箇所である。

> 私がピアスに好きなところは、彼がたいそう女にやさしいことである。（中略）ほかの愛蘭作家たちが女を描くと、パンを焼くところや、火のし物をするところや、ぼけて泣くところにしか用ゐてゐない、彼等の女の見方は聡明な日本戯曲家の見方と一致してゐる。いくら私が何と言つて怒つても、それが正しい見方に相違ないかも知れないが、しかし広い世間のどこかに一人ぐらゐハイカラの見方をする人があつてもよさそうなものと、私はひそかに癪に思つてゐたので、ピアスを読むとむやみに嬉しく感謝してしまつた。ピアスはすべての女に対して自分の母に対するのと同じやうな親切な心を持つてゐる[15]。

松村はアイルランド演劇に描き出される女性像が、日本の演劇で描かれる女性像と似ていると指摘しながら、そのような「女の見方」は古い見方であると「癪に思つて」いる。アイルランド演劇に見られる日本との類似点として、菊池は西洋的な「自我的《イゴチスチック》な母親」が出てこない点を指摘していたが、女性が自我を持っていないように見える点が松村みね子にとっては不満であり、ピアス戯曲における女性に対する「ハイカラの見方」が好ましく思えたのであろう。

アイルランド演劇に描き出された女性像に親近感を覚えるにせよ、反感を覚えるにせよ、菊池寛と松村みね子は共にアイルランドと日本に類似性を見出している。大正期にアイルランド文学を受容した作家たちは、自分達とは異なる文化的伝統を持った西洋文学のなかで、アイルランド戯曲にだけは鏡に映った自分たちの似姿を見出していたと言える。

そのような点に注目した時に重要な点は、〈自分たちの似姿〉としてのアイルランド、〈西洋の中の「日本」〉というアイルランド・イメージが、大正初期から時代が下るにつれて徐々に揺らいでいく点である。一九一三年四月、菊池寛は第一高等学校を退学し、同年九月に京都帝国大学文科大学英文科選科に移り、卒業までの三年間を京都で過ごした。この時期の菊池は、盛んに大阪や京都における〈芸術復興運動〉を起こそうと試みていた。菊池は、一九一四年二月の「大阪芸術創始」において、現在の「大阪芸術」が「百年来寂として声を潜め」ているのは、「大阪人が悪いのではなくして、文壇□《欠》中央集権的傾向が悪いのだ、一国の帝都と文芸の中心とは必ずしも一致するを要しない」と主張している。[16] そして、アイルランド文芸復興運動のように、石丸梅外らによって設立された大阪の文芸同攻会の人々の手によって大阪芸術を創始し、「文壇中央集権的傾向」によって東京中心となっている現在の状況を打破するべきだと論じている。一九一四年四月の『新思潮』の後記にも、菊池は、「大阪には文芸同攻会と云ふものが起つた、読売に「母」を書いた石丸梅外氏などの発起で大に関西芸術の振興に努めて大阪を英のダブリンにしようとする計画だ（中略）（以上京都にてK）」と書き送っており、はっきりと「大阪を英のダブリンに」という計画を打ち出し、アイルランド文芸復興運動を手本として、大阪における文芸復興運動を起こそうという気概を見せつけている。[17]

さらに、その一ヵ月後の「京都芸術の為に」（『中外日報』一九一四・五・八）[18]では、今度は菊池は、京都を活動拠点として積極的に文学運動を展開していこうという熱気溢れる論を展開し、京都に「愛郷心に裏付けられたる郷土芸術」を「創造」する必要性を呼びかけている。ここでは、京都をアイルランドと重ね、東京に対抗するために「イエーツ、グレゴリー、シンジなどの郷土芸術」を「旧都の芸術復興」のモデルとしている。彼は、「直接なる先蹤は愛蘭土国民文学運動である。京都をダブリンにすると云ふことは私達の合言葉であつてもいゝ[19]」というように、イェイツらのアイルランド文芸復興運動をモデルとして、「旧都の芸術復興」を呼びかけていた。

京都時代の菊池は、「大阪芸術創始」「旧都の芸術復興」「関西芸術の振興」を呼びかけているが、注目すべきは、彼が「大阪を英のダブリンに」「京都をダブリンに」という「合言葉」を用いていることである。菊池が関西の芸術復興を論じるとき、彼は常に参照項としてアイルランド文芸復興運動を挙げ、東京／大阪・京都、イギリス／アイルランド、帝都／関西、中心／周縁という二項対立的な構図を用いているのである。ここからは、「文壇の中央集権」化が進む現状を打破し関西の芸術を振興するために、ロンドン＝東京、ダブリン＝大阪・京都という図式が菊池の中ででき上がっていたことが明らかである。

第二節　坪内逍遥「北日本と新文学」

このような、イギリス／アイルランド、中央／地方、中心／周縁という二項対立的な構図を用いて、アイルランドを参照項としつつ、ある地域の文芸復興運動の必要性を語ることは、菊池寛に限ったことではない。坪内逍遥は、「北日本と新文学」（『藝術殿』第五巻八号、國劇向上会編、一九三五・八）において、「愛蘭文芸振興」を手本に「北日本文芸振興」「秋田文芸振興」を推奨している。この文章は、後藤宙外（一八六七―一九三八）による「この一篇は大正四年三月一日の熱海局の消印あるもので、拙者が秋田市の『秋田時事』新聞経営に当つて居た際、激励応援の意味で逍遥先生の御寄稿下さいましたものです」という前書きが附されているため、一九一五年三月に『秋田時事』に掲載するために執筆されたと考えられる（当該時期の『秋田時事』は現在所在不明である）。『秋田時事』は、一九〇五年から一九一七年まで秋田県で発行された地方新聞である。秋田生まれの後藤宙外は早稲田大学の前身の東京専門学校文学科において、坪内逍遥のもとで同級生の島村抱月と競い合うように学び、一八九五年に島村抱月と共に『早稲田文学』に記者として採用され、『早稲田文学』『新小説』で小説や彙報を執筆し、編集に携わっていく。この「北日本と新文学」という一文は、一九一四年に秋田時事新聞社長として招かれ、東京から秋田へと帰郷した弟子・宙外に、秋田における創作と新聞経営を「激励応援」する意味で送られたものであろう。

> 日本中何処の文芸も、在来のはどれも皆中央首都本位であつた。即ち大体に於て、東南本位で、三都文芸の模倣でないものは殆ど一つもなかつた。随つて其地方の折角の特徴や長所が、表立つては、殆ど何の用をもなしてゐない。少くとも其長所や特徴が其文芸の生命とはなつてゐなかつた。一言でいふと、地方色《ローカル・カラー》を強ひて塗り隠して、東京めかし、大阪めかしてゐたといふ風である。（中略）彼の愛蘭のイエーツ一派がケルト文芸の振興を合言葉《ウオッチ・ウオード》として、イングランド本位の文芸から全然独立した文学上の新運動を起したことは、今ではもう古い話であるが、日本にはそれに似た運動が今尚何處からも始まらないのは遺憾なことである。[20]

逍遥は、秋田県出身の作家として、後藤宙外、青柳有美（一八七三－一九四五）、小杉天外（一八六五－一九五二）、伊藤銀月（一八七一－一九四四）ら、明治期から大正期の当時に活躍していた作家たちの名前を挙げている。逍遥は、彼らがいずれも、「中央文壇に名声を馳せて」いるにも関わらず、「尚其立場は地方色《ローカル・カラー》本位ではない」ことが、「四君をして、流石に尚イエーツたらしめ、シングたらしめ、グレゴリーたらしめざる所以ではないかと考へると、甚だ匆体ないやうな気がしてならぬ」と主張している。そして宙外が社長を務めていた『秋田時事』についても、「文学趣味が豊か」であるにも関わらず、「地方色《ローカル・カラー》に乏しいのを遺憾とする」として、三面記事はもっと「方言趣味を其儘に発揮し」、「続物の如きも、成るべく土地に因んだのを載せられたら如何であらう」と提言している。逍遥の「北日本と新文学」においては、東京や大阪の「中央文壇」がイングランドへ、秋田や「北日本」が「愛蘭」へと喩えられており、地理的な「中央」と「地方」の問題を、そのまま文学における「中央」と「地方」の問題へとおきかえ、「中央首都」の文芸をイングランドの文芸、秋田や「北日本」の文芸を「愛蘭文芸振興」へと喩えている。

英国の文芸は、彼のギクトリア朝の末に至つて一頓挫して、余り振はなくなつて来てゐたのであつたが、前にいつたイエーツ一派の活動が起つたのと、同じく愛蘭血統の、例のバーナード・ショーといふ一異才が、其特色ある作と論とで頻に世間を駭すので、二十世紀の世界文壇に、たしかに一異彩を加へつゝあるのである。日本は戦争では屢々世界に認められたが、文芸では永遠に不問に附せらるべきであらうか？　我国には到底愛蘭文芸運動のやうなことは起らぬのであらうか？　私の空想は、今尚若輩な想像を混へて、前にいつたやうな北日本のパノラマを頻に心眼に展開すると同時に、その架空のパノラマの真中で、有美君をショーに假装させて大芝居を演らせたり、宙外君を其儘シングに化けさせたり、天外、銀月、其外の諸家を旗頭に、秋田文学振興の一大陣押がはじまつたところを活人画にして見たり何かして止まないのである。(21)

逍遥はイエーツ一派の「愛蘭文芸運動」をモデルとする「秋田文学振興」「北日本文芸の振興」を慫慂し、弟子である後藤宙外をシングに喩えている。だが、「北日本と新文学」における、「中央文壇」にいる「先生」逍遥から弟子・宙外へと発せられる秋田県と「北日本」の文芸に対する教化・啓発の掛け声は、「北日本文芸の振興」によって、「中央文壇」を刺激しその強化を図るという欲望を滲ませている。さらに、「日本は戦争では屡々世界に認められた」ため、今度は文芸の分野でも「同じ島帝国の大英国《グレート・ブリテン》」と「愛蘭」の関係に倣い、日本に於いても「地方」を富ませることによって中央を太らせ、「帝国」日本の国力強化と国際的な地位向上を狙い、「世界に認められ」ることを企図する政治的な提言ともなっている。逍遥の文章は、日露戦争の勝利と日英同盟に基づく第一次世界大戦への参戦に湧く一九一五年当時の日本の好戦的な雰囲気を漂わせている。ここには、逍遥にとっての「秋田文芸振興」が、「中央首都」を強くし、太らせるためのものであるとの認識が見られる。この文章が書かれた一九一五年は、一九二二年のアイルランド自由国成立前であったが、自治運動の気運は日本でも『太陽』（博文館）などを通して報道されていた。だが、逍遥は、「愛蘭文芸運動」も、あくまで英国内の一地方としてのアイルランドによる「英国の文芸」を富ませる役割を果たしたという認識を持っていることがうかがえる。

逍遥は、「在来の日本文芸が主として我東南文明の産物であつた」と主張し、「同じ島帝国の大英国《グレート・ブリテン》が、イングランドの学術を本城としながら、其遊軍として、昔は蘇格蘭の文学を得、今は愛蘭文芸に其文華の新装を擬しゐるやうに、我国もまた北日本の新しい文芸を発展させて、過去一千年の文明に、更に清新な色彩を附加したい」と述べる。東京や大阪を想定した「東南文明」＝「中央」＝イングランドと、「北日本」＝「地方」＝蘇格蘭や愛蘭という構図が描き出されるのだが、「同じ島帝国の大英国《グレート・ブリテン》」と帝国日本を重ね合わせる言説は、坪内逍遥のほかにも菊池寛や島村抱月らによって大正期から昭和初期にかけての日本で繰り返される。さらに逍遥は、イングランドの学術や文芸を「本城」、スコットランドやアイルランドの学術や文芸を「遊軍」という直接に軍事的な比喩を用いて語っている。これは、イエイツやグレゴリー夫人、シングらによるアイルランド文芸復興運動を、「本城」である「中央文壇」へと「清新な色彩を附加」するための「遊軍」―戦列の外に置かれてはいるが、軍事的な必要性が起きればいつでも戦列へと出動できるように待機されている部隊―と位置づけ、アイルランドの大英帝国における〈国内植民地〉としての軍事的・政策的にも従属的な立場を、文学上においても確認している観点が見られるのである。

第三節　島村抱月「朝鮮だより」

一九一七年、島村抱月は『早稲田文学』十月号に「朝鮮だより　僕のページ」と題する紀行文を発表するが、彼はこの文章でアイルランドを朝鮮へと重ね合わせて、「朝鮮文芸復興」を唱えている。抱月は、六月に京城の太華亭において「朝鮮の青年文学者数人」と相会した時の様子を伝えているのだが、彼の「第一の興味」は、「此会に集まつた人々が今の朝鮮の若い思想、文学を代表して、将来の朝鮮文芸復興」に踏み出す人々であることであった。一九一〇年の韓国併合と朝鮮総督府の設置に伴い、朝鮮半島では日本政府による皇民化国語教育が開始された。一九一一年には「朝鮮教育令」が施行され、「朝鮮語及び漢文」以外は日本語による教育が開始された。抱月の「朝鮮だより」はそのような歴史的経緯を背景として成り立っており、若い文学青年たちとの出会いを通して「朝鮮民族の真の感情を本とした文芸」の創始を願っての彼等朝鮮の文学青年たちへの激励という形をとっているが、その実、言語と文学による異文化支配の構造を露わにした文章である。

アイルランド人が英語を用ひてアイルランドの国民性を発揮し得るのと、今の朝鮮人が日本語を用ひて朝鮮の国民性を発揮し得るのと、何れが一層多く可能であるかは、言はずして明である。

要するに私は純粋な朝鮮の伝統を享けた若い人々の中から文学的価値ある日本語で真の朝鮮民族の霊魂を呼び生かしてそれに面接したいと思ふ、朝鮮人の手に成る真文芸を見たいと思ふ。

ここで、抱月は、アイルランド文芸復興運動を担ったイェイツ、グレゴリー夫人、シングらの詩や演劇、小説が、アイルランド固有の言語であるゲール語ではなく、支配者の国語である英語によって書かれたことを引き合いに出して、「朝鮮文芸復興」も朝鮮語ではなく日本語によって書かれた文学によってなされなければならないと主張するのである。

イェイツやグレゴリー夫人らのアイルランド文芸復興運動は孤立したものではなく、[22]一七世紀から続く四百年間の英国の支配体制において衰微していったゲール語の復活を目指すダグラス・ハイド（Douglas Hyde, 1860–1949）らによるゲーリック・リーグ（Gaelic League）や、アイルランドの自治独立運動という大きなうねりの中で起こったものである。アイルランド文芸復興運動のなかでは、ゲール語や忘れられた民族固有の口承文芸や民話が粘り強く採集され、作品中に取り入れられている。特にシングの戯曲には、アイルランド西部地域で残っていたゲール語の訛りが多く取り入れられているため、彼が作品で用いる英語は「シングリッシュ」と呼ばれている。すなわち、アイルランド文芸復興運動はゲール語を再び文学に取り戻そうとした運動とも言える。

抱月は、「アイルランドに於てすら、事実世界の大潮流と接触する方面はやはり英語を通じてゞある」とアイルランドの事例を引用しながら、「国語と国政とは離れがたい関係のものであるから、国語運動は動動《ママ》もすると政治運動と連累せられる不利がある、朝鮮の若い識者たちは、朝鮮語をいぢくる前に先ず如何なる犠牲を払つても日本語を支配する必要がある、それが此等の人々に取つて最有益な道であると私は信ずる」と主張する。アイルランド文芸復興運動における英語の使用は、四百年の長きにわたる英国による言語文化的支配を背景としており、そのような支配から抜け出すためのものでもあった。抱月が、「アイルランド人が英語を用ひてアイルランドの国民性を発揮し得」たように、「今の朝鮮人が日本語を用ひて朝鮮の国民性を発揮し得る」だろうと述べるとき、彼はなぜアイルランド人がアイルランド文学を書くために英語を用いざるを得なかったのかという現在に至るまでの歴史的背景を無視している。

同じ文章内で、抱月は朝鮮の青年文学者たちが「朝鮮語の復興といふことに関して、アイルランド人の英語に於けるやうな考を持つてゐるらしく見える」とも述べているため、当時の朝鮮の青年文学者間において「朝鮮語の復興」と「朝鮮文芸復興」が同時に試みられており、その際に彼等が「朝鮮語の復興」に関してはアイルランドのゲーリック・リーグを、「朝鮮文芸復興」に関してはアイルランド文芸復興を参照していた思潮を把握していたと考えられる。しかしその上で抱月は、アイルランドと英国の関係を、朝鮮と日本との関係になぞらえ、アイルランド文芸復興運動が英語でなされた事例を引いて、「朝鮮文芸復興」もまた日本語でなされなければならないと説いている。抱月は、日本による朝鮮の皇民化国語教育を正当化するために、アイルランド文芸復興運動が成立した文脈を捻じ曲げている。すなわち抱月の「朝鮮だより」においてアイルランド文芸復興運動は、英語を用いて書かれた文学作品によるアイルランド文芸復興＝日本語を用いて書かれた「朝鮮文芸復興」としてパラレルに語られ、植民地における言語文化支配を正当化する文脈において無理やり利用されているのである。

第四節　菊池寛「朝鮮文学の希望」

島村抱月「朝鮮だより」のように朝鮮への日本の植民地支配と皇民化国語教育を正当化する文脈においてアイルランドを先例として提示する事例は、かつては「大阪を英のダブリンに」「京都をダブリンに」と呼びかけていた菊池寛においても見られる。一九二五年に出版された菊池寛・山本修二『英国愛蘭近代劇精髄』（新潮社）は、第一編「英国の近代劇」、第二編「愛蘭の近代劇」という構成を取っているが、第二編の冒頭部は以下のようなイギリスとアイルランドの関係を、「日本と朝鮮とのやうな関係」へとたとえることで始まっている。[23]

英本国と愛蘭との関係は、譬えて云へば、日本の本島と九州との関係ではなくて、日本と朝鮮とのやうな関係である。ちやうど日本人の間に、京城の話を聞いても、ちよつと答の出来る人が少ないやうに、英国人が愛蘭の話を聞いても、知つてゐるものは少ないのである。それには第一人種が違ふ。つまり愛蘭人は、昔アングロ・サクソン人のために、故国を逐はれたブリトン人種の子孫であつて、ケルト民族に属する旧教徒である。それが十七世紀の中葉に至つて、英本国に反抗し、クロムヱルに征服されてからは、いろ〳〵の暴虐と圧制とに苦しんで来た。

注目すべきは、「英本国と愛蘭との関係」は、「日本と朝鮮とのやうな関係」であるとして、日本を英本国へと、朝鮮をアイルランドへと喩えることによって、以前に菊池が度々主張してきた東京の中央集権に対抗するために、「京都をダブリンに」、「大阪を英のダブリンに」という主張から、スライドがなされている点である。菊池は、アイルランドを日本あるいは大阪、京都、東北[24]へと喩えてきたが、一九二四年の「朝鮮文学の希望」（『文藝春秋』一九二四・九）では、朝鮮へと喩えている。一九〇二年から日英同盟を結び、日露戦争に勝利し、さらに第一次世界大戦へと参戦して、植民地を拡げていくなかで、帝国と植民地、英国とアイルランドへの菊池の視線が、植民地の側に立ったものから宗主国の側に立ったものへと変容していくのである。

朝鮮青年が、自発的にか或は他動的にか、日本語を教へられることから、日本文学に興味を持つことは、自然なことであり、同時にわれ〳〵作家の欣びである。（中略）愛蘭人が英語を以て、新しき愛蘭文学を起し、英文学を圧倒したるが如く、朝鮮青年が日本語を以て新しき朝鮮文学を起し、日本文学を圧倒することも卿等に取つて会心のことに違ない。多くの民族運動の先駆を為すものは文芸運動である。新朝鮮を樹立する先駆も、新しき朝鮮文学であらねばならぬと云ふ。朝鮮と日本との関係は、今後愛蘭と英国とのそれに似て来ると思ふ。

菊池寛は、朝鮮を愛蘭へ、日本を英国へと重ねることで、イェイツらが英語で書かれた作品によってアイルランド文芸復興運動を起こしたように、朝鮮の青年が日本語によって朝鮮文学を起すべきと主張している。しかしながら、「文芸復興」は他者に主導されうるべきものであろうか。菊池が京都文芸復興や大阪文芸復興を論じた時と同じく、その土地の文化を称揚するようでいて、無視しているのではないだろうか。菊池の書いたものを読むと、彼は文学者として弱き者、貧しき者への共感を絶えず持ち続けており、周縁にあるもの、虐げられているものたちへと心を寄せているように感じられる。例えば、同じ「朝鮮文学の希望」のなかで、「政治的に、社会的に虐げられてゐる朝鮮青年が、尤も自由な文壇に対して、野心を持ち希望をいだくことは、われ〳〵の衷心希望するところだ。文壇に丈は国境的偏見も人種的差別もない筈である」と菊池が述べるとき、彼は確かに、人種的に差別されている側に立っている平等主義者であるように感じられる。しかし、続く一文で彼が「諸氏は、日本文学の洗礼を受け、やがては日本文学を卒業し、新なる朝鮮文学を樹立して貰ひたい」と論じているように、菊池の主張はあくまで日本の国策に寄り添ったものであり、朝鮮への植民地政策と皇民化国語教育が進められている状況を肯定しながらの、「政治的に、社会的に虐げられてゐる朝鮮青年」への「希望」なのである。ここからは、「虐げられてゐる」朝鮮を導いていく良き理解者・後援者としての菊池像が浮かび上がるのだが、その内実は「朝鮮青年が日本語を以て新しき朝鮮文学を起し、日本文学を圧倒する」という美談のために、朝鮮における日本語教育という言語文化支配を推進することを勧めているのである。英国とアイルランドの関係を日本と朝鮮の関係に喩えた菊池からは、英国がアイルランドに行った帝国主義的支配を、日本が朝鮮へと行っているという現状の把握とその政治的状況を肯定する姿勢が浮かび上がる。

アイルランドを朝鮮に、日本を英国へとなぞらえることによって、言語によって植民地を帝国主義的に支配する政策を肯定する菊池の論は、当の菊池がかつて「シングの戯曲に対するある解説」（『帝国文学』一九一七・一二）において、アイルランドと英国は、文学においても伝統においても、気質においても全く異なると主張していたことを踏まえると一見不可解に感じられる。

一寸、云つて置きたい事は、戯曲が英国と愛蘭土とでは、斯んなに違つて居るばかりでなく、凡ての文学がその伝統に於て、その気質に於て材料に於て傾向に於て、其他の凡てに於て、英国と愛蘭土とは劃然と違つて居る、露西亜文学が英文学と違つて居る位違つて居る。夫に日本では愛蘭土の詩が英詩と同日に論ぜられたり、英文学者が直ちに愛蘭土文学通になつたりする、之位真の愛蘭土文学の愛好家に取つて、不快な事はない、又之位愛蘭土人にとつて不快な事はあるまい。

英語を用いて書かれたアイルランド文学を論じながら、菊池は日本においてはアイルランド文学が英文学と混同されているが、それは全くの誤りで、ロシア文学が英文学と異なっているように、アイルランド文学は英文学とは全く異なるものであると主張している。「朝鮮文学の希望」における菊池の論理は、支配者の国語によって書かれたアイルランド文学にならって、日本の国語によって朝鮮近代文学を見出して欲しいという彼なりの「応援」なのであろうが、「虐げられてゐる朝鮮」への共感を装った植民地における言語文化支配を推進する提案でもあろう。

そもそも菊池は、「シングと愛蘭土思想」（『新潮』一九一七・一二）において、「一体愛蘭土人は古代のブリトンの末裔で所謂ケルト民族である。凡て政治的に衰亡して行く民族は、詩的で愛すべき性格を持ち合せて居るものだが、ケルトもその例に洩れず、実務的で智的でない代りに極度に空想的で情熱的である」と述べ、アイルランドを政治的に衰亡して行く民族であると位置づけ、イギリス／アイルランド、繁栄／衰亡、実務的・智的／空想的・情熱的という二項対立で捉えていた。彼は、「ケルト人種の血を伝へて居る小泉八雲《ラフカヂオ・ヘルン》先生は日本人の「物のあはれ」

を“ah-ness of things”と訳されたが、欧洲の人種の中で「物のあはれ」を知る国民は唯ケルト人ばかりである」として、ラフカディオ・ハーンが日本文化の良き理解者であったのはケルト人であったためであり、「物のあはれ」を知る国民はケルト人だけであるとして日本文化とケルトとの類似性を指摘している。ハーン没後の一九一四年に菊池は、「ラフカヂオ、ハーンを想ふ」という一文を寄稿している。(25)

ハーンは近代人の意識と原始人の心情とを兼ね具へたる詩人である、近代主義の散文的な飛沫を厭いて東海の端は桜咲く国、古日本の夢の漂ふ所、幻覚のうつゝ尚さめやらぬ辺にローマンス猟夫の神秘なる一生を卒へた詩人である。

近代人と原始人の心情を兼ね備え、西欧の近代主義を嫌って「東海の端」日本に夢と幻覚を求めたという風に菊池はハーンを論じる。これらの文章で明らかなように、アイルランドは、近代に対する原始、文明に対する衰亡、実務性や知性に対する空想性・情熱性、現実に対する夢と幻覚という二項対立的図式の後者の方のメタファーで絶えず捉えられてきたのである。そして、英国／アイルランド、現代の日本／古い日本という対応も浮かび上がってくる。こうした一連の菊池の主張をかんがみた場合、菊池はアイルランドを〈西洋の中の日本〉へと喩えたが、そこで喩えられた日本は「古日本」であったことがわかる。一九一四年に「アイルランドを手本」として「大阪をダブリンに」「京都をダブリンに」という合言葉で英国＝東京、アイルランド＝大阪・京都という構図を描いて「大阪芸術創始」「京都の文芸復興」運動を巻き起こそうとしていた菊池が、一九二四年には「朝鮮文学の希望」と称して、自らを支配者側へとスライドさせて、英国＝日本、アイルランド＝朝鮮へとなぞらえた姿勢は一見すると不可解な曲折に見える。しかし、菊池の中では、一九一四年の時点で、英国が近代的、新しい、繁栄、実務的、知性的という役割を担い、アイルランドが原始的、古い、衰亡、空想的、情熱的という役割を担っていた。そのような構図の中で、アイルランドは時には大阪、時には京都、東北、朝鮮へと都合よくあてはめられていったのである。

芥川龍之介、菊池寛、西條八十、山宮允、久米正雄らが二十代の青年だった頃から、約十年後の一九二三年には、イェイツがノーベル文学賞を受賞したことを受けて日本でもイェイツ熱が高まり、様々な研究書や研究論文が発表された。『日本詩人』第四巻第一号（一九二四・一）は「回想のイェーツ」号と題され、早稲田大学在学中に自宅で「愛蘭土文学研究会」を開催し、シングで卒業論文を執筆して以来アイルランド文学研究に熱意を持っていた西條八十が「イェーツ三章」を訳しているほか、野口米次郎、富田砕花、佐藤清、幡谷正雄ら、アイルランド文学に縁の深い詩人・研究者が寄稿している。この年は『英語青年』も第九号〜第十二号（三月一五日）まで、福原麟太郎、野口米次郎、山宮允、矢野峰人、竹友藻風らがイェイツに関する評論を続々と掲載している。アイルランド文学の翻訳者・松村みね子がシングの戯曲の翻訳を集成した全集『シング戯曲全集』（新潮社、一九二三）を出版し、日本での受容が円熟期に入ったという観がある。

第五節　丸山薫「あいるらんどのやうな田舎へゆかう」

一九二六年の三月三一日の、ロンドンの新聞モーニング・ポストには、「ある日本の戯曲家」（"A Dramatist of Japan"）と題するグレン・ショー訳の菊池寛『藤十郎の恋　他四篇』（*Tōjūrō's Love and Four Other Plays*, 1925）の紹介記事が掲載され、一一月二八－二九日にはダブリンのアベイ座で「屋上の狂人」（*The Housetop Madman*）が上演された。

同じく一九二六（大正一五）年一二月には、詩人百田宗治（一八九三－一九五五）が主宰する詩の同人誌『椎の木』同人であった北海道時代の伊藤整が、椎の木社から第一詩集『雪明りの路』でデビューしている。小樽高等商業学校時代の伊藤整は、イェイツの『葦間の風』を英語でノート（黒インク、全三七頁）に書写しており[26]、『雪明りの路』（椎の木社、一九二六）にもイェイツの影響は色濃い。見開きには、『葦間の風』より“He Wishes for the Cloths of Heaven”が掲げられており、イェイツを思わせる若いアイルランド人が、失った若い恋の日々を回想する詩「Yeats.」が収録されている。整は序文で、「此の詩集の大部分を色づけてゐるのは北海道の自然である。北海道の雪と緑とである」「私の詩でこの郷土色を持たないのは「糧を求める」や「皆の分まで」等主として感情を取扱った数篇にすぎない」と書いている[27]。後述するが、整がイェイツの詩を媒介として北海道の「郷土色」を発揮した詩の創作へと向かった行程がうかがえる。伊藤整は、一人の「詩人」が自分自身の文学を探し出すために旅立つまでの精神的な軌跡を、小樽高等商業学校入学時から文学を志して東京へと向かうまでの道のりによって描き出した『若い詩人の肖像』（新潮社、一九五六）では、北海道で詩を書くことの問題と向き合っている。作品の舞台は一九二二年から一九二八年頃に設定されており、『若い詩人の肖像』はその題名からも、伊藤整が日本に翻訳・紹介したジョイス『若い芸術家の肖像』を喚起させるのだが、ジョイス、シング、イェイツらアイルランドの作家達の作品が直接的・間接的に引用されている。『若い詩人の肖像』の主人公「私」は、北海道の小樽高等商業学校時代にシングの戯曲やイェイツの詩などによって文学に目覚めていく。『若い詩人の肖像』において、「生れて初めて北海道を離れ、「内地」へ旅をすることになった」「私」は、青函連絡船で青森に出て、新潟へ向かう汽車に乗って、車窓から見える「少年時代の教科書の挿絵」「写真か絵の複製で見た」ことがあるのみの「純日本の風景」「内地という古い日本」に「新鮮な印象」を抱く。作品の中では、「植民地」北海道と「内地」、「私」が喋る「東北訛り」と「内地」から来た学生の「標準語」という様々な要素の対比が重層的に描かれていく。そのなかで、シングの戯曲やイェイツの詩などは、「植民地」北海道で生まれ育った「私」に、詩を通して学んだ感じ方や表現の仕方を通して、「自分の心の本当の表現」を研ぎ澄ませることを教えていく役割を果たしている。

翌一九二七（昭和二）年、伊藤整と同じく『椎の木』同人であった丸山薫（一八九九―一九七四）が詩「汽車に乗つて」を『椎の木』第九号（一九二七・六）に発表する。

汽車に乗つて

汽車に乗つて
あいるらんどのやうな田舎へゆかう
ひとびとが日傘をくるくるまはし
日が照つても雨のふる
あいるらんどのやうな田舎へゆかう
窓に映つた自分の顔を道連れにして
湖水をわたり　とんねるをくぐり
珍らしいをとめの住んでゐる
あいるらんどのやうな田舎へゆかう

この詩は、丸山薫の第三詩集『幼年』（四季社、一九三五）に改稿されて収録される。小田実『何でも見てやろう』（河出書房新社、一九六一）や司馬遼太郎『街道をゆく　三十一　愛蘭土紀行Ⅱ』（朝日新聞社、一九八八）でも引かれ、川口晃による曲もつけられ、丸山の詩のなかでも人口に膾炙した詩である。小田実は、「これを口ずさめば、誰だって、アイルランドへ行ってみたくなるではないか」と言い、司馬遼太郎は、「詩が発表されたころは、軍部が大きく勢力をひろげつつあった。そういう閉塞のなかで、丸山薫は大きなからだをまるめ、動物園の象が草原を恋うようにして海のかなたの「あいるらんど」を恋うたのである」と論じている。高橋哲雄は『アイルランド歴史紀行』（筑摩書房、一九九一）において、「丸山のせきとめられた海へのあこがれ」があると指摘し、「アイルランドは東西どちらを回っても北半球ではいちばん遠い国だから、その分長く船に乗っていられるわけで、その意味では彼にとって理想の異国といえないわけではない」と述べている。彼らは、丸山の詩「汽車に乗つて」にアイルランドへ行きたいという憧れを読み取っている。高橋は、加えて丸山薫の父・丸山重俊（一八五五―一九一一）が、明治政府の官僚であり一九〇七年に韓国政府警視総監に着任したことに着目し、幼年期の薫が父と共に一九〇五年に韓国の漢城（後の京城）に移住した経歴から、「彼の朝鮮体験から、同じく強大な隣国に支配されたアイルランドの民衆への同情と親しみへは、ほんの一歩でしかないからだ。それが、無意識のうちであれ、「汽車にのつて」に結実したのではないか」と、漢城で目の当たりにした日本の支配に虐げられる朝鮮の民衆への同情が、アイルランドへの「同情と親しみ」につながったのではないかと述べている。

司馬や高橋の指摘は、丸山の「汽車に乗つて」を、成立した昭和二（一九二七）年の時代状況と照らし合わせて考えている点で重要であろう。しかし、この詩が、小田や司馬、高橋の述べたように読者にアイルランドという異国への「あこがれ」をかきたてるとしても、「あいるらんどへ行かう」とは書かれず、「あいるらんどのやうな田舎へ行かう」と書かれていることに着目すべきである。佐藤亨は、二〇〇五年に刊行した『異邦のふるさと「アイルランド」国境を越えて』（新評論）において、この詩の一節が「「アイルランドのような田舎に行こう」と書き替えられ」、現在アイルランドへの旅行案内にしばしば引用されることについて、「現在、「アイルランドという田舎へ行こう」という風に意味を変えているようだ」と論じている。そして近年のアイルランドブームについて、「「アイルランド」はわれわれ日本人が身構える必要のない心安らぐ異邦、懐かしさを感じさせる「異邦のふるさと」として人びとの間で親しまれている」と指摘しており重要である。河野賢司は、「狐の嫁入りの超自然的な天候、母親の記憶につながる日傘、鳥や花のイメージとも重なる自然児の少女たち――これらを配した理想的な田舎の典型として丸山の脳裏に浮かんだのが、アイルランドだった」（『周縁からの挑発　現代アイルランド文学論考』溪水社、二〇〇一）と評している。小田、司馬、高橋、佐藤らは『幼年』における後年の改稿後のテクストを引いているが、ここでは一九二七年に『椎の木』に掲載された初出時の「汽車に乗つて」を論じていきたい。

この詩は、発表時の一九二七（昭和二）年当時の日本において「アイルランド」が盛んに翻訳・紹介され、人々のあいだで「アイルランド」のイメージがある程度確立され、かつポピュラーになっていたことを示している。とはいえこの詩においては、「汽車に乗つて」行く地続きの「日本」の「田舎」を、「あいるらんどのやうな」と表現した点にこそ着目すべきであり、つまりこの詩の「あいるらんどのやうな田舎」は、異国ではなく「日本」なのである。確かに、「ひとびとが日傘をくるくるまはし／日が照つても雨のふる」という風変わりで「珍らしい」、日常とは異なるあべこべの世界のような「あいるらんどのやうな田舎」が描かれている。したがってこの詩は一見、地続きであるにしても、自らの風土や文化とは異なる異国の地へ行きたいという願望を表しているようにも思える。

だがしかし、今まで注目されてこなかったが、「あいるらんどのやうな田舎へゆかう」と二度リフレインした後の六行目に置かれる「窓に映つた自分の顔を道連れ」という表現こそが、この詩では重要なのではないだろうか。つまり、「あいるらんど」は、「汽車に乗つて」行ける範囲にある少々変わった風習を持つ「田舎」に重ねあわされ、さらに同時に、目的地であるどこか日本の「田舎」へ向かう汽車の車窓から見える「あいるらんどのやうな」景色もまた、「窓に映った自分の顔」と重ねあわされる。すなわち、「あいるらんどのやうな田舎」を媒介として、「自分の顔」―日本の「田舎」―「あいるらんど」が重ねあわされているのである。車窓に鏡のように映る「自分の顔」を旅の道連れとするということは、「あいるらんどのやうな田舎」への道中では常に「自分の顔」――つまり、自分の鏡像と、「あいるらんどのやうな田舎」への期待が一体化されているということである。都市生活においては自由を抑圧され、本来あるべき姿で振る舞うことの出来ない「自分の顔」が、「あいるらんどのやうな田舎」では、自由にのびのびと存在できる。そんな《田舎礼賛》の意識が丸山のこの詩からは透けて見える。それはすなわち、丸山にとって「あいるらんどのやうな田舎」とは、完全な他者・未知のものと出会うことで予期せぬ意識変革や自己の再発見を与えてくれる土地としては期待されていなかった、ということである。「あいるらんどのやうな田舎」は、こことと地続きであり、今現在の自分を変えることなく安心して遊ばせることのできる、自分の土地として描かれているのだ。

　そして、この詩の八行目の「珍らしいをとめの住んでゐる」という一節も、サイードが『オリエンタリズム』で指摘したような、自らの属している国や文化よりも劣っていると認識している国や文化―この詩では都市に「あいるらんどのやうな田舎」が対置されている―を、「珍らしいをとめ」として表象するオリエンタリズムを内包する目線が看取される。(28) 旅へと出るにしても、「自らの顔」を道連れにしていくことで、「あいるらんどのやうな田舎」を次々と「自らの顔」の中へと領有していく主体があらわれ、「めずらしいをとめの住んでゐる／あいるらんどのやうな田舎へゆかう」という最終行に至って、見られる女性に対して、見る男性という主体、「あいるらんどのやうな田舎」を自らのものと領有していく主体が立ち上がってくるのである。自らの土地とは異なる風習や土地、女性たちも、車窓を鏡として「自らの顔」と二重写しとし、自らの顔の中へと投影することによって、自らのものとしていくまなざしが描かれているのではないだろうか。なぜアイルランドが「異邦のふるさと」であり「理想的な田舎の典型」とされたのか、これこそが、この詩を通して問い直されねばならない問題ではないだろうか。

　『椎の木』第五号（一九二七・二）では、「「雪明りの路」同人合評」が企画され、丸山薫も評を寄せている。彼は、「著者伊藤整君のふるさとは、雪の降りしく後志の国鹽谷村の海岸であり、その詩の一句一句のあわひにも雪の匂ひが沁み込んでゐるやうに思はれる」とし、「真に自分の郷土のすたるじあの上に魂をはぐくみ育てた君のやうな人の出現をば、心から嬉しく思ひます」と書いている。伊藤整が『雪明りの路』『若い詩人の肖像』において、北海道をアイルランドへと重ね合わせていたように、丸山もまた、「汽車に乗つて」において日本の「田舎」と「あいるらんど」とを重ね合わせることで、同時代の文脈の投影を見せている。だが、伊藤整『若い詩人の肖像』の「私」

はアイルランドのような「植民地」北海道から「内地」へと向かう汽車に乗ってゆくのであり、丸山薫の詩「汽車に乗つて」の「あいるらんどのやうな田舎へゆかう」という「自分」とは、ベクトルが逆であることには留意せねばならない。

大正期の文学者が、アイルランドを日本に「似て居る」と指摘し、またアイルランドを時代的、地理的、政治的背景によって、京都や大阪、東北、北海道、そして朝鮮などの様々な像へと重ねてきたことの照り返しがここにはある。日本の「田舎」に重ね合わされるアイルランドは、同時代の文脈においては珍しくない比喩であった。汽車に乗っては行けない地域へも「日本」という国家の境界線が拡張していくにつれて、アイルランドが喩えられる地域も拡がっていき、菊池寛や島村抱月は朝鮮をアイルランドと重ねあわせた。後述するが、伊藤整が北海道とアイルランドを重ね合わせたまなざしには、「内地」「日本」の「真正性」への北海道側からの疑義や抗いの感覚が込められていることに留意しなければならない。しかし、多くの場合、植民地として領有しあるいは「導く」べき対象として、アイルランドと「日本」の「植民地」は重ね合わされた。

芥川龍之介が死んだのは、同じ一九二七（昭和二）年。その年、松村みね子が支援した第一書房から『近代劇全集』が刊行され、その第二十五巻（一九二七）、第二十六巻（一九三〇）が「愛蘭土篇」にあてられ、アイルランドの戯曲が全集という形でまとめられた。

第六節　「アイルランド文学」とは何を指すのか

ここで、アイルランド文学とは何を指すのかという問題について、筆者の見解を述べて置きたい。アイルランド語を話す人々によって書かれた文学か、アイルランドに住まう人々によって書かれた文学か、アイルランド人によって書かれた文学か、そのいずれにも当てはまらなくとも作品にアイリッシュネスが感じられればアイルランド文学か、というように、アイルランド文学という概念とその境界はゆらいでいる。それは、アイルランドという国とその境界をめぐって、戦争や内戦が繰り広げられてきた歴史と無関係ではないだろう。

本書において筆者は、「受容した作家や研究者たちが何を、そしてどのような点を、アイルランド文学だと捉えていたのか」ということを重視した。

すなわち、アイルランド文学が日本近代においてどのように捉えられたのかという問題を解明し、外国文学がどのように受容側の文学作品に影響を与えるのか、また受容側の歴史的・政治的・文化的なコンテクストが、どのように外国文学の翻訳・受容過程や翻訳作品の選定に影響を与えるのかということを考察したい。そのために、日本で書かれたアイルランド文学史における、アイルランド文学とは何かという定義を分析することによって、受容側が表象した〈アイルランド〉を押さえておきたい。

アイルランド文学とは何かを定義しようとする評論が現れてくるのは、アイルランド文学受容が盛んになった大正初期の頃である。厨川白村（一八八〇－一九二三）は、一九一五年の「ケルト文学復興の新運動」[29]において、アイルランド人が「自由民権の思想に動かされ、政治上に於ける自由解放を要求してやまないやうになつた」ため、「近頃の政治上の大問題で愛蘭自治案《アイリシユ・ホオム・ルウル》」が起こり、「虞翁《グラドストン》以来、今の欧州戦乱爆発の前まで、実に英国政界の難問題の一つであつた」と、アイルランド文学を語る際に政治上の動きから書き始める。そして、これらの政治状況は、「ケルト民族が覚醒の結果に他ならない」とし、「一民族の覚醒は、それが政治上に現はれると共に、必ずやまた文学芸術の上にも現はれなければならぬ」と述べている。厨川は、「ケルト民族の覚醒」が文学にも現れたものとしてアイルランド文学を捉えているのである。

> 世紀末の英国に近代芸術としての演劇を興したものは、愛蘭人としては、ショオやワイルドがある。しかし

劇壇のこの二大天才が盡くした所は、愛蘭といふ一地方、一郷土の芸術の為ではなくて、寧ろ英国——否な欧州全体の劇道のためであつた。純粋の郷土芸術としての愛蘭劇を起して、近代劇の史上に特筆大書すべき功績を遺したものは、詩人イエイツによつて創《はじ》められたる愛蘭文芸座《アイリシユ・リテラリ・シアタア》である。[30]

厨川は、ショーやワイルド（Oscar Wilde, 1854-1900）の芸術は、「ケルト民族の覚醒」の結果ではなく「英国」「欧州全体の劇道のため」であったために、アイルランド近代劇史では論じないとしている。そのような評価軸の下で、厨川が評価するのは、イエイツらがおこしたアイルランド文芸復興運動である。厨川は「愛蘭文芸座」の意義について、「思想上芸術上の意味ある演劇を起し、特に愛蘭特有の気分空気《アトモスフィア》を出し地方色《ロオカル・カラア》を鮮明ならしめんが為めには、愛蘭農民の純朴簡素の生活を写し、口碑伝説の類を材料として用ゐると共に、また特殊なる演出法を用ゐた」[31]ことにあると書いている。厨川が、アイルランド芸術の創始としてアイルランド文芸復興運動を挙げるのは、「純粋の郷土芸術としての愛蘭劇を起し」、「愛蘭特有の気分空気」[32]を表現しようとしたためなのである。

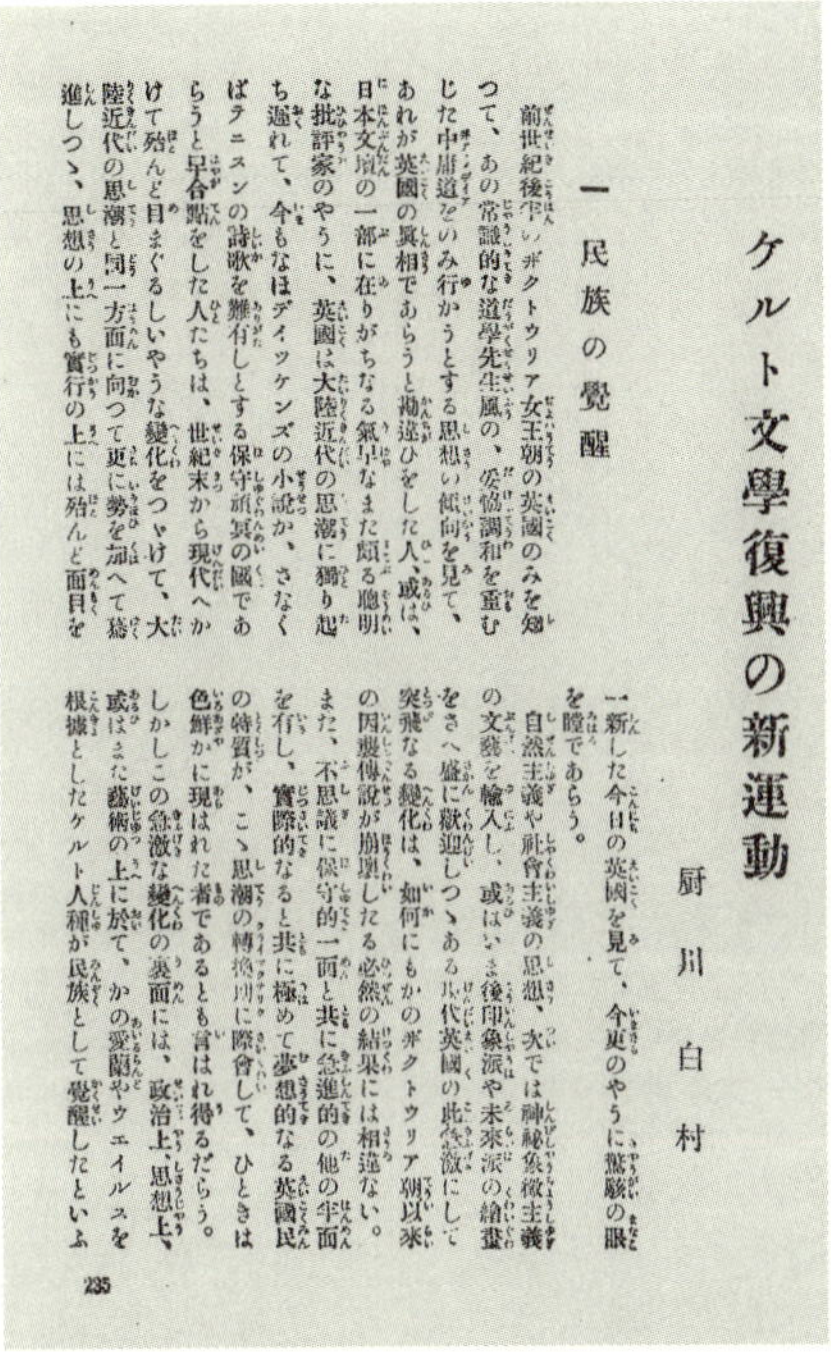
ケルト文學復興の新運動

厨川白村

一　民族の覺醒

前世紀後半ヴイクトウリア女王朝の英國のみを知つて、あの常識的な道學先生風の、妥協調和を重むじた中庸道のみ行かうとする思想い傾向を見て、あれが英國の眞相であらうと勘違ひをした人、或は、日本文壇の一部に在りがちなる氣早なまた頗る聰明な批評家のやうに、英國は大陸近代の思潮に獨り起ち遁れて、今もなほディッケンズの小説か、さなくばテニスンの詩歌を擁有しとする保守頑冥の國であらうと早合點をした人たちは、世紀末から現代へかけて殆んど目まぐるしいやうな變化をつゞけて、大陸近代の思潮と同一方面に向つて更に勢を加へて驀進しつゝ、思想の上にも實行の上には殆んど面目を一新した今日の英國を見て、今更のやうに驚駭の眼を瞠であらう。

自然主義や社會主義の思想、次では神秘象徴主義の文藝を輸入し、或はいま後印象派や未來派の繪畫をさへ盛に歡迎しつゝある現代英國の此急激にして突飛なる變化は、如何にもかのヴイクトウリア朝以來の因襲傳説が崩壞したる必然の結果には相違ない。また、不思議に保守的一面と共に急進的の他の半面を有し、實際的なると共に極めて夢想的なる英國民の特質が、こゝ思潮の轉換期に際會して、ひときは色鮮かに現はれた者であるとも言はれ得るだらう。しかしこの急激な變化の裏面には、政治上、思想上、或はまた藝術の上に於て、かの愛蘭やウエイルスを根據としたケルト人種が民族として覺醒したといふ

235

図3　厨川白村「ケルト文芸復興の新運動」（『文章世界』1915. 1）（日本近代文学館収蔵）

さらに、大正期に盛んにアイルランド文学を受容し、アイルランド文学に関する紹介文を多く執筆した菊池寛は、一九一七年の「シングと愛蘭土思想」において以下のように述べている。

或人は英国《イングランド》と愛蘭土《アイルランド》とを全く同

じやうに考へて居る、が、英国《イングランド》と愛蘭土《アイルランド》とは人種を異にし、歴史伝統を異にし、其他の凡てを異にした全く違つた別な国である。如何なる場合にも、英文学と愛蘭土《アイルランド》文学とは豌豆と真珠のやうに違つたものである（中略）愛蘭土文芸復興の三尊と云へば、イエーツ、グレゴリイ夫人、及びシングの三人であるが、其中でイエーツのみが日本へ伝へられ過ぎて居る。（中略）真に愛蘭土の生活を語り真に愛蘭土の思想を語るものは、わがジョン・マイ《マ》リングト《マ》ン・シングである。(33)

ここからは、菊池が英国とアイルランドが「人種を異にし、歴史伝統を異にし、其他の凡てを異にした全く違つた別な国」であることを認識し、そのために「如何なる場合にも、英文学と愛蘭土文学とは豌豆と真珠のやうに違つたもの」と考えていたことがわかる。そして、イエイツ、グレゴリー夫人、シングの三人を「愛蘭土文学」として捉え、何がアイルランド文学かという問題に関して、「真に愛蘭土の生活を語り真に愛蘭土の思想を語る」ことを重視していることがうかがえる。菊池寛は同じ文章の中で、「英国のバーナアド・ショオなどになると、自分から自分の戯曲を教訓主義だと云つて白状して居る(34)」と述べ、厨川白村と同様に、ショーを英国の作家だと見なしている(35)。

東京帝国大学英文学会編『英文学研究』シリーズの別冊として、おそらく日本における最初のアイルランド文学史として、一九二二年に刊行された佐藤清（一八八五―一九六〇）の『愛蘭文学研究』においても、アイルランド文学を語る際に、イギリスとアイルランドの関係が言及される。佐藤清は「復興期文学は英国に対する政治的反抗、即ち、攻撃的愛国心の猛烈な絶叫を含まないわけではないが、文芸として、もつと価値あるものを創造することに努力した」と指摘し、「彼等は広大なる愛蘭の伝説を採つて、愛蘭国民性の表現をば、もつと真実に、もつと確実に為すことが出来たのである(36)」と述べている。さらに佐藤は、「『ケルト文芸復興』は、狭義で言ふ『英国の影響』から脱却せんとする意識的努力であつた。即ち、政治的に英国から分離せんとする運動といふよりも、寧ろ、人々

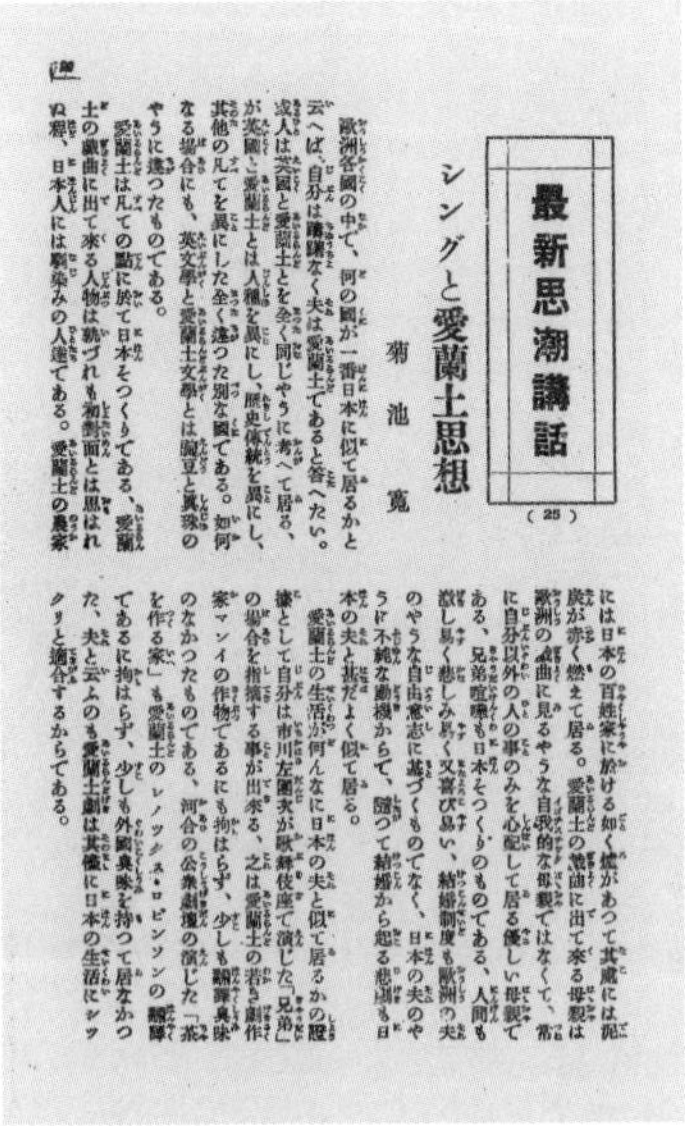

最新思潮講話

シングと愛蘭土思想

菊池寛

(25)

歐洲各國の中で、何の國が一番日本に似て居るかと云へば、自分は躊躇なく夫は愛蘭土であると答へたい。遠人は英國と愛蘭土とを全く同じやうに考へて居る、が英國と愛蘭土とは人種を異にし、歴史傳統を異にし、其他の凡てを異にした全く違つた別な國である。如何なる場合にも、英文學と愛蘭土文學とは豌豆と眞珠のやうに違つたものである。

愛蘭土は凡ての點に於て日本そつくりである、愛蘭土の戲曲に出て來る人物は孰づれも初對面とは思はれぬ程、日本人には馴染みの人達である。愛蘭土の農家には日本の百姓家に於ける如く爐があつて其處には泥炭が赤く燃えて居る。愛蘭土の戲曲に出て來る母親は歐洲の戲曲に見るやうな自我的な母親ではなくて、常に自分以外の人の事のみを心配して居る優しい母親である、兄弟喧嘩も日本そつくりのものである、人間も激し易く悲しみ易く又喜び易い、結婚制度も歐洲の夫のやうな自由意志に基づくものでなく、日本の夫のやうに不純な動機からで、隨つて結婚から起る悲劇も日本の夫と甚だよく似て居る。

愛蘭土の生活が何んなに日本の夫と似て居るかの證據として自分は市川左團次が歌舞伎座で演じた「兄弟」の場合を指摘する事が出來る、之は愛蘭土の若き劇作家マンイの作物であるにも拘はらず、少しも飜譯臭味のなかつたものである、河合の公衆劇壇の演じた「茶を作る家」も愛蘭土のレノツクス・ロビンソンの飜譯であるに拘はらず、少しも外國臭味を持つて居なかつた、夫と云ふのも愛蘭土劇は其儘に日本の生活にシツクリと適合するからである。

図4　菊池寛「シングと愛蘭土思想」（『新潮』1917.12）イェイツ肖像

のうちにもっと美い生活を恢復せんとする企であった」と定義している。(37)

佐藤が、ケルト文芸復興運動に関して、「英国の影響」から脱却する意識的努力をした点と定義づけている箇所が興味深い。つまり佐藤は、政治的側面だけではなく文学的側面においても、「英国の影響」から抜け出ようとし、アイルランド独自の文学・芸術を創造しようとした点を評価しているのである。(38)

佐藤清が指摘するように、一九世紀末のアイルランドでは、「英国の影響」から脱却しようとする意識的な努力、すなわち「脱英化（de-anglicization）」が、文学・芸術だけではなく、様々な分野で提唱され、試みられた。マイケル・キュザック（Michael Cusack, 1847–1906）が、一八八四年にゲーリック・アスレティック連盟（Gaelic Athletic Association）を創設し、アイルランド独自の伝統的なスポーツ（native games）である「ハーリング」（hurling）や「ゲーリック・フットボール」（Gaelic football）などの復興を提唱した。また、ダグラス・ハイド（Douglas Hyde, 1860–1949）は一八九三年にゲーリック・リーグ（Gaelic League）

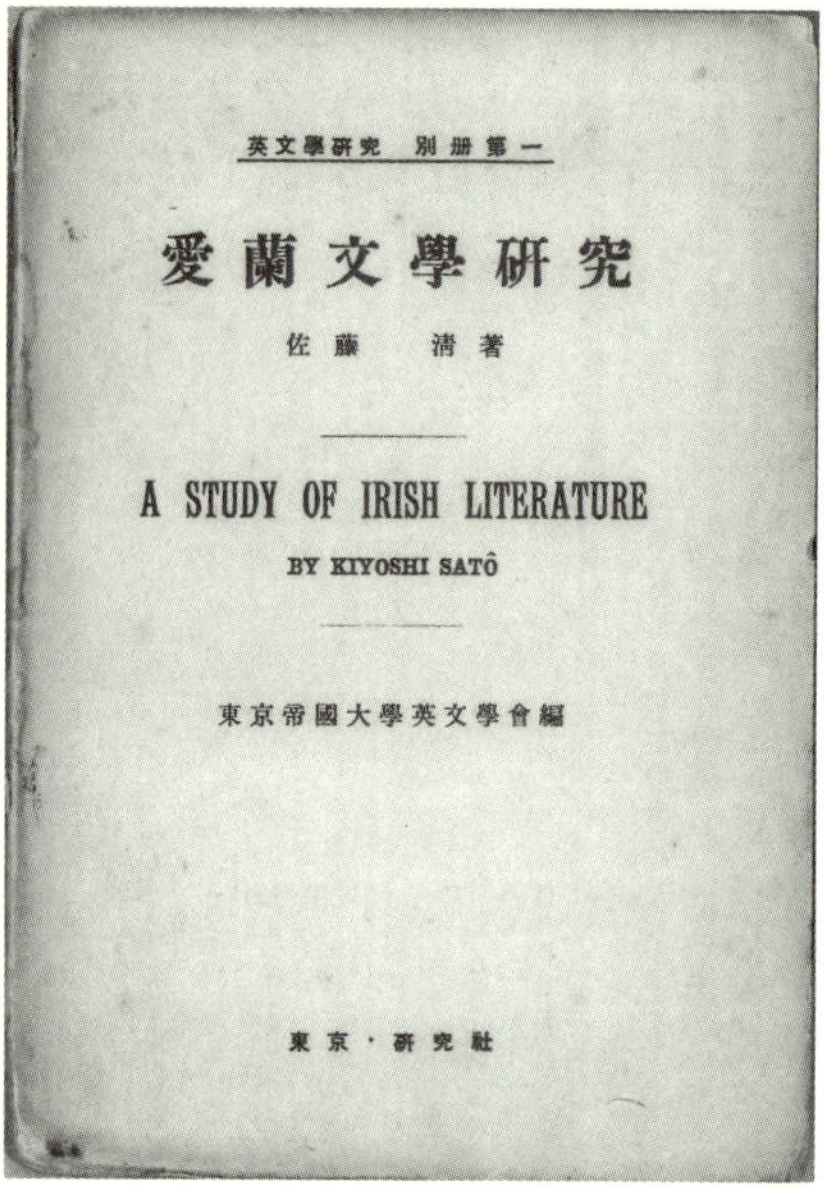

図５　佐藤清『愛蘭文学研究』
（研究社、1922）

を創設、ゲール語の復活を提唱した。このような運動に刺激され、アイルランドのあらゆる分野にナショナリスティックな動きが起こった。イェイツやグレゴリー夫人らのアイルランド文芸復興運動もまた、突如として出現した孤立したものではなく、このような大きな時代のうねりのなかにあったのである。[39]

一九二五年に刊行された菊池寛・山本修二（一八九四－一九七六）『英国愛蘭近代劇精髄』においては、アイルランド劇の範疇について、以下のように述べている。

　オスカア・ワイルドやバアナアド・ショオも、何れも愛蘭の出身である。が、これらの人々はただその生れが愛蘭であつただけで、早い話が、愛蘭の生活を描いたものは、ワイルドの劇には一篇もなく、ショオの劇には、僅かに『ジヨン・ブルの他の島』があるばかりだ。いくら貧乏人の子に生れても、その人の作品がプロ文学とは云へないやうに、これらの人の戯曲には明確な民族意識が欠けてゐるから、愛蘭劇の仲間には這入らない。[40]

『英国愛蘭近代劇精髄』では、アイルランド出身やアイルランド生まれであっても、アイルランドの生活を描くことがなく、作品に「明確な民族意識が欠けてゐる」ことを理由として、ワイルドやショーはアイルランド演劇の範疇から外されている。

このようなアイルランド文学に対する考え方は、一九三三年に刊行された矢野峰人（矢野禾積、一八九三－一九八八）の『アイルランド文学史』にも言えることである。

> これから私の説かうとする愛蘭文学といふのは、愛蘭語で書かれた所謂ゲイリック文学でもなく、また愛蘭生れの文人が英語で書いた文学のすべてを意味するのでもない。なるほど、愛蘭生れの文人の中には、例へばJonathan Swift（1667–1745）, Oliver Goldsmith（1728–1774）, Edmund Burke（1729–1797）, Richard Brinsley Sheridan（1751–1816）などの如く、英文学史上不朽の位置を占めて居る者も無いではない。然し、彼等は、唯、愛蘭で生れたといふ極めて偶然的な事実以外に、何等愛蘭と関係を有せざるものである。そして、恐らくは此一事さへも、普通の読者には殆ど忘れられて居るか、或は全く気づかれない程迄に、彼等の書くものは英国的なのである。(41)

図6　菊地寛・山本修二
『英国愛蘭近代劇精髄』（新潮社、1925）

矢野は、スウィフト（Jonathan Swift, 1667–1745）やゴールドスミス（Oliver Goldsmith, 1728–74）、バーク（Edmund Burke, 1729–97）、シェリダン（Richard Brinsley Sheridan, 1751–1816）といった作家たちは、アイルランドで生まれたという事実を共有するのみで、その作品が「英国的」であるために「愛蘭文学」にはあたらないと主張する。続けて、矢野は「私が茲に扱はうとする愛蘭文学は、必らずしも愛蘭生れの作家が愛蘭に題を採れるものを意味するのでもない」と述べる。例えば、「Maria Edgeworth（1767–1849）は祖国の農民の姿を取入れた、極めて愛蘭的色彩に富める小説を盛に書き、また Byron の友 Thomas Moore（1779–1852）は愛蘭の曲譜に合せて歌ふべき *Irish Melodies*（1807）を綴つた」が、「彼等は、彼等が愛蘭人なることを深く意識し、英吉利文化から脱れ出て、彼等民族に固有なるものを発揮しようなどとは考へなかつた」ため、アイルランド文学とは呼べないと書いている。そして、その理由として、「民族的精神に対する何等の自覚も無く、従つて、これを強調しようとする意識的な努力など、勿論無かつた。その上に、彼等の出現も亦単に孤立的なものに過ぎず、その遺志を継承する人も無かつた。否、継承すべき遺志などといふものすらはじめから無かつた」ためであると主張する。

そして、矢野はアイルランド文学を、より厳密に定義しようとする。

> 私がこれから述べようとする愛蘭文学といふのは、英語を以て表現の媒体とする愛蘭人の文学の中でも、愛蘭人といふ強い自意識の下に、特に愛蘭的精神を表現しようと企てたもの、即ち、前世紀の終に近く、期せずしてスコットランド、ウェイルズ等にも起つたケルト復興（Celtic Revival）運動の中、愛蘭に於ける文芸活動を意味するのである。故にこれを「近代愛蘭文学」と呼ぶも「愛蘭文芸復興」と呼ぶも差支え無い。要は、彼等の一切の活動の根底に強い民族的意識が横たはつて居り、これが単独孤立的でなく、どこ迄も協力的合同的であつた事にある。かくしてこそ、彼等の文芸運動を目して、はじめて一の「運動《ムーヴメント》」と呼び得るのである。[42]

ここで矢野は、「英吉利文化から脱れ出て、彼等民族に固有なるものを発揮しよう」とし、「愛蘭人といふ強い自意識の下に、特に愛蘭的精神を表現しようと企てたもの」をアイルランド文学と呼ぶと定義している。それは、「ケルト復興（Celtic Revival）運動の中、愛蘭に於ける文芸活動」を展開したイェイツ、グレゴリー夫人、シングによるアイルランド文芸復興運動であり、矢野は「彼等の一切の活動の根底に強い民族的意識が横たはつて居り、これが単独孤立的でなく、どこ迄も協力的合同的であつた」ことを重視している。矢野が、アイルランド文学の要点を「運動《ムーヴメント》」と捉えていた背景には以下のような考えがある。

> 愛蘭文芸復興の運動は、政治的側面に於ける「自治」（Home Rule）問題と呼応するもので、前者が多くの優秀なる作家を、世界の文壇に送ると共に、アベイ座 Abbey Theatre の設立に目出度結晶したと同様、後者は様々の紆余曲折を経た後で「愛蘭自由国」（Irish Free State）の出現となつたのである。
> 然しながら、近代愛蘭に於ける文学的活動と政治的運動とが、殆ど時を同じうして「愛蘭の独立」「民族自決」といふ同一方向に向つたといふだけの理由よりして、愛蘭文芸復興が、最初から最後迄、社会問題や政治的闘争と、密接なる関係を保つて居たやうに速断するのは、甚だしい誤謬である。この文芸運動の領袖達の本意とする所が、如何に政治的覊絆から脱却した純粋なる文芸を創造する事にあつたかといふ事は、彼等の作品や言説を見れば一目して瞭然たるであらう。[43]

矢野は、「文学的運動」である「愛蘭文芸復興の運動」と「政治的運動」である「自治問題」が「呼応」するものであるとしながらも、アイルランド文芸復興運動の目指すところは、「政治的覊絆から脱却した純粋なる文芸を創造する事」と、政治問題と切り離された文学作品として、評価する視点が必要であることを述べている。この点では佐藤清の捉え方に近いと言える。

山本修二は、「いわゆる演劇不毛の地、もしあってもそれはイギリスからの直輸入にすぎなかったアイルランドに国民演劇の花を咲かせ、根強い伝統を築きあげたのは、いくたりかの人間の霊感と熱情と苦難とのたまものであった。中でもとりわけて印象的な逸話は、それまでお互いに知らなかったイェーツとグレゴリー夫人とのふとしたある日の会談からアイルランド演劇が生れたこと、たまたまパリの宿舎でイエーツがシングに与えた忠告が劇作家シングを生みだす機縁になったことなどである」と述べている。[44]

尾島庄太郎（一八九九―一九八〇）は、『現代アイァランド文学研究』において、「近代アイァランドは言語の上から二種の文学をもっている。一はアイァランド語で書かれた文学、即ち八世紀以降つたえられたケルト文学であり、一はここに述べようとする、英語で書かれた文学即ちアングロ・アイァリッシュの文学である」と述べる。そして、「アングロ・アイァリッシュの文学はスウィフト、ゴオルドスミス、シェリダンや論説家グラッタン、バークなどをもって始まる。しかし、かれらからアイァランド本然の心情を聴くことはできない」[45]と述べている。さらに、尾島は、「スウィフトや、シェリダンや、ヂョオヂ・バークレーなどはいうまでもなくゴオルドスミスや、エドマンド・バーク、オスカー・ワイルド、なお近くはルイス・マクニース、セシル・デイ・ルイスなども、厳密にいえばアイァランド国民の性情の意向に即し、またアイァランド国民を相手として書いた文学者ではないので、アイァランド文学史からは除かれるようなことになるかもしれない」と言い換えている。[46]

一方、日本以外では、どのような言説があったのかを同時代の言説から押さえておきたい。ダブリンに生れ、アメリカへと移民した評論家アーネスト・ボイド（Ernest Boyd, 1887-1946）は、*Ireland's Literary Renaissance*（New York: J. Lane, 1916）の序文で、「言語運動の勃興とケルトの起源への回帰は、英国化やナショナリズムの古い代表者には知られていない、新しい文学へと、個性と伝統とを与えた。そしてその新しい文学は、英国の傾向よりもゲール族の傾向を示すようになった」[47]と述べている。

ボイドは、「オスカー・ワイルドとバーナード・ショーは、ゴールドスミスやシェリダンと同じく、英文学史に属している」[48]として、論じていない。その理由として、ボイドはアイルランド文学とアイルランド文学批評について以下のように述べている。

As a rule, studies of Irish writers, whether articles or monographs, are written from an essentially English point of view. The subject is conceived, in other words, as part of English literature, and every effort is made to challenge attention by claiming for some Irish work a place amongst the masterpieces of the English genius. (.....) Irish criticism is not interested in such comparisons, being primarily concerned in establishing a ratio of national literary values for Irish literature.(49)

概して、アイルランドの作家の研究は、論文でも小論でも、本質的に英国的な視点から書かれている。言い換えれば、アイルランド文学は英文学の一部として考えられ、あらゆる努力は、英国の天才の傑作のあいだにいくつかのアイルランドの作品のための場所を要求することによって注目を喚起することに払われてきた。（中略）アイルランドの文学批評は、そのような比較には関心はなく、アイルランド文学のための国民文学的な価値の比率を確立することに元来関わりがあるのだ。

図７「ショー特集号」
（『改造』1933 年 4 月号）

ボイドは第一章で、先駆者としてマンガン（James Clarence Mangan, 1803–1849）、サミュエル・ファーガスン（Samuel Ferguson, 1810–1886）を、第二章、第三章で源泉としてスタンディシュ・オ・グレイディ（Standish O'Grady, 1846–1928）やダグラス・ハイド、第四章で過渡期としてウィリアム・アリンガム（William Allingham, 1824–89）を論じている。さらに、第五章から第十五章においてアイルランド文芸復興期の作家たち、イェイツ、グレゴリー夫人、シングだけではなく、ジョン・トドハンター（John Todhunter, 1839–1916）、キャサリン・タイナン（Katherine Tynan, 1861–1931）、ジョージ・ラッセル、ポードリック・コラム（Padraic Colum, 1881–1972）、トマス・マクドナー（Thomas MacDonagh, 1878–1916）、ジェイムズ・H・カズンズ（James H. Cousins, 1873–1956）、ジョン・エグリントン（John Eglinton, 1868–1961）、ラザフォード・メイン（Rutherford Mayne, 1878–1967）、ジョージ・ムア（George Moore, 1852–1933）、エドワード・マーティン（Edward Martyn, 1859–1923）、ジェイムズ・スティーヴンズ（James Stephens, 1880–1950）、ロード・ダンセイニらを論じている。しかし、彼は、ワイルドとショーについては英文学の伝統に属する作家なので取り上げないということを繰り返す。ボイドは、各作家の作品が、アイルランドの国民文学的であるかどうかを決定した上で、研究するという姿勢を打ち出したのだ。

また、アイルランドの評論家アンドリュー・E・マローン（Andrew E. Malone, 1888–1939）は、*The Irish Drama*（London: Constable & Co., 1929）の第一章「アイルランド国民演劇の必要性」（The Need for Irish National Drama）を、「二〇世紀初頭の二五年間においてアイルランド演劇が獲得した卓越した地位は、一九世紀末までのアイルランドにはアイルランド語と英語のどちらにおいても国民演劇が全く無かったという事実を、覆い隠しがちである[50]」という言葉から書き出している。ファーカー（George Farquhar, 1677 or 1678–1707）以来、ゴールドスミス、シェリダン、ワイルド、ショーというアイルランド生まれの作家は卓越した存在であり、「ファーカーからショーに至るアイルランドの作家の系譜がなかったら、イギリス喜劇は、その風刺的な内容において全く不充分なものになっただろう。というのは、風刺的な内容を欠けば、喜劇はその面白みを失うのである[51]」としつつも、以下のように述べる。

It is somewhat unfortunate that Ireland should occupy such an inconspicuous place in the work of all these writers, and that they gave so little attention to the development of the drama in their own country. They had at their disposal in Dublin, and elsewhere throughout the country, good theatres and good acting, but the lure of London was irresistible, and

England gained what Ireland lost: a gain and a loss to which Ireland has become accustomed in other branches of activity than those of the theatre and the drama. But perhaps, as Bernard Shaw once said to the *Dairy Mail*, it is only because "Ireland would see through him in ten minutes, and he made a living in England".(52)

アイルランドがこれらの作家の全ての作品のなかでそのような目立たない場所しか占めることがなく、彼等が彼等自身の国の演劇の発展に殆ど注意を払わなかったことは、いささか残念である。彼らはダブリンや、その他至る所で、よい劇場と優れた演技とを思い通りにできたのだが、ロンドンの魅惑には抗し難く、イギリスはアイルランドが失ったものを獲得したのであった―この損失と獲得については、劇場と演劇以外の他の活動の部門においてもアイルランドが慣れてしまったものである。しかし、おそらく、バーナード・ショーがかつてデイリー・メイル紙に語ったように、「アイルランドは十分で彼を見通してしまう、だからイギリスで生計を立てたのだ」ということに過ぎないのかもしれない。

マローンは、イギリスの植民地政策とプロテスタントに対する保護の必要から、アイルランドでは国民文化とカトリックは低い地位に貶められてきたと述べ、そのために最近になるまでアイルランド独自の芸術の発達が妨げられたと主張する。アイルランド人がイギリスやアメリカへと移民してきた歴史のなかで、ファーカーからショーに至る才能ある人材が海外へと流出し、「イギリスはアイルランドが失ったものを手に入れ」てきたのである。(53)

When that theatre gave its first performance in Dublin in 1899 the Irish national theatre was born, and a new national drama was added the world. Hitherto everything that Ireland had given to drama was given to English drama, now and henceforth it would have a drama of its own which would represent it to the world in somewhat nobler guise than the plays of Boucicault and Whitebread, and more worthily voice the culture which it had so long striven to make vocal.(54)

アイルランド文芸劇場が一八九九年にダブリンで最初の公演を行ったとき、アイルランドの国民的な演劇が誕生し、新しい国民演劇が世界に加わった。この時点までは、アイルランドが演劇に与えた全てがイギリス演劇へと寄与することになっていたのだった。今や、そしてこれからは、アイルランドは固有の演劇を持つことになった。それは、ブーシコーやホワイトブレッドの演劇よりも幾分高貴な装いで、そしてより立派な声で、声に出すことをとても長い間努力してきた文化を、世界に向って表現するだろう。

このように、マローンは、イギリスの芸術に寄与するという形ではなく、アイルランド独自の芸術を模索し、自らの文化を発信しようとしてイェイツが計画したアイルランド演劇運動（Irish Dramatic Movement）を評価した。彼は、イェイツがジョージ・ムア、エドワード・マーティン、グレゴリー夫人と共に設立したアイルランド文芸劇場（the Irish Literary Theatre）がダブリンで最初の公演を行った一八九九年に、アイルランド演劇の起源を見出している。

これまで、厨川白村、菊池寛、山本修二、佐藤清、矢野峰人、尾島庄太郎らによるアイルランド文学の定義を確認してきた。これらの言説に共通していることは、第一に、アイルランドに生まれたからとは言え、アイルランド人という自覚を持って創作活動を行わなかった作家の作品はアイルランド文学とは見なせないという見解である。第二に、アイルランド文学の起源を一九世紀末のアイルランド文芸復興運動に求めていることである。これら紹介者・研究者・作家達の〈アイルランド文学〉へのイメージには、多少なりとも受容した側のバイアスがかかっている。しかし、論者は、これらの紹介者・研究者・作家等の思い描いたアイルランド文学史が、正しいかどうかを判断することを目的とはしていない。

アイルランド独自の芸術を生み出そうとしたイェイツやグレゴリー夫人らは、アイルランドの古い伝説を研究し、口承文学や民話、妖精譚を採集し、それらに題材を取った詩や戯曲を生み出していく。イェイツとシングは、共にアイルランド神話のアルスター伝説群に登場するデアドラに題材を採り、イェイツは「デアドラ」（*Deirdre*,

1907）、シングは「悲しみのデアドラ」（*Deirdre of the Sorrows*, 1910）を執筆した。その一方で、イェイツは、アイルランドの象徴としての女性を登場させ、自治問題を戯曲の形で描いた戯曲「キャスリーン・ニ・フーリハン」（*Cathleen Ni Houlihan*, 1902）を執筆し、シングはアイルランド語方言を戯曲に取り入れ、アイルランドの地方の農民や放浪者の姿を描き出した。アイルランド文学は多面性を持っており、それらのどの側面に着目するかによって、受容する作品や作家は全く異なってくる。

外国文学の受容は、受容側の歴史的・政治的・文化的コンテクストに左右され、異文化受容の場合において、受容側が、受容する対象に対して抱くイメージは、時によって憧れや蔑視などによって都合よく歪められる。何を受け入れ、何を排除するのか、という問題には受容側の選択が働くためである。

第二章

明治期におけるアイルランド文学受容

——雑誌記事の調査を中心として——

第一節　先行研究と問題の所在

本章では、明治期におけるアイルランド文学の受容の様相について論じる。調査は文学に関する記事を中心としたが、当時の雑誌には文学のみならずアイルランドの政治や経済状況が文学と共に紹介されていた。これは、アイルランド文芸復興運動が、アイルランド自治・独立運動と切り離せない関係だったためである。したがって、文学紹介記事と同時に、アイルランドの政治的・経済的状況を紹介する記事も考察の対象とした。(1)そのことによって、当時の文学者たちが、なぜアイルランドに興味を抱いたのかということがより鮮明になると考えられる。個々の執筆者ごとの調査や作品分析においては見えてこないものを、雑誌メディアなどの一次資料を具体的に調査・分析することによって明らかにしたい。(2)

日本近代におけるアイルランド文学受容に関しては、日本イエイツ協会・早稲田大学図書館編『イエイツ生誕百年記念展　イエイツと日本　展観目録』(日本イエイツ協会・早稲田大学図書館、一九六六)において、イエイツが日本に紹介・翻訳された著作・雑誌の書誌情報が整理された。しかし、シング、グレゴリー夫人といったイエイツ以外のアイルランド文学復興運動期の作家たちの受容に関する調査はまだ行われていない。イエイツが具体的にどのような言説において受容されてきたかという問題に関しては、市川勇「明治期の雑誌に於けるイエイツ紹介状況―「太陽」を中心に」(『エール』創刊号、一九六八)に詳細な調査がある。(3)本章では、市川の研究成果を継承しながら、イエイツ以外のアイルランド文学紹介記事も調査した。『太陽』が総合誌であることに着目し、巻頭グラビアや政治記事においてアイルランドが取り上げられた記事も調査し、文学と政治の関係性を考察することに努めた。現在まで『太陽』以外の文芸雑誌・同人雑誌をも視野に入れた総合的な調査はまだ行われていない。本章では、

血なまぐさき愛蘭

＝愛蘭自由國の成立＝

河瀬蘇北

一、愛蘭と云ふ島

前の米國大統領ウィルソン氏が、ヴェルサイユ會議で、民族自決主義と云ふのを高唱して以來物議として世界の諸方に獨立運動が起り、人騷がせが、今に斷えないが、その中でも別けて騷ぎの烈しいのは、愛蘭の獨立運動だ。

抑も愛蘭と云ふ島は、英本島の西にある菱形の大きな島で、人口四百萬、面積は我が北海道と同じくらゐ、農業の旺んな島で、麻や馬鈴薯、麥等が產物である。愛蘭に渡るには、蘇格蘭のグラスゴーから汽車でアルドロサンに行き、そこから連絡汽船で北海々峽を橫斷し、北部愛蘭の首府ベルファストに渡るか、或はリバプールから汽車で三時間のホリイヘッドに行き、連絡汽船で愛蘭海を超え、キングスタウンに上陸し、そこから汽車で(三十分)南部の首都たるダブリンに入るが順路である。倫敦からリバプールを經てダブリンまでの時間は、船車共で、約一晝夜の行程だ。

愛蘭は、明かに二つに分れて居る、卽ベルファストを首都とする北部愛蘭(アルスター)と、ダブリンを首都とする南部愛蘭である、北部は英蘭人又は蘇格蘭人で、その本國と同じく新教を奉じ、南部は英蘭人とは全然異つたケルト人で、宗教も羅馬舊教を奉じて居る、この人種の相違、宗教の異ひが久しき愛蘭騷動の抑もの原因である。

愛蘭が英國の司配下に立つたのは、第十二世紀の中葉からで、以來英國から皇帝の任命にかゝる總督がダブリンに駐在して、長馬の權を掌り、英本國に愛蘭事務大臣なるものがあつて、その政治を見て居た。愛蘭人は蘇格蘭人と同じく政權を與へられ、現に百三名の議員が英國の議會に列して居る。

愛蘭の首都で、常に騷動の中心であるダブリン市は、現在人口二十萬餘、リッフェイ河の河口に近く、五六百噸の汽船が、市の中央まで入る事が出來る、風光のよい市ではないが、商業は旺んで、名產としては絹毛混織物が隆盛である。その他の製造工業はあまり旺んでない。

ダブリンから北部の首府のベルファストまでは、汽車で約三時間、これも赤騷動の中心であるが、ベルファストには、今は一九一四年から始まつたアルスター議會があり、全然南部愛蘭と離れ英國皇帝の下に自治國として政治が行はれて居る。

ベルファストの市は、愛蘭が英國の領地となつてから、英蘭蘇格蘭の移住民によつて建てられた市で、十七世紀の下葉頃に、やつと六つの街路を有するに過ぎなかつたと云ふから、極く最近に開けたのだ。現在の人口は十五萬餘、リネン及び農產物の貿易が旺んで、この市の有名なのは愛蘭に於て、はじめて聖書の發行せられた事と、愛蘭最古の新聞紙ウィクリーマガジンの發行された事とである。

二、愛蘭人の對英感

愛蘭人は、英國に對して、激しき反感をもつて居る、その原因は云ふまでもなく、人種の差異に存し、而して之を激成助長したものは宗教の不同にあるのだ。

古來、人種の相異、宗教の不同は、常に爭ひの種といつた。幾多の戰爭、總てがこの爭ひに起因して居る。狹い愛蘭島に異なつた二種の民族の居住して居る事は當然紛爭の種だ。歷史を繙けば、愛蘭に起つた人種爭鬪の騷ぎの數は僅に十指に餘る。而して愛蘭人卽ち南部人の今日英國に對する激しき敵意を有するに至つた動機もその中にある。少くとも愛蘭人にとりては、不當なりと考へ得可き事柄もこの中にはある。

英愛紛爭の發端は、實に今を去る事約八百年前第十二世紀の初期にある。當時英蘭は佛蘭西の治下にあり、愛蘭は幾多の酋長割據して、たくさんの小國に分れて居た。時は一一一五年、佛蘭西王は、羅馬法王に貢納する租稅の義務に對する報償として、法王アドリアン四世より、愛蘭の統治權を許された。卽ち愛蘭は愛蘭人の夢にも知らぬ間に、法王と佛蘭西王との間に賣買されて了つたのだ。

それから四年を過ぎた歲の事、愛蘭の一大名が、他の大名との爭に勝たんが爲めに、ひそかに援軍を英蘭に請うた處から、時の英王ヘンリー二世は、後世にストロンクバウと唄はれたペムブローク伯リチャードに兵千二百を引率せしめて、愛蘭のウォーターフォードに侵入せしめた、ストロンクバウとまで稱さるゝ人の侵入の如何に、愛蘭人を戰慄せしめたかは想像に餘りある。卽ちこゝに英蘭歷代の王は、牢乎たる地步を愛蘭に築くに至つたのだ。

要するに愛蘭人は、その墳墓の地にして、而も彼等が山紫水明と誇稱するその郷土を、夢にも知らぬ間に、全くの第三者同志の任意の取極から英國の領土とせられ、更に橫暴にして、壓制いたらざるなき闖入者に由つて蹂み荒されたのだ。だん〳〵彼等が目ざむるにつれ、彼等はこの歷史、この事實に對して決して指を啣へて居る譯には行かなかつた。況んやケルト系の氣荒な、而も執念深き島そだちの愛蘭人のいつまでも默忍すべき道理がない。斯くして近年に於ける彼等の對英惡感は時につけ折にふれ、益々募るのみとなつたのである。

この結果による愛蘭に於ける最も古い騷動は、一六四一年十月の亂で、舊教徒によつて行はれた新教徒の鏖殺である。以來三百年の間に、六度も武力的叛亂を敢ふる事が出來る。而してそのはじめ主として人種及び宗教の原因による騷動であつたのが、中頃より經濟的要求を高

血なまぐさき愛蘭（河瀨）　六三

紛糾せる愛蘭

愛蘭問題は近時益々紛糾して英國政府を脅しつゝある。今春來ダブリン・ロンドンデリー等の諸市に起つた幾多の騷擾は凡てシンフェイン黨の劃策せる示威運動によつてゞある。上圖楕圓中はロンドンデリー市公園に集まるシンフェイン黨員に對し英政府はタンクを据ゑつけて群衆を威嚇せる處　上圖は監獄に投ぜられしシンフェイン黨員が絕食同盟をなして遂に監獄より放免さるゝを俟ち擔架車に乘せて運び去る處。中圖はダブリンに於ける同黨員が愛蘭軍人に恩給金を分配するため郵便局貯金を强奪搬出せる處。下圖は紐育に於ける愛蘭婦人の獨立示威運動である

血なまぐさき愛蘭（河瀨）　八〇

彼が昨年の六月、ダブリンの郊外で、英國政府の手に捕はれた時の如き、探偵小說その儘で、彼は髮を染め、髭を濃くし、ヘイツンなる匿名で、巧みな變裝をやつて居たので、はじめは警官も彼とは氣付かず、一たん釋放せんとしたが、ボードベロの兵營で、やつと見現はされた程である。

彼に對する愛蘭人の崇敬崇拜は大したもので、曾て彼が二度目にシン フェンから大統領に選擧せられた際の如き、群衆をうつて彼に握手を求めんとする群集、さては彼を肩車で擔がうとしたが、それも出來ぬので、今度は彼の自動車に鈴成りになつて囃り付いたと云ふ騷ぎである。

デ ヴァレラの急進主義が敗れて、グリフィスの溫和主義が勝を占めた以上、今日ではデ ヴァレラの人氣も昔ほどでないかも知れぬが、この不屈不撓の彼に對する愛蘭新人の渴仰は、儀の劇的シーンから轉じて、狹くはあるが根帶の深い〳〵ものとなりつゝありはすまいか。今後の愛蘭と、その指導者を以て任ずる彼の將來こそ、世界に於て注目す可き一事であらう。（完）

愛蘭領袖の死

兒玉花外

嗚呼一九二二年八月十二日、秋葉に先だち、
愛蘭自由國領袖、シン・フェーン運動の開組
アーサー・グリフィス氏は、眞の自由の事業
七分にして仆る。
當年兩擊の霜活動奕を加ふる五十五歲、
島の浪にゐる鷗よりも急に冥界に飛けり、
氏の非常なる愛國熱は、愛ず悲しむべき腦溢血、
ダブリン市民は驚愕、涙に掲ぐる黑き弔旗。
グ氏は敎國の屋根に、猶も自由を晞知らざりし、
一八六七年三月寒きダブリンに生る、
最初小學敎育を終つて青雲の氣、
印刷職工より身を起して奮鬪、新聞記者となり、
今日の名譽を贏たる愛蘭、繭の花か立志傳中の人、
島擄コリンス氏、ヴァレラ氏は共に南北の三柱、
現代に革命蛟龍雲を捲くの三雄傑。
義仲式熱火猪突のヴァレラ氏に對して、
グ氏は共和軍より穩健分子と呼ばれしも、
英愛條約は、君が理想現實化の第一步なりしなり。
あゝ、生きてはシン・フェーン黨は主義主張の新創設、
死しても死不引黨を守成するの愛國者。
其徹底的の自由獨立を小兒草蔬泣染ますば、
愛蘭の太陽は沒しても、君の精神は赤濁に滅えざるべし。
國土は小なるも近代歷史に、文學と血とに大なる印象、
「シン・フェーン」は一般に「吾等自身」といふ意味。
新黨の議會議長、愛蘭共和國大統領に擧られしも、
今愛哀たる愛蘭の夏の殘夢となりぬ。
首相ロイド・ジョージ氏は内閣を代表してグ卿を、
熾烈なる愛國心と誠實と勇敢とを嘆賞せり。
おゝ東洋に夏と秋は繭の薫る時、西愛蘭の英雄を悼み惰に歌ふ。

図 8　『太陽』（1920 年 9 月 1 日）「紛糾せる愛蘭」及び河瀬蘇北・児玉花外の記事

『太陽』、『明星』、『帝国文学』、『早稲田文学』、『新思潮』、『假面』（『聖盃』を改題）、『スバル』等の総合雑誌及び文芸雑誌、同人雑誌に掲載されたアイルランド文芸復興運動に関する論文及び記事を網羅的に調査し、時代における言説の変容について、当時の他の文芸雑誌をも参照しながら考察する。明治期におけるアイルランド文学受容の言説を具体的に分析することによって言説の変容を追い、当時においてなぜアイルランドが受容されたのかということを明らかにしたい。

第二節　政治的文脈のもとでの受容
——明治一〇年代から明治二〇年代前半——

アイルランドは、明治初期から文学や音楽のシーンに登場してくる。音楽においては、『小学唱歌集　第三編』（一八八四）に、後に「作詞・里見義／アイルランド民謡」として「庭の千草」という題名で親しまれることになる唱歌「菊」が掲載された。明治一一年から一二年にかけて刊行されたブルワー＝リットン（Edward Bulwer-Lytton, 1803-1873）著、丹羽純一郎（織田純一郎、一八五一－一九一九）訳の『欧洲奇事花柳春話』は、「細カニ古今ノ人情ヲ探ツテ遠近ノ異俗ヲ記シ一読以テ人世ノ悲観正邪ヲ詳知スルニ足ラシム」という訳者の跋文からも明らかなように、異国の風俗と「人情」に焦点を当てたものであり[4]、明治翻訳小説の嚆矢とされている。一八三一年に議会に入り、第二次ダービー伯爵エドワード・スミス＝スタンリー内閣の植民地大臣となったブルワー＝リットンの手になるこの小説について、木村毅は「才人佳人離合の情を描いた人情小説」の一面と政治小説につながる一面を持っていると指摘し、明治の政治小説の嚆矢とされる東海散士の『佳人之奇遇』は「『花柳春話』の政治的半面を継承し」ていると論じている[5]。その『花柳春話』『佳人之奇遇』の両作品に、アイルランドが登場してくることは、後の日本近代文学におけるアイルランドへの関心を考える上でも、興味深い出来事である。『欧洲奇事花柳春話』において少年時のマルツラバースがドイツ留学から故郷イギリスへ帰る途に、ダービルという「悪漢」の小屋に泊まる。しかしこの男はマルツラバースに害をなそうと企んでいたため、彼の娘アリスは父の悪意をマルツラバースに告げて逃がし、自らも家出をする。マルツラバースはアリスの恩に報いるため、共同生活を送りながら、彼女が独立して生活できるように教育を授ける。しかし、彼が実父の葬式に出席するために帰国している間、アリスは父に見つけ出されて、アイルランドまで連れ去られる。

　アリスノ賊ニ擒ニセラレ、海盗ノ家ニ泊セシヨリ已ニ三月ヲ過ギ、漸ク愛蘭土ノ南方ニ漂白ス。ダービルウヲルターニ別レテヨリ日夜酒色ニ溺レ餘銭又将ニ盡ントシ今ヤアリスヲ賣テ以テ日費ニ充テントテ計ル。アリス今若シマルツラバースニ逢フヿナクンバ、恐ラク父ノ為メニ泥水ニ沉ミ終ニ操節ヲ誤ルニ至ランノミ。

　アリスは、酒色に耽って身銭を失った父に売られそうになる。小説では、「處女ノ娼妓ト為リ又ハ俳優ト為テ女道ニ悖戻スル者ハ多クハ情ヨリ起ルニ非ズシテ貧ヨリ起ルヲ常トス」と貧困のために娘が娼妓となることを非難する部分が続き、アリスは父の眼を盗んで脱走する。彼女は一人も知人がいない土地での自分の境遇に、餓死するくらいなら投身自殺した方がましだと思いつめるが、マルツラバースの子供を身籠っていることから、「飢寒辛苦」を忍び、子供を養うことで恩人マルツラバースの「遺愛」となそうと決心する。アイルランドでの艱難から逃れ、マルツラバースに教えられた音楽唱歌の技によって、何とか幼児と二人糊口をしのぎつつ、元の住居に帰ってみれば、「雨ニ沐シ風ニ櫛ヅリ寒トナク暑トナク食ヲ道路ニ乞テ纔ニ母子ノ飢渇ヲ忍ビ愛蘭土ヲ遁レテヨリ二年ノ艱苦ヲ嘗メ数百里ヲ経テ今日漸ク舊家ヲ尋ヌレバ建築形ヲ改メ趣ヲ異ニス」と、マルツラバースの行方は杳としてわからなくなっている。この小説は様々な困難が慕いあう二人に襲いかかるのだが、アイルランドという土地は、悪漢の父によって連れ去られ、体を売られそうになって逃げだし、幼子を抱えつつ「飢寒辛苦」を忍びながら漂泊する舞台に選ばれている。アイルランドは、女性が貧困と犯罪に直面しつつもそれに立ち向かい、自らの力で困難を乗り越え、貧しさの中で懸命に生きる姿の背景として立ち現われてくるのである。このようなイメージは、『欧洲奇事花柳春話』の内容をより通俗化した『通俗　花柳春話』（一八八三―一八八四）でも第二冊第廿五章の「船を飛して悪漢愛蘭に走り　隙を窺ふて少女父許を去る」という章に受け継がれている。

さらに、興味深いのは東海散士（柴四朗、一八五二―一九二二）『佳人之奇遇』（一八八五―一八八八）は、「愛蘭」の紅蓮という佳人が主人公の一人として登場してくることである。『佳人之奇遇』は、日本人の才子・散士と西洋人の二人の佳人によって織りなされる政治小説である。さらにそこに、明国滅亡の悲劇を語る明朝の遺臣范卿、ポーランドの滅亡の歴史を語るポーランドの亡命客、サン・ドミンゴ独立の挿話、イギリスの侵略とエジプト衰滅、英領インドの惨状、ハンガリーの独立運動の志士コッスートの物語、朝鮮半島をめぐる議論などを登場させることによって、強国の抑圧や侵略に小国がどう対抗するのかという同時代の問題に対して、常に日本が一方の項として参照され、西欧化が進む日本への警鐘となっている。『佳人之奇遇』は、ナショナリズムと自由民権思想を基調としているのだが、それは二人の佳人の生い立ちに最もよくあらわれており、スペインの佳人幽蘭はスペインのドン・カルロス党を支持する志士であり、アイルランドの佳人紅蓮は、対イギリスの抵抗とアイルランドの再興を後援する志士である。注目に値するのは、「愛蘭惨状ノ図」という挿絵である。この挿絵は散士が紅蘭と出会い、彼女が自らの生い立ちとアイルランドの惨状を

愛蘭惨状ノ図

図9　東海散士『佳人之奇遇』中「愛蘭惨状ノ図」

語る場面に出てくる。

今ヲ距ルコ僅ニ数十載愛蘭ノ志士奮テ英政立法ノ羈絆ヲ脱シ独立保護ノ政策ヲ施行セシニ當テヤ、工業振起シ士風再ビ盛ニ、四海中興ノ美群生來蘇ノ望ヲ懐ケリ。圖ラザリキ昊天禍ヲ悔ヘズ大禍荐ニ臻リ、再ビ英國ノ虐政ニ窘メラレ國権憲法ノ自由ヲ殺ガレ、貴族汚吏ノ為メニ全国ノ田畝ヲ略奪セラル。英王ノ暴戻残酷ナル英民ノ奸黠貪縦ナル、我國ノ孤ニシテ援ナキヲ嘆キ、價ヲ賤シテ田地ヲ售ヒ、卒ニ其直ヲ還サズ、或ハ息ヲ倍シテ之ヲ貧人ニ貸シ以テ其利ヲ罔ス。我民其弊ニ堪ヘズ餓死スル者八十萬ヲ超ユルニ至レリ。

紅蓮は、「英国ノ虐政」の下「貴族汚吏」がアイルランドの農民の農地を奪い、その対価を還さず、高い利息で貧民に金を貸して利益を貪った結果、アイルランドでは餓死者や「四邦ニ流離」する者が毎年幾万人か知れないと嘆く。彼女の父は、農地を貧民に「配與シ産ヲ傾ケテ英傑ニ結ビ、愛国ノ独立ヲ計画シ機謀已ニ熟シ、将ニ成功」しそうになったときに、謀が漏れて獄中に没したのである。それ以来、彼女は、故国を追放され、「終身又英王ノ臣民タラズ、愛蘭ヲ独立シ以テ英国ノ虐政ニ報ゼン」とする「憤恨」を抱いてスペインの志士幽蘭やパーネルの妹姪と密かに通じて、独立運動を後援している。アイルランドの「独立自治ノ大計」「大義」を熱っぽく語る女志士紅蓮を登場させることによって、読者にアイルランドへの同情を引き起こさせ、西欧化する日本の現状へと惹きつけて、帝国列強の強大な力といかに渡り合うべきか考えさせる意図が見て取れる。(6)

『花柳春話』と『佳人之奇遇』は共に政治的な問題意識を含む小説であるが、アイルランドはまず政治的な文脈で受容された。秋田茂は、一九世紀末にはアイルランドの動静が本国議会へと影響力を及ぼすほどになったことを指し、アイルランドを、インドなどの「植民地」とは異なる大英帝国の「国内植民地」として論じている。(7) 土地と自治をめぐるアイルランド問題が、大英帝国の議会において自由党の分裂や政権交代を引き起こした一連の動きは、日本でも注目され、パーネル、グラッドストーン、チェンバレンらの動向が報告された。『国民之友』第十号（一八八七・十）「愛蘭愈よ紛擾に赴けり」では、「要するに英は結構なる国なれとも一の愛蘭病あるが為めに其の全体を悩乱せり、而して此の病や腹心の病なり、此れを療するの道は只た利刀を以て切断法を施すにあるのみ、即ち愛蘭自治を公許するにあるのみ」と報じている。上野格は、明治・大正期にアイルランド問題を伝えた政治的な記事について詳細に調査し、特に徳富蘇峰の『国民之友』に注目すべきであるとして、「イギリス流の議会主義を一つの理想としており、グラッドストーンを政治家の理想としていた。従って、彼の活躍とアイアランド自治問題、盟友パーネルの伝記などは、国民之友の重要な話題となっていた」と指摘している。(8) 事実、グラッドストーン（William Ewart Gladstone, 1809–1898）の伝記は、リッチー（James Ewing Ritchie, 1820–1898）著・渡邊修次郎訳補『大政事家　虞拉土斯頓立身伝』（中央堂、一八八七）、望月小太郎・永島今四郎訳『第十九世紀政海ノ泰斗グラッドストン公伝』（集成社、一八八九）、徳富健次郎纂訳『グラッドストン伝』（民友社、一八九二）、近松守太郎著・中村不折画『世界歴史譚第拾六編　グラッドストーン』（博文館、一九〇〇）など多く出版された。

また、鈴木五郎（瓊江）訳『欧米大家演説集　自由言論』（青木嵩山堂、一八八八）では、グラッドストーン「愛蘭土地処分方案」「愛蘭の処分を論ず」「米国独立憲法百年の大祝祭を辞する詞」が巻頭におかれ、ジョージ・オットー・トレヴェリヤン（George Otto Trevelyan, 1838–1928）「グラッドストーン氏の説を駁す」、パーネル（Charles Stewart Parnell, 1846–1891）「トレヴエリヤン氏の説を駁してグラッドストーン氏の説を賛襄す」、ジョゼフ・チェンバレン（Joseph Chamberlain, 1836–1914）「愛蘭の現況」が収録されるなど、明治初期には、アイルランドの自治問題をめぐるイギリスとアイルランドの政治の動きが紹介されていたことが理解できる。

第三節　『太陽』におけるアイルランド受容言説の特徴

『太陽』は、一八九五年（明治二八）に博文館から総合雑誌として刊行された。アイルランドの政治・経済的状況と文学との両面に関する記事を掲載し、ごく初期からアイルランド文学を日本に紹介したメディアの一つである。創刊号から終刊号までの調査において、管見の限り、アイルランドの政治・経済・文学・文化関係の記事を二十九本確認した。[9]

『太陽』において、最初に「愛蘭土」の見出しの記事が掲載されるのが、「海外」欄に「ユースコムパニオン」（*The Youth's Companion*）紙の記事の和訳転載として紹介された「愛蘭土の三傑」（『太陽』第三巻第二二号、一八九七・十一）である。「英国々会下院に於ける愛蘭土選出議員中には、隠然三個の党派ありて互に相軋轢するあり、さばれ強ち同地の政略に関して相容れざる所あるにあらず、三派とはヂロン氏の率ゆるヂロン党、ヘーリー氏のヘーリー党、レドモンド氏のレドモンド党即ち是なり。但し此三派は共にパー子《ママ》ル氏の率ひたりし国民党より分離したる者なり」と、政治的な現状を説明し、それぞれの政治家・政党の特徴を述べた記事である。さらに、一九〇三年には「時事評論　愛蘭土地法案」（『太陽』第九巻第五号、一九〇三・五）、次号にも引き続き「時事評論　愛蘭土地法案」（『太陽』第九巻第六号、一九〇三・六）、「時事評論　英皇の愛蘭巡幸」（『太陽』第九巻第十号、一九〇三・九）と続けて時事記事が掲載されている。

また『太陽』のアイルランド関連記事において、一際目立つのが巻頭の写真グラビアに、アイルランドの時事に関わる写真記事が多く見られることである。特集「世界不安」号における写真グラビア「世界の和平を造る人壊す人」では、二十八人の中に「愛蘭土反政府大統領イーモン・ド・ヴルラ」（『太陽』一九二〇・六・一五）が入って

図10　『太陽』（1922年9月1日）「愛蘭騒擾と其の中心人物」

いる。その後も、写真四点からなる「紛糾せる愛蘭」（『太陽』一九二〇・九・一）、「口絵　愛蘭に於ける暴動とフューメ独立宣言」（『太陽』一九二一・一・一）が掲載され、「愛蘭騒擾と其の中心人物」（『太陽』一九二二・九・一）は、写真十点からなる一大特集となっている。

第一次世界大戦勃発後、『太陽』におけるアイルランド関係の記事は政治記事が中心となる。そのような中で、厨川白村は、「愛蘭文学の新星（ダンサニイ卿の作品）」（『太陽』一九一七・八・一）でダンセイニを紹介している。厨川は、論考の冒頭で、第一次世界大戦の戦時下のヨーロッパの芸術を取り巻く状況を伝えている。

> いつもは華やかな巴里も倫敦も伯林も今は皆濛々たる戦雲に蔽はれて芸術の都ではない。巴里の劇場などは大小となくみな鎖されて、なかには軍事その他の事務所の様なものに用ひられてゐるのさへ尠くないと聞く。唯だ大西洋のこなたに世界の富を集めて豪華を

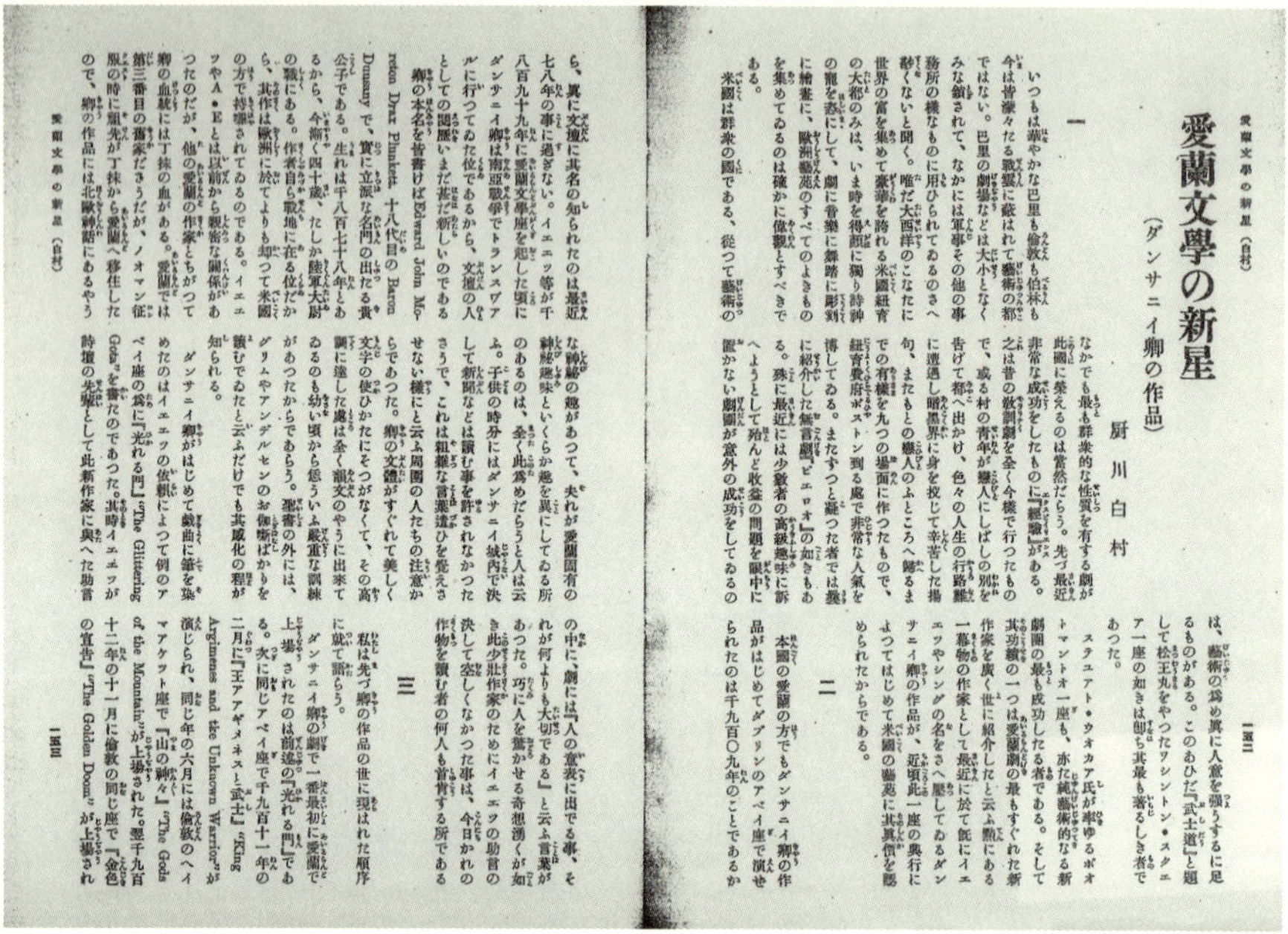

愛蘭文學の新星

（ダンサニイ卿の作品）

厨川白村

一

いつもは華やかな巴里も倫敦も伯林も今は皆濛々たる戰雲に蔽はれて藝術の都ではない。巴里の劇場などは大小となくみな鎖されて、なかには軍事その他の事務所の樣なものに用ひられてゐるのさへ尠くないと聞く。唯だ大西洋のこなたに世界の富を集めて豪華を誇れる米國紐育の大都のみは、いま時を得顔に獨り詩神の寵を恣にして、劇に音樂に舞踏に彫刻に繪畫に、歐洲藝苑のすべてのよきものを集めてゐるのは確かに偉觀とすべきである。

米國は群衆の國である、從つて藝術のなかでも最も群衆的な性質を有する劇が此國に榮えるのは當然だらう。先づ最近非常な成功をしたものに『經驗』がある。之は昔の教訓劇を全く今樣で行つたもので、或る村の青年が戀人にしばしの別を告げて都へ出かけ、色々の人生の行路難に遭遇し暗黒界に身を投じて辛苦した揚句、またもとの戀人のふところへ歸るまでの有樣を九つの場面に作つたもので、紐育費府ボストン到る處で非常な人氣を博してゐる。またずつと凝つた者では幾に紹介した無言劇『ピエロオ』の如きもある。殊に最近には少數者の高級趣味に訴へようとして殆んど收益の問題を眼中に置かない劇團が意外の成功をしてゐるのは、藝術の爲め眞に人意を强うするに足るものがある。このあひだ『武士道』と題して松王丸をやつたワシントン・スクエア一座の如きは即ち其最も著るしき者であつた。

スチユアアト・ウオカア氏が率ゐるポオトマントオ一座も、亦た純藝術的なる新劇團の最も成功したる者である。そして其功績の一つは愛蘭劇の最もすぐれた新作家を廣く世に紹介したと云ふ點にある。一幕物の作家として最近に於て既にイエエツやシングの名をさへ壓してゐるダンサニイ卿の作品が、近頃此一座の興行によつてはじめて米國の藝苑に其眞價を認められたからである。

二

本國の愛蘭の方でもダンサニイ卿の作品がはじめてダブリンのアベイ座で演ぜられたのは千九百〇九年のことであるから、眞に文壇に其名の知られたのは最近七八年の事に過ぎない。イエエツ等が千八百九十九年に愛蘭文學座を起した頃にダンサニイ卿は南亞戰爭でトランスヴアルに行つてゐた位であるから、文壇の人としての閲歷いまだ甚だ新しいのである。

卿の本名を皆書けばEdward John Moreton Drax Plunkett, Baron Dunsany で、實に立派な名門の出たる貴公子である。生れは千八百七十八年とあるから、今漸く四十歳、たしか陸軍大尉の職にある。作者自ら戰地に在る位だから、其作は歐洲に於てよりも却つて米國の方で持囃されてゐるのである。イエエツやA・Eとは以前から親密な關係があつたのだが、他の愛蘭の作家とちがつて卿の血統には丁抹の血がある。愛蘭では第三番目の舊家ださうだが、ノオマン征服の時に祖先が丁抹から愛蘭へ移住したので、卿の作品には北歐神話にあるやうな神秘の趣があつて、夫れが愛蘭固有の神秘趣味といくらか趣を異にしてゐる所のあるのは、全く此爲めだらうと人は云ふ。子供の時分にはダンサニイ城内で決して新聞などは讀む事を許されなかつたさうで、これは粗雜な言葉遣ひを覺えさせない樣にと云ふ周圍の人たちの注意からであつた。卿の文體がすぐれて美しく文字の使ひかたにそつがなくて、その高調に達した處は全く韻文のやうに出來てゐるのも幼い頃から優うい嚴重な訓練があつたからであらう。聖書の外には、グリムやアンデルセンのお伽噺ばかりを讀むでゐたと云ふだけでも其感化の程が知られる。

ダンサニイ卿がはじめて戲曲に筆を染めたのはイエエツの依頼によつて例のアベイ座の爲に『光れる門』"The Glittering Gate"を書たのであつた。其時イエエツが詩壇の先輩として此新作家に與へた助言の中に、劇には『人の意表に出でる事、それが何よりも大切である』と云ふ言葉があつた。巧に人を驚かせる奇想湧くが如き此少壯作家のためにイエエツの助言の決して空しくなかつた事は、今日かれの作物を讀む者の何人も首肯する所である

三

私は先づ卿の作品の世に現はれた順序に就て語らう。

ダンサニイ卿の劇で一番最初に愛蘭で上場されたのは前述の『光れる門』である。次に同じアベイ座で千九百十一年の二月に『王アアギメネスと武士』"King Argimenes and the Unknown Warrior"が演じられ、同じ年の六月には倫敦のヘイマアケツト座で『山の神々』"The Gods of the Mountain"が上場された。翌千九百十二年の十一月に倫敦の同じ座で『金色の宣告』"The Golden Doom"が上場され

図 11　厨川白村「愛蘭文学の新星（ダンサニイ卿の作品）」（『太陽』1917. 8）

誇れる米国紐育の大都のみは、いま時を得顔に独り詩神の寵を恣にして、劇に音楽に舞踏に彫刻に絵画に、欧州芸苑のすべてのよきものを集めてゐるのは確かに偉観とすべきである。

厨川は、第一次世界大戦の勃発によって、ヨーロッパのロンドン、パリ、ベルリンに代わり、ニューヨークが芸術の都になったことを伝えている。その中でも、スチュアート・ウォーカー（Stuart Walker）が率いるポートマントー座（Portmanteau Theatre）が「純芸術的なる新劇団の最も成功した」代表であると捉え、その「功績の一つは愛蘭劇の最もすぐれた新作家を広く世に紹介した」点であり、「最近に於て既にイエエツやシングの名をさへ壓してゐるダンサニイ卿の作品が、近頃此一座の興行によつてはじめて米国の芸苑に其真価を認められた」ことを理由としている。

厨川は、ダンセイニの作品は「殆んど現在の世

界を超越したもの」で、「ほかの愛蘭の作家が皆その国特有の神話や伝説を材としまた其風物を歌つてゐる」のに対し、彼は「殆ど愛蘭その物を詩材としてゐない。その作中の伝説も神話も、皆多くは彼が空想の奔逸にまかせて作り出したもの」と述べて、この点がグレゴリー夫人、イエイツ、シングと異なる点であると論じている。そして、末尾部分では、「彼の詩境がどこまでも夢の国であり、驚異《ウアンダア》の世界である点に於ては彼も亦た固よりケルトの天才の特質を具へてゐる」が、ダンセイニの作品が「例の愛蘭文学に特有な、発音のむづかしい固有名詞は出ずに、却つて東洋風の亜刺比亜とか波斯とかを模した名前が沢山見えるのも面白い」と述べ、「愛蘭の文学殊に劇に於て、旗頭のイエエツの後継者たるべき人を求むれば、恐らくはダンサニイ卿であらうとは、一部の聡明なる批評家が既に認むる所である」と結論づけている。[10]

厨川の論考からは、一九一七年の時点において、イエイツ、シング、グレゴリー夫人らアイルランド文芸復興運動の作家達の名前や作品が知名度を得て、日本において既に定着していたことがうかがえる。アイルランド文学の特徴は、第一に「夢の国」「驚異《ウアンダア》の世界」を描いている点であり、第二にゲール語やアイルランドの方言などの「発音のむづかしい固有名詞」が出て来る点であると捉えられていた。このように、『太陽』におけるアイルランドの記事は、政治的・経済的側面を伝える記事が多く、文芸記事においても、アイルランドの政治的状況を参照しながら執筆されたことがわかるのである。

厨川はその論考の中で、第一次世界大戦について触れていたが、『太陽』においてアイルランド関連の記事が急激に増えるのが、第一次世界大戦が勃発し、アイルランド自治問題が世界的に注目された時期である。工藤日東「英国の挙国一致　愛蘭土問題と独帝の術策」(『太陽』一九一四・一二)、「戦時愛蘭叛乱」(『太陽』特集「世界大戦」号、一九一九・六・一五)の他、当時の慶應義塾大学教授占部百太郎による論文「愛蘭問題!!　自治か独立か(上)」(『太陽』一九一九・八・一)、「愛蘭問題=《ママ》自治か独立か(下)」(『太陽』一九一九・一〇・一)、「愛蘭の大危機」(『太陽』特集「世界不安」号、一九二〇・六・一五)と、連続して掲載されている点が注目される。特に、占部の記事は見出しが大きく、表紙にもタイトルが記載されるなど、大きな扱いとなっている。また、河瀬蘇北「血なまぐさき愛蘭　愛蘭自由国の成立」（『太陽』一九二二・九・一）の余白に、児玉花外（一八七四―一九四三）の詩「愛蘭領袖の死」（『太陽』一九二二・九・一）が掲載されているなど、編集に工夫が見られ、総合雑誌の特色を生かしている。

児玉の詩の前に置かれた河瀬の論考「血なまぐさき愛蘭」は、アイルランドがイギリスの植民地となった経緯から一九二二年の現在の状況に至るまでの、アイルランドの自治・独立運動の歴史的経緯とデ・ヴァレラ（Eamon de Valera, 1882–1975）の人物像について、アイルランドの立場から言及した論考である。

ここで、アイルランドの歴史的経緯について述べたい。パーネルが国民党の指導者に就任してからアイルランド自治運動が活発になったことで、イギリスの自由党政権の首相グラッドストーンが自治問題解決へと取り組み、一八八六年と一八九三年にグラッドストーンがアイルランド自治法案を議会に提出した。第一次アイルランド自治法案（Irish Government Bill, 1886）、第二次アイルランド自治法案（Irish Government Bill, 1893）は二度とも否決されたが、一九一二年にアスキス（Herbert Henry Asquith, 1852–1928）自由党内閣が提出した第三次アイルランド自治法案は、一九一四年には成立が確実となった。しかし、自治に反対する北アイルランドのアルスター義勇軍（Ulster Volunteer Force）の激しい反抗にあう。一九一四年の第一次世界大戦の勃発によって、自治法の施行は延期された。一九一六年のイースターに急進的共和主義者や社会主義者らが蜂起（The Easter Rising, 1916）し、「アイルランド共和国」宣言（Proclamation of the Irish Republic）を出すが、一週間で鎮圧され、一五名の指導者が処刑された。イギリス政府の措置に反英感情は高まり、新生シン・フェイン（Sinn Féin）が結成された。第一次世界大戦終結後の総選挙において、シン・フェインは勝利し、デ・ヴァレラが大統領に選ばれてアイルランド国民議会（House of Representatives of Ireland）の設立が宣言された。河瀬は、デ・ヴァレラをイースター蜂起の生き残りとして紹介している。一九一九年、第一次世界大戦終結後もイギリス領であることに不満を持ったアイルランド共和軍（Irish

Republican Army, IRA）は武装蜂起し、アイルランド独立戦争（Irish War of Independence, 1919-1921）と呼ばれる反英闘争が勃発する。

紛争が続く一九二〇年、グレートブリテンおよびアイルランド連合王国議会において、北の六州と南の二六州にそれぞれ自治を認める「アイルランド統治法」（An Act to Provide for the Better Government of Ireland, Government of Ireland Act, 1920）が成立した。北はこの法案を受け入れ、一九二一年に北アイルランド議会（The Parliament of Northern Ireland）が成立する。一方、南では一九二一年七月に休戦協定が成立し、和平へ向けての協議のためにアイルランドからアーサー・グリフィス（Arthur Griffith, 1871-1922）、マイケル・コリンズ（Michael Collins, 1890-1922）ら代表団がイギリスへ派遣された。一九二一年一二月に「イギリス・アイルランド条約」（英愛条約、Anglo-Irish Treaty）が調印される。しかし、条約では、南北分離が前提であり、南はイギリス連邦内の自治領として認められたのみで、アイルランドの独立を約束したものではなかった。一九二二年一月には南二六州にアイルランド自由国（Irish Free State, Irish: Saorstát Éireann）が成立する。

デ・ヴァレラは条約反対派として、一九二二年六月の総選挙で国民の審判を仰いだが、条約賛成派が上回った。条約反対派のデ・ヴァレラは大統領を辞任し、後任にアーサー・グリフィスが指名された。IRA の多数派は条約に反対し、アイルランド自由国政府と対立、内戦（Irish Civil War）に発展する。そのなかで、一九二二年八月一二日にグリフィスが死亡、十日後にコリンズも死亡した。

そのようなアイルランドの現状を伝える河瀬の論考の余白に掲載された児玉の詩「愛蘭領袖の死」は、アイルランド自由国の成立を喜び、独立運動を指導したデ・ヴァレラ、コリンズ、グリフィスを讃え、志半ばで仆れたグリフィスの死を悼むものである。以下に児玉の詩を引用する。

嗚呼一九二二年八月十二日、秋葉に先だち、

愛蘭自由国領袖、シン・フェーン運動の開祖
アーサー・グリフィス氏は、真の自由の事業七分にして仆る。（中略）
島據コリンス氏、ヴァレラ氏は共に南北の三柱、
現代に革命蛟龍雲を捲くの三雄傑。
義仲式熱火猪突のヴァレラ氏に対して、
グ氏は共和軍より穏健分子と呼ばれしも、
英愛条約は、君が理想現実化の第一歩なりしなり。
あゝ、生きてはシン・フェーン党は主義主張の新創設、
死しても死不引党を守成するの憂国者。
其徹底的の自由独立を小児草葉迄染まずば、
愛蘭の太陽は没しても、君の純精神は赤瀾に滅えざるべし。
国土は小なるも近代歴史に、文学と血とに大なる印象、
「シン・フェーン」は一般に「吾等自身」といふ意味。（中略）
おゝ東洋に夏と秋は蘭の薫る時、西愛蘭の英雄を悼み情に歌ふ。

「愛蘭領袖の死」は、児玉自身が最終行で「西愛蘭の英雄を悼み情に歌ふ」と詠うように、感情的で熱を帯びた文体によって、「其徹底的の自由独立」を見ることなく仆れたグリフィスの死を悼んでいる詩である。「国土は小なるも近代歴史に、文学と血とに大なる印象」という言葉のように、アイルランドは政治と文学とが絡み合った形で表象されているのである。

第四節　ハーン、上田敏、厨川白村による紹介
――明治二〇年後半から明治三〇年代――

日本においてアイルランドの文学が紹介された最初の文芸記事は、「海外騒壇　去年の英文学」（『帝国文学』第一巻三号、一八九五・三）におけるイェイツ紹介記事であると考えられる。無署名ではあるが、上田敏（一八七四―一九一六）『最近海外文学』（文友館、一九〇一）に「千八百九十四年の英文学」という題で簡潔に書き改めたものが再録されているため、上田敏の筆になることは確実である。[11]初出から引用する。

近時新声の見る可き者は反て未だ名声無き詩人に多し。例へばイイツの小戯曲 The Land of Heart's Desire の如きは詩句典麗にして往々微妙の域に入る所あり。又愛蘭土の人 A. E. と云ふ詩人の作には幽玄神秘の思想を含み、自然に対する観念の精緻にして感深きものを見る、蓋し『ケルチック』文学の余韻尚ほ愛蘭土の山川に存するものか。

上田敏による紹介は、イェイツとＡＥ（George William Russell, Æ, AE or A.E., 1867-1935）の二人を紹介し、ＡＥに関しては「愛蘭土の人」『ケルチック』文学」と述べている。日本におけるアイルランド文学の受容の最初でありながら、英文学とは異なる「ケルチック文学」の存在を明らかにし、それを「愛蘭土」と結びつけているところに上田の学識の深さをうかがわせる。

イェイツは、一八九一年にロンドンにおいてアイルランド文学協会（The Irish Literary Society）の設立に協力し、翌年ダブリンにアイルランド国民文学協会（The National Literary Society）を設立した。さらに彼は、『アイルラン

（二五）　帝國文學　（一一四）

は二個の最高點は二個の果を生ぜざるべからす。此劇にありては其一個は感覺的にして他の一個は精神的なるを以て幸に其衝突を免れたるも、觀者の注意を分ち、同感を殺ぎ、人をして此の劇の本旨の何れにあるかに迷はしむるか如き、其弊蓋し大ならずとせす、思はさるべからざるなり。

以上は『向井將監』に對する予輩の意見の大略なり、知らず櫻痴居士、予輩の言に首肯するや否や。

海外騷壇

○去年の英文學

去年は名人大家の踵を接して逝去せし年なりしが、特に英文學の爲め哀惜すべきは、詩人にクリスチナ、ロセツチを、評論家にウオタア、ペエタアを失ひし事なり。クリスチナは世人の熟知せる如く今世紀の大詩人ダンテ、ガブリエル、ロセツチの妹にして、近代英の女詩人中に傑出したる而已ならず、現世紀大詩人の群に伍を爲して遜色なき大家なり。其詩風は簡朴にして毫も彫琢の跡なく、一種の宗教的情熱を含めりといふ。ペエタアの文は之に反して經營慘憺の後に得たる美文の秀麗なるものにして、論する所多く美術詩歌の事に關し、思想全くヘラクライトスより來れり。情緒の婉美精緻にして微妙なると共に學識は深邃正確、加ふるに斬新なる幽麗の文躰を以てしたれば、英文學史中類を見ざる散文の大家なり。クリスチナは薔微歳末を以て逝きペエタアは秋風の起たざるうちに失せぬ。此二人に續きて惜むべきはロベアト、スチヴンソンの卒去なり。評論旅行記物語小話詩歌等を以て久しく英文壇に雄飛せしが今は他界の人となりぬ。此他フルウドの死は稍經たれど彼が雄健なる史筆を追想する時は新に悼ましく、評論家にロオデン、ノエル、詩人にウエブスタア夫人、美術批評家にハマアトンを失ひたるは共に惜む可し。

ゾラ、ヴエルレエンの影響盛なりし一昨年とは異り、去年の小說界は極めて靜穩なりき。ムウアの作に就きて少しく道德家の異議ありしが、是も暫時にして止みたり。大家の著にも面白きもの少なし、ブラツクの小說が日を逐うて、人物の影薄く成行くごとく、又ブラツクモオアの Perly Cross の如き文界の衰頽を嘆すべし。唯ホオル、ケインの Manxman に英國邊島の俗を描きて熱情の籠りたるもの一時文壇を聳動せし事あり。其他ハンフレエ、ワアド夫人の『マルセラ』は萬づの美を具したれど小說としての妙あらず、サラ、グランドの Our Maniford Nature の如きは寧ろ講壇に適す、オリフアント夫人は一身上の悲哀ありしにも拘らず老いて益〻倦まず、キツプリングの新作は平生に劣り、ブレツト、ハアトも目覺ましき著なし、獨りハアディの Life's Little Tronies といふ短篇數種に枯淡にして而も皮肉なる諷刺を含みたるは近時小說中の出色なる者也。斯く云ひ來れば英小說の現況實に心細き樣なれども、尙ほジヨオジ。メレヂスの如き名家在る限は決して失望すべきにあらず、人情の微を寫して高雅なる、行文流麗にして同情の温かきは大陸の作者に比して遜る所なかる可し。又フランク、ハリスといふ新作者の短篇中大に見るべき者少からず、Elder Conklin の如きは精細なる人生の觀察に富み、美を擇ばず醜を避けざる客觀的筆法ありて、簡潔雄健なる長所を具備したり。

詩壇に於ては先づ指をスウ井ンボルンの近作 Astrophel に屈せざる可からず、凝調の典麗にして韻律の自由なる實に古來英詩人中稀に見る所なり。此春に『アタランタ』を吟じて名聲を博せしより、爾來詩風益鍛錬を積みて典雅に趣き、音律の變化多趣暢達なるを以ては現世紀英詩人の中之に匹敵するもの無し。ゴツスは近年に至りて沈靜高雅の調に移り、ルイス、モリスは例に由て流麗の小詩を物せり。

又ワトソンの新著『オオド』其他の詩歌が暫らく文界の話柄となりて、前桂冠詩人の作にも優れりといふ者もあり、ダヴ井ツドソンの『バラツド』數篇も二三批評家の筆に因て、凄婉古調ロセツチを凌げりと賞讃せられしも、共に溢美の妄評たるを免れず。近時新聲の見る可き者は反て未た名聲無き詩人に多し。例へばイイツの小戯曲 The Land of Heart's Desire の如きは詩句

（三五）　雜報　（一一五）

図12 「海外騒壇　去年の英文学」（『帝国文学』第一巻三号、1895.3）

ド農民の妖精物語と民話』（*Fairy and Folk Tales of the Irish Peasantry*, London: Walter Scott, 1888）などの民話集を編集し、『ケルトの薄明』（*The Celtic Twilight*, London: Lawrence & Bullen, 1893, revised, 1902）においてアイルランドの口承伝説や民話を収録した。そして、アイルランドの伝説を素材として詩集『アシーンの放浪』（*The Wanderings of Oisin and Other Poems*, London: Kegan Paul, 1889）、戯曲「心願の国」（*The Land of Heart's Desire*, London: T. Fisher Unwin, 1894）を執筆するなど活躍していた。そのようなイェイツが「未だ名声無き詩人」とされているのも、当時の日本では全く知られていなかったことが理解できる。

その後、「海外文壇　昨年の英国文学界」（『太陽』第三巻六号、一八九七・三）に、「あはれ詩歌のペリラウス城頭抜駆の功名は果して那邊の勇者に帰すべきや、ノリイト街の歌人、ライマアス倶楽部の会員、ヂョン、デヴィッドソン歟、キリアム、ワトソン歟、リオ子ル、ヂオンソン歟、ル、ガイアンヌ歟、イ、ツ歟或は遠き僧院にあるフラ

ンシス、トムソン歟、抑も亦た未だ名も知られざる巣中の雛か」と、今後活躍する可能性のある詩人として、他の詩人たちと共にイェイツが紹介される。日本における最も早い段階の紹介文だが、イェイツを「英国文学」の詩人の一人としており、イェイツ個人に着目した論ではない。一方、同じく一八九七年の、「海外文壇　近時片々録」（『太陽』第三巻一〇号、一八九七・五）では、「愛蘭の詩人ダブルユウ、ビイ、イヽツの名は嘗て本誌に紹介したることありしが今や三巻発兌の準備中にあり、曰くThe Sacred《ママ》 Rose, こは奇語を集めたるもの、曰くThe Shadowy Waters, こは詩歌を集めたるもの、曰くThe Benisons of Fixed Stars, こは小説也、三者共に佳き標題ならずや」とあり、イェイツを「愛蘭の詩人」として紹介している。

イェイツ論が執筆されはじめるのは、一九〇四年の上田敏「英国現代の三詩人」（『學鐙』、一九〇四・一）と厨川白村「英国現代の二詩人」（『帝国文学』第十巻第四号、一九〇四・四）による紹介からである。上田敏「英国現代の三詩人」は、ワトソン（William Watson, 1858–1935）、フィリップス（Stephen Phillips, 1864–1915）、イェイツの簡単な紹介の後に、「世間未だ詳密なる評論あるを聞かざるゆゑ」、「英国絵入雑誌」を参照したと前置きして、イェイツ作品の書誌的情報を掲げた短文である。イェイツに関しては以下のように述べている。

> 英文学の古今に亘りて、いつもこれに著るしき影響を与ふるCelt人の思想は近年に至りて復俄かに活動の態を呈し、所謂Celtic Renaissanceの思潮、侮る可からざる勢ある如きも、詩壇の一奇観にしてYeatsは此派の詩人中最も大なるものか。

上田は、ケルト文芸復興運動の存在と、イェイツがその運動の旗手であることを紹介している。しかし、「奇観」という表現を使用しているあたりに、まだイェイツの詩について具体的に鑑賞する段階にはないことがうかがい知れる。

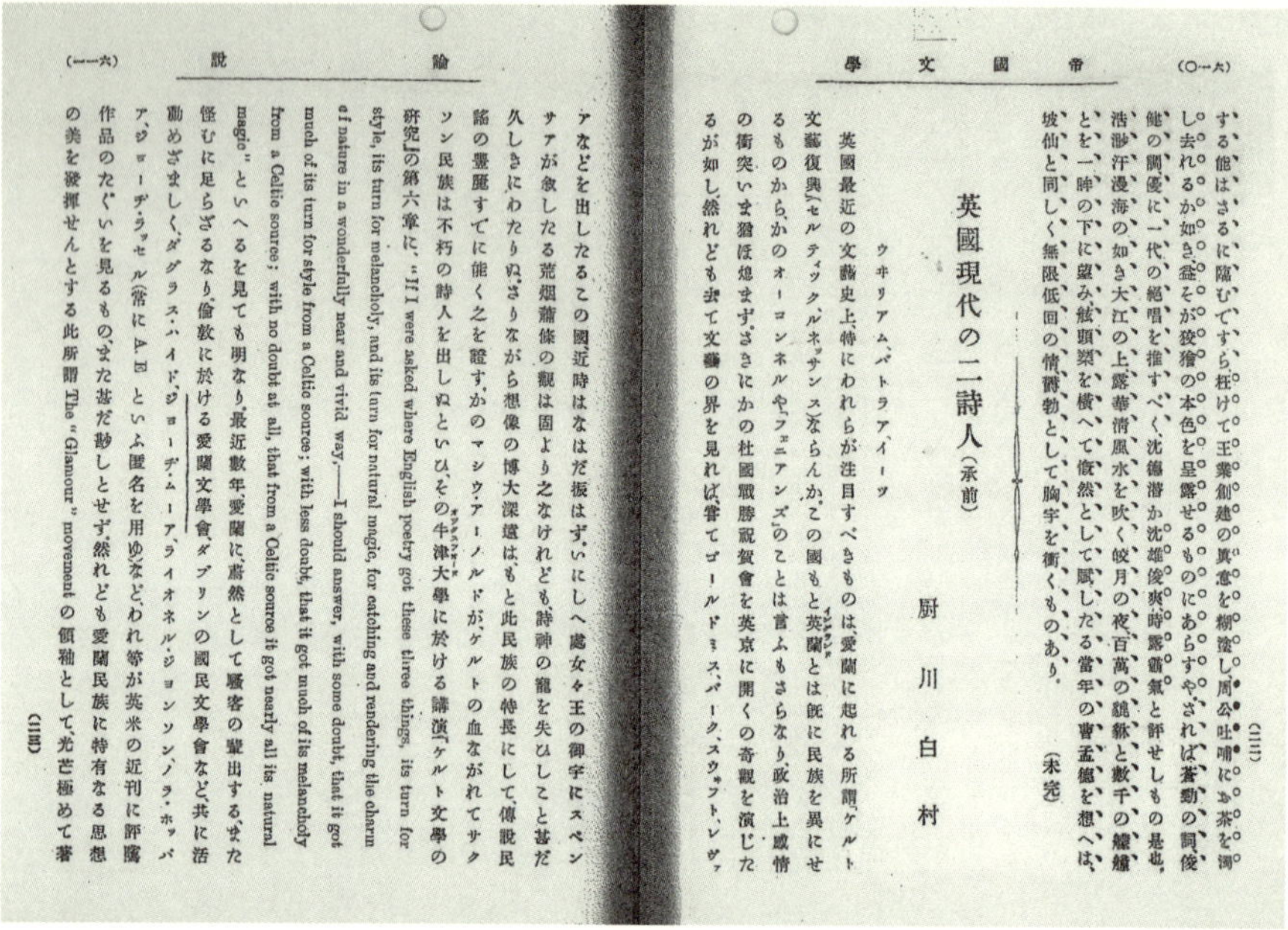
（六一〇）　帝國文學

する能はざるに臨むですら、枉げて王業創建の眞意を糊塗し、周公吐哺にお茶を濁し去れるが如き、盆そが狡獪の本色を呈露せるものにあらずや。されば蒼勁の詞、俊健の調優に一代の絶唱を推すべく、沈鬱潛か沈雄俊爽、時露霸氣と評せしもの是也。浩渺汗漫海の如き大江の上、露華淸風水を吹く皎月の夜、百萬の貔貅と數千の艨艟とを一眸の下に望み、舷頭槊を横へて儼然として賦したる當年の曹孟德を想へは、坡仙と同しく無限低回の情、鬱勃として胸宇を衝くものあり。　（未完）

英國現代の二詩人（承前）

厨川白村

ウヰリアム、バトラア、イーツ

英國最近の文藝史上、特にわれらが注目すべきものは、愛蘭に起れる所謂「ケルト文藝復興」（セルティック、ルネッサンス）ならんか。この國もと英蘭《イングランド》とは既に民族を異にせるものから、かのオーコンネルや「フェニアンズ」のことは言ふもさらなり、政治上感情の衝突いま猶ほ熄まず。さきにかの杜國戰勝祝賀會を英京に開くの奇觀を演じたるが如し。然れども去て文藝の界を見れば、嘗てゴールドミス、バーク、スウィフト、レヴァ

（一二三）

論說　（六一一）

アなどを出したるこの國、近時はなはだ振はず。いにしへ處女々王の御宇にスペンサアが敍したる荒烟蕭條の觀は固より之なけれども、詩神の寵を失ひしこと甚だ久しきにわたりぬ。さりながら想像の博大深遠は、もと此民族の特長にして、傳說民謠の豐麗すでに能く之を證す。かのマシウ、アーノルドが、ケルトの血ながれてサクソン民族は不朽の詩人を出しぬといひ、その牛津大學に於ける講演「ケルト文學の研究」の第六章に、"If I were asked where English poetry got these three things, its turn for style, its turn for melancholy, and its turn for natural magic, for catching and rendering the charm of nature in a wonderfully near and vivid way,——I should answer, with some doubt, that it got much of its turn for style from a Celtic source; with less doubt, that it got much of its melancholy from a Celtic source; with no doubt at all, that from a Celtic source it got nearly all its natural magic." といへるを見ても明なり。最近數年、愛蘭に、蔚然として騷客の輩出するまた怪むに足らざるなり。倫敦に於ける愛蘭文學會、ダブリンの國民文學會など、共に活動めざましく、ダグラス・ハイド、ジョーヂ・ムーア、ライオネル・ジョンソン、ノラ・ホッパア、ジョーヂ・ラッセル（常にA. Eといふ匿名を用ゆ）など、われ等が英米の近刊に評隲作品のたぐいを見るもの、また甚だ尠しとせず。然れども愛蘭民族に特有なる思想の美を發揮せんとする此所謂 The "Glamour" movement の領袖として、光芒極めて著

（一二四）

図 13　厨川白村「英国現代の二詩人」（『帝国文学』第十巻第四号、1904. 4）

厨川白村「英国現代の二詩人」は、日本におけるイェイツ及びアイルランド文芸復興運動に関するものとしては、最初の本格的な評論である。厨川は、「英国最近の文芸史上、特にわれらが注目すべきものは、愛蘭に起れる所謂「ケルト文芸復興」（セルティック、ルネッサンス）ならんか」と書き出している。さらに、「この国もと英蘭《イングランド》とは既に民族を異にせるものから、かのオーコンネルや「フェニアンズ」のことは言ふもさらなり、政治上感情の衝突いま猶ほ熄まず」とアイルランドの政治的現状に触れている。さらに、「想像の博大深遠は、もと此民族の特長にして、伝説民謡の豊麗すでに能く之を證す」と述べ、マシュー・アーノルド（Matthew Arnold, 1822-1888）の、「ケルトの血ながれてサクソン民族は不朽の詩人を出しぬ」という言葉を引用している。厨川が論拠としたのは、『ケルト文学の研究』（*On the Study of Celtic Literature*, 1867）第六章のアーノルドの以下の一文である。

If I were asked where English poetry got these three things, its turn for style, its turn for melancholy, and its turn for natural magic, for catching and rendering the charm of nature in a wonderfully near and vivid way, ——I should answer, with some doubt, that it got much of its turn for style from a Celtic source ; with less doubt, that it got much of its melancholy from a Celtic source ; with no doubt at all, that from a Celtic source it got nearly all its natural magic.(12)

もし英国の詩が、その文体と憂鬱性と自然の不可思議な力——驚くほど精密で生き生きとした仕方で自然の魅力を捉え、描写するための——、という三要素への傾向をどこから得たのかと訊ねられたら、こう答えるだろう。やや疑念はあるが文体についてはケルトから多くを得たと、また、おそらくは憂鬱性についてはケルトから多くを得たと、そして疑いも無く、自然の不可思議な力についてはほぼ全てをケルトから得た、と。(13)

アーノルドが、「もし英国の詩が、その文体と憂鬱性と自然の不可思議な力という三要素への傾向をどこから得たのかと訊ねられたら」、その多くは間違いなくケルト民族からだと答えると論じた箇所を引用して、厨川はアイルランド文学を、ケルト民族の特質と結びつけている。また、「倫敦に於ける愛蘭文学会、ダブリンの国民文学会など、共に活動めざましく、ダグラス・ハイド、ジョージ・ムーア、ライオネル・ジョンソン、ノラ・ホッパア、ジョーヂ・ラッセル（常にA. Eといふ匿名を用ゆ）など」と紹介し、「愛蘭民族に特有なる思想の美を発揮せんとする此所謂 The "Glamour" movement の領袖として、光芒極めて著しく、近時盛に騒壇を聳動せる秀抜の詩人は即ちイーツに外ならざるなり」と述べている。

さらに、詩集『葦間の風』（*The Wind among the Reeds*, London, 1899）から、"A Poet to His Beloved" を引用し、「イーツの詩歌を読むに当ては、あらかじめ愛蘭の思想と伝説とに関する智識あらむ事を要す」と言い、「自然の歓楽をこゝに求め、万象を想化し、常に "The unseen" にあこがるゝ愛蘭民族の特色はイーツの詩歌に於てうらみなく発揮せられたりといふべし」と結論づけている。ここでは、民族と文学との結びつきという問題が発生しており、アイルランド文学が「愛蘭民族の特色」を「発揮」したものという捉え方がなされたことに、注意しておくべきであろう。アイルランド文学を「民族の特色」によって説明するという厨川の論は、アーノルドの論の影響が色濃い。アーノルドは、『ケルト文学の研究』の第四章において、「"sentimental"という語はケルト民族の性質について、その特徴を一言で表わす場合に、最も適切な言葉である」[14]と述べている。このようなケルト民族の特色に関する論は、日本における受容に大きな影響力を持ち、以後繰り返し参照されることとなる。

また、この時期のアイルランド文学受容を語る上では、一八九六年から一九〇三年まで東京帝国大学文科大学文学部英文学科講師に就任し、英文学講義を行ったラフカディオ・ハーンに着目しなければいけないだろう。ハーンの死後十年経って、彼の英文学講義録がアメリカで次々と出版されていくが、三冊目にあたる*Life and Literature*（New York: Dodd, Mead & Co., 1917）の「妖精文学」（Some Fairy Literature）の章において、イェイツが取り上げられている。講義録が出版されたのは大正期だが、明治中期にはハーンが東京帝国大学の英文学講義の中でイェイツを紹介していたことがわかる。

The Celtic peoples in Ireland, England, Scotland, and Western France, the original populations conquered by the men of the North, had very strange beliefs of their own about spirits inhabiting woods, rivers and mountains, spirits capable of assuming a hundred forms. Christianity tolerated beliefs of this kind also. They have not yet disappeared.（.....）In the latter part of the century there was for a time something of a popular reaction against the romantic and supernatural element either in prose or in poetry. But now another reaction has set in, and fairy literature has again become popular. It has one representative poet, William Butler Yeats, who himself collected a great number of stories and legends about fairies from peasantry of Southern Ireland.[15]

アイルランド、イングランド、スコットランド、西フランスに住むケルト民族は、北方民族に征服された先住民であり、森や川や山に住む霊とか、百体もに姿を変えられる霊についての、非常に風変わりな独自の信仰を抱いていた。キリスト教はこの種の宗教も大目に見たので、今でも消滅していない。（中略）一九世紀後半になると、一時のことであるが、散文と詩の両分野におけるロマンティックで超自然的な要素に対して、多少なりとも大衆的な反動が起こった。だが、現在、別の反動気運が盛り上がり、妖精文学はふたたび人気を取り戻してきた。一人の代表的な詩人がいる。ウイリアム・バトラー・イエイツだ。彼は南アイルランドの農民たちから、自分でとても多くの妖精物語や伝承を集めたのである。[16]

ハーンは「妖精文学」の講義のはじめに、「諸君は今回の講義までに、「妖精《フェアリー》」という言葉が霊《スピリット》の意味で用いられる非常に新しい言葉であることを了解していると思う」[17]と語りかける。ハーンは、この「妖精」という新しい言葉について、「妖精信仰には三つの要素、すなわち、北方と古典とケルトがある」[18]と定義している。一九世紀初頭にはウォルター・スコット（Sir Walter Scott, 1771–1832）の影響によって「妖精文学」が関心を集め、外国の妖精物語（fairy story）が数多く英訳されたが、一九世紀後半はそのような文学への反動が起こった。しかし、再び反動が起こって「妖精文学」が盛んになってきたと述べ、同時代文学としての「妖精文学」の代表的な詩人としてイエイツを紹介した。[19]さらにハーンは以下のように続ける。

But the “Land of Heart’s Desire” is the name of a fairy drama recently composed by William Butler Yeats which has been acted with some success, and which is interesting as showing you some new possibilities.（……）The interest of the whole action is made to lie in the way this fairy child deludes priest, parents, husband, and servants successively, in order to steal away the daughter-in-law, the new bride. Though the conditions are supernatural, the play of emotions is purely and intensely human and thus an impossible situation is made to become intensely interesting.[20]

ところで、最近ウイリアム・バトラー・イエイツが作り、かなりの成功のうちに上演された『心願の国』は妖精劇の題名であり、ある新たな可能性を見せて興味深いものだ。（中略）筋の運び全体の興味は、花嫁になったばかりの息子の若妻をさらうために、この妖精の子供が牧師、両親、夫、召使いをつぎつぎと惑わすやり口にひとえにかかっている。状況は自然から離れていても、感情の動きは純粋で、非常に人間的である。このようにして、ありえない状況がまことに興味深いものとなってくる。(21)

ハーンは、イェイツ「心願の国」（*The Land of Heart's Desire*, 1894）を、「あらたな可能性」を見せる「興味深いもの」と評価している。彼は、イェイツが「自然から離れ」た状況、「ありえない状況」を描いてはいても、「感情の動き」が「純粋で、非常に人間的」なために、「興味深いもの」となると述べているのである。ハーンは「妖精文学」講義を以下の言葉で締めくくっている。

You may ask perhaps why I give so much time to a discussion of foreign superstition in foreign literature. This is really worth while. I am quite sure that it is, but not because the superstition happens to be Western. When you can judge of the value that such ideas have been to European poetry and romance, you will be better able to understand the possible future value to your own literature of Eastern beliefs that are now passing or likely to pass away.(22)

おそらく諸君は、私が外国文学の中でも迷信を取り上げ、どうしてこうも論証に多くの時間をかけるのかとたずねるかもしれない。これは本当に価値のあることなのだ。私はそうであることを確信している。けれど、迷信がたまたま西洋のものであるからではない。こういった観念がヨーロッパの詩や物語に久しく根づいてきたことの価値を諸君が判定できるようになったとき、現在では消滅したり消えかかっている諸君自身の東洋の信仰の文学に対して、将来きっと価値を抱くことになるということが、もっとよく理解できるようになるだろう。(23)

ハーンは、ケルトが、「北方民族に征服された先住民」であること、「霊についての、非常に風変わりな独自の信仰を抱いていた」ということを学生に伝えている。ケルトは政治的にも宗教的にも征服されたが、「キリスト教はこの種の宗教も大目に見た」ので、「妖精」への信仰は「今でも消滅していない」。ハーンは、イェイツが「南アイルランドの農民たち」から「多くの妖精物語や伝承を集め」て、アイルランド固有の文化に価値を認め、今まさにアイルランド独自の芸術を創造しようとしていることを、日本の学生たちに伝えることによって、明治において西洋の文物を摂取するだけではなく、日本独自の文化を大切にすることを教えようとしたのであろう。(24) ハーンは、イェイツを教えることによって、「現在では消滅したり消えかかっている諸君自身の東洋の信仰の文学」に、自信を持ち、価値を見出して欲しいと伝えたのである。

上田敏はハーンが東京帝国大学文科大学に赴任した翌年の一八九七年七月に英文科を首席で卒業し、大学院に進学する。(25) さらに厨川白村は、ハーン、夏目漱石、上田敏に学び、一九〇四年に東京帝国大学を首席で卒業している。(26) ハーンに英文学を教わった上田敏、厨川白村は、アイルランド文学の紹介者として後の作家・研究者に影響を与えていく。上田敏、厨川白村は京都帝国大学に英文科教授として赴任し、菊池寛、山本修二、矢野峰人、小林象三らを輩出する。また、小林象三は、後に北海道の小樽高等商業学校に赴任し、伊藤整にアイルランド文芸復興運動の作家であるシングやイェイツを教えることとなる。日本におけるアイルランド文学受容はハーンの講義室からはじまったと言うことも出来るだろう。

そして、上田敏や厨川白村による紹介言説は、ケルト人の特質を、自然や目に見えないものに惹かれる傾向があると論じ、ケルト人の特質を発揮したものがアイルランド文学であるというイメージを形成していった。彼等の言説は、大正期の芥川龍之介や西條八十らにも影響を及ぼしていく。

第五節　『明星』における野口米次郎、小山内薫の紹介
――明治三〇年代後半から明治四〇年――

明治期のアイルランド文学受容において、前節において見てきた『太陽』や『帝国文学』と共に、牽引的役割を果したのが『明星』である。上田敏は、イエイツの評論「心情」（『明星』巳年第一二号、一九〇五・一二）を翻訳し、厨川白村は、イエイツの詩 "He wishes for the Cloths of Heaven" を「恋と夢」（訳詩四篇からなる「潮の音」のうちの一篇、『明星』、一九〇五・六）として訳出している。[27] 同一九〇五年の『明星』には小山内薫（一八八一―一九二八）談・黒川太郎速記「『愛蘭劇　カスリーン・ニ・フーリハン』」（『明星』一九〇五・一二）が掲載される。『明星』の同号には、裏表紙に「本号所載小山内氏談話イーツの戯曲の舞台面」と「ウイリアム・バットラア・イーツ肖像」という二枚の写真が大きく掲載されていて一際目を惹く。日本において初めてイエイツの舞台写真が掲げられたのが『明星』の同号であると考えられる。さらに、後述するが『明星』（一九〇七・五）には平田禿木「英国詩界の近状」が掲載される。翌一九〇八年には、栗山茂が「水の音」というタイトルでイェイツの詩 "The Lake Isle of Innisfree" を訳出（『明星』一九〇八・三、「揺曳（詩数篇）」のうち一篇）し、同号の巻頭に「近英二詩人肖像（写真）」と題して、ロバート・ブリッジズと並んでイエイツの写真が掲載された。また、栗原古城（一八八二―一九六九）が「海外詩壇　ヰリアム・バットラア・イエイツ」（『明星』一九〇八・十）において、"Aedh tells of the Rose in his Heart" 他一篇の詩を対訳形式で訳出している。このように、『明星』はアイルランド文学のうち、イエイツの紹介・翻訳記事を継続して掲載していることがわかる。

小山内薫「『愛蘭劇　カスリーン・ニ・フーリハン』」は、イエイツの戯曲「キャスリーン・ニ・フーリハン」（*Kathleen Ni Houlihan*, 1902）の梗概を示すもので、「イヽツは御存じの通り愛蘭の詩人で御座りまして、恰も十九

世紀の終から二十世紀の初めに掛つて愛蘭の国民的覚醒とも云ふべきものが盛んに起りました時分に、詩人として、戯曲家として、演説家として、啻に詩文の方面に於けるのみならず、社会、経済の上にも非常に貢献する所があつた人でありますと、詩人としてだけではなく戯曲家、演説家としてのイェイツの多方面に亘る活動を示している点で画期的である。小山内の談話は詩人としてというよりもむしろ戯曲家、活動家としてのイェイツの姿を読者に伝えようとしている。

小山内は、「キャスリーン・ニ・フーリハン」について、以下のように述べている。

此劇は一千七百九十八年代に於ける愛蘭の国情に精通した人でなければ、或は充分其趣味を感ずる事は出来ないかも知れませんけれども、既に内乱、仏蘭西艦隊の上陸、憂国の志士の下獄等極大体の事実を知つて居りますればこの劇を読んで一種の深い感じを得る筈で御座います。此劇に出て来まする老女が愛蘭の愛国の精神を形体にして現はした者であると云ふ事は『パブリック、オピニオン』の記事の中にも書いて御座います。

小山内は、アメリカ人の友人から『愛蘭文学』の第九巻を借りて「キャスリーン・ニ・フーリハン」を読むことが出来たと記している。彼は、Justin McCarthy の *Irish Literature* に依ってこの劇を知ったのである(28)。小山内がイェイツの戯曲を味わうには、「愛蘭の国情に精通した人」が望ましく、本戯曲には「内乱、仏蘭西部隊の上陸、憂国の志士の下獄」等の歴史的事実を重ねて読むと一層深い感じを受けるとし、「老女が愛蘭の愛国の精神」の象徴であると述べている箇所が重要である。アイルランド文芸復興運動の演劇は、その目的の一つにアイルランドの自治・独立を有していた。その点が、アイルランド文芸復興運動を世界的な演劇・文学の動きの中でも特異な存在としており、だからこそ世界的に注目されたのである。

厨川は、前節で分析した「英国現代の二詩人」の最後に、附記として「イーツの作は今や英語を解するもの丶知

明治三十八年十一月一日發行毎月一回一日發行　明治三十五年二月一日第三種郵便物認可

ウイリアム・バットラア・イーツ肖像

左方に立てるはメイルに扮せるマアガレット・ウイチヤアリイ嬢なり

本號所載小山内氏談話イーツの戯曲の舞臺面

図14　「本号所載小山内氏談話イーツの戯曲の舞台面」と
「ウイリアム・バットラア・イーツ肖像」（『明星』1905.11）裏表紙

らざるなきところ。此詩人近頃海を渡りて北米に航し、諸方の大学に講演を開きて盛なる歓迎をうけぬ」と記し、イェイツがアメリカにも受け容れられたことを述べている。(29) 小山内は「イヽツの脚本は種々先輩にも尋ねて見ましたけれども、まだ日本には余り多く参つて居らぬやうで御座います」(30)と記している。一九〇四年―一九〇五年当時、「今や英語を解するものゝ知らざるなき」ほどの名声を得つつも、その作品は「まだ日本には余り多く参つて居ら」ず未知なる作家であったイェイツ。そのイェイツにロンドンとニューヨークで直接会見したのが野口米次郎（一八七五―一九四七）である。彼は『英米の十三年』（春陽堂、一九〇五）の「英文学の新潮流　ウヰルアム、バトラー、イーツ」において、イェイツとの会見の様子を記している。(31) 明治期におけるアイルランド文学受容は、ハーンのようにいち早くイェイツを紹介した人物もいたが、『アウトルック』（*Outlook*）を参照した厨川白村、アメリカ人の知人から本を貸してもらった小山内薫、アメリカ滞在中のイェイツに直接面会した野口米次郎など、アメリカを経由する形で受容されたという側面があったことがわかる。

野口は、「余は初めて西利的《セルチック》文学復活の主動者なる詩人イーツを、倫敦に於て見たり。頃日米国に来りて講演を為す。余一日招かれて彼の晩餐に列す」と、イェイツをケルト文芸復興運動の主導者として紹介し、彼が劇場を創設したいと語った様子を、次のように述べている。

余は吾等同人の為め劇場を建設せむと欲するなり。人若し他より其劇場に入らむと欲せば其人や吾人が学者的に解する所のものを直覚し得る所の人ならざる可からずと。イーツは劇場をして詩化せしめむとするなり。其演ずる所のものは、神話或は古昔の伝説、即ち彼が所謂『dreams are truth and truth is a dream』の時代を以てし、人の想像力を惹起し、少くも詩神に接近せしめむとするなり。（中略）彼は即ち愛蘭土エルアン、アイランド又ガルウエー、フレーンに住む単純なる人民の信じ、且つ好む伝話を一層詩化して、天下の劇場否な、文学界をして之を認めしめむとするなり。一言すれば西利的文学をして復活せしめむとするなり。彼は余にいふ批評の時代は去れり、遠くに去れり、今や想像の時代、情熱の時代、神秘を点示《ママ》する時代は来りぬと。

野口に向けてイェイツが語ったのは、アイルランドの伝説を採集し、詩的に昇華してアイルランドの文芸を復興しようという運動の趣旨とアベイ座の構想である。後述するが、イェイツは一九〇三年にフェイ兄弟と出会い、アイルランド国民演劇協会（The Irish National Theatre Society）を結成し、アイルランド国立劇場（The Irish National Theatre）・通称アベイ座（The Abbey Theatre）を本拠地としてアイルランド文芸復興運動をまきおこしていく。野口は、この構想のためにイェイツが、*The Land of Heart's Desire*, *The Shadowy Water*, *The Hour-Glass* などの劇詩を創作し、「主動者」となって「特種の性質を永遠に守護せむとし、乃ち西利的文学復活の旗を挙げた」と述べている。

注目されるのは、野口がケルトの「特種の性質」として、「目に見えざるもの（the Unseen）を信じ美を愛し、其理想の優にして而も滑稽なるは愛蘭土人天性の経緯なり。西利的の魔法的天賦ありて、初めて迷信をして高尚ならしめ、人をして立所に詩人たらしむるなり」と論じている点である。そして野口は、アーノルドの「西利的の血液流れて、撒遜人をして詩人たらしめ、永久不死の英詩人を作りたり」という言葉を引用する。アーノルドや "the Unseen" という言葉は、厨川の論考にも重要な要素として出て来ている。[32] 野口は一八九三年に渡米した後、英語で詩を発表しはじめ、一八九六年にヨネ・ノグチ名義で詩集 *Seen and Unseen* を刊行する。「目に見えざるもの」を信じるケルト像は、野口の関心を反映したものであるとも言えよう。

翌年の一九〇六年に、野口の主導によって日本、アメリカ、イギリスの詩人が集う「あやめ会」が発足する。アメリカ、イギリスの詩人二〇名と日本の詩人一三名の合計三三名の賛同者が集い、一九〇六年六月に「あやめ会詩集第一」として『あやめ草』（如山堂書店、一九〇六）を、一二月には「あやめ会詩集第二」として『豊旗雲』（佐久間書房、一九〇六）を刊行する。『あやめ草』には、*The Iris; No. 1, A Quarterly Magazine of Poetry* という英語タイトルも付記されている。外装画及び表紙画は若き日の杉浦朝武（杉浦非水、一八七六－一九六五）が手掛け、挿画は中沢弘光（一八七四－一九六四）が担当している。右開きからは日本語詩、左開きからは英語詩が始まるという構成にも工夫が凝らされた両面表紙による瀟洒で美しい詩集である。

『あやめ草』（*The Iris*）には、野口米次郎の求めにより、イェイツが "To the Rose upon the Rood of Time" と "A Faery Song" の詩二篇を寄稿しており、[33] さらに英文表紙をめくった口絵にもイェイツの肖像画が掲げられている。これは、アメリカにおける野口とイェイツとの直接的な交流から実現した企画と言えるだろう。イェイツの他にも、英語詩の頁の寄稿者は、巻頭のアーサー・シモンズをはじめ、ウォーキン・ミラー、ヨネ・ノグチ、ジョセフィーン・プレストン・ピーボディ、ジョン・B・タブらが名を連ねている。一方で、日本語による頁の寄稿者は、岩野泡鳴、上田敏、蒲原有明、薄田泣菫、小山内薫など、当時海外の詩や文芸思潮の紹介者・翻訳者として活躍し、海外の文学動向に敏感であったと考えられる詩人たちである。

『あやめ草』は、序文において、「この度、邦詩英詩専門の詩集『あやめ会詩集』を発刊し、わが邦現代の詩人がその得意の新作を掲載し、一方には、英米両国の詩人を誘ひて、各々その独特の新篇を送り来らしむる」「東西両

図15　あやめ会『あやめ草』表紙、裏表紙、口絵（イェイツ）

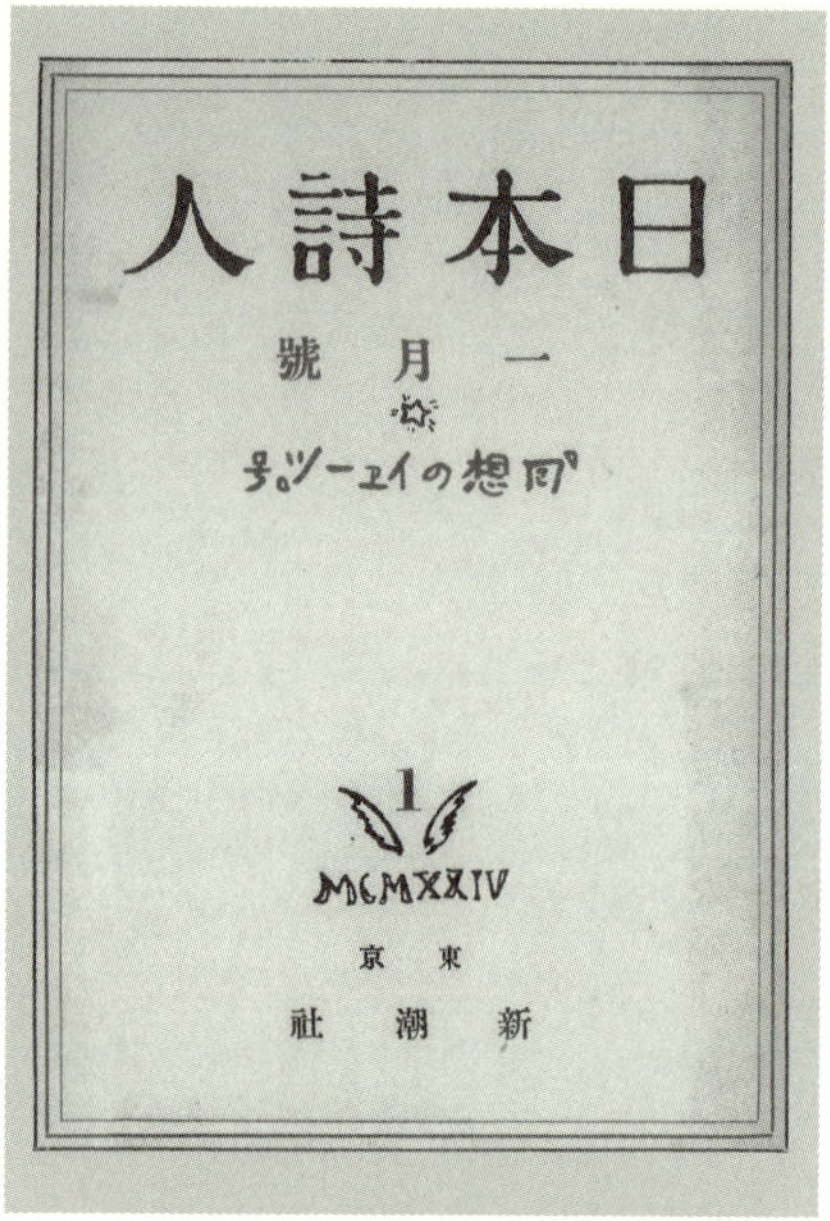

図16　『日本詩人』（『回想のイェーツ』号 1924.1）表紙

洋の詩花、一庭にその芳香を争はんとす(34)」と記されるように、イギリス、アメリカ、日本の詩人たちの交流を目指して発刊された画期的な詩集である。しかし、序文が「国民の内部生命は最も多く純文学に顕はるゝものなり。今やわが邦の勢力、長大の発展を為せると共に、文藝界の気運も亦、その産物に於て、吾人の特色を発揮し、外国のそれと相対抗せんとするに至れり」から始まることからも明らかなように、日露戦争後の好戦的気運が伝わってくる。さらに、「かのギリシャの群小国民が団結してペルシャの大群に当りし時の如く、吾人は区々たる私心を遠ざけて、詩的熱誠と威厳とを以つて、外国文学に対すべきにあらずや」と、外国文学に比肩することの出来る「わが邦」の詩の誕生を目指していることがわかる。このような発刊の意図を持った詩集の巻頭口絵および寄稿詩にイエイツが選ばれたことを鑑みると、西洋文学の強い影響から出発した日本の近代詩も、西洋の強大な影響から抜け出して日本独自の文学を見出すことを目指す意図があると考えられる。

野口は、これ以降アイルランド文学受容の中心的人物として活躍しはじめる。例えば、一九〇七年（明治四〇）には野口米次郎「叙情詩人としてのエーツ」（『太陽』第一三巻一三号、一九〇七・一〇）が掲載される。野口は、「文学上の愛蘭土復活《アイリツシユリバイバル》は、人種と文学といふ小研究問題を与へた」と書き始める。ここでは、アーノルドの議論と、それを継承して日本でも紹介した上田敏や厨川白村の論を念頭に置いていると考えられる。しかし、野口は、「文学上に於ける人種《レース》のインフルエンスを説くは、平易な業であるけれども、厳重な意味に於ては論ぜられぬ、必ずしも其国の文学と成すは其国の純白なる血を受けたるものでなくてはならぬといふ理は無いといふ事に成る」、「血よりアトモスフキアの方が、有力であるといふことに成る、ヘレヂチーの力は微弱なものと云は無ければならぬ」というように、「文学」を「人種」で説明するのは「平易な業」だが、「アトモスフキアの方が、有力」であり、文学と人種の問題を切り離すべきであると主張するのである。

彼は、イェイツについて「彼とても其血無しとも限らぬ、所で彼は純白なる愛蘭土人として、愛蘭土の文学を以て立つといふよりは、彼の血は如何なるものであるやを論せずして、彼はケルチック古代精神の純情なるものを、文学上に受けた詩人と云ふ可きであらう」と論じている。ここでは、野口の論調が、アーノルドの論に依拠していた『英米の十三年』（春陽堂、一九〇五）における段階から変化し、アイルランド文学をケルトという「血」から切り離し、独立したものとして考えるべきであるという主張を展開している点に注目すべきであろう。野口米次郎はこれ以降も、「叙情詩人としてのエーツ」の英訳を『帝国文学』に「The Poet Yeats」（一九〇八・六）として掲載、山宮允が翻訳したイェイツ『善悪の観念』（東雲堂書店、一九一五）の「序文」に、イェイツとの会見記を寄稿し、また「エーツと能」（『国民新聞』一九一八・七）、「イェーツと西利的性情」（『日本詩人』第四巻第一号、『回想のイェーツ』号、一九二四・一）を寄稿するなどイェイツを日本に紹介した人物として重要である。

第六節　グレゴリー夫人、シングの紹介
——明治四〇年における平田禿木と小山内薫の仕事——

『明星』（一九〇七・五）には平田禿木（一八七三―一九四三）「英国詩界の近状」が掲載された。平田は、「一昨年千九百年頃になりまして、愛蘭土の詩人のイエ、ツと云ふ人が、頻に世間の注意を惹くに至りました」と説明している。

> 何故急に文壇の注意をひくに至つたかと云ふと、此人が多年経営して居りました愛蘭土国立劇場と云ふものが段々と緒に着いて、この人と趣味を同じうする年少詩人や、営利的劇場に飽き足らない、文芸の素養ある男女の俳優が其部下に集つて来て、且つダブリン府に於て、規模こそ至つて小さくはあれ、兎も角も此人々の団体の為めに、自由に費用なしに使ふ事の出来る、『アベエ・シアタア』といふ、瀟洒とした品の好い一劇場を得るに至つたのです。（中略）倫敦に於ても春秋二回位此の一座の人々が来てイエ、ツ氏の作、社中のシンジ《ママ》氏、グレゴリイ夫人の作物などを演ずるのである。（中略）愛蘭土国立劇場なるものは、英の劇界に於て一つの注意すべき現象となりました。

この平田の紹介文は、一九〇三年に結成されたアイルランド国民演劇協会専属の劇場として、一九〇四年にダブリンのアビー通りに設立されたアイルランド国立劇場、通称アベイ座に言及しているという点で重要である。アイルランド文芸復興運動について述べると、一八九八年に、イェイツ、エドワード・マーティン、グレゴリー夫人が出会い、この三人によって翌年アイルランド文芸劇場（Irish Literary Theatre）が設立された。設立記念公演は、イェイツの『キャスリーン伯爵夫人』（*The Countess Cathleen*）とマーティンの『ヒースの野』（*The Heather Land*）であった。ただし、アイルランド文芸劇場はイェイツとマーティンの対立や劇場経営に関する齟齬が原因で続かず、イェイツがウィリアム（William Fay, 1872–1947）とフランク（Frank Fay, 1870–1931）というフェイ兄弟と出会ったことで、アイルランド国民演劇協会が設立され、アイルランド文芸劇場は受け継がれることとなった。一九〇四年一二月二七日のアベイ座のこけら落とし公演は、イェイツの「バーリャの浜辺」（*On Baile's Strand*）、グレゴリー夫人の「噂の広まり」（*Spreading the News*）という新作二作と、イェイツの「キャスリーン・ニ・フーリハン」、シングの「谷間の蔭」（*In the Shadow of the Glen*）であった。

平田はイェイツに関して、「愛蘭土に関する古い伝説、民謡などに詳しく、又今も頻にこれが研究を怠らない」

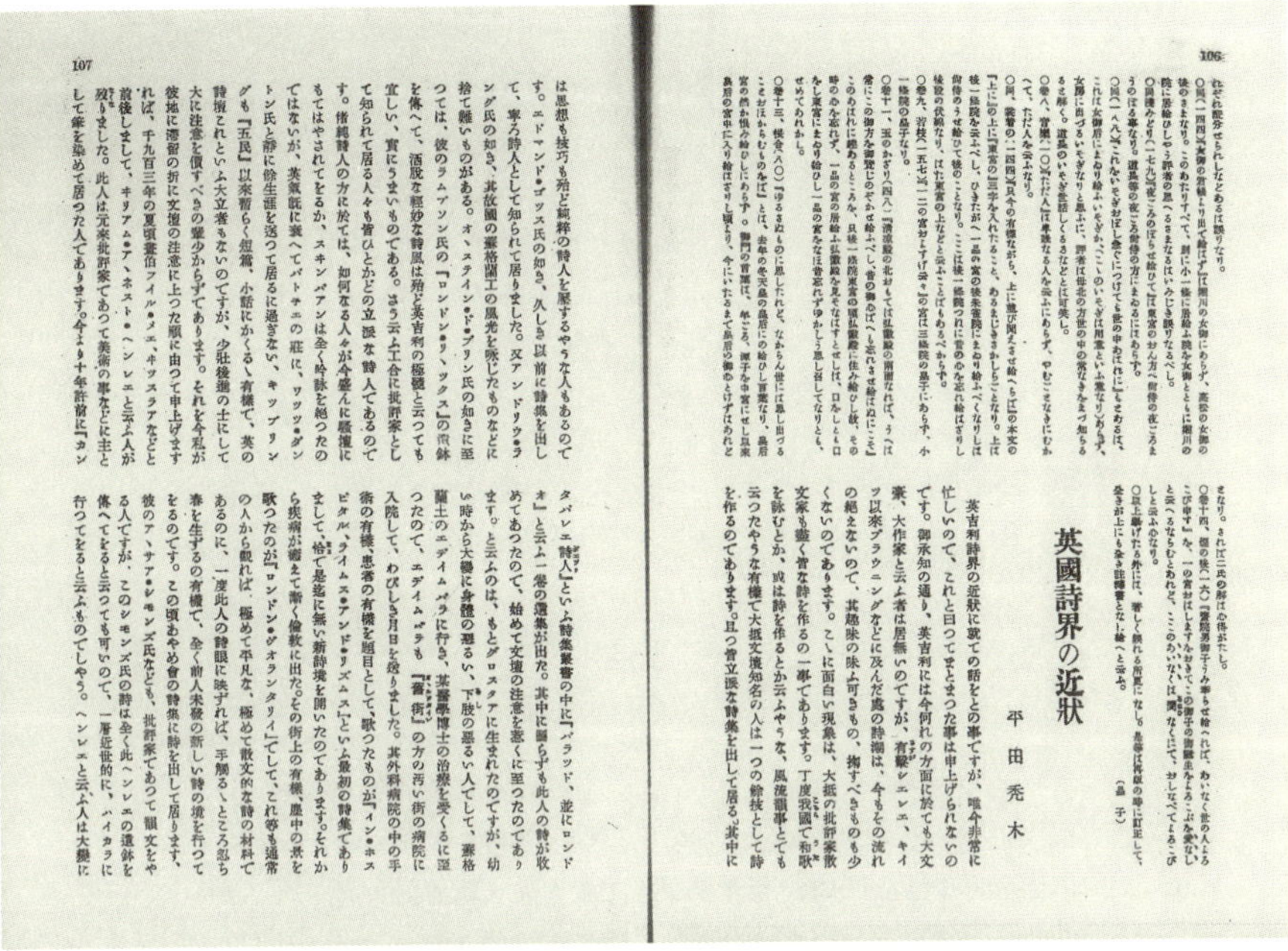

106

英國詩界の近狀

平田禿木

英吉利詩界の近狀に就ての話をとの事ですが、唯今非常に忙しいので、これと曰つてまとまつた事は申上げられないのです。御承知の通り、英吉利には今何れの方面に於ても大文豪、大作家と云ふ者は居無いのですが、有髪シエレエ、キイツ以來ブラウニングなどに及んだ處の詩潮は、今もその流れの絶えないので、其趣味の味ふ可きもの、掬すべきものも少くないのであります。こゝに面白い現象は、大抵の批評家散文家も甚く脊な詩を作るの一事てあります。丁度我國で和歌を詠むとか、或は詩を作るとか云ふやうな、風流韻事とでも云つたやうな有樣で大抵文壇知名の人は一つの餘技として詩を作るのであります。且つ皆立派な詩集を出して居る。其中には思想も技巧も殆ど純粋の詩人を壓するやうな人もあるのです。エドマンド・ゴッス氏の如き、久しき以前に詩集を出して、寧ろ詩人として知られて居りました。又アンドリウ・ラング氏の如き、其故國の蘇格蘭土の風光を咏じたものなどに捨て難いものがある。オ、スチイン・ド・ブリン氏の如きに至つては、彼のラムブソン氏の『ロンドン・リ、ツクス』の衣鉢を傳へて、酒脱な輕妙な詩風は殆ど英吉利の極髓と云つても宜しい、實にうまいものである。さう云ふ工合に批評家として知られて居る人々も皆ひとかどの立派な詩人であるのです。惜純詩人の力に於ては、如何なる人々が今盛んに騒擅にもてはやされてをるか、スキンバアンは全く吟詠を絶つたのてはないが、英氣既に衰へてパトナエの莊に、ワッツ・ダントン氏と靜に餘生涯を送つて居るに過ぎない、キップリングも『五民』以來暫らく短篇、小話にかくるゝ有樣で、英の詩壇これといふ大立者もないのですが、少壯後進の士にして大に注意を價すべきの輩少からずであります。それを今私が彼地に滯留の折に文壇の注意に上つた順に由つて申上げますれば、千九百三年の夏頃書伯フイル・メエ、ホッスラアなどと前後しまして、ヰリアム・ア、ネスト・ヘンレエと云ふ人が殁りました。此人は元來批評家てあつて美術の事などに主として筆を染めて居つた人てあります。今より十年許前に『カンタバレエ詩人《ポエツ》』といふ詩集叢書の中に『バラッド、並にロンドオ』と云ふ一卷の選集が出た。其中に圖らずも此人の詩が收めてあつたので、始めて文壇の注意を惹くに至つたのであります。と云ふのは、もとグロスタアに生まれたのですが、幼い時から大變に身體の惡るい、下肢の惡るい人でして、蘇格蘭土のエディムバラに行き、某醫學博士の治療を受くるに至つたので、エディムバラも『審街』の方の汚い街の病院に入院して、わびしき月日を送りました。其外科病院の中の手術の有樣、患者の有樣を題目として、歌つたものが『イン・ホスピタル』、ライムス・アンド・リズムス』といふ最初の詩集てありまして、恰て是迄に無い新詩境を開いたのてあります。それから疾病が癒えて漸く倫敦に出た。その街上の有樣、塵中の景を歌つたのが『ロンドン・ヴオランタリイ』でして、これ等も通常の人から觀れば、極めて平凡な、極めて散文的な詩の材料であるのに、一度此人の詩眼に映ずれば、手觸るゝところ忽ち春を生ずるの有樣で、全く前人未發の新しい詩の境を行つてをるのです。この頃あやめ會の詩集に詩を出して居ります、彼のア、サア・シモンズ氏なども、批評家であつて韻文をやる人ですが、このシモンズ氏の詩は全く此ヘンレエの遺鉢を傳へてをると云つても可いので、一層近世的に、ハイカラに行つてをると云ふものでしやう。ヘンレエと云ふ人は大變に

107

図 17　平田禿木「英国詩界の近状」（『明星』1907. 5）

と述べた後、グレゴリー夫人について以下のように紹介している。グレゴリー夫人に関する初期の紹介文だと考えられるため、イェイツとグレゴリー夫人に関して述べている箇所を引用する。

［執筆者注：イエイツと］志を同じうする処のグレゴリイ夫人、此人は唯今は大分老体でありますが、もと錫蘭の太守であつたグレゴリイ卿の未亡人で、此人も亦最も熱心に其故郷であり、祖国である愛蘭土の俗説、民謡の類を取調べで《ママ》、これを愛蘭土語から英語に翻訳して幾多の著述のある人で、イエ、ツは常にこの人と事業を共にに《ママ》し、又負ふ処は少くないのです。で、そのやうに根本の基礎をケルト民族の伝統に置いて、其一種異様の詩潮を伝へると云ふのが、此人の願である。詩のうちにも愛蘭土の田舎びた地名などが詠みこまれてあるのを見ると、恰も我が陸奥《みちのく》、作《ママ》の山中などの

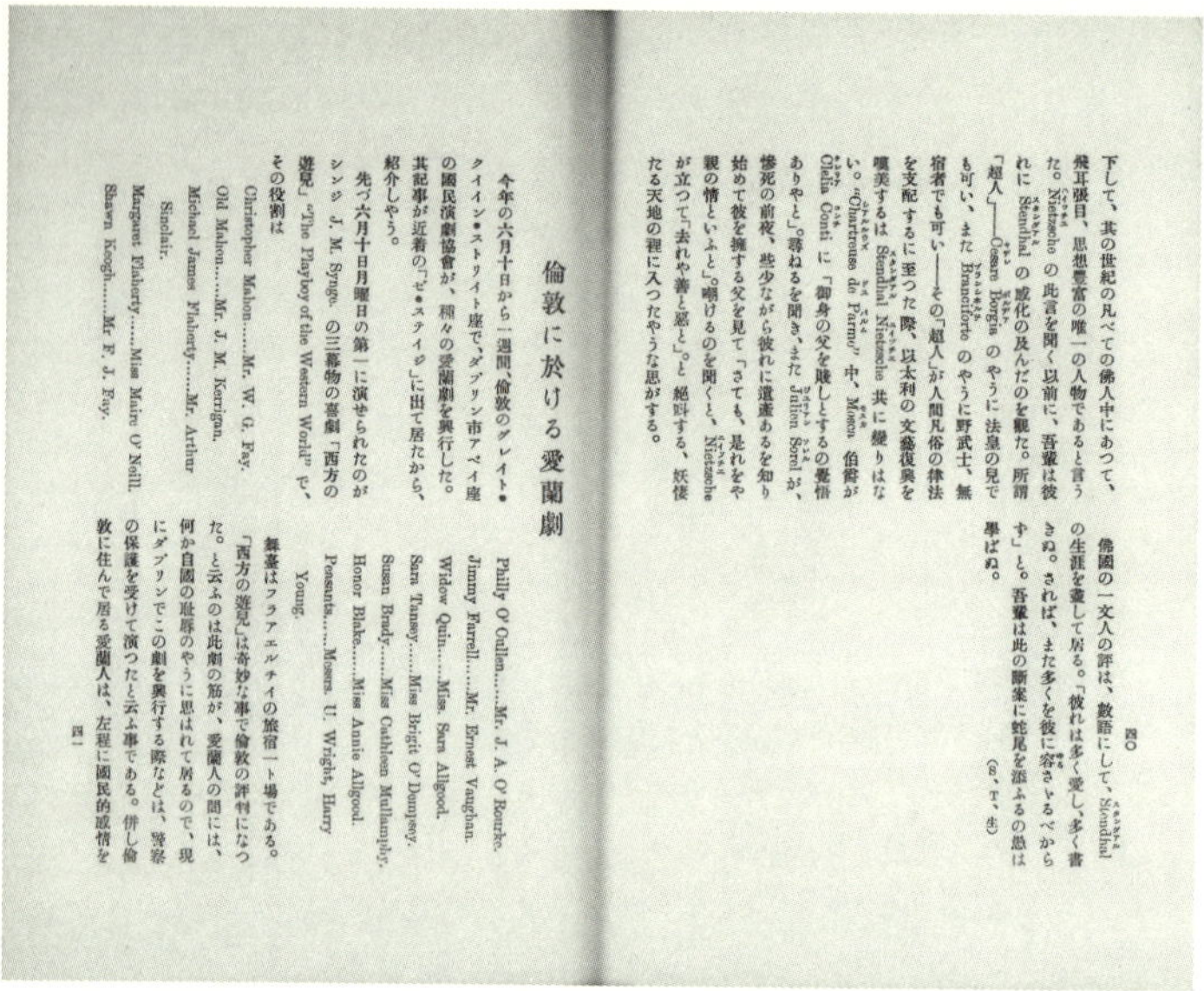

下して、其の世紀の凡べての佛人中にあつて、飛耳張目、思想豐富の唯一の人物であると言うた。Nietzsche の此言を聞く以前に、吾輩は彼れに Stendhal の感化の及んだのを觀た。所謂「超人」――Cesare Borgia のやうに法皇の兒でも可い、また Brancifort のやうに野武士、無宿者でも可い――その「超人」が人間凡俗の律法を支配するに至つた際、以太利の文藝復興を嘆美するは Stendhal Nietzsche 共に變りはない。"Chartreuse de Parme" 中、Mosca 伯爵が Clelia Conti に「御身の父を賤しとするの覺悟ありや」と尋ねるを聞き、また Julien Sorel が、慘死の前夜、些少ながら彼れに遺產あるを知り始めて彼を擁する父を見て「さても、是れをや親の情といふと」嘲けるのを聞くと、Nietzsche が立つて「去れや善と惡と」と絶叫する、妖佞たる天地の裡に入つたやうな思がする。

四〇

佛國の一文人の評は、數語にして、Stendhal の生涯を盡して居る。「彼れは多く愛し、多く書きぬ。されば、また多くを彼に容さるべからず」と。吾輩は此の斷案に蛇尾を添ふるの愚は學ばぬ。

（S、T、生）

倫敦に於ける愛蘭劇

今年の六月十日から一週間、倫敦のグレイト・クイイン・ストリイト座で、ダブリン市アベイ座の國民演劇協會が、種々の愛蘭劇を興行した。其記事が近着の「ゼ・ステイヂ」に出て居たから、紹介しやう。

先づ六月十日月曜日の第一に演ぜられたのがシンヂ J. M. Synge. の三幕物の喜劇「西方の遊兒」"The Playboy of the Western World" で、その役割は

Christopher Mahon……Mr. W. G. Fay.
Old Mahon……Mr. J. M. Kerrigan.
Michael James Flaherty……Mr. Arthur Sinclair.
Margaret Flaherty……Miss Maire O' Neill.
Shawn Keogh……Mr F. J. Fay.
Philly O' Cullen……Mr. J. A. O' Rourke.
Jimmy Farrell……Mr. Ernest Vaughan.
Widow Quin……Miss. Sara Allgood.
Sara Tansey……Miss Brigit O' Dempsey.
Susan Brady……Miss Cathleen Mullamphy.
Honor Blake……Miss Annie Allgood.
Peasants……Messrs. U. Wright, Harry Young.

舞臺はフラアエルチイの旅宿一ト場である。

「西方の遊兒」は奇妙な事で倫敦の評判になつた。と云ふのは此劇の筋が、愛蘭人の間には、何か自國の耻辱のやうに思はれて居るので、現にダブリンでこの劇を興行する際などは、警察の保護を受けて演つたと云ふ事である。併し倫敦に住んで居る愛蘭人は、左程に國民的感情を

四一

図 18　小山内薫「倫敦に於ける愛蘭劇」（第一次『新思潮』創刊号、1907.10）

> それを思はしめるので、実に何とも云へない味がある。

平田が、イェイツの作品に関して「恰も我が陸奥、作の山中などのそれを思はしめる」と述べている箇所が注目される。平田論では、イェイツとグレゴリー夫人は紹介されていたが、シングは名前が一箇所出て来るだけであった。シングが取り上げられるのは、同年の小山内薫による「倫敦に於ける愛蘭劇」（第一次『新思潮』創刊号、一九〇七・一〇）である。この紹介文によって、日本においてシングの名が知られるようになったと考えられる。(35)

小山内の紹介文は、一九〇七年六月一七日に『ステージ』（*The Stage*）に掲載された記事 "Irish Plays in London" の翻訳・紹介である。(36) 国民演劇協会は、一九〇七年五月一三日から六月一七日まで、イングランドのロンドン、ケンブリッジ、オックスフォードの各都市で巡業興行を行ったのだが、同記事は六月一〇日から一週間にわたってロンドンのグレート・クイーン・ストリート座で行われた興行についてのレヴュー

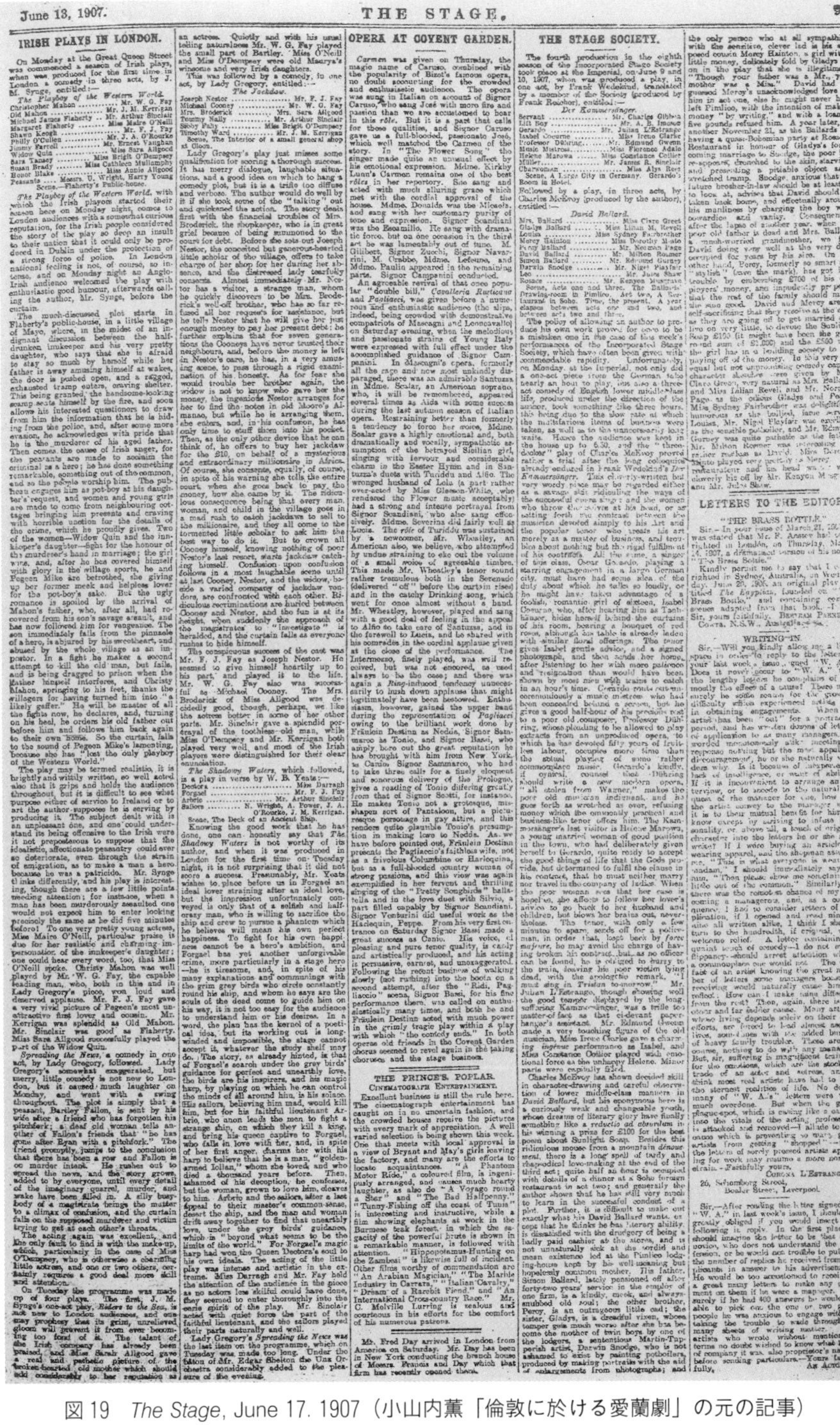

図19　*The Stage*, June 17. 1907（小山内薫「倫敦に於ける愛蘭劇」の元の記事）

（British Library 収蔵）

となっている。同年一月二六日の初演から一週間、アベイ座で行われた国民演劇協会の「西の国のプレイボーイ」(*The Playboy of the Western World*)公演中、アベイ座の観客の一部は劇に抗議し、暴徒と化すものもいた。この事件はアイルランド演劇史上において「プレイボーイ騒動」(Playboy Riot, 1907)と言われている。[37]その半年後に行われたロンドンの「西の国のプレイボーイ」公演はシングの名声を一躍世界に広めた。演目は、シング「西の国のプレイボーイ」、「海へ騎りゆく者たち」(*Riders to the Sea*)、グレゴリー夫人「噂の広まり」、「鴉」(*The Jackdaw*)、「牢獄の門」(*The Gaol Gate*)、「月の出」(*The Rising of the Moon*)、「ヒアシンス・ハルヴェイ」(*Hyacinth Halvey*)、イェイツの「暗き海」(*The Shadowy Waters*)、「バーリャの浜辺」、「カスリーン・ニ・フーリハン」、「砂時計」(*The Hour-Glass*)が、日替わりで上演された。

しかし、小山内が紹介した *The Stage* 誌は、愛国者的な立場から反「プレイボーイ」の記事を多く書いたW. J. ロレンスが寄稿していた雑誌である。その為、小山内によるシングの紹介記事は、シングを辛辣に批判するものとなった。紹介文では、まず初めに「「西方の遊児」は奇妙な事で倫敦の評判になつた。と云ふのは此劇の筋が、愛蘭人の間には何か自国の恥辱のやうに思はれて居るので、現にダブリンでこの劇を上演する際などは警察の保護を受けて演つたと云ふ事である」というように、ダブリンでの「プレイボーイ騒動」を説明している。そして、ダブリンと異なりロンドン巡業においては、「倫敦に住んで居る愛蘭士人は、左程に国民的感情を高めないで、寧ろ愉快にこの劇を歓迎した」と記している。しかし、シングの劇に対する論調は非常に厳しいものである。

　この劇は写実劇と云ふ事は出来る。派手にも面白くも書いてある。初から終まで看客を捕へて離さない程巧くも演ぜられた。併し作者は斯様な劇を演ずる事に依つて、愛蘭に対し美術に対して何を貢献しやうとしたのか分らない。第一捕へた問題が不愉快なものである。理想的な愛すべき百姓が、その親殺しなるが故に、一人の男を英雄として取扱ふ程、腐敗し得べきものであると云ふ事を、想像するの愚を演ずるにあらずんば、この劇が愛蘭土人の恥辱になると云ふ事を理解することは出来ない。

この記事では、アイルランドの演劇が持っていた自治・独立運動との関係性が問題となっている。すなわち、芸術と政治とを結びつけて評価する論調のもとで、シングの「プレイボーイ」は、好ましくないものとして批判されたのである。イェイツが老婆をアイルランドの象徴として描き出した「キャスリーン・ニ・フーリハン」は評価されたが、シングの「西の国のプレイボーイ」は「愛蘭に対し美術に対して何を貢献しやうとしたのか分らない」、「この劇が愛蘭土人の恥辱になる」と激しい調子で否定されたのである。さらに、小山内の紹介文ではシング「海へ騎りゆく者たち」についても、「これは倫敦の見物には初めてゞは無い。その徹頭徹尾陰気なところは、終に衆人の嫌ふ処となるであらう」と短く批判されたのみであった。

一方、イェイツ「ベイルの磯」に関しては、「詩的で且劇的である」とし、「砂時計」に関しては、「イエーツ氏はこの短い劇を自ら宗教劇と呼んで居る。非常に深く感動させると云ふ物でもないが、フエイ氏やオオネイル嬢の巧みな演技に依つて面白く見られた」と、まずまずの出来だという評価を下している。

注目すべきは、小山内薫の紹介文では、グレゴリー夫人の作品が総じて高く評価されていることである。グレゴリー夫人「牢獄の門」に関しては、「この劇は凄惨な愛蘭式の悲劇で、力もあり、恐ろしくもあり、看客の注意を捉へる事に於て確に成功した。この劇は愛蘭に於て屡々起つた事実の忠実なる描写である」と述べ、「オオネイル嬢は、種々なる誘惑にも係らず、隣人の生命を売ることを拒んだが為に、絞罪に処せられた愛蘭人の、若き妻に扮して、優しい感情を現はした」と好意的に評価している。さらに、「月の出」に関しても、『牢獄の門』と同じく「愛蘭の問題劇」であり、「愛蘭の愛国者」が登場人物であると紹介して評価している。また、「噂の広まり」に関しては「この喜劇は少し大袈裟だが、面白い劇だ。倫敦人には新しい出し物ではないが、今度も看客の大笑ひを惹起した」、「ヒヤシンス・ハルベイ」に関しては「この面白い気の利いた小喜劇は、看客の熱心な喝采を得た」と評価している。このような高評価が影響してか、この論考以降、イェイツと並んで、グレゴリー夫人の戯曲の翻訳が増える。まずは小山内薫自身の翻訳としてダグラス・ハイド、グレゴリー夫人合作 *The Poorhouse*（1907）の翻訳「愛蘭劇『貧民院』」（『早稲田文学』第三八号、一九〇九・一）が掲載され、松居松葉翻案「噂のひろまり」（『早稲田文学』第五九号、一九一〇・一〇、「松居駿河町人転作」と表記）[38]、平野萬里訳「月の出」（『スバル』第四年第三号、一九一二・三）、*The Travelling Man*（1910）の松田良四郎による翻訳「旅の男」（『假面』一九一三・一一）など立て続けに翻訳が掲載されていくのである。[39]

その一方で、シングに関しては川島風骨「近欧劇団の瞥見」（『帝国文学』第一七巻第三号、一九一一・三）がシングに言及しているものの、まとまった紹介は大正期に入ってから第三次『新思潮』の同人である芥川龍之介が「シング紹介」（『新思潮』一九一四・八）を執筆するまで見あたらず、翻訳に関しては同じく第三次『新思潮』の同人であり芥川龍之介の親友であった井川恭が「海へ騎りゆく者たち」を「海への騎者——J. M. SYNGE——」（『新思潮』一九一四・六）として訳出するまで、未知の作家として残されることになる。

シングを初めて詳しく日本に紹介した小山内薫の論考が、「プレイボーイ騒動」において反「プレイボーイ」派の論調であった『ステージ』（*The Stage*）掲載の否定的記事によるものであったことは、日本におけるシング受容を停滞させた。小山内薫の紹介文によって、グレゴリー夫人は盛んに翻訳、受容されるが、シングに関しては第三次『新思潮』の芥川龍之介、菊池寛、井川恭、『假面』の西條八十を待たねばならなかったという文学史的な経緯が存在するのである。それは菊池寛が、一九一二年頃を回想して「愛蘭文学の研究は、寧ろ当時の文壇に於ける一般的風潮となりかけてゐたものではあつたが、それにしてもその主流をなしてゐたものは、イエーツ、若しくはグレゴリー夫人であつた」と述べていることからもうかがえる。[40]

『新思潮』には、『假面』の西條八十とシングの発音をめぐって論争したとき、「先頃又々文壇誤読矯正会の方々が集つてシンジかシングかの問題を協議した。処へシングを売物にしやうといふ柳川が飛び込んで来て、愈々シングが正しいことが解つた。いづれ柳川が書くだらう」、「因みに其時假面のジョージ・モーアは少し変だといふ説が出たが、どうしたものだらう。小山内さんも疑つてゐた。典拠があるなら西條君聞かせて下さい」（傍点原文ママ）[41]という記事がある。ここからは、「シングを売物にしやう」と熱心に研究を進めていた芥川龍之介がシングやジョージ・ムアについて小山内薫に聞きに行ったこと、小山内から得た知識によって同時期にアイルランド文学を受容していた『假面』の西條八十に対抗していたことがわかる。

さらに芥川龍之介は、一九一四年の書簡において「時々山宮さんと話をする　アイアランド文学を研究してゐるひとりで僕をシング（小山内さんにきいたらシングがほんとだと云つた）の研究家にきめていろんな事をきくのでこまる」[42]と著している。芥川がこの書簡を出したのは、同年三月一日に同人雑誌『假面』の西條八十を中心とした「愛蘭土文学研究会」に、『新思潮』の山宮允とともに出席した直後のことである。ここでは、若い文学者たちが研究会を開催して相互に影響を与えあい、切磋琢磨しながらアイルランド文学を受容していたこと、芥川龍之介がシングを受容する際に小山内薫に教えを受けていたことがうかがえる。小山内薫によるシング紹介の経緯は、文学史的な流行現象や、ある作家に対する翻訳の盛行といった、文学の受容という問題には、紹介者の存在が大きく関わっているということを改めて考えさせる出来事であると言える。

図 20　小山内薫『演劇新潮』（博文館、1908）

第七節　「想像の力に富む」民としての「ケルト」像
——明治四一年から明治四五年——

この時期には、日本におけるイェイツの翻訳が盛んになる。一九〇八年に小林愛雄（一八八一—一九四五）が「イエツ詞華」（『帝国文学』第一四巻第二号、一九〇八・二）において、詩「炉のほとりにて語りし人にささぐこの処女の巻」「夢」「柳園」「イニスフリーの湖島」「落葉」を訳出している。蒲原有明は、小林愛雄について「イエエツとかオスカア、ワイルドとか云ふ近英詩人の作をいち早く翻訳せられたのは氏である(43)」と述べている。また同年、栗原古城が「海外詩壇　キリアム・バットラア・イェイツ」（『明星』一九〇八・一〇）において、"Aedh tells of the Rose in his Heart" 他一篇の詩を対訳形式で訳出した。さらに、栗原は『帝国文学』に「イエツの象徴論」（第一四巻第一一号、一九〇八・一一）を掲載している。この文章については、島崎藤村が『新片町より』（左久良書房、一九〇九・九）中の「イブセンの足跡」において反応している。

翌一九〇九年には、『あやめ草』（春陽堂、一九〇五）へとイェイツが寄稿した詩 "To the Rose upon the Rood of Time" を、岩野泡鳴（一八七三—一九二〇）が「時の十字架上なる薔薇に」（『中学世界』一九〇九・一一）として翻訳した。同年には、早稲田文学社編『文芸百科全書』（隆文館、一九〇九）において、片上天弦（片上伸、一八八四—一九二六）によって「イギリス文学」の中に「イエツ其他」という項目が執筆されるなど、日本の文学事典においてイェイツがはじめて項目になる。「詩壇」（『太陽』第十五巻第三号　一九〇九・二月臨時増刊　文芸史）では、「詩集には有明氏の『有明集』泡鳴氏の『闇の盃盤』御風氏の『御風詩集』等で（中略）その他上田敏《マ》析、竹蓼《マ》峯（上田敏、折竹蓼峯（錫））、内藤水翟（内藤濯）、茅野蕭々及び岩野泡鳴等の諸氏によつてヹルレイン、エレヂア、デエメル、メタリンク、イエツ……等の作が訳出されて、少なからず新詩界に益を与へた事も忘れてはならぬ」と、イェイツの翻訳が盛んになってきたことによって、日本の「新詩界」に影響を与えたことが記されている。上田敏、厨川白村、野口米次郎らによる紹介の時期から、一九〇八年から一九〇九年にかけては小林愛雄や岩野泡鳴の翻訳が主要雑誌に掲載され、それに蒲原有明、島崎藤村が反応するなど、翻訳が文学者たちへ影響を与える段階へと状況が変化したことがうかがえ、その当時に活躍していた文学者達に、本格的にイェイツが受容されはじめたことがわかる。[44]

このなかでも片上伸「イエーツ論」(『早稲田文学』第六六号、一九一一・五)は、『早稲田文学』の巻頭に掲載され、文学界に影響力を持ったと思われる。

イエーツの生れたアイルランドの国は、ケルト民族の住む国である。ケルトは一体に感情的な民族で、想像の力に富み、宗教心深く、敏感にして華美を愛し空想を好む民族である。或ひは軽快に或ひは沈鬱に、哀歓の情に動き易い。アイルランドの農夫は、今も尚野や森や川や沼に棲む魔を恐れてゐる。ケルトの血には神秘的な感情が流れてゐる。アイルランドが伝説に富んでゐるのもその故である。アイルランド文学の復活は、専らその伝説に新らしい生命を与へようとする運動であると言つてもよい。イエーツはこの運動の指導者と見られてゐる。

片上は参考にした文献を記していないが、片上論にはアーノルドの『ケルト文学の研究』が影響を与えていることは明白である。[45] 先述したように、厨川白村は「英国現代の二詩人」において、「想像の博大深遠は、もと此民族の特長にして、伝説民謡の豊麗すでに能く之を證す」と述べて、アーノルドの「ケルトの血ながれてサクソン民族は不朽の詩人を出しぬ」という言葉を引用していた。それを継承する形で、片上もまた「ケルトの血」という言葉を用いて、民族と文学の問題を結びつけ、アイルランド文学を「ケルト民族」の特質から論じ、アイルランド文芸

新刊
沙翁傑作集第三
オセロー
文學博士 坪内逍遙譯
沙翁傑作集一、二
六版 ハムレット
好評嘖々の本書は帝國劇場五月狂言として登場決定せり好劇家は豫め本書を見ざるべからず
三版 ロミオとジュリエット
青春燃ゆるが如き男女の高潔なる戀愛悲劇として發行以來非常の好評を博せるものは本書なり
◎オセロー三色版口繪◎
沙翁の作三十七篇、其中特に家庭悲劇と稱すべきは此一作あるのみ、而して其脚色、事件、人物の極めて自然にして近代的なる、其最大傑作中にも比類あるを見ず、譯者また特に此點に心を用ひて譯筆に別様の工夫を凝らし、多く現代語調を加味して譯出したれば、流麗にして明暢、殆ど一の創作を讀むが如し、而も一字一語をだに苟もせず、一々語を逐うて譯出したれば髣髴原作に接すると一般、若し沙翁を研究せんとする者、之を參考の用に供せんか簡明靈活、之に優るの好譯書はあるべからず
正價 各巻正價金壹圓卅五錢 郵稅何れも金八錢宛
洋裝天金高雅優美 用紙舶來印刷鮮明 三色版木版密書入
發兌
東京牛込早稲田 早稲田大學出版部 振替二一三三番
東京神田裏神保町 合資會社冨山房 振替五〇一番

早稲田文學

イエーツ論　片上伸

一

ジョージ・モーアがその小説『エヴェリン・インネス』にユーリック・ディーンといふ人物を描いて、彼はアイリッシュ風の長い顔をしてゐた。少し凹んだ平たい頰と長い顋と、すべて直線をなしてゐた。それを綺麗に剃つて、黑い髮の重い房がいつも兩眼の上に垂れかかつてゐた。彼の顏に陰氣なうつとりとしたやうな樣子を與へたのはその眼であつた、眼は大きく、暗く、深く沈んで、特殊の形をしてゐた。そして洞穴の火のやうに、闇の中で燃え上つたり消えかゝつたりして、燦つてゐる樣に見えた。彼は脊の高い瘠せた

明治四十四年五月の卷　イエーツ論　一

図21　片上伸「イエーツ論」(『早稲田文学』1911.5)

復興運動がケルト民族の「伝説に新らしい生命を与へようとする運動」として捉えているのである。

片上論の独自性はイエイツの詩と戯曲を多数引用し、詩には対訳を附して片上自身の解釈を加えていることである。片上は、「想像は人間と永遠の神秘とを繋ぐ唯一つのものであり、象徴は有限と無限とを繋ぐ唯一つのものである」と述べ、「イエーツにとつて外界は凡て塵の如く、たゞ内心の幻によつて生きる」と論じている。

イエーツも亦た近代生活の粗硬なあくどい刺激に堪へられない一人である。静寂と温柔との境に、疲労と恐怖との心を横へたいと思ふ人である。しかしその安息の隠れ家は、東洋の天地でもなければ、亦労役の生活を脱した美くしい官能的歓楽の中にもない。(中略)イエーツの追求するところは、過去のローマ《マ》マ《マ》ンスでもなく、海の彼方の

国でもなく、又眼前の歓楽でもない。たゞ自《ママ》からの心の内に在る。永遠を慕ふ無限の心の内に在る。

片上は、イェイツが「何故に自からの隠れ家を内心の神秘に求めて行つたかは、容易に測り難い。私は唯その心持ちを朧ろげに想像して見るばかりである」と自問自答する。そして、彼は「限りない心が限りある形に溶け、限りある形が限りない心を宿すときに、その形にも、その心にも、分つ可からざる永遠の生命が生れる。荒廃し壊滅する現実は、直ちに悠久なる霊の流れとなる」と述べ、「一刹那は即ち永遠である。生死も、明暗も、哀歓も、すべては一つに渾融して、生の流れは薄光を放つ。象徴の世界である」と、自らの意見を述べている。この論考は、片上自身が語っているように、イェイツの詩や戯曲、イェイツが目指したアイルランド文芸復興運動の分析というよりは、片上による解釈の色合いが強い。

このように、イェイツをケルトの民族性と結びつけ、永遠への憧憬へと言及した片上の紹介文は、若い文学者に感銘を与えるものであったと思われる。『聖盃』（一九一三・八より『假面』と改題）の特集「イェエッ《ママ》号」（一九一三・七）において、日夏耿之介は「今度出た片上伸の論集中にイェエッ論がある。此れ程独創的地盤に立脚してゐる論文はまだ日本に出なかつた。文章にもよく洗練が加へられてゐる点に成功してゐる」[46]と評価している。ケルト＝「想像の力に富む」民という構図は、芥川龍之介や西條八十に継承されていくのである[47]。

イェイツ、グレゴリー夫人に関しては、明治期にはその名前が知られていたと考えられる。しかし、シングの本格的受容に関しては、大正期の『聖盃』（『假面』）及び第三次『新思潮』等の同人雑誌における受容を待たなければならない。『帝国文学』、『太陽』、『明星』での紹介を経て、大正時代の同人雑誌における若い文学者たちによる自発的な受容が始まる。注目すべきなのは、芥川龍之介、菊池寛、西條八十、伊藤整といった文学者のいずれもが、若く、まだデビューしていない頃にアイルランド文学に惹かれ、自己の独自の文学・創作のあり方を見つけていこ

ことである。

うとしたことである。そして、彼等四人ともが作家生活の全般にわたり、アイルランド文学への興味を抱き続けた

イェイツが、上田敏、厨川白村、野口米次郎、小山内薫といった人々によって紹介されていったとすれば、シングの場合は、若い文学者たちが「発見」し、上田敏[48]や厨川白村[49]、小山内薫[50]らの助言や教えを受けながら、自らの手によって手探りで受容していったという違いがある。同時代的な受容という側面と、若い文学者達が受容の様子をリアルタイムで同人誌に競うようにして掲載していったという経緯から、情報の混乱や論争が見られる事象も興味深い点である。彼等の受容言説の差異は、芥川龍之介や菊池寛、西條八十らが芸術的に目指す道の差異を指し示し、彼等自身の文学的アイデンティティを映し出す鏡となっている。その点で、アイルランド文学受容を考察することによって、作家自身の文学的な独自性が浮き彫りになるだろう。

第三章

芥川龍之介「シング紹介」論

――「愛蘭土文学研究会」との関わりについて――

第一節 「シング紹介」の位置付けと重要性

芥川龍之介とアイルランド文学の関係を示す初期の文章に「シング紹介」（『新思潮』一九一四・八）がある。本作品は、芥川の執筆自体に対する疑いもあり、これまで注目されてこず、この作品について論じた論は管見の限り見当たらない。(1)

しかし、芥川龍之介は、『假面』の日夏耿之介、西條八十らが結成した「愛蘭土文学研究会」に参加し、W. B. イェイツやJ. M. シングの翻訳・紹介記事を『新思潮』に続けて発表するなど、日本におけるアイルランド文学受容史の中で大きな役割を果たしている。芥川の蔵書にはアイルランド文学関係のものが数多く残されており、それらの調査及び『新思潮』、『假面』、『帝国文学』等におけるシング紹介の言説の比較によって、当時のアイルランド文学の受容の様相と芥川自身の関心の所在を窺い知ることが出来る。

さらに、イェイツらと共にアイルランド文芸復興運動を担った劇作家シングについて論じた「シング紹介」は、蔵書調査によって、Maurice Bourgeois, *John Millington Synge and the Irish Theatre* (London: Constable, 1913) から引き写し・翻訳された部分が多く、芥川自身の手になるものであることが指摘できる。このことは、この時期の芥川における翻訳と紹介文の間に横たわるオリジナリティという問題への意識や典拠に対する距離の取り方を推し量る上で参考になると同時に、*John Millington Synge and the Irish Theatre* と「シング紹介」の間の異同を確認することによって芥川の問題意識を考察出来る。

本章は、モーリス・ブルジョアの『ジョン・ミリントン・シングとアイルランド演劇』(*John Millington Synge and the Irish Theatre*) と「シング紹介」を詳細に比較することにより、本作の主題、放浪という題材への着目、芥

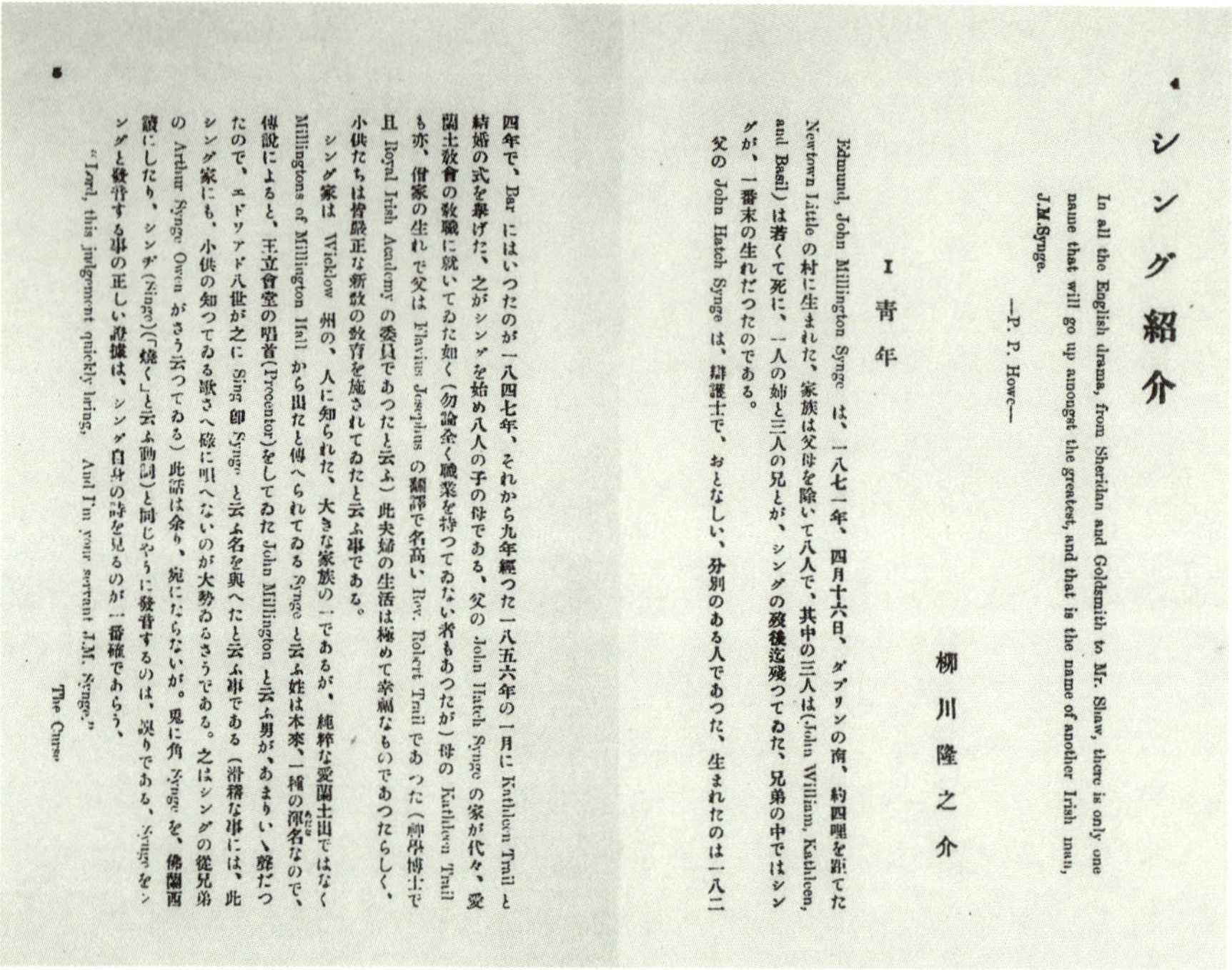
4

シング紹介

In all the English drama, from Sheridan and Goldsmith to Mr. Shaw, there is only one name that will go up amongst the greatest, and that is the name of another Irish man, J.M.Synge.

—P. P. Howe—

柳川隆之介

I 青年

Edmund, John Millington Synge は、一八七一年、四月十六日、ダブリンの南、約四哩を距てた Newtown Little の村に生まれた、家族は父母を除いて八人で、其中の三人は(John William, Kathleen, and Basil)は若くて死に、一人の姉と三人の兄とが、シングの歿後迄殘つてゐた、兄弟の中ではシングが、一番末の生れだつたのである。

父の John Hatch Synge は、辯護士で、おとなしい、分別のある人であつた、生まれたのは一八二四年で、Bar にはいつたのが一八四七年、それから九年經つた一八五六年の一月に Kathleen Trail と結婚の式を擧げた、之がシングを始め八人の子の母である、父の John Hatch Synge の家が代々、愛蘭土敎會の敎職に就いてゐた如く(勿論全く職業を持つてゐない者もあつたが)母の Kathleen Trail も亦、僧家の生れで父は Flavius Josephus の飜譯で名高い Rev. Robert Trail であつた(神學博士で且 Royal Irish Academy の委員であつたと云ふ)此夫婦の生活は極めて幸福なものであつたらしく、小供たちは皆嚴正な新敎の敎育を施されてゐたと云ふ事である。

シング家は Wicklow 州の、人に知られた、大きな家族の一であるが、純粹な愛蘭土出ではなく Millingtons of Millington Hall から出たと傳へられてゐる Synge と云ふ姓は本來、一種の渾名《あだな》なので、傳説によると、王立會堂の唱首(Precentor)をしてゐた John Millington と云ふ男が、あまりいゝ聲だつたので、エドワアド八世が之に Sing 卽 Synge と云ふ名を與へたと云ふ事である(滑稽な事には、此シング家にも、小供の知つてゐる歌さへ碌に唄へないのが大勢ゐるさうである。之はシングの從兄弟の Arthur Synge Owen がさう云つてゐる)此話は余り、宛にならないが。兎に角 Synge を、佛蘭西讀にしたり、シンヂ(Singe)(「燒く」と云ふ動詞)と同じやうに發音するのは、誤りである、Synge をシングと發音する事の正しい證據は、シング自身の詩を見るのが一番確であらう、

"Lord, this judgment quickly bring, And I'm your servant J.M. Synge."

The Curse

5

図22　柳川隆之介「シング紹介」(『新思潮』1914.8)

川におけるアイルランド文学の受容の根拠と芥川の文学における位置づけ等を考えようとするものである。そのことによって、当時イギリスの植民地であったアイルランドの自治・独立運動及び文芸復興運動期の文学の、大正期日本における受容の一側面を浮き彫りにする。

第二節　先行研究の問題点と執筆への疑い

はじめに、「シング紹介」をめぐる現在までの研究状況を確認しておきたい。本作は岩波書店版『芥川龍之介全集』（一九九五—一九九八）より前の諸版全集には未収録である。岩波書店版『全集』編纂委員の石割透は、第一巻の「後記付記」において「元版全集の「内容見本」には、その「別冊」に「シング紹介」の収録の予告がなされながら収録されることはなく、以後の全集もそれを踏襲している」とその間の経緯を説明し、「掲載誌が『新思潮』であり、編集の方々の見落としとも思われず、芥川の執筆ということに対する疑いなど、なんらかの事情があったと推察されるが、現在では不明である」と述べている。(2)

しかし、葛巻義敏編『芥川龍之介未定稿集』には、『新思潮』の草稿とは別の「シング紹介」が「（大正三年）」として収録されており、(3)「シング紹介」続編と考えられる四〇〇字詰原稿用紙一枚分の「草稿1」及び二枚分の「草稿2」は、『芥川龍之介資料集　図版2』に写真版で紹介されている。(4)石割透は、これらの事情を述べた後、「第16巻の末尾に収録することにした」と記している。しかし、『全集』第一六巻の「後記付記」には、海老井英次による「内容の上から最終巻第24巻に収録した方がよいと考えられるので、「シング紹介」は第24巻にまわした」という記述があり、「シング紹介」は第二四巻に「参考篇」として収録された。

鶴岡真弓は大正期の若い文学者の間で、アイルランドが「英国の支配を長い間受けた小国にもかかわらず近代では果敢に自治の闘争を繰り広げ英国を手こずらせた国」と「詩人の国」という互いに絡まり合う政治的・文学的な二重の様相を持っていたことを指摘する。(5)しかし、芥川龍之介におけるアイルランド文学の受容という観点から見た場合、今野哲が「芥川作品とアイルランド文学の関わりについては、今後さらに追尋されるべき領域である」(6)、

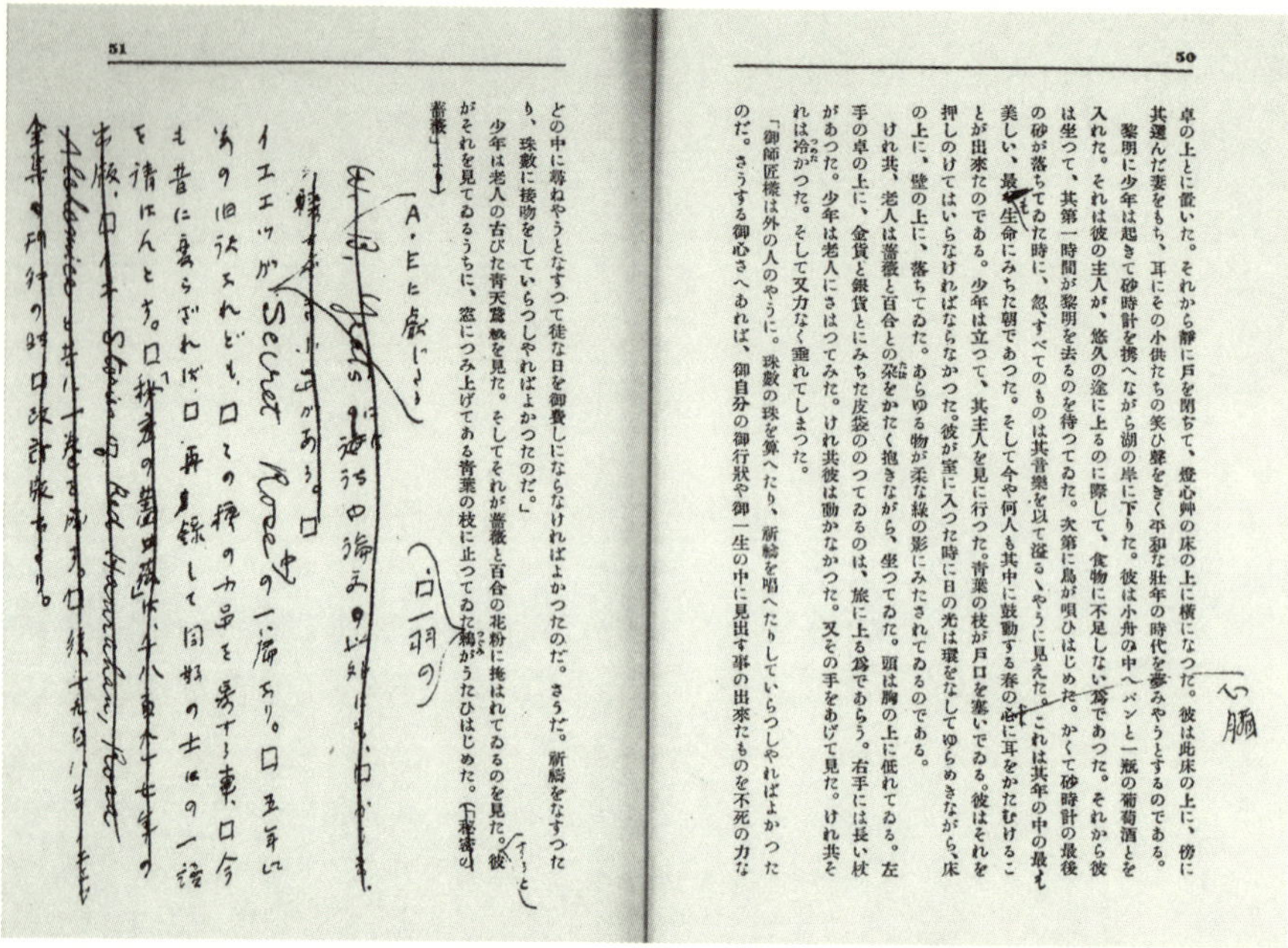
50

卓の上とに置いた。それから静に戸を閉ぢて、燈心艸の床の上に横になつた。彼は此床の上に、傍に共選んだ妻をもち、耳にその小供たちの笑ひ聲をきく平和な壯年の時代を夢みやうとするのである。
黎明に少年は起きて砂時計を携へながら湖の岸に下りた。彼は小舟の中へパンと一瓶の葡萄酒とを入れた。それは彼の主人が、悠久の途に上るのに際して、食物に不足しない爲であつた。それから彼は坐つて、其第一時間が黎明を去るのを待つてゐた。次第に鳥が唄ひはじめた。かくて砂時計の最後の砂が落ちてゐた時に、忽すべてのものは其音樂を以て溢るゝやうに見えた。これは其年の中の最も美しい、最も生命にみちた朝であつた。そして今や何人も其中に鼓動する春の心に耳をかたむけることが出來たのである。少年は立つて、其主人を見に行つた。青葉の枝が戸口を塞いでゐる。彼はそれを押しのけてはいらなければならなかつた。彼が室に入つた時に日の光は環をなしてゆらめきながら、床の上に、壁の上に、落ちてゐた。あらゆる物が柔な緑の影にみたされてゐるのである。
けれ共、老人は薔薇と百合との朶《たぶ》をかたく抱きながら、坐つてゐた。頭は胸の上に低れてゐる。左手の卓の上に、金貨と銀貨とにみちた皮袋ののつてゐるのは、旅に上る爲であらう。右手には長い杖があつた。少年は老人にさはつてみた。けれ共彼は動かなかつた。又その手をあげて見た。けれ共それは冷《つめた》かつた。そして又力なく垂れてしまつた。
「御師匠様は外の人のやうに。珠數の珠を算へたり、祈禱を唱へたりしていらつしやればよかつたのだ。さうする御心さへあれば、御自分の御行狀や御一生の中に見出す事の出來たものを不死の力な

51

どの中に尋ねやうとなすつて徒な日を御費しにならなければよかつたのだ。さうだ。祈禱をなすつたり、珠數に接吻をしていらつしやればよかつたのだ。」
少年は老人の古びた青天鵞絨を見た。そしてそれが薔薇と百合の花粉に掩はれてゐるのを見た。彼がそれを見てゐるうちに、窓につみ上げてある青葉の枝に止つてゐた鶫《つぐみ》がうたひはじめた。

図23　芥川龍之介「春の心臓」（『新思潮』1914.6）手稿本末尾部分

田村修一が「この分野の研究はそれほど進んでいない」と述べるように、課題として残されている。(7)

まず、「シング紹介」が『新思潮』に掲載された一九一四年の頃の芥川の様子を辿っていこう。彼は、一九一〇（明治四三）年九月に、一九歳で一高文科に入学し、一九一三（大正二）年九月に二二歳で東京帝国大学文科大学文学科英吉利文学専修学科に入学する。その後、一九一四年（大正三）年二月に第三次『新思潮』が創刊され、九月まで刊行される。創刊号から参加した芥川は、創刊号にアナトール・フランスの翻訳「バルタザアル」を、四月号にイェイツの *The Celtic Twilight*（1893）から「「ケルトの薄明」より」（一九一四・四）を、六月号に同じくイェイツの *The Secret Rose*（1897）から「春の心臓」（一九一四・六）を訳出して掲載する。さらにイェイツの *The Secret Rose* から翻訳した未定稿「火と影との呪い」も残存している。さらに芥川とアイルランド文学との関わりを考え

るうえで重要だと思われるのが、第三次『新思潮』を発表媒体として、芥川以外にも山宮允、井川恭、菊池寛らによる翻訳や紹介記事が複数号に渡って掲載されたということである。(8) 同時代の作家との関わりから考察したとき、芥川と「愛蘭土文学研究会」の関係の重要性が浮き彫りになってくるのである。(9)

芥川は、一九一五（大正四）年一一月に『帝国文学』へと「羅生門」を、翌一九一六（大正五）年二月に第四次『新思潮』創刊号に「鼻」を発表する。この「鼻」が夏目漱石に激賞され、文壇にデビューすることとなるのは周知の事であろう。しかし、一九一五年の「羅生門」以前の芥川の執筆活動を追ったとき、英吉利文学科の学生らしく海外文学の翻訳・紹介の比重が大きいことに改めて気づかされるのである。言わば、第三次『新思潮』の時代の芥川龍之介は、同時代の海外文学を翻訳・紹介することで、小説創作へと近づき、後に小説家として活躍していくための蓄えを用意していったと考えられる。芥川とイェイツの関係が重要であることは、「春の心臓」が改稿されて『解放』（一九一九・一二）に再掲され、のち『影燈籠』（一九二〇・一）『梅・馬・鶯』（一九二六・一二）へと収録されていることからもうかがえる。『新思潮』の「春の心臓」の芥川による手稿本には、一九一九年に民衆詩人でアイルランド文学を研究・翻訳した富田砕花に求められて雑誌『解放』へと「春の心臓」を再掲載した時の修正が書き入れられている。手稿本末尾には、「五年以前の旧訳なれども、この種の小品を愛する事、今も昔に変らざれば、再録して同好の士の一読を請はんとす」との芥川による書き入れがある。小嶋千明は、この時期に芥川がイェイツを翻訳した『「ケルトの薄明」より』、『春の心臓』を取り上げ、なぜ芥川がイェイツを翻訳したのかという問題について、「芥川の妖怪に対する趣味である」と主張し、「妖精、幽霊、オカルティズムや神秘主義に対する傾倒があったイェイツの作品に彼が自然と惹かれていった、ということも頷けるのである」と論じている。(10) しかし、『新思潮』一九一四年四月号では「柳川は山宮と共にアイアランド《ママ》文学研究会の一員としてシング研究に没頭」していると書かれており、芥川とシングとの関係を考察することは、若き日の芥川の関心の在り処を検討することにおいて重要である。イェイツとシングの作品の特質も異なるため、なぜ芥川がシングに惹かれたのかという問題を、改めて考察すべきであろう。

第三節　旧蔵書所蔵 John Millington Synge and the Irish Theatre との比較

日本近代文学館所蔵の芥川龍之介旧蔵資料の中に残存しているシングの著作は、以下の六冊である。

The Aran Islands, parts1–4, 2vols. Dublin: Maunsel, 1912.
Deirdre of the Sorrow; a play, Dublin: Maunsel, 1912.
The Playboy of the Western World; a comedy in three acts, Dublin: Maunsel, 1912.
The Tinker's Wedding, Riders to the Sea and the Shadow of the Glen, Dublin: Maunsel, 1912.
The Well of the Saints; a play, Dublin: Maunsel, 1912.

シングのシリーズをまとめて購入するなど、シングに対する芥川の高い関心がうかがえる。このうち、*The Playboy of the Western World* 以外の本には芥川自身による書き込みが残されている。[11] シングは短い生涯のうちに、『谷の蔭』（*In the Shadow of the Glen*, 1903）、『海に騎りゆく者たち』（*Riders to the Sea*, 1904）、『聖者の泉』（*The Well of the Saints*, 1905）、『西の国の伊達男』（*The Playboy of the Western World*, 1907）、『鋳掛屋の婚礼』（*The Tinker's Wedding*, 1908）、『哀しみのディアドラ』（*Deirdre of the Sorrows*, 1910）という六つの戯曲を発表しているが、旧蔵書調査の結果から芥川は全て入手していることがわかり、さらに紀行文『アラン島』（*The Aran Islands*, 1907）をも読んでいることからも、シングの熱心な読者であった。

『新思潮』（一九一四・八）の巻頭には「柳川隆之介」署名の「シング紹介」という文章が掲載される。後述するが、これは芥川自身の執筆によると考えられるものであり、芥川のアイルランド文学研究への熱意が窺えるものである。同号には「シングの研究はもう続稿が出来て居る」とあるが、次号の編集後記には「彼の戯曲弘法大師御利生記は編輯当番の鶴首した所であつたが、遂に来なかつた噫焉。シングも同様におヂヤン」と記載され、「戯曲弘法大師御利生記」と続編と考えられる「シング」は、共に初期未定稿作品として残存している。

「シング紹介」の末尾には、「シングに関した本は可成沢山あつて、僕の見たのはその中の極僅にすぎませんが、之を書くのに参考したは次の通りです、（1）J.M. Synge（P. P. Howe）（2）J. M. Synge and the IrishTheatre（M. Bourgeois）（3）Synge and the Ireland of his time（B. yeats）（4）J. M. Synge（Francis Bickley）（5）Our Irish Theatre（Lady Gregory）」（全て原文ママ）という記述があるが、そのうち日本近代文学館の芥川龍之介文庫に残存しているのは、（2）と（5）のみである。しかし、「シング紹介」のほぼ全体が、字句や比喩のレベルに至るまで、（2）の *John Millington Synge and the Irish Theatre* の翻訳であり、「参考」という段階を越えて、引き写しといった印象を抱かせるものである。前半はシングの伝記的な記載、後半でシングの放浪生活を論じているが、ほぼブルジョアの記載と一致している。両者の関係は歴然としているので、忠実に訳されている前半の伝記的記述に関しては逐一例を挙げるのは控え、芥川が字句を付加した箇所や相違点が集中している、後半のシングの放浪に関して説明した部分から具体例を列挙し、それらの検討を通して芥川における関心の所在を確認していきたい。

彼は既に、止み難い性情の促すまゝに、半生に亘るべき放浪の旅に上つてゐたのである。誠に彼の心には、何物も覊束す可らざる永久の憧憬があつた、恰もイエーツが「虚無の郷」の主人公 Paul Ruttledge をして云はしめた如く（同戯曲、序幕参照）大空の下に限り無く続いてゐる路を見る毎に彼のたましひは、直に無窮を思慕するの情に動かされずにはゐられなかつた、彼のこの *Wanderlust* は同じ “Nostalgia for the Nowhere or the Anywhere” に苦められた George Borrow の生涯を連想せしめる。

Yours cordially
J. M. Synge

From an oil painting by James Paterson, R.S.A. (1913)

JOHN MILLINGTON SYNGE AND THE IRISH THEATRE

BY

MAURICE BOURGEOIS

CONSTABLE & COMPANY LTD
LONDON 1913

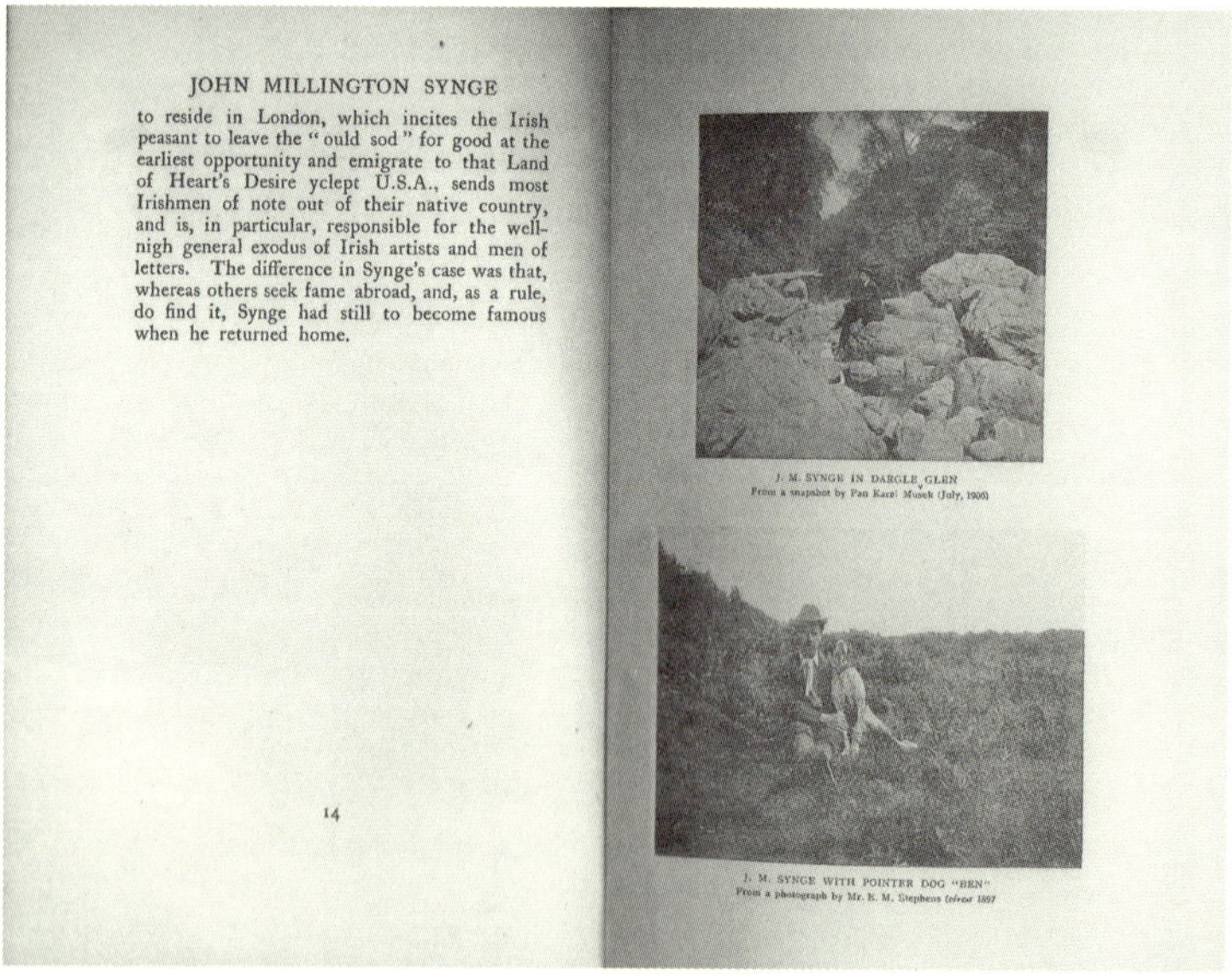

JOHN MILLINGTON SYNGE

to reside in London, which incites the Irish peasant to leave the "ould sod" for good at the earliest opportunity and emigrate to that Land of Heart's Desire yclept U.S.A., sends most Irishmen of note out of their native country, and is, in particular, responsible for the well-nigh general exodus of Irish artists and men of letters. The difference in Synge's case was that, whereas others seek fame abroad, and, as a rule, do find it, Synge had still to become famous when he returned home.

14

J. M. SYNGE IN DARGLE GLEN
From a snapshot by Pan Karel Mušek (July, 1906)

J. M. SYNGE WITH POINTER DOG "BEN"
From a photograph by Mr. E. M. Stephens *circa* 1897

図 24　芥川龍之介旧蔵書　モーリス・ブルジョア『ジョン・ミリントン・シングとアイルランド演劇』（1913）タイトル、口絵（日本近代文学館収蔵）

（シング紹介、28）

This roving, adventurous life was further conditioned by Synge's natural tendencies : for he always had something of the "scholor gypsy" temperament, and the irresistible *Wanderlust*, the nostalgia for the Nowhere or the Anywhere that had possessed men like George Borrow and Lafcadio Hearn, was in his blood.（Bourgeois, 12）[12]

ほぼ同じ文脈だが、「シング紹介」におけるキーワードとも言える「The nostalgia for the Nowhere or the Anywhere」から来る「Wanderlust」（放浪癖）が、シングの「性情」として原文のまま引用されている。興味深いのが、シングが放浪の人生を送った理由として *John Millington Synge and the Irish Theatre* には記されていない、シングの心の中の「永久の憧憬」「無窮を思慕するの情」を指摘していることである。このことによって、シングの放浪にロマン主義的とも言える動機が追加されることとなる。

さらに放浪に関しては、

シングが熱心なBorrovianであつたのは元より怪しむに足りないが、独り此放浪を愛する点のみでなく、Borrowのヂプシイに対する興味とシングの鋳掛に対する同情とは、著しく類似した点がある、けれども彼の此放浪を愛する性情はBorrowを除いても猶他に一人、恐らくは彼よりも更に大なる詩人を連想せしめる、それは外でもない、不二山と歌麿との国に其飄浪の晩年を過ごしたLafcadio Hearn其人である、そしてシングは又ハーンの所謂"fiery prose style"の、最、誠実なる賞賛者の一人であつたと云はれてゐる。殊に彼の激賞したのはハーンのOf Moon-desireの一節である（後略）（シング紹介、28－29）

An interesting parallel might be established between Borrow and Synge : both had a wandering youth and travelled

> widely on the Continent ; both were highly gifted linguists ; and Borrow's interest in gypsies was not unlike Synge's partiality to tramps and tinkers. Synge was an ardent Borrovian.（Bourgeois, 12）
>
> Synge greatly admired Hearn's "fiery prose style," and praised immensely—immoderately, even—the passage in "Of Moon-desire"（Bourgeois, 13）

この箇所では、ジョージ・ボロウ及びラフカディオ・ハーンとシングの共通点を述べる *John Millington Synge and the Irish Theatre* 一二頁の脚注及び一三頁の脚注を本文に取り込んでいる。しかし、ボロウとの共通点のうち言語学者の才能があったという記述は省略することで、放浪をしたという側面をより強調している。また、ハーンとシングの共通点を挙げている箇所は、シングが「激賞」した文章の題名も英語で引用しているが、芥川はハーンに関して「不二山と歌麿との国に其飄浪の晩年を過ごした」「更に大なる詩人」というように *John Millington Synge and the Irish Theatre* には存在しない記述を付加し、シングが「放浪を愛する性情」を持った「詩人」であると印象づける作業を行っていると共に、放浪詩人としてハーンと並列させることで日本の読者に親近感を抱かせる意図が感じられる。

> かくしてシングは、飄零の旅程に上つた、其郷国愛蘭土を去つた作家は彼のみではない、オスカア・ワイルドもそれである、バアナアド・ショウもそれである、ジオルヂ・ムーアもそれである、バトラア・イエエツもそれである（中略）愛蘭土人は愛蘭土に居る限り何事も為し得ない、もし何等の成功を博さうとするならば、彼等は先、一歩を祖国の外に投じなければならないのである。愛蘭土の地主が倫敦に居を定めるのも、農民が亜米利加合衆国に移住するのも、芸術家が其郷土の外にカナアンの楽土を望むのも、皆同じ理由に過ぎない、シングも亦実に其一人であつた。（シング紹介、29-30）

In so doing Synge was also following the tradition of literary absenteeism which has set in with most of the modern Irish writers—Oscar Wilde, Mr. G. B. Shaw, Mr. George Moore, Mr. W. B. Yeats.（.....）The general belief is that an Irishman *cannot* prosper at home ; to succeed he *must* go abroad. Hence, the very same instinct which causes the Irish landlord to reside in London, which incites the Irish peasant to leave the “ould sod” for good at the earliest opportunity and emigrate to that Land of Heart’s Desire yclept U.S.A., sends most Irishmen of note out of their native country, and is, in particular, responsible for the well-nigh general exodus on Irish artists and men of letters.（Bourgeois, 13-14）

この箇所は、作家の名前の並び順まで *John Millington Synge and the Irish Theatre* と同じ順番で転載しており、続く一節の “The general belief is that an Irishman cannot prosper at home; to succeed he must go abroad.” は、「愛蘭土人は愛蘭土に居る限り何事も為し得ない、もし何等の成功を博さうとするならば、彼等は先、一歩を祖国の外に投じなければならない」というように、逐語訳を行っている。しかし、注目すべきなのは、*John Millington Synge and the Irish Theatre* からの引用文の最後の一節の “exodus” という「出エジプト」起源の退去や移住を意味する単語を、同じキリスト教起源ながらも肯定的なイメージを喚起する「カナーンの楽土を望む」という表現に変更しているということである。

　これまで述べてきたように、芥川はシングの「放浪」に関して述べられている部分を抜粋し、その動機に「永久の憧憬」「無窮を思慕するの情」など原文には無い見解を追加している所が注目される。「シング紹介」においては、ブルジョアの記述にある一九世紀末からのアイルランド移民の背景にある馬鈴薯の伝染病による大飢饉、不在地主の問題、有能な人物の国外流出など政治的・経済的・歴史的問題を、「憧憬」や「思慕」「楽土」などの語彙へと置き換えることによって詩人の内面的な放浪への憧れへと集約させていることが大きな特色と言えるだろう。

　John Millington Synge and the Irish Theatre と「シング紹介」の間には、省略、順序の入れ替え、継ぎ合わせ等が

図 25　芥川龍之介旧蔵書　シング著作 6 冊（日本近代文学館収蔵）

あり、また、ブルジョアの著作を参考文献の中に挙げているので、完全な剽窃とは言えないながら、他の参考文献から取られた記述は文頭のホウの引用を除くと存在せず、全体的にブルジョアの著作の翻訳と言ってもいいほど一致している。

「続編」にあたる「草稿1」及び「草稿2」は、共に「シングの放浪生活に関して　知られてゐるのは　極　僅な事実だけである」から始まるが、この本文も *John Millington Synge and the Irish Theatre* 第二章冒頭を翻訳し、脚注を本文中に組み入れ、ホウの著書からの引用を挿入して論を補強するという「シング紹介」と同一の方法で書かれている。なお、芥川龍之介旧蔵書に残存しているブルジョアの同書には、第二章冒頭のシングの放浪生活の部分に合計四か所書き込みが残されている。シングはドイツで三十ヶ月を過ごしたが、中世ドイツのミンネジンガーの詩歌に興味を持ち、そのなかの一つをアングロ・アイリッシュの方言で翻訳していたという記述の横の余白の "his translation" という書き込みや、シングがドイツ滞在によってフォークロアに関する強い関心を持ち始めたという記述の横の "interest for folklore" とい

図 26　芥川龍之介旧蔵書　アイルランド関係書 15 冊（日本近代文学館収蔵）

図 27　芥川龍之介旧蔵書
アイルランド関係書 5 冊
（山梨県立文学館収蔵）

う書き込みからは、シングが翻訳やフォークロアへ関心を持ち始めたことと彼の放浪生活との関係性に芥川が関心を持っていたことがうかがえて興味深い。

　さらに、アイルランドという国名の表記法に関しては、『新思潮』掲載記事において山宮允や井川恭らが「愛蘭」を採用して[13]いるのに対し、「シング紹介」及び「続編」では共に「愛蘭土」と表記されている点、『新思潮』において企画されていた特集「愛蘭文学号」についても芥川のみが書簡にて「愛蘭土文学号」と表記して[14]いる点、「シング紹介」及び「続編」の「草稿1」「草稿2」の本文が全てシングの「放浪」に焦

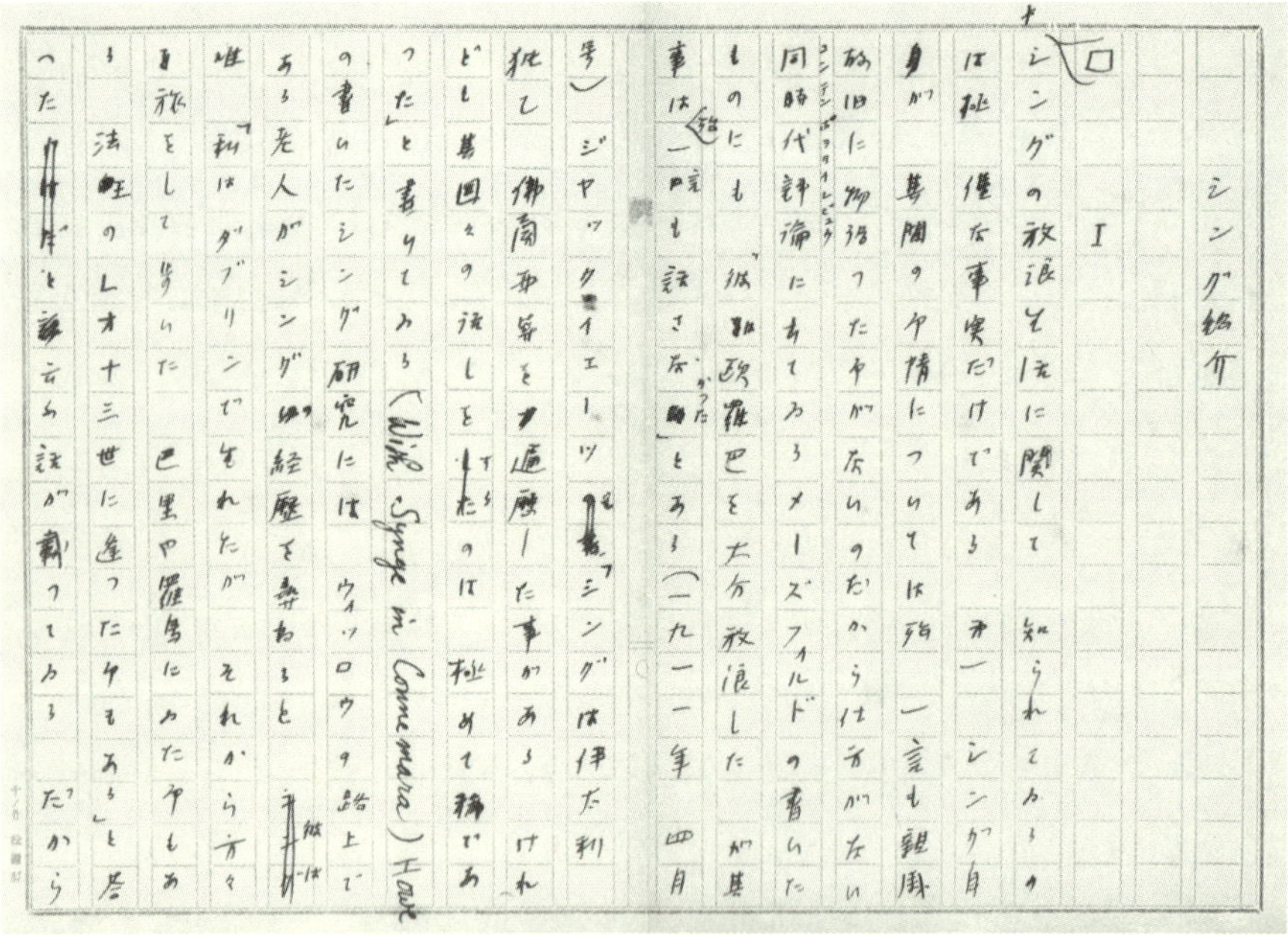

図 28-1　シング紹介続編（山梨県立文学館収蔵）

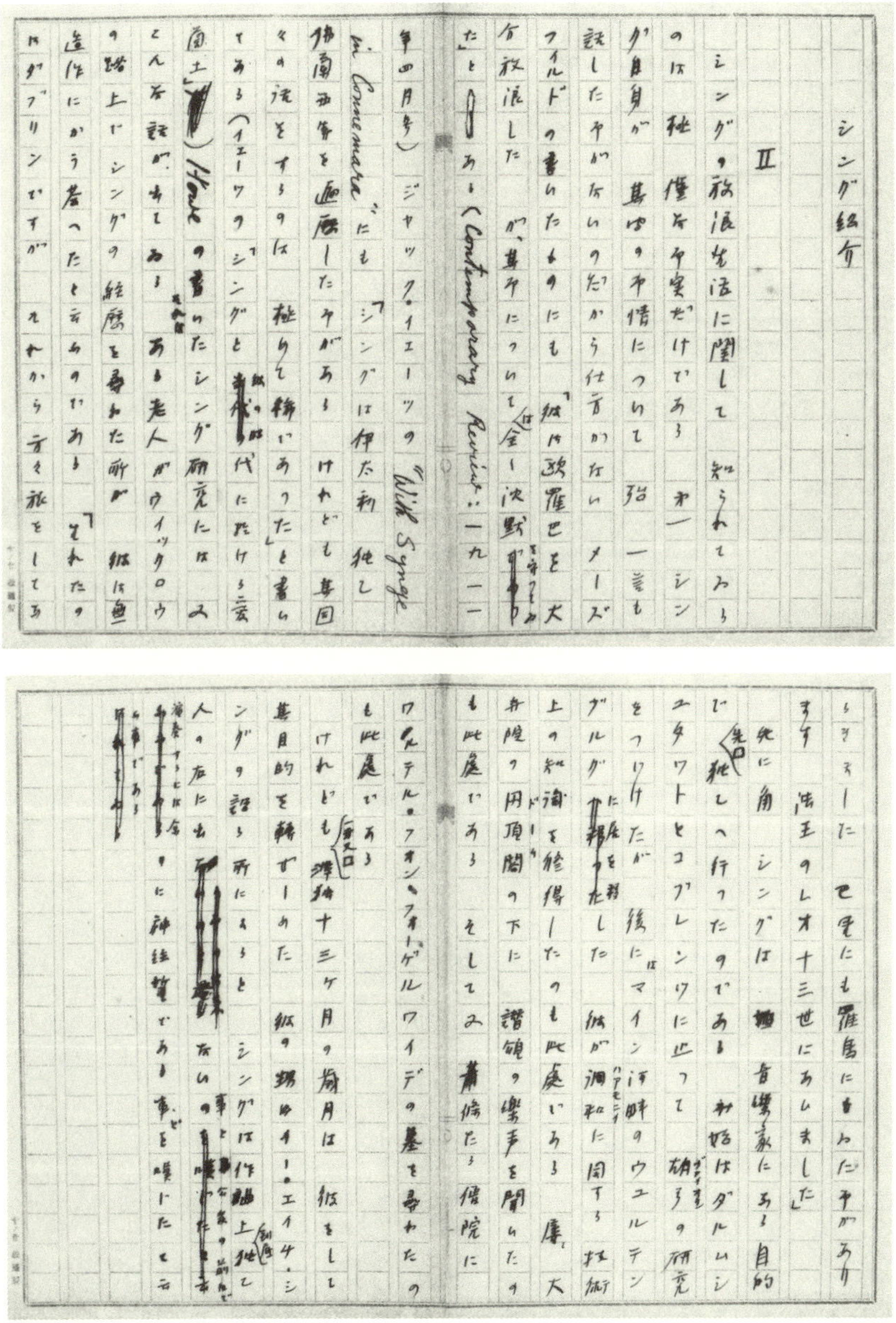

図 28-2　シング紹介続編（山梨県立文学館収蔵）

点を絞って執筆されている点を鑑みると、「シング紹介」が第三者の代筆ということも考えにくく、「シング紹介」は芥川の自筆と言ってもいいのではないだろうか。

John Millington Synge and the Irish Theatre からの抜粋、追記箇所には、芥川の当時の関心の中心が見られる。芥川にとって、シングの放浪の動機が「永久」や「楽土」など外の世界への「憧憬」という内面的な問題であることが、シングという作家の特色を現しており重要であると捉えられていたのではないかと考えられるのである。

第四節　『新思潮』における「愛蘭文学号」特集
―「愛蘭土文学研究会」の結成とその特色―

芥川龍之介はなぜシングを選んだのか。

芥川は、『新思潮』の同人との交際について、「元来作家志望でもなかつた僕のとうとう作家になつてしまつたのは全然彼等の悪影響である」と述べ、続けて「当時の僕は彼等以前にも早稲田の連中と交際してゐた。その連中もやはり清浄なる僕に悪影響を及ぼしたことは確かである。その連中と云ふのは外でもない。同人雑誌「假面」を出してゐた日夏耿之介、西條八十、森口多里の諸君である。僕は一二度山宮允君と一しよに、赤い笠の電燈をともした西條君の客間へ遊びに行つた[15]」と、同人雑誌『假面』の同人との交流を振り返っている。

日夏耿之介は、芥川龍之介との交際を回想する記事において、この「連中」のことを以下のように記している。

この同人雑誌も帝早連合で、外に美術学校や外語の学生が加はつてゐたから、今から思ふと、アイルランド文学会もこの雑誌関係で出来たものと想はれる。（中略）芥川とは馬琴や怪談やアナトール・フランスやダヌンチオの話をしたやうだつた。何しろ自然派後期の頃で、早稲田の書生は自然主義を口にしなくては談るに足らぬやうに（一頃のプロ文学と同じだ）思はれてゐた頃であるから、（中略）徳川文学や南欧文学の話を存分に出来る友達が一人でも目付かつたのだから正しく一つの喜びであつた。(16)

『假面』は帝国大学と早稲田大学の学生を中心とする集団であり、芥川が山宮と一緒に西條宅を訪問したという集まりは、「愛蘭土文学研究会」という場であったことがうかがえる。また、日夏耿之介は、吉江喬松（孤雁、一八八〇－一九四〇）を回想する文章の中で、「愛蘭文学研究会といふのがこの雑誌（筆者註『假面』）同人の一部の者の間から先生中心に生れて、之れには芥川龍之介、山宮允の両人が参加して数回会合を開いた」と述べている。そこでもまた、「芥川君は当時紺飛白の筒袖姿の一高三年生であつたが、西洋の恠談や化政度の草双紙などに就て先生に質問し、そんな趣味のまるでない先生を面喰はせた。わたくしはよく自分と話題が合ふ面白い男だなと思つてそれから彼と仲能くなつたのだが、其頃の早稲田の同年輩にはかういふ話の合ふ友人は一人もなかつた」と書いている。(17) ここからは、芥川と『假面』同人は同じ趣味を持ったものとして、多数派に対する少数派とでも言うべき意識を持ち、各々の文学観を自由に語り合う場として「愛蘭土文学研究会」があったという図式が浮かび上がってくる。(18)

この会については西條が、「余等が企画してゐた「愛蘭土研究会」は今度吉江孤雁氏に顧問をねがつて、愈々来春早々第一回の会合を開かうと思ふ。イエエツを生み、シンジ《ママ》を生み、ジョンソンを生んだ愛蘭土文学を中心として、その地の風土、習俗、伝説、其他一切を研究して行きたいのが希望である」(19)と抱負を述べている。さらに翌一九一四年四月号では「愛蘭土文学会が三月一日に西條の宅て《ママ》開かれた。メンバアは松田良四郎、西條八十、柳川隆之介、吉江喬松、日夏耿之介、山宮允の六人。各研究者の発表は毎月一回の例会により、それをまとめて年一回大冊の研究録を刊行する。フイルランド《ママ》の文学運動とも交通を結び、地道に徐々と各勝手に好きな方法で好きな研究に耽らうといふやり方をとる筈である」(20)という報告がなされている。

『假面』の編集後記に残されている記述を整理すると、第一回は一九一四年三月一日、第二回は一九一四年四月二五日に西條八十宅で開催されている。[21]『假面』同人から西條、日夏、松田良四郎が参加し、『新思潮』同人から芥川、山宮が参加、顧問として当時早稲田大学でアイルランド文学の講義を行っていた吉江喬松がいた。森口多里(一八九二―一九八四)は第二回から会に参加し、一九一四年五月号から『假面』に参加していたことがわかる。[22]したがって、芥川自身が作家になるという「悪影響」を及ぼしたと述べた「日夏耿之介、西條八十、森口多里」は全員「愛蘭土文学研究会」の一員であり、芥川の作家としての出発点において、アイルランド文学は大きな役割を持っていたと言えるのである。

研究録こそ出版されなかったものの、『新思潮』と『假面』には「愛蘭土文学研究会」の成果といえる翻訳や戯曲が、同人によって掲載されていく。以下両誌の動きを具体的に見ていきたい。第三次『新思潮』創刊号(一九一四・二)では、次号に廻したものとして「山宮のイエーツの「虚無の郷」がある。これから毎号此の泰西の名作で人に名だけ知られ乍ら本体の明かでないのを親切に紹介したいと思ふ。次号にはその外柳川のシンジ《ママ》」、「序でにずつと先の抱負を述べて置くと、三四号頃愛蘭文学号を出す」と予定が書かれていることから、芥川は研究会開催以前にシングに興味をもっており、文学的な欲求から『假面』の同人たちと交際し、『新思潮』をアイルランド文学の紹介の場と考えていたことがうかがえる。

芥川の書簡によると、「学校は不相変つまらない/シンヂ《ママ》はよみ完つたDEIDRE OF SORROWS《ママ》と云ふのが大へんよかつた」(井川恭宛書簡、一九一三・一〇・一七付)のように一九一三年一〇月には既にシングを読了していることがわかる。興味深いのは、第一回研究会が開催された一九一四年三月一日の翌日には、「新思潮で愛蘭土文学号を出すさうだ　イエーツのSECRET ROSEがあいてゐたら送つてくれ給へ」[23]という書簡を出していることである。一九一三年七月に特集として「イェエツ号」を刊行した『聖盃』(のち『假面』と改題)は、海外文学の翻訳・紹介誌としての性格を強めており、『假面』同人との交際や研究会で得た情報や知識の刺激が、芥川の中で研究成果を発表したいという熱意や「愛蘭土文学号」への意欲に直結していたと言えるだろう。この時期の芥川の書簡には、「時々山宮さんと話をする　アイアランド文学を研究してゐる　ひとりで僕をシング（小山内さんにきいたらシングがほんとだと云つた）の研究家にきめていろんな事をきくのでこまる」[24]というように、シングの研究家としての自負さえもうかがえるのである。

『新思潮』一九一四年四月号では「柳川は山宮と共にアイアランド《ママ》文学研究会の一員としてシング研究に没頭」（「同人消息」）していると記載され、さらに「山宮柳川の肝煎にて、愈々愛蘭文学号を来々月（六月号）に発行致すべく目下準備中に有之候。同人以外にては小山内薫氏、松浦一氏、吉江孤雁氏初め、愛蘭文学研究会の西條、日夏、松田の諸氏、柴田柴庵氏、服部嘉香氏、灰野庄平氏其他愛蘭文学に造詣ある諸氏の評論を載せ、出来るだけ完全なるものとなす心算に御座候」（「編輯室より」）という記事もあり、芥川がこの時期に研究に没頭していたことがわかる。

しかし『新思潮』六月号で山宮允の父親が死去したため愛蘭文学号が延期になったことが告知された後には特集の実現はならず、芥川、山宮、菊池ら関心を持つ同人が個々に翻訳や紹介記事を発表していくという形態に移行した。六月号では、「山宮のイエーツ。柳川のシング。草田のグレゴリイ。及びA、E《ママ》の研究と紹介は在来のやうな表面的なものでない事を記して、幸に愛蘭土文学号の出づる日を待たれん事を希望す」（編集小僧「消息」）というように、芥川が山宮允と共に愛蘭土文学号という企画の中心的な役割を果たしていたことがわかる。

『新思潮』一九一四年八月号には、「先頃又々文壇誤読矯正会の方々が集つてシンジかシングかの問題を協議した。処へシングを売物にしやうといふ柳川が飛び込んで来て、愈々シングが正しいことが解つた。いづれ柳川が書くだらうが、兎に角以後はどなたもシングと読んで頂き度い。殊に西條八十君には特別に申し上げます」[25]と、西條八十の『假面』の記事に訂正を求めている記述が掲載されている。芥川が指摘したのは、「シンヂ小品―ヂョン・ミリングトン・シンヂ―」[26]や「イエエツ、レディー　グレゴリイ及シンヂ――ジョオヂ　モオアー――」[27]など、「シング紹介」と同時期に『假面』に発表された西條八十の論考における表記である。

西條は『假面』九月号において、「今まで大抵の人があまねくシンヂと読みならはしてゐるので、小生強ひて異を樹つるまでも無いと思つて其儘に読んで置いた次第です」[28]と反論している。

芥川の「シング紹介」には、シングという表記法の根拠として詩 "The Curse" を用いて説明した John Millington *Synge and the Irish Theatre* の一部が引き写されている。

> 兎に角 Synge を、仏蘭西読にしたり、シンヂ（Singe）（「焼く」と云ふ動詞）と同じやうに発音するのは、誤りである、Synge をシングと発音する事の正しい証拠は、シング自身の詩を見るのが一番確であらう、
> "Lord, this judgement quickly bring, and I'm your servant J. M. Synge"
>
> The Curse（シング紹介、23）

> The pronunciation "sing" is moreover shewn to be the correct one by a satire on Bp. Edward Synge's Sermon on Toleration, entitled "An excellent new song to an old tune" (1727), now in the British Museum, and beginning : "I synge [*sic*] of a sermon, a sermon of worth." Cf. also the rhymes in Synge's poem, *The Curse* (ii. 227): "Lord, this judgement quickly bring,—And I'm your servant, J. M. Synge." (Bourgeois, 4)

このように、西條との論争において、芥川がブルジョアの著書から得た知識を武器としていたことがうかがえる。[29]

このような論争は、芥川とは「愛蘭土文学研究会」の仲間であり、同時期に『假面』を発表の場として精力的にシングの紹介をしていた西條に、芥川が強いライバル意識を持っていたことを示している。[30]しかし、このことは逆に芥川が「シング紹介」を執筆した背景に存在する、『假面』と「愛蘭土文学研究会」の存在の大きさを示している

のではないだろうか。以下具体的に芥川が参加・交流していた同人雑誌を中心に当時のシングをめぐる言説を検討していきたい。

第五節　複数のシング像
――雑誌による言説の差異と芥川龍之介の独自性――

日夏耿之介は、『聖盃』イェエツ号（一九一三・七）編集後記において、「一体「人」としての彼を見るには復活運動及主導者としての彼の行動を主査してかゝらねばならぬが、あの運動も吾々には余り興味の深くないものである。只神秘家としての彼を凝視する時、初めて詩人、戯曲家としての彼を認めうるのである[31]」と述べている。さらに「抑も愛蘭土文学復活運動の起源は愛蘭土自己問題と云ふ実際的民族運動の支脈として其れに因て刺激せられたものである。従つて此作（筆者注「カウンテス・カスリイン」）以前の愛蘭土劇は悉く杜撰な非芸術的な傾向的なものであつた[32]」と述べるなど、「愛蘭土文学復活運動」は「愛蘭土自己問題」と切り離すことができないということを情報として読者に紹介するものの、「実際的民族運動の支脈」としての政治的な側面が強い作品は「非芸術的」として評価せず、もう一方の特色であるケルトの伝説や神話の再発見という側面を重視している。

そのような評価軸は西條八十のシング理解でも踏襲されている。

異邦にさすらふ身をおさめて親しく、すでに忘れんとしてゐた故国の土の匂いを味つた。（中略）この夭折の詩人が、顫える小娘をつれて月光の丘を下り立つたとき、また初秋のほがらかな朝、羊歯の色づきそむる野に大空を眺めてどんな思ひに耽つたことか、（中略）彼の詳細な研究は近く愛蘭土文学研究会報に発表するつもりでゐる。[33]

西條は、シングを「異邦でさすら」った末に帰郷し、「大空を眺め」て「思ひに耽る」夭折の詩人として紹介しており、「愛蘭土文学研究会報」に発表予定と言うことからも、「愛蘭土文学研究会」で西條の口からは同様の趣旨の発言がなされており、芥川の耳にも入っていたと考えられる。また、芥川は『新思潮』一九一四年六月号で計画している「愛蘭土文学号」のためにも西條のこの文章を熱心に読んだであろう。あるいは、

茲に私が云はうとするのは、この長く苦しき逃亡の中に、彼等が育んだイマヂネエティヴな傾向である。（中略）彼等が苦き現実に於ては到底みたされざる熾烈な欲求を、せめては其処に実現せんとして遥かリアルを超えた想像の世界を捜め行つたその傾向である。（中略）現実の悲しきままに彼等自らが強ひてわれとわが造つた白日の夢である。(34)

というように、ケルト民族の特徴を「長く苦しき逃亡の中に、彼等が育んだイマヂネエティヴな傾向」「想像の世界を捜め行ったその傾向」と説明している。

注目すべき点は、西條がケルト民族の「長く苦しい逃亡」と想像力を結び付け、それをシング作品の特徴として挙げている点、シングの戯曲全体に夢と現実の対立が描かれていると指摘している点である。「逃亡」生活と「遥かリアルを超えた想像の世界を求め」る傾向とを結びつける西條の説明は、「放浪の旅」と「永久」への「憧憬」や「無窮」への「思慕」を求める傾向を結び付けた芥川のシング理解と極めて近いと言えるだろう。

なお、このような言説は、決して同時代の共通言説というわけではない。一九一四年の『帝国文学』一〇月号では石本筌がシングを紹介している。

彼は、唯、愛蘭土に生れて愛蘭土に死んだのである。彼の天地は狭いものであつた。而も、彼は此の質撲な文

明に遅れた狭い愛蘭土を熱愛して、其の西海岸に住む貧乏な漁夫や農夫や牧人を友とし、絵の様な伝説、詩の様な人情に親しんで、其処に美しい芸術品を産み出したのである。彼には外国へ一歩でも踏み出さうと云ふ様な野心は些かも無かつた。[35]

石本は、シングが外国を放浪したという側面を捨象し、郷土に生れて死んだ郷土作家として紹介している。さらに、「彼の初めは少しく夢幻的に伝奇的に傾き過ぎはしまいかと危ぶまれたのであつたが、「西海岸のいたづら者」を書くに及んで、彼の作品は現実の巌に深い根を下ろす事になり、彼の真価は此処に明かに其の基礎を据ゑる事になつたのである」と続けている。石本は『假面』における言説とは正反対に、「夢幻的」「伝奇的」要素を「危ぶ」み、「現実の巌に深い根を下ろ」している点を評価しているのである。すなわちほぼ同時期でありながら、リアリズム的な評価軸による言説によって、全く異なるシング像が生み出されていたと言えるだろう。

また『新思潮』同人のうち京都にいた菊池寛は、「愛蘭土人の民族的覚醒の基礎を築いたものは、イエーツ、グレゴリー、シンジ《マヽ》などの郷土芸術ではありませんか、京都が都市的覚醒の前駆をなすものはどうしても郷土芸術だと確信して居ります[36]」というように、シングの芸術を「郷土芸術」であると指摘し、同時期の「愛蘭土文学研究会」所属の芥川や西條とは異なり、アイルランド文芸復興運動の背景にある民族運動的側面にも目配りをした紹介文を執筆している。さらに菊池は、『帝国文学』掲載の文章では、「一体悪事に対する同情と云ふ事は人間性の何処かに幾分潜んで居るもの」だが、「愛蘭土に於ては夫にある国民的分子が加はつて居る、と云ふのは英国官憲に対する反感から悪人を庇護する事である[37]」というように、シングの戯曲がアイルランド人民衆の国民的な心情である「英国官憲に対する反感」を描いていたと指摘するなど、シングの戯曲に書かれた内容が、イギリスの帝国主義的支配に抗する自治・独立運動と切り離して考えられないことを指摘している。

このような菊池の理解の背景には、「直接なる先蹤は愛蘭土国民文学運動である。京都をダブリンにすると云ふことは私達の合言葉であつてもいゝ[38]」という主張に見られるように、京都（＝アイルランド）対東京（＝イギリス）という、東京への対抗意識からアイルランド文芸復興運動を手本にして京都の文学を盛り立てたいという意識があったためであると考えられる。さらに付け加えるならば、菊池が「私は、京都へ行つて、現代劇を研究するつもりだつたから、一年のときから、現代劇ばかりよんでゐた。上田敏博士から、シングの名を聞き、シングに傾倒してゐた。京大の研究室は、近代文学に関する書物が多く、その点では東京の文科などは、遠く及ばなかつたゞらう[39]」と述べているように、京都帝国大学には当時上田敏という大きな紹介者の存在があった。

このように、同時代の海外文学の受容・紹介という点で、当時は紹介者の間でもシングをどのような文脈のもとで紹介するかという評価軸が定まっていなかったと言える。その中で芥川は、シングの戯曲が帯びていたアイルランド自治・独立運動との関連や、アイルランド人の中にある英国や支配者への反抗心という側面以上に、「想像の世界」への憧れをクローズアップし、シングの作品以上に放浪詩人シングという人物像を印象づけた。これは西條八十の紹介とほぼ共通の理解であると言える。

ここから芥川と西條がお互いに研究を深め、「愛蘭土文学研究会」における交流によって、芥川のシング観が形成されたと結論付けることが出来る。芥川が *John Millington Synge and the Irish Theatre* を引き写して『新思潮』に「シング紹介」を掲載したのは、「シングの研究家」としてライバルである西條よりも先んじたいという思いがあったためなのではないだろうか。

第六節　芥川龍之介におけるシング受容の根拠
――「放浪者」への着目――

最後に、なぜ芥川がアイルランド文学の中でもシングに興味を抱いたのかということに関して述べておきたい。

以下は、『学友会雑誌』（東京府立第三中学校、一九一〇・二）に掲載された芥川の「義仲論」である。

今や、踢天蹐地の孤児は漸くに青雲の念燃ゆるが如くなる青年となれり。而して彼は満腔の覇気、欝勃として抑ふべからざると共に、短褐孤剣、飄然として天下に放浪したり。彼が此数年の放浪は、実に彼が活ける学問なりき。吾人は彼が放浪について多く知る所あらざれども、彼は屢京師に至りて六波羅のほとりをも徘徊したるが如し。彼は、恐らく、此放浪によりて天下の大勢の眉端に迫れるを、最も切実に感じたるならむ。（中略）然り、彼が天下を狭しとするの雄心は、実に此放浪によつて、養はれたり。(40)

「シング紹介」において、孤独な放浪詩人像を書く萌芽とも言える「放浪」「孤児」という言葉が繰り返されている。さらに、「而して中三権頭兼遠は、実に木曾の渓谷に雄視せる豪族の一なりき。時に彼は年僅に二歳、彼のローマンチツクなる生涯は、既に是に兆せし也」というように、義仲の生涯を「ローマンチツク」という言葉で表現している。

一九一二年八月一六日付小野八重三郎宛書簡に記された短歌では、「旅」と「ろまんちつくの少年」の結びつきを感じ取ることが出来る。

旅といふこの一語にもうるほひぬろまんちつくの少年の眼は
旅人よいづくに行くやかぎりなく路はつゞけり大空の下(41)

さらに、一九一四年一一月三〇日付井川恭宛書簡でも以下のような歌をしたためている。

駅路《はゆまち》はたゞ一すぢに青雲《あをぐも》のむかぶすきはみつらなれるかも
海よ海よ汝より更に無窮なる物ありこゝに汝をながむる
この海のかなたにどよむ海の音のありやあらずや心ふるへる(42)

これらの短歌には、「シング紹介」や、そこで言及したイェイツの「虚無の郷」のポール・ラトレッジの言葉「放浪者、それだ。僕は放浪者に、さまよえる人になりたい。雲から雲を伝って行けないなら、せめて道から道へ彷徨って行きたい。（中略）君はこんなことを考えたことがあるか。この世でただ一つ無窮なもの、それは道だ(43)」という言葉との共通性を濃厚に見て取る事が出来る。芥川が「シング紹介」において、イェイツの「虚無の郷」(*Where there is Nothing*, 1903) に言及した箇所は、ブルジョアの *John Millington Synge and the Irish Theatre* には該当する記述が存在しない唯一と言ってもよい箇所で、芥川の独自の解釈が入っている部分と言える。

Where there is Nothing は、アイルランド国民演劇協会（The Irish National Theatre Society）の前身であるアイルランド文芸劇場（The Irish Literary Theatre）時代に、ジョージ・ムア（George Augustus Moore, 1852–1933）とイェイツとの間で著作権を巡る対立を引き起こし、上演されなかった戯曲である。対立が原因で一九〇二年にムアとイェイツが袂をわかち、一九〇三年にアイルランド国民演劇協会が設立された後、*Where there is Nothing* はイェイツとグレゴリー夫人との共作として、『星から来た一角獣』(*The Unicorn from the Stars*, 1907) へと書き換えられ、一九〇七年一一月二一日にアベイ座で上演された。書き換えの際、タイトルも主人公のポール・ラトレッジ（Paul Ruttledge）という名前も変更された。アーネスト・ボイド（Ernest Boyd, 1887–1946）は、「*Where there is Nothing* は *The Pot of Broth* と同様に、イェイツ作品の全集から排除された。だが、前者は後者よりも決定的に拒絶されてきた。というのは、*The Pot of Broth* は一九〇八年以降でさえたびたび再版されてきたからである。一方で、*Where there is Nothing* は、一九〇三年の初版から決して現れなかった(44)」と論じている。

なぜ芥川は *Where there is Nothing* のポールの言葉を引用したのだろうか。その理由は片上伸の「イエーツ論」にあると考えられる。

『無何有の境』（Where there is Nothing）で、神秘と驚異とのない人々の間に生活することの苦しさに堪へかねて、ジプシイ人のやうな放浪の生活に入つた主人公のポールが、病を救はれた僧院生活の間に、現し身ながらに無限の涅槃に入らんを渇求し、現世の荒廃壊滅によつて、謂はゆる“Where there is nothing”に到達することを信じ、遂に僧院を逐はれて惨死する。あのポールの心は、やがてイエーツの心ではあるまいか。涅槃を慕ひ無限の流れに融け入らんことを欲する心は、常に幽寂の秋の悲しみに慄へてゐる。(45)

片上伸は、「神秘と驚異」のない生活に耐えかね「放浪の生活」を送るようになった主人公ポールが、「無限の涅槃に入らんを渇求」し、「“Where there is nothing”に到達することを信じ」たと論じている。

さらに片上は、ポールはイエイツの分身とも言える存在であり、「涅槃を慕ひ無限の流れに融け入らんことを欲する心」を持った詩人としてイエイツを論じている。片上はイエイツについて、「彼は神秘と幽寂とに戦く心を、夢みるやうな薄光の霊の流れに浸して、無限を有限のうちに作り、そこに安息を求めたのである。象徴は彼にとつて永遠の隠れ家である」と述べて、論を締めくくっている。片上伸の論では、「虚無の郷」の主人公ポールの「放浪」生活と、「無限」や「涅槃」への憧れとが結び付けられている。イエイツの作品の中でも、言及されることのない幻の作品「虚無の郷」に芥川が言及しているのは、「涅槃を慕ひ無限の流れに融け入らんことを欲する心」を持って「放浪」生活を送ると片上が論じたポール像が、芥川の関心と合致していたためだと思われる。(46)

日本近代文学館の芥川龍之介文庫に所蔵されている旧蔵書とは別に、山梨県立文学館所蔵の「芥川龍之介旧蔵洋書」全二〇冊があるが、そのなかにイエイツの *Where there is Nothing: Plays for an Irish Theatre, vol. 1* (London: A. H.

Bullen, 1903）初版が、*Poems: second Series*（London: A. H. Bullen, 1904）, *Plays for an Irish Theatre*（London: A. H. Bullen, 1906）と共に現存している。*Where there is Nothing* には、裏遊び紙に葛巻義敏による「これは、芥川龍之介がその蔵書中から、死／の数日前、（没後の混乱を思ひ）特に選び、託／したる数冊の愛蘭土文学書中の一冊／なり」という言葉と、「葛巻義敏」角印が押されている。(47) 蔵書に残されている葛巻義敏の書き込みによると、芥川龍之介が彼に託した「愛蘭土文学書」は、イェイツの著書三冊の他、グレゴリー夫人の著書 *A Book of Saints and Wonders put down here by Lady Gregory according to the Old Writing and the Memory of the People of Ireland*（London: John Murry, 1912）と *New Comedies*（New York and London: G. P. Putnam's Sons, 1913）の、二冊である。ここからは、芥川龍之介が死の直前まで、アイルランド文学への興味を抱き続けていたこと、芥川龍之介にとって *Where there is Nothing* を含めたイェイツやグレゴリー夫人らアイルランド文学の著作が特に大切なものであったことがわかる。

ブルジョアの著書において、シングが "The nostalgia for the Nowhere or the Anywhere" から来る "Wanderlust" を持っていたという記述を発見したとき、芥川は興味をそそられ、この部分を翻訳したのではないだろうか。芥川は、もともと「無窮」を求めて「放浪」する人物像へと関心を持っていたために、*John Millington Synge and the Irish Theatre* には記されていないにも関わらず、「シング紹介」において、シングが放浪した理由として「永久の憧憬」「無窮を思慕するの情」を付け加えたと考えられる。「義仲論」や短歌からは、芥川が初期の頃から「無窮なる物」に憧れての「放浪」に「ローマンテイツク」を感じる感受性を持っていたことがわかる。芥川は、アイルランド文学との出会いを契機として、シングの生涯の中に「放浪詩人」を見いだした上で、積極的に受容したと考えられるのである。

以上の分析により、「シング紹介」は芥川自身の手になるものであり、初期の芥川の関心を色濃く映している重要な文章であると言える。同人雑誌の最大の特徴は、書き手同士のフィードバックがあるという点と、編集方針を書き手自身が決定するという点であるだろう。芥川のシングに関する言説を追っていくと、共感しあう文学観を持った者が大学を越えて集まった「愛蘭土文学研究会」という「場」の影響力が注目される。芥川の文学観の形成において、『新思潮』や『假面』の同人との交流や発表の場は強い影響力を持っていたのである。

芥川の書簡の「時々山宮さんと話をする　アイアランド文学を研究してゐる　ひとりで僕をシング（小山内さんにきいたらシングがほんとだと云つた）の研究家にきめていろんな事をきくのでこまる」(48)や「柳川は山宮と共にアイアランド《ママ》文学研究会の一員としてシング研究に没頭」という記述からは、まだ誰も詳しく紹介していない作家シングを研究することで西洋文学を先取りし、最先端の文学の紹介者たらんとする意欲が感じられる。他方、既に広く知られていたアナトール・フランスや海外文学の紹介・翻訳者としての森鷗外への注目も見逃してはならない(49)。

大正初期の『新思潮』に翻訳と小説を発表していた習作期の芥川龍之介を考えたとき、第一に、東京帝国大学文科大学文学科英吉利文学専修学科に身を置き、『新思潮』同人として西洋文学を先取りしようという貪欲な好奇心と野心があった一方で、第二に、その当時広く知られていた作者の作品を翻訳することによって、自分の創作技術を磨いていこうとする試みの両面が指摘できるだろう。文学の研究を深めていくと同時に、小説家を目指そうとする文学青年龍之介にとって、その両面が同時に志向されていたと考えられる。

次章においては、芥川がアイルランドに関心を持っていたときに執筆した初期未定稿作品である戯曲「弘法大師御利生記」とシング『聖者の泉』を比較し、アイルランド文学が、芥川の創作にどのように影響を与えたのかということを、具体的に考察する。それにより、芥川龍之介が外国文学を作品の創作過程においてどのように摂取していったのかということの一端を明らかにしたい。

第四章

「放浪者」の誕生

――芥川龍之介「弘法大師御利生記」におけるシング『聖者の泉』の影響――

第一節 「弘法大師御利生記」の成立背景

芥川龍之介の初期未定稿に、山梨県立文学館所蔵の戯曲「「弘法大師御利生記（戯曲習作）」（一九一四・七頃執筆、『新思潮』同・九月号に掲載予定、以下「弘法大師御利生記」と記す）がある。本章では、『新思潮』に掲載が予定されながらも未発表で残された本戯曲草稿を取り上げ、その材源となったであろうJ. M. シング（John Millington Synge, 1871-1909）の『聖者の泉』（*The Well of the Saints*, 1905）[1]との比較を通し、その成立経緯について分析し、初期の芥川の関心を探りたい。

本未定稿は、四百字詰原稿用紙に記され、「柳川隆之介」と署名されている。十枚分の草稿一及び、その続きと推測される八枚分の草稿二が残存しており、書体及び内容から察すると、草稿一と草稿二は一つの作品の一部であるが、その中間が失われたものと考えられる。草稿には推敲の跡が遺され、内容的にもまとまりがあり、欠けている中間部を補うと一幕物の戯曲として鑑賞に耐えうるものである。なお、本未定稿は山梨県立文学館に所蔵され、『芥川龍之介全集』第二二巻（岩波書店、一九九七）に収録された。[2]

本未定稿についての先行研究は、石割透氏が『芥川龍之介全集』第二二巻「後記」において、「「聖者の泉 The well of the Saints」の影響が認められる」と指摘しているが、具体的に内容を検討し、芥川におけるアイルランド文学受容及び芥川の作品における本未定稿の位置づけ等を検討した研究は管見の限り見当たらない。『新思潮』（一九一四・九）の「Spreading the News」には、「彼の戯曲弘法大師御利生記は編輯当番の鶴首した所であつたが遂に来なかつた噫焉。シングも同様におヂヤン」と記されており、この戯曲が『新思潮』八月号に掲載された「シング紹介」の「続編」と同時に書き進められていたことをうかがわせる。[3] 同号には、「弘法大師御利生記」と同じく「戯

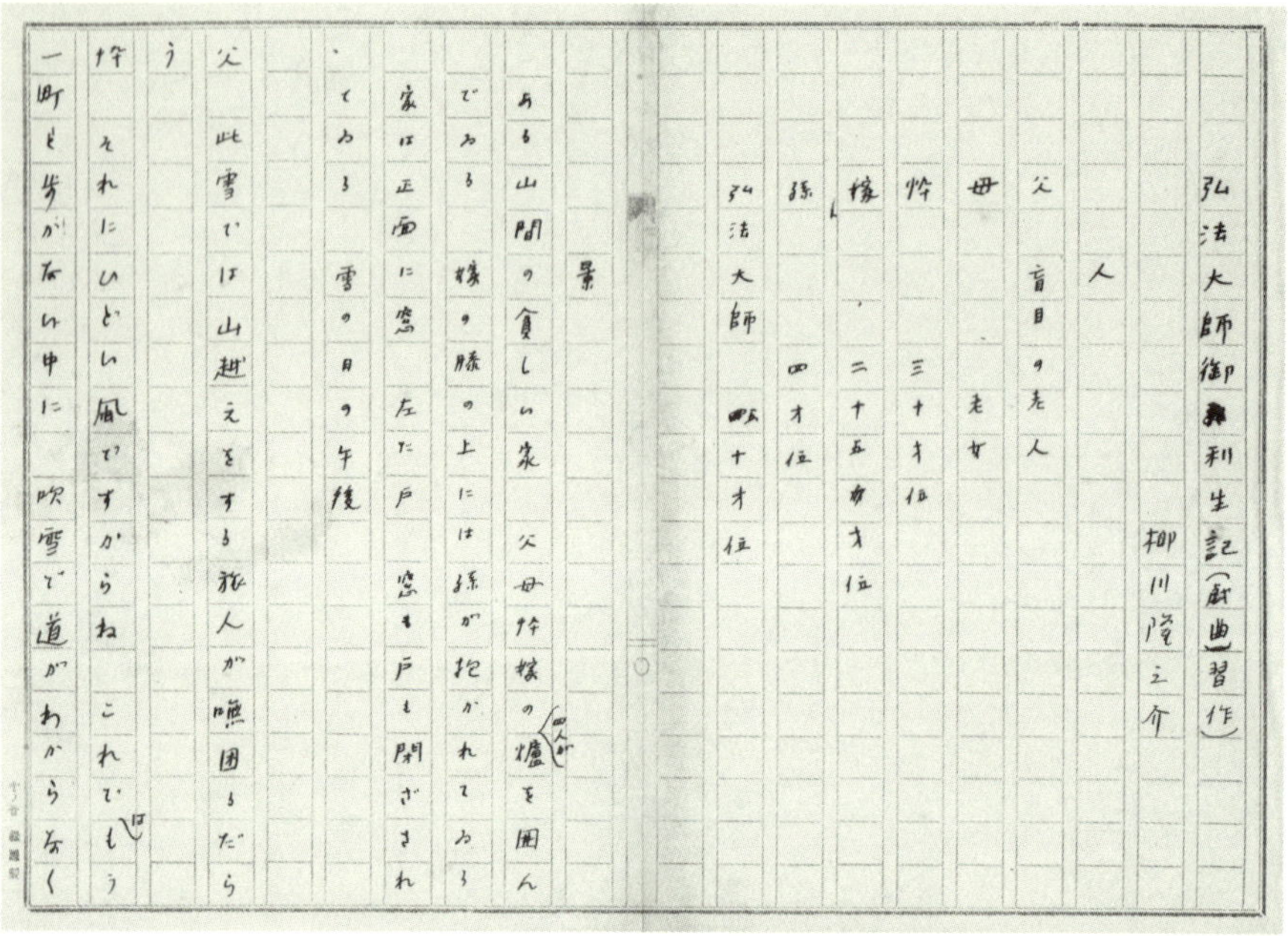
弘法大師御利生記（戯曲習作）
柳川隆之介
人
父　盲目の老人
母　老女
伜　三十才位
嫁　二十五六才位
孫　四才位
弘法大師　五十才位
景
ある山間の貧しい家　父母伜嫁の四人が爐を囲ん
である　嫁の膝の上には孫が抱かれてゐる
家は正面に窓　左右に戸　窓も戸も閉ざされ
てゐる　雪の日の午後
父　此雪では山越えをする旅人が嘸困るだら
う
伜　それにひどい風ですからね　これではもう
一町と歩かない中に　吹雪で道がわからなく

図29　戯曲「弘法大師御利生記（戯曲習作）」（山梨県立文学館収蔵）

曲習作」と記された「青年と死と」が掲載されており、「〆切間際に来た柳川の青年と死とは頗る光つたものである」とある。このことから、本未定稿は『新思潮』九月号に掲載を予定して執筆されたが、芥川自身の判断により何らかの理由で九月号掲載が見送られ、代わりに「青年と死と」を直前になって送ったと考えられる。

芥川におけるアイルランド文学の受容については先行研究において田村修一氏が、「芥川は（「春の心臓」の）ほかにもイエーツの翻訳「「ケルトの薄明」より」、「火と影との呪」（未定稿）を残しており、アイルランド文学との深いつながりを見て取ることができるが、この分野の研究はそれほど進んでいない」[4]と述べるように、今まで注目されてこなかった。芥川とアイルランド文学の関わりの一側面を具体的資料を通して明らかにするという意味で、未定稿「弘法大師御利生記」を論じるのは意義のあることだろう。安藤宏氏が、「原稿は活字になって初めて具体的な享受が成立する。発表されずに終った草稿はあくまでも「作品」それ自体とは区別されなければならない」[5]と述べているように、発表作品と未定稿は区別されなければならない。その前提に立ち、本章では敢えて未定稿を取り上げることによって、それが他の作品とどのように関わり合っていくのか、また発表媒体であった『新思潮』という場の影響や、芥川と同時代の他の作家との相互交流などを併せて考察することによって、新たな視座を付け加えたい。

第二節　アイルランド文学受容の中心としての『新思潮』

芥川が生前に発表した戯曲は、「青年と死と（戯曲習作）」（『新思潮』一九一四・九）及び回覧雑誌『兄弟』（一九一六・四）へ寄稿した「暁」（後に『長岡文芸』第一号、一九四七・七）のみであるが、所謂初期未定稿作品を中心に、多くの戯曲の草稿が残存していることはよく知られており、「悪魔の会話」、「兄と妹」、「狂院」、「金瓶梅」、「孔子」、「囁く者」、「SPHINX」、「戦遮と仏陀」、「TAKEHIKO と WAKATARU」、「天文廿年の耶蘇基督」、「ナザレの耶蘇」、「PIETA」、「人と死」、「秀吉と悪夢」、「二人の夫と二人の妻と」、「世之助の船出」、「老人と王」等の草稿が残存しており、その数の多さが目立つ。

松本常彦氏は、初期未定稿に戯曲の形式のものが多いことに対して、「第三次『新思潮』（一九一四・二―同・九）の刊行と深く関わる」と述べ、当時戯曲を多く発表していた久米正雄をはじめ、菊池寛、土屋文明、成瀬正一、山本有三、秦豊吉らが戯曲を書き、親友であった井川恭も「海への騎者」の翻訳を発表していることの影響に触れ、「久米が鼓吹役となった戯曲熱の渦中で、芥川も、ひそかに自らの戯曲の可能性を模索していた」[6]と指摘している。芥川は、「久米がよく小説や戯曲などを書くのを見て、あゝいふものなら自分達でも書けさうな気がした」（「小説を書き出したのは友人の煽動に負ふ所が多い」『新潮』一九一九・一）と述べているが、芥川も大正期の戯曲熱の真只中にいたということは、未発表のまま残された戯曲草稿を読んでいくことで初めて明らかになる。

第三次『新思潮』に発表された戯曲及び戯曲翻訳は、芥川龍之介の「青年と死と（戯曲習作）」（一九一四・九）、菊池寛の「Sphinx の胸に居るクレオパトラ（ショオ）」（同・二）、「玉村吉彌の死（戯曲）」（同・五）、「弱蟲の夫」（同・八）、「恐ろしい父、恐ろしい娘（一幕二場）」（同・九）、久米正雄の「此の諫言お用ゐなくば（戯曲）」（同・二）、「牛乳屋の兄弟（社会劇三幕）」（同・三）、「蝕める青春（四幕）」（同・七）、「人と幸運（笑劇）」（同・八）、「御家騒動の序幕」（同・九）、山本有三の「女親（三幕）」（同・四）、秦豊吉の「ぢごくと兵士、兵士と小間使（戯曲シニ《マ》ツツラ《マ》ア）」（同・八）、「小間使と若主人（アルツウル・シユニツツレル「輪舞」の三」（同・五）、成瀬正一の「婚礼当夜（笑劇）」（小島辰夫名義、同・七）、「仕損じた盗人（ジヨン、ハンキン）」（同・九）、土屋文明「雪来る前」（井出説太郎名義、同・二）、井川恭「海への騎者――J. M. SYNGE――」（同・六）、川村花菱「解雇（一幕）」（同・九）の、一八作にものぼる。

このうち、久米正雄の「牛乳屋の兄弟」は、新時代劇協会によって同年九月に有楽座で上演されて好評を博し、新時代劇協会の桝本清が、第三次『新思潮』創刊号（一九一四・二）に評論「新劇社の馬盗人」を寄稿するなど、創始期の新劇界との相互交流があった。「新思潮」に発表された作品群を見ていくと、芥川をはじめとして、山宮允や菊池寛らが、W. B. イエイツ、J. M. シング、グレゴリー夫人ら、同時代にアイルランド文芸復興運動の中心的な存在として活躍していた人物へ強い関心を抱いていたことを見て取ることができる。戯曲についても、菊池寛によるバーナード・ショーの *Caesar and Cleopatra*（1901）の翻訳「Sphinx の胸に居るクレオパトラ（ショオ）」、井川恭による J. M. シングの *Riders to the Sea*（1904）の翻訳「海への騎者――J. M. SYNGE――」等があるが、これは大正期にアイルランド演劇が脚光を浴び、坪内逍遥や松居松葉らが翻訳・翻案劇を書いたことと無関係ではないだろう[7]。

とりわけ、紹介者としての小山内薫との交流は重要である。小山内薫は、「倫敦に於ける愛蘭劇」（第一期『新思潮』創刊号、一九〇七・一〇）において、一九〇七年六月一〇日から一週間ロンドンで行われた国民演劇協会の興行についての *The Stage* 誌の記事を翻訳して紹介した。この記事によって、日本においてイェイツだけではなく、グレゴリー夫人やシングの名が知られるようになったと考えられる。

第一次『新思潮』の同人であった小山内は、第三次『新思潮』の同人たちにとって「先輩」にあたり、文学的な交流があったことが『新思潮』の記事からうかがえる。『新思潮』（一九一四・三）には「創刊号が市が《ママ》あらはれやうとする夜。例の鴻の巣の屋根裏で旧新新思潮同人の小集があつた。集まつて下すつた先輩では木村荘太氏、和辻哲郎氏、後藤末雄氏と歌舞伎座の幕が切れると急いで小山内薫氏が駆けつけられた[8]」という記事がある。

さては遠く峡湾を嘗めて北海が騒ぐ国々の美しい又面白い話が、小山内氏の美しい唇から宝石の連鎖のやうに続く。（中略）ハウプトマンとシュニツツラアの評価、アイルランド劇、島崎藤村氏や生田葵氏の状況、それからそれとつゞいて夜の精霊が真珠色に輝く手をひろげ切るのを知らずにゐた[9]。

小山内は、「新旧新思潮同人の小集」において「アイルランド劇」について第三次『新思潮』の同人達に語っており、同人達の中でもアイルランド文学へ関心を持ち始めていた芥川龍之介は、興味を持ってその話を聞いたと推察できる。シングの名前の発音に関しても、小山内薫に教示を受けていたことがうかがえ[10]る。

芥川は、紹介文「シング紹介」（『新思潮』一九一四・八）を執筆し、イエーツの『ケルトの薄明』（*The Celtic Twilight*, 1893）から「「ケルトの薄明」より」（『新思潮』一九一四・四）と「春の心臓」（『新思潮』[11]一九一四・六）を翻訳している。さらに未定稿まで調査すると、イェイツの *The Curse of the Fires and of the Shadows* の翻訳「火と影との呪い」、ダンセイニ（Lord Dunsany, 1878-1957）の「ペガーナの神々」（*The Gods of Pegana*, 1905）の影響が見られる戯曲「尼と地蔵」（一九一八推定）、フィオナ・マクラウド（William Sharp, Fiona MacLeod, 1855-1905）の *The Works of Fiona Macleod Vol. II*（London: W. Heinemann, 1910）に収録されたケルトの神話の影響が見られる「或早春の午後」（一九一四−五推定）が残存しているなど、この時期からアイルランドやケルトの文学への関心が深まっていったことを指摘できる。

第三節　「弘法大師御利生記」とシング『聖者の泉』の比較

以下、具体的に「弘法大師御利生記」と『聖者の泉』を検討していきたい。この二つの戯曲は、僧あるいは聖者の奇跡による盲人の開眼という共通のテーマを描いており、芥川のシング受容が実際の創作にどのように反映したのかを考察する手掛かりとなる。日本近代文学館の芥川龍之介旧蔵書には、原作の *The Well of the Saints*(12) が残されており、一九一三年八月七日の読了日付が記されていることから、「弘法大師御利正記」執筆前に読了していたことは確実である。なお、芥川はこの頃アイルランド文学、特にシングに興味を抱いており、旧蔵書に残されている『聖者の泉』以外の五冊のうち、*The Tinker's Wedding, Riders to the Sea and the Shadow of the Glen*(13) には一九一三年一〇月七日、*Deirdre of the Sorrows*(14) には、一九一三年十月十日、*The Aran Islands*(15) には、一九一四年七月一日の日付が残されている。また、書き込みが残されていない *The Playboy of the Western World*(16) についても「鼠小僧次郎吉」（『中央公論』一九二〇・一）の材源の一つと考えられるなど、読了していた可能性が高い。(17)

『聖者の泉』は、一九〇三年から四年にかけて執筆され、一九〇五年にアイルランド国民演劇協会（Irish National Theatre Society）によってアベイ座（Abbey Theatre）で初演されたシングの第三作目にあたる戯曲である。シングは、アイルランドのウィックロー地方のプロテスタント系地主階級の家に生れ、ヨーロッパ大陸を放浪中にイエイツと出会い、アイルランド西部のゴールウェイ湾に位置するアラン島に渡るように助言され、そこで島民達の生活や語り伝えられてきた伝説や物語を書き留める。その後、アイルランドの民衆の生活や伝説を題材とした戯曲を次々と発表し、イエイツやグレゴリー夫人等と共にアイルランド文芸復興運動の中心人物となった。アベイ座において上演されたシングの戯曲はアイルランド文芸復興運動を世界に知らしめる原動力となった。

『聖者の泉』は、路傍で生きる盲目の夫婦マーティンとメアリー・ドールが主人公である。夫婦は、「東の七つの州で一番の美男美女」だと彼等を褒める村人達の嘘を信じ、街道が交わる場所に座って冗談を言い合いながら、無知である故に「満足」し、「上機嫌」で暮らしている。ある日、聖人が聖者の泉から汲んだ聖水を持って、村を通りがかる。聖人が夫婦の目に聖水を注ぐと、奇跡によって開眼する。しかし、視力を回復したマーティンとメアリーは、お互いの醜さ、労働の辛さ、村人達の残酷さなど自他の現実を目撃して幻滅する。さらに、美男美女だと思っていたお互いの容姿が醜かったという幻滅から、夫婦は一旦別れる。そのうち、奇跡の力が薄れ、夫婦は盲目状態に戻る。聖人がもう一度奇跡を授けようとするが、聖水を叩き落してそれを拒み、目が見えなくても想像力によって豊かだった盲目の世界を選択する。

一方、「弘法大師御利正記」は、山間に住む一家五人が登場人物である。家族は、盲目の父親と共に炉を囲みながら、自分たちの生活に満足と幸せを感じている。ある日、吹雪の中に宿を借りにきた旅の僧を家の中に招き入れ、食事を振舞う。一家は僧侶によって、自分たちの家が辺境にあり、満足していた生活が実際には惨めな貧困状態であることを知らされる。僧侶は、自分が空海であることを明かし、奇跡によって盲目の父の目を治す。しかし視力を回復した父は、家や暮らしぶりに不満を覚え、どちらが幸せだったかわからなくなり、妻の顔を見るのも嫌になってしまう。

『聖者の泉』と「弘法大師御利生記」とを比較すると、共通点が多いことが明らかであろう。両作品において、聖人と旅の僧は共に奇跡によって盲人の視力を回復させる。しかし、豊かにしてくれるはずの聖人や旅の僧の来訪や奇跡によって、両作品の登場人物たちは共に、盲目の時に満足していた生活が、想像力で作り上げた幻であったということを突きつけられるのである。第一に、盲目状態における満足、第二に旅の僧（聖人）の来訪と奇跡による開眼、第三に開眼後の現実への幻滅という構成上の大きな三要素が共通している。その三つの要素について具体的に両作品を比較していきたい。

「弘法大師御利生記」の登場人物は、「盲目の老人」である父、その妻の老女、三十歳位の悴（後半では「子」）、二五歳位の嫁、四歳位の孫の一家五人とそこに訪れる弘法大師であり、舞台は「ある山間の貧しい家　父母悴嫁の四人が炉を囲んでゐる　嫁の膝の上には孫が抱かれてゐる　家は正面に窓　左に戸　窓も戸も閉ざされてゐる　雪の日の午後」と示されている。雪の日、閉ざされた戸と窓からもわかるように、自足的かつ閉鎖的な空間が舞台として設定されている。このような舞台は、『聖者の泉』の「アイルランド東部にある人里離れた山岳地域」（Some lonely mountainous district in the east of Ireland one or more centuries ago）(18) と重なり合う。

冒頭では、一家五人が炉を囲み、窓の外の吹雪の様子を見ながら「山越えをする旅人が嘸困るだらう」と語り合っている。

［父］　さう云ふ人の事を考へると　かうしてゐられるのは仕合せだよ　己が眼が見えなくなつてから　今年でもう十年になるが　それでもどうにか其日の暮しが立ててゆかれるのだからね　何と云つても天道様ほど難有いものはないよ」

［悴］　私も何時でも難有いと思はないことはありませんよ　阿父さんや阿母さんが御丈夫なだけでも勿体ない位ですのに　十年この方楽に暮せない事は一日だつて無かつたのですからね

［母］　まつたくだよ　嫁は出来るし孫は生まれるし　それが又　皆無病なのだからこんな仕合せな事はないよ

［嫁］　この上不足を云つては　罰があたりますわね

一家がいる「此処」は、「猪も狼も居り」、「冬はよく旅の方が怪我を」する「人里を離れた所」であり、「此処から人のゐる所へ出るのには山を二つ越えなければな」らない。また、「途中の峠にはよく追剥が出る」という隔てられた場として描かれているが、一家は外の吹雪の中を山を越えていく旅人に比較して、自分達の生活に満足と幸せを感じている。そこに旅僧が戸を叩き、一晩泊めてもらえないかと申し入れる。

旅の僧は足を盥でなく「おはち」で洗おうとし、「生味噌」を所望するが、家族は味噌を知らない。さらに塩を貰おうとするが、塩もない。最後に「お米なり麦なり御飯さへ頂ければ」と言うが、家には米も麦もない。さらに、家に泊まっていくことを勧める一家に、「お前さんたちの家をたづねたのは唯王化の及ばない国の人情を見やうと思つたからなのだよ　都の人も及ばないやうなお前さんたちの行を見たのは私の一生のよろこびだ」と告げる。このことによって、一家は自分達が満足していた暮らしが、現実には貧しい状態であることに気づいてしまう。

シングの『聖者の泉』も同様に、醜い盲目の夫婦が村人達の嘘に騙されて、夫は「上機嫌」(good humour, 3) で、妻は「自慢げに顔に触れ」(she puts her hand to her face with a complacent gesture, 4) て、「一時間、あるいは一分間でも、お互いを見ることができたらいいなあとすばらしいだろうなって、長い夜には思うんだ。そうすれば、おれ達が東の七つの国々で一番の美男美女だとわかるだろうに[19]」と語り合っている。そこに、旅の聖人が訪れる。妻のメアリーが「アイルランド一の美人の傍を通る」(He'd walk by the finest woman in Ireland, 23) と得意げに言った直後に、聖人が口に出す台詞は、「憐れな二人というのはこの人たちかな?」("Are these the two poor people?", 23) である。このような聖人の言葉に対して、村人ティミーは、夫婦を「この二人は道が交わるこの場所にいつも座っていて、通りがかる人々に小銭をねだったり、燈心草をはいだりしています。彼等はちっとも嘆くことなく、大声でしゃべり続け、好きな連中とは冗談を言い合っています[20]」という風に紹介するが、聖人は以下のように続ける。

SAINT. [to Martin Doul and Mary Doul.] It's a hard life you've had not seeing sun or moon, or the holy priests itself praying to the Lord, but it's the like of you who are brave in a bad time will make a fine use of the gift of sight the Almighty God will bring to you to-day.（He takes his cloak and puts it about him.）It's on a bare starving rock that there's the grave of the four beauties of God, the way it's little wonder, I'm thinking, if it's with bare starving people the water should be used.（He takes the water and bell and slings them round his shoulders.）So it's to the like of yourselves I do be going, who are wrinkled and poor, a thing rich men would hardly look at at all, but would throw a coin to or a crust of bread.（*Saints*, 24）

［聖人］（マーティンとメアリーに向かって）太陽も月も、神さまに祈りを捧げる聖職者も見えないとは、大変な暮らしを送ってきたな。しかし逆境をものともしないお前たちのような者が、今日全能の神が与えて下さる視力を立派に生かすのだ。（彼は外套を取り、身にまとう。）神の四人の聖人の墓所[21]は飾り気のない寒々とした石なのだから、飢えて寒々しい人々に水を使うのは不思議ではない。（彼は水と鈴とを取り、肩にかける。）だから、私が求めているのはお前たちのような人だ。皺だらけで哀れな人、金持ちたちは全く見ようとせず、コインやパン屑を投げるような人だ。

盲目の夫婦が現状に満足して楽しく暮らしていると同時に、村人ティミーもまた、嘆くことなく大声でしゃべり、道を行く人々と冗談を言い合う夫婦の生活をそれほど悪いものではないと思っている。それにも関わらず、聖者は、「飢えて寒々しい人々」（bare starving people, 24）で「皺だらけで哀れな人」（wrinkled and poor, 24）と決めつけていることに注目すべきである。ティミーが「アイルランド中の教会を回って歩く聖人」（a fine saint, who's going round through the churches of Ireland, 14）と言うように、聖人はこの村以外の土地を知っているために、村の外部の価値観を村に持ち込み、それまで村では哀れとは捉えられてこなかった盲目の夫婦を、「哀れ」と規定してしまうのである。

第二の要素である奇跡による開眼場面は後述することとし、次に、第三の要素である開眼後の幻滅の場面に移りたい。「弘法大師御利生記」では、旅僧による奇跡は以下の反応を引き起こす。

［父］　うん　わしも眼があいたのが仕合せだか眼くらだつたのが仕合せだかわからなくなつたよ（自分を見て）どうだ　このなりのきたなさは

［子］　私もこんな酒を始終のんでゐる人間が世の中にあるのだと思ふとつくづくこんな所で猟師してゐるのが嫌になつてしまひましたよ

（嫁　何か云はうとして止める　再　沈黙）

父は、盲目状態の時に満足していた暮らしの欠陥を目の当たりにすることによって、「眼があいたのが仕合せだか眼くらだつたのが仕合せだかわからなく」なり、家族への不満を感じ始めるのである。『聖者の泉』においては、開眼して幻滅する盲目の夫婦とは対照的に、それ以外の人々は奇跡の前後において心情が変化しない傍観者として描かれていた。しかし、「弘法大師御利生記」においては、盲目ではない「子」の心情までもが、奇跡の目撃を境に大きく変化し、「こんな所で猟師してゐるのが嫌になつて」しまうという『聖者の泉』との大きな差異が存在する。

［父］　これが己の家か　これが己の妻子か　己はもうばあさんの顔を見るのもいやになつた

［母］　おや　お前さんは妙な事を云ふね

［父］　妙な事を行《ママ》つたのがどうした

［母］　お前さんはそんな事が云へた義理かよ（泣き声になる　又孫がはげしく泣き立てる）

［父］　あゝ眼くらの昔が恋しくなつた

［子］　（独り語のやうに）此処に　ゐちやあ駄目だ

旅の僧侶による奇跡を契機として、仲睦まじかった家族に亀裂が走る。このような開眼後の反応は、『聖者の泉』においてマーティンが開眼した後に、妻メアリーを見て、「おれに出まかせを言って来たのはお前の方じゃないか、十年も、昼も夜も。でも神様がおれの目を見えるようにしてくれると、おれが見たお前は皺くちゃの醜い老婆で、おれの子供を育てるのに全くふさわしくないじゃないか」[22]と言う反応と対応している。両作品における盲目の登場人物は、開眼に伴って今まで満足していたことが嘘や想像力によって作り上げられた幻想でしかなかったことを覚るのである。両作品において、目が見えなかったからこそ、言葉によって想像力を膨らませ、満足した生活を送っていた家族が、僧（聖人）による開眼によって幻想を剥ぎ取られ、現実への幻滅へと至るという構造が一致している。短編戯曲である「弘法大師御利生記」と長編戯曲である『聖者の泉』の別による登場人物の多少、細部の肉付けの相違はあるものの、作品の骨格における両者の類似は明瞭である。

第四節　「弘法大師御利生記」の独自性と「放浪者」の造型

このように「弘法大師御利生記」と『聖者の泉』の共通点を述べてきたが、「弘法大師御利生記」は芥川自身の価値観を反映した独自の文学的世界が構築されている。『聖者の泉』との相違点を検討することで、芥川の関心の所在を考察したい。

最も大きな違いは、シングの戯曲は喜劇であるが、「弘法大師御利生記」は悲劇であるという点である。『聖者の泉』における盲目の夫婦を指して、若松美智子が「彼らは幾重にも、ベルグソンが指摘する愚かしさの特徴を備えている。醜さ、非社交性、倒錯、自己に対する無知である」[23]と述べるように、村人たちの悪戯、自分たち夫婦が美男美女だと思い込み、いい気分を味わって満足している二人のかけあいのおかしみ、視力を授かった直後に美女モリーを妻メアリーだと誤解して喜ぶマーティンの様子、その後夫婦がお互いの醜さに驚く時の滑稽さなど、笑いの要素が盛り込まれた喜劇である。そして、その底流に想像力と現実との対比や、現実への幻滅という悲劇的な要素が伴ってくるのである。しかし、「弘法大師御利生記」においては、喜劇的要素はそぎ落とされ、幸せに暮らしていた家族のもとに旅の僧が訪れ、奇跡によってかえって彼等の絆や幸福が崩壊してしまうという『聖者の泉』の底流にあったテーマが前景に押し出されている。それは、芥川がシングの喜劇の中に潜む悲劇的要素を見抜き、視力の回復に伴って起こる戸惑いや間違いなどの喜劇性よりも、現実と幻想との落差による幻滅という要素を抽出したためであろう。

シングの『聖者の泉』では、開眼の場面は短い。

MARTIN DOUL. [ecstatically.] Oh, glory be to God, I see now surely.... I see the walls of the church, and the green bits of ferns in them, and yourself, holy father, and the great width of the sky. (*Saints*, 29)

［マーティン・ドール］（恍惚となって）ああ、神さま、今は確かに見えます。……教会の壁、緑の羊歯、そして聖なるあなた様、それに広々とした大空。

久保田重芳が「ふたりの乞食の開眼した直後ののりし合いに比べると、開眼そのものの喜びの表現は、きわめて少ない。これは注意すべきことのように思われる」(24)と指摘するように、開眼を喜ぶ描写はこの台詞のみであり、その後は美しいはずの妻が醜かったマーティンの憤りが続く。そしてメアリーに至っては、開眼の喜びを語る台詞は皆無である。

注目すべきことは、「弘法大師御利生記」においては、旅の僧による奇跡によって目が開いた瞬間、炉の火が消えかかって薄暗かった空間に光が差し込み、一瞬「光明」に満ちた世界が描かれていることである。

［僧］（略）仏の慈悲は丁度三月の雨のやうに善根の芽をふいてゐるすべての衆生の上にそゝがれるものだ。（僧　孫を嫁の手に渡して　合掌する　家の中に光明がさす　遠くに箜篌の音がきこえる　空から花が降る）お前さんたちが空海に供養した水は甘露に変つた　空海に供養した飯は醍醐に変つた　これは空海が一飯の徳に酬いるのではない　三方の諸仏が善人に供養をするのだよ（僧合掌をやめる　家の中が元のうす暗さにかへる　円光丈は消えない）(219)

この場面が挿入されることによって、盲目の父親のみならず、それ以外の家族全員が、楽土の光景を垣間見る。その結果、「弘法大師御利生記」における「子」は、最初から目が見えていたにもかかわらず現実に幻滅するという『聖者の泉』との大きな差異が生じる。このことは、盲目からの開眼が、幻想の終わりと現実への幻滅という、個人の内面的で主観的な問題の象徴であることを、より鋭く突きつける。

盲目状態で育まれた幻想が開眼によって剥ぎ取られ、登場人物が苦い現実に幻滅するという点で、「弘法大師御利生記」と『聖者の泉』は一致している。しかし、芥川龍之介の「弘法大師御利生記」では、一瞬のうちに失われた「光明」を求めて「子」が放浪するのではないかという予感が付け加えられているのである。

『聖者の泉』の最後の場面で、奇跡の後に再び盲目状態となった夫婦は聖人からの再度の奇跡を拒否し、「目の見えない幸せ者」であることを選択する。聖水を叩き落としたマーティンに人々は驚き、人々は、「出て行け、マーティン・ドール。ここから出て行け。お前のせいで、神さまが大嵐や旱魃を起さないように」(Go on now, Martin Doul. Go on from this place. Let you not be bringing great storms or droughts on us maybe from the power of the Lord., 90)と物を投げつける。

MARTIN DOUL. [turning round defiantly and picking up a stone.] Keep off now, the yelping lot of you, or it's more than one maybe will get a bloody head on him with the pitch of my stone. Keep off now, and let you not be afeard ; for we're going on the two of us to the towns of the south, where the people will have kind voices maybe, and we won't know their bad looks or their villainy at all.（He takes Mary Doul's hand again.）Come along now and we'll be walking to the south, for we've seen too much of everyone in this place, and it's small joy we'd have living near them, or hearing the lies they do be telling from the gray of dawn till the night.（*Saints*, 90–91）

［マーティン］（傲然と向き直り）近寄るんじゃない、キャンキャン吠えやがって。おれが投げる石で、頭が血まみれになる奴が何人も出るぞ。近寄るんじゃないよ、怖がらなくてもいい。おれたち二人は南の町へ行くんだ、そこでは人々はたぶん優しい声をしていて、おれたちも彼等の悪い容姿や悪行を見ることはないだろう。（彼は再びメアリー・ドールの手を取る。）さあ行こう、おれたちは南へ歩いていくんだ。この土地の連中は見飽きたし、彼等の傍で暮らし、朝から晩まで彼等のつく嘘を聞いても、嬉しくはない。

『聖者の泉』と「弘法大師御利生記」の二作は、共に登場人物の出発で終わっているが、『聖者の泉』の場合は盲目の夫婦二人が、村人に追い出されるようにして村を出て行き、夫婦以外で奇跡を目撃した者は夫婦に罵詈を浴びせて、村で結婚式を挙げるという対比的な構図が描かれる。夫婦は村を出て南に旅立つ決意をするが、村人ティミーが「南へ行く途中には、氾濫する深い川がたくさんあって、そこではお前たちは石伝いに飛んでいかなければならない。だから俺は思うに、二人は、きっと、すぐに遠からず溺れ死ぬだろう[25]」と、二人を待ち受ける暗い運命を暗示する。人々がティミーと村の娘の結婚式を挙げるために聖者について教会へと向うところで、幕が下りる。

一方「弘法大師御利生記」では、盲目であった父親ではなく、父の傍で奇跡を目の当たりにした三十頃の「子」が、独りで「出て行」くということを暗示する終わりとなっている。「弘法大師御利生記」の最終場面で、「子」は「此処に　ゐちやあ駄目だ」と呟く。戯曲「弘法大師御利生記」は、幕が閉じた後にこの台詞が残るという構造になっており、「子」の台詞は重要な役割を果たす。この台詞は、失われた「光明」溢れる楽土を求めて、「子」が現在の住居や家族を離れ、放浪の旅に出るということを予感させるものとなっている。

この最終場面について、草稿を調査すると、芥川は「(独り言のやうに)明日にも此処を出て行かなけやあ」という言葉を訂正し、「此処に　ゐちやあ駄目だ」という風に書き改めている。「明日」という言葉によって余裕が感じられた「子」の台詞が、訂正後はより切迫した心情を表す言葉へと置き換わっているのである。つまりこの段階で、「此処」という場所の不毛性と「子」の絶望感が強調され、目的や準備もなく「此処」を離れ、「此処」ではない何処かへ行くという孤独な放浪者像が誕生したのである。

芥川は、同時期に執筆した「シング紹介」において、シングの人生における「The nostalgia for the Nowhere or the Anywhere」(放浪癖)に着目し、「無窮を思慕するの情」や「何物も覊束す可らざる永久の憧憬」を抱いて故郷を出て大陸を「漂浪」する若い詩人として描いた。「弘法大師御利生記」は、「シング紹介」及び「シング紹介」続編の執筆と同時に書かれたことに加え、シング『聖者の泉』の影響を同じ戯曲形式で直接的に受けていることから、シングと関わりが深く、芥川がシングに惹かれた原因である「放浪」や故郷を捨てる若者像が、戯曲の形で描出された作品であることがわかるのである。

シングの六つの劇の全てが、登場人物の死あるいは出発(逃亡)をもって終わるという構成をとっていることについて、[26]久保田重芳は、「「放浪者」すなわち'Tramp'のイメージがシングにとって大変意味深いことであったことも、すでによく知られてい」ると指摘し、「シングにとっては、何よりも、想像力に富んだ生活の完全な具現であり、そこには、現実の実生活の絶えざる苦悩とは違って、ロマンスがあり、自由があった」と述べている。[27]『聖者の泉』は一九〇四年の執筆だが、シングは一九〇二年に、「谷間の蔭」(*In the Shadow of Gren*)と「海へ騎りゆく者たち」(*Riders to the Sea*)を執筆しており、特に「谷間の蔭」では「放浪者」に重要な役割を与えている。また「鋳掛屋の婚礼」(*Tinkers Wedding*)における「鋳掛屋」(Tinker)も、神父に「一生旅をして歩く身の上」[28]であると言われるように、放浪者であり、シングの関心が「放浪」に向けられていたことは明らかである。

芥川龍之介は「シング紹介」において、シング自身を放浪者として紹介したが、シングはアイルランドを放浪している人々に目を向けて、その姿を描き出した。「弘法大師御利生記」では、失われた楽土を求めての若者の放浪という暗示が付け加えられている。この点で、同時期に発表された「シング紹介」における、「The nostalgia for the Nowhere or the Anywhere」に駆り立てられての放浪という、芥川がシングに認めた特徴を同じ戯曲形式で反映している作品と言えるだろう。

第五節　シング『聖者の泉』流行の背景
――「壺坂霊験記」と坪内逍遥「霊験」――

ここまで、芥川龍之介「弘法大師御利生記」とシング『聖者の泉』との比較に論点を絞ってきたが、奇跡による開眼というテーマにおいて「弘法大師御利生記」の成立に関与している可能性がある素材が他にもあることは推測が付く。それらの作品との関係を検討することは、『聖者の泉』の材源としての位置を定め、芥川の文学作品における本未定稿の意味を探ることにもなるだろう。

シングの『聖者の泉』については、ほぼ同時期に坪内逍遥による同戯曲の翻案劇「霊験」が書かれている。『聖者の泉』と「霊験」の比較については、小嶋千明や前波清一、金牡蘭らに論考があるので詳述しないが[29]、台詞に「関東ベイ」を用いることによって「日本化」しているものの[30]、坪内逍遥自身が「緒言」において「文句は、翻案の必要上、所々異つてゐるけれども、作の筋立と骨子と気分とは、大して原作を毀損しなかつた積りである」[31]と述べているように、ほとんど同じ筋立てとなっている。それに対して、芥川の「弘法大師御利生記」は、大筋の構成を共有しながらも、変更点からは当時の芥川自身の興味や関心がうかがえるものとなっている。

第二場舞臺面（高取雅成氏筆）

第一幕　法濟寺門前の場實演舞臺面　大正三年九月帝國劇場初演

図 30　坪内逍遥翻案劇「霊験」初演写真（1914）及び初版（1915）に掲載された舞台面

坪内逍遥の三幕劇「霊験」は、「弘法大師御利生記」が掲載予定だった『新思潮』（一九一四・九）と同じ一九一四年九月に東儀鐵笛らの無名会が行う帝国劇場上演用に書かれ、同月『新日本』に発表、翌年二月に金港堂より単行本として出版された。同時期に『聖者の泉』の影響から執筆された二つの戯曲であるが、坪内が「緒言」において「この作の骨子は、彼の甘い、センチメンタルな「壺坂霊験記」の裏返しで、一種の苦い、渋辛い味を持つてゐる」、また「かの「壺坂」は女子供を喜ばすに過ぎない甘いロマンチシズムだが、これは鬚眉男児をも反省せしむる力のある一種痛切な諷刺劇とも写実劇とも見られる」[32]と述べているように、シングの『聖者の泉』が日本に受け入れられた土壌としては、「壺坂霊験記」の存在が大きい。

「壺坂霊験記」は、一八七五年頃に成立した浄瑠璃で、西国三十三番札所の第六番の大和壺坂寺観世音の霊験記であり、加古千賀の作に福地桜痴が添削したと言われている。一八八九年二月十日から大阪彦六座で、竹本大隅太夫が語って評判をとり、一八九三年に歌舞伎になり、繰返し上演された人気演目であった[33]。以下、簡略に筋を示す。盲目の沢市は琴や三味線の稽古をし、妻のお里は賃仕事で夫の手助けをしている仲睦まじい夫婦である。お里は、沢市の視力が回復するように、毎日早朝から壺坂寺観世音に祈りに行っていたのだが、沢市はそのようなお里の様子に不貞を疑う。お里の後を付け、妻の行動の真意を知った沢市は反省し、お里と共に参詣する。しかし、寺に到着した沢市は、もうこれ以上お里に迷惑をかけることは出来ないと思い、妻の隙を見て身投げして死んでしまう。それを知ったお里も夫の後を追うが、観世音菩薩が現れて二人を生き返らせ、沢市の目を霊験によって開かせる。そして、両人が壷坂観音へ「御利益」の「御礼参り」に行く所で幕が下りる。以下は、沢市の開眼場面である。


［沢市］ヤ、、コリャほんに目が開いた〳〵。

［お里］これというのも観音様の皆御利益。

［両人］ありがとうござります。

ト両人、手を合わせ顔を見合い、沢市はお里の顔を不審そうに見て、

［沢市］一体こなたはどなたじゃえ。

［お里］エ、何をいわしゃんす。私を忘れるという事があるものかいな。わたしゃお前の女房、里でござんす。

［沢市］エ、わしの女房じゃ。ドレ、立って見せい。（ト色色あって）これはお初にお目にかゝりました。

［お里］何を言わしゃんす。[34]

沢市は、「人の噂にお里は美しい美しいと聞[35]」いていたが、開眼した後に見たお里は、想像と違わない人物であった。また、沢市自身も、水鏡に映った自分の姿を見て、「初めて見たる我が姿、悦びあうぞ道理なり[36]」と喜び、「よく〳〵見て、両人嬉しきこなしにて、互いに辞儀をするおかしみあって[37]」と入る。「壷坂霊験記」では、心中で想像していた自他像が、開眼後も変化しないのが特色で、夫婦の絆が一層深まるという所がこの作品の見所となっている。

すなわち、この作品の主眼は、開眼による現実への驚きよりも妻の「貞心」「貞節」にあるため、沢市の現実把握や沢市とお里の関係性は、開眼によって変化することはないのである。むしろ開眼は、お里の「器量なら心立てなら、人一倍すぐれて(38)」いるという噂を裏付ける結果となるのである。

開眼の場面をどのように描くかが、『聖者の泉』と「壷坂霊験記」では、大きく異なっている。『聖者の泉』では、奇跡による夫婦の開眼は村人たちが見守る中で実現するが、夫婦は想像上の姿と現実の姿との落差に呆然とし、お互いの醜さを罵倒し、殴り合おうとする。そして、周囲で見物していた村人たちは、そのような夫婦の姿を見て嘲笑する。前波清一は「村人や観客にとってこのシーンは、落差の大きさに驚愕し幻滅する乞食夫婦を嘲笑する、単純明快な笑劇である。盲目のヴィジョンの不思議な力と悲劇的なアイロニーを底流にもちながらも、ファース的な活気と笑いに満ちた、見事な劇的シーンをクライマックスとする(39)」と述べるように、見物する村人にとって、嘘を信じて自分たちを美男美女だと思いこんでいた夫婦が現実に直面する姿は笑いの対象である。しかし、盲目の夫婦にとっては幻想から醒め、現実に直面する瞬間は悲劇であり、この場面にシング特有の悲喜劇が成立する。

逍遥は、『霊験』の「緒言」においてシング『聖者の泉』を翻案した理由を以下のように述べているが、逍遥はシング『聖者の泉』の悲喜劇の成立する地点を見事に言い当てている。

> この作の眼目は、喜劇めいた第一幕にあるのではなく、第二幕と第三幕にある。殊に第三幕に於て、再び元の盲目に戻つた乞食夫婦が幻滅の悲哀とみじめさとを十分に味つた当座ながらに、尚ほ懲りずまにはかない虚栄を頼みにして自ら慰め、自ら欺きつゝ生きて行かうとするあたり、及び男の盲人が活佛に向つて大気焔をあげるあたりは、古今内外の作家の未だ嘗て筆を著け得なかつた所であらうと思ふ。

現実と幻想の落差に着目した点では、芥川と逍遥は共通している。しかし、「霊験」における村人たちは、『聖者の泉』における村人たちがそうであるように、共に夫婦を笑いものにし、見捨てる傍観者であり、霊験を目の当たりにしてもその心境に変化は訪れない。盲目の夫婦の心情の劇的変化が、変化しない村人たちによって見守られることにより、笑いが生れるのである。しかし、芥川の「弘法大師御利生記」においては、盲人ではなかった「子」の方に、より劇的な心境の変化が訪れるところが最も大きな独自性であると言えるだろう。つまり、『聖者の泉』において、初めから眼が見えている村人たちは常に傍観者であり、夫婦が盲目の時は悪戯をするものの親切にしていたが、開眼後は残酷になるという彼らの反応も、傍観者の身勝手さを示すものである。盲目の夫婦以外は身勝手な傍観者という『聖者の泉』の構図は逍遥の「霊験」においても踏襲されている。

だが、「弘法大師御利生記」では、眼が見えている「子」が、盲目から開眼した父親と同様に現実へ幻滅する当事者となるのである。さらに、『聖者の泉』では最後に村から出て行き、放浪するのは盲目の夫婦であるが、「弘法大師御利生記」においては「子」である。このような芥川が改変した部分にこそ、初期の芥川のテーマ意識が存在する。石割透氏が、「大師は、幾分かの施しを家族たちに与えるが、家族たちにとっては、それがかえって不幸となり、もはや以前のように自足した境地に生きることは出来ない。こうしてみれば、この未定稿のテーマは、早くも「鼻」や「芋粥」などと共通するものであることが理解できる」[40]と指摘しているように、この「弘法大師御利生記」には、初期の芥川が「鼻」「芋粥」「酒蟲」等で繰り返し描いたような、不自由・不都合であった頃の方が却って幸福であったというテーマと、「シング紹介」及び「シング紹介続編」において考察された放浪者という二つのテーマが備わっている。

シングの『聖者の泉』は、「壺坂霊験記」など当時盛んに上演されていた演目と、奇跡による開眼というテーマを同じくしているため、芥川と逍遥にとっては受容しやすかったと思われる。ほぼ同時期に彼等がシングの同じ戯曲に着眼し、逍遥は翻案劇「霊験」を執筆し、芥川は自身の関心がより濃く現れた戯曲「弘法大師御利生記」を執筆していることは興味深い。芥川が『新思潮』(一九一四・九)に掲載を予定しながら、直前になって取りやめた背景に、坪内逍遥の翻案劇「霊験」の存在があったか否かは確定できない。しかし、この二つの戯曲が成立した背景には、大正期日本におけるアイルランド演劇の流行という現象があったことは明らかである。アイルランド文学運動が大正期日本の文学や演劇に与えた影響力については、今後さらに研究を進める必要があるだろう。

第六節　見えないものを信じる
――「貉」におけるモチーフの展開――

一九一七年の小説「貉」において芥川は、目には見えないものの大切さを再び描き出している。[41] 母親の目を盗んで男と逢引きをしていた娘が、彼女を待っている間に男が歌っていた声を母親に聞きとがめられた時に、あの声は「貉かも知れぬ」とごまかす。だが、母親はその嘘を信じ、筵織りの媼に伝え、媼は蘆刈の男に伝え、貉の噂はとうとう乞食坊主の耳に入る。すると、人々は貉の歌を聴き、姿を見た者まで現れ、嘘だとわかっているはずの娘自身が、海岸で貉の歌声を聴き、足跡を朧げに見る。「貉」の語り手は、このような経緯を紹介した後に、貉が「化かすやうになつたのではない。化かすと信ぜられるやうになつたのである――かう諸君は、云ふかもしれない」[42] としながらも、「化かすと云ふ事と化かすと信ぜられると云ふ事との間に、果してどれ程の相違があるのであらう」と、何かを「信ずる」ことの大切さを述べる。そして、「独り貉ばかりではない。我々にとつて、すべてであると云ふ事は、畢竟するに唯あると信ずることにすぎないのではないか」と呼びかけ、末尾において以下のようにイェイツの「ケルトの薄明り」へと言及する。

イエエツは、「ケルトの薄明り」の中で、ジル湖畔の子供たちが、青と白の衣を着たプロテスタント派の少女を、昔ながらの聖母マリアだと信じて、疑はなかつた話を書いてゐる。ひとしく人の心の中に生きてゐると云ふ事から云へば、湖上の聖母は、山沢の貉と何の異る所もない。
我々は、我々の祖先が、貉の人を化かす事を信じた如く、我々の内部に生きるものを信じようではないか。
さうして、その信ずるものゝ命ずるまゝに我々の生き方を生きやう《ママ》ではないか。[43]

このエピソードは、イエイツの『ケルトの薄明』（*The Celtic Twilight*, 1912）中の "Our Lady of the Hills" である。[44]本来娘の嘘から出た架空の存在である貉を、当の娘自身までもが信じてしまったために、歌声を聴き、足跡を見てしまう「貉」という作品は、目に見えない想像の世界に姿形を与えるのは、信じるという人間の心にかかっていることを示している。

しかし「信じようではないか」「生きやうではないか」と繰り返される呼びかけには、「我々の祖先」が「貉」を信じたようには、「我々」は「内側に生きるもの」を信じていないという、どこかで覚めた自覚も感じられる。夢から覚めた後の現実に生きていることを充分に認識したその上で、なお再び信じようと訴える構造に、「貉」という作品の眼目があるだろう。そしてそれは、シング『聖者の泉』のマーティンとメアリーが選んだ道でもある。現実と想像力との拮抗において想像力を重視し、現実の苦さを認識しつつも、失われた夢を再び取り戻そうという主張は、イエイツやシングの受容によって養われた芥川の文学観を反映していると言えるだろう。

次章においては、芥川龍之介のアイルランド文学への関心の初期から後期への展開について、後期作品「歯車」とジョイス『若い芸術家の肖像』を比較することによって分析する。さらに、『新思潮』、『假面』という同人誌における同人間の交流と、そのような〈場〉が果たした役割について検討するため、第六章において菊池寛、第七章において西條八十とアイルランド文学の関連性を考察していきたい。

第五章

芥川龍之介とジェイムズ・ジョイス

――『若い芸術家の肖像』翻訳と「歯車」のあいだ――

第一節　芥川龍之介におけるアイルランドへの関心

芥川龍之介は、自作の文体について常に意識的な作家であった。先行する様々な文学作品から文体を学び、それを自作に活かすことによって、小説という形式を使った文体実験を試み続けた作家であることには異論はないだろう。本章では、ジェイムズ・ジョイス（James Joyce, 1882–1941）が芥川に与えた影響について、芥川による *A Portrait of the Artist as a Young Man*（1916, 以下『若い芸術家の肖像』）の翻訳草稿（草稿は無題であるが以下「ディイダラス」と称す）(1)及び「少年」「歯車」を中心に考察し、その意義を明らかにする。

まずは先行研究を整理しておきたい。太田三郎は、芥川が『若い芸術家の肖像』に言及していることに触れ、「相應する龍之介の作品として「大導寺信輔の半生――或精神的風景画」（大正一三年一二月）がまずあげられる。これは主人公の幼少年時代と、主人公の印象にのこっている感覚的なイメージとを、場面場面のつみかさねによって、描こうとしている。さらに遺稿となった「或阿呆の一生」「追憶」はいずれも「大導寺信輔」と同じ系統のスタイルであることも注目される(2)」と述べ、『若い芸術家の肖像』において、主人公スティーヴン・ディーダラスの幼年期から芸術家を志す若者となるまでの葛藤や苦悩を描き出した構造と、芥川の「大導寺信輔の半生」「或阿呆の一生」「追憶」における、「幼少年時代」を描いた部分での五感を通した外界の把握の描き方との共通点に着目している。鏡味國彦も「「大導寺信輔の半生」は、主人公の幼年時代から青年までの、「追憶」は、〈僕〉の四歳から中学時代までの精神の発展を、記憶に残るイメージを年代順に重ね合わせることによって跡づけている」と述べ、両作に『若い芸術家の肖像』の影響を指摘している。(3)一方で曾根博義は、「ジョイスの文体実験の意味をいちはやく理解し得た芥川も、それを自己の創作に生かすことはできなかった。4年後の芥川自身の自伝小説「大導寺信輔の半生」の文体とその挫折がそれを示している」[4]と述べ、芥川がジョイスの作品における文体の革新性を理解していたことを指摘し、『若い芸術家の肖像』を「生かすことはできなかった」としつつも、回想形式の作品「大導寺信輔の半生」に着目している。[5]先行研究においては、幼年期から青年期までを描き出している点に着目が集まり、『若い芸術家の肖像』と「大導寺信輔の半生」の関係が検討されてきた。本章では、芥川が当時の日本の文学者に先駆けてジョイスの文体の革新性に気付いていたことに着目し、「歯車」における『若い芸術家の肖像』からの影響関係を分析することによって、「歯車」の文体の特徴を浮き彫りにしたい。

蓮實重彦は「歯車」について、「執筆当時の芥川がどれほど神経症的な言動を示すことがあったにしても、これは狂者の文章ではなく、そこには物語の構築への意志が強固に現存している。つまり、何を語り何を語らずにおくかは、話者の統禦のもとにおかれているのである」と述べている。[6]芥川の自裁と関連付けられて読まれることの多かったこのテクストを「構築」されたものとして読んでいこうとするとき、ジョイスの文体との比較研究は有効であろう。以下、芥川によるジョイスへの言及とその関係性について、具体的に述べていきたい。

太田三郎によれば、日本に最初にジョイスが紹介されたのは、一九一八年に『學鐙』（丸善）三月号に掲載された野口米次郎の「一画家の肖像」である。[7]野口は、「ステフエン・ドクラスの肖像は各の方面で不興忿怒を感ぜしめずには止むまい。愛蘭土に喜ばれるにはこの小説は余りにアイリッシュ的である」と、作品内に描かれた当時のアイルランドとイギリスの歴史的・社会的・経済的な支配―被支配の関係性、カトリックへの異議申し立て、自分たちが使用している英語への違和感が主人公スティーヴンに落とす影について指摘している。さらに、「僕の第一の注意はこの文学的法式の上にあつたのです。清澄明瞭で如何にもきびくした文体、叙述の確適で何処までも経済的な省略は僕を驚かし且つ喜ばしめました」と、ジョイスの文体に着目している。

一年後に、芥川は「「我鬼窟日録」より」という文章を発表する。これは、一九一九年六月のことを書いた日記であるが、六月一八日付で「姉、弟、細君、「ワニヤ」見物。紫陽花を沢山剪つて瓶にさす。橋場のどこかの別荘に紫陽花が沢山咲いてゐたのを思ひ出す。丸善より本来る。コンラッド二、ジョイス二」という一節がある。[8]『學鐙』に掲載された野口の文章を読んで興味を惹かれ、丸善より取り寄せたのではないかと推測できる。芥川は、一九一四年に「愛蘭土文学研究会」に参加し、W. B. イェイツやJ. M. シングの翻訳・紹介記事を掲載するなどアイルランド文学へ強い関心を抱いていた。さらに、「出帆」（『新思潮』一九一六・一〇）、「点鬼簿」（『改造』一九二六・一〇）、「上海游記」（『大阪毎日新聞』一九二一・八・一七―九・一二）、「江南游記」（『大阪毎日新聞』一九二二・一―二）、「北京日記抄」（『改造』一九二五・六）[9]には、上海でロイター通信記者となったアイルランド人の友人トーマス・ジョーンズが登場している。[10]

ジョーンズは、芥川だけではなく久米正雄、成瀬正一、菊池寛などの『新思潮』の同人たちと交流があり、彼等のアイルランド文学受容に関して、大きな役割を果たしたと推測できる人物である。「出帆」は、成瀬正一が一九一六年八月三日にアメリカへ留学する時に、横浜港へ見送った様子を描いた作品だが、『新思潮』同人の久米正雄や菊池寛と共に成瀬を見送るジョーンズの姿が、「君が横浜を出帆した日、銅鑼が鳴つて、見送りに来た連中が、皆、梯子伝ひに、船から波止場へ下りると、僕はジョオンズと一しよになつた」、「所が、先生、僕をつかまへると、大元気で、こゝへ来ると何時でも旅がしたくなるとか、己も来年かさ来年は亜米利加へ行くとか、いろんな事を云ふ」と描写されている。[11]ジョーンズは一九一五年にイギリスから来日した後、長岡擴の家に寄宿して大倉商業で英語を教えていたが、一九一六年に『新思潮』の芥川や久米正雄、成瀬正一らと知り合い交流する。一九二一年、芥川が大阪毎日新聞から海外特派員として中国へ渡航した時に、二人は上海で再会し、その様子を芥川は紀行文「上海游記」に記すが、その後ジョーンズは上海で客死した。[12]

芥川の死の半年前に書かれた「彼　第二」には冒頭から「若い愛蘭土人」である「彼」が登場する。

彼は若い愛蘭土人だった、彼の名前などは言はずとも好い。僕は唯彼の友だちだつた。彼の妹さんは僕のことを未だに My brother's best friend と書いたりしてゐる。僕は彼と初対面の時、何か前にも彼の顔を見たことのあるやうな心もちがした。（中略）彼は敷島をふかし乍ら、当然僕等の間に起る愛蘭土の作家たちの話をしてゐた。(13)

「若い愛蘭土人」と「僕」とは同じ数え年二五歳の時に出会ったが、初めて会った時に「彼」の顔や部屋に「何か前にも」「見たことのあるやうな心もち」を覚える。「彼」と「僕」とは親しく付き合い、「愛蘭土の作家たち」の文学談義を続ける。「上海の或カッフエ」で、「僕」が「彼」に「お前は『さまよへる猶太人』だらう」と言うと、「彼」は「僕はそんなに単純ぢやない。詩人、画家、批評家、新聞記者、………まだある。息子、兄、独身者、愛蘭土人、………それから気質上のロマン主義者、人生観上の現実主義者、政治上の共産主義者………」(14)と評する。それが「僕」が「彼」と会った最後であり、「彼」は半年ほど後に天然痘で死んでしまう。この「彼」の造型は、上海で客死したジョーンズを思わせるものである。

また、「或阿呆の一生」（『改造』一九二七・一〇）の「三十七　越し人」には、「彼は彼と才能の上にも格闘出来る女に遭遇した。が、「越し人」等の抒情詩を作り、僅かにこの危機を脱出した。それは何か木の幹に凍つた、かがやかしい雪を落すやうに切ない心もちのするものだつた」という一節がある。この「女」のモデルとなったのは、一九二四年の軽井沢での出会いから晩年に至るまで交流があったアイルランド文学翻訳家松村みね子（歌人・片山廣子）とされている。芥川は松村のことを「越し人」と呼び、「あぶら火のひかりに見つつこころ悲しも、／み雪ふる越路のひとの年ほぎのふみ。」などの旋頭歌二十五首「越しびと」を『明星』（一九二五・三）に発表している。片山の第一歌集『翡翠』（竹柏会、一九一六）が刊行された時に、芥川は「噛苦陀」名義で書評を『新思潮』（一九一六・六）に発表しているが、晩年に至るまで親しい交流があった。(15)

松村と芥川の交流に関しては、未定稿「或早春の午後（仮）」には、「わたしは膝の上の本をとり上げ、ケルト人の物語を読みはじめた。しかしもう女王やクフゥリンは何の興味をも与へなかつた」、「遠い昔の夜明けだつた。クレヴィンの子アルトは岩の上に北の海を眺めてゐた」という一節がある。[16] この「ケルト人の物語」とは、その内容からフィオナ・マクラウド（Fiona Macleod, William Sharp, 1855–1905）の *The Works of Fiona Macleod Vol. II* (London: W. Heinemann, 1910）に間違いないだろう。松村みね子は、同書を翻訳して『かなしき女王　フィオナ・マクラオド短編集』（第一書房、一九二五）として刊行している。[17] 未定稿「或早春の午後（仮）」執筆時期も、一九二四・五年頃と推定されるので、芥川龍之介と松村みね子との間で、マクラウドが描き出したスコティッシュ・ケルト神話に登場する女王スカァア（Scáthach）やク・ホリン（Cuchullin：マクラウドの表記）をめぐって何らかのやり取りがあったとも推測できる。芥川龍之介の作品を見ていくと、初期の翻訳や紹介記事等の習作作品から、晩年に書かれた作品に至るまで、アイルランド人及びアイルランドという国への関心は続いているのである。

このような経緯を鑑みると、短編という形式において文体の実験を極限まで推し進め、それに加えて以前よりアイルランドに関心のあった芥川が、「愛蘭土に喜ばれるにはこの小説は余りにアイリッシュ的である」「清澄明瞭如何にもきび〳〵した文体、叙述の確適で何処までも経済的な省略」と野口米次郎に評されたジョイスの『若い芸術家の肖像』に強い関心を抱いたのは当然の成り行きと言えるだろう。

日本近代文学館に収蔵されている芥川龍之介旧蔵書には、*A Portrait of the Artist as a Young Man* (New York: Huebsch, 1916）初版が残存している。旧蔵書に残されているジョイスの著書は、『若い芸術家の肖像』一冊のみであり、丸善より購入したというジョイス二冊の内訳については判然としない。一冊は『若い芸術家の肖像』であり、もう一冊が既に刊行されていた『室内楽』（*Chamber Music*, 1907）か『ダブリナーズ』（*Dubliners*, 1914）のどちらかだったと思われる。その問題については、曾根氏の考察に譲り、[18] 本章では、直接的言及のある『若い芸術家の肖像』に絞って考察を進めていきたい。

芥川は、一九二〇年に発表した「雑筆」における「子供」という小題で、『若い芸術家の肖像』の冒頭の特徴を言い当て、感心している。

子供の時分の事を書きたる小説はいろいろあり。されど子供が感じた通りに書いたものは少なし。大抵は大人が子供の時を回顧して書いたと云ふ調子なり。その点では James Joyce が新機軸を出したと云ふべし。ジョイスの **A Portrait of the Artist as a Young Man** は、如何にも子供が感じた通りに書いたと云ふ風なり。こんな文章を書く人は外に一人もあるまい。読んで好い事をしたりと思ふ。（八月二十日）(19)

芥川が惹かれたのは、『若い芸術家の肖像』第一章において、三歳から十歳までのスティーヴンが、視覚・聴覚・触覚など自分の五感を中心にして、世界を把握している箇所である。後述するが、この部分では大人になったスティーヴンによる回想形式ではなく、幼年時代のスティーヴンの知覚を、文体においてそのまま表現しようとした実験性が認められる。芥川がその特色を鋭く見抜き、「如何にも子供が感じた通りに書いたと云ふ風なり。こんな文章を書く人は外に一人もあるまい」と、本質を捉えている点に注目すべきであろう。

第二節　『若い芸術家の肖像』翻訳草稿「ディイダラス」

「雑筆」において、子どもの心理を描くのに「回顧」的な文体ではなく「子供が感じた通りに書いた」ことに着目したのを裏付けるように、芥川は『若い芸術家の肖像』の第一章を翻訳している。草稿「ディイダラス」において芥川が翻訳したのは、作品の冒頭近く、六歳の少年であるスティーヴンが寄宿学校の自習室で、教科書に書き付けておいた詩的な落書きを読む箇所である。以下芥川訳「ディイダラス」より引用する。

彼は地理の書のクライ・リイフに向つた。さうして其処に書いて置いた事を読んだ。彼自身と彼の名と彼のゐる場所の事とを。

　ステファン・ディイダラス

クロンゴオスウツド学校
サリンズ。
キルデェア州
愛蘭土
欧羅巴
宇宙

それは彼の筆蹟だつた。フレミングは或晩［六字欠］その頁の裏へかう書いて置いた。

ステファン・ディイダラスはわが名なり
愛蘭土はわが国家ぞ
クロンゴオスはわが住む地なり
さて天[20]

スティーヴン、クロンゴオズ・ウッド・コレッジ、サリンズ、キルデア州、アイルランド、ヨーロッパ、宇宙……。自分が宇宙の中心にいるかのように、「感じた通りに」世界を認識していく幼年期のスティーヴンの知覚が鋭く描

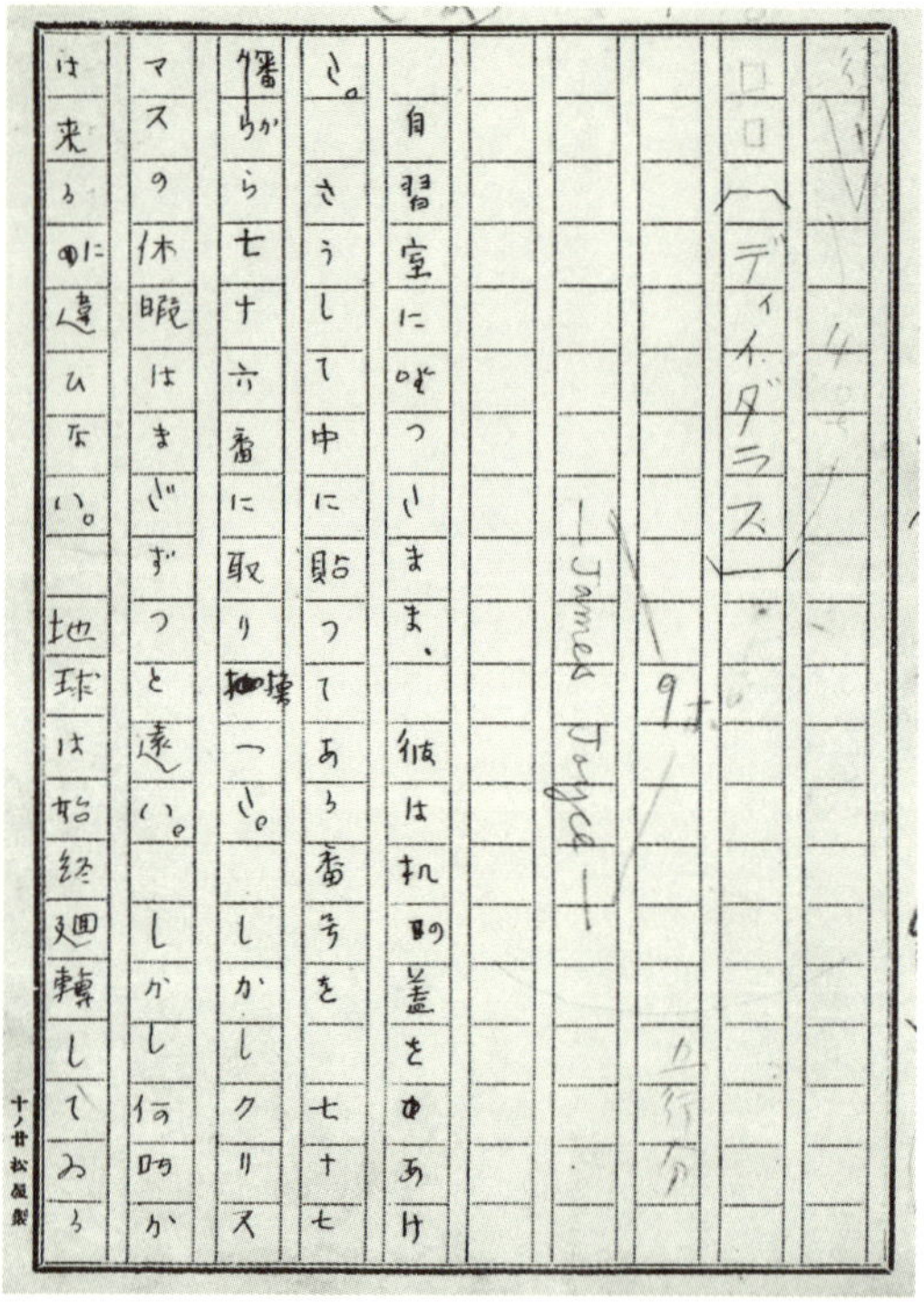
「ディイダラス」
—James Joyce—
自習室にぢつしまま、彼は机の蓋をあけ
た。さうして中に貼つてある番号を七十七
番から七十六番に取り換へた。しかしクリス
マスの休暇はまだずつと遠い。しかし何時か
は来るのに違ひない。地球は始終廻轉してゐる

図31　草稿「ディイダラス」（山梨県立文学館収蔵）

かれている箇所を、芥川が抜き出して翻訳していることに着目すべきだろう。川口喬一は、「芥川がわざわざこの部分を選んで抄訳していることに敬服する。冒頭の部分から一部を選ぶとすれば、六歳のスティーヴンの世界認識の特性をグラフィックに描いたこの部分以外に考えられない」と述べている。(21)「雑筆」においてジョイスの文体を賛嘆した一節と、子ども時代の感覚を描いた箇所を選び出して翻訳した草稿「ディイダラス」からは、芥川がジョイスの『若い芸術家の肖像』の翻訳を通して、「感じた通りに書」く手法を獲得しようとした試みの跡がうかがえる。

さらに、『若い芸術家の肖像』において、スティーヴンが、地球を緑色に、雲を海老茶色に彩ったという場面に着目したい。再び「ディイダラス」から引用する。

> 彼の地理の書の第一頁には、地球の図が掲げてある。——雲の中にある、大きな球が。フレミング（彼の名）は［三字欠］の箱を持つてゐる。さうして或晩温習の時間に、彼は地球を緑色に、雲を海老茶色に色どつて置いた。（中略）しかし彼（ダンテ《ママ》）はフレミングに、地球や雲をさう云ふ色に彩れと云つた事はなかつた。フレミングが勝手に彩つたのである。(22)

『若い芸術家の肖像』において、スティーヴンは地球の絵を眺めながら「みどり色のほうにつくのと、くり色のほうにつくのと、どっちが正しいんだろう?」（He wondered which was right, to be for the green or for the maroon, 13）と考える。この場面でスティーヴンは、クリスマス・ディナーの時に、アイルランドの自治獲得のために活動したパーネル（Charles Stewart Parnell, 1846–1891）を支持する父親やケイシー氏と、そのパーネルを姦通者として非難するダーンティとの間で激しい議論があった晩の様子を思い出している。スティーヴンは、「政治にはふたつの側がある。ダーンティはいっぽうの側についていて、おとうさんとケイシーさんはもういっぽうの側、でもおかあさんとチャールズおじさんはどっち側でもない」（There were two sides in it: Dante was on one side and his father and Mr. Casey were on the other side but his mother and uncle Charles were on no side. 13）と考える。

現実をどう捉えるかという問題は、個々の人物の考え方や思想に左右されるのであり、パーネルという人物も、父親、ケイシー氏、ダーンティの間で、熱狂的な支持の対象ともなれば非難の対象ともなる。そのような現実に対する認識方法や価値観の不確定性が、みどり色に塗られた地球とくり色に塗られた雲というメタファーによって語られているのである。

この箇所からは、芥川龍之介「少年」（『中央公論』一九二四・四）において、「五歳か六歳の頃」の保吉が、「日本昔噺」の「浦島太郎」の海を代赭色に塗ったという場面が連想される。保吉は、海が代赭色であるという「勇敢にも残酷な現実」を発見することによって、「海が青いと考へるのは沖だけ見た大人の誤り」であることに気付く。

最後に海は代赭色である。バケツの錆に似た代赭色である。——保吉はかう云ふ色彩の調和に芸術家らしい満足を感じた。（中略）

「海の色は可笑しいねえ。なぜ青い色に塗らなかつたの?」

「だつて海はかう云ふ色なんだもの。」

「代赭色の海なんぞあるものかね。」

「大森の海は代赭色ぢやないの？」

「大森の海だつてまつ青だあね。」

「ううん、丁度こんな色をしてゐた。」(23)


代赭色に塗られた海を見た母親は、「なぜ青い色に塗らなかつたの？」と保吉に問い、母親に認められない保吉は「浦島太郎」を引き裂いてしまう。「大人」達の硬直した固定観念に対して、「少年」である保吉が異議申し立てを行うのである。しかし、すぐに語り手は「三十年後の保吉」に「三十年前の保吉の態度」を振り返らせ、「現実とは代赭色の海か、それとも亦青い色の海か？　所詮は我我のリアリズムも甚だ当にならぬと云ふ外はない」と続けている。「まつ青」の海と「代赭色の海」のどちらを「現実」だと考えるかは、「我々のリアリズム」に関わっており、固定的な色の海はない。自らの考える「現実」をもって、他方を排除してきたのが「我々のリアリズム」であるということを指摘しているのである。

芥川の「少年」については、この挿画の彩色の箇所のみ他に三種の草稿が残存しており、芥川が苦心した箇所だと推測されるが、ジョイス『若い芸術家の肖像』における、自分自身の判断によって「地理の教科書」に色を塗ったというエピソードの反映を読み取ることが出来る。『若い芸術家の肖像』と「少年」は、どちらも既成概念に対して疑問を持ち、一方が正しく一方が間違っているという二項対立的構図では捉えきれない価値観の多様性について気付いていく少年の心が、自分自身で考えて色付けした「浦島太郎」の挿画というモチーフによって表現されているのである。

第三節　『若い芸術家の肖像』における幼年期の文体の特徴

ジョイスの受容については、野口米次郎に次ぐ主な紹介として、堀口大學「小説の新形式としての『内心独白』」（『新潮』一九二五・八）がある。

この形式によればわれ等の心中最も奥深い所に束の間起伏する思念を——即ちわれ等の意識化に生れて消えるその場限りの思念——のムウヴマンをありのままに、然し手取り早く表現することの出来る可能性が多量に文学に与へられるからであつた。（中略）「内心独白」の特長は、（中略）正確の意味に於ける物語がなくなつて、読者の前には走馬灯のやうに、主人公の回想、連想、慾望、悔恨、希望等あらゆる感情と思念とが、主人公の心頭にあらはれ且つ消えると同じ姿で、何等の理論もなく、単に主人公の心の動きのままに、走り去るのである。

日本にはじめて「内心独白」という単語を紹介した文章だが[24]、芥川は『新潮』の常連作家であり、作品を掲載するのみならず、一九二三年から一九二八年まで「新潮合評会」に参加していたため、この文章を読んでいた可能性がある。「最近堀口大學君から、アポリネエルの本を一冊貰つた。大へん美しい本である。中身も近来での面白さだつた[25]」と書き残し、また書簡からも自著を献呈するなど、堀口大學に注目していたことがうかがえる。

土居光知は、『若い芸術家の肖像』の冒頭に触れ、以下のように幼年期の文体の特徴について指摘している。

書き出しに初まる幼年期の回想は著者が幼年者の意識に帰り、断片的な記憶を何等の選択もなしにひき出してきたやうに感ぜられる。しかし実際はこれらの描写も彼の芸術を通過したものであらう。

著者の文体の特質は意識の中に流れるものをできる限り直接に表現することを理想とし決してそれを理智的に分析したり、説明したりしない態度のやうに思はれるが、しかしそれは決して無技巧の表現ではなく、極度に鋭敏な理智によつて無意識な心までが分析され、そして再構成されたものである（後略）(26)

堀口大學や土居光知の論を見ても、芥川が「雑筆」において論じたような、「大人が子供の時を回顧して書いた」のではなく、「子供が感じた通りに書いた」点がジョイスの「新機軸」であるという理解が鋭いものであったことがわかる(27)。

以下、芥川が翻訳した箇所を中心として、『若い芸術家の肖像』について分析していきたい。該当場面におけるスティーヴンは、親と離れて学寮に入学するが、数日前にウェルズという生徒に汚水だめに突き落とされ風邪に罹っている。発熱によって、より鋭敏で揺れ動きやすくなった少年の意識の流れが、五感を通した描写によって描かれている。

特徴的なのは、「つめたい」(cold) と「あつい」(hot) という体感的な単語が繰返される点である。風邪によって体温調整が上手く出来ないスティーヴンは、夕暮れのグラウンドの「あおじろくつめたい」空気 (The evening air was pale and chilly, 3) の中でフットボールに参加しているが、「フットボールのむれにまじると自分のからだが小さくてよわよわしい気がして、目がかすみ涙ぐんでしまう」(He felt his body small and weak amid the throng of the players and his eyes were weak and watery. 3) と疎外感を感じる。さらに、「あおじろくつめたい」空 (The sky was pale and cold, 5) と対照的な城の光に、「きれいだしあったかそう」(It was nice and warm to see the lights in the castle, 5) と心惹かれ、「レスター・アビーもきっとこんな風なんだろうな」(Perhaps Leicester Abbey was like that. 5) と連想し、そこから「レスター・アビー」という単語が含まれていたコーンウォール博士のスペリング・ブックの歌を想起し、それを読んでいた頃の家庭への恋しさへと連想を続けていく。想像上の家庭の暖炉の前で寝転びたいと思うスティーヴンは、空気の冷たさに、現実の感覚を取り戻す。

He shivered as if he had cold slimy water next his skin. That was mean of Wells to shoulder him into the square ditch because he would not swop his little snuff box for Wells's seasoned hacking chestnut, the conqueror of forty. How cold and slimy the water had been! A fellow had once seen a big rat jump into the scum. Mother was sitting at the fire with Dante waiting for Brigid to bring in the tea. She had her feet on the fender and her jewelly slippers were so hot and they had such a lovely warm smell!（*Portrait*, 5–6）

彼はみぶるいした。まるでつめたくてぬるぬるする水にどっぷりつかったみたい。ひどいやつだ、あのウェルズ、小便所の汚水だめの堀につきおとすなんて。ぼくの小さなかぎタバコ入れをウェルズのトチの実と取りかえてやらなかっただけなのに。あれはトチの実ゲームで四十回も勝ちぬいたかたいやつだったけど。ほんとにつめたくってぬるぬるしてたっけ！　いつだったかあの堀の水のうきかすに大きなねずみがとびこむのを見たやつがいるそうだ。いまごろおかあさんはダーンティと暖炉のまえにすわって、ブリジッドがお茶をもってくるのをまってるんだろうな。おかあさんは両足を炉ごうしにのせている。きらきら光るスリッパがとても熱くなる。するとにおいがたつ。ほんとにすてきなあったかいにおい！

冷たいグラウンドの空気、ウェルズに落とされた汚水だめの水のぬるぬるする感覚の嫌な記憶と水に飛び込んだねずみの死体、母親がいる家庭の暖炉の前の暖かさを恋う気持ちが交互にあらわれる。そのようなスティーヴンの幻想は、「あつまれ！」（All in!）という集合の呼び声によって破られる。生徒たちに混じり、スティーヴンも中に入ろうとするが、生徒の一人がサイモン・ムーナンに向かって言ったサックという言葉が通りすがりのスティーヴンの耳に入ってくる。

Suck was a queer word. （.....） But the sound was ugly. Once he had washed his hands in the lavatory of the Wicklow Hotel and his father pulled the stopper up by the chain after and the dirty water went down through the hole in the basin. And when it had all gone down slowly the hole in the basin had made a sound like that: suck. Only louder.

To remember that and the white look of the lavatory made him feel cold and then hot. There were two cocks that you turned and water came out: cold and hot. He felt cold and then a little hot: and he could see the names printed on the cocks. That was a very queer thing.

And the air in the corridor chilled him too. It was queer and wettish. (*Portrait*, 6)

サックってへんなことばだ。（中略）でもあの言葉のひびきはきたならしい。いつかウィクロウ・ホテルの洗面所で手をあらったあとでおとうさんが栓のくさりをひっぱりあげたら、よごれた水が洗面台の穴からながれていった。そしてゆっくりすっかりながれおちてしまうとき、洗面台の穴があんな音をたてたっけ。サック。でも、あれよりもっと大きくひびいて。

その音と白い洗面所のようすを思い出すと、まずつめたい感じがして、それからあつい感じがする。コックがふたつあって、ひねると水がでる。つめたいのとあついのと。つめたい感じがして、それからちょっとあつくなる。あのコックについてた文字が目にうかぶ。コールドとホット。とってもへんな感じ。

それにこの廊下の空気もひやりとつめたい。ひどくしめっぽい。

生徒がムーナンのことを「サック」（Suck）と呼ぶのは、彼がふざけて先生のガウンについている飾りを背中で結んでも先生が怒るふりしかしないという理由からである。しかし、スティーヴンの中で“Suck”という単語は、響きの共通性から、いつか父親と行ったウィクロウ・ホテルの洗面所で、栓を引っ張りあげた時に、汚水が洗面所の穴から流れ落ちていき、全てが流れきった後に響いた「サック」(Suck)という響きを想起させるのである。その音と洗面所の様子を思い出してスティーヴンは、再び冷たさと熱さの感覚を呼び覚ます。外からの偶然の声の侵入によって、スティーヴンの内面は揺らぎ、独自の意味に変換され、言葉を発した級友とは全く別の意味の連想を引き起こしていくのである。

とはいえ、スティーヴンの連想は決して無秩序というわけではなく、常にウェルズに落とされた冷たくてぬるぬるする汚水だめの水の記憶、水に溺れたねずみの死体へと結びつき、それらの連想の反復によって、スティーヴンは死への恐怖を抱き始める。疎外されている学寮での生活が冷たさを持ったイメージで語られ、それとは対照的な家庭での出来事が幻想の中で暖かみを持つイメージで喚起される。それらは、発熱している少年スティーヴンの過敏になった皮膚感覚によって増幅され、寒／暖、冷／温のイメージの目まぐるしい連鎖となって、汚水だめ、ぬるぬるした水、ねずみと言った同じ単語が繰り返されるのである。

五感を通して外界から侵入した言葉が、登場人物の内面を揺るがせ、こだわりを持っているイメージへと結びついて、連想を引き起こすという作用は、『若い芸術家の肖像』の他の箇所でも見られる。『若い芸術家の肖像』第五章では、スティーヴンは大学生活を送っており、友人たちと家庭、芸術、宗教、民族について議論しながら、自らの考えと信念を形成していく。朝遅く起きたスティーヴンは大学へと向かう道で、友人クランリーの「罪を赦す力もないのに人々の告解を聴く罪深い司祭の顔」(it was the face of a guilty priest who heard confessions of those whom he had not power to absolve, 207)を思い出しながら、「この友人の物憂げな毒気があたりの空気に薄い毒ガスを撒き散らしているかのよう」(his friend's listlessness seemed to be diffusing in the air around him a tenuous and deadly exhalation, 207)な感覚を覚える。

スティーヴンは、「たまたま左右にあらわれる言葉」を目で追っていくが、そのうちどの言葉も「その場限りの意味」を失い、看板の文字が呪文のように心を縛り、彼自身の言語意識が言葉そのものの中に流れ込んで、言葉が気まぐれに「結びついたり、ほぐれたり」する。

he found himself glancing from one casual word to another on his right or left in stolid wonder that they had been so silently emptied of instantaneous sense until every mean shop legend bound his mind like the words of a spell（.....）His own consciousness of language was ebbing from his brain and trickling into the very words themselves which set to band and disband themselves in wayward rhythms :（.....）（*Portrait,* 207–208）

気がついてみると彼はたまたま左右に現われる言葉を次々に目で追いながら、曖昧な驚きを感じていた。どの言葉もいつの間にかその場限りの意味をひっそりと失って、ついには店という店の下らない看板文字までが呪文のように自分の心を金縛りにするではないか。（中略）彼自身の言語の意識が引き潮のように脳裏から退いてゆき、言葉そのものの中に少しずつ流れ込み、言葉は気まぐれなリズムを成して結びついたり、ほぐれたりし始める。

そして、スティーヴンは「気まぐれなリズム」（wayward rhythms, 157）で構成された四行の詩のような言葉を思い浮かべる。

Did anyone ever hear such drivel? Lord Almighty! Who ever heard of ivy whining on a wall? Yellow ivy ; that was all right. Yellow ivory also. And what about ivory ivy?

The word now shone in his brain, clearer and brighter than any ivory sawn from the mottled tusks of elephants. *Ivory, ivoire, avorio, ebur.*（*Portrait,* 208）

こんなたわごとを聞いたやつなんて一体どこにいる。呆れたもんだ！　壁でしのび泣く蔦とは恐れ入ったもんじゃないかね？　黄色い蔦《アイヴィ》、これはまあいいだろう。黄色い象牙《アイヴォリ》だって悪くない。それら象牙色の蔦《アイヴォリ・アイヴィ》というのはどうだろう？

この言葉が今や彼の頭の中で輝きはじめ、本物の象の斑紋のある牙から切りとったどんな象牙よりも明るく澄んだ光を放つ。アイヴォリ、イヴォワール、アヴォリオ、エブル。

通りの看板の文句から“Yellow ivy”（黄色い蔦）が頭に浮かび、それを“Yellow ivory”（黄色い象牙）へと変換し、“ivory ivy”（象牙色の蔦）という言葉が頭の中で輝きだす。彼は、「ivy」との音声的類似から連想した“Ivory”（英語）を、“ivoire”（フランス語）、“avorio”（イタリア語）、“ebur”（ラテン語）へと翻訳していく。

「壁でしのび泣く蔦」を“ivory ivy”へと翻訳していく背景には、スティーヴンが抱いている性的で宗教的なイメージが影響している。“ivory”は、幼いスティーヴンが夕方、アイリーンと鬼ごっこをして遊んでいた時に、彼女が彼の目を手でふさいだときの感覚、つまり「長くて白くてほっそりして冷たくてやわらかい。あれが象牙。冷たくて白いもの」（long and white and thin and cold and soft. That was ivory : a cold white thing. 36）というように、女性と結びついて連想されるイメージである。また、「壁」（wall）はスティーヴンが娼婦と関係を持った時にさまよいこんだ「狭くて汚らわしい迷路」のような街路（He had wandered into a maze of narrow and dirty streets. 113）や、その時脳裏に反響していた「かつてあの便所のじめじめした壁で読んだ卑猥ならくがき」のこだま（the echo of an obscene scrawl which he had read on the oozing wall of a urinal, 113）と結びついている。「壁に忍び泣き、絡みつく」蔦は、「象牙色の蔦」へと変換されることで性的な意味合いを帯びることとなる。この連想には、女性への欲望を抑えきれずに娼婦と関係を持ってしまった後、怠惰な生活を送りながらも宗教的な罪悪感に囚われていたというスティーヴンの心理状態が背景にある。すなわち、「罪深い司祭」のような顔をしたクランリーの顔を思い浮かべながら、通りの看板を眺めるうちに、偶々見た看板の文句から女性に関連する宗教的な罪の意識をイメージさせる単語へと連想の糸が伸びたのである。

このような現象は、「サック」（suck）や「蔦」（ivy）だけではない。第二章において父の母校に行ったときに、スティーヴンは「胎児」（*Fœtus*）という言葉を見つける。

On the desk he read the word *Fœtus* cut several times in the dark stained wood. The sudden legend startled his blood: he seemed to feel the absent students of the college about him and to shrink from their company. (......) But the word and the vision capered before his eyes as he walked back across the quadrangle and towards the college gate. It shocked him to find in the outer world a trace of what he had deemed till then a brutish and individual malady of his own mind. His monstrous reveries came thronging into his memory. They too had sprung up before him, suddenly and furiously, out of mere words. (*Portrait,* 100)

すぐ前の机に「胎児」という言葉が刻んであるのが目についた。黒ずみ汚れた板の表面に何度もかけて彫りあげたようだ。ふと目にとまったこの文字が彼の血をざわつかせた。そのころの学生たちが今ここにあらわれて自分をとりまいているような気がして、思わずたじろぎ後ずさりして彼らからのがれたくなった。（中略）しかし中庭を横ぎって校門へ引きかえすあいだも、刻まれたあの言葉と幻影は彼の目のまえで揺らめき踊っていた。これまでは自分の心のなかだけの獣欲的で個人的な病癖とばかり思いこんでいたのに、その痕跡が外部の世界にもあると知って、ショックをうけたのだ。奇怪な妄想のかずかずが、ひしめきあって記憶にうかびあがってくる。そうした妄想もやはり、たんなる言葉をきっかけとして、とつぜん荒々しく彼の目のまえにとびだしてきたのだった。

机に刻まれた「胎児」というフランス語の単語から、この言葉を刻みつけた学生たちの姿を想像したスティーヴンは、父親に呼ばれて中庭を横切り校門へと引き返す間も、「胎児」という単語と幻影が目の前で揺らめき踊るのを感じて興奮する。「自分の心のなかだけの獣欲的で個人的な病癖とばかり思いこんでいたのに、その痕跡が外部の世界にもあると知って、ショックをうけた」のである。「奇怪な妄想」が、「ひしめきあって記憶にうかびあがってくる」が、そのような妄想は「たんなる言葉をきっかけとして、突然荒々しく彼のまえにとびだしてきたのだった」。机に彫られた落書きをきっかけとして、スティーヴンが抱いている女性に対する性的な欲望という文脈へ向かって連想が伸びていく様子が表されている。

『若い芸術家の肖像』第三章では、娼婦との性的経験の後、ベルヴェディア校で宗教的な静修に参加するスティーヴンの様子が描かれる。アーノル神父による地獄についての説教を聞くうちに、「もうおしまいだ」と感じ、「恐怖の微光が心の霧をつらぬきはじめる」(This was the end ; and a faint glimmer of fear began to pierce the fog of his mind. 126)。

The letters of the name of Dublin lay heavily upon his mind, pushing one another surily hither and thither with slow boorish insistence. His soul was fattening and congealing into a gross grease, plunging ever deeper in its dull fear into a sombre threatening dusk, while the body that was his stood, listless and dishonoured, gazing out of darkened eyes, helpless, perturbed, and human for a bovine god to stare upon.（*Portrait*, 126–127）

ダブリンという文字の並びが彼の心に重くのしかかり、文字と文字とがむっつり、のろのろ、がさつなしつこさで押しあいへしあいをくりかえす。おもむろに肥えふとり凝固して大きな脂肪の塊となった彼の魂は、鈍い恐怖を覚えながら、暗く不気味な黄昏の底へ底へと沈んでゆく。その一方、これも彼のものである肉体は、気力なく汚辱にまみれて立ちつくし、なすすべもなく、心みだれて、しかもなお人間らしく、愚かしくもせめて異端の偶像たる牛神を探し求めようと、どんよりした目をこらす。

スティーヴンは窓ガラスに顔を押し付け、暮れゆく通りを眺めるが、「ダブリンという文字の並び」が心に重くのしかかり、文字と文字とが「押しあいへしあいをくりかえ」しているのを想像しながら、鈍い恐怖を覚える。

このように、級友が通りすがりに発した綽名である“Suck”という言葉から水に関わるイメージを連想し、街中にたまたまあらわれる看板の文句から“ivy”を“ivory ivy”という性的なイメージへと変換させ、「胎児」という落書きから女性への欲望を抱くなど、スティーヴンはその単語が本来あった文脈から切り離し、自分自身がこだわっている文脈へと押し込んでいく。そして五感によって捉えられた言葉は、彼がこだわりを持っている水と死への恐怖、異性への興味と、娼婦と関係を持ったことによって地獄に堕ちるのではないかという恐怖という文脈へと向かって、次々と翻訳され、言い直され、連想されていくのである。

第四節　置換／翻訳
――「歯車」の文体――

芥川龍之介の「歯車」では、視覚、聴覚、嗅覚という五感からの刺激が、人一倍鋭敏な感覚の持ち主である「僕」によって拡大されて解釈されていくことが繰り返される。信時哲郎は、「銀座通りに出かける三回のうち、銀座四丁目の教文館の屋根裏に住む老人を訪れる以外は、いずれもさしたる理由もなくあちこちのショーウィンドウや書店を覗いてはカツフエに立ち寄るという文字通りの銀ぶらをしている」「僕」の姿を丁寧に追い、「都市小説」として「歯車」を論じた(28)。さらに安藤公美は、「視覚からと同時に聴覚からの刺激による言語機能への綴り直しにより進められるこの「歯車」の世界は詩・私小説・都市小説を融合させ、そのいずれでもないものを創り出したのではなかったか」とし、「一二〇年代の都市文学の一つ」として「歯車」が選んだ言葉の特徴の新しさを指摘している(29)。

確かに、「歯車」には、「僕は或知り人の結婚披露式につらなる為に鞄を一つ下げたまま、東海道の或停車場へその奥の避暑地から自動車を飛ばした(30)」という冒頭からも明らかなように、たえず移動する「僕」の身体が描かれているのである。

「僕は」から始まり「歩いて行つた」で終わるセンテンスは、「僕は省線電車の或停車場からやはり鞄をぶら下げたまま、或ホテルへ歩いて行つた」から、末尾近くの有名な「僕は愈最後の時の近づいたことを恐れながら、頸すぢをまつ直にして歩いて行つた」(31)に至るまで本文中で合計一九回も繰返され、「僕」は夢の中でさえ、たえず移動しているのである。(32)

さらに、「僕は…歩いて行つた」という定型文だけではなく、「僕」は冒頭から「自動車」「汽車」「省線電車」「タクシイ」と様々な乗り物に乗りつづける。「僕」の歩みは殆どが「ひとり」であり、「女生徒の群れ」を「眺め」、「何人も群がつて酒を飲んでゐ」る「青年たち」に、「忽ち当惑を感じ、戸の中へはひらずに引き返」すなど、「群」からは常に距離を取っている。「両側に並んだ店や目まぐるしい人通りに一層憂欝にな」り、「往来の人々」が「罪などと云ふものを知らないやうに軽快に歩いてゐる」様子に「不快」を感じる「僕」は、銀座の「人ごみ」の中にいても孤独を感じる都市の彷徨者として描き出されている。既に先行研究によって、神によって滅ぼされた「ソドムの夜」の「彷徨」者、(33)ドストエフスキー『罪と罰』のラスコーリニコフや、(34)ストリンドベリの『地獄』の主人公(35)の振舞との比較考察がなされてきたが、重要なのは、街を一人で歩き続ける彷徨者としての「僕」の姿だろう。群衆の中を一人で歩き続ける「僕」は、視覚と同様に聴覚から様々な情報を受信する。

　彼等の話し声はちよつと僕の耳をかすめて行つた。それは何とか言はれたのに答へたAll rightと云ふ英語だつた。「オオル・ライト」?――僕はいつかこの対話の意味を正確に掴まうとあせつてゐた。「オオル・ライト」?　「オオル・ライト」?　何が一体オオル・ライトなのであらう?（歯車、47）

ホテルの廊下を歩いている時に、姿の見えない給仕たちの話し声だけが耳を「かすめて」いくが、「僕」は通りすがりに聞いた「All rightと云ふ英語」にこだわり続ける。この場面について清水康次は、「ことばが突然、そのことばの所属している場を飛び出して、何のかかわりもない「僕」のなかに乱入してくる。この場合、英語であることが効果的なのだが、一つのことばは、そのことばの生きている話し手と聞き手の場を逸脱して、文脈を失ったことばとして、「僕」の中に飛び込む。もちろん、そのことばを、自分の中に飛び込んでくるものと受け取ったのは、「僕」の特殊な主観である。通常の場合、人は無関係な他人の会話の中のことばなど拾い集めようとはしないだろう。しかし、その特殊な行為によって、取るに足りない一つのことばが、計り知れない重量を持つものに変容してくる[36]」と指摘している。清水が指摘するように、「ことばの生きている話し手と聞き手の場を逸脱」させ、「文脈を失ったことば」として切り取ってしまうのは、「通常」とは異なる「僕」の「特殊な主観」によるものであろう。その後、「僕」は部屋に戻り、「或短編」を仕上げようと原稿用紙を広げるのだが、先ほど聞いた給仕の声の切れ端である「All right」という言葉ばかりを繰り返してしまうのである。

　インクをつけたペンはいつまでたつても動かなかつた。のみならずやつと動いたと思ふと、同じ言葉ばかり書きつづけてゐた。All right……All right……All right, sir……All right……（歯車、48）

その後、姉の娘から「僕」に電話があり、「大へんなことが起つた」ことを告げられたとき、「僕」は「やつと運命の僕に教へた「オオル・ライト」と云ふ言葉を了解」したという思いを抱く。

「僕」は、たまたま給仕達が発したことばの断片から拾ってきた言葉を、「僕」と姉家族との関係性の中に当てはめ、姉の夫の「轢死」と結びつけて解釈してしまうのである。「僕」は、言葉を、その言葉が発された元の文脈から切断し、全く異なる新しい文脈を生成していく。給仕達の会話の断片だったはずの「オオル・ライト」という言葉は「運命」と結び付けられ、新しい文脈の中で「了解」されるのである。言い換えるならば、「All right と云ふ英語」は、話者とその相手という本来の情報の伝達経路から逸脱したものとして、「僕」という第三者によって受信され、切り取られ、再配置されるのである。

「歯車」において「運命」という単語は、この他にも三回使用されているが、その際には、「僕」が現実におこった些細とも言えることがらに特別な意味を見出していく行為が付随することが特徴である。例えば、「トルストイの Polikouchka」の主人公の「一生の悲喜劇」に自己の「一生のカリカテュア」を重ね合わせた「僕」は、「運命の冷笑」を感じて、「一時間とたたないうちにベッドの上から飛び起きるが早いか、窓かけの垂れた部屋の隅へ力一ぱい本を抛りつけ」る。さらに、「突然何ものかの僕に敵意を持つてゐるのを感じ」てカッフェに「避難」した「僕」は、壁に架けられたナポレオンの肖像画から「「地獄変」の主人公、――良秀と云ふ画師の運命」」を記憶に浮かべ、「もう一度人目に見えない苦しみの中に落ちこむのを恐れ」て、五分前に「避難」したばかりのカッフェを出る。

四回目の「運命」は、「恐怖を紛らす為に「罪と罰」を読みはじめ」る場面であらわれる。

> しかし偶然開いた頁は「カラマゾフ兄弟」の一節だつた。僕は本を間違へたのかと思ひ、本の表紙へ目を落した。「罪と罰」――本は「罪と罰」に違ひなかつた。僕はこの製本屋の綴ぢ違へに、――その又綴ぢ違へた頁を開いたことに運命の指の動いてゐるのを感じ、やむを得ずそこを読んで行つた。けれども一頁も読まないうちに全身が震へるのを感じ出した。そこは悪魔に苦しめられるイヴアンを描いた一節だつた。イヴアンを、ストリントベルグを、モオパスサンを、或はこの部屋にゐる僕自身を。………（歯車、77）

製本屋が『罪と罰』の中に「綴ぢ違へ」た「カラマゾフ兄弟」の一節を「偶然」にも開いた「僕」は、「製本屋の綴ぢ違へ」にも「その又綴ぢ違へた頁を開いたこと」にも「運命の指の動いてゐるのを感じ」て震える。

このように、「歯車」の「僕」は、「ちよつと」耳にした「オオル・ライト」という言葉や、「製本屋」によって「偶然」に綴じ違えられた「カラマゾフ兄弟」の本の頁に、「運命」という特殊な意味を見出していくのである。「歯車」

における「僕」の動きとして、「歩いて行つた」という動作と並んで特徴的なことがらは、現実の「無気味さ」から「避難」するために、ベッドに寝転んで本を読んだり、あるいはカッフェに入ったとしても、すぐに些細と思われる事柄に「運命」を見出すことによって、その避難所を放棄してしまう姿勢である。この二つの行為はパラレルであり、「僕」は「避難」と「放棄」を繰返しながら、たえず歩き続けていく。

「歯車」という作品全体を通して「僕」が、「綴り直し」（四　まだ？）[37]や「綴ぢ違へ」（五　赤光）[38]に拘っていることに留意すべきであろう。『罪と罰』の中に「偶然」に「綴じ違へ」られた「カラマゾフの兄弟」のように、元の文脈から切断され、「僕」によって新たな文脈の中で新しい意味を付加されていくという行為は、「ちよつと」や「偶然」という単語と共に繰返し描かれていく。「僕」が「恐怖」や「死」に関連する語を、街に氾濫する多くの情報《ノイズ》の中から選び出し、元の文脈から新しい文脈へと「綴じ違」え、「綴り直し」ていく行為に、語り手が自覚的であることは注意しなければならない。これらの事柄は、「僕」が意味を見出し、「運命」と名付けることによってはじめて「恐怖」の対象となるのである。「歯車」は、神経衰弱の語りが巧妙に再構築されている作品として読むべきだろう。

そのような視点から読んでいくとき、同様の行為が度々繰り返されることに気付く。

> 僕は愈不快になり、硝子戸の向うのテエブルの上に林檎やバナナを盛つたのを見たまま、もう一度往来へ出ることにした。すると会社員らしい男が二人何か快活にしやべりながら、このビルディングへはひる為に僕の肩をこすつて行つた。彼等の一人はその拍子に「イラ々々してね」と言つたらしかつた。
>
> 僕は往来に佇んだなり、タクシイの通るのを待ち合せてゐた。タクシイは容易に通らなかつた。のみならずたまに通つたのは必ず黄いろい車だつた。（この黄いろいタクシイはなぜか僕に交通事故の面倒をかけるのを常としてゐた。）そのうちに僕は縁起の好い緑いろの車を見つけ、兎に角青山の墓地に近い精神病院へ出かけ

ることにした。

「イライラする、——tantalizing——Tantalus——Inferno………（歯車、55）

この場面での「僕」は、通りすがりの「会社員らしい男」たちとすれ違った拍子に聞こえてきた彼らの会話の断片である「イラ々々してね」という言葉にこだわる。その後、「縁起の好い緑いろ」のタクシイに乗り込んで精神病院に向かう「僕」は、先程の会話の断片を、「イライラする、——tantalizing——Tantalus——Inferno………」と、翻訳／置換し続けるのである。「イライラする」を「tantalizing」と英語に翻訳し、その語源となった「Tantalus」（タンタロス）に置換する。タンタロスは、ゼウスの息子という驕りにより永遠の乾きと餓えを味わう罰を受けるギリシア神話の登場人物であるが、「僕」の連想は、タンタロスが堕とされた「地獄」である「Inferno」へと連想を続けていく。

このように、耳から入ってきた他者の会話を引き金として、次々と連想の糸が延びていくという「歯車」の文体には、ジョイスが『若い芸術家の肖像』において効果的に描き出した連想作用との共通点があるのがわかる。例えば、スティーヴンが、級友のあだ名（Suck）から洗面所の穴を流れ出る水音（suck）を連想し、死への恐怖を覚えていく場面や、同じく彼が通りの看板の文句を見て、“Yellow ivy” から “Yellow ivory”、さらに女性的なイメージを持つ “ivory ivy” を連想し、“*Ivory, ivoire, avorio, ebur.*” と翻訳していくような場面と、同様の連想が行われていると言えるだろう。

言葉は、発された対象以外の他者に偶然受け取られることがある。大抵の場合は、通りすがりのノイズや意味もない落書きとして取り立てて意識することもなく処理されるのだが、その情報を感知した他者が何らかの意味を持ったイメージへと身勝手に置換／翻訳していくことも有り得るのである。その際に起こるイメージの変容は、置換／翻訳する当の主体によって行われ、元の文脈を離れて、新たな文脈のもとで解釈される。

『若い芸術家の肖像』と「歯車」は共に、主人公が通りすがりに聞いた言葉の切れ端や落書き、間違い電話を次々と置換／翻訳していく様子を描いている。その点で、彼等がとりわけ外国語に興味を惹かれるのは、当然のことであろう。すなわち、彼等に共通しているのは、言葉へのこだわりと、それを原因とする「綴り直し」と翻訳の作業を繰り返していくことだからである。

次の引用は、ホテルの部屋で、「新らしい小説」にとりかかっていた「僕」のところに電話がかかってくる場面である。

> 電話は何度返事をしても、唯何か曖昧な言葉を繰り返して伝へるばかりだつた。が、それに兎も角もモオルと聞えたのに違ひなかつた。僕はとうとう電話を離れ、もう一度部屋の中を歩き出した。しかしモオルと云ふ言葉だけは妙に気になつてならなかつた。
> 「モオル――Mole……」
> モオルは鼹鼠と云ふ英語だつた。この聯想も僕には愉快ではなかつた。が、僕は二三秒の後、Mole を la mort に綴り直した。ラ・モオルは、――死と云ふ仏蘭西語は忽ち僕を不安にした。（歯車、68-69）

「僕」は、「何か曖昧な言葉」を繰り返すだけの電話の向うの声に、「モオル」という音声を聴き取り、それを英語の「Mole」（鼹鼠）という単語に翻訳し、さらにフランス語の「la mort」に「綴り直し」ていく。またしても「僕」の連想は、「何か曖昧な言葉」を「Inferno」や「la mort」のような、「地獄」や「死」という全く別の意味を持つ文脈に押し込めていくのである。

「或地下室」のレストランに入った際、隣の席に座った新聞記者らしい二人の男の会話が、「僕」の耳に入ってくる。フランス語で交わされる彼等の会話に、「僕」は耳を済ませる。

僕は彼等に背中を向けたまま、全身に彼等の視線を感じた。それは実際電波のやうに僕の体にこたへるものだつた。彼等は確かに僕の名を知り、僕の噂をしてゐるらしかつた。

「Bien……tres mauvais……pourquoi?………」

「Pourquoi?………le diable est mort!………」

「Oui, oui………d'enfer………」

僕は銀貨を一枚投げ出し、（それは僕の持つてゐる最後の一枚の銀貨だつた。）この地下室の外へのがれることにした。（歯車、74）

ここでも「僕」の耳は、「le diable est mort!」や「d'enfer」など「悪魔」「死」「地獄」と言った単語を拾い、外へと「のがれる」。ホテルに戻った僕はロビーに、「外国人が四五人」、テーブルを囲んで話をしているのに気付く。

彼等の中の一人、――赤いワン・ピイスを着た女は小声に彼等と話しながら、時々僕を見てゐるらしかつた。

「Mrs. Townshead……」

何か僕の目に見えないものはかう僕に囁いて行つた。ミセス・タウンズヘツドなどと云ふ名は勿論僕の知らないものだつた。たとひ向うにゐる女の名にしても、――僕は又椅子から立ち上り、発狂することを恐れながら、僕の部屋へ帰ることにした。（歯車、77）

この場面でも「Mrs. Townshead……」という英語は、「何か僕の目に見えないもの」が「囁い」たものとして捉えられ、「僕」を「恐れ」させ、その場から「避難」させる。

僕はとうとう机の前を離れ、ベツドの上へ仰向けになつた。それから四五十分間は眠つたらしかつた。しかし又誰か僕の耳にかう云ふ言葉を囁いたのを感じ、忽ち目を醒まして立ち上つた。

「Le diable est mort」

凝灰岩の窓の外はいつか冷えびえと明けかかつてゐた。（歯車、78）

「ベッドの上へ仰向け」になった「僕の耳」に、「誰か」が「Le diable est mort」という言葉を囁く。「僕」が、給仕達の会話の断片である「オオル・ライト」という言葉と同様に、地下室のレストランの隣の席に座った男たちの会話の断片である「Le diable est mort」にこだわっていたことがわかる。

通りすがりの会社員の言葉や電話での曖昧な言葉が新しく「僕」によって作り出された文脈の中に取り込まれ、綴り直されていく。『若い芸術家の肖像』の主人公スティーヴンと同様に「僕」も、一つの単語を置換／翻訳していくのである。

もともとの本から破り取られた頁が、全く別の作品の中に放り込まれ、その継ぎ接ぎにされたものに意味を見出す読者に読まれる。身勝手な読者であるが、『罪と罰』の中に綴じ違えられた「カラマゾフ兄弟」の頁に意味を見出して読んでいく「僕」は、「オオル・ライト」、「イラ々々してね」、「モオル」といった言葉を翻訳し、新たな文脈に置き換えて意味を見出していく「僕」の行為を暗示している。

第五節　「感じ易い耳」を持つ「僕」

最後に、モチーフの共通点について述べておきたい。「歯車」において「僕」は、「店の軒に吊つた、白い小型の看板」に描かれている「自動車のタイアアに翼のある商標」を目にし、突然「不安」に襲われる。

僕はこの商標に人工の翼を手よりにした古代の希臘人を思ひ出した。彼は空中に舞ひ上つた揚句、太陽の光に翼を焼かれ、とうとう海中に溺死してゐた。マドリッドへ、リオへ、サマルカンドへ、――僕はかう云ふ僕の夢を嘲笑はない訣には行かなかつた。（歯車、74-75）

「看板」からイカロスを連想し、「マドリッドへ、リオへ、サマルカンドへ」行きたいと思う「僕の夢」を、「僕」は「嘲笑」う。芥川におけるイカロスのモチーフは、「歯車」だけでなく「侏儒の言葉」、「或阿呆の一生」にも登場し、重要なテーマとして論じられてきた。(39)

加藤明は「衰弱した神経を休ませるための長い旅路、いわば現実からの脱出行である。だからこそ、そうした「僕の夢」と「見すぼらしい町々」を脱出するイカロスは連鎖する」と述べている。(40)『若い芸術家の肖像』のスティーヴン・ディーダラスは、その名前が暗示する通り、ギリシア神話の名匠ダイダロスがクレタ島の迷宮から「人工の翼」によってイカロスと脱出したことに倣い、自己の芸術のためアイルランドから脱出する。しかし、結城英雄が『若い芸術家の肖像』の各章が「下降から上昇のパターン」を踏襲していることを指摘しつつ、「下降と上昇のパターンで読むかぎり、その後のスティーヴンに同様の運命が待ち受けていると予測できるからだ。事実、『ユリシーズ』において、彼はダイダロスというより、ダイダロスとともに迷宮を脱出しながらも、有頂天に上空を舞い、海水に墜落し溺死した息子イカロスであったことを意識している」(41)と論じるように、ダイダロスとして飛翔して現実を脱出することはイカロスのように墜落する危険も当然はらんでおり、ジョイスの『ユリシーズ』（*Ulysses*, 1922）には挫折してダブリンへと舞い戻ってきたスティーヴンの姿が描かれている。

『若い芸術家の肖像』のスティーヴンが「下降から上昇のパターン」を取っているなら、『歯車』の僕は上昇を希いながらも、それが叶わないことを知っている。同じ飛翔のテーマにも関わらず、芸術家を目指した若きスティーヴンがダイダロスに自己を擬え、理想を抱いて脱出を決意するのに対し、『歯車』の「僕」は予めイカロスの墜落を念頭に置いており、その方向性は全く異なっていることは重要であろう。

芥川が翻訳した『若い芸術家の肖像』の該当箇所においては、"suck" という声によってスティーヴンの内面が揺らぎ、発された文脈において、その言葉が持っていた意味とは全く別の方向へと連想が動いていく場面が描かれている。無秩序に見える連想は、「冷たくてぬるぬるする水」という嫌な記憶、死への恐怖という一定の方向性を持ち、そのような連想作用は反復される。

「歯車」では、外からの声が侵入し、内面を揺るがせ、「僕」は新たな文脈を作ってゆく。芥川は「文芸的な、余りに文芸的な」(『改造』一九二七・四、五、六、八)において、森鷗外を「現世にも珍らしい耳を持つてゐた詩人である」と評しているが、「歯車」における「僕の耳」もまた、実に多くの情報を受信する。同じく「文芸的な、余りに文芸的な」に出てくる「善く見る目」と「感じ易い心」という言葉から名付けるならば、「歯車」の「僕」は「感じ易い耳」を持っていると言えるだろう。

本章では言葉の置換／翻訳という行為に注目して、『若い芸術家の肖像』と「歯車」とを比較してきたが、それでジョイスと芥川龍之介との関係が覆いきれるわけではない。例えば、外からの声が侵入することによって、内面がかき乱され、いたたまれずに行為を中断してその場から逃げ出すという登場人物の行動については、芥川龍之介の「妖婆」(『中央公論』一九一九・九、一〇)にも同様のモチーフが見られる。(42) 「妖婆」では、電話の中に「何と云つてゐるのかだか、言葉は皆目わからない」、「もう一人誰か」の「妙な声」が混入し、泰さんを「狼狽」させる。外からの声の侵入／混入による内面の揺らぎというモチーフは、芥川が関心を抱いていたテーマだと言えるだろう。

そのようなモチーフについて考察した場合、夏目漱石の「琴のそら音」(『七人』一九〇五・五)という先例の存在にも注意しなければならないだろう。通りすがりの「声」によって引き起こされる奇妙な「聯想」作用が描かれている。「琴のそら音」における主人公「余」は、心理学者の津田君を訪問した帰り際に、未来の細君がインフルエンザだと告げた時、津田君から「よく注意し給へ」と「低い声」[43]で言われる。「余」は、その声が「耳の底をつき抜けて頭の中へしんと浸み込んだ様な気持」を覚える。以下は、「余」が津田君の家から徒歩で帰宅する場面からの引用である。

闇に消える棺桶を暫くは物珍らし気に見送つて振り返つた時、又行手から人声が聞え出した。高い声でもない、低い声でもない、夜が更けて居るので存外反響が烈しい。

「昨日生れて今日死ぬ奴もあるし」と一人が云ふと「寿命だよ、全く寿命だから仕方がない」と一人が答へる。二人の黒い影が又余の傍を掠めて見る間に闇の中にもぐり込む。棺の後を追つて足早に刻む下駄の音のみが雨に響く。

「昨日生れて今日死ぬ奴もあるし」と余は胸の中で繰り返して見た。（中略）実際余も死ぬものだと感じたのは今夜が生れて以来始めてゞある。夜と云ふ無暗に大きな黒い者が、歩行いても立つても上下四方から閉ぢ込めて居て、其中に余と云ふ形体を溶かし込まぬと承知せぬぞと逼る様に感ぜらるゝ。[44]

ここでは、通りがかりに偶然聞こえた「人声」から、「余」の耳が拾う言葉は、外国語ではなく「昨日生れて今日死ぬ奴もあるし」という言葉である。[45]「余」は、「死ぬのは非常に厭だ、どうしても死に度ない」と思いながら、家までの道を歩いていく。

竹早町を横つて切支丹坂へかゝる。何故切支丹坂と云ふのか分らないが、此坂も名前に劣らぬ怪しい坂である。坂の上へ来た時、ふと先達てこゝを通つて「日本一急な坂、命の欲しい者は用心ぢや〳〵」と書いた張札が土手の横からはすに往来へ差し出て居るのを滑稽だと笑つた事を思ひ出す。今夜は笑ふ所ではない。命の欲しい者は用心ぢやと云ふ文句が聖書にでもある格言の様に胸に浮ぶ。(46)

「余」は、先日は滑稽だと笑った「『日本一急な坂、命の欲しい者は用心ぢや〳〵』と書いた張札」を思い出す。張札と「余」との関係は通りすがりに目にしただけの偶発的なものであるにも関わらず、「余」は「命の欲しい者は用心ぢやという文句」に、「聖書にでもある格言の様に」特別な意味を持たせてしまう。

さらに「余」は、「茗荷谷の坂の中途に当る位な所に赤い鮮かな火」を見つけて、「未来の細君」である「露子」のことを「はつと」「思ひ出した」(47)。「未来の細君と此火とどんな関係があるかは心理学者の津田君にも説明は出来んかも知れぬ」と思いながらも、「火の消えた瞬間」に「露子の死を未練もなく拈出」(48)する。「新しい谷道」へ入ると、再び「ぱたりと又赤い火に出喰は」す。その「赤い火」を持っていた巡査は、「『悪るいから御気をつけなさい』と言ひ棄てゝ擦れ違つた」。「余」は、「よく注意し給えと云つた津田君の言葉と悪いから御気を付けなさいと教へた巡査の言葉とは似て居るなと思ふと忽ち胸が鉛の様に重くなる。あの火だ、あの火だと余は息を切らして茗荷谷を駆け上る」(49)。

帰路で聞いた、通りすがりの「昨日生れて今日死ぬ奴もあるし」という「声」や、「日本一急な坂、命の欲しい者は用心ぢや〳〵」と書いた張札の文句や、「ぱたり」と出くわした巡査の「悪るいから御気を付けなさい」という言葉に特別な意味を見出していく「余」の心理状態には、津田君の家を出る間際に、津田君が言った「よく注意し給へ」という「低い声」が影響している。

「歯車」の「僕」が、ビルディングから出ていく時、二人の「会社員らしい男」達とすれ違った拍子に聞いた「イラ〻〻してね」という言葉を、後から「イライラする、――tantalizing――Tantalus――Inferno……」と翻訳／置換を繰り返しながら、こだわっている文脈へと押し込んでいった行為に対し、「琴のそら音」の「余」は、言葉の意味を他の文脈に置き換えて翻訳することはなく、むしろ言葉の意味を拡大し、増幅させている。[50]漱石は、「琴のそら音」において、通り過ぎていく何気ない「声」を「ふと」聞きとがめ、その言葉に特殊な意味を持たせていくという知覚の動きをありのままに描き出そうとしたと言えるだろう。

芥川がジョイスの『若い芸術家の肖像』を読み、「子供が感じた通りに書いたものは少なし」「その点では James Joyce が新機軸を出したと云ふべし。ジョイスの A Portrait of the Artist as a Young Man は、如何にも子供が感じた通りに書いたと云ふ風なり。（中略）こんな文章を書く人は外に一人もあるまい」と、ジョイスの『若い芸術家の肖像』を賞賛した背景には、どのようにすれば「感じた通りに書」くことが出来るのかという、芥川自身による言語表現の可能性への模索があった。そのように模索していたからこそ、芥川は、ジョイスの『若い芸術家の肖像』を読んだときに、いち早く「新機軸」を見出し、翻訳を試みたのではないだろうか。

『若い芸術家の肖像』と「歯車」はどちらも街を歩く身体を描いた作品であり、モノローグ、こだわりを持つ強迫観念へと結びついていく新しい文脈への連想作用が、両作品の共通点であり特徴の一つであると言えるだろう。普段はノイズとして捉える情報を極度に拡大して受信し、言葉に過剰な意味を見出す主体を描こうとすれば、特殊な知覚を持った主体が必要となる。ジョイスはそのような連想作用を行う特殊な知覚を有した主体を、熱病に罹った子どもとして描いた。しかし、芥川はそれを神経症の大人の「僕」として描いたのである。発熱した子どもや神経症の人物を主体とし、彼等の五感を通した世界を表現することによって、我々が「日常性」や「習慣」によって自明のこととして気にもとめない事項が差異化される効果が生まれるのである。

日本近代文学におけるジョイス受容が本格化するのは、芥川よりやや遅れる一九三〇年代初頭からである。「意識の流れ」という言葉が流行し、伊藤整の「機構の絶対性」（『新科学的文芸』一九三〇・一一）、川端康成「水晶幻想」（『改造』一九三一・一、一九三一・七）、横光利一「機械」（『改造』一九三〇・九）などが生まれた。これらの作品では、「歯車」と同じく神経衰弱や狂気に陥った状態の人物の知覚が、語る主体としてしばしば採用されている。[51] 外からの情報の侵入によって、一見無秩序におこなわれる連想作用を描くとき、「狂気」の主体の知覚を描くことが有効だと捉えられたためだと思われる。文学史を顧みると、日本における「意識の流れ」受容は、芥川が感心したような子どもの知覚による特殊性ではなく、狂気による特殊性に向かったことは興味深い。芥川におけるモダニズムや文体への意識、「歯車」の新しさについて、再考する余地は残されている。

第六章

J・M・シングを読む菊池寛／菊池寛を読むW・B・イェイツ

――日本文学とアイルランド文学の相互交渉――

第一節　菊池寛におけるアイルランド文学受容

大正初期の日本でアイルランド文学がどのように受容されたか。そこには三つの流れが挙げられる。一つ目は、芥川龍之介や山宮允らによる『新思潮』を発表の場とした東京帝国大学系の流れ。二つ目は、『聖盃』（後『假面』と改題）及び『早稲田文学』を発表の場とした早稲田大学系の流れ。[1]そして三つ目は京都帝国大学英文科の上田敏、厨川白村、菊池寛らを中心とした流れである。菊池寛とアイルランド文学の関わりについての先行研究は数多く存在するが、[2]管見の限り日本とアイルランド双方の資料による実証的研究はまだ行われておらず、イェイツによる菊池寛受容の様相についても検証されてこなかった。[3]

『新思潮』『聖盃』に掲載された紹介文が、アイルランド文学の持つ幻想的側面に焦点を当てていた一方、菊池寛は、イギリスへの抵抗という「運動的側面」をも捉え、文芸復興運動の中心的作家シングの影響を受けつつ初期戯曲を執筆していた。それは、菊池が、東京における「文壇中央集権」に対抗して、大阪や京都の「文芸復興」を目論んだことに起因する。そして、そのことが、シングを見出したイェイツによる菊池寛への高い評価へと繋がったと考えられる。本章は、菊池寛のシング受容及びイェイツの菊池寛受容という、日本文学とアイルランド文学の相互交渉の一側面を、具体的資料を用いて実証的に明らかにすることを目的としている。なぜイェイツ、そしてダブリンに菊池が受け入れられたのか。その理由を探るため、まずアイルランド文学をめぐる菊池自身の言説を精査する。その次に、菊池寛「屋上の狂人」（『新思潮』一九一六・五）とシング『聖者の泉』（*The Well of the Saints*, 1905）の比較を通して、なぜイェイツが菊池を評価したのかを考察したい。

菊池寛は、一九一〇年に第一高等学校第一部乙類（文科）に入学する。同級には『新思潮』の芥川龍之介、久米正雄、井川恭らがいた。彼は、所謂「マント窃盗事件」により、卒業まで三ヶ月を残すのみであった一九一三年四月に第一高等学校第一部乙類（文科）に退校届を出し、同年九月に京都帝国大学英文科選科に移った後、翌年本科に進み、一九一六年に卒業するまでの年月を京都で過ごした。後年「半自叙伝」において「上田敏博士から、シングの名を聞き、シングに傾倒してゐた。京大の研究室は、近代文学に関する書物が多く、その点では東京の文科などは、遠く及ばなかつたゞらう」(4)と回想しているように、菊池は、当時英文科教授だった上田敏の下でアイルランド文学、特にシングに強く傾倒していった。東京から京都へと移住した主人公の孤独と失意が描かれた『無名作家の日記』には、「今日初て、文科の研究室を見た。思の外にいゝ本が沢山ある。蚕が桑の葉を貪るやうに、片端から読破してやるのだ。研究と云ふ点に於ては、決して東京の連中に負けはしないと、俺はあの研究室を見た時に、全く心丈夫に思つた」(5)という記述がある。一九一四年二月に一高の同級である芥川龍之介、久米正雄らが同人雑誌第三次『新思潮』（九月廃刊）、一九一六年二月に第四次『新思潮』を創刊するが、菊池も京都にいながら参加し、同年三月に戯曲「暴徒の子」、五月に戯曲「屋上の狂人」を発表する。当時の菊池も、東京にいる文学仲間であり、同時期にアイルランド文学を盛んに受容していた芥川や久米の活躍へ対抗意識を抱いていたと推測できる。

菊池は、一九一四年から草田杜太郎名義で、大阪を拠点とする『不二新聞』や京都を拠点とする『中外日報』に精力的に文章を投稿していく。以下、この二紙に掲載された菊池寛の初期評論を考察していきたい。まず、菊池は、「大阪芸術創始」（『不二新聞』一九一四・二・一二）において、石丸梧平（石丸梅外、一八八六－一九六九）や青木月斗（一八七九－一九四九）らが発起人となって、一九一四年に設立された大阪の「文芸同攻会」について、「私は文芸同攻会の設立を聞いて大阪芸術の望多き曙光に接したるが如き感がある」と喜び、「私は欣喜の思に堪へぬ、同攻会の創始をして願はくば大阪芸術の創始たらしめよ」と書いている。(6)「大阪芸術創始」の冒頭から引用する。

イエーツ氏の愛蘭劇場は愛蘭土の伝説、思想、風習の上に培はれたる特異なる美花であつて全欧の劇界に魔杖持てる妖女の如く驚異と奇蹟とを与へた。それはイエーツ氏やグレゴリー夫人の霊筆によつて幽玄清浄なるケルト思想が美しい芸術の器に盛られたからであるが然かもその郷土的背景があるに非ずんばどうしてあれ程迄の芸術的高調に達する事が出来よう。郷土芸術《ハイマートクンスト》、それは最も生命□（欠）張れるものではあるまいか、偉大なる背景を持つた芸術、それは最も力強い芸術ではあるまいか。私は大阪と云ふ個性ある都会を背景とした芸術の創始を望んで止まない、東京ばかりが芸術の揺籃でもあるまい[7]。

菊池は、自分が提唱する「大阪芸術」のモデルとして、一九〇三年にイェイツが中心となって結成されたアイルランド国民演劇協会（The Irish National Theatre Society）が、アイルランド国民劇場（The Irish National Theatre）、通称アベイ座（The Abbey Theatre）を本拠地として興したアイルランド文芸復興運動を想定している。菊池は現在の「大阪芸術」が「声を潜め」ているのは、「大阪人が悪いのではなくして、文壇□（欠）中央集権的傾向が悪いのだ」と主張する[8]。そして「一国の帝都と文芸の中心とは必ずしも一致するを要しない」ために、「真に生命のある芸術品は自己□（欠）郷土を描く郷土人の手に依つて生まるゝ」として、イェイツやグレゴリー夫人が、英国の影響から意識的に脱却し、アイルランド独自の芸術を創造することを目指して、ダブリンのアベイ座からアイルランド文芸復興運動を興したように、「文壇中央集権的傾向」によって東京中心となっている現在の状況を打破し、「大阪芸術」を創始するべきだと主張するのである。

三ヵ月後の「京都芸術の為に」（『中外日報』一九一四・五・八）[9]からは、京都を活動拠点として積極的に文学運動を展開していこうという熱気が伝わってくる。菊池は「文芸同攻会」の石丸梅外に宛てた手紙の形で、「石丸梅外様。何時かお話しました私達の同人は昨夜も亦相国寺の近くの静な部屋に集ひました、京都文学を産まうと云つたやうな大それた望の為に二月も前から産みの苦しみに悩んで居るのです[10]」と書き出している。ここからは、「大阪芸術創始」において「文芸同攻会」の設立を喜んだ一月後には、自ら「京都文学を産まうと云つたやうな大それた望」を抱いて、菊池が「私達の同人」と何らかの会を開催していたことがうかがえる。

菊池は、「幹彦氏の祇園を京都の郷土芸術などと云ふ人があつたなら私は其人の無智を笑ひたいと思ひます、あれはハーンが日本を描きロチが「お菊夫人」を著し鷗外が「舞姫」を書いたやうに幹彦と云ふ江戸つ児が京都と云ふ異国に憧れた異国趣味《エキソチシズム》の作品であつて断じて郷土芸術ではないと思ひます」と主張する。菊池は、長田幹彦（一八八七―一九六四）の『祇園』（浜口書店、一九一三）などの「祇園もの」は、「江戸つ児」が書いたものであり、「異国趣味の作品」ではあっても「京都の郷土芸術」ではないと批判し、「京都文学は長田幹彦氏や吉井勇氏のやうな外国人《とつくにびと》」の手ではなく、「古都の寺院の閑寂な庭に咲くもくせいの香に若き日の官能をそゝられ花見小路の朧夜に行きずりの歌姫の匂をなつかしんだ真の京都児」や「京都に生れたる天才をして心のまゝに創造の鋤を振るはしむべき」と主張する。

しかし、菊池が想定している「京都芸術」の「創造者」のイメージは曖昧であり、はっきりとした像を結んで来ない。菊池が「真の京都児」として挙げるような寺院の庭の木犀の香に「若き日の官能をそゝられ」、「花見小路の朧夜に行きずりの歌姫の匂をなつかし」むという特徴は、彼が「異国趣味」として例に挙げて退けている長田幹彦の「祇園もの」やラフカディオ・ハーンの著書、ピエール・ロチ（Pierre Loti, 1850–1923）『お菊さん』（Madame Chrysanthème, 1887）、森鷗外（一八六二―一九二二）の『舞姫』（一八九〇）と、格段の違いがあるようには思われない。また、「京都に生れたる天才」というように「生まれ」を重視するならば、高松に生れた菊池寛自身が、「京都芸術」の担い手である資格を失ってしまうのである。

京都に「愛郷心に裏付けられたる郷土芸術」を「創造」する必要性を、菊池は以下のように述べている。

愛蘭士人の民族的覚醒を築いたものはイエーツ、グレゴリー、シンジ《ママ》などの郷土芸術ではありませんか、京都が都市的覚醒の前駆をなすものはどうしても郷土芸術だと確信して居ります。（中略）私は京都の文科大学の講堂のチョークの匂から京都文学が生まれようとは思ひませんけれど然し文科大学を離れて生れるのも亦至難だと思ひます、天分ある若き京都人と文科大学との接触から生ずる雰囲気にこそ京都芸術の萌芽は宿ると思ひます、私はこの接触を計ることこそ京都芸術を産むべき第一歩ではないかと思ひます、私たち同人の使命も亦其処にあるやうです、私達同人は純な芸術的感慣を持ち続けて一には我々自身の生命の為二には愛する旧都の芸術復興《ルネッサンス》の為に努力したいと思つて居ます（後略）[11]。

ここからは、京都をアイルランドと重ね、「東京」の文化的ヘゲモニーに対抗するために「イエーツ、グレゴリー、シンジなどの郷土芸術」を「京都の芸術復興」のモデルとする意図が感じられる。注目すべきは、アイルランド文芸復興運動には「民族的覚醒」を促した側面があったと、菊池が指摘している点である。一九世紀後半、アイルランドにおいて、「英国の影響」から脱却しようと「脱英化（de-anglicization）」への意識的な努力が、政治・経済・文化の様々な分野で提唱され、試みられた。文学・演劇においてアイルランド独自の新しい芸術を見出すことを目的とした、イエイツ、グレゴリー夫人、シングらによる運動は、アイルランド文芸復興運動と呼ばれたが、菊池はこの運動に倣って「京都」の「芸術復興」を目指したのである。

引用から、菊池が「私達同人」と呼んでいるのは、京都帝国大学の学生仲間たちではないかと推測できる。「京都芸術の為に」は、「梅外様、あなたのお率ゐになる文芸同攻会の近況は如何です、どうかあなたの愛する旧都の為に些少のお力を私達の為にもお殺《ママ》ぎ下さることを願つて置きます[12]」と再び石丸梅外へ協力を求めている。さらに、末尾に「京都の若い方々に、私達は京都芸術振興の為に近い内に何等かの具体的活動に出《い》でようと思つて居ます、低級な地方雑誌ではなく真摯なものを東京から出版して日本の文壇に京都文学出生の第一の産声を挙げたいと思つて居ます[13]」と広く若者へと参加を呼び掛けている。菊池は、東京から雑誌を出版することを予定していたようである。しかし、京都の「郷土芸術」を興そうとしているにも関わらず、菊池が「低級な地方雑誌ではなく真摯なものを東京から出版して」と述べるとき、乗り越えていくはずの東京による「文壇中央集権的」な視点を、菊池自身が無意識のうちに内在化してしまっていることも、読みとれるのである。

とはいえ、当時の菊池は、「直接なる先蹤は愛蘭土国民文学運動である。京都をダブリンにすると云ふことは私達の合言葉であつてもいゝ」（「二個の感想」『中外日報』一九一四・六・六―六・七）[14]と書いているように、イエイツらのアイルランド文芸復興運動をモデルとして、京都においても文学運動を巻き起こしたいと、熱心に考えていた。[15]

だが、「七月の都から」（『中外日報』一九一四・八・一八）になると菊池の論調に変化が見られる。菊池は、「伝説に憧れ、ロマンスを懐しみ、旧都の閑寂を慕つては見たものの」、「京都生活は京都に対する私の凡ての幻覚を奪つてしまひました」として、「私はやつぱり東京が好きです、首都崇拝です、都会病です」[16]と書いている。菊池が幻滅した背景には、「南座などで低級な京都の観劇者《プレイゴーアーズ》に媚びた芝居のお相伴をするのはいゝ加減の苦痛」、「東京の大向に立つて居ると無名の劇評家の名論卓説が渦を巻いて起るのに京都ではたゞ没批判の感嘆があるばかり」、「観劇的に無智なる京都の住民」、「京都に於ける新しい劇の観客は野次馬と同じに全く好奇心の傀儡」というような、京都の演劇界や観客への不満があった。

菊池は、「蘆花の近業と伊庭の芝居」（『中外日報』一九一五・一・一五）[17]において、「伊庭一座の公演の第二夜を私は見たが花道を鼠の走るほどの淋しさであつた。芸術座をあんなに喝采する癖に同じ道を辿つて居る新劇社に対する京都人の虐待を不快に思つた」と記している。菊池は、伊庭孝（一八八七―一九三七）率いる新劇社による、バーナード・ショーの「武器と人」（Arms and the Man, 1894）を下敷きにしたオスカー・シュトラウス（Oscar Straus, 1870–1954）作「チョコレエト兵隊」（*Der tapfere Soldat*, 1908）の京都南座公演を観劇したことがわかる。しかし、「京都へ来てから初めてのいゝ心持」を覚えるほどの出来のいい内容にも関わらず、空席の目立った公演に、「嗚呼わがショオ先生も京都では瓢々会程の人気もない！　悪魔よ、願くは京都の劇場を焼てしまへ!!」と強い憤りを覚えたのである。このように、『中外日報』に掲載された菊池寛による文章を読んでいくと、「大阪芸術創始」を目指し、「京都」の「芸術復興」を呼び掛けた菊池だったが、一年も経たないうちに裏切られた思いを抱きながら、彼の運動が挫折したことがうかがえる。その背景には、呼びかけても仲間が思うように集まらず、自分が評価する芸術が、京都では評価されないという孤立感があったのではないだろうか。

後に、京都時代に抱いていた理想について、菊池は以下のように述べている。

今の日本のやうに文学に中央集権が行はれている内は、とてもいゝ作品は現はれはしない。東京の文壇とは質と人間とを全く異にした、少しも文壇的な因習を持つて居ない、新しい文学運動が地方に起らなければ駄目だ。丁度、ダブリンを中心として、愛蘭文学の復興が行はれたやうに日本でも東京以外の地に、新しい文学が起らなければ駄目だ。日本で、さうした文学運動の根拠地としては、此K市より外にはない。(18)

彼は、隣国からの支配の下で疲弊したアイルランドにすぐれた文学・演劇を創り出そうとしたアイルランド文芸復興運動を、東京と京都の関係性へと置き換え、京都をダブリンと重ね合わせるようにアイルランド文芸復興運動期の作品を摂取したと言える。『不二新聞』『中外日報』の記事や、京都時代を回想する文章を読んでいくと、まだ若く無名だった菊池が呼びかけても思うようにはいかず、菊池が理想とした京都の「芸術復興」運動は、「運動」としては具体的成果を生み出さずに頓挫したことがうかがえる。しかし、菊池は、「文学に中央集権が行はれている」日本近代文学の現状の改善のために「愛蘭土国民文学運動」をモデルとして「京都をダブリンに」することを目指して、「旧都の芸術復興」「新しい文学運動」を立ち上げようとした。その成果は彼のアイルランド文学研究と初期戯曲の上に表れ、それこそがアイルランドにおける菊池寛受容へと繋がっていくのである。

第二節　ダブリン演劇界における菊池寛受容

菊池寛が、京都時代にアイルランド文学に強い興味を持ち、シングやイェイツの戯曲を摂取していたことは確認した。ここで興味深く思われることは、菊池の「屋上の狂人」の翻訳戯曲が、一九二六年にダブリンで上演されていたという事実である。京都帝国大学英文科出身の矢野峰人は、イェイツと会見した際に菊池の話題が出たことを記している。

はじめてイエイツに会つたのは一九二六（大正十五）年秋の事であるが、彼は自分が今最も深い興味を以て眺めて居る戯曲家は世界に菊池とピランデルロ二人あるのみだと言つて、「屋上の狂人」に特に感心した旨を告げた。（中略）（曾て大阪商大に居た米人グレン・ショーが「恩讐の彼方に」か何か、菊池君のものを訳した広告を見た事がある。「アメリカニズムに満ちた翻訳だ」と言つた事から推すと、イエイツの読んだものは、或はこの人の筆に成れるものであるかも知れない。）[19]

さらに矢野は、「屋上の狂人」について、「イエイツがこれを非常に高く評価してゐた事は、その翌年私がダブリンを訪れた時、これが彼夫妻の主宰する素人玄人協同の小劇団によつて上演された事実を発見した」と書き残している。彼は、当時のダブリンにおける菊池の評判を、「イエイツが、如何に「菊池」の名をダブリンの好劇家連中の間に弘め且つ強く印象せしめたかは、彼が私をアツベイ劇場の楽屋に伴なひ、オケイシイ劇かロビンスン劇の女主人公を演じた若い女優に紹介した時、彼女は私の名を充分聞く間をも待たず「アー・ユー・キクチ?」と尋ねた事によつても知れる」と伝えている。

このようなダブリンの菊池寛熱の背景には、芥川龍之介や倉田百三らの翻訳を数多く残した日本研究者グレン・ショー（Glenn Shaw, 1886-1961）によって菊池寛の英訳戯曲集 *Tōjūrō's Love and Four Other Plays*（Tokyo: Hokuseido, 1925）が出版されたことがある。[20] 一九二六年三月三一日付の新聞『モーニング・ポスト』紙の社説には、"A Dramatist of Japan" というタイトルの好意的な紹介記事が掲載された。

Does Japanese drama conform to the canons of Europe or does it rest upon wholly different laws and conventions? We are helped a little to an answer by a recent translation of five plays of the dramatist, KIKUCHI KWAN, from the HOKUSEIDO PRESS, of Tokyo. The translator, Mr. GLENN SHAW, tells us that KIKUCHI is "said to have been influenced largely by SHAW and GALSWORTHY." If it is so, at least we cannot trace it in these plays, which appear to follow traditions of their own. Indeed, the West might learn something from these wonderful little dramas, loaded as they are with the significance and beauty of a great art.

日本の演劇はヨーロッパのカノンに従うものであるのか、もしくは全く異なる原則や慣習に立脚するものなのか？　東京の北星堂書店から最近刊行された戯曲家菊池寛の五つの戯曲の翻訳が、この問いに答える少しの助けになる。訳者であるグレン・ショー氏は、菊池が「ショーとゴールズワージーに多いに影響を受けたと言われている」と書いている。もしそうであったとしても、少くとも我々はこれらの戯曲にその痕跡をたどることができず、これらは独自の伝統を継承しているように見える。確かに西洋はこれらの驚嘆すべき小戯曲から何かを学ぶことがあるかもしれない。偉大な芸術の意義と美とがそれらにはつまっているのだ。

紹介記事は、「日本の演劇はヨーロッパのカノンに従うものであるのか、もしくは全く異なる原則や慣習に立脚

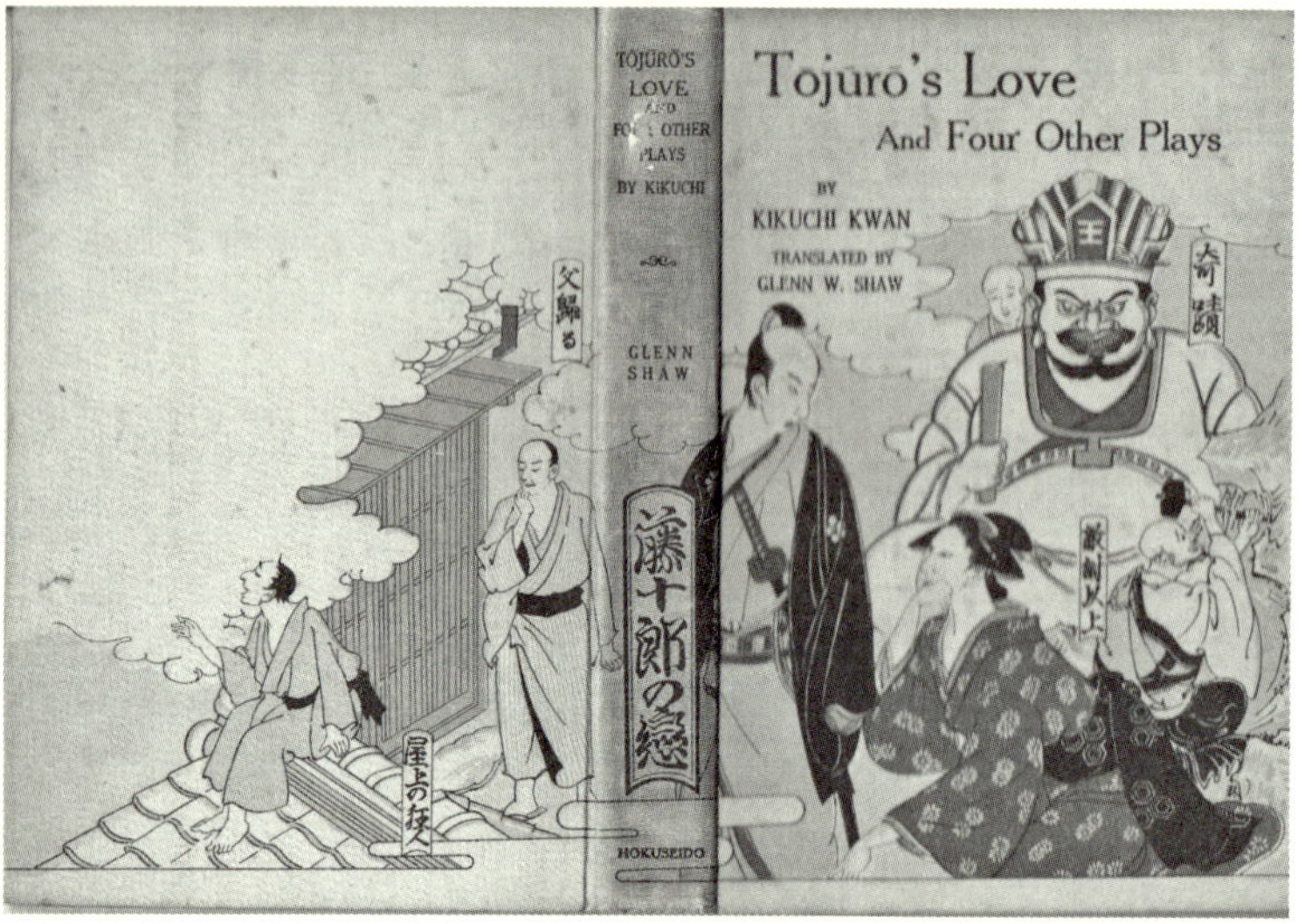

図 32　Glenn Shaw, *Tōjūrō's Love and Four Other Plays*（Tokyo: Hokuseido, 1925）書影

するものなのか?」という問題提起から始まり、菊池の戯曲には、訳者であるショーが序文で述べたような、バーナード・ショーやゴールズワージーの影響は認められないと述べている。結論として、菊池は日本「独自の伝統を継承」しており、「西洋はこれらの驚嘆すべき小戯曲から何かを学ぶことがあるかもしれない」と、菊池の独自性を評価している。

さらに、五つの戯曲のうち、「藤十郎の恋」（*Tōjūrō's Love*）が“Kabuki”や“Suicide”という言葉とともに紹介され、「仇討以上」（*Better Than Revenge*）が“Buddha”や“Daimyo”という言葉と共に紹介されているのも、「日本独自の伝統」と思われる要素に価値を見出したためであろう。『モーニング・ポスト』紙社説の眼目は、菊池寛の戯曲に、西洋の演劇の規範とは全く異なる伝統と慣習を持ったものとしての日本独自の劇の可能性を見出した点にある。

記事から約二ヵ月後、菊池寛の評判は「ロンドン電報」で日本に送電され、『読売新聞』は「モーニング・ポスト紙の菊池寛評」（一九二六・五・一七－一九）というタイトルで、三日にわたり英文記事を掲載した。「（下）」

に附記された無記名の解説の筆者は、「現代日本の劇作界を晴れがましくも世界的に推讃した辞として面栄ゆくも感ぜられる　次（中）に稍詳しく『仇討以上』を評釈しているが之に含まれた思想は外人にとつて正さに驚異であり最もユニークなオリエンダ《ママ》リズムをそこに発見したことであらう、最後の結句（下）に至つては誠にわが現代劇作家をして大いに自省自重せしむるに足る断案である」と喜んでいる。

さらに、『読売新聞』は『モーニング・ポスト』紙に「激賞」されたことについて菊池寛へインタヴューを行い、それを同紙に掲載した。菊池は、「純日本的の劇はとても解されまいと思つてゐた」と述べ、「『藤十郎の恋』などのやうに特有の題材を扱ひ、思想的にも考へ方にも純東洋的なものに対して What a curtain! と云つて芝居として激賞してゐるのは意外な感がするので、その劇評家の炯眼を認めずにはゐられません」と、「純日本的」「純東洋的」な点が受け容れられたことに驚いている。さらに、菊池自身もショーやゴールズワージーの影響を否定し、「アイルランド劇のシングの影響は稍ありませう」と示唆している点が注目される。[21]

矢野の証言を手掛りとした調査によって、一九二六年一一月二八日から二九日の二日間、アベイ座の舞台で「屋上の狂人」の翻訳劇 *The Housetop Madman* が、「ダブリン・ドラマ・リーグ」によって上演されたことが明らかとなった。上演パンフレットの装画は近代アイルランドを代表するステンドグラス作家でありイラストレーターのハリー・クラーク（一八八九－一九三一）が手掛けている。上演初日の翌日、一九二六年一一月二九日付のアイリッシュ・タイムズ紙には、「死の舞踏　ダブリン・ドラマ・リーグの上演」（"The Dance of Death" Dublin Drama League Production）と題する劇評が掲載される。そこでは、ストリンドベリ『死の舞踏』に続く第二部で上演された「屋上の狂人」に対して、「ビアトリス・キャンベルによってデザインされた心地よい背景の前で役者たち皆が素晴らしく演じた、魅力的な小戯曲」であったと評され、上演が好評であったことが推測できる。[22] 杉山寿美子は、「ダブリン・ドラマ・リーグ」について、「ネイティブ・ドラマの育成・発展を目的として設立」されたアベイ座が「アイリッシュ」「ナショナル」の路線から大きく逸脱することが出来なかったのに対し、イェイツとロビンソン

図 33　1926 年 3 月 31 日付『モーニング・ポスト』紙

（National Library of Ireland 収蔵）

モーニング・ポスト紙の菊池寛評（上）

同紙三月卅一日社説欄に掲載 原文は A Dramatist of Japan と題す

Does Japanese drama conform to the canons of Europe or does it rest upon wholly different laws and conventions? We are helped a little to an answer by a recent translation of five plays of the dramatist, KIKUCHI KWAN, from the HOKUSEIDO Press, of Tokyo. The translator, MR. GLENN SHAW, tells us that KIKUCHI is "said to have been influenced largely by SHAW and GALSWORTHY." If it is so, at least we cannot trace it in these plays, which appear to follow traditions of their own. Indeed, the West might learn something from these wonderful little dramas, loaded as they are with the significance and beauty of a great art. Take, for example, the first play, which gives its name to the book, "TOJURO'S LOVE." TOJURO is a great actor, who is cast for a part of "terrible life-risking love" in a play on which the fate of his theatre depends. He is utterly puzzled to find inspiration, until chance throws him in the way of a beautiful matron, to whom he practises with a terrible sincerity the part as he meant to play it. The last scene opens in the theatre just before the first performance. The lady passes through and hears the rumour that TOJURO, "to practise for this play, made pretended love to a man's wife, and, when he saw her yielding, ran away." She makes a composed comment and passes out serenely. Then there is a cry of "Suicide," and presently her body is borne in and laid before TOJURO. He stares at the body in silence, and then, with a magnificent gesture, says to a brother actor: "Come, SENJUDONO, the stage!"

モーニング・ポスト紙の菊池寛評（中）

同紙三月卅一日社説欄に掲載 原文は A Dramatist of Japan と題す

Obviously a great "curtain." And we have a no less impressive one in another of these plays, "BETTER THAN REVENGE." It is the story of a retainer who kills his feudal lord, runs away with the woman who has caused the catastrophe, lead for a while the desperate life of a robber under her spell, and then in remorse leaves her and becomes a priest of Buddha. As a penance he sets out to cut a tunnel through a rock—a work promising great benefit to the countryside. On this arduous labour he toils for twenty years, but when he is within a year of its completion the son of the murdered Daimyo finds him and proposes to take his revenge. The young man is persuaded to put off the deed until the work of expiation is complete, and to expedite his revenge joins in the tunnelling. The last scene of the play shows the old man and the young working together in the tunnel. The rock crumbles and falls away:

RYOKAI: Ah, the wind comes in. The wind comes in. Can it be tunnel's through? Jitsunosuke Sama, look carefully.

JITSUNOSKE: Ah, truly your vow is fulfilled I can see a faint glimmer. It is the Yamakuni River shining faintly in the darkness.

The old man then turns to the young swordsman and offers himself for death. For answer the young man takes up a long-handled sledgehammer and strikes at what is left of the rocky wall. The rock crumbles, and the whole valley lies revealed in the night. "Come, Jitsunosuke, cut me down," says the old priest.

モーニング・ポスト紙の菊池寛評（下）

JITSUNOSUKE: What nonsense are you talking? See there! Clear up to the peaks around Kakizaka, the country floats in the moonlight. Again, we are tempted to exclaim: "What a curtain!" If there are more Japanese dramatists like KIKUCHI KAN, Japan has reason to boast of her modern drama. Nor has she anything to learn from MR. SHAW and MR. GALSWORTHY.

Morning Post, Editorial, *March, 31, 1926.*

ロンドン発刊がモーニングポスト紙社説欄に菊池寛作グレンショウ英訳『藤十郎の恋外四篇』を推賞し作者菊池氏を激賞した旨を報じてきたのは先月初旬の頃であつたが気安劇にして明細を知る能はず特にそれに『東京北星堂発行の英訳本』とあつたのは大いに疑はれた点で菊池氏の作がロンドンで発行されたなどは恐らく誤電であらうと思はれたが最近特に本社へ寄送された同氏社説の此原文を見ると果して『東京北星堂発行』と明記してあるので此疑問も氷解したわけである而は此原文の冒頭（上）には『日本のドラマは欧洲の規範に服ふものか、或はまた全然別個の独特規例に立脚するものか』といふ問題を提出しこの問題の解決に対而が少なからず役立つたと述べてシヨウ氏の翻訳の緒言を聊に開陳し次に『菊池君はバアナード・シヨウやゴルスワージイの影響を多分に受けているさうだと訳者シヨウ君は云つてる。或は然うかも知れぬ。併し吾人は此等の脚本中にさうした跡を求め得ない、寧ろ日本独自のもの、伝統を継承しているかに思はれる』と述べているが之は卓見である而して更に『いや多く西欧のわれ／＼は此等の驚嘆すべき小脚本から学ぶ何物かを教へらるべきであつて、さうした偉大なる芸術の意義と美しさとが其等に籠られているのだ』と論じて尚『藤十郎の恋』の劇評に移つて附るあたりは現代日本の劇作界を晴れがましくも世界的に推讃した勝として国民ゆくも感ぜられる次（中）に称評しく『恩讐の彼方に』を評価しているが之に含まれた思想は外人にとつて正さに驚異であり殊もユニークなオリエンタリズムをそこに発見したことであらう、最後の結句（下）に至つては誠にわが現代劇作家をして大いに自省自覚せしむるに足る断案である。曰く『若し菊池君のやうな劇作家が尚は沢山居るならば日本はその現代劇を大いに誇つてよろしい。日本はシヨウ君やゴルスワージイ君から何物をも学ぶ必要はない』と。

図34　「モーニング・ポスト紙の菊池寛評」
（『読売新聞』、1926. 5. 17-19）

(Lennox Robinson, 1886-1958)を中心に企画、立案された「ダブリン・ドラマ・リーグ」では、「アベイの舞台に懸かることが少ない、まして街の商業劇場が取り上げることはない、同時代のすぐれた外国の劇作家の作品をアイルランドの人々に紹介することを目的とした」[23]と述べている。初演は一九一九年二月九日、演目はクロアチア人劇作家トゥツィチの『解放家』(*The Liberators*)であり、一九二九年までアベイ座で公演を行い、その後一九四一年までゲイト座での活動が記録に残っている。菊池の「屋上の狂人」はストリンドベリの『死の舞踏』(*The Dance of Death*)と共に上演された。チェーホフ、アンドレーエフ、シュニッツラー、ピランデッロ、クローデル、ベナベンテ、オニールなど海外の劇作家による戯曲を上演した。山宮允は、一九二六年八月三日にダブリンのイェイツ宅で、イェイツに面会しているが、「アベイ座は今でもイェイツが支配人をしてゐるので、日本現代の劇作家の作に適当なものがあれば其処で上演させて見たい、今日本にいい作家がゐるか」とイェイツから質問されたことを記している。[24]それに対し山宮は、「今日本には山本、菊池、谷崎その他優れた作家が段々ゐる」と、菊池寛の名前を挙げている。ここから、イェイツが以前よりアベイ座の舞台で上演するべく日本の現代劇を探しており、グレン・ショー訳、菊池寛「屋上の狂人」は彼の関心に合致したものであったことがわかる。

イェイツが、「ダブリン・ドラマ・リーグ」公演の演目としてアベイ座の舞台で上演するためにふさわしい同時代の日本戯曲を探していたという背景には、彼がアジアの芸術を自らの芸術に活力を吹き込むものとして捉えていたことが背景にあると考えられる。エドワード・サイードは、「イェイツと脱植民地化」(一九八八)において、イェイツの後期の体系的な神話群への移行がなぜなされたのかという問題に対し、「イェイツにとって、みずから痛切に意識していた、自身のアイルランド・ナショナリズムとイギリスの文化的遺産との重なり合い、みずからに重くのしかかると同時にみずからの力の源でもあったこの重なりあいは、どうしても緊張関係をひきおこさずにはいられなかったがために、つぎのように推測してもいいかもしれない。すなわちこののっぴきならぬ政治的・世俗的緊張関係の軛轢から、イェイツは問題を「高度な」レヴェルつまり非政治的なレヴェルで解消しようとしたのではないか、と」と述べている。[25] この時代のアイルランドの作家たちの多くに言えることであるが、植民地宗主国である英国の国語、すなわち〈支配者の言葉〉を自らの創作の言葉とすることによって、イェイツはその言葉が受け継いできた英国の文学的伝統や文化的遺産から多くの恵みを否応なく継承することができた。しかし同時に、自らの作品をかたちづくる血肉となった英国の文化的伝統の豊饒さそのものが、独自のアイルランドの芸術を確立するためには立ち向かわなければいけない影響力を持った脅威として立ちはだかってくることにもなったのである。

一九〇七年、イェイツが高く評価していたシングの戯曲「西の国のプレイボーイ」をダブリンのアベイ座で上演した時に、アイルランドの戯画だとしてアイルランドの観客から抗議騒動が起きたことへの失意は大きかった。エズラ・パウンドや野口米次郎を介した日本の能との出会いを契機として、イェイツはアイルランドの姿をリアルに描いたり、英国とアイルランドの対決構造をあからさまに描くのではなく、『鷹の井戸』（一九一六）のようにアイルランドの神話を題材に、日本の古典劇である能の要素を取り込んだ象徴的・暗示的な形式で描きだすという形で、再び戯曲の芸術的可能性を模索し始める。

ジョセフ・レノンは『アイリッシュ・オリエンタリズム』（二〇〇八）において、「東洋からの借用」がイェイツにとって深刻な問題であった植民地と宗主国の緊張関係に部分的な解決をもたらしたと指摘し、「オリエントを「中立項」として設定することによって」、「文化的な緊張関係を解くことが出来た」と述べている。[26] イェイツはインドの詩人ラビンドラナート・タゴールが自ら英訳した詩集『ギタンジャリ』を絶賛するなど英国の植民地であったインドの文学へと関心を抱いており、アイルランドとインドという植民地間の文学的な交流は見逃すことのできない重要な点である。イェイツは、アイルランドとイギリスの文化的な緊張関係に、第三項としてのオリエントを導入することで、イギリスの文化的遺産とは異なる規範に基づいた美が存在することを示し、芸術におけるヨーロッパ中心主義へと異議申し立てを行ったと言える。

イェイツは、日本の能についてのアーネスト・フェノロサの遺稿をもとに、エズラ・パウンドが刊行したフェノロサ＝パウンド『高貴なる日本の劇』（*Certain Noble Plays of Japan*, 1916）に寄せた序文において、「アジアという教師から学んだほうがよいだろう。というのも、ヨーロッパの芸術に見られる生からの距離は、ほかならぬ題材をめぐる困難に由来している場合が多いためである。（中略）したがって、演劇上の約束事やより形式的な顔、劇の筋の運びに全く関与しないコーラス、そしてことによれば、一四世紀の操り人形芝居を模倣したあの肉体の動きを求めて、私がアジアに目を向けるのは当然であろう」[27]と論じており、ヨーロッパの芸術が直面している生からの乖離という困難を乗り越える可能性を秘めたものとして、アジアの演劇に注目していることがうかがえる。さらにイェイツは、「西洋は老い」、成熟し尽くしたため、いまや新しい演劇を生み出すためには「東洋（East）を模倣」すべきであると捉えていた[28]。

イェイツは、イギリスとアイルランドという二項間に存在する文化的依存とナショナリズムの間で軋みあう緊張関係を脱するために、アジアの芸術を中立的な第三項として置くことで、西洋とは異なるアジアの芸術が生み出す美を新たな糧として自らの想像力を走らせ、西洋の芸術を乗り越える新しい美を生み出そうとしていたのではないだろうか。イェイツにおける、芸術の脱英化（de-anglicization）、脱中心化（decentration）、脱植民地化（decolonization）への志向が、日本の能や現代演劇への関心を引き起こし、菊池寛の戯曲「屋上の狂人」の上演と評価へとつながったと考えられる。

アイルランド以外の国の「ナショナル」な作家を取り上げて上演したダブリン・ドラマ・リーグで、菊池の「屋上の狂人」が上演されたという事実を、先の『モーニング・ポスト』紙の内容と併せて考察するとき、「日本的」な作家として菊池寛が受容されたことがわかるのである。

第三節　イェイツによる菊池寛「屋上の狂人」評価

イェイツ研究で知られる尾島庄太郎は、イェイツの死の前年、一九三八年にダブリンで面会してインタヴューを行っている。

> 彼はアイルランド文学について語ったが、私は彼の言葉の中に民族的伝統に対する確固たる忠誠の念を認めた。（中略）それから彼は日本文学について私に尋ね始めた。
>
> ［Yeats］　あなたの国の小説はどうですか？　民族精神（racial spirit）を持った詩人はいますか？　日本の若い世代は、日本独自の精神性と手法とを持っていますか？　菊池はどうしていますか？　国民的・民族的特色（national and racial traits）に彩られた戯曲を書く劇作家は、彼の他にいるのですか？（拙訳、以下特に表記しない限り全て同様）[29]

ここからは、イェイツが「国民的・民族的」な劇作家として菊池を捉えていたこと、菊池への興味が、十年を経ても持続していることがうかがえる。

当時の菊池寛は一九二〇年に新聞小説『眞珠夫人』が成功し、一九二三年に創立した文藝春秋社が軌道に乗り株式会社化して取締役社長に就任するなど、流行作家・実業家という側面も強かった。イェイツが愛した戯曲は、菊池の「無名作家」[30]時代に書かれたものであり、イェイツの「Kwan Kikuchi」へのイメージは、実際の菊池寛とはずれいを生じた独特なものである。尾島も、「国民的・民族的」作家としての菊池寛というイメージは抱き難いものだったようであり、菊池のその当時の活動をイェイツに伝える代わりに、以下のように返答している。

［尾島］　大きな商業劇場では、主に歌舞伎役者によって、古典的な劇が演じられています。しかしアイルランド文芸復興運動のような民族的・国民的な復興運動（a racial or national revival）に関しては、今まで試みられたことはありません。

［イェイツ］（しばし沈黙して深い溜息をつき）（中略）私はあなた方が創造した美を楽しむことに困難を感じません。私はよく、偉大な美を創造する日本人に霊感をもらいに行ったものでした。特に舞踏家のための劇を執筆していた時には。（中略）我々は国民文学（national literature）を持たねばなりません。あなたはアベイ座でのシングの「海に騎りゆく者たち」を観たことはありますか？　あれには、我々の民族性がよく表れています。(31)

イェイツは菊池寛を、アイルランド文芸復興運動が目指したことを日本においてなそうとした作家として捉えていたと考えられる。日本にも「国民文学」が必要であり、そしてシングの『海に騎りゆく者たち』(*Riders to the Sea*, 1904)がアイルランド「国民文学」の代表作であると述べていることに着目すべきだろう。

菊池は大正初期の文壇を振り返り、「愛蘭劇文学の研究は、寧ろ当時の文壇に於ける一般的風潮となりかけてゐたものではあつたが、それにしてもその主流をなしてゐたものは、イエーツ、若しくはグレゴリー夫人であつた」(32)と述べている。そして彼自身は、その中でも「愛蘭劇運動の生める鬼才ジョン・ミリントン・シングの名を知り、早くも彼に敬服して彼が非凡の劇作家的才能に深くも学ぶべきものあるを見出し」、「最も強き影響を自分に与へた先進作家として、可成り精しく(33)」シングを読み込んだと回想している。イェイツが、菊池とシングを並列して捉えていたと同様、菊池自身も戯曲創作の上でシングに最も強い影響を受けたことを認めているのである。

尾島は、イェイツにアイルランド文芸復興運動のような試みは日本では存在しなかったと答えた。確かに「京都をダブリンに」を合言葉とした菊池による大阪や京都の「文芸復興」運動は大きなうねりをまきおこすことはなかった。しかし、そこから生まれた菊池の戯曲は、イェイツにその目的の一端を理解されていたのである。

イェイツの菊池理解は、ショー訳戯曲集を紹介した『モーニング・ポスト』紙の記事の論調と重なり合う。さらに、英訳戯曲集のショーによる序文からは、イェイツが菊池寛に興味を持った理由がうかがえる。ショーは、菊池を四国という「島」の小さな城下町で生まれた作家と紹介し、「屋上の狂人」について、「菊池の作品の大部分が日本での日常的な経験を（every-day experience）題材としていることを示している。彼の幼年期の光景を描き出しており、幼年期に彼が四国で見知っていた人物像を含んでいる。それらは民衆（common people）の日本的な生活や考え方についてのある側面での真実の描写なのである」[34]と述べている。また、京都で執筆した「藤十郎の恋」を東京の『新思潮』に送ったところ、芥川龍之介や久米正雄に否定されて原稿を取り下げさせられ、一九一九年に『大阪毎日新聞』に小説として連載されたというエピソードを挿入している。

序文からは、地方の小さな島で幼年時代を過ごし、京都で戯曲を執筆したものの、東京の文壇に長らく認められなかったという菊池像が浮かび上がってくる。このような菊池像は、フランスで文学修業していた時にイェイツと出会い、彼の勧めに従ってアイルランドに帰国し、アラン諸島の民衆を題材として紀行文『アラン島』（*The Aran Islands*, 1907）や戯曲『海に騎りゆく者たち』、『聖者の泉』等を執筆したシングの経歴を、イェイツに連想させたのではないだろうか。

「屋上の狂人」の舞台「瀬戸内海の讃岐に属する島」は“An island off the coast of Sanuki in the Inland Sea”と訳されているが、島に住む村人や家族の姿を郷土色豊かに描き出す設定は、“An Island off the West of Ireland”を舞台とする『海に騎りゆく者たち』などのシング戯曲から学んだものだと考えられる。温暖な気候の瀬戸内海の島とアイルランドの西の外洋に浮かぶ島とでは、海が喚起するイメージが全く異なるのだが、それが英訳された時には、菊池とシングの戯曲の舞台設定上の共通点がより印象付けられる効果をあげたと思われる。経歴だけではなく、地方の「民衆」の「日常的な体験」を描いた点でも菊地とシングは重なり合い、その点もイェイツの関心を惹いたと考えられる。(35) イェイツにおける国民的・民族的作家としての菊池寛イメージを形成し、ダブリンで菊池が受容される素地をつくったのは、ショー訳及び『モーニング・ポスト』紙の記事であると言えるだろう。

第四節　菊池寛「屋上の狂人」とシング『聖者の泉』

ここから、菊池寛「屋上の狂人」とシングの『聖者の泉』とを比較することによって、両戯曲の共通性を明らかにしていき、なぜイェイツが特に「屋上の狂人」を評価したのか、その理由を探っていきたい。(36)「屋上の狂人」冒頭では、長男の義太郎が屋根に上って「金毘羅さんの天狗さんの正念坊さんが雲の中で踊つとる。緋の衣を着て天人様と一緒に踊りよる」と空を見ている。ある日、外の世界から島に奇跡を行う「金毘羅の巫女さん」という「あらたかなもの」が来訪したという知らせが入る。家族は義太郎の狂気を直すため、巫女の命じるままに彼を煙で燻す。しかし弟の末次郎は、巫女の行動に反対して以下のように続ける。

［末次郎］　兄さんが此の病気で苦しんどるのなら、どなゝ事をしても癒して上げないかんけど、屋根へさへ上げといたら朝から晩まで喜びつゞけに喜んどるんやもの。（中略）それに今兄さんを癒して上げて正気の人になつたとしたらどんなもんやろ。二十四にもなつて何も知らんし、イロハのイの字も知らんし、ちつとも経験はなし、おまけに自分の片輪に気がつくし、日本中で恐らく一番不幸な人に

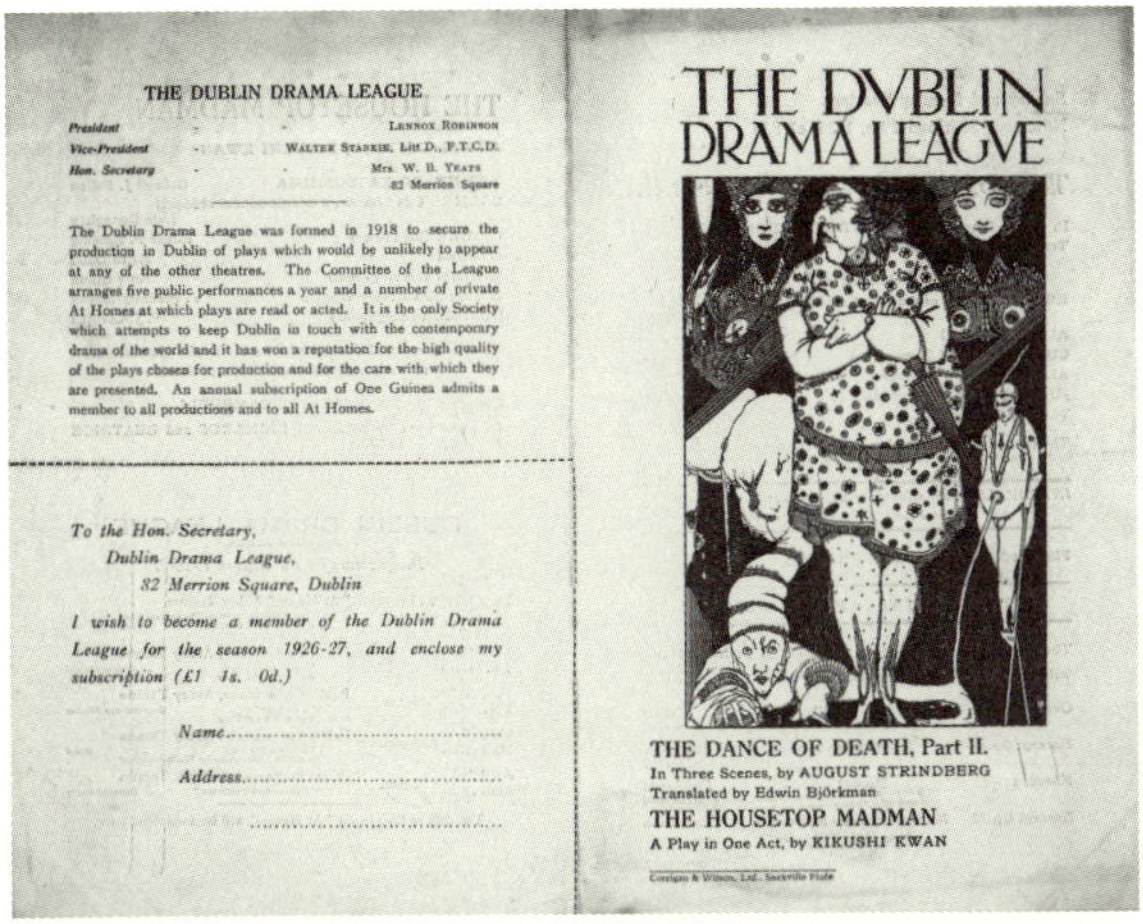

THE DUBLIN DRAMA LEAGUE

President - - LENNOX ROBINSON
Vice-President - WALTER STARKIE, Litt.D., F.T.C.D.
Hon. Secretary - - Mrs. W. B. YEATS
82 Merrion Square

The Dublin Drama League was formed in 1918 to secure the production in Dublin of plays which would be unlikely to appear at any of the other theatres. The Committee of the League arranges five public performances a year and a number of private At Homes at which plays are read or acted. It is the only Society which attempts to keep Dublin in touch with the contemporary drama of the world and it has won a reputation for the high quality of the plays chosen for production and for the care with which they are presented. An annual subscription of One Guinea admits a member to all productions and to all At Homes.

To the Hon. Secretary,
Dublin Drama League,
82 Merrion Square, Dublin

I wish to become a member of the Dublin Drama League for the season 1926-27, and enclose my subscription (£1 1s. 0d.)

Name..
Address..
....

THE DVBLIN DRAMA LEAGVE

THE DANCE OF DEATH, Part II.
In Three Scenes, by AUGUST STRINDBERG
Translated by Edwin Björkman
THE HOUSETOP MADMAN
A Play in One Act, by KIKUSHI KWAN

図35　「ダブリン・ドラマ・リーグ」による「屋上の狂人」上演パンフレット
（National Library of Ireland 収蔵）

なりますぜ。夫がお父さんの望ですか。何でも正気にしたら、えゝかと思つて、苦しむために正気になる位馬鹿なことはありません。(37)

末次郎は、「狂人」だからこそ兄は幸せな人間なのだと主張し、煙で燻すのを止めさせ、巫女を追い出してしまう。「屋上の狂人」の末尾では、元の日常に戻り、義太郎がいつものように屋根に上って、「末見いや、向うの雲の中に金色の御殿が見えるやろ、ほら一寸見い！　綺麗やなあ」と幻影を見ている。(38) ト書きには、「金色の夕日の中に義太郎の顔は或る輝きを持って居る」と示されている。そのような兄の様子を見て弟は「やゝ不狂人の悲哀を感ずる如く」に、「あゝ見える。えゝなあ」と、「狂人」である兄の方がむしろ幸せであるかのように、兄の言葉に同意するのである。弟の返答を聞いた義太郎は、「歓喜の状態」で、「ほら！　御殿の中から、俺の大好きな笛の音がきこえて来るぜ！　好え音色やなあ。」と、再び弟に呼びかける台詞で幕を閉じる。末尾には彼等の様子が「父母は母屋の中にはいつてしまつて狂せる兄は屋上に、賢き弟は地上に共に金色の夕日を見つめて居る」と記されることによって、兄は屋上、弟は地上というそれぞれに似つかわしい居場所にいながらも、視線の先には同じ「金色の夕日」があるという、兄弟二人共が幸福そうな様子が描き出される。

一方、『聖者の泉』では、「百年かもっと前のアイルランド東部の寂しい村」に住む盲目の夫婦マーティンとメアリーが、美男美女だと村人達が褒める嘘を信じて、施しを受けながら幸せに暮らしている。ある日、村に旅の聖人が来訪し、村人達の勧めに従って夫婦は奇跡によって目が見えるようにしてもらう。

MARTIN DOUL. Grand day, is it?（Plaintively again, throwing aside his work, and leaning towards her.）Or a bad black day when I was roused up and found I was the like of the little children do be listening to the stories of an old woman, and do be dreaming after in the dark night that it's in grand houses of gold they are, with speckled horses to ride, and do be waking again, in a short while, and they destroyed with the cold, and the thatch dripping, maybe, and the starved ass braying in the yard?

［マーティン］　いい日だって？（仕事を投げ出し、彼女の方に身を屈めながら、再び悲しそうに）いや、最悪な日かもしれない、俺はあの日に目が醒めたんだ。ちょうどお婆さんの物語を聞いた幼い子供らが、真夜中に夢のなかで金色の立派な家に住み斑模様の馬に乗っていたのに、しばらくして目を覚ますと、寒くて、藁屋根からは雨が落ち、飢えた驢馬が背戸で嘶いてるのを聞いて、夢が壊れてしまったときのように。(39)

肉眼で見たお互いの醜さ、労働の辛さ、村人たちの残酷さなどに幻滅した夫は、開眼した日を夢から「目を覚まし」した悪い日だと考える。しかし日が経つにつれ奇跡の効力が薄れ、夫婦の目は再び見えなくなる。再度奇蹟を授けるという聖人に対して、妻は「聖人様、私たちをこのままにしておいて下さい。こうやっていれば、またすぐに幸福な盲人といわれるようになり、生きていくための心配をしなくても、道端で半ペンスを貰いながら、気楽な時が送れるでしょう」と答える。

末尾は「狂人でもない限り」、「目が見えないことを望んだりしないはず」だと主張する聖人に、夫が「それなら俺達はもっといいものを見ているのさ。心の中で大空を仰ぎ、湖や大きな川や、鋤で耕されるのを待つ素敵な丘を見るんだ」と答え、夫婦は奇蹟を拒否して元の盲目の生活を選択する。「金比羅さん」の幻影を幸せそうに見る「屋上の狂人」の末尾と同じく、『聖者の泉』の結末は、夫婦にとっては心の中で見る「幻影」の方が「現実」よりも良いということを象徴している。

「屋上の狂人」と『聖者の泉』は、両作品とも地方の村を舞台としている。「屋上の狂人」の場合は、巫女が「狂気」の長男・義太郎を「正気」にしようとし、『聖者の泉』の場合は旅の聖人が「盲目」の夫婦を癒そうとする。双方とも、周囲の人間達は癒してもらった方が幸せだと主張するが、「屋上の狂人」では弟、『聖者の泉』では夫婦自身が元々の「無知」の状態の方が幸せで、外部から来訪した巫女や聖者に「正常」にされると却って不幸になると主張し、巫女や聖人を拒否する。作品の末尾では、登場人物が元々の「幸せ」な日常に回帰するという構図が共通している。

両作品を並べて読むと、外界から地方の小さな村へやって来た、巫女や聖人という権威を持つ存在が、強権的に登場人物を「狂気」から「正気」にしようとしたり、「盲目」から「開眼」させようとしたりする。家族や村人など周囲の人間は権威的な存在に従おうとするが、主人公は元の状態を選び取ることによって、ありのままの方が幸せなのだという作品全体の主題が浮かび上がってくる。ここからは菊池が、文学における東京の「中央集権的傾向」に対抗するために「ダブリンを中心として、愛蘭文学の復興が行はれた」ように、「東京以外の地に、新しい文学」を創り出そうとして「大阪芸術」や「京都芸術」を提唱した主張の反映を見ることが出来る。菊池は、イェイツらの文芸復興運動を、イギリスの「中央集権」に対抗してダブリンで興った「郷土芸術」と捉え、「大阪芸術」「京都芸術」の理論的支柱としたのだが、これらの二つの戯曲を並べてみると、「中央」からの啓蒙しようとする動きに対し、「地方」には全く独自の価値があり、「中央」に同化する必要はないというテーマを、菊池がシングの戯曲から受け継いでいる事が浮き彫りになってくるのである。

　この二作については菊池自身もテーマの共通性を述べている。

> 曾て「恋愛病患者」を書いたとき、田山花袋氏が、若き恋愛者の立場から書いたら、もつと力強い作品が出来たゞらうと云つた。若き恋愛者の立場から書いた近代劇が世界に幾百あるだらう。その反動として、父の立場から書いたのが「恋愛病患者」だ。「人生の幸福は幻影の中に在らずして真実を見るに在り」と、いかに、それについて多くの近代劇が作られたゞらうか。シングが「聖者の泉」をかき自分が（不倫をゆるせ）「屋上の狂人」を書くのはその反動だ。(40)

菊池は、花袋からの批判に対し、「人生の幸福は幻影の中に在らずして真実を見るに在り」という「近代劇」の主潮流への「反動」として、シング『聖者の泉』と自作「屋上の狂人」が成立したと主張している。彼はまた、「主題《テーマ》が一歩進むとそれが一の思想にまで進む。シングの戯曲「聖者の泉」の主題は、「幻影《イリュージョン》はある人々には生活の糧である。幻影《イリュージョン》を奪ふことは、さうした人々の生活を壊すことである」と云つたやうな思想にまとめ得られる」(41)とも述べている。菊池自身が、両作品の「思想」を同一のものと語っている以上、「屋上の狂人」が『聖者の泉』の影響下に成立したことは確実であろう。

　菊池寛は、「屋上の狂人」に対する森田草平の「あの作品をかく前後に於いて「人生の幸福は幻影の中にあらずして真実を見る所に在り」と云ふ真理に気がついてゐられただろうか」という批判に対し、「現実過重の幣に対して起つたものが、幻影復興現実忌避のイエイ《ママ》ツ、シングの徒ではないか。この二つが近代劇の第一波第二波ではないか。第二波に乗じてゐるものに、第一波を知らないだらうなどと、めちやくちやである」[42]と反論している。文学は社会や人生の「真実」を描くものであるという「自然主義」[43]的な観点から見ると、菊池寛の「屋上の狂人」はそれらに逆行するものとして捉えられた。菊池は、日本の「近代劇」に「現実過重の幣」を見、それを超克するために、「幻影復興現実忌避」のイェイツやシングの劇を理論的支柱としたのである。

第五節　権力への抵抗／肯定

菊池寛はアイルランド文学を受容する際に、アイルランド文芸復興運動が内包していた「郷土芸術」やイギリスへの反抗という民族運動的な側面を捉えていた。この原因は、東京で夢破れた地方出身者と自らを捉え、「郷土芸術」として大阪や京都の「文芸復興」を試みていたためだと考えられる。しかし、そのことが逆に、イェイツの文学運動の政治性や、シングの戯曲が持っていた地方の民衆の生活を描くというテーマを見据え、継承することに繋がったと言えるだろう。戯曲がグレン・ショーによって英訳されたとき、『モーニング・ポスト』紙は西洋の規範と異なる日本独自の伝統を継承する作家として菊池寛を激賞した。ショーによる英訳を読んだイェイツが、菊池寛とシングの共通点として国民芸術的な要素や民族性を見出して称賛したのは、菊池寛の経歴がシングと重なったためだと考えられる。しかし、とりわけ重要なのは、菊池寛「屋上の狂人」がシング『聖者の泉』から影響を受け、「幻影復興」という「思想」を継承していたためだろう。

また、両作品を並べて読むことで、権威的な存在による啓蒙の押しつけとその拒否という主題も浮き彫りになる。すなわち、アイルランド文芸復興運動は、強大な隣国イギリスによる支配からの脱却を目指すナショナリズムのうねりと共におこり、アイルランド独自のすぐれた芸術を創り出そうとした。シングはその理念に呼応し、『聖者の泉』を執筆した。そのテーマを継承する形で、文学における東京の「中央集権」に対抗しようとした京都時代の菊池は、「屋上の狂人」を執筆したと言えるのである。だからこそ、イェイツは菊池寛の戯曲に、自らが見出したアイルランド文芸復興運動の旗手・シングの作品との類似性を感じ取り、日本におけるシング受容とアイルランドにおける菊池寛受容という相互交渉が行われたと言えるのである。その点で、イェイツは菊池寛の戯曲の中に、自らが目指したアイルランド文芸復興運動の鏡に映った似姿を感じ取り、菊池を通して間接的にシングを褒め称えたと言うこともできるだろう。

ただし、菊池の場合は「文壇中央集権」への対抗心という個人的な問題意識が強く、民族的・政治的・言語的な軋みと対立というテーマは後景に退いている点は留意すべきであろう。第一章で論じたように、菊池寛は一九二四年の「朝鮮文学の希望」において菊池は、「諸氏は日本文学の洗礼を受け、やがては日本文学を卒業し、新なる朝鮮文学を樹立して貰ひたい。愛蘭人が英語を以て、新しき愛蘭文学を起し、英文学を圧倒したるが如く（中略）多くの民族運動の先駆を為すものは、文芸運動である。（中略）朝鮮と日本との関係は、今後、愛蘭と英国とのそれに似て来ると思う」（『文藝春秋』一九二四・九）と発言する。ここでは、「文芸運動」が「民族運動の先駆をなす」という考え方は一九一四年の「大阪芸術創始」「京都芸術のために」と同様ではあるが、朝鮮をアイルランドに、日本を英国へと擬えている。彼は、日本が植民地朝鮮に日本語と日本語教育を強いたことを背景に、アイルランド文芸復興運動のイェイツやシングらが支配者の国語である英語を用いて〈アイルランド文学〉を書いたことを引き合いに「朝鮮青年が日本語を以て新しき朝鮮文学を起し」て欲しいと、朝鮮の文学青年たちにも支配者の国語である日本語を用いて〈朝鮮文学〉を書くように奨めているのである。菊池が参照するのが、「愛蘭人が英語を以て新しき愛蘭土文学を起こし、英文学を圧倒したるごとく」というように、「新しき愛蘭文学」なのは皮肉というより他はない。確かに菊池は、馬海松（一九〇五—一九六六）を『文藝春秋』の編集部に入れ、後に『モダン日本』をまかせるなど執筆活動を後援しており、朝鮮人作家による文学活動を支援したいという熱意を持っていたのは確か

であろう。しかし、菊池の熱意は植民地朝鮮に対する帝国日本の言語文化統制という時局の枠から出るものではない。(44)

一九一四年において「大阪を英のダブリンに」、「京都をダブリンに」を「合言葉」として、アイルランド文芸復興運動のように東京の「中央集権」に対抗して大阪や京都で「文芸復興」のうねりをまき起こそうと奮起していた菊池寛は、十年後の「朝鮮文学の希望」ではイギリスの立場に立って、朝鮮青年達をアイルランド文芸復興運動の作家達に重ね合わせている。一九一四年に東京＝ロンドン／大阪・京都＝ダブリンと主張していた菊池寛は、一九二四年には日本＝イギリス／朝鮮＝アイルランドにスライドさせ、アイルランド文芸復興運動をめぐる自らの立ち位置を大きく変化させているのである。すなわち、菊池寛は、イェイツやシングらが、英国に文化的・言語的に支配されてきたアイルランドの現状を打破するために、ゲール語を取り入れ、農民から民謡や口承文芸を採集し、民衆を主役にして、アイルランド独自の芸術を復興させようとしたアイルランド文芸復興運動を、英国側の立場に立って読みかえていくのである。

このように、アイルランド文学からの影響、イェイツとの相互交渉関係から菊池寛を読み解くことは、日本の近代劇シーンにおける菊池寛戯曲の同時代的特異性を考察する上で、極めて有効であると結論付けられる。このことは、菊池寛戯曲の主題を浮き彫りにするのみでなく、イェイツの視点から菊池寛を、菊池寛の視点からシングを読むことでもあり、菊池寛の戯曲の持つ新たな側面を明らかにし、世界の文学潮流から逆照射することにもなるだろう。

第七章

幻想と戦争

——西條八十・その創作の転換期——

第一節　『聖盃』（『假面』）におけるアイルランド文学

大正初期、「愛蘭土文学研究会」が存在した。小さな研究会ではあったが、後年その参加者の多くが小説家・詩人・研究者として名を残した。この会を開催したのが早稲田大学英文科に在学中だった西條八十である。西條は、『私の履歴書』において、「当時めざましく興隆したアイルランド文学に親しみ」、「近代英仏詩の交流」に興味を感じて「フランス語が習いたくなり、暁星中学校の夜学に通いだした」(1)と、文学の目覚めを回想している。アルチュール・ランボーの研究などフランス文学者としても知られる西條だが、アイルランド文学に親しんだ後にフランス語を学んだことがうかがえる。『早稲田文学』の「大正二年文芸界一覧」には「泰西文芸の紹介及び翻訳次第に隆盛に趣く」（一九一三・二）、「大正三年文芸界一覧」には「諸雑誌の愛蘭土の詩人シンジを紹介するもの多し」（一九一四・八）と記されている。西條が特に興味を抱いていたのがイェイツとシングだった。

日本におけるアイルランド文学の「流行」は、政治的・文化的アイデンティティを獲得するための独立・自治運動や文芸復興運動の高まりが世界的に報道され、注目されたことと関わり合っている。西條は第一次世界大戦後にチェコの詩へ関心を抱くが、この背景にはオーストリア＝ハンガリー二重帝国が崩壊し、一九一八年にチェコスロヴァキア共和国が独立したことがある。上村直己が『砂金』に関してだけでなく、一体に八十研究は遅れている。これは明らかに問題(2)」であると指摘するように、現状では西條の作品研究が充分になされているとは言い難い。特に、外国文学翻訳・研究、詩、歌謡、民謡等多方面で活躍した西條の各時期の仕事について、同時代的コンテクストとの関わりにおいて検討していく作業は必須であろう。本章では、西條における詩人及び翻訳者・研究者という二つの側面の相互連関について、初期作品を中心とする具体的資料を通して分析する。それによって、主にアイルランドやチェコを中心とする外国文学の翻訳・研究が実際の詩作といかに響きあっていたのかを明らかにすることを目的としている。さらに、彼の文学的営為が同時代の国内外の政治的・社会的状況と密接に関わりあっていた点を指摘し、西條における外国文学受容言説と詩風の変化との関係性について考察していきたい。

　西條の最初の訳業は、イエイツの「彷徨へるええんがすの唄」「ええどは失はれた愛を歎く」（『帝国文学』一九一三・三）の二篇であり、早稲田大学に進学後、一九一三年二月号から同人誌『聖盃』（後『假面』と改題）に参加する。『聖盃』の同人たちについて西條は、「みな新しい外国文学に燃えさかる情焔を持つた、若くして学殖ある奇異な一群だつた[3]」と記しているが、『聖盃』は、「我々はまだまだ欧州の芸術に学ぶべき余地が充分あると思ふ。此見地から我々は此の雑誌へ研究的態度の分子をも多分に採り入れ度いと思ふ[4]」という創刊の辞や、「外国文芸の研究と云ふ事は「聖盃」創刊以来の重要な精神であつた。今度から一層それを遂行してこの雑誌を純粋の海外文芸雑誌とする事にした[5]」という後記からも明らかなように、「新しい外国文学」を研究し、翻訳・紹介していくことを目標の一つとしていた。西條は、同誌にシングの翻訳「シンヂ小品」（一九一四・五）、ジョージ・ムアの評論の翻訳「イエエツ、レディー　グレゴリイ及シンジ」（一九一四・七）、評論「白日夢の体現としてのシングの芸術」（一九一五・六）、「愛蘭詩抄」（一九一五・一二）と題してイエイツ「時とともに智慧は来る」「酒の唄」及びシング「恐怖」「冬」、アリンガム「池の面の四羽の鵞」、シガーソン「狂へる唄」、ハイド「謎」を翻訳するなど、アイルランド文学の研究・紹介者として執筆活動を開始する。

　そのようなアイルランド文学「熱」を象徴するかのように、『聖盃』一九一三年七月号は、西條八十、日夏耿之介、松田良四郎が編集する特集号「イエエツ号」となっている。扉にイエイツの肖像を掲げ、ほぼ全ての論考がイエイツ及びアイルランド文学の翻訳・紹介記事で構成されている。具体的な内容としては、西條がイエイツの戯曲「ベエルの磯」を翻訳し、また「"The wind among the Reeds." より」と題してイエイツの詩五篇を訳出している。他にも、日夏が評論「イエエツの古伝象徴劇」及び「イエエツ氏小伝」「イエエツ氏書史」「愛蘭土文学研究書目」を執筆、詩集『薔薇』から「白き鳥」を訳出し、松田が喜劇「羹の鍋」とフランシス・ビックレイ「愛蘭土劇運動の記録」を翻訳、小林愛雄が訳詩「谿」を寄稿している。日夏は、同号の「夏の露臺より」において「詩の訳はあり相で余りない様だ。西條の訳はうまい、少くとも彼はイエエツの性格の一部——シモン《ママ》ス氏が『ポエティカル・テンペラメント』と云つたものに全ての共鳴を感じうる男である」と、西條の訳詩を評価している。詩に着目していたという点でも西條は独自の位置を占めていた。

　早稲田大学英文科で西條と同級だった木村毅は、一九一三年に吉江喬松が「イエーツ研究」と題する講義を行い、*Countess Cathreen* と *The Land of Heart's Desire* のレポートが課題として出されたが、「全級（そのころからイエーツの味のわかっていたらしい西条《ママ》八十をのぞいては）みんなよわった」[6]と回想している。『假面』において特集「イエエツ号」が刊行された背景には、当時の英文科教授吉江喬松の学識があったこと、西條が英文科の中でもイエイツ研究については抜きん出た存在だったことがわかる。

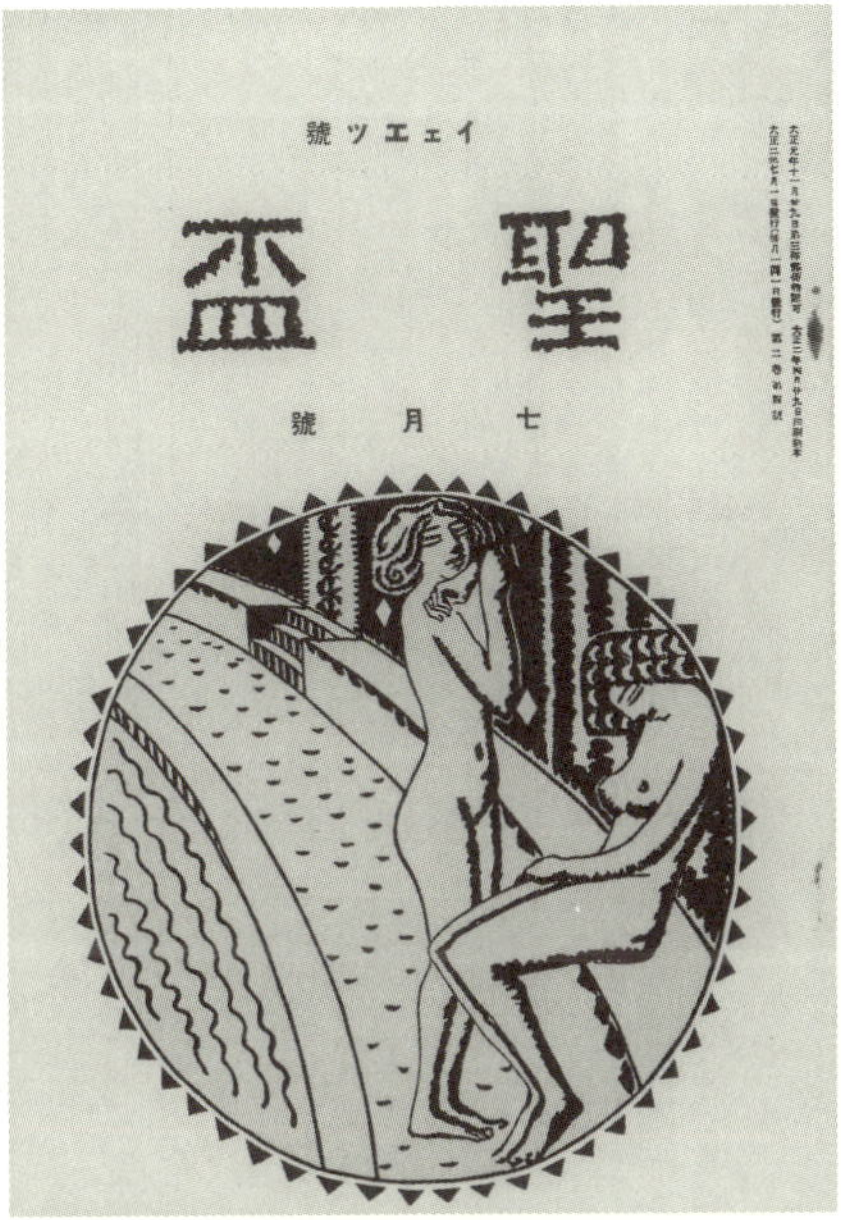

図 36　『聖盃』イェエツ号（1913. 7）

第二節　訳詩集『白孔雀』におけるアイルランドの詩の翻訳
―『砂金』との関係―

西條は、当時まだ日本に知られていなかったアイルランド文学について、より研究を深めたいという熱意を持ち、吉江に顧問を依頼し、自宅で「愛蘭土文学研究会」を開催する。[7]『假面』（一九一三・一二）後記において、彼は「イエエツを生み、シンジを生み、ジヨンソンを生んだ愛蘭土文学を中心として、その地の風土、習俗、伝説、其他一切を研究して行きたいのが希望」と提案している。[8] 翌年の『假面』一月号では、松田良四郎が西條について「今年は其全精力を以て「愛蘭土研究」に傾注するさうである」（「Ecce Homo」）と評すなど、自他共に認める程にアイルランド文学の研究に没頭していく。さらに四月号では「愛蘭土文学会が三月一日に西條の宅で開かれた。メンバアは松田良四郎、西條八十、柳川隆之介《ママ》（注・芥川龍之介）、吉江喬松、日夏耿之介、山宮允の六人。各研究者の発表は毎月一回の例会により、それをまとめて年一回大冊の研究録を刊行する。フ《ママ》イルランドの文学運動とも交通を結び、地道に徐々と各勝手に好きな方法で好きな研究に耽らうといふやり方をとる筈である」[9]という報告がなされている。これらの活動で興味深く思われるのが、西條が常に「研究」という言葉を用いてアイルランド文学に対峙している点である。

その五年後、一九二〇年に西條の第一訳詩集『白孔雀』（尚文堂書店）が出版された。『白孔雀』は、巻頭に「愛蘭詩抄」二二篇を置き、その後「英国新詩抄」一一篇、「米国新詩抄」一〇篇、「十五の唄」、「ボオドレエル二篇」、「大鴉其他」、「散文詩抄」と続く。同書には、計二六名の詩人の訳詩五三篇が収められているが、このうちアイルランドの詩人は一二名、収録詩は二四篇であり、半数近くをアイルランド詩人が占めているのがこの詩集の大きな特徴である。内訳は、巻頭の「愛蘭詩抄」冒頭にイェイツ八篇、次にシング二篇、アリンガム一篇、A・E二篇、ハイド二篇、キャンベル三篇、ラヴァー、マルホランド、ワイルド、シガーソンが各一篇という構成である。さらに「散文詩抄」では、ダンセイニ一篇が収録され、残りの一篇の著者ハーンも大正期にはアイルランド詩人と評されていた。

以下、西條が初期に最も興味を持った詩人であるイェイツの詩の訳業を見た後、西條自身の詩論に如何に影響したかを考察していきたい。西條は『新らしい詩の味ひ方』において、「彼の芸術的感興が最高潮に達した当時の、象徴詩集『蘆間の風』」から、自らの訳詩を引用してイェイツ「彼は心の薔薇を語る」を鑑賞している。西條は、自らの訳詩について「珠を瓦にした譏は免るべくも無いが、なほ多少原詩の俤は伝へてゐると信ずる」と自負を垣間見せている。彼は、この詩を、若者が現実世界を「あゝ、どうしてかうも醜い世なのであらう」と嘆じ、「これからひとり遠く緑の丘の上へのぼつて、そこで、せめては空想の中でこの世界を新たに美しく造りなほし——ちやうど薔薇のごとく美しい愛人の俤を秘め置くための黄金の手函のごとく造りなほして、それを眺めて静かに楽しまう」と思っている詩であると解説している。さらにイェイツについて、以下のように述べる。

悲しい流竄の民族、ケルトの血をひいた詩人、イエーツが、この詩で語つてゐるのは、あまりに痛ましい現実世界から甘美の夢の世界、幻想の世界への隠逃である。そうして又茲に「詩は人生の批評では無くて、竟に隠れたる生命の啓示である。」と喝破して、われらが真の輝ける世界はこの可見の現象世界の背後に在り、而してそこに到るの一途はたゞ想像の飛躍によると説いたイエーツの神秘観の胚胎を見るべきである。(10)

この詩は、『聖盃』(一九一三・六)掲載の最初の訳詩であり、後に吉江喬松『近代詩講話』(早稲田文学社文学普及会講話叢書、一九一四)、『白孔雀』に収録され、イェイツの代表作であると共に西條が最も愛好した詩の一篇と言える。ここでは、イェイツを「悲しい流竄の民族、ケルトの血をひいた詩人」と形容していることに注意したい。

西條は、この詩について、イエイツは、幻想／現実の対比のうち、幻想の方を重視し、「甘美の夢の世界」「幻想の世界」への「隠逃」を描いていると指摘する。詩の使命を「現象世界の背後」にある「真の輝ける世界」へと到ることだと見なしているのである。

訳詩集『白孔雀』序において、西條は、「この集に収めた訳詩は、いづれも曩に世に出した「砂金」と同じく、こゝ八年間に試みたものである」「訳詩は語学者の仕事では無くて、詩人の仕事である、さうしてそれを試みる詩人の芸術的天分が逸《すぐ》れて（ママ）ゐればゐる程、その訳詩は価値あるものとなるのである。／勿論私は語学者としてゞは無く、詩人としてこれらの詩篇を訳した」「これらの翻訳によつて、自分の仕事の上に尠からぬ利益を得た」と述べている。西條の第一詩集『砂金』は、一九一九年六月、尚文堂書店より出版され、彼は自序において「明治四十五年頃から今日に至る約八年間の仕事である」と述べている。西條はイエイツ『蘆間の風』について「「砂金」時代のものに、もし何かの影響があるとしたら、それはこの詩集から受けたものである」と書いている。[11] このように、西條の詩における翻訳の影響は大きく、時期的にも『砂金』収載詩の創作と『白孔雀』の訳業は平行して行われたこともあり、『砂金』と『白孔雀』の世界は互いに響き合っていると言える。

「芒の中」は『詩人』一九一七年二月号に掲載され、『詩人』創刊号（一九一六・一二）掲載の「芒二篇」（『砂金』に収録時に「一　芒」「二　芒」と題を附される）と併せて『砂金』に収録された。同詩は『砂金』の広告に引用されるなど、詩集の性格を象徴した一篇である。「一　芒」では「君と別れし／朝夕の／芒の中に／海を聴く。」と失恋を歌い、「二　芒」において、芒の中に分け入り、かつての恋人を想起するが、「芒をいでて／仰ぎみる／濃青のみ空／白き雲」と、現実には若者は一人きりで空を見上げるのみという詩である。「三　芒の中」は、「青空の／芒の中に、／眞晝／悲しき市ありて。／／きのふも／今日も／風かげに／黄金《きん》の洋燈《らんぷ》が／見えがくれ。／／甲斐ない夢を／追はうより、／昨日も／けふも／青芒、／市街《まち》を眺めて／ただひとり。」となっている。

同時代評では、霜田史光が「思ひ切つてよくもかうまで現実と別離し得たと思ふ位である。そして如何によく別箇の世界を作り得てゐるだらう[12]」と、西條を「幻想の建築者」と評している。また島田謹二は、「ヴィジョンの中に市街《まち》が出てくる。どんな人の目にも映らない都、自分の目にだけ映る都が出てくる[13]」と解釈し、荒川洋治は『砂金』について、「日常的解釈」から「独立した物」としての「詩の世界」を構築した西條の「造形」力を評価している[14]。

先行論が共通して述べるように、「芒の中」は、失恋した若者が芒の中に恋人の俤を探し、辛い現実の世界から「黄金の洋燈」の煌めく「市街」を幻視することを、詩として構築している。西條は、二十代に夢中になったイェイツの詩について、「痛ましい現実世界から甘美の夢の世界、幻想の世界への隠逃」、あるいは「想像の飛躍」によって「可見の現象世界の背後」にある「真の輝ける世界」へと到ることこそが詩的行為だと論じていたが、この詩にはそのような詩観がいかんなく発揮されている。

第三節　イェイツからシングへの関心の変化

西條は一九一五年に卒業論文「シング戯曲の研究」を提出し、早稲田大学を卒業する[15]。後年彼は、「セルト族の文芸復興として評判の高かったアイルランドの劇作家、ジョン・ミリングトン・シングの作品の特質をテーマとして長い卒業論文を書いた。だが、なにしろ邦訳などはひとつもなかった時代で、全作品を読み、かつ論ずるのには、長い日月がかかった[16]」と、当時最先端の作家を卒業論文に選んだ者特有の苦労を回想している。

『假面』（一九一五・六）巻頭に、西條の「白日夢の体現としてのシングの芸術」が掲載されるが、この力のこもった論考こそ早稲田大学へ提出した卒業論文の成果だと考えられる。彼は、「ケルト民族」には二つの特徴があると主張し、第一の特徴は「ケルト民族がもと〳〵世にあらはれた当時から、すでに持つてゐるおほらかな、悠久をおもふ空想的な傾向」、「樹木に心ありとし、月明の丘に妖精の舞踊を夢みた所謂空想のための空想」であり、その特徴を示した文学者としてイェイツとジョンソンの名前を挙げている。

第二の特徴は、「ケルト民族の歴史は一つの長い輓歌である。ケルト民族はその追放、その海上の逃亡を今もなほおもひだす」というルナンの言葉を引き、「悲しき逃亡の民族」であることとしている。それは過去における事柄だけではなく、「現時の愛蘭土の農民たち」が、「故国の自然の荒廃と、その地主たる英国貴族の圧制に耐えず、陸続として亜米利加や濠州の新世界へと移住しつゝある」こともその特徴を示すと著している。(17) この第二の想像性を代表するのがシングであり、シングの芸術は、「現実の悲しきままに彼等自らが強ひてわれとわが造つた白日の夢」で、「彼等が苦き現実に於ては到底みたされざる熾烈な慾求を、せめては其処に実現せんとして遙かリアルを超へた想像の世界を捜め行つた」傾向を体現していると述べている。

西條は、イェイツが「従来のロマンティシズムを内部に枉げた不可思議の国の『紅きHANRAHAN』を急ぎ呼び戻して、今度は不可見の世界に走らせた、――さうしてそこに象徴主義をみとめた」のに対し、シングは「美しき夢を惜気も無く棄てゝ、波けぶる海上の一孤島アランに去つてからは、只管冷静なる農民の観察者となつた」と言い、二人の芸術家を対照的に論じている。

西條は、シングが「無知野蛮な農民のうちにも、ある奇異な小さき夢がやさしく醸されてあるを認めた。それはイェーツ、A・E等の人々に見る蒼穹の星の光に濡れた夢ではなく、大地の匂いに包まれた夢であつた」ことを評価し、シングが見出したその夢は、「彼の周囲の作家たちのひとしく趁ふ、架空な、虚無の影像よりは遙かに貴く」思われたと述べている。西條は、シング作品の「全般に亘つて、何よりもまづ鮮やかな色彩をなしてゐるのは、この夢、この農民の想像性」と論じ、「彼こそは真に、夢対現実のストラッグルを永遠に続けゆく愛蘭土農民の、好個の象徴であつたのではあるまいか」と結論付けている。すなわち、西條の芸術観が「空想の為の空想」から「輓歌」へ、それに伴って評価の対象となる詩人がイェイツからシングへと移行したことを、はっきりと見て取ることが出来るのである。この変化の理由として、西條が詩的モチーフとして庶民や弱者の生活に関心を持ち、民衆の視点から詩を書くことに自覚的になったと言えるのではないだろうか。

シングへの関心は、西條の詩や訳詩の上にも影響を及ぼした。『白孔雀』に収録されたシングの訳詩「冬」（『假面』一九一四・一二）は、「ふらり、ふらりと、わが行けば／どの街路《とほり》にも雪はあり、／されど男女《なんによ》も、犬ころも／われを知るもの町に無し。／／並ぶ小店《こみせ》のどれこれも、／猶太人《ぢう》も波蘭人《ぽうる》もわれは知る、／石炭《すみ》の嚢《ふくろ》の倹約に／夜《よる》昼《ひる》われは彷徨《さまよ》へば。」という詩であり、「大都の中を僅かの銭《ぜに》を懐《ふところ》にして」という詞書が附されている。初出時には、西條の「あの懐かしいシンヂの素朴な旅姿が眼に見えるぢやないか」というコメントが見られる。

『白孔雀』には散文詩としてシングがアイルランドの田舎を放浪し、農民に交わって書いた紀行文「丘のおもみ」「グレンクリイ」も訳出されている。前者では「ウイツクロウ郡の丘々に散在してゐる家々」で出会った人々の様子を書き留めた文章のうち、「多く鋳掛職や普通の漂浪者が往来」する岐路で、「身寄りも無いので、たいてい国ぢゆうをあちこち彷徨ひながら暮してゐる」娘が、雷の幻聴を聴く「激しい神経過敏」のエピソードを抜き出している。また、後者は、「家の主婦は加減が悪く、九十を越えた姑の傍に臥てゐる、さうして心のうちを彷徨つてゐる」という山間の農村の様子を描き出した箇所を抜き出している。西條は、シングの作品の中でも、安住する家がない放浪者や貧しい農民を描いた部分を抜き出しており、シングの芸術における「冷静なる農民の観察者」になることによって農民達の「小さな夢」を書いた要素に関心を抱いていたことがうかがえる。イエイツの作品を、「蒼穹の星の光に濡れた夢」であり、「従来のロマンティシズムを内側に枉げた」と退ける西條にとって、シングの描いた「小さな夢」「農民の想像性」は新しいロマンティシズムと映ったのではないだろうか。

詩の創作においても、第二詩集『見知らぬ愛人』（交蘭社、一九二二）にはシングの名が含まれる詩「墓」が収録されている。この詩の元になっているのは、シングの紀行文『アラン島』である。同書冒頭では見知らぬ死者の名が刻まれている石柱が何本か建っている様子が描かれ、島での海難事故や埋葬が繰り返し書き込まれる。「墓」

は、赤ん坊の「小さく、白き、二枚の歯」を、「かのシングが／涙ぐみつつ過りしといふ／寂しき愛蘭土の／濱邊の墓を偲ばしむ。」と、墓に見立てることから、荒涼としたアラン島の「濱邊」や、島民の切迫した生活の過酷さ、さらにアイルランドの農村・漁村を放浪したシングへと連想を繋げていくものであり、単なる思いつき以上の詩性を孕んでいる。

このような西條の歩みからは、アイルランド文学の研究を進めるにしたがって、西條がイェイツ等の芸術を「所謂空想のための空想」だと捉え、シングの芸術に見出した「現実の悲し」さや「苦さ」と常に格闘し続ける「愛蘭土農民」の「小さき夢」や「農民の想像性」の表現を、芸術にとっての重要なものだと考えるようになったことがわかる。以下、西條が「空想のための空想」「架空な、虚無な影像」よりも、農民や貧しい人々を題材とし、「現実」の苦さの中にあるロマンティシズムをいかに描くかということを重視しはじめた点に着目し、翻訳・研究と詩作との相互関係について検討していきたい。

第四節　アイルランド文学の研究からチェコの詩の翻訳へ

西條は、『未來』第二輯に「ボヘミアの詩人より」（一九一四・五）と題し、ベズルチ、レシェラデウ、フロオリッキイから五篇選んで訳詩を掲載した。(18)　一九一九年に書かれた評論「チエック詩人の群れ」では、当時を振り返り、チェコの詩に興味を持った理由に関して、以下のように記している。(19)

私がゆくりなくチエツク族の詩に親んだのは、四五年前の事である。其当時私は熱心な愛蘭土文学研究者であつたが、墺太利帝国に隷属している彼等チエツク族が、絶えず暴戻な独逸種の貴族の圧迫を受けて、悲憤の涙

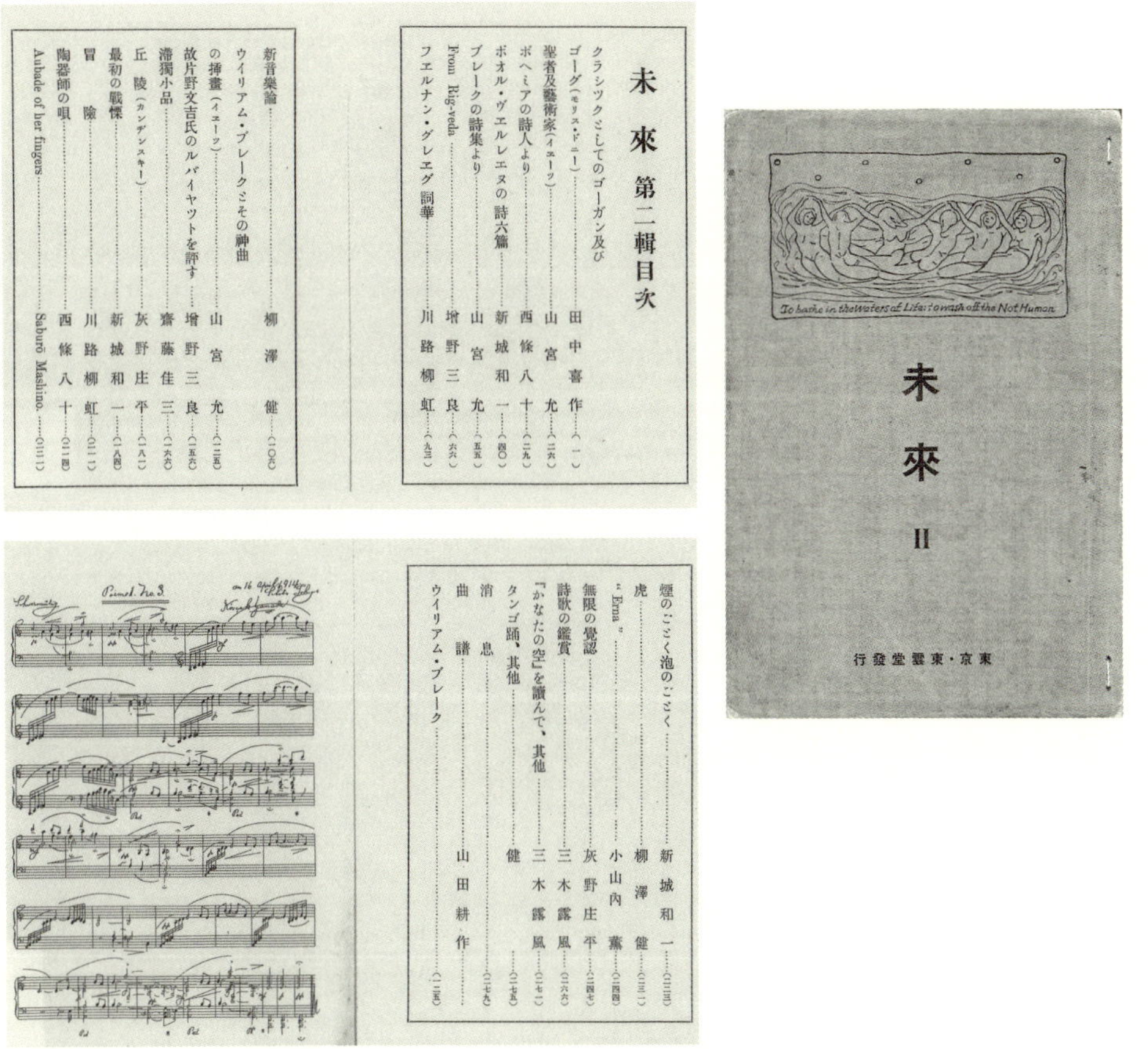

未來　第二輯目次

クラシツクとしてのゴーガン及び
ゴーグ（モリス・ドニー）……田中喜作……（一）
聖者及藝術家（イエーツ）……山宮允……（二六）
ボヘミアの詩人より……西條八十……（二九）
ボオル・ヴエルレエヌの詩六篇……新城和一……（四〇）
ブレークの詩集より……山宮允……（五五）
From Rig-veda……増野三良……（六六）
フエルナン・グレエグ詞華……川路柳虹……（九三）
新音樂論……柳澤健……（一〇六）
ウイリアム・ブレークとその神曲
の挿畫（イエーツ）……山宮允……（一二五）
故片野文吉氏のルバイヤツトを評す……増野三良……（一五六）
滞獨小品……齋藤佳三……（一六六）
丘陵（カンヂンスキー）……灰野庄平……（一八一）
最初の戰慄……新城和一……（一八四）
冒險……川路柳虹……（二一一）
陶器師の唄……西條八十……（二一四）
Aubade of her fingers……Saburō Mashino.……（二二一）

煙のごとく泡のごとく……新城和一……（二二三）
虎……柳澤健……（二三一）
“Erna”……小山内薫……（二四四）
無限の覺認……灰野庄平……（二四七）
詩歌の鑑賞……三木露風……（二六六）
『かなたの空』を讀んで、其他……三木露風……（二七一）
タンゴ踊、其他……健……（二七五）
消息……（二七九）
曲譜……山田耕作……
ウイリアム・ブレーク……（一二五）

図 37　『未來』第二輯（1914. 5）表紙、目次

を呑み、折あらば自己種族の独立を謀らうとしてゐる姿が、恰度かの愛蘭人が英国人の地主富豪の為めに虐げられ、日夜自治制の建設を夢みてゐるのとひどく似通つてゐるので、好奇の心を動かされ、それから五六の材料を聚めてみたのであつた。

ここでは、「チエック族」がオーストリア＝ハンガリー二重帝国の支配下に置かれ、一八四八年にプラハにおけるチェコ革命運動が鎮圧され、チェコ語の使用禁止とドイツ語の使用が強制されるなど文化的・政治的に抑圧される状況において、「自己種族の独立を謀らう」とする姿が、大英帝国からの自治・独立を望むアイルランドの状況と重なった為に興味を抱いたとして、独立を目指す被支配民族から生まれる詩へと心を寄せていく西條の姿が浮かび上がる。彼は、チェコ語が帝国の支配以来、「全国に亘つて土語の廃止、独逸語の使用を厳命した結果殆んど其の存在を危くされ」たと述べ、「チエック族の詩歌」は「山野の農民の重い唇に辛うじて縋つてゐるチエック語を如何にかして復活」しようとして生まれたものであり、「彼等の作物の基調をなすものは、いつも熾烈な愛国主義の焔」であると述べている。

ベズルチの詩について、西條は、「私等異邦人の眼から見て最も興味を感ずる」として、「彼が好んで歌ふのはオーストリアン、シレシアの鉱夫等の暗い惨めな生活である。彼等はチエック民族で、今や危うくその国民性を失はんとし、其国語は侮蔑され、禁制されてゐるのだ」「**Polish-Czech** の訛音を操り、彼等の心を歌つてゐる」と述べている。そして、「誰人か我に代る」を西條自身の訳詩によって引用する。

（略）

われをぐらきヴイツコヴイツツの溶爐の煙の中に立ち、
日輝けるもはた夕すみやかに落ちきたるとも

わが額に犂みもて凝視を殺戮者のうへに投ぐ。
かれらは豊かなる猶太人、また位たかき伯爵、
われは鑛穴より躍りいでし暗き面もてる坑夫なり。
我等の顳顬の上に寶冠は輝けども
わが凝視、わが堅き拳、はたまたわが頑なる軽侮、
ベスキツヅに生れし鑛夫のたえがたき悲憤をみまもりしとき、
かれらひとしく戦慄けり。
わが血は涸れなんとし、いま又わが唇よりながる、
吾上に草生ひ、わが肉體の朽ん時
誰びとの見まもるありてこの吾を安んずべきぞ？
はた誰人か吾紋章をあぐる者ぞ？

西條訳の「誰人か我に代る」は、資本家や貴族階級という「殺戮者」に搾取される「われ」らチェコ族の「たえがたき悲憤」を直接的に書いた詩として読者に訴えかける力を持っている。「わが血」が涸れ、肉体が朽ちた時は、誰が「吾紋章」をあげるだろうかという疑問で終わる最終行は、異民族支配の下でチェコ族が滅びた後、かつての自民族の栄光を、誰が復興してくれるのだろうかという叫びであろう。西條は、「誰人か我に代る」を引用した後で、ベズルチの詩は「いづれも略奪階級即ち独逸種の貴族地主の横暴に対する、被略奪階級たるチエツク族の義憤を暗に歌つたものである」と説明し、詩の解釈を助けている。

「チエック詩人の群れ」の結論において、西條は再びアイルランドとチェコの文学及び言語が置かれた状況の類似性を喚起する。

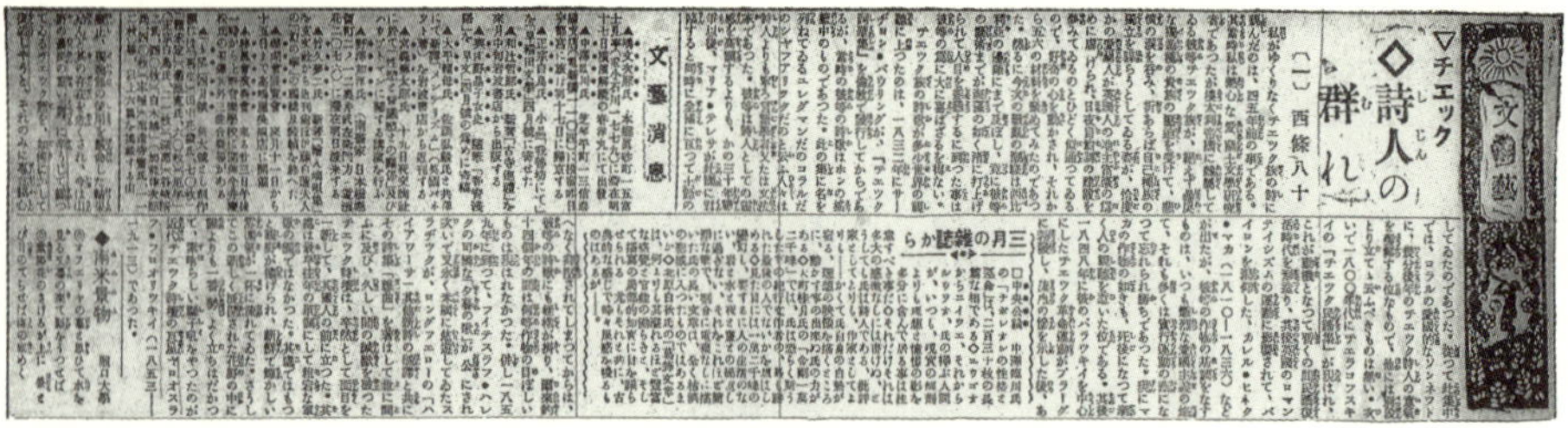

図 38　西條八十「チエック詩人の群れ〔一〕」（『時事新報』1919. 3. 16）

ヂョーヂ・ムーアは嘗て愛蘭語に就てかう云ふ事を云つた。「吾人の希望する所は英語を一般語として使用し、我国語（愛蘭語）を未来の文藝のミーデイアムとして、一般的使用及びヂアーナリズムから保留して置くことである。今後の五十年間に英語は十八世紀の拉典語の如く腐朽してしまふであらう、さうして単に商業語、又は新聞用語だけに制限されてしまふであらう」と。

今や独逸語の権威が漸く失はれんとする時、永い間土に埋もれてゐたチエック族の言葉から、果実に似た新鮮な匂のする唄を聴かうと期待するのも亦楽い事ではないか。

ここからは西條がチェコの詩をアイルランド文学と同様の問題意識で捉えていることがわかる。一九世紀末のアイルランドでは、「英国の影響」から脱却しようとする意識的な努力、「脱英化（de-anglicization）」が、様々な分野で提唱され、試みられた。政治的側面だけではなく言語的、文学的側面においても、「チエック民族」が他国の支配を脱し、独自の「唄」を創造することを期待しているのである。彼の訳詩の動機に「暴戻な独逸種の貴族の圧迫」から独立しようとする「チエック民族」と「英国人の地主富豪の為めに虐げられ」ている「愛蘭人」への同情があると同時に、この時期の西條がアイルランド文学やチェコ詩における支配民族への抵抗という「独立運動」や「民族運動」といった、文学が社会を動かしていくという運動的側面を重要だと捉えていたことが明らかである。

そのような関心の変化を示すものとして、西條の詩業における大きな転換を示す作品が「尼港の虐殺」（「読売新聞」一九二〇・六・二〇）である。長篇なので、後半部分から四聯を引く。

ああ、かくして、忘れがたきは
五月二十四日の夜半ぞ！
黒龍の水も逆まけ！
月も泣け！
萬里の異域に棄てられた哀れなるわが同胞の血は
最後の一滴まで搾りとられて
風腥き河畔の砂を赭黒に染めたのだ！（中略）

娘よ、
せめてはこの玩具の赤き木片をたかく積んで、
血の墓になぞらへよ、
さうしてその俤を永く永く胸に祕めよ。（中略）

斯も迂愚なる為政者の群の下に
かくも冷やかなる國民の環視のうちに、
六百の同胞の貴き生命が
一片の麥稈のやうに簡易に失はれ去つたことを、——
さうしてかのアルメニヤ人の虐殺にもました

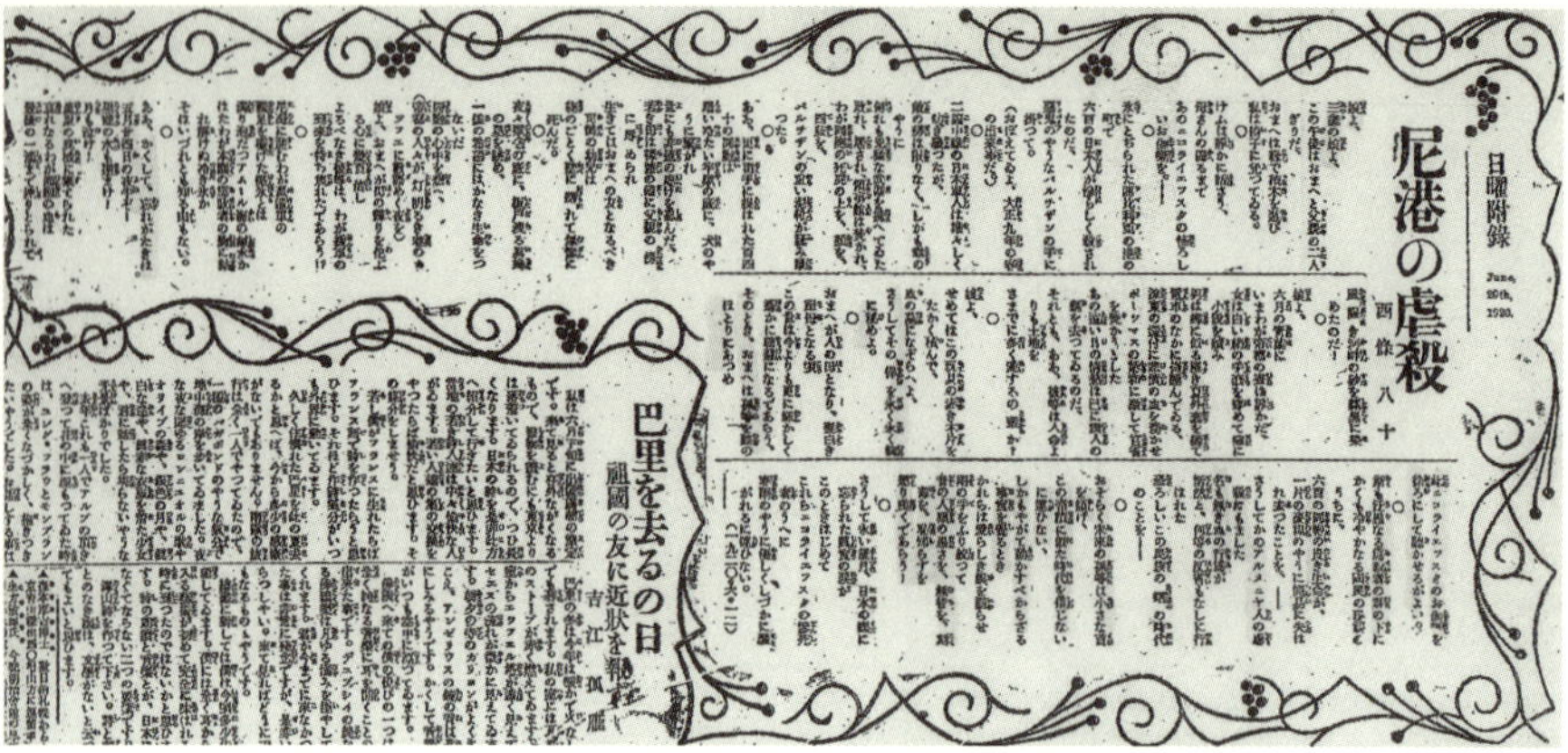
日曜附錄

June 20th, 1920.

尼港の虐殺　西條八十

巴里を去るの日

諷國の友に近狀を報ず　吉江孤雁

図 39　西條八十「尼港の虐殺」（『読売新聞』1920.6.20）

名も無き血の行為が
恬然と、何等の反省もなしに行はれた
恐ろしいこの民族の曙の時代のことを。——

おそらく未來の孫等は小さな首を傾げ、
この奇蹟に似た時代を信じないに違ひない、
しかもやがて動かすべからざる事實を覚るとき
かれらは愛らしき目を瞋らせ兩の手をふり絞つて
昔の人類の愚さを、無智を、酷薄を、恥知らずを
罵り嘆くであらう！

「娘よ」という冒頭の呼びかけから始まる「尼港の虐殺」は、一九二〇年三月から五月にかけ、ロシアのニコライエフスクにおいて、パルチザンに日本居留民が殺害された事件を歌ったもので、『砂金』に収められた詩とは大きく詩風が異なっている。西條は、「「尼港の虐殺」はこの悲惨事に痛憤して宵を徹して脱稿、自ら読売新聞に寄せたるものなり」[20]と、この詩が、事件の報に際して作られた機会詩であることを述べている。

当時は、『中央公論』『太陽』などの総合雑誌が、「シベリア出兵」によって起きたこの事件に関する記事を掲載し、上司小剣が小説

「英霊」(『中央公論』一九二〇・七)を発表するなど、大きな反響を呼んだ。特に『日本及日本人』第七八七号(一九二〇・七・一五)は、一五五名の各界の著名人のコメントを一挙掲載した「尼港事件・哀悼と公憤と問責」という特集を組んだ。大和田茂は、同特集について「横瀬夜雨、蒲原有明、正富汪洋らは、虐殺の現場に思いを馳せ、殺された名もない人々の心情を詩歌に託し、侵略している日本人の加害者的立場を忘れ、被害者意識一辺倒のヒステリックな感情を露にしている」と指摘している。(21) 同詩について神戸雄一は「世間うけのよかつたときいてゐる「尼港の虐殺」を私は、西條氏のほんたうのものだとは考へられない。氏は憧れの詩人だ。それが西條氏のいい所だ。最近の詩はあまりいい傾向だとは思はれない」と述べており、(22)「尼港の虐殺」が西條の以前の詩風からは転換した「傾向」の作品だと受け止められたことが明らかである。

「尼港の虐殺」をベズルチの「誰人か我に代る」と比較してみると、詩の構成が相似していることが明瞭である。西條は、「敵の勢」の「非道の虐げ」を受け、「異域に棄てられた哀れなるわが同胞の血は／最後の一滴まで搾りとられ」たと「嘆」き、日本の「国民」／「民族」の虐殺について今の日本には歎く者が少ないが、未来には「眞實の涙」が「ニコライエフスクの惨死者のうへに」そそがれるに違いないと歌う。西條は「搾りとられ」たという言葉を選択することによって、シベリアの日本居留民が被抑圧者であるかのような言説空間を作り出している。

これは、「殺戮者」に虐げられる「鑛夫のたえがたき悲憤」を歌い、「はた誰人か吾紋章をあぐる者ぞ?」というベズルチの訳詩と、異民族の「非道の虐げ」を受けた自民族の魂を、未来には誰かが理解してくれるのではないかという歌う点で共通している。また、「娘よ」と呼びかける冒頭から事件の描写へ移り、再び「未来の孫達」への呼びかけへと回帰する西條の詩は、冒頭に「誰びとかわれに代りて／この紋章をあぐるものぞ?」、末尾に「誰人か吾紋章をあぐる者ぞ?」を置くベズルチの詩と同じ構成を採っている。詩風も『砂金』に見られる象徴主義から、直接的な語彙を用いて自らの心情を歌いあげる社会詠へと転換したことがうかがえる。

これまで考察してきたように、西條の詩風の変化には、イェイツの「空想のための空想」へと惹かれていた頃から、シング研究を経て、アイルランドやチェコの「虐げ」られた「民族」を描いた詩へと研究上・訳詩上の興味が移行していったことが影響していると言えるだろう。しかし、ベズルチの「誰人か我に代る」は、自国がオーストリア＝ハンガリー二重帝国に侵略され、被支配民族となったチェコ人の立場から書かれた詩であるのに対して、西條八十「尼港の虐殺」はシベリアにおける日本という「帝国」の側から書かれており、同じく戦時下における民間の人々の犠牲という痛ましい出来事を主題としているものの、政治的背景としては支配―被支配の立場に捻れが生じていることに留意しなければならない。

第五節　アイルランド、チェコ文学への関心と歌謡・時局詩

西條は、一九二一年に日本の歌謡の目指すべき方向性を論じた「民謡精神と民族性」「同（二）」[23]を発表するが、その論考で再びアイルランドとチェコの例を引いている。西條は、「長い間墺太利政府の下に独立民族としての自由を拘束され、空しく呻吟し来つたチエツク族」と、「約七世紀の間異種異数《ママ》の英国政府の下に隷従して、不断に自治を夢見て懊悩し来つたアイルランド人」として、彼らの「歌謡」を民族の政治的背景から論及している。[24] 彼は、「これらの国民的の悩みを歌つた歌謡を見る時、私はいつもかうしたかりそめな唄がどれだけ彼等の国民的自覚、発展、乃至解放を扶けて来たか知れぬと云ふことを考へる」と著す。アイルランドとチェコの民謡を、他国・異民族の支配下におかれた民族を「国民」として纏め上げるものと見なしていることがうかがえる。そのような西條の「歌謡」観は次の引用によっても明らかだろう。

　アイルランド民が数世紀の間、英国政府の圧制の下に在つて、毫もその目的の志を翻へさず、今ではアイルラ

ンド共和国建設の地歩に達してゐることに見ても私はこれらの鬱勃たる国民的精神の背後に、どれだけ彼等が常住口に絶たざる歌謡の力が作いてゐるかを考へずにはゐられないのである。幻想無ければ民衆死すと或る詩人は云つたが、これと同じ意味に於て民謡なければ民衆死すと云ふことが云はれるであらうと思ふ。何故とならば民謡なるものは一国の民衆の悩み、乃至あくがれの唯一の発露であり、さうしてかうした悩みや、あくがれの無い民族が決して永久に生き行くことは無いと想はれるからである。

彼は、アイルランド共和国建国のための独立運動の背後に、「国民的精神」を支える「歌謡の力」が存在したと指摘し、「歌」を「一国の民衆」の悩みや憧れの発露であり、「民族」が「永久に生き行くこと」を支えるものとして、ナショナリズムと結びつく形で捉えているのである。その上で彼は、アイルランドとチェコを例に、歌が「国民的自覚」を促し、「民衆」を「一国」の「国民」へと纏め上げる原動力になると主張する。

西條は、催馬楽について日本の民謡の起源と呼ばれてはいるものの「支那の歌謡の模倣に過ぎない」と批判し、詩壇から「民謡新興の叫びを聞」き、「一般民衆の間から真実の国民的憧憬、乃至鬱悶の歌声が聞かれる日を待つ」と述べる。阿毛久芳は、「日本の民謡が支那の歌謡の模倣に過ぎず、本質的に見て日本のものとは言い難いととらえるところから、八十が辿る方向が既に予測できる」とし、「二民族の民謡と日本の真実の民謡との間に落とし穴があったのだろうか」と問題を提起しているが[25]、アイルランドやチェコのように政治的・言語的な二重の支配を受けた人々によって歌われた歌謡と、外部へと拡大する帝国主義の時代の日本において、中国の影響があるとして自国の民謡を否定し、「真実の国民的憧憬、乃至鬱悶の歌声」を新しく作り出すことを待望する西條とは、民謡へとアプローチする背景が異なっていたと言えるだろう。

『唄の自叙伝』において、西條は一九二八年から二〇年間に亘る流行歌謡の思い出を回想しているが、一九二三年の関東大震災の夜に聞こえてきた「安っぽいメロディー」によって「これだけの人が慰楽と高揚を与えられる」

という経験に、「ある深い深い啓示」を受け、「「砂金」を自費出版し、いわゆる芸術至上の高塔に立て篭っていたわたし」が「大衆のための仕事の価値をはじめてしみじみと感じた」契機としている。(26) 同書旧版『あの歌この歌』の「あとがき」では、「正統な詩を書きながら、一方からうした大衆歌謡にも筆を染める両棲的な人間」と自称し、「数行の言葉をもつて千人万人の人を動かし、慰撫し、鼓励する時花歌の作《はたら》き」は、「政治や宗教や産業などと同じく、ひとつの立派な社会現象であり、人間生活の必須な活力」と論じている。西條は、題材としてだけではなく読者としての「民衆」「大衆」を意識し、「大衆にアッピールするような歌(27)」を書くことを目指したのである。このような意識は、農民の姿を描き出したシング作品への志向、自治・独立といった政治運動や社会問題と連関した文学運動としてのアイルランドやチェコの文学に対する研究・翻訳活動の延長線上に位置づけられるだろう。さらに、西條は『大衆歌謡のつくり方』(全音楽譜出版社、一九四七)では、「ホーム・スイート・ホーム」によってアメリカへの移民が故国に帰ろうとし、「当時アメリカを支配してゐた英本国政府が驚愕」して歌うことを禁じた例や、フランス革命時に「一片の流行歌が、どんなに民衆を激励してあの空前の大変革を助けたか」という例を挙げ、「大衆歌謡の持つ偉大な力」を論じている。これらの戦後の回想には、今までの自らの仕事が「大衆」を動かす「力」を持っていたという自負が感じられる。

詩「詩人の覚悟」(『黄菊の館』同盟出版社、一九四四)において、西條は、「われら皇国の詩人、／生命ある言葉、真実なる言葉は、力以上の力、武器以上の武器」と書くが、詩人・西條は、言葉の持つ「力」を拡大させるものとしてメロディーと声の伴う歌謡の作詞へと向かったのではないだろうか。昭和期、西條の創作活動は、『砂金』のような象徴詩から、流行歌謡や時局詩へと移行していくが、アイルランドとチェコ文学への関心が、西條において歌謡・時局詩へと結びついていった経緯を、事件を契機として創作された機会詩を、具体的に見ていくことで確認しておきたい。

一九三一年に九月十八日に満州事変が勃発するが、同年十二月にビクターから西條作詞「起てよ国民」が出る。

第一聯は、「天神怒り地祇恚る／咄、何者の暴虐ぞ／満蒙の空風暗く／ひるがへる胡砂血に赤し」、第二聯は「高粱靡く満州は／想へ再度の戦に／わが忠勇の将卒が／屍に換へし土地なるぞ。」、続いて「いま暴民の靴さきに／踏みにじられて神州の／国威危うく墜ちんとす。」、「天地に恥ぢぬ権益を／蹂躙するは何奴ぞ。」と続いている。「東京朝日新聞」が九月一九日の号外で「十八日午後十時半奉天郊外北大営の西北側に暴戻なる支那軍が満鉄線を爆破、我鉄道守備隊を襲撃」したとし、「支那側の計画的行動」であると報じた言説を、西條は詩にそのまま取り入れている。このように、「支那軍」を「暴戻」「暴民」と形容し、一方の日本側を「血に赤し」「屍」「踏みにじられて」「蹂躙」と形容する形式は以後の西條の作品中で反復される。一九三七年七月には「盧溝橋事件」が勃発するが、西條は「北支の風雲」（コロムビア、一九三七・九）を発表し、第一連で「闇に鳴る鳴る銃声は／あれは北支那、盧溝橋／卑劣未練な支那兵が／闇討などゝは小癪なり」とし、最終連で「進め、皇軍、膺懲は／東洋平和の為なるぞ」と書いている。

一九三七年七月二九日の通州事件に取材した詩「通州の虐殺　忘るな　七月廿九日！」（『主婦之友』一九三七・九、後『戦火にうたふ』日本書店、一九三八）は、「第二の尼港の虐殺」と報じられたことを受け、詩「尼港の虐殺」と同様の形式・語彙を反復している。(28)

（略）

二百に余るわれらの同胞が、――武器も持たぬ無辜の同胞が、――
支那軍隊の手で無残に虐殺された、（中略）
おお！　西欧に聞くバルトロメオの虐殺にも優る
その悪逆よ、残忍よ、
天人共に宥さざる鬼畜の横道よ、

二十世紀の白日の下にあるまじき、無恥無慙の血染の妖怪画よ、（中略）
泥靴に踏躙られた無辜二百の英霊よ、
いつの日か、安けき天に還る？
（中略）
娘よ、涙の中に緊く記憶せよ、
この昭和十二年七月廿九日を、
おまへの子、孫、曾孫に語り聴かせよ、
かかる鬼畜に似たる蛮族を隣邦に持ちたる
或る時代の亜細亜の恥しき、汚はしき歴史を。――

「通州の虐殺」では「尼港の虐殺」と同じく「娘よ」という言葉を繰り返し、「一片の新聞紙を抱いて／激しく鳴咽する」娘に、父がこの事件を「子、孫、曾孫に語り聴かせよ」と呼びかける形式である。「悲憤」にかられる「非力」な「父」は、死者の「英霊」は「いつの日か安けき天に還る?・」と疑問を投げかけ、その上で未来のために「記憶せよ」「語り聴かせよ」と呼びかける。このような技法は、チェコ詩人ベズルチが「誰人か我に代る」において、「たえがたき悲噴」を抱きつつも血を流し朽ちていく「吾」が、「誰びとの見まもるありてこの吾を安んずべきぞ?・／はた誰人か吾紋章をあぐる者ぞ?・」と疑問の形で未来へと呼びかける形式を取ったように、事件を記憶することを要請する文体である。西條は、今は嘆く者は少ないが「未来の孫等」が「事實を覺るとき」、「昔の人類の愚さを、無智を、酷薄を、恥知らずを罵り嘆くであらう!・」という「尼港の虐殺」における技法を踏襲している。人の口から口へと語り継がれ、歌い継がれていった民話や俗謡に関する研究から、西條が学んだものであろう。西條は、『戦火にうたふ』の「序に代へて　皇軍に感謝す」において、「国威伸長のための刻苦勉励の責務を共認」するための「全国民の精神的総動員」の必要性を表明しているが、「通州の虐殺」における事件を共有し、記憶し、語り継ぐことを要請する文体には、「堂々正義の膺懲を全うする日」という「未来」の実現へ向けて読者を動員して行くねらいがあろう。

「通州の虐殺」における、「凶徒」「野獣」「賊徒」「鬼畜」によって「無辜二百の英霊」「異郷の夜半の眠にゐた人々」が「最後の血の一滴まで搾りとられて殪れた」という表現は、「尼港の虐殺」における「非道の虐げ」によって「六百の同胞の貴き生命」「異郷に棄てられたわが同胞の血」が「最後の一滴まで搾りとられ」たという表現を繰り返している。むしろ、同じ語彙や形式を反復することで、「尼港事件」と「通州事件」を重ねあわせることを意図しているかのような印象を受ける。また、「新聞紙を抱いて」泣くという箇所に表れているように、メディアが発表する情報の真偽を問わずに「これは怖ろしい事実」なのだと受け止め、規定している点も、「尼港の虐殺」における「動かすべからざる事実」という表現と同様に、統制情報を無批判に「事実」として受信する姿勢を読者に示すものであろう(29)。

西條が事件を契機に創作した機会詩には、他に「ノモンハン大空中戦を謳ふ」(『講談倶楽部』一九三九・九)がある。それまでの機会詩と同様に、「時惟昭和十四年、／水無月末の、夕四時」と記憶すべき日時が記され、「ああ、暴戻の越境に／満蒙草原、斜陽哭く」と「世界を毒す」「百か、二百か蜿々」と続くソ連機と「寡か十八機」の「皇軍」とを対照させ、戦死者を「男子と生まれ、光栄は／死して屍を雲の中」と表現し、末尾に「一億の民、とこしへに、／熱謝をもつて記憶せよ、／ノモンハンの大空中戦」と記している。ここでも「寡か十八機」に襲いかかる「暴戻」な敵、そこで命を落とした「屍」を、「一億の民」が「記憶」することが要請される。そのことによって、弱者の側からの言説を擬態しながら、記憶の共有化によって一体化を図ると共に、詩によって唱道される「神の裔なる民族の／大和ごころの桜花、／いま大空に咲き誇る」という感懐へと読者を動員する意図が感じられる。

アイルランドやチェコの自治・独立運動において、「歌謡」という「民衆」の声が、国民を一つにする力を持ち得たと捉えた西條は、歌に「ひとつの理想へと指導する」という「使命」[30]や社会的意義を負わせることになる。今まで見てきたように、西條は、アイルランドとチェコ詩の中に、自治独立運動へと向かう「熾烈な愛国主義の焔」を感じ取り、共感した。つまり、その時点で、西條の創作上の問題意識に、社会を動かす「愛国」的な詩への傾斜が胚胎されていたと見ることが出来る。生前刊行された唯一の歌謡集『西條八十詩謡全集』（千代田書院、一九三五）第六巻「民謡篇」跋文で西條は、自らの時謡（流行歌）、歌謡、小唄、民謡を論じ、自作には「強い民族的意識から書かれたものが、かなり多量に在る」と、既刊『国民詩集』（日本書店、一九三三）「序」を引用し、海外を旅行中に「燃えるやうな祖国への愛着」に心を灼かれ、その後「機会ある毎に、その日経験した愛国の至情を詠つ」たと述べている。

西條は、アイルランドやチェコなどの被支配民族が書いた詩への共感に基づく研究・翻訳と、戦時下の日本での歌謡・時局詩の創作との両方を、「愛国」の言葉の下で実践していった。西條における、アイルランドやチェコ詩の研究・翻訳と歌謡・時局詩への創作とを鑑みた時、一見すると民衆への視線や弱者の側から歌うという態度は保持されている。しかし、その内実は、前者が支配を脱するために発せられた被支配民族からの言葉であるのに対し、後者は日本「民族」の帝国主義的支配体制を肯定し後押しする性質へとスライドしているのである。「尼港の虐殺」「通州の虐殺」では共に、日本居留民の血が「搾りとられ」たという語が選ばれているが、この一言によって日本は搾取される側に転換し、その帝国主義性は覆い隠され、無力な民衆の集団が作り出され、可視化されることとなる。このことによって、現実の支配―被支配の関係が詩の中で逆転し、幻想の権力関係が立ちあがってくる。西條の時局詩は、アイルランドやチェコにおいて帝国からの抑圧への抵抗として書かれた「詩の型」を用い、弱者の側から歌うという詩的主体の感情的なベースを変えることなく、接続される政治的コンテクストを日本の戦意を昂揚させるものへと交換している。すなわち、西條の時局詩は、アイルランドやチェコの詩の翻訳・研究からの断絶ではなく、それらの抵抗詩によって身に付けた方法を駆使し、無自覚に反転し流用することによって生まれたと言える。このような観点から、歌謡や時局詩といった西條の戦時中の活動を検証していく必要性があるだろう。

第八章

伊藤整『若い詩人の肖像』におけるアイルランド文学

――北海道・アイルランド・内地――

第一節　北海道・アイルランド・内地

日本近代文学に大きな衝撃を与えた作家としてジェイムズ・ジョイスを挙げぬわけにはいかない。そして、そのジョイスを日本に紹介した重要人物が伊藤整である。伊藤は北海道から東京に移住した後、一九三〇年六月、『詩・現実』にジョイス『ユリシーズ』（*Ulysses*, 1922）をめぐって「意識の流れ」論を発表し、一九三一年には第一書房から永松定・辻野久憲との共訳『ユリシーズ』を刊行する。しかし、伊藤のジョイス受容は、北海道時代においてイェイツやシングといったアイルランド文学に親しみ、イェイツの影響が見られる第一詩集『雪明りの路』（椎の木社、一九二六）を出版した青年時代に準備されたものと言えるのである。

『若い詩人の肖像』の章のうち、「海の見える町」「雪の来るとき」は、はじめ短編として発表され、単行本『海の見える町』（新潮社、一九五四・七）に収録された。伊藤は、「卒業期」を書いた頃から長編小説にまとめることを予定し、後に『若い詩人の肖像』（新潮社、一九五六・八）「あとがき」において、「この書をまとめるに当って、作者は各篇の文体を統一し、叙述の重複部を消し、新たにフィクションや架空人物を配し、一貫性のある作品とするため、多くの部分について加筆訂正を行った」と著している。

伊藤整『若い詩人の肖像』には多くの先行研究が存在するので、まずは要点を整理しておきたい。先行研究においては、伊藤整自身による自伝的小説という側面から、作家の実人生との事実関係が確認・調査されてきた。小坂部元秀は、「重田根見子との恋愛、小坂英次郎との確執、幼友達の姉妹との触れ合いはいずれも、ほゞ実名小説的に描かれまた読者もそのように読みとるのが自然な態度であるような「若い詩人の肖像」にあって、かなり例外的な描かれ方をしている部分である。作者はこの部分に小説的虚構を盛り込んだとも見ることができる」(1)と述べている。また、桶谷秀昭は「伊藤整の自伝小説は、大熊信行と小林多喜二に関して意識的な捏造をおこなつてゐる」[2]と指摘し、曾根博義はこのような虚構化にも関わらず、登場人物たちを実名にしたことに関して、「まだほとんど無名の一地方詩人に過ぎなかった自己を当時の時代状況や詩壇・文壇の動きのなかに位置づけ、その方向や意味を明らかにすることであった」[3]と論じている。これらの論によって、自伝的小説とされる本作にはフィクショナルな要素が盛り込まれており、ヒロイン根見子との恋愛や小林多喜二との交流など重要な部分にもわたり、本作が当時の時代状況の中に「私」を位置づけるために意図的に構築されたものであることが考察されてきた。[4]

一方、武井静夫は、『若い詩人の肖像』における「北海道」について、「伊藤整が問題にしたのは、北海道の風土やそこで形成された人間像では」なく、「いつでも、どこでも、そして誰にでもある、不安や、エゴや、悔恨」と述べ、「有島武郎、小林多喜二、久保栄らが、北海道を、風土、歴史というべきいわば外から描いた作家であるとすれば、伊藤整は、そこに生きる人を自己というプリズムを通して、内から描いた作家」と位置づけている。[5]また、清水康次は、「この作品が描き出すのは、違和感を抱えつつ詩人になろうとしていた主人公が、詩人としてようやく身を立てたときに、自分が詩人であることとの決定的な違和に気づいてしまうという過程である。「自分の心の本当の働き」と結びついていると信じていた「詩を読み、詩を書くこと」が、本当は、自分のありのままから目を背けて、「純情な清潔な詩人」という「仮面」をかぶることであったと気づくまでに、多くの曲折が必要であった」[6]と、「詩を読み、詩を書く」「私」に着目し、本作が「私」による自己表現の獲得と問い直しの過程であると論じている。

このように本作においては、北海道という土地と詩人としての自己表現の獲得過程というモチーフが重要な役割を果たしていることが指摘されてきた。『若い詩人の肖像』は、北海道生まれの「私」が、幼年期から青年期を経て詩人となり、東京へと旅立つまでの精神的な軌跡を描いた作品である。さらに、『若い詩人の肖像』というタイトルからもうかがえるように、ジョイスが主人公スティーヴン・ディーダラスの芸術家としての目覚めを、幼年期から青年期までの彼の心象を描くことで表現した『若い芸術家の肖像』(*A Portrait of the Artist as a Young Man*, 1916)

を踏まえている。『若い詩人の肖像』に描かれる小樽高等商業学校に入学後、シングやイェイツの詩に親しんで詩人を志す「私」の様子は、ジョイスの『若い芸術家の肖像』におけるスティーヴンのダブリン時代と重なり合うのである。

日本近代文学とジョイスの出会いにおいて、伊藤整の翻訳と紹介の仕事が果たした役割については、既に研究も多い。さらに、ジョイスと出会う以前の伊藤整におけるアイルランド文学の影響という問題に関しては、菊地利奈が小樽高商の大正期の外国語教育が伊藤整の文学活動に与えた影響について、小樽高商で行われていた授業内容及び使用テキストを明らかにし、英語文学全般についての詳細な資料整理を行っている。[7] しかし、アイルランド文学が『若い詩人の肖像』においてどのような役割で登場してくるのかという問題や、ジョイス『若い芸術家の肖像』と本作の具体的な関係については、管見の限り明らかにされていない。本章では、シングやイェイツらの名前や作品が、『若い詩人の肖像』においてどのような意味を持って登場しているのかを考察し、主人公「私」における「言葉」や「訛り」への意識を、北海道・内地・アイルランドという側面から浮き彫りにする。

第二節　「普通人の型」への違和
――「訛り」と「詩の言語表現」――

作品の冒頭は、「私が自分をもう子供でないと感じ出したのは、小樽市の、港を見下す山の中腹にある高等商業学校へ入ってからであった」(78) からはじまる。[8] 小樽高等商業学校の校舎は、「薄い緑色に塗った木造の二階建で、遠く海に面して」おり、「数え年十八歳の私には、その校舎がずいぶん立派に見えた」(78)。作品内では、「私」が小樽高等商業学校へ入学するのは一九二二年とされ、その年が「子供ではな」くなる起点として設定されている。[9]「一学年が二百人、学校全体で六百人の生徒がいた」が、「私はこの港町の中学校を終えたばかりで、数え年十八歳

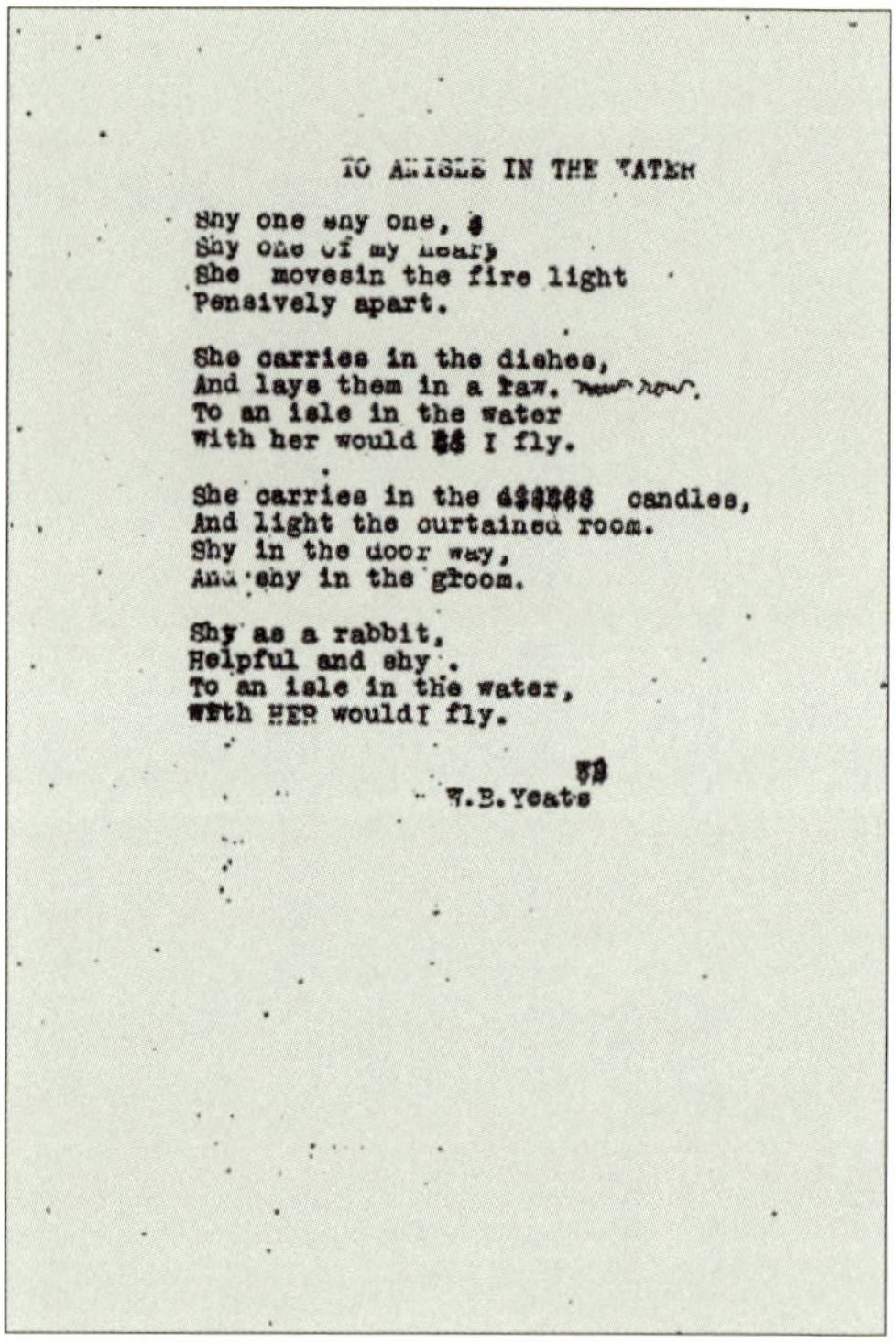

TO AN ISLE IN THE WATER

Shy one shy one,
Shy one of my heart,
She movesin the fire light
Pensively apart.

She carries in the dishes,
And lays them in a raw. row.
To an isle in the water
With her would I fly.

She carries in the candles,
And light the curtained room.
Shy in the door way,
And shy in the gloom.

Shy as a rabbit,
Helpful and shy .
To an isle in the water,
WITH HER wouldI fly.

W.B.Yeats

図 40　伊藤整タイプメモ（小樽高商在学当時）
W. B. Yeats, "To an Isle in the Water", *Crossways*, 1889.（小樽文学館収蔵）

であり、同じ中学校から一緒に入った仲間が七人ほどいた。その同じ町の商業学校から入ったのは、もっと多く、十五人ぐらいはいた。その外は、全国各地から、この北国の専門学校を自分にふさわしいものとして選んで入学して来た青年たちであった」（78）というように、「全国各地」から集まってくる青年たちに比較して、この港町の中学校出身の「私」は、圧倒的に少数派の地元「港町」出身の学生であることが示される。

続いて、「生徒の方もまた入学早々なのに、髪を伸ばし、ポマードの匂いをさせているのがいた。上級生は、殆どみな髪を伸ばし、ポマードをつけていた」様子に、「それは大人の匂いであった」（80）というように、「大人」の世界へと足を踏み入れたとき、最初に途惑うのが髪の長さであった。「私は、自分がもう子供として、また囚人のような中学生として扱われていないことを感じた。そして、初めはオズオズと、やがて外形だけは当り前に、同級生たちの大人ぶりを真似るようになった」（80）という箇所からは、「全国各地」から来た髪を伸ばしている同級生や上級生が「大人」に見えたのに対し、「中学校から一緒に来た」「港町」出身の「私」達は「子供」というように、髪の長さが大人と子供を区別する記号として機能していることがうかがえる。「私たちは髪を伸ばしはじめ、自分たちの顔が大人に見えることをたがいに認め合った」(80)というように、「港町」出身の「私」は、上級生や多数派の同級生を「外形だけ」は「真似る」ことによって、「大人」へと擬態していく。

しかし、「私の大人の意識は、私の内側を満たすほどには伸びなかった。私は友達の間にあって、ただ彼等と同じように自分を大人だと信じているような顔をしていた」(81)や、「中学校から一緒に来た友人と一緒に髪を伸ばしはじめていたけれども、私は自分があらゆる事に少年らしい躊いを感ずるのを隠していた」(82)という箇所からは、「外形だけ」は「大人」へと擬態したにも関わらず、「私」の「内側」は、「あらゆる事に少年らしい躊いを感じてしまい、「大人の意識」が「伸びな」いことが示されているのである。

さらに、髪だけではなく言葉使いも、子供／大人、港町／内地を区別する記号として立ちあらわれてくる。

私は学問とか学校の組織というものは怖れなかった。それは、学問という形の枠がきまっていて、それを埋めて行けばいいことが分っていた。しかし私は、他人にものを言う時に、どういう表情をし、どういう言葉の約束を守ればいいのか分らなかった。大人たちの使う普通の物の言い方は、私には、非常に粗雑な、空っぽな、鉄面皮な表現法に思われた。そして同級生たちは、大人びたものごしの生徒ほど、その大人らしい粗雑な表現を使った。いずれは自分もあの世間並みな言い方や考え方を身につけなければならないだろうが、いまの所自分にはとてもできない。そう思って私は、自分が精神的に発育不全の少年であるように感じた。

私は自分を、大人のふりをしている子供、または普通人の言動をする能力のないニセ者と感じていた。私がそれ等の普通人の型に入って行けなかった理由は、私の言葉には自分の育った漁村の東北訛りが混っていて、全国から集まった級友たちの使う「内地」の言葉に比べて躊いを感ずるせいらしかった。(82)

ここからは、言葉が内地と外地、子供と大人を区別する記号として機能していることが示される。同級生たちと上級生が「大人」に思えるのは、「大人たちの使う普通の物の言い方」「大人らしい粗雑な表現」「世間並な言い方や考え方」という「言葉の約束」を知っているらしいからであり、「私」はそれに「少年らしい躇い」を覚え、自分自身を「精神的に発育不全の少年」と感じる。「内地」から来た多数派の同級生・上級生等「普通人の型」に入った「私」は、「大人のふりをしている子供」「ニセ者」と感じるが、その原因が自らの言葉の「訛り」である。「私の言葉」には「自分の育った漁村の東北訛り」が混じっているため、「「内地」の言葉」に「躇い」を感じてしまうのである。

亀井秀雄は伊藤整の家庭の言語状況について、「浜ことばを使うとき伊藤整は浜児であり、軍隊ふう標準語や広島訛りを理解するとき、かれは退役軍人にして収入役なる人物の息子である。そのいずれもが自分であるとも言えるし、自分はどこにもいないとも言える。伊藤整が自己分割の方法に長けていたのも、演技の感覚を身につけているのも、いつも自分を場ちがいの贋物と意識してしまわざるをえないのも、多分このためであろう」[10]と指摘している。このことは、『若い詩人の肖像』においてもあてはまる。

父は、明治の早い時代に設置された下士官養成所であった陸軍教導団出身の広島県人で、二十歳頃に日清戦争に出、その後、北海道の西南端にある白神という岬で燈台守か、燈台の看守兵かになっていた。そして、その村の漁師の娘であった母と結婚した。（中略）父の言葉は広島ナマリなので、東北ナマリの言葉を使って育った私には、父はいつも半分くらい他人のような気がした。（中略）私は父を軽蔑はしなかったが、嫌った。この他国の言葉を使う、口髭を生やした、田舎の村役場の吏員が自分の父であることを、私は好かなかった。

（94）

ここでは、「私の家庭の言葉」が「東北ナマリの言葉」と示されており、父に感じる「嫌」「好かな」いという気持

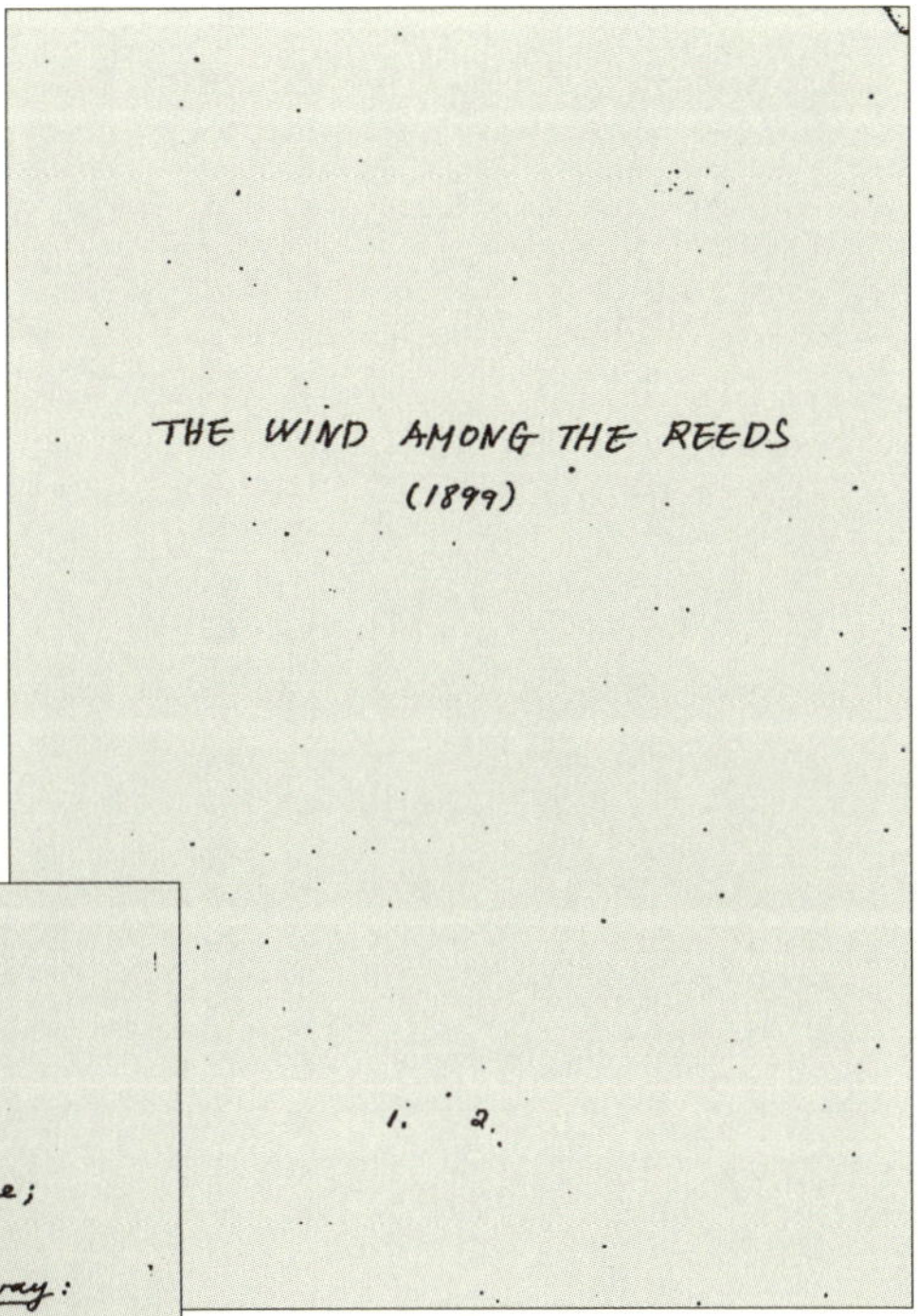
THE WIND AMONG THE REEDS
(1899)

1. 2.

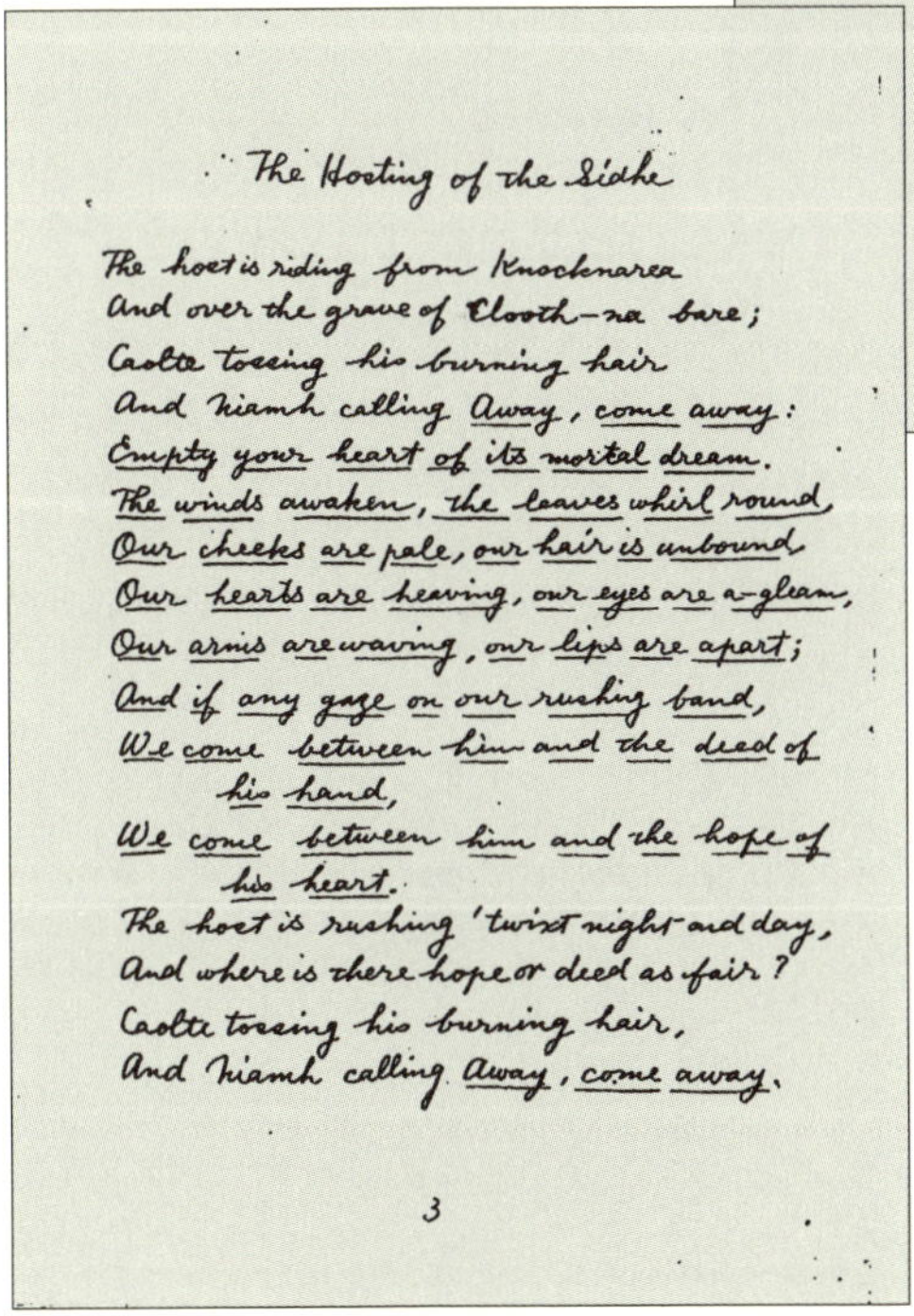
The Hosting of the Sidhe

The host is riding from Knocknarea
And over the grave of Clooth-na bare;
Caolte tossing his burning hair
And Niamh calling Away, come away:
Empty your heart of its mortal dream.
The winds awaken, the leaves whirl round,
Our cheeks are pale, our hair is unbound,
Our hearts are heaving, our eyes are a-gleam,
Our arms are waving, our lips are apart;
And if any gaze on our rushing band,
We come between him and the deed of
his hand,
We come between him and the hope of
his heart.
The host is rushing 'twixt night and day,
And where is there hope or deed as fair?
Caolte tossing his burning hair,
And Niamh calling Away, come away.

3

図 41　伊藤整筆写ノート「THE WIND AMONG THE REEDS (1899)」
W. B. Yeats, *The Wind Among the Reeds*, 1899. より（小樽文学館収蔵）

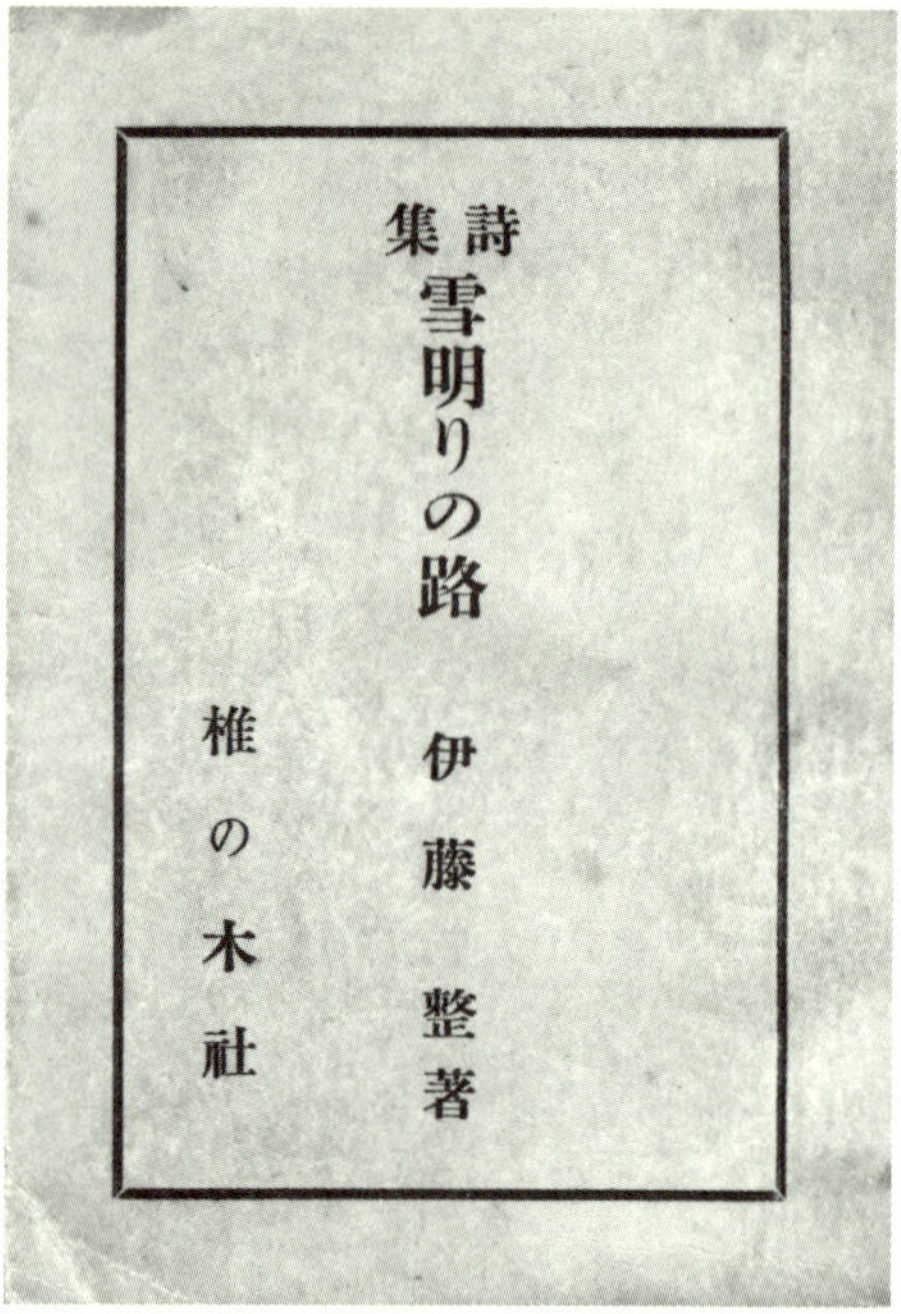

図 42　伊藤整『雪明りの路』（椎の木社、1926 年）（小樽文学館収蔵）

ちが、父と自分が使う言葉の差異から来るものとして描かれている。軍人出身で「田舎の村役場の吏員」の「広島ナマリ」の「父の言葉」は、「他国の言葉」として感じられ、「半分くらい他人」に聞えるほど、父と息子の間の距離を生み出している。ここからは、学校の言葉だけでなく、「私の家庭の言葉」もまた分裂していることがうかがえる。地元民と開拓者、そして内地出身の学生の標準語とで使用言語が異なり、使用する言葉がその人物の出身地や社会的・経済的な階級をも指し示す小樽の特性が描かれていくのである。『若い詩人の肖像』の「私」が、境界線上にいると自己を認識する背景には、自分にとって固有の言葉をもたないことで、固有の自己が見当らないということがあることを示していると考えられる。

「私」は、小樽高等商業学校に入学してから、「十五六歳から近代日本の象徴詩や自由詩やヨーロッパ系の訳詩を読み、自分でも詩を書き、詩の表現を自分の心の本当の表現だと信じ」始め、「詩の表現以外の言語表現を、私は真実のものと見ていなかった」（82）。しかし、「私」は、「近代のヨーロッパや日本の詩人たちの見方で周囲を見ていることを、人にあらわに示すのを怖れ」（82）る。そのため、「自分の外の形を、勉強好きの、内気な、一番年弱の生徒、というものに作っておき」、それによって「級友たちの世間並みの型に落ちこまないように自分を守」（82）るのである。

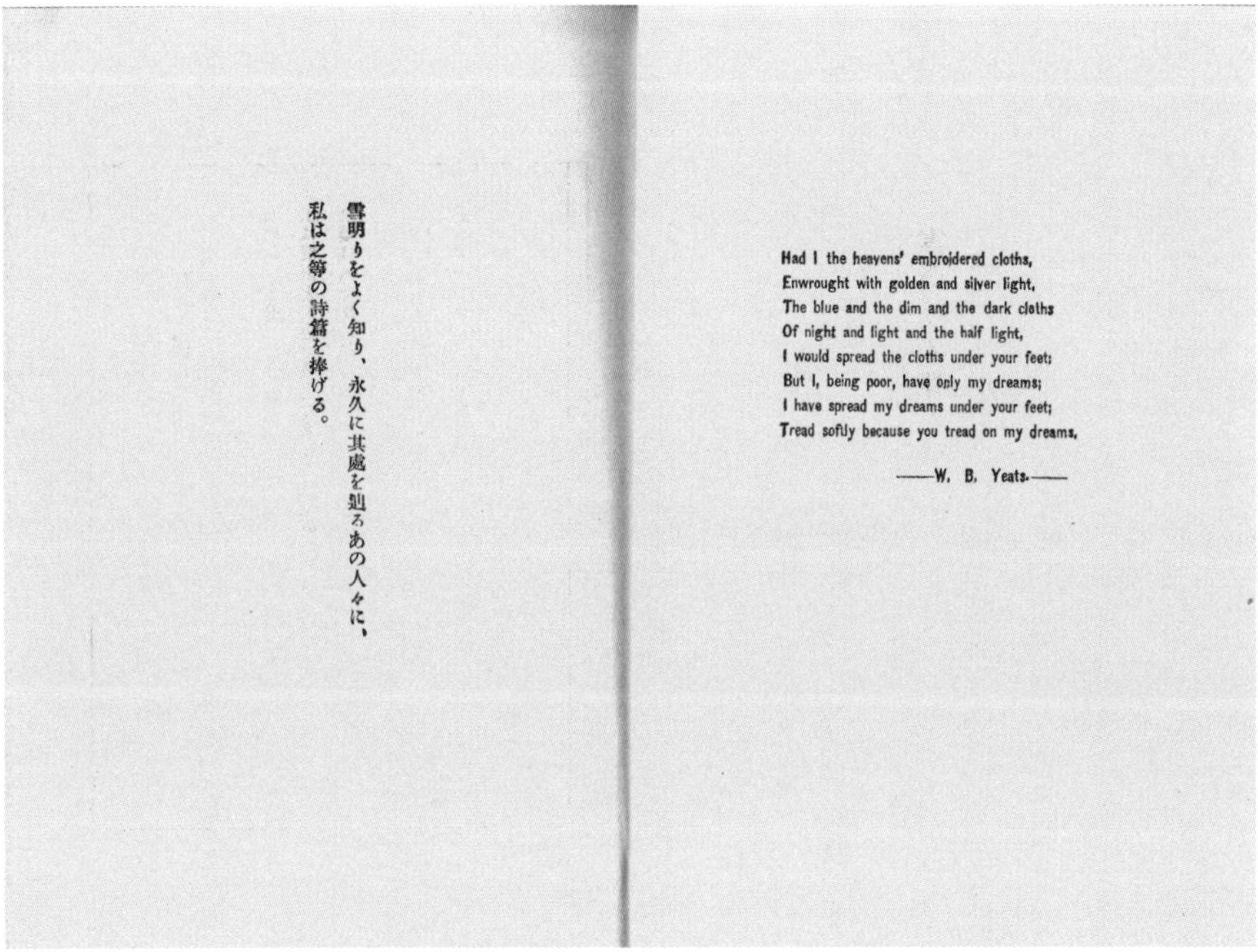

雪明りをよく知り、永久に其處を辿るあの人々に、
私は之等の詩篇を捧げる。

Had I the heavens' embroidered cloths,
Enwrought with golden and silver light,
The blue and the dim and the dark cloths
Of night and light and the half light,
I would spread the cloths under your feet;
But I, being poor, have only my dreams;
I have spread my dreams under your feet;
Tread softly because you tread on my dreams.

——W. B. Yeats.——

図 43　伊藤整『雪明りの路』（椎の木社、1926 年）献辞頁

詩の中の感情や、詩の中の判断を日常生活の中に露出すれば、人を傷つけ、自分も傷ついて、この世は住み難くなることを、私は本能的に知っていた。私は詩を読み、詩を書くことにだけ結びついている自分の心の本当の働きを、人目に曝すのを怖れた。（中略）そして私は、「ウブ」で「オクテ」な一人の生徒という自分の姿の中に、ヴェルレーヌの傷つき痛む幼な子のような心、萩原朔太郎の色情と憂愁を通しての生の認識、千家元麿の悲しいほど無垢な眼、イエーツの幻想による造型などから学んだ感じ方や表現の仕方を、本能的な自己防衛の衝動に従って、押し隠していた（82-83）。

ここで「私」は、「普通人の型」「級友たちの世間並みの型」との不適合の理由として、第一に、東北訛りの「私の言葉」が、級友達の「内地」の言葉とは異なっていること、第

二に、萩原朔太郎や千家元麿などの近代日本の詩人やヴェルレーヌやイェイツなどの海外の詩人から「学んだ感じ方や表現の仕方」を、「自分の心の本当の表現」「真実のもの」と思うようになったことを挙げている。共に、「言葉」が多数派の旧友達との差異を自覚する契機となっていることが注目される。

『若い詩人の肖像』の冒頭からは、大人／子供、長髪／短髪、普通人の型／ニセ者、多数派／少数派、内地の言葉／東北訛りという二項対立の下で物語が進行していき、「私」が常に少数派に自分自身を位置づけている構図が浮かび上がる。このような対立の自覚から来る「躇い」が、結果として「自分の外の型」を作り、詩を通して学んだ感じ方や表現の仕方を、「自分の心の本当の表現」「真実のもの」として研ぎ澄ませていくことにも繋がるのである。

第三節　小樽高等商業学校の教育
――アイルランド文学との関わり――

作品前半部においては「私」に影響を与えた小説家や詩人の名前が多く書き込まれている。その中でも、シングや先に引用した部分において「幻想による造型」を学んだと書かれていたイェイツといったアイルランド文芸復興運動の作家への言及が目立つ。

入学直後の「私」が、授業を初めて受ける場面は、「小林教授の最初の時間」である。「私」は「購買組合で買ったシングのアイルランド劇のテキストを机の上に置いて、壇の上の教授を見上げ、先生は後輩であり教え子であった中学生のうち、私と藤田小四郎と崎井隆一の三人がこのクラスにいることを知っているだろうか、と考えた」(81)。小林教授については、「この学校には、私たちの中学校の卒業生である小林象三という若い教授がいた。私たちが中学校の五年生の時、京都大学の大学院を終えてこの専門学校に赴任して来た」「英語を自由にあやつるこの先輩を、私たち中学生は、眩しいように眺めた」（81）というように、地元出身の「私たち」の先輩であり、小樽商業高等学校から京都大学に進み、故郷に帰ってきた憧れの存在として描かれている。そのような同郷の先輩へと「私」が抱く憧れや親しみの感情は、「皆の中から選み出して指摘された時、私はうれしかったばかりでなく、小林教授が後輩としての私を覚えていたことを知った」（81）という一節からも読み取れる。小林教授に認めてもらうことで、「私」は、「私よりも大人びて見える同級生や都会育ちの才走った同級生に感じていた劣等意識から救われた」（81-82）のである。

この場面において、「劣等意識」から救う役割を果したのが「シングのアイルランド劇のテキスト」が用いられた小林教授の授業であったということは重要である。イェイツはイギリスによる支配がアイルランドの言語や文学・文化という側面まで抑圧してきたことを問題化し、アイルランド独自の芸術を復興させようとした。それがアイルランド文芸復興運動であり、シングはその運動の中心的劇作家であった。「「内地」の言葉」が「訛り」を圧倒していく小樽高等商業学校の空間は、イギリスに政治的・文化的・言語的に抑圧されてきたアイルランドの状況と重なり合うのである。「内地」の学生たちに「劣等意識」を抱いていた「私」が救われた場面に、アイルランドの「訛り」を戯曲に取り入れ、アイルランドの農民たちの生活を生き生きと描き出すことによって、アイルランドのナショナル・アイデンティティを追求し、アイルランド独自の芸術のあり方を模索したシングが用いられたことは、物語の構成の上で必然であったと考えられる。

小林教授は、イェイツやシングといったアイルランド文芸復興運動期の文学を教える役割を持って登場する。彼によって「劣等意識」から抜け出した「私」は、イェイツらの表現を「自分の表現」として大切にしていく。そして、「この学校で学びはじめたスティーヴンスンやシングやラムの英文に直面してかなり緊張していた。私はひっそりとして、誰にも気づかれずに、詩と自分との間にもっと確かなつながりを作り出したいと思った」（91）と、外国の詩へ親しむようになった経緯が描かれる。

詩集、それはこの図書館には、私が月々五円ずつ母にもらう小遣で買いためて、私の三畳間の本棚に並べてある程度のものもなかった。しかし、英語の詩集があった。私はイエーツの詩集、デ・ラ・メアの詩集、シモンズの詩集を読んだ。私はイエーツの「葦間の風」を愛して、その前から多くの詩や訳詩を書き写していたのと同じ仕方で、それをノートに書き写した。(92)

図書館に通うことで、イエイツやデ・ラ・メア(Walter John De La Mare, 1873–1956)、シモンズ(Arthur Symons, 1865–1945)らのアイルランド詩人や英詩人へと惹かれていく。「私がイエーツの「蘆間の風」や萩原朔太郎の「青猫」や上田敏や堀口大學の訳詩集から得た芸術の世界のイメージは、一緒に汽車で通う勤め人たちの魚釣りの自慢や、残酷な感じを私に与える猥談や、月賦の支払いを引きのばす策略などの話などを聞く度に、傷ついた」(142)というように、イエイツの『葦間の風』(*The Wind Among the Reeds*, 1899)や萩原朔太郎の『青猫』(新潮社、一九二三)、上田敏、堀口大學らの詩の「芸術の世界のイメージ」と日常とが対比される形で、描かれていくのである。このような「芸術の世界のイメージ」によって、周りを見るという「私」の感覚を示した箇所として、北海道という北国の自然の変化を見る時に、アイルランドの詩人イエイツが秋を歌った詩を想起する場面がある。

冬の来る十月の北国の自然の変化を、私は、恋を失うときのような感傷でもって意識した。「秋が来た。木の葉は散り、君の額は蒼ざめた。今は別れるべき時だ」というイエーツの詩が、その詩句の感覚的な真実さのために根見子と別れなければならない、と感ずるほど、この季節の中で、実感をもって私を動かした。(128)

この場面の「イエーツの詩」は、イエイツの詩集『十字路』(*Crossways*, 1889)の詩“The Falling of the Leaves”を指していると考えられる。

AUTUMN is over the long leaves that love us,
And over the mice in the barley sheaves;
Yellow the leaves of the rowan above us,
And yellow the wet wild-strawberry leaves.

The hour of the waning of love has beset us,
And weary and worn are our sad souls now;
Let us part, ere the season of passion forget us,
With a kiss and a tear on thy drooping brow. (“The Falling of the Leaves”, 74)[11]

秋が来た　私たちを愛する長い葉の上にも、
束ねられた大麦のなかの鼠たちの上にも。
私達の頭上にななかまどの葉は黄ばむ
濡れた野苺の葉も黄ばむ。

愛が弱まるときが私たちをとりまき、
私たちの悲しき魂はいま　物憂く疲れ果てている。
別れよう、情熱の季節が私たちを忘れる前に、
あなたのうなだれる額に接吻し涙を落とし。[12]

「私」が、イェイツが描いたアイルランドの自然を北海道に重ね合わせているのがわかる。[13]「私」は、最終行の"With a kiss and a tear on thy drooping brow."を、「君の額は蒼ざめた」と捉えているが、"droop"という動詞を、「うなだれる」という意味ではなく、衰える、弱る、沈むという意味で解釈しているためであろう。小樽高等商業学校時代の伊藤整は、イェイツの『葦間の風』を英語でノート（黒インク、全三七頁）に書写している。[14]また、第一詩集『雪明りの路』の献辞頁見開きには、『葦間の風』より"He Wishes for the Cloths of Heaven"が掲げられている。

「私」は、「イエーツの詩を自分と川崎昇とで出していた雑誌「青空」に訳してのせようとして"Light of step and heart was she"という行」（150）に行き当たる。この訳がわからなかった「私」は、「学校の先生の中で、自分の学んだ小樽市の中学校の出身だということで、ときどき、中学出身の級友たちと遊びに行く習慣のあった小林象三教授の所へ持って行く決心」をする。ただ、この詩句が含まれているのは、実際にはデ・ラ・メアの"An Epitaph"という詩篇であり、伊藤自身が「墓碑銘」という題で『現代詩講座』第八巻（金星堂、一九三〇）に訳詞を掲載している。以下にデ・ラ・メアの原詩と伊藤整の訳詩を引用する。

HERE lies a most beautiful lady,
Light of step and heart was she;
I think she was the most beautiful lady
That ever was in the West Country.

But beauty vanishes, beauty passes;
However rare-rare it be;
And when I crumble, who will remember

This lady of the West Country.（An Epitaph）

此処に美しきひと眠る。
その歩みも　心も　軽かつたひと。
私には　西の国での
もつとも美しかつたひと。
しかし　美は消え　美は過ぎ去る
如何に限ない美しさでも。
やがて私が死ねば
誰がこの西の国のひとを思出すか。（「墓碑銘」[15]）

デ・ラ・メアの **"An Epitaph"** は、『西條八十訳詩集』（交蘭社、一九二七）に「碑銘」という題で訳出されたことにより、広く世に知られる一篇である。[16] 伊藤整は、詩を読むようになってから、気に入った詩篇を書き写した自筆ノートを作成していたが、デ・ラ・メアについても西條八十の訳詩五篇を自筆ノートに筆写している。曾根博義は、「八十の『新らしい詩の味ひ方』（交蘭社、大正十二年五月）を読んで、そこに引用されている内外三十余篇の詩全部をノートに書き写してもいる」ことから、「イエーツやデ・ラ・メアに整が近づいたのも、原語で読む前にこの入門書や訳詩集『白孔雀』など、八十の案内によった可能性が大きい」と指摘しているが、曾根が指摘するように、伊藤のイエイツ受容において小林象三と共に紹介者としての西條が大きな役割を果たしたことは看過することは出来ない。[17] 伊藤の自筆ノートには英語で記された作者名の横に「西條八十訳」と書かれており、原詩・原題については触れていないことからも、伊藤が西條八十訳によってデ・ラ・メアの詩に触れたことがわかる。[18] 伊藤が選んだ五篇は、デ・ラ・メアの「かくれんぼ」(Hide and Seek)、「かりうど」(The Huntsman)「おとむらひ」(The Funeral)「夏の夕」(Summer Evening)「馬に乗った人」(The Horseman) だが、この五篇は全て『詩聖』創刊号(一九二一・一〇)に掲載された。[19] ただし、これらの詩はそれぞれ異なる訳詩集に収録されたので、伊藤が『詩聖』創刊号から書写したのは確実である。デ・ラ・メアの "An Epitaph" と併せて考えると、伊藤が『西條八十訳詩集』を読んでいた可能性は高い。[20]

デ・ラ・メアからイェイツへ詩の著者名の過誤が起こった背景には、第一に伊藤整が西條八十の詩や訳詩を通して、イェイツとデ・ラ・メアの詩に親しんでいたことが挙げられる。デ・ラ・メアはイェイツと並んで西條八十が愛好した詩人であり、両者の詩の持つ幻想性を伊藤に教えたのは、西條の訳業であると考えられる。西條がイェイツとデ・ラ・メアを共に翻訳・紹介していたため、伊藤整においてイェイツとデ・ラ・メアが近いイメージの詩人として捉えられていたのではないかと論者は推測する。第二には、まず、先輩であり導き手でもある小林教授の家に訪問し、イェイツの詩を教えてもらうという構図を描く意図が作者の脳裏にあったために、無意識のうちにデ・ラ・メアの "An Epitaph" を、イェイツの詩と取り違えてしまったのではないだろうか。

小樽高等商業学校では毎年外国語劇が行われ、二年生になった「私」はメーテルリンク(Maurice Maeterlinck, 1862–1949)の『青い鳥』(L'Oiseau bleu, 1908)の劇に出演することになる。「ポプラだとか糸杉だとか牛だとか色々な動植物になる役者」(138)のうちには高浜年尾(一九〇〇―一九七九)と小林多喜二(一九〇三―一九三三)も入っていて、「私はこの芝居の仲間入りをするのが大変うれしかった」(138)。この劇を機会にして、「それまで同じ学校にいて、全く物を言い合うことのなかった小林と私は、楽屋や舞台裏で気軽にものを言い合うようにな」(138)る。「私」は、扮装した役者たちが行き交う楽屋の様子に、「それはちょうど西條八十の「砂金」の中の詩に描かれたような森の妖精や動物たちの世界で、「幻の獣ども、綺羅びやかに、黄金の梯子を下りつ上りつ」している幻想の雰囲気を作り出した」(139)と感じる。そして鏡で自分自身を見た時に、「あっと思う間に、幻想の真空のような雰囲気の中に落ち込んだ。この白粉を塗り、頬紅をさし、水玉のついたチョッキを着た私自身が、森の精霊たちの仲間に加わっている侍童であり、本当に森に行き暮れて、榊の大王の住み家を捜しあぐねている、というナルシスム的な情感」(139) に溺れる。この外国語劇の場面では、劇中の「森の妖精」「森の精霊」達の世界が『砂金』に収録された詩「梯子」で描かれた、現実の中に「幻の獣」「黄金の梯子」を幻視する詩の世界と重ねあわされている。(21)「伊藤整選詩華集筆写ノート」には、西條八十の童謡「お月さん」も選ばれており、伊藤整が西條八十の訳詩や童謡を愛好していたことがわかる。(22) 次節では、「私」による小林教授の訪問場面を引き続き分析することによって、このような過誤が起きた理由と、この場面の持つ意味とを明らかにしていきたい。

第四節　訛りの問題の表面化

「私」は、「小林教授がにこやかな親切な人であるにかかわらず」、「教授の家をかなり敷居高く感じてい」(150) た。その理由は、教授夫人及び夫人の妹とが使う「京都言葉」と、私が使う「東北系統の言葉」との差異である。小林教授夫人は、「私がこの土地で聞いたこともないほど軟かな歌うような美しい言葉」(151) を使うために、「東北系統の言葉を使って育った私には、時として意味が聞きとれないこともあった」。また、「十八九歳と思われる夫人の妹さん」に対しても、「初め訪ねた時、この妹さんの軟かい京都言葉にどぎまぎし」て「真赤にな」り、それ以来「私は訪ねる度にこの教授夫人の妹さんの前では顔を赤く」(150) することになる。

その人の京都弁は私に、自分が日本の古い伝統から全く切り離された粗野な田舎の青年であること、多分坐り方や茶の飲み方やお菓子の食べかたに、いかに自分が粗野な人間であるかが、ありありと現れているだろうこと、しかも私自身はそれに気がついていないことを絶えず感じさせた。教授の家の茶碗は、私たちがこの土地で見なれているものと違う華奢な感じのものであり、菓子もまた私たちが食べ慣れているものと形も味も違うように思われた。私は、この教授夫人の美しい妹さんに接するたびに、遠い国の見なれぬ少女に逢っているという感じを受けた。それはこの土地の少女たち、私がその言葉使いを下品だなあ、と時々思うあの通学組の少女たちと全く違うところの、ほとんど外国から来た少女という印象であった。私は自分の言葉や自分の態度が、その人の前で粗野に見えるのを怖れて、この人とは話をしたことがなかった。（151）

ここでは個人の使用する言葉が、人間の文化や習慣をも、洗練／粗野という高低に置き換えて測る物差しとして機能している。小林教授は、「この土地」では異質な京都の文化を持ち込んでおり、「私」は見なれぬそれらの文物を「上品」と判断して、自らを「日本の古い伝統から全く切り離された粗野な田舎の青年」と卑下し、「この土地の少女たち」を「下品」と感じてしまうのである。ここで、「私」が「妹さん」について、「遠い国の見なれぬ少女」「ほとんど外国から来た少女」という印象を持っていることに注意しておきたい。小林教授によって救われたはずの「劣等意識」が「京都弁」によって再度喚起されているのである。

このような一節の直後に、「私はイエーツの詩の一行を持って、小林教授をはじめて一人で訪ねた」（151）という一行が置かれている。(23) イェイツは、イギリスの支配の下でアイルランド社会は疲弊し、ゴールドスミスやワイルドなど、才能ある人材は隣国へと流出してきた中で、アイルランド独自の芸術を創り出すことを目指してアイルランド文芸復興運動を起こした。小林教授にイェイツの詩を教えて貰うということは、文化的劣等感を克服し、自分の言葉に自信を持ち、独自の芸術を模索する「私」の歩みを示唆していると言えるだろう。

「私」は、小林教授に「これだけは分らないだろうと思っていた問題」を、「少し意地悪い気持」（152）で持ち出して質問する。それは、「タウフニッツ版のイエーツ詩選の初めにある一行で “Down by the salley gardens, my love and I did meet"」（152）とあり、それは *A Selection from the Poetry of W. B. Yeats*（Leipzig: B. Tauchnitz, 1913）の一七頁に、「EARLY POEMS（1885–1892）」の中の一篇として掲載されたイェイツの"Down by the Salley Gardens"を指している。[24] 柳の木を指す Salley という単語について、「私はそれにふさわしい訳語を見つけることができなかった。その字は英語の辞書になかった」（152）ことが示される。小林教授は「普通の辞書の外に、分冊になった大きな本を出してしらべ、次にブリタニカをしらべ、その次にベデカの旅行案内の索引らしい、と後で私が考えた赤い小型の本をしらべた」（152）が回答が得られることはない。その何日か後に、「私」は、アメリカ人教師マッキンノンの前に Salley の意味を尋ねに行くが、「sally というのがあり、それが攻撃という意味だということを知っていた。それでは salley と sally は同じ言葉として使われているのかも知れない」というところまでしか分からず、「私の疑問は解決されなかった」（152）。[25]

イェイツはこの詩においてアイルランド西部のスライゴー州の農婦が歌っていた伝統的な歌を採詩し、アイルランド農民の方言を詩へと取り入れたため、〈英〉語の辞書や百科事典、旅行ガイドには掲載されていない言葉が使用されているのである。[26] アイルランド文芸復興運動を興したイェイツが英語で書いた詩に取り入れたアイルランド方言が、〈英〉語の辞書には掲載されておらず、さらにアメリカ人にもわからないという構図は、小樽高商における「私」の「訛り」と「内地」の言葉という複数の話し言葉の混在した状況と照応している。「私」における「訛り」の問題が表面化し、「内地」の言葉に対して憧れと違和感・嫌悪が混淆した「私」の感覚が喚起されているのである。

ところで、小林教授に漂う自由な雰囲気は京都大学で学んだためと描かれている。「私」は、小樽高等商業学校を卒業後、小林象三教授の推薦によって新設の小樽市立中学校に英語教師として就職する。そこで「私」は、同僚の教師陣の中でも、特に「中学校や高等商業学校で私の先輩」で「京都帝大文学部の英文科」を出てから英語教師として赴任してきた新井豊太郎に興味を惹かれる。新井は、「ボヘミアンのような投げやりな」態度で、「「生徒だって、ひとりで分りますよ」とか、「さあ、どうかなあ。何とも言われないですなあ」というような種類の言葉」（169）

ていた」(170)。

「私」は新井に漂う「京都の匂い」について、「「象牙の塔を出て」や「近代の恋愛観」や「近代文学十講」で英文学者としてだけでなく、自由思想の紹介、解説者として広く知られていた白村厨川辰夫は、この年の二年前、大正一二年の関東大震災で死ぬまで京都帝大文学部の英文科の主任教授であったから、この年そこを卒業した新井豊太郎は一年あまり白村に学んでいたわけである」(170)というように、その当時の「京都帝大文学部の英文科」に学んだためとしている。続けて、「この時代の京都大学には、東京大学の欠点になりかかっていたリゴリズムや出世主義や祖述主義と違うところの自由なる真実の学問の府という感じがあった」(170)と記している。

京都大学英文科は上田敏（一八七四—一九一六、在任：一九〇八・一一—一九一六・七）が急逝した後、厨川白村（一八八〇—一九二三、在任：一九一六—一九二三・九）が赴任した。上田と厨川は、日本における最初のかつ中心的なイェイツ紹介者であり、京都大学は大正期においてアイルランド文学研究の拠点であった。特に厨川白村は、一九一二年の『近代文学十講』[27]の中で「ケルト民族」「ケルト人種より起らんとする新気運」「愛蘭の新派文学」という章を立てて論じ、『文藝評論』[28]の中で「ケルト文芸復興概観」「愛蘭文学の新星」「ダンセイニの邦訳と新訳」を論じるなど、アイルランド文学を盛んに紹介した。上田敏の教え子には菊池寛（一八八八—一九四八、在籍：一九一三—一九一六）がおり、本作に登場する小林象三（在籍：不詳—一九二〇、後教養部教授一九二五・三—一九三一・一〇）と新井豊太郎（在籍：一九二二—一九二五）は厨川白村に教えを受けた。[29]その他にも山本修二、矢野峰人（矢野禾積、一八九三—一九八八）など、当時アイルランド文学の研究者としても活躍していた学者を輩出している。これらの描写によって、京都大学出身の小林象三教授が、シングやイェイツを授業中にテキストとして用いたという場面も、京都大学英文科の雰囲気から来るものであるという時代背景を作品中に取り入れていることがわかる。[30]厨川白村の『英詩選釋』では、ブラウニングに続けてイェイツの詩五篇が選ばれて解釈されているが、伊藤整が『若い詩人の肖像』で言及した"The Falling of the Leaves"や『雪明りの路』の扉に掲げた"He Wishes for the Cloths of Heaven"が選ばれており、伊藤が参照した可能性も考えられる。(31)

厨川白村は「ケルト文学復興の新運動」において、以下のように述べている。

> 元来この郷土芸術《ハイマアトクンスト》といふ言葉は、独逸の文学に用ゐられる名称であるが（中略）輓近に覚けるケルト人種の覚醒が産み出したる文芸復興の現象の如き、最も著るしく此郷土芸術の本質を発揮したものであらうと思はれる。（中略）強く鮮かな地方色《ロオカル・カラア》を発揮し、その民族固有の特色を重んじたる芸術を謂ふのである。この意味に於て、近頃英文学の一隅にあらはれたるケルト一派の新興文芸は、郷土芸術たると共に、また民族芸術《スタンメス・クンスト》たるの名に最もよく相当するものであらうと私は信じてゐる。(32)

ここでは、「郷土芸術」について、「強く鮮かな地方色を発揮」し、「民族固有の特色を重んじたる芸術」と定義し、イェイツらのアイルランド文芸復興運動を「郷土芸術の本質を発揮したもの」と位置づけている。「私」は、「北海道は進歩的な気風のある所で、新しい試みに対して好意的である」（173-174）と述べているが、厨川白村に学んだ小林象三教授が、北海道においてイェイツやシングらの詩や戯曲を学生たちに教えたという場面の背景に、当時、アイルランド文学がどのように捉えられていたのか（と伊藤整が認識していたのか）を読み取る必要がある。「私」が、小林教授のシングの授業によって「内地」の学生たちへの「劣等意識」から救われ、イェイツの詩を教わりに小林教授の家を訪問する場面は、作品内においてある程度示されている当時の文学研究をめぐる状況を補って読むべきであろう。

伊藤整は、「「雪明りの路」序」において、「此の詩集の大部分を色づけてゐるのは北海道の自然である。北海道の雪と緑とである」「私の詩をよく解つてもらへるのは北国の人々だ」「私の詩でこの郷土色を持たないのは「糧を求める」や「皆の分まで」等主として感情を取扱った数篇にすぎない」と書いているが、ここからも北海道の「郷土色」を発揮した芸術への志向がうかがえるのである。(33)

菊池寛は「半自叙伝」において、京都大学英文科の雰囲気に関して、「私は京都へ行つて、現代劇を研究するつもりだつたから、一年のときから、現代劇ばかりよんでゐた。上田敏博士から、シングの名を聞き、シングに傾倒してゐた。京大の研究室は、近代文学に関する書物が多く、その点では東京の文科などは、遠く及ばなかつたゞらう」と述べている。(34) 菊池のアイルランド文学理解は文芸復興運動の社会的意義と政治的背景にまで踏み込んだものであり、シングの作品における「訛り」を自作にも生かそうとしていた。

京都大学を出た小林教授がアイルランド文芸復興運動の文学を「私」に教える背景には、上田敏、菊池寛、厨川白村ら京都学派の存在が大きく、伊藤の詩にもアイルランドの自然を北海道の自然と重ね合わせる姿勢がうかがえる。時代的、地理的、政治的背景によって、アイルランドは、京都や北海道に例えられ、受容されたということが『若い詩人の肖像』からは浮き彫りになるのである。

第五節　「内地」への旅の持つ意味

小樽市立中学校に赴任した「私」は、新井、藤原、山田教諭と共に梅沢教諭の下で授業を続けていたが、少し遅れて広島高等師範出身の吉田惟孝校長が赴任する。「私」は、能力のある校長がこの中学校に赴任した理由として、「広島高師の閥で固められた土地」(173)である点と、「北海道は進歩的な気風のある所で、新しい試みに対して好意的である」(173-174)点があったのではないかと推測する。新井は「私」に、「ここは広島閥でねえ。いい所はメイケイ会(東京高等師範学校の会)が先に地の利を占めてしまっているものだから、広島は君、九州とか四国とか北海道、朝鮮なんかに根を張ってるんだよ」（171）と教える。

それは私にとって重要な職業教育であった。官立の高等商業学校はそういう地盤の問題とは直接関係がないらしいが、私は広島高師から京都大学に入った小林象三教授の世話で、同じ広島高師出身の林田課長に紹介された。その林田課長が校長としてここに招聘する人物もまた広島高等師範の出身である。なるほど、閥というものは存在するわけだ。現にいま自分もその閥の外縁の一部に外様としてつながっているらしい、と私は思った。（171）

本作において特徴的なのが、学校・職場というような環境が変わるごとに、自分自身が置かれている位置について、「枠」や「閥」という形で認識するという「私」の態度である。「私」は、「メイケイ会（東京高等師範学校の会）」が「地の利」を占め、広島高師出身者は「九州とか四国とか北海道、朝鮮」という地域に赴任し、「私」の職場も広島閥で固められていることを知る。そして、北海道の港町の中学校出身で小樽高等商業学校を卒業した「私」は、そのような「閥」の「外縁」の「一部」の「外様」という、幾重にも差異化されていく中心／周縁という地政学的な円の「外様」にいる者として自己を認識するのである。

まだ北海道から出たことがなかった「私」は、外国文学や東京の文壇といった文学的側面だけでなく、恋愛においても、「外縁」から「よその国」へと憧れる者として描かれていく。「私」は小樽の隣町の「余市」の女学生根見子と恋人同士になるが、「この少女が、私の求めていた永遠の女性に当るのだろうか？　私はすぐに、否と自分に答えた（中略）どこか遠くに、いま私の知らない所に一人の女性がいる。その女性は、私たちの使いなれたこの辺の下卑た方言でない言葉を使い、この辺の少女の表情の仕方と違う表情をする。その少女はよその国の女性でなければならない、と私は漠然と思っていたのだ」（116－117）というように、根見子のように「私」と同じ言葉を使う女性ではない「よその国の女性」を「永遠の女性」として空想する。「この辺の下卑た方言」とは全く異なる言葉を使う女性像は、小林教授宅を訪問した際に出会い、「遠い国の見なれぬ少女」「それはこの土地の少女たち、私がその言葉使いを下品だなあ、と時々思うあの通学組の少女たちと全く違うところの、ほとんど外国から来た少女」という印象を抱いた京都弁を話す「妹さん」をはっきりと想起させるのである。

ここでは、恋愛においても言葉が女性たちの魅力を差異化していく最も重要な要素の一つとして描かれていることがわかる。本作では一貫して、「私」における言語感覚、特に訛りへ鋭敏な感覚がうかがえる。言葉と訛りを媒介として、「私」が抱いている「内地」への憧れと違和感が交錯した感覚が丁寧に描かれていくのである。「私」にとっては、「日本の古い伝統」の方が却って見慣れぬものであり、「外国」のように感じられていることが読み取れる。

そのようななかで「私」は、英語教師として英語教育講習会へ出席するため本州へと向かうが、この場面で改めて「私」における「内地」観が語られる。

私は生れて初めて北海道を離れ、「内地」へ旅をすることになったのだ。
私たちが内地と言っていたのは、本州と四国と九州とを合わせた旧日本全体のことであった。私たち北海道に生れたものは、北海道を植民地だと感ずる気持を日常抱いてそう呼んでいたのでなく、本州とか四国とか九州と呼び分けることの煩わしさを避ける気持で「内地」と呼んでいたのだが、私の父のように広島県に郷里を持つ者にとっては、「内地」という言葉は、もっとはっきりした郷愁を帯びていたにちがいない。（197）

広島県からの移民と現地の女性との間に生まれた「私」にとって、「内地」（旧日本）はある種の「外国」であると同時に父の故郷として捉えられる。連絡船で「紳士淑女」とは別に漁夫や移民と同じ三等室に放り込まれた「私」

は、「紳士」に擬態していたということもあり、彼等と「私」とは異なる種類の人間だという意識を持つ。それは、女学生たちに対して、「私は自分が別世界に住んでいる人間だという気持を抱いていた。(中略)私の家は、この附近の村や町のそういう習慣や行事にあまり関係がなかった。私の父は広島県人で、この辺には親しく交際する同郷人がほとんどいなかったし、また軍人あがりの村役場の吏員であったから、畑や漁場の仕事に関係がなく、その上、父が孤独癖のある古風なインテリゲンチャだった」(145)という一節からもうかがえるように、「内地」出身の吏員の父を持っていたことに起因する感覚と言える。

しかし、連絡船が「内地」へと近づくにつれ、「そのような自分の優越感が、全く無意味であったのを知」(199)り、「自分は、ここにいなければならず、外の場所にいることが出来ず、彼等汚ない漁夫や移民たちと何の区別もないのだ、ということを私は屈辱的に思った」(199)というように変化する。村にいるときは、吏員の父を持つことで漁夫からは区別されていたが、内地に向かう船の中では漁夫の母を持ち、北海道の漁村に育ったことによって「漁夫や移民」と同化するという、「私」の意識が境界線上にある曖昧なものであることが示されている。

青森から汽車で新潟へ出る間に、私は、初めて見る「内地」の風景を飽かずに眺めた。奥羽地方の村や町は、関東や関西に較べて、ずいぶん貧しげで、またその風物も暗い印象のものであるが、北海道に見られない「内地」の特色が分った。(中略)私はいま、少年時代の教科書の挿絵や、また写真か絵の複製で見た純日本の風景の中に自分が現実にいることを、新鮮な印象をもって感じた。それ等の風景を私はよく知っていた。しかし私は文学作品や絵や写真を通して、類推や想像によって知っていたのみであった。現実に自分がその中にいるのであり、目の前に内地という古い日本の伝統的な風物があるということは、私には絵や写真の中に自分が歩み入った、という感じを与えた。(200)

ここでは、まるで日本が外国であるかのような転倒した感覚がうかがえ、「教科書」など書物から得た知識を体験していく驚きが語られ、「純日本」「内地」「伝統」「古い日本」という単語が頻出する。[35]

私は、京都という町が明治までの日本の全歴史を負うように自分の前に意味ありげにたっていることと、自分がみすぼらしい一中学教員として、その前で口をあいて見ているという形が気に入らなかった。私は、京都の駅の前に立っているのをいまいましいと感じた。（206）

ここで描かれている違和感や「いまいまし」さは、明治までの「日本の全歴史」や伝統から切り離された北海道に生まれ育った「私」の反応であると考えられる。「私」は「文科の大学に入りたいと思ったが、小林象三教授が出、新井豊太郎教諭がそこを出たということが私を京都大学に向わせなかった。あの二人で沢山だ、と私は思った」（176）という理由で京都大学を進学先から外している。その後、関東大震災で被災した東京商科大学を進路として見定めるのだが、その背景には東京へ「新しさ」を見たということがあるのではないだろうか。しかし、東京へ行ってもまた北川冬彦の「梶井基次郎がこの雑誌の中心で、こいつは凄い男なんです」という言葉に対して、「私」は自分自身が「田舎の実業専門学校を出て、文学から言えば全然傍系の商科大学の学生」であることを感じ、北川の言葉に「自分の仲間が当然将来の文壇の中心を占める筈だという暗黙の自負」（300）を読み取ってしまう。

このように、「私」が、「曖昧な出自」によって、異なる言葉が混淆する家庭に育ったということは、作品の中で繰り返される重要なテーマであり、それは内面の性質の問題にまで還元される。内地の言葉／東北ナマリという方言の問題、東京／北海道という地政学的な問題、東京／京都／広島という「閥」の問題、「文壇の中心」／「文学から言えば傍系」という文学上の問題において、作品内では中心と周縁というテーマが重層的に展開されるのである。

第六節　文芸復興からジョイスへ

京都への旅は「私」の京都への憧れを挫き、東京へと方針転換させるが、それは伝統の拒否と自己自身の表現への模索という形で描かれる。小林教授が京都出身の妻を娶り北海道に京都の雰囲気を持ち込んだことに対し、「私」は京都に惹かれながらも、「伝統」を拒否し、新しい文学を目指そうという決意を抱き旅立つのである。以上を踏まえ、本節では、ジョイス『若い芸術家の肖像』と本作の関連性について考察したい。京都に着いた「私」は、旅館の女中から、言葉の系統がわからないと言われる。

女中に私の言葉の系統が分らないということは、私に安心を与えた。私は少年時代に、自分の育った北海道西海岸の漁村の言葉である青森と秋田辺の訛りの混合したひどい東北弁を使って育った。それは、初めて聞く人には聞き分けるのも難かしいような訛りの強い言葉であった。母も松前の人で、そういう言葉を使ったから、それはそのまま私の家庭の言葉であった。しかし父が広島県の三次附近の出であったため、私はいつの間にか少しずつ広島の言葉づかいを覚え、それが学校で習う標準語と結びついて、私のよそ行きの言葉となっていた。（207）

ここでは、再び複数の「言葉使い」が混じり合わずにせめぎ合う環境で育ったという「私」の言語環境が語られ、〈母の言葉〉である「訛りの強い言葉」が「私」の「家庭の言葉」であり、〈父の言葉〉は「学校で習う標準語」と結びつき、「よそ行きの言葉」となったことが繰り返される。

言葉と同じく「私」を差異化する記号となったのは、髪の毛である。

私は女中に北海道だ、と言った。女中が私の髪をじろじろ見ながら、でも北海道の人の言葉は違う、と言った。それで私は、父が広島県人だと言った。すると女中は、分った、という顔になり、しかも私の髪を盗み見るのをやめなかった。彼女はその素朴な考え方の中で、広島県人が北海道へ行ってアイヌの女か、アイヌの血の混った女と結婚してこの人を産んだのだろうか、と思っているらしいことが分った（207）

髪の毛を伸ばすことで、「大人」らしく「紳士」らしい外の型に自分を当てはめようとした「私」は、今度は逆に、「髪の毛」によって、「アイヌ」と思われるのである。

「私」は、中学に英語教師として推薦された時にも、「どうも伊藤というのはあの髪がいかん、というのが市の教育課から梅沢教諭までが一致し私に対して抱いていた意見のようだった」というように、「縮れ毛」が採用時の問題とされてしまう。そのことに、「私」は「人の気に入るためには、元来の私を作り変えねばならないのだ」（166-167）と感じる。(36)

小熊英二は、北海道の対アイヌ政策について以下のように指摘している。

沖縄が「帝国の南門」とよばれたように、北海道もまた、「帝国の北門」と通称されたことはよく知られる。江戸時代以来、北海道は対ロシアの軍事拠点として注目を集めており、対アイヌ政策もまた、やはりそうした対外関係のなかで決定されていった。しかし沖縄とやや異なり、「日本人」とは別種として区分されていったアイヌに対する教育政策は、「日本人」への包摂だけでなく、「日本人」からの排除の要素もあわせもったかたちで形成されてゆくことになる。(37)

一八七一年の「戸籍法」公布により、アイヌは「和人」と同じく平民として登録され、漢字名や和風名への改名が実施された。後述するが、伊藤整の作品において、主人公が「縮れ毛」という外見的特色を持ち、それによってアイヌだと見なされ、外の登場人物たちから排斥されるというテーマは『幽鬼の街』において既に出現している。(38)

「私」は、イェイツやシングを教えてもらった小林教授のいた京都から身を離し、関東大震災後の東京を選ぶ。大正初期に京都帝国大学英文科に在籍していた菊池寛は、民族の伝統をゲール語や口承文学の復興や採集、農民達の暮らしを生き生きとしたアイルランド訛りを取り入れて描いたイェイツやシングらのアイルランド文芸復興運動を論じながら、古くからの伝統はあるものの現在は東京に押されているとして、「京都をダブリンに」と唱えた。それに対して、「私」は内地旅行によって違和感を持ち、長い間憧れめいた気持ちを抱いていた京都から距離をとる。それは、「私」が「移民」者からなる北海道出身であり、京都に代表される「旧日本」の日本的伝統へと違和感を感じたためであろう。

屈辱感の次に、私は世の果てに、全く一人で放り出されて立っているような思いをした。私は、困ったようにして後方に坐っている梅沢夫人にだけ「失礼しました」と言って、一人で外に出、雪道を踏んで、坂をのぼり、学校の宿直室に帰った。人間はみんな敵だ。オレは親兄弟も棄てて行くんだ。誰に甘える権利もない。オレはオレ以外の誰でもあることができない、という絶望感に私は取りつかれた。(289)

東京を選んだのは、作中に出てくるように、関東大震災後の新しい文芸が育つという雰囲気ではないだろうか。末尾にて作品前半の『雪明りの路』のイェイツの影響の色濃い詩人から小説家・翻訳家へと変身し、モダニズム文学に身を投じ、ジョイスの翻訳や意識の流れ小説を発表する予感が語られていくのである。

ジョイスの『若い芸術家の肖像』では、主人公スティーヴン・ディーダラスの幼年期から青年期までの成長が辿られる。『若い詩人の肖像』と同様に、作者自身の経歴とほぼ重ね合わされ、「植民地」出身の文学青年が、生まれ故郷を去って海を越えた文芸の中心地へと、芸術に身を捧げるために旅立つことを決意するという主題を共有している。第五章において、大学生となったスティーヴンは美について考えをめぐらす日々を送る。ある日、暖炉に火を起こそうとしている学監に近づき、美学について議論する。その際、ランプに油を注ぐ時に使用する漏斗を、学監が「ファネル」（funnel）と呼んだのに対し、スティーヴンは「タンディッシュ」（tundish）と呼ぶ。しかし学監はタンディッシュという単語を知らず、「アイルランドでは、あれをタンディッシュと呼ぶのかね？」、「生まれて初めて耳にする言葉だ」と返答する。学監は、スティーヴンとの「美の問題」についての議論よりもタンディッシュという言葉にこだわる。

—The language in which we are speaking is his before it is mine. How different are the words *home, Christ, ale, master*, on his lips and on mine! I cannot speak or write these words without unrest of spirit. His language, so familiar and so foreign, will always be for me an acquired speech. I have not made or accepted its words. My voice holds them at bay. My soul frets in the shadow of his language.—（*Portrait*, 221）(39)

——ぼくたちがいま口にしている言葉は、ぼくのものである前に、この男のものなんだ。ホウム、クライスト、エイル、マースター、こういった言葉はこの男の口から出るのと、ぼくの口から出るのとでは、何という違いだろう！　こうした言葉を口にしたり書いたりするとき、ぼくはいつも心に不安を感じてしまう。この男の国語は、とても馴染み深いものなのに、そのくせ何ともよそよそしいものでもあって、つまるところ、ぼくにとってはいつまで経っても習い覚えた言葉たるにとどまっているのだ。こうした言葉をぼくは自分でつくったわけじゃないし、自分のものとして受け入れたわけでもない。それを口にするぼくの声はいつもこわばってしまう。ぼくの魂はこの男の国語のかげに覆われて苛立つのだ。(40)

学監とのやり取りによって、スティーヴンは自分が現在使っている言葉が、支配者の国語である英語、すなわち借りものの「習い覚えた言葉」（acquired speech）に他ならないことを認識する。スティーヴンは、“tundish”が英語であることに気付き、学監がアイルランドに来ているのは、自分の国の英語を教えるためか、それとも自分達からそれを教わるためか？　と日記に書きつける。

April 13. That tundish has been on my mind for a long time. I looked it up and find it English and good old blunt English too. Damn the dean of studies and his funnel! What did he come here for to teach us his own language or to learn it from us. Damn him one way or the other!（*Portrait*, 297）

四月十三日　例の「タンディッシュ」という言葉がずっと気になっていた。調べてみたら、じつは英語。しかも由緒正しいれっきとした英語じゃないか。学監のやつ、ぬけぬけと漏斗《ファネル》だなんて！　あいつ、何のためにアイルランドに来てるんだ。自分の国の英語を教えるためか、それともぼくらからそれを教わるためか？　どちらにしても糞くらえ！　もいいところさ。

結城英雄によれば“tundish”は、“salley”と同じく、ゲール語が英語化した「両言語の雑種」である言葉である。[41]少年期のスティーヴンが通うクロンゴーズ・ウッド・コレッジは、積極的にイギリスの文化を取り込み「紳士」を模倣することを目的としたエリート校であった。それは『若い詩人の肖像』で「私」が通う小樽高商において、「内地」の文化が移植される一方で地元出身の「私」が、訛りや髪型などから「ニセ者」と感じてしまい、「紳士」に凝態する構図と重なり合う。

さらに、スティーヴンが英語に感じる「いつまでも習った言語に留まるというよそよそしさ」や、「苛立ち」や「こわばり」は、「私」が〈父の言葉〉や学校の標準語という「よそいきの言葉」に感じる「躊い」と同種のものであると言えるだろう。

—My Ancestors threw of their language and took another—Stephan said.—（...）When the soul of a man is born in this country there are nets flung at it to hold it back from flight. You talk to me of nationality, language, religion. I shall try to fly by those nets.—（*Portrait*, 237–238）

——ぼくの祖先たちは自分たちの国語を投げ捨てて別の国語を身につけた、とスティーヴンは言った。（中略）人間の魂がこの国に生まれると、網がいくつも投げかけられて、その飛翔を妨げようとする。きみはいつも国民性とか、国語とか、宗教とかについて話してくれるね。ぼくはそうした網の目をすり抜けて飛び立ってみせたいのだ。

I will not serve that in which I no longer believe, whether it call itself my home, my fatherland or my church: and I will try to express myself in some mode of life or art as freely as I can and as wholly as I can, using for my defence the only arms I allow myself to use, silence, exile, and cunning.—（*Portrait*, 291）

ぼくは自分が信じていないものに仕えたくない。たとえそれがぼくの家庭だろうと、祖国だろうと、教会だろうとね。ぼくがやりたいのは自分自身を表現すること、生活または芸術の何かの様式を通して可能な限り自由に、可能な限り完全に表現したいんだ。そして自分を守るためにぼくがあえて使用する唯一の武器、それは沈黙と、流浪と、そして狡智。

この後スティーヴンは、イェイツ、シングらの文芸復興運動を尻目に、「国民性」、「国語」、「宗教」（nationality, language, religion）という「網の目をすり抜け」（I shall try to fly by those nets）、芸術家になるためには、「沈黙、亡命、狡猾さ」（silence, exile, and cunning）が必要であると感じ、大陸へと旅立つ。

ジョイスが『若い芸術家の肖像』において描き出した、スティーヴンが抜け出そうとした民族、言語、宗教というテーマを、伊藤整は北海道の小樽を舞台として描こうとしたと言えるだろう。その時、アイルランド人とイギリス人という枠は、北海道と内地との対比として、ゲール語と英語という枠は、東北訛りと標準語の対比として、そしてスティーヴンが捨てようとした最後の網である宗教であるカトリックは、故郷を棄てる際に出てくる新興宗教の教祖の言葉として出てくる。(42)

『若い詩人の肖像』は、ジョイスが『若い芸術家の肖像』で描き出したダブリンのコロニアルな空間性を、小樽を舞台として描出している。アイルランド程には宗教が生活や政治に浸潤していない日本において告解や改心を描くことは設定上難しく、宗教からの離反については、あまりに唐突であり伊藤整は成功しているとは言い難い。しかしジョイスが行ったその中にがんじがらめにされている網の目である家庭、民族、祖国、宗教から囚われず、自分だけの芸術的表現を探し出す若者像を描くということを、日本の北海道を舞台として社会、政治、地理、宗教的な側面を取り込みながらおこなった意欲作であると言えるだろう。

昭和初期の北海道において、アイルランド文学が受容された背景には地政学的な意味合いが存在している。『若い詩人の肖像』において小林教授からシングやイェイツを教わったことで文学へと興味を持ち、詩を書き始めた「私」は、古い日本の伝統の象徴である京都から離れ、東京へ旅立って新しい文学の言葉を探す。このような構図は、ジョイスの『若い芸術家の肖像』において、スティーヴンが支配者の言葉である英語に違和感を感じつつも、アイルランド文芸復興運動で行われたゲール語の再興と古い神話の収集にも距離を保ち、ゲール語を採集しにきたイギリス人へ冷淡な眼差しを送り、自分だけの新しい言葉を求めて、大陸へと渡るという構図を踏まえている。伊藤整の作品における「私」の位置は、北海道というコロニアルな空間を舞台に、中心と周縁という構図を浮かび上がらせるのである。

結語

本書は、日本近代文学におけるアイルランド文学受容という問題について、明治期における紹介の段階から、芥川龍之介、菊池寛、西條八十、伊藤整という作家達の作品に与えた影響を中心に、考察を行ってきた。最後に、もう一度全体を整理したい。

第一章では、なぜ明治末期から昭和初期にかけての時期に、日本において「流行」と呼べるほどのアイルランド文学の翻訳、紹介熱が高まったのかを考察した。アイルランドは、「愛蘭」「愛蘭土」と呼ばれ、「日本と一番似て居る国」（菊池寛）と称された。ラフカディオ・ハーンは、東京帝国大学の講義においてイェイツが妖精物語を採集したことを取り上げて「諸君自身の東洋信仰の文学に対して将来きっと価値を抱くようになる」と語り、柳田國男はイェイツの『ケルトの薄明』を読み「愛蘭のフェアリイズにはザシキワラシに似たる者もありしかと存じ居候」（『石神問答』一九一〇）と書いている。彼等は、アイルランドの妖精と日本の妖怪に共通点を見出し、イェイツらがアイルランドに伝わる口承や民間伝承を採集したように、日本でも民話や口承を採集した。菊池寛「シングと愛蘭土思想」（一九一六）や松村みね子「ピアスの詩と戯曲」（一九二二）を読むと、彼等がアイルランドと「似て居る」とした〈日本〉は、西洋化・近代化する以前の生活様式や慣習であり、そのようなものであると〈想像された田舎〉であることがうかがえる。丸山薫の詩「汽車に乗つて」（一九二七）において「あいるらんどのやうな田舎にゆかう」と書かれた「あいるらんど」は、〈想像された田舎〉の典型とも言えるだろう。

大正初期からは、それまでとは比較にならない程にアイルランド文学の翻訳や紹介記事が増える。同時に、大英帝国とアイルランド―宗主国と植民地の関係―を日本にあてはめて、アイルランド文芸復興運動について語る言説が繰り返された。例えば、菊池寛は、アイルランドを大阪、京都、東北、朝鮮へと喩えている。この時期、イギリス／アイルランド、中央／地方、中心／周縁、文明／未開というような二項対立的な構図を用いて、アイルランド文芸復興運動を参照しながら、ある地方の文芸復興運動の必要性を語る方法が繰り返された。坪内逍遥は、一九一五年三月に『秋田時事』の後藤宙外のもとへ寄せた「北日本と新文学」において、「愛蘭文芸復興運動」をモデルに「秋田文芸振興」「北日本文芸振興」を起こすことを奨めている。また島村抱月は「朝鮮だより　僕のページ」(『早稲田文学』一九一六・一〇)において、「アイルランド人が英語を用ひてアイルランドの国民性を発揮」したことと「今の朝鮮人が日本語を用ひて朝鮮の国民性を発揮」することを並列させ、「文学的価値ある日本語で真の朝鮮民族の霊魂を呼び生かし」、「朝鮮人の手に成る真文芸」を見たいとして、日本の国語による「朝鮮文芸復興」を主張している。島村抱月だけではなく菊池寛もまた、「朝鮮文学の希望」(『文藝春秋』一九二四・九)において、「愛蘭人が英語を以て、新しき愛蘭文学を起し、英文学を圧倒したるが如く、朝鮮青年が日本語を以て新しき朝鮮文学を起し」てもらいたいという「希望」を述べている。彼等は日本と朝鮮の関係を、英国とアイルランドの関係に擬し、イェイツらアイルランド文芸復興運動の作家達が、英国の国語を用いて作品を書いた事例に倣って、朝鮮の文学者たちも日本の国語を用いて「朝鮮文学」を書くべきであると主張した。しかし、支配者の国語で書かれた文学としてアイルランド文芸復興運動を例に引くことによって、日本の国語を用いて朝鮮独自の新しい文学を創造してほしいという「希望」は、朝鮮の文学者たちへの共感や後援を装いつつも、植民地の言語文化に対する日本の統制や支配体制を肯定するものでもあるだろう。大正期から昭和期にかけて、アイルランドは京都、大阪、北日本、秋田、東北、北海道、朝鮮など様々な地域へと喩えられたが、そこには拡がりゆく〈日本〉の境界をめぐる政治的背景が関係している。

第二章では、明治期に、『太陽』、『帝国文学』、『明星』、『新思潮』(第一次)、『早稲田文学』等の雑誌に掲載されたアイルランド文学紹介記事の言説を調査し、通時的・共時的に考察した。そのことによって、大正期から始まる日本におけるアイルランド文学の受容と翻訳の盛行を用意したと思われる、明治期におけるアイルランド文学の受容の様相と、「ケルト」イメージが形成されていった経緯を明らかにした。

『太陽』は総合雑誌という特色を生かし、アイルランドの自治・独立運動を政治評論や写真グラビアでたびたび伝えると同時に、野口米次郎の「叙情詩人としてのエーツ」を掲載するなど、政治と文学の両面においてアイルランドを日本に紹介した。さらに、初期の紹介文を調査してみると、厨川白村の「英国現代の二詩人」（『帝国文学』第十巻第四号、一九〇四・四）は、イェイツがアメリカへ渡航した時にアメリカの『アウトルック』誌に掲載されたHoratio Sheafe Krans (1872-1952) の "Mr. Yeats and the Irish Literary Revival" という記事を読んで執筆されたもの(1)であり、小山内薫談・黒川太郎速記「『愛蘭劇　カスリーン・ニ・フーリハン』」（『明星』一九〇五・一一）は、アメリカ人の友人からJustin McCarthyの*Irish Literature*を借りて執筆された。(2)さらに、野口米次郎は一九〇四年に、アメリカに滞在中のイェイツに面会し、『英米の十三年』（春陽堂、一九〇五）でその模様を伝えている。このような経緯からは、アイルランドから日本へと直接受容が行われたのではなく、アメリカを経由して間接的に、アイルランド文学の受容が行われたことがうかがえる。

忘れてはならないのが、ラフカディオ・ハーンが東京帝国大学文科大学英文学科において、イェイツについての講義を行ったことである。上田敏、厨川白村、野口米次郎、小山内薫らの紹介記事の言説を分析することによって、彼等がお互いに影響関係を与えあいながら、紹介文を執筆していたことがわかった。明治期のアイルランド文学受容について包括的な分析を行った研究はこれまでなく、書誌的情報を出来得る限り整理した。さらに、同人誌・雑誌の言論的・文学史的性質に見る言説の差異をも検証するように努めた。

第二章を踏まえて、第三章以降では、アイルランド文学を受容したことが、日本近代文学の個々の作家の創作活動にどのような影響を及ぼしたのかという問題について、芥川龍之介、菊池寛、西條八十、伊藤整の作品を考察した。

第三章では、第三次『新思潮』（一九一四・八）の巻頭に「柳川隆之介」名義で発表された「シング紹介」が、芥川龍之介の旧蔵書に残存しているMaurice Bourgeois, *John Millington Synge and the Irish Theatre* (London: Constable, 1913) からの翻訳と捉えてもいいほどの全面的な引き写しであることを指摘し、第三者による代筆が疑われてきた本作が、芥川龍之介自身が執筆したものであることを明らかにした。特に、*John Millington Synge and the Irish Theatre* に残されている芥川龍之介の自筆書き込みの内容についても分析し、*John Millington Synge and the Irish Theatre* と「シング紹介」との異同を比較することによって、「シング紹介」の主題、芥川龍之介におけるアイルランド文学受容の根拠及び芥川龍之介の作品における本作の位置づけを検討した。

さらに、芥川龍之介、西條八十、日夏耿之介らが参加した「愛蘭土文学研究会」の活動と、『新思潮』、『聖盃』（後に『假面』と改題）、『帝国文学』等における言説の検討を通し、芥川龍之介とアイルランド文学との関わりのみならず、大正期日本におけるアイルランド文学受容の一側面について、具体的資料にもとづいて考察した。

第四章では、芥川龍之介が『新思潮』に掲載を予定して執筆しながら、未定稿として残された戯曲草稿「弘法大師御利生記」とシングの『聖者の泉』を比較した。前章で明らかにしたように、芥川龍之介は「愛蘭土文学研究会」へ参加し、『新思潮』誌上で「愛蘭土特集号」を企画、自らイエイツやシングの翻訳・紹介記事を執筆している。「弘法大師御利生記」の構成や展開を分析することによって、芥川の戯曲に見られるシングの影響を明らかにし、芥川自身の独自性を分析することによって、芥川が「放浪者」という登場人物像に関心を抱いていたことを指摘した。また、同年にシング『聖者の泉』の翻案劇として坪内逍遥「霊験」が書かれているが、『聖者の泉』が日本に広く受容された背景として、歌舞伎「壺坂霊験記」との設定の共通点を指摘した。

第五章は、日本近代文学におけるアイルランド文学受容を考える際に、芥川龍之介が中心的役割を果した一人であったことを踏まえ、芥川龍之介のアイルランドへの関心が、後期にまで持続したものだったのかどうかを考察するために、芥川龍之介「歯車」とジョイス『若い芸術家の肖像』を比較、分析した。一九一九年、芥川は、丸善からジョイスの著書を二冊入手し、小品「雑筆」において『若い芸術家の肖像』（*A Portrait of the Artist as a Young Man*, 1916）を読んだ時の印象を書き記し、「ディイダラス」という翻訳草稿を残している。一九三〇年代から始まる伊藤整や川端康成らによるジョイスの受容に先駆け、いち早くジョイスを受容したのが芥川龍之介と言える。ジョイスが芥川に与えた影響を、主に文体の変革という観点から翻訳草稿及び「少年」、「歯車」の分析を通し、その文学史的意義を考察した。

第三章、第四章、第五章において、芥川とアイルランド文学との関係性を考察してきた。その中で、山宮允、井川恭、菊池寛、久米正雄など、芥川と深交のあった『新思潮』同人もアイルランド文学を受容してきたことを確認出来た。『新思潮』同人におけるアイルランド文学受容の全体的様相をも視野に入れて包括的に論じるために、第六章では菊池寛とアイルランド文学の関係性を論じた。

第六章は、菊池寛の戯曲がダブリンで上演された事実を明らかにし、アイルランド文学と日本文学との相互影響関係とを論じた。菊池寛が執筆したシングの紹介文・評論を分析すると、彼が、アイルランド文芸復興運動にはイギリスからの自治・独立運動という目的があったという側面を捉えていたことがわかる。菊池はそのような観点から、アイルランド文学に興味を抱いて紹介文を執筆したが、特に初期戯曲には、菊池が最も高く評価したアイルランド文芸復興運動の作家J. M. シングの影響が見られる。それは、いわゆる「マント窃盗事件」によって東京帝国大学を去り、京都帝国大学へ入学したという経緯から、東京における「文壇中央集権」に対抗して、「京都をダブリンに」を合言葉とする「京都文芸復興運動」の立ち上げを目論んだことに起因すると考えられる。そして、それこそが、シングを見出したW. B. イェイツによる菊池寛への高い評価へと繋がったと考えられる。

アイルランドにおける菊池寛受容は、グレン・ショー（Glenn W. Shaw, 1886-1961）による英訳戯曲集 *Tōjūrō's Love and Four Other Plays*（Tokyo: Hokuseido, 1926）が、ロンドンの *The Morning Post* 紙で激賞されたことに端を発する。翻訳された戯曲のうち、特に *The Housetop Madman*（「屋上の狂人」）に感銘を受けたイェイツは、アベイ座で同作を上演した。イェイツは、菊池寛を「国民的・民族的特色に彩られた戯曲を書く劇作家」であり〝日本のシング〟というイメージで捉えていた。菊池自身が「屋上の狂人」（『新思潮』一九一六・五）とシングの『聖者の泉』（*The Well of the Saints*, 1905）の「思想」が同一だと述べていることを鑑みれば、イェイツの理解の鋭さが浮き彫りになるだろう。菊池寛のシング受容及びイェイツの菊池寛受容という日本文学とアイルランド文学の相互交渉の一側面を、両国の具体的資料を通じて実証的に明らかにし、なぜロンドン及びダブリンにおいて菊池寛が受け入れられたのかという問題を、菊池寛におけるアイルランド文学受容言説から考察した。

第七章では、大正期におけるアイルランド文学受容言説をより包括的に捉えるために、芥川龍之介や菊池寛という『新思潮』同人と「愛蘭土文学研究会」を結成し、シングの発音をめぐって芥川龍之介らと論争をした西條八十におけるアイルランド文学受容を考察した。西條八十は、早稲田大学英文科在学中に「愛蘭土文学研究会」を結成、『假面』誌上で参加を呼びかけ、一九一四年に西條八十の自宅で開催された研究会には、当時早稲田大学教授であり研究会の顧問となった吉江喬松をはじめ、『假面』からは日夏耿之介や松田良四郎が参加し、『新思潮』からは山宮允と芥川龍之介が参加した。

大正初期の外国文学翻訳・研究の盛行を象徴的する出来事として、若い文学者の間でのアイルランド文学の「流行」が挙げられる。西條との文学的な交流が、芥川龍之介のアイルランド文学への熱をかき立てたという側面があり、芥川龍之介や菊池寛と並んで、アイルランド文学受容の中心的人物と言える。日本近代において、アイルランド文学が盛んに受容されたが、この現象はアイルランド独立運動・文芸復興運動が世界的に注目された事と深く関わりあっていた。本章では、西條の文学的営為が、同時代の国内外の政治的・社会的状況と密接に関わりあっていたことを具体的に指摘した。西條八十の第一詩集『砂金』に収載された詩篇「芒」には、西條が熱心に読んだイェイツ『葦間の風』の幻想的な詩風からの影響が指摘できる。しかし、西條の関心がイェイツからシングへと移行すると共に、イェイツの芸術を「幻想のための幻想」と捉えるようになり、シングの芸術を、苦い現実を見据えることによって「愛蘭農民の想像性」を描き出した点から評価するようになる。

西條は、イギリスに支配されているアイルランドの自治・独立運動がアイルランド文芸復興運動の背景に存在することを認識し、アイルランド文学研究から、オーストリア＝ハンガリー二重帝国からの自治・独立を願うチェコの詩へと関心を抱き、チェコの詩人を紹介し、詩を翻訳する。このような、アイルランドやチェコを中心とする外国文学の研究や、訳詩集『白孔雀』等の翻訳における西條の関心対象の変化は、『見知らぬ愛人』に収載された詩篇「尼港の虐殺」に見られる詩風の変化と響きあっていた。

本章では、海外文学の紹介・翻訳者としての西條の仕事を浮きぼりにするためにも、西條八十旧蔵書を調査した。特に、評論「白日夢の体現としてのシングの芸術」（『假面』一九一五・六）、「チエック詩人の群れ」（『時事新報』一九一九・三・一六、二〇、二一、二三、二五の全五回連載）、「ボヘミアの詩人より」（『未來』第二号、一九一四・五）は『西條八十全集』には未収録作品であり、フランス文学研究以外の外国文学研究が、西條八十の創作とどのような関係性を持っているのかという問題については、今まで研究されてこなかった。このような点でも西條八十の作家研究に、新たな一側面から光をあてたと言えるだろう。

アイルランド文芸復興運動とアイルランド自治・独立運動は、〈現在とは異なる状態を模索する〉という点において、共通する側面があった。アイルランド文芸復興運動期の文学が、日本に受容される時にも、文学における幻想的な側面と政治的側面とは相互に関わりあって受容されたという側面も指摘できたのではないだろうか。

第八章では、大正初期に盛行したアイルランド文学が、大正後期にはどのように受容されていったのかという様相を考察するために、一九二二年から一九二八年までを描いた伊藤整『若い詩人の肖像』（一九五六）におけるアイルランド文学の意味を考察した。一九二〇年代は、日本語に翻訳されたアイルランドの文学作品が数多く刊行、掲載される。西條八十の訳詩集『白孔雀』に収録されたイエイツらのアイルランドの詩篇は、伊藤整ら多くの文学者に影響を与えた。芥川龍之介、菊池寛、西條八十らが、同時代文学としてアイルランド文学を洋書にあたって受容していった受容第一世代とするならば、一九二〇年代には翻訳文学としてアイルランド文学を受容する受容第二世代とも呼べる若者たちが出てくる。同好の士で研究会を結成し、「シンジ」か「シング」かという名前の読み方までも論争の種としていた世代から、授業のテキストや翻訳詩によって出会う世代へと変化し、アイルランド文学は日本に溶け込んでいくのである。そのような受容第二世代の代表として伊藤整を取り上げた。

『若い詩人の肖像』は、小樽高等商業学校に入学し、東京の商科大学へ通うまでの一九二二年頃から一九二八年頃までの「私」の文学への目覚めが描かれる。作品内に描かれた時代は、アイルランド文学の受容が、成熟していった時期である。小樽高商に入学した「私」は、京都帝大出身の同郷の教授の授業で「シングのアイルランド劇のテキスト」を机に置いている。さらに、「内地」から来た同級生に適合できない「私」は、少数派の「植民地」北海道出身者としての内気な仮面の下に「イエーツの幻想による造形などから学んだ感じ方や表現の仕方」を隠し、「詩の表現を自分の心の本当の表現」だと信じている。「イエーツの詩が、その詩句の感覚的な真実さのために」「実感をもって私を動かした」というように、「私」は周囲の人間との差異、「内地」への羨望や距離感を感じつつ、詩の表現によって自己の心や恋愛、自然を捉える少年として描かれているが、とりわけ「私」の詩人としての自己形成に影響を与えたのが、シングやイェイツらの作品である。

その背景には、大正後期という時代性と共に、「内地」に対する北海道という地政学的な問題点が存在する。『若い詩人の肖像』では、小樽高等商業学校における英語教育において、シングやイェイツが講読された様子が描かれているが、このような方針は京都帝国大学英文科を出た教授たちの影響力が強かったと考えられる。例えば、第五章で考察したように、京都帝国大学英文科時代の菊池寛は、京都をダブリンと重ね合わせ、イェイツやシングがアイルランド文芸復興運動を盛り上げたように、東京に対抗して京都の「郷土芸術」を興したいという記事を繰り返し執筆している。菊池にシングを教えた上田敏の後任であり、「郷土芸術」「地方色」という言葉で「ケルト文芸復興概観」(一九二五)を論じた厨川白村の下で学んだ教授は、「植民地」北海道に赴任し、アイルランド文学を教えたのである。

「内地の言葉」/東北ナマリという方言の問題、東京/北海道(「アイヌ」)という地政学的な問題、「文壇の中心」/「文学から言えば傍系」という文学上の問題において、『若い詩人の肖像』では中心と周縁というテーマが重層的に展開される。伊藤整は、ジョイスの *Ulysses* を翻訳（一九三一）し、「新心理主義文学」を提唱したが、それ以前に、小樽高等商業学校における英語教育や、西條八十の翻訳・紹介によって伊藤整はアイルランド文学に関心を抱いていたのである。

以上、本書においては、日本近現代文学におけるアイルランド文学研究の受容に主眼を置き、それに直接関わる作品研究を模索してきた。出来る限り初出誌に直接あたり、特に、『帝国文学』、『明星』、『早稲田文学』、『新思潮』、『假面』掲載のアイルランド関連記事については、どの論考が、どのような文脈で掲載されたのかということを考察するようにした。本書が、日本近代のメディアと作家をめぐる関係性について考察する一助となることを願っている。

本書は、日本近代文学におけるアイルランド文学受容という問題について、作家たちがどのようにアイルランド文学を受容し、アイルランド文学がどのように個々の作家たちの創作に影響を及ぼしたのかという点、さらに個々の作家たちの独自性がどのように浮き彫りになってくるのかという点に焦点を絞って論じることを主眼としている。そのために、翻訳者や紹介者について、その全体像を論じることはしていない。しかしアイルランド文学翻訳者である松村みね子は、大正期から昭和期にかけてのアイルランド文学の盛行を語る上で欠くことは出来ない人物である。芥川龍之介との交流については近年目覚ましく研究が進んでいるが、翻訳者としての仕事についてはこれから研究されるべき問題であるので、最後に触れておきたい。

シング原作、松村みね子訳『三幕喜劇いたづらもの』（東京堂書店、一九一七）の「あとがき」において、彼女は本戯曲 *The Playboy of the Western World* を訳し始めた時期とその動機について、以下のように述べている。

この訳は大正四年十月中に始めの一幕を訳しました。その後、雑用の為にその儘になつて居りまして、昨五年の五月中第二幕の半分を訳しました。そしてむづかしいので困つて居ります内に、一度御覧を願ひたいとかねてから思つて居りました上田先生が突然おなくなりになりましたので、私はがつかりしてそれつきり訳を止めてしまひました。昨年十月ふとしたはずみから、シングの作はシングを愛する自分がせめて此一篇だけでもどうにかして訳して置きたいと再び思ひ始めました。そして今年の一月中旬第二幕の中途から始めまして二月半ばに漸く全篇を訳し終りました。

上田敏の死によって中途になっていた翻訳を「昨年十月ふとしたはずみから」再開したことが示されている。シングの受容は一九一四年から盛んになり、芥川龍之介「シング紹介」(『新思潮』柳川隆之介名義、一九一四・八)、石本筐「悲しみのデアドラ」(『帝国文学』一九一四・一〇)、西條八十「白日夢の体現としてのシング芸術」(『假面』一九一五・六)、菊池寛「愛蘭劇手引草」(『新思潮』一九一六・一〇)といったシングに関する評論・紹介文が続けて掲載された。さらに細田枯萍『近代劇十講』(敬文館、一九一四)でもシングの戯曲『海へ騎り行く人』『谷間の影』の二作が項目として立てられ、戯曲翻訳としては、井川恭「海への騎者――J. M. SYNGE――」(『新思潮』一九一四・六)がある。シングは若い文学青年たちによって、相互に影響を与えあいながら受容されたと言える。

この中でも大正五年一〇月という時期に着目すると、菊池寛が「愛蘭劇手引草」(『新思潮』一九一六・一〇)を発表し、さらに『新思潮』(一九一六・九)の「校正後に」において松村の翻訳を批判していることが着目される。菊池は、「自分は愛蘭土劇を熱愛するものだその中でも、ロード、ダンサニイ《ママ》が好きである。所が八月の三田文学で松村みね子女史がダンセニイの「アルギメネス王」を訳された。読んで幕切れのユーマアが少しも訳されて居ないのに失望した。之はみね子女史の語学が拙いのではなく、とても邦語には訳されないものである。訳し得るものと訳し得ないものとの区別を知り得ることが翻訳者の第一の資格だと、つくぐ〵感じた」と述べている。松村の、「シングの作はシングを愛する自分がせめて此一篇だけでもどうにかして訳して置きたいと再び思ひ始めました」

という言葉には、強い意志と自負が感じられる。

松村が戯曲を翻訳するにあたり、最も苦心したのが、シングのアイルランド方言をどのように日本語に生かすかという問題である。彼女は、翻訳に用いた言葉について以下のように述べている。

此訳には私が十年在住の大森池上あたりの極く東京に近い田舎言葉を用ゐました。それ以外の田舎の風俗言語等は私はあまり忝しく知らないのでございます。

訳し始めます前には、自分の如く都市を離れた田舎ずまゐの者にして始めて此書を訳すべきであると思つたのでした。併し訳しかけて見まして始めて自分はたゞ名ばかりの田舎者であつて、此書を訳す何の権利もないほんとの東京ものであるといふことを悟りました。

この一節からは、シングの戯曲に用いられる「田舎の風俗言語」を、日本の言葉にするために松村が工夫したことがうかがえる。そして「此書が再び訳し出されます時には、その訳者は真の田舎ものであつて、同時に詩人であつて、そして言葉の音調を解し得る人であつてほしいと思ひます。さういふ翻訳者が真に正しく此書を訳し出す日を私はシングのために切に待ちます」と述べる。松村にとって、シングの言語表現を生かしながら翻訳することが、最も苦労した点だった。

しかしながら、松村は本書を訳すにあたって、自分の持てる限りの力を尽くしている。鈴木大拙の妻ビアトリス・レインに、「私が愛蘭文学を愛するやうになりましたのも全く夫人のおみちびきに依ります。此訳についても御親切に御心配下さいました」と礼を述べている。さらにビアトリスが一時帰国してアドバイスを受けられない時期には、「米国人タムソン令嬢の許に二度ほど御相談にまゐりました」と書いているように、当時東京高商教授であった教育学者林博太郎（一八七四－一九六八）の紹介によって、タムソンの娘に教えを受けにいっている。[(3)] さらに、「タムソン令嬢は、自分は愛蘭人でないので正確なことが解らないからといはれて、御親切にも英国大使夫人レディ・グリーンに御相談下さいました。私は、愛蘭に生れて愛蘭文学を愛するグリーン夫人の如き貴婦人のお助けをはからずも得ることが出来ました自分の好運を深くよろこんで居ります」と、英国大使夫人・グリーン夫人に直接教えを受けたことを記している。このような記述からはビアトリス、タムソン令嬢、グリーン夫人など日本にいた外国人と積極的に交流し、自らの翻訳を練り上げていった松村の真摯な姿勢と、彼女の翻訳の影に存在するネットワークがうかがえるのである。(4)

松村みね子が翻訳したショー『船長ブラスバオンドの改宗』(竹柏会、一九一五)には森鷗外、佐佐木信綱が序文を書き、シング『いたづらもの』には坪内逍遥が序文を書いている。また片山廣子としての歌集『翡翠』(竹柏会、一九一六)には、ヨネ・ノグチ(野口米次郎)が英文で「Lines」、和文で「歌集翡翠の出版せらるゝにあたりて片山夫人に与ふ」という序文を寄せている。その後に出版された翻訳『ダンセイニ戯曲全集』(警醒社書店、一九二一)には、一時慶應大学において教鞭をとり、西條八十とも交流のあったアイルランド詩人カズンズが序文が書いており、あとがきにおいて松村は、「訳についていろいろ御心配いたゞきました」として、野口米次郎、菊池寛、大田黒元雄(一八九三―一九七九)、村岡花子(一八九三―一九六八)に礼を述べている。また『シング戯曲全集』(新潮社、一九二三)では、イェイツが日本語訳への序文を寄せ、あとがきでは松村が「Playboy の訳は全部本田増次郎先生に御覧を願つたものである。ちやうど私がこの戯曲集の訳にかかつてゐる時、帝大で市河三喜先生がシング戯曲の講義をしてをられたので、直接にまた間接に、たくさんのお教へをいただくことが出来た」と書いている。

このように松村みね子は独学というわけではなく、芥川龍之介、森鷗外、坪内逍遥、野口米次郎、菊池寛、村岡花子ら活躍している文学者のみならず、英文学者・翻訳家・教育家として活躍した本田増次郎(一八六六―一九二五)や英語学者市河三喜(一八八六―一九七〇)といった研究者、大田黒元雄のような音楽評論家、イェイツ、カズンズ、グリーン夫人らアイルランド人、ビアトリス、タムソン令嬢というような、多方面にわたる人々に教えを請い、交流することによって翻訳していったことがわかるのである。

芥川龍之介や西條八十は、同人誌という〈場〉において、同人たちと「イエエツ号」（『聖盃』一九一三・七）を刊行し、実現はしなかったものの「愛蘭文学号」（『新思潮』）を企画した。彼等は、大学や雑誌を越えて「愛蘭土文学研究会」を結成し、時には論争しながらも、アイルランド文学を研究し、創作活動をはじめている。また、菊池寛は、挫折はしたものの、京都・大阪で「芸術復興」運動を立ちあげようとした。このようなアイルランド文学の受容の流れを見ると、文学者たちは孤立した〈点〉ではなく、影響関係という〈線〉で結ばれながら、自分自身の独自の文学を模索していったことがうかがえる。

さらに、〈仲間〉という関係性だけではなく、〈先生と教え子〉という関係性も見逃してはならない。ラフカディオ・ハーンは、東京帝国大学文科大学文学部英文学科における「妖精文学」の講義において、イエイツがアイルランド固有の文化に価値を認め、「南アイルランドの農民たち」から「多くの妖精物語や伝承を集め」たことを、日本の学生達に伝えた。イエイツの活動を講義した後、ハーンは学生たちに「現在では消滅したり消えかかっている諸君自身の東洋の信仰の文学に対して、将来きっと価値を抱くことになるということが、もっとよく理解できるようになるだろう(5)」と呼びかけた。

ハーンに教えを受けた上田敏と厨川白村は、京都帝国大学に英文科教授として赴任し、門下から菊池寛、山本修二、矢野峰人、小林象三らを輩出した。小林象三は、後に北海道の小樽高等商業学校に赴任し、講義においてアイルランド文芸復興運動の作家であるシングやイエイツを教えたが、彼の教え子のなかに伊藤整がいた。伊藤整『若い詩人の肖像』は、一九二二年に「私」が小樽高等商業学校へ入学することからはじまる。「僕」は、北海道生まれの訛っている自分の言葉が、「内地の言葉」と異なっていることに劣等感を覚えるが、小林教授の授業でシングやイエイツを知る。「僕」は、イエイツやボードレール、日本の近代詩人たちの詩を通して学んだ感じ方や表現の仕方を、「自分の心の本当の表現」「真実のもの」として研ぎ澄ませていく。『若い詩人の肖像』は、一九二八年に父の危篤によって東京から北海道へ帰郷する夜汽車の中で、「僕」が「自分が文学をやっているのは何のためか」、自己の固有の「文学」を追究する決意をする場面で終わっている。この場面には、ハーンが明治中期の東京帝国大学文科大学において、イェイツを語ることによって、日本の学生たちに、西洋の文物を摂取するだけではなく「諸君自身」の文化を大切にすることを教えた講義の、遠い余韻が感じられる。ハーン―上田敏―厨川白村―小林象三―伊藤整というように〈先生と教え子〉〈先輩と後輩〉という関係性によって、アイルランド文学の影響は続いていったのである。アイルランド文学をめぐって、芥川龍之介は『新思潮』の先輩である小山内薫に教えを受け、菊池寛は京都帝国大学英文科において上田敏、厨川白村に教えを受け、西條八十は吉江喬松に「愛蘭土文学研究会」の顧問になってもらっている。また伊藤整は、小林象三の授業や、西條八十の訳詩からイェイツやシングを知った。

来日した外国人と日本人文学者との交流についても見逃してはならない点である。芥川龍之介ら『新思潮』同人は、アイルランド人トーマス・ジョーンズと親しく交流した。アイルランド文芸復興運動に加わった詩人カズンズが来日した時は、野口米次郎、西條八十ら多くの文学者たちと交流している。また、グレン・ショーが翻訳した菊池寛の戯曲集をイェイツが読み、イェイツの結成した「ダブリン・ドラマ・リーグ」によって、アベイ座で「屋上の狂人」の翻訳劇 *The Housetop Madman* が上演されるなど、日本文学とアイルランド文学の相互交流も行われた。

本書では、典拠や類似性の指摘という影響関係を指摘するだけではなく、なぜ彼等がアイルランド文学に惹かれたのかという受容の根拠を考察するように努めた。そのことによって、典拠となった作品との相違点や、受容した側の作家の独自性を浮き彫りにし、彼らの一人一人にアイルランド文学を受容した必然性があったことを明らかに出来たのではないだろうか。アイルランド文学の日本近代文学における受容という問題は、幻想文学の大正期における展開と、文学と政治との関係性を考える上での一つの手掛りにもなるだろう。

とはいえ、芥川龍之介、菊池寛、西條八十、伊藤整には、本書で取り上げていない作品にも、アイルランド文学と関係がある作品が数多くあり、本書で取り上げた作品は、影響が深く特徴的な作品に過ぎない。また本書ではグレゴリー夫人、ダンセイニ、ハンキンらの作品について詳しく論じることができなかったのが心残りである。今後も、各作家の個々の作品において、考察を深めていくことは必須の課題であろう。特に、菊池寛、西條八十、伊藤整については、本書で取り上げた時代以降にもアイルランド文学への言及がある。一九二〇年代後半以後の、各作家におけるアイルランド文学の受容と変容という問題については、大きな課題として残されている。さらに、アイルランド文学からの影響という枠組みだけで、魅力に満ちた各作家、各作品の特徴を捉えきれないことは、言うまでもない。

本書では詳しく取り上げなかった作家—例えば、上田敏、厨川白村、松村みね子、野口米次郎、山宮允、矢野峰人、山本修二、尾島庄太郎らの翻訳・紹介の仕事、日夏耿之介、久米正雄、富田砕花（一八九〇—一九八四）、丸山薫、織田作之助（一九一三—一九四七）、野間宏（一九一五—一九九一）、岡本かの子らの作品への影響、さらに坪内逍遥、小山内薫、松居松葉（松翁）、伊藤道郎（一八九三—一九六一）ら日本の新劇、演劇界との関わりなど—、本論で論じてきた大正期におけるアイルランド文学の盛行という現象に関わり、また、芥川龍之介、菊池寛、西條八十、伊藤整らと関係の深い作家達に限ってみても、未だ調査は不充分であり、さらに考察を深めていく必要がある。

本書は、大正期の作家達が、なぜ「愛蘭」「愛蘭土」という美しい名前で呼ばれたアイルランドの文学に魅力を感じたのか、アイルランド文学が受容された根拠は何か、という問いからはじまった。本書を、日本近現代文学におけるアイルランド文学受容——その根拠と意義を明らかにするための、数多くの課題へと向けた第一歩としたい。

あとがき

想像力は境界を持たない。そのような意識から考えた場合、本書の題名『越境する想像力』は矛盾しているように思われる。しかしながら、現実には国家、言語、民族という境界が存在する。国家、言語、民族という境界が大きく変動していった一九世紀末から二〇世紀にかけてのアイルランドと日本の文学的な関わりを追うと、それらの境界を意識せざるを得ない。しかし作家たちの個々の作品を読んでいくうちに、作家達の想像力のたくましい跳躍にも気付かされた。本書は、二〇一〇年に大阪大学大学院文学研究科に提出した博士学位論文「日本近代文学におけるアイルランド文学受容―芥川龍之介・菊池寛・西條八十・伊藤整―」に基づく。各章の初出は以下の通りである。ただし、収録にあたり大幅に加筆・修正をおこなった。

序章及び第一章
「日本近代文学におけるアイルランド文学受容―翻訳と紹介記事をめぐって―」(日本アイルランド協会創立五十周年記念シンポジウム「アイルランド文学と日本」二〇一三・三・二三、『エール』第三三号、日本アイルランド協会、二〇一四・三)をもとに書き下ろし。

第二章
「明治期におけるアイルランド文学受容の概観」(『論潮』第三号、論潮の会、二〇一〇・五)

第三章
「芥川龍之介「シング紹介」論―「愛蘭土文学研究会」との関わりについて」(『日本近代文学』第七八集、

日本近代文学会、二〇〇八・五）

第四章

「芥川龍之介「弘法大師御利生記」における「放浪者」―J．M．シング『聖者の泉』の影響について―」（『阪大比較文学』第五号、大阪大学比較文学会、二〇〇八・三）

第五章

「芥川龍之介とジェイムズ・ジョイス―『若い芸術家の肖像』と『歯車』のあいだ」（『大阪大学大学院文学研究科紀要』第四九号、大阪大学大学院文学研究科、二〇〇九・三）

第六章

「J．M．シングを読む菊池寛／菊池寛を読むW．B．イェイツ―日本文学とアイルランド文学の相互交渉―」（『比較文学』第五十三号、日本比較文学会、二〇一一・三）

第七章

「西條八十・その創作の転換期―外国文学翻訳・研究との関わり―」（『日本近代文学』第八三集、日本近代文学会、二〇一〇・一一）

第八章

「伊藤整『若い詩人の肖像』におけるアイルランド文学―北海道・アイルランド・内地―」（『立命館言語文化研究』第二二巻第四号、二〇一一・三）

博士論文の執筆と審査にあたり多くの貴重な御助言や情報をいただいた、大阪大学大学院文学研究科の橋本順光先生、出原隆俊先生、清水康次先生に心よりの感謝を申し上げたい。橋本順光先生には、常に鋭い問いを投げかけていただき、いくつもの発見があった。出原隆俊先生にはゼミでの指導とともに、蔵書である明治期の雑誌を網羅的に調査させていただけたことで、研究の基盤となる日本近代文学におけるアイルランド文学の受容とその広がりが把握できるようになった。清水康次先生には、博士論文公開審査後、Ａ四用紙にして二十枚もの質問や指摘がびっしりと書かれたノートを頂いた。圧倒されつつも、それらの問いを考えているうちに、新たな問題意識が芽生えることの連続であった。課題はいまだ山積みである。学部生時代に哲学・哲学史専攻において指導いただき、〈知〉への畏怖を教えていただいた故・山形頼洋先生、大学院博士前期・後期課程において文学を研究することの情熱を伝えていただいた故・内藤高先生にも心よりの感謝を申し上げる。大阪大学では、風通しのよい開かれた研究環境に恵まれた。大阪大学大学院文学研究科の柏木隆雄先生をはじめとする先生方、言語文化研究科の中直一先生、北村卓先生、同志社大学からご来講されていた佐伯順子先生、研究室で共に学び、議論した平松秀樹さん、松本陽子さん、藤田瑞穂さん、小橋玲治君ら先輩、同級生、後輩が、文学を研究することの喜びをいつも新たにしてくれた。また、京都の光華女子大学で開催されている近代文学研究会と大阪の吉岡由紀彦先生が開催されている芥川龍之介研究会に参加できたことで、様々な御教示を受けることが出来た。

人との研究交流と議論が、資料への接近と問いの発見を促した。本書の第二章は、女性研究者が学問をライフワークとして続けるための「場」として、二〇〇八年に山崎正純先生の呼びかけで創刊された研究同人誌『論潮』に発表したものである。私自身が出産後も研究を継続しているのは、このような場と研究仲間に励まされているからに他ならない。第八章は西成彦氏が開催されていたモダニズム研究会での発表と議論をもとにまとめた論考である。世界文学の潮流の中で日本文学を捉え、アイルランド文学の東アジアでの受容の様相については、引き続き課題として問うていきたい。附録の年表は、二〇一三年三月に東京で行われた「セント・パトリック・デイの集い」での日本アイルランド協会創立五十周年記念シンポジウムにおける口頭発表を経て、大幅に書き直したものである。会場で助言を下さった方々をはじめ、年表にまとめて公開することを促して下さった松田誠思氏に感謝申し上げる。この年表は、日本近代文学におけるアイルランド文学受容関連資料や事項を出来うる限り網羅的に掲載したが、遺漏も多いだろう。是非御批正・御教示いただきたい。さらに現代におけるケルト文化の日本への紹介・研究の第一人者でもある井村君江氏には、二〇一三年晩秋の宇都宮井村邸にて泊りがけで研究インタビューを行わせていただいた。日本近代から現代に至るまでのアイルランド文学の受容に関しては、創作と研究が相互に絡み合いながら展開する。本書では、考察の対象とする時代を明治期から昭和初期に絞ったが、昭和期から現代に至るアイルランド文学受容の様相を検討することは、今後の課題である。

二〇〇九年、二〇一一年、二〇一二年のアイルランドにおける調査については、アイルランドに残された菊池寛関係資料の収集と調査に際して、多くの方々に便宜を図っていただいた。アイルランドの新聞・雑誌コレクションを調査する環境と研究情報を提供していただいたアイルランド国立大学ゴールウェイ校ライオネル・ピルキントン教授、菊池寛の「屋上の狂人」上演パンフレットの装画画家ハリー・クラーク研究の第一人者で、情報提供及び資料の発掘と調査に御協力いただいたアイルランド国立美術大学のニコラ・ゴードン・ボウ氏、アイルランド国立博物館のアジア部門主任学芸員オードリー・ウィッティ氏、ジョセフ・ホロウェイ・コレクションをはじめとするアイルランド近代演劇コレクションの整理と調査を許可いただいたアイルランド国立図書館司書のオノラ・ホール氏に、特に御世話になった。膨大なコレクションを前に、上演チケットやポスター、チラシ、書簡を整理し、アイルランドを代表する挿絵画家ハリー・クラークの鮮やかな装画が印刷されたイェイツらのダブリン・ドラマ・リーグによる菊池寛「屋上の狂人」上演パンフレットを見つけた時は、喜び興奮した。

二〇一一年から二〇一二年までのロンドンでの一年間においては、招聘研究員として研究環境と発表の機会を与えていただいたヴィクトリア&アルバート・ミュージアム　アジア部門主任研究員ルパート・フォークナー氏に感謝する。日英間における文学・美術の相互交流に関する資料コレクションとしては、大英博物館と合わせれば、世界最大の資料群がロンドンにあるといって過言ではなく、様々な資料を直に検討することができた。ロンドン大学アジア・アフリカ研究学院日本研究センターでは、日本文学を日本語から英語へと翻訳する大学院ゼミへの出席を許していただいたスティーヴン・ドッド先生に感謝申し上げたい。翻訳の実践のなかで「日本文学」を検討する一年間を過ごすことが出来た。明治から昭和期に至るまでのアイルランド文学の日本文学への翻訳・紹介、そして日本文学のアイルランド、イギリスへの翻訳・紹介という事例を検討するにあたり、自らが翻訳を実践するという行為は、不可欠なものであったと思う。

ロンドンでの一年間に、文学が言葉を「越える」ことと向き合えた。これらの現地調査を可能にしてくれたものは、大阪大学大学院文学研究科内藤高基金（二〇〇九年一月–二月）、日本学術振興会・研究者海外派遣基金助成金「多言語多文化研究に向けた複合型派遣プログラム」（二〇一一年一月–三月、ゴールウェイ：アイルランド国立大学ゴールウェイ校）、日本学術振興会・最先端研究開発戦略的強化費補助金　頭脳循環を加速する若手研究者戦略的海外派遣プログラム「アジアをめぐる比較芸術・デザイン学研究–日英間に広がる二一世紀の地平」（主担当研究者・藤田治彦、二〇一一年三月–二〇一二年三月、ロンドン：ヴィクトリア&アルバート・ミュージアム）の各助成金による現地の研究拠点への派遣と研究情報交流である。

本書に引用・掲載した資料の調査・発掘・貸与に関して、デジタル化の恩恵を受けることが出来る時代であっても、尚、現地に行かなければ出会うことが出来なかった資料群への扉を開いてくれたアイルランドとイギリスの研究スタッフ、日本近代文学館、山梨県立文学館、神奈川近代文学館、小樽文学館、秋田県立図書館、東京大学　明治新聞雑誌文庫に感謝申し上げる。慌ただしい毎日の中でも研究に向き合うことが出来たのは、福岡女子大学の同僚と、この二年間資料と索引の整理を手伝ってくれた学生たちのおかげである。大阪大学出版会の編集者・川上展代さん、装幀の石崎悠子さん、本当にありがとう。

最後に、研究仲間であり議論の相手でもある夫の珂瀾、娘の加葉、富山の父・修と亡き母・眞理、そして福岡の義理の母・貴代美に感謝し、結びとしたい。

本書は、日本学術振興会の平成二五年度科学研究費補助金（研究成果公開促進費）の助成を受けて刊行される。
また平成二二年度—二五年度の日本学術振興会、科学研究費補助金（基盤研究C）「二十世紀初頭の英語圏における日本演劇の上演の研究—菊池寛と郡虎彦を軸として」の研究成果の一部である。

注

序章

（1）高橋哲雄は、『アイルランド歴史紀行』（ちくまライブラリー、一九九一）において、「近現代のこの国を「文学者の島」、もっと絞っていえば「詩人と劇作家の島」と名付けても、けっして誇張にならないだろう」と述べている。

（2）芥川龍之介「點心」（『新潮』一九二一・二、三、引用は『芥川龍之介全集』第七巻、岩波書店、一九九六、二六二頁）

（3）菊池寛「自分に影響した外国作家」（『テアトル』一九二六・五、引用は『菊池寛全集』補巻、武蔵野書房、二〇〇一、一五四頁）。

（4）西條八十「チェック詩人の群れ」（『時事新報』一九一九・三）

（5）Edward W. Said, "Yeats and Decolonization", *Nationalism, colonialism, and Literature*, Minneapolis: Minnesota UP, 1990. 引用は、エドワード・サイード、大橋洋一訳「イエイツと脱植民地化」（『文化と帝国主義　2』（みすず書房、二〇〇一）による。

（6）前掲書。

（7）野口米次郎「英米の新潮流　愛蘭土詩人イーツ」（『英文新誌』第二二号、一九〇四）。後「英文学の新潮流　ウキルアム、バトラー、イーツ」（『英米の十三年』春陽堂、一九〇五）

（8）あやめ会第一詩集『あやめ草』（如山堂書店、一九〇六）には野口米次郎の求めにより、イエイツが"To the Rose upon the Rood of Time", "A Faery Song"を寄稿している。

（9）山宮允「詩人イエイツに見えるの記」（一九二六）。後『虚庵文集　山宮允著作選集』第三巻所収。引用は同書による。

（10）山宮允前掲書。

（11）矢野峰人「菊池寛氏を憶ふ」（『世界人』一九四八・五）。さらに「愛蘭文学回想　矢野峰人インタビュー　ききて井村君江」（『幻想文学』第二号、特集「ケルト幻想」、一九八二・一一）においても矢野峰人は、井村君江の問いに答えて菊池寛とイエイツの相互影響について言及している。

（12）Shotaro Oshima, "An Interview with W. B. Yeats." *W. B. Yeats and Japan*. Tokyo: Hokuseido, 1965.

（13）山宮允「詩人イエイツに見えるの記」（一九二六）や Shotaro Oshima, "An Interview with W. B. Yeats." には、イエイツから

の日本の文学・芸術に対する質問が記されている。

(14) イェイツと能については、山田正章「Yeats と能」(『同志社女子大学総合文化研究所紀要』第六巻、一九八九)、長谷川年光『イェイツと能とモダニズム』(ユーシープランニング、一九九五)、成恵卿『西洋の夢幻能　イェイツとパウンド』(河出書房新社、一九九九)参照。郡虎彦とイェイツとの関係については、杉山正樹『郡虎彦　その夢と生涯』(岩波書店、一九八七)がある。

(15) イェイツの戯曲の翻訳『ディアダア』(『三田文学』一九一三・一)、ゴードン・クレイグの演劇論の翻訳「近代の劇場に於ける悪傾向」(『時事新報』一九一二・四)

(16) Yeats, "My Table" in *Meditations in Time of Civil War*, "Montashigi"[sic] in A Dialogue of Self and Soul.

(17) 前掲山宮允「詩人イェイツに見えるの記」(一九二六)。

(18) 市川勇「明治期の雑誌に於けるイェイツ紹介状況―「太陽」を中心に」(『エール』創刊号、一九六八、後『アイルランドの文学』成美堂、一九八七)。

(19) 河野賢司『周縁からの挑発　現代アイルランド文学論考』(渓水社、二〇〇一)。

(20) 前波静一『アイルランド演劇　現代と世界と日本と』(大学教育出版、二〇〇四)。

(21) 鶴岡真弓「ひるがえる二色　廣子とみね子」(片山廣子/松村みね子『燈火節　随筆+小説集』月曜社、二〇〇四)。鶴岡真弓は、「芥川龍之介の愛蘭土」(『正論』第三一四号、一九九八・十)においても、芥川龍之介、松村みね子、菊池寛とアイルランド文学の関係を論じている。

(22) 韓国においても、一九二〇年代の朝鮮におけるアイルランド文学・戯曲の紹介、翻訳、上演に対する研究が進んでいる。金牡蘭「「われわれ」のアイルランド:日本と植民地朝鮮におけるアイルランド文学の〈移動〉(トランスレーション)」(筑波大学文化批評研究会編『〈翻訳〉の圏域―文化・植民地・アイデンティティー―』イセブ、二〇〇四年)参照。

(23) 佐野正人「京城帝大英文科ネットワークをめぐって―植民地期韓国文学における「英文学」と二重言語創作―」(『国際文化研究科論集』第一六巻、二〇〇八・一二)。

(24) 波潟剛「1930年代の東アジア地域間における文化の口承と翻訳―モダン都市東京・ソウルと文芸―」(『訪韓研究社論文集』第一三巻、二〇一三)。

(25) 前掲、エドワード・サイード「イェイツと脱植民地化」(大橋洋一訳『文化と帝国主義2』みすず書房、二〇〇一)。

(26) 西成彦は「日本語文学の越境的な読みに向けて」(『立命館言語文化研究』第二二巻四号、二〇一一・三)において、「アングロ=アイリッシュ文学に関心を抱くものにとって、たとえば植民地朝鮮の二重言語状況に足場を置いた表現者たちはきわめて身近な存在であるはずだ」と主張し、「比較植民地文学」の試みを提唱しているが、今後東アジア諸地域におけるアイルランド文学の翻訳・紹介、諸地域間での影響関係を個別事例をもとに検討していき、地域的、歴史的、政治的な違いによって、植民地の文学がどのように読まれたのかという問題を考察していくことが必要であろう。

（27）佐野前掲論文参照。さらに以下も参照した。佐野正人「佐藤清・植民地的な主体として」（筑波大学文化批評研究会編『〈翻訳〉の圏域―文化・植民地・アイデンティティ―』イセブ、二〇〇四）。朝鮮における日本の植民地政策においてアイルランドにおけるイギリスの植民地政策が参照された事例については研究が進んでいる。齋藤英里「朝鮮関係をアイルランド史中に読むべし―矢内原忠雄未発表「講義ノート」の検討」（『武蔵野大学政治経済研究所年報』第一号、二〇〇九・四）参照。

（28）日本とアイルランドの政治的・経済的関係についての先行研究に、上野格「日本におけるアイルランド学の歴史」（『思想』一九七五・一二）、同「明治初年のアイアランド論―若山儀一（NORIKAZU WAKAYAMA, 1840-91）の著作から」（『エール』第五号、日本アイルランド協会学術研究部、一九八七・七）、同「戦前のわが国におけるアイルランド史研究文献について（1）」（『成城大学経済研究』第四九号、一九七五）の各論考がある。また、アイルランドと日本の経済史的関係性を考察した研究に松尾太郎『アイルランドと日本　比較経済史的接近』（論創社、一九八七）があり、それぞれ参照した。

第一章

（1）菊池寛「半自叙伝」（『文藝春秋』一九二九・六）

（2）「早稲田大学文科卒業生氏名及論文題目」（『早稲田文学』一九一五・八）より。愛蘭土文学研究会に参加していた山宮允は、卒業論文「詩人としてのイエーツ」を東京帝国大学に提出し、イェイツの翻訳書『善悪の観念』（東雲堂、一九一五）を出版するなど、詩人・英文学者としてイエイツやブレイク（William Blake, 1757-1827）の翻訳・紹介につとめた。

（3）（筆者註：Lionel Johnson, 1867-1902）

（4）西條八十「私の読書遍歴」（『日本読書新聞』一九五六・三・一九、『西條八十全集』第十七巻、四五一頁）。西條はこの文章において、「娯楽物のほうでも、若いときに芥川氏とそろって、アメリカの神秘小説家アムブローズ・ビーヤスの評伝を丸善から取寄せたことに始り、怪異冒険的なものが好き」（前掲『西條八十全集』第十七巻、四五二頁）と記している。西條と芥川は愛蘭土文学研究会において怪談話をしたと回想している。ここから、西條と芥川の二人は、愛蘭土文学研究会をきっかけとして文学的な交流をしていたことがわかる。

（5）松村みね子「仔猫の「トラ」」（『燈火節』暮しの手帖社、一九五三）。初出は「仔猫の『トラ』―温い思い出―」（『婦人朝日』第四号第一号、一九四九・一）。

(6) 引用は、浜田泉訳「妖精文学」『ラフカディオ・ハーン著作集　第九巻　人生と文学』(恒文社、一九八八) による。
(7) 吉増剛造「イェイツと柳田國男」(日本ケルト協会／ケルトセミナー配布資料、福岡・あいれふ講堂、二〇一三・四・二一)
(8) 菊池寛「シングと愛蘭土思想」(『新潮』一九一七・一二)
(9) 菊池寛前掲論。
(10) マレイ (T. C. Murray)、小山内薫訳・監督「兄弟 (愛蘭土劇「長男の権利」)」市川左団次一座、歌舞伎座、一九一三年二月興行 (一〇日初日)
(11) 大久保二八 (松居松葉) 翻案「茶を作る家」二幕 (公衆劇団、第一回公演、帝国劇場、一九一三年一〇月一日より二〇日間)
(12) 坪内逍遥『霊験』(金港堂書籍、一九一五)
(13) 菊池寛「愛蘭土劇手引草」(『新思潮』一九一六・一〇)
(14) 菊池寛は「校正後に」(『新思潮』一九一六・九) においても、「自分は愛蘭土劇を熱愛するものだ」「愛蘭土劇に現はれた愛蘭土人の生活は日本人の生活とよく似て居る、愛蘭土劇を読んで居ると英国や独逸の劇では見出されない親しみがある」として、アイルランド演劇に出て来るアイルランド人の生活と日本人の生活の類似性及び、イギリスやドイツの演劇と比較してのアイルランド演劇と日本との類似性を指摘している。
(15) 松村みね子「ピアスの詩と戯曲」(『劇と評論』第三〇号、一九二二・八) 欧州が第一次世界大戦の争乱の最中、一九一六年三月にダブリンで起こったアイルランド独立のためのイースター蜂起において、アイルランド共和国設立宣言をし、英政府の手によって数十人の同志達と共に処刑されたパトリック・ピアスの作品について論じている。
(16) 菊池寛「大阪芸術創始」(『不二新聞』一九一四・二・一一、草田杜太郎名義)
(17) 「"TZSCHALLAPPOKO"」(『新思潮』一九一四・四)
(18) 「京都芸術の為に」(『中外日報』一九一四・五・八、引用は『菊池寛全集』第二二巻による)。
(19) 「二個の感想」(『中外日報』一九一四・六・六―六・七、『菊池寛全集』第二二巻、四八頁)
(20) 坪内逍遥「北日本と新文学」(『藝術殿』第五巻八号、國劇向上会編、一九三五・八)
(21) 坪内逍遥、前掲論。
(22) Ben Levitas, *The Theatre of Nation: Irish Drama and Cultural Nationalism*, 1890–1916, Oxford: Clarendon Press, 2002. を参照した。
(23) 菊池寛・山本修二『英国愛蘭近代劇精髄』(新潮社、一九二五)
(24) 菊池は、「浪漂欲は愛蘭土の劇の動機の一にしてイエーツ、グレゴリイ、シングなどにも歴々として指示すべし。「誓約」は水呑百姓の地主に対する反逆にして東北地方の片田舎などには今もなほ現存し得べきほど日本的なり」(「愛蘭土劇手引草」『新思潮』一九一六・一〇、引用は初出誌に拠る）というように、アイルランドを東北にも重ね合わせる。

（25）菊池寛「ラフカヂオ、ハーンを想ふ」（『中外日報』一九一四・八・一一、草田杜太郎名義）

（26）小樽市立小樽文学館所蔵資料調査による。

（27）伊藤整『雪明りの路』（椎の木社、一九二六）。

（28）Edward Said, *Orientalism*, London: Routledge and Kegan Paul, 1978. 板垣雄三・杉田英明監修、今沢紀子訳『オリエンタリズム』（平凡社ライブラリー、一九九三）

（29）厨川白村「ケルト文学復興の新運動」（『文章世界』一九一五・一、後『厨川白村集』第三巻（厨川白村集刊行会、一九二五）所収時に「ケルト文芸復興概説」と改題）。引用は初出誌に拠る。

（30）前掲「ケルト文学復興の新運動」。

（31）前掲「ケルト文学復興の新運動」。

（32）厨川は、アイルランド文芸座を創立したメンバーとして、イェイツの他に、グレゴリー夫人、エドワード・マーティン、ジョージ・ムアの名前を挙げている。しかし論文中にシングの名前はない。

（33）菊池寛「シングと愛蘭土思想」（『新潮』一九一七・一二、引用は『菊池寛全集』第二二巻、三三四頁）

（34）前掲「シングと愛蘭土思想」（前掲『菊池寛全集』第二二巻、三三五頁）

（35）さらに、菊池は、「半自叙伝」で「私は卒業論文には、「英国及び愛蘭の近代劇」と云ふので、あらゆる作家のことをかくつもりでゐたが、さうは行かなかつた。わづかに、ピネロ、ショオ、ハンキン、ワイルド、ゴオルズワアジイ、バアカー位しか書けなかつた。愛蘭の方はちつとも書かなかつた」と述べていることからも、今日ではアイルランドの作家と言われることもあるショーやワイルドを、厨川と同様に英国の作家と見なし、アイルランドの作家とは考えていないのがわかる。

（36）佐藤清『愛蘭文学研究』（東京帝国大学英文学会編『英文学研究』別冊第一、研究社、一九二二）九一頁。

（37）前掲『愛蘭文学研究』一一二頁。

（38）佐藤清は、一九二六年の京城帝国大学設立に伴い、英文科教授として赴任している点でも重要な人物である。佐野正人前掲論文（序章）参照。

（39）Ben Levitas, *The Theatre of Nation : Irish Drama and Cultural Nationalism*, 1890-1916, Oxford: Clarendon Press, 2002. を参照した。

（40）菊池寛・山本修二『英国愛蘭近代劇精髄』（新潮社、一九二五）一八六頁。

（41）矢野峰人『アイルランド文学史』（英語英文学講座、新英米文学社、一九三三）一―一二頁。

（42）矢野峰人『アイルランド文学史』（英語英文学講座、新英米文学社、一九三三）二頁。

（43）前掲『アイルランド文学史』二–三頁。続けて、矢野は、「唯、然し、愛蘭に於ける文芸復興の運動は、その出発点に於ては、多分に政治的な意義を有して居たといふ事実は、否定し得ざる所である。即ち、最初の間、文芸は、たしかに、単に、民族的意識の覚醒を促し、英国の支配より脱却せんとするの意識を培養する手段として用ゐられたのである」とも述べている。

（44）山本修二『アイルランド演劇研究』（あぽろん社、一九六八）二頁。

（45）尾島庄太郎『現代アイァランド文学研究』（北星堂書店、一九五六、増補改訂第四版：一九七六）一六二–一六三頁。

（46）前掲『現代アイァランド文学研究』四三二頁。

（47）"The rise of the Language Movement, and the return to Celtic sources, gave a colour and tradition to the new literature unknown to the older exponents of Anglicisation or nationalism, and renderd it more akin to the Gaelic than the English genius." Ernest A. Boyd, *Ireland's Literary Renaissance*, New York: J. Lane, 1916, p. 7. 以下ボイドの引用は全て同書に拠り、訳は拙訳。

（48）"Such names as Oscar Wild and Bernard Shaw belong as certainly to the history of English literature as Goldsmith and Sheridan". *Ibid.*, p. 7.

（49）*Ibid.*, p. 8.

（50）"The very prominent position which the Irish Drama has secured during the first quarter of the twentieth century tends to obscure the fact that until the end of nineteenth century Ireland had been without any national drama in either the Irish or the English languages." Andrew E. Malone, *The Irish Drama*, London: Constable & Co., 1929, p. 1. 以下の引用は全て同書により、訳は拙訳。

（51）"Had it not been for the line of Irish writers from Farquhar to Shaw English comedy would have been almost entirely deficient in that satiric content without which comedy loses much of its savour." *Ibid.*, p. 15.

（52）*Ibid.*, p. 15.

（53）ショーは、一九三三年に八〇歳近い高齢でありながら世界一周の船旅をし、日本にも立ち寄っている。その時にショーの来日に動いたのが雑誌『改造』であり、『改造』一九三三年四月号はショーの特集号と言うべきものである。山本實彦は、同号の「ショウを送りて」という記事のなかで、「どうも日本では行くところ、行くところ大へんな歓迎だが、しかしそれは新興国の常で、米国でも、日本でも国としての受難の経験がないだけに、何でも浅く薄く物ごとを受入れるのではあるまいか、かうした民族は直ぐに物を忘れて仕舞ふのだ。我々如き虐げられた人種は、とても左様に簡単に受入れは出来ない」ということを、ショーが語ったと書いている。日本の雑誌は、アイルランド人としてのショー像も伝えていることは留保しておくべきであろう。関忠果他編『雑誌『改造』の四十年』（光和堂、一九七七）中「バーナード・ショウの来日」

（一三九―一四三頁）を参照した。また、ショーがアイルランドをどのように見ていたかという問題に関しては、風呂本武敏「ショーとアイルランド」『バーナード・ショー——へのいざない』（日本バーナード・ショー協会編、文化書房博文社、二〇〇六、四四―四七頁）を参照した。風呂本は、「ショーはイギリス文壇に所属していたが、文学上のアイルランド的特性を考えることについては決して消極的ではない。例えば、ワイルド Oscar Wilde（1854-1900）と自分を比べて、その相違点と類似点について考えている」と指摘している（前掲書、四五頁）。アイルランド文学のセルフ・イメージと、日本におけるアイルランド文学受容言説との差異については、今後の課題としたい。

（54）Malone, *The Irish Drama*, p. 18.

第二章

（1）明治期におけるアイルランド文学受容においては、雑誌がその中心的役割を果したため、本章の引用は特にことわりがない限り、全て初出誌に依った。また、網羅的に分析することに努めたが、短い記事や、論文中に少し触れているのみの記事は取り上げなかった。

（2）バーナード・ショーの日本における受容に関しては、升本匡彦「バーナード・ショー」（『欧米作家と日本近代文学5　英米篇』教育出版センター、一九七五）、小木曾雅文「ショーと日本の作家」「邦訳一覧」（日本バーナード・ショー協会『バーナード・ショーへのいざない』文化書房博文社、二〇〇六）に詳細な研究がある。さらに、オスカー・ワイルドの日本における受容に関しては、井村君江「オスカー・ワイルド」（『欧米作家と日本近代文学5　英米篇』教育出版センター、一九七五）、同『サロメの変容』（新書館、一九九〇）、川戸道昭、榊原貴教編『明治翻訳文学全集　新聞雑誌編　10　ワイルド集』（大空社、一九九六）がある。

（3）後に市川勇『アイルランドの文学』（成美堂、一九八七）所収。

（4）柳田泉は、『花柳春話』の原作について、ブルワー=リットンの *Ernest Maltravers* であるが、その続編の *Alice* も抄訳していると指摘している。（「花柳春話解題」『明治文化全集　第一二巻　翻訳文藝篇』日本評論社、一九六七）

（5）木村毅「解題」（『明治文学全集7　明治翻訳文学集』筑摩書房、一九七二）を参照。

（6）高井多佳子「『佳人之奇遇』を読む　小説と現実の「時差」」（『史窓』第五八号、二〇〇一・二）

（7）秋田茂『イギリス帝国の歴史　アジアから考える』（中公新書、二〇一二）

（8）上野格「明治・大正期のアイアランド問題研究文献について」（『エール』第四号、日本アイルランド協会学術研究部、一

九七五・一一）

（9）調査にあたって、『太陽』本誌の他に、日本近代文学館編『太陽総目次』（CD-ROM版、八木書店、一九九九）、鈴木正節『博文館『太陽』の研究』（アジア経済研究所、一九七九）、鈴木貞美『雑誌『太陽』と国民文化の形成』（思文閣、文献解題二九、二〇〇一）を参照した。

（10）菊池寛は、「半自叙伝」において、京大生時代について「茲で僕は戯曲は大抵読んだ。ダンセイニなどもよんだ。ダンセイニなどは、僕が日本で一番早くよんだのではないかと思ふ。厨川博士が、ダンセイニを紹介した一年も前から読んでゐた」と記している（菊池寛「半自叙伝」（『文藝春秋』一九二九・六、引用は『菊池寛全集』第二三巻（高松市菊池寛記念館・文藝春秋、一九九五）。

（11）上田敏『最近海外文学』（文友館、一九〇一）の序には、「本書掲載の諸項皆一たび雑誌「帝国文学」の一覧「海外騒壇」のうちに現はれ、今許諾を得て再録するもの」とある。

（12）Matthew Arnold, *On the Study of Celtic Literature*, London: Smith, Elder, 1867, p. 164.

（13）拙訳による。

（14）“*Sentiment* is, however, the word which marks where the Celtic races really touch and are one ; sentimental, if the Celtic nature is to be characterised by a single term, is the best term to take.” *Ibid*., p. 100.

（15）Lafcadio Hearn, *Life and Literature*. ed. by John Erskine. New York: Dodd, Mead & Co., 1917, p. 325. 以下 *Life and Literature* からの引用は全て同書に拠る。

（16）引用は浜田泉「妖精文学」（『ラフカディオ・ハーン著作集』第九巻、恒文社、一九八八）三五四頁に拠る。

（17）“I suppose you know by this time that the word “fairy” is a very modern word as used in the sense of spirit.” *Ibid*., 324.

（18）“So you see that there are three elements in the belief about fairies, the Northern, the classical, and the Celtic.” *Ibid*., 325.

（19）鈴木弘は、ハーンが学生に示した詩について、「イェイツが学芸雑誌（*The Bookman*, 1893）、もしくは同人詩集（*The Second Book of the Rhymers' Club*, 1894）に最初に発表したものによっていた。ハーンが海外の詩壇の動向にいかにこまかく目を配っていたかがわかる」と指摘している（「イェイツ」、平川祐弘監修『小泉八雲事典』恒文社、二〇〇〇、二九頁）。イェイツは “The Host of the Air” を『葦間の風』（*The Wind among the Reeds*, 1899）に収録する時に改稿するが、詩の魅力を損なったとして、ハーンは一九〇一年六月二二日付書簡で抗議文を送っている。また、ジョージ・ヒューズは、ハーンの講義について、「学生たちを同時代文学の世界に案内しようとつとめた。たとえば、W・B・イェイツ（“Some Symbolic Poetry”）を主に取り上げた講義など、おそらく世界で最初の試みであろう」と高く評価している（瀧田佳子訳「東大講義」前掲『小泉八雲事典』三九九頁）。

(20) *Ibid.*, 338.
(21) 前掲『ラフカディオ・ハーン著作集』第九巻、三七三頁。
(22) *Ibid.*, 339.
(23) 前掲『ラフカディオ・ハーン著作集』第九巻、三七四頁。
(24) ハーンとアイルランドの伝承、イェイツとの関係についての研究に以下のものがある。伊藤亮輔「ラフカディオ・ハーンの作品とアイルランド民話の類似点について―「耳なし芳一のはなし」と「マジック・フィドル」等との対比」（『島根県高等学校教育研究連合会研究紀要』第二三〇号、一九八七）、同「ラフカディオ・ハーンの「怪談」「骨董」及びその他の作品とアイルランドに残る民話・伝説の類似点の解明―「日本瞥見記」の「小豆とぎ橋」とアイルランド民話の比較」（前掲書、第二六号、一九八八）、小泉凡『民俗学者・小泉八雲―日本時代の活動から』（恒文社、一九九五）、松村有美「ラフカディオ・ハーンとトワイライト」（『大正大学大学院研究論集』第三五号、二〇一一）。
(25) 上田敏には、「小泉八雲先生追悼譚」（『英語世界』一九〇四・一一）がある。
(26) 厨川白村がハーンとその学問を回想したものに、「先師ハーン先生を憶ふ」（『帝国文学』小泉八雲記念号、一九〇四）、「小泉先生」（『小泉先生そのほか』一九一九）、「小泉先生の旧居を訪ふ」（『白村随筆集』一九二六）等がある。
(27) 厨川によって翻訳されたのは、他にポー「無題」、ヴェルレーヌ「月下」、レナウ「暮春悲歌」の詩である。
(28) Justin McCarthy, *Irish Literature*, vol. 1–vol. 10, New York: Bigelow, Smith & Co., 1904.
(29) 厨川は、附記に「本年一月初刊の『アウトルツク』の誌上に、愛蘭の文芸復興を説き、またイーツを論じて、其肖像と共に掲げたるものあれば、読者の参照を望む」と記している。厨川が参照したのは、イェイツがアメリカへ渡航した際に、Horatio Sheafe Krans（1872–1952）によって *Outlook* に寄稿された "Mr. Yeats and the Irish Literary Revival", *Outlook*, New York, 2 Jan 1904. である。Horatio Sheafe Krans の同論考は、*William Butler Yeats and the Irish Literary Revival*, London : W. Heinemann, 1905. に再録された。このことからも、厨川が洋書や雑誌にあたって、「英国現代の二詩人」（『帝国文学』第十巻第四号、一九〇四・四）を書き上げたことがうかがえる。上田敏の書誌情報の紹介と併せて、日本におけるイェイツとアイルランド文芸復興運動の受容の一助となったことは確実である。イェイツのアメリカ渡航については、William Butler Yeats, ed. by John Kelly, Eric Domville, Ronald Schuchard, *The Collected Letters of W. B. Yeats Volume III: 1901–1904*, Oxford: Oxford UP, 1994. を参照した。
(30) 前掲、小山内薫談・黒川太郎速記「『愛蘭劇　カスリーン・ニ・フーリハン』」（『明星』一九〇五・一一）
(31) 同書の一七九頁には、パメラ・コールマン・スミス（Pamela Colman Smith, 1878–1951）によるイェイツの肖像画が掲げられている。

(32) 前述したように、厨川は「英国現代の二詩人」（『帝国文学』第十巻第四号、一九〇四・四）において、アーノルドの言葉として「ケルトの血ながれてサクソン民族は不朽の詩人を出しぬ」という同じ一節を引用している。

(33) 上田敏は、「鏡影録　六」（『藝苑』第七巻、藝苑子名義、一九〇五・七）において、『あやめ草』に寄稿されたイェイツの詩に言及し、また「鏡影録　九」（『藝苑』第一〇巻、藝苑子名義、一九〇五・一二）では民謡蒐集に関して、イェイツの *Ideas of Good and Evil*, London: Bullen, 1903. に言及している。

(34) 堀まどか『「二重国籍」詩人　野口米次郎』（名古屋大学出版会、二〇一二）によれば、この発刊の辞の実際の筆者は岩野泡鳴である。

(35) 小山内薫は『演劇新潮』（博文館、一九〇八）にアイルランド関係の論考として、「愛蘭劇『カスリイン・ニ・フウリハン』」「「ロンドン」に於ける愛蘭劇」の二本を収録している。「愛蘭劇『カスリイン・ニ・フウリハン』」は小山内薫談・黒川太郎速記「『愛蘭劇　カスリーン・ニ・フーリハン』」（『明星』一九〇五・一一）と同内容のものである。また、「ロンドン」に於ける愛蘭劇」は、「倫敦に於ける愛蘭劇」（『新思潮』創刊号、一九〇七・一〇）の末尾に「アイルランド劇脚本書目」を附したものである。それぞれの引用は初出誌に拠るが、『小山内薫演劇論全集』第一巻（未来社、一九六四―一九六五）所収の『演劇新潮』（「アイルランド劇『カスリイン・ニ・フウリハン』」は前掲『全集』二三九―二四五頁、「ロンドンに於けるアイルランド劇」は前掲『全集』二四六頁―二五四頁）も参照した。

(36) *The Stage* の寄稿者、W. J. Lawrence は、シングの *The Playboy of the Western World* に関する反論記事を執筆し、「反プレイボーイ」の先鋒であった。Peter Drewniany, "Lawrence's Irish Theater Criticism in *The Stage*", *Irish Renaissance Annual*, vol. 4, ed. by Zack Bowen, Newark: University of Delaware Press, 1983. を参照した。

(37) 「プレイボーイ騒動」に関しては、主に以下の研究を参考にした。Chris Morash, *A History of Irish Theatre, 1601–2000*, Cambridge: Cambridge University Press, 2002. Mary Trotter, *Modern Irish theatre*, Cambridge: Polity, 2008. Ben Levitas, *The Theatre of Nation: Irish Drama and Cultural Nationalism, 1890–1916*, Oxford: Clarendon Press, 2002. Brenna Katz Clarke, *The Emergence of the Irish Peasant Play at the Abbey Theatre*, Theater and Dramatic Studies; no. 12, Ann Arbor, Mich.: UMI Research Press, 1982. 及び杉山寿美子『アベイ・シアター　1904–2004』（研究社、二〇〇四）。

(38) 松居駿河町人転作「噂のひろまり」（『早稲田文学』第五九号、一九一〇・十）目次の著者名は松居松葉。後記に「原作者は劇作家として知られるグレゴリー夫人」と記載されている。松居松葉の翻案劇とアイルランド演劇の関わりについては、小嶋千明が「翻案の力と演劇の改革―松居松葉とアイルランド演劇」（『比較文学』第四七巻、二〇〇四）において、アルスター文芸劇場から後にアベイ座に移ったラザフォード・メイン（Rutherford Mayne, 1878–1967）の「誓約」（*The Troth*, 1908）とその翻案劇「雪のふる夜」（『松葉脚本集』菊屋出版、一九一五、後に一九二一初演、於・明治座）を詳しく論じている。

（39）明治期の新劇運動に目を転じると、東京俳優養成所が第二回試演（牛込高等演芸館、一九〇九・一一）においてハイド、グレゴリー夫人合作・小山内薫訳「貧民院」を上演し、翌年第三回試演（東京俳優学校への改名披露公演、有楽座、一九一〇・四）においてイエイツ作・小山内薫訳「砂時計」を上演している。また文芸協会演劇研究所は、第四回内試演会（坪内逍遥邸庭園野外劇、一九一〇・一一）においてグレゴリー夫人作・松居松葉翻案「噂のひろまり」を上演している。

一九一一年に新進戯曲作家の戯曲を試演する目的で東京俳優学校内に設立された試演劇場は、第四回試演（牛込高等演芸館、一九一一・四）において、グレゴリー夫人作・川村花菱訳「ヒヤシンス・ハルベイ」を上演、第五回試演（牛込高等演芸館、同・一一）においてグレゴリー夫人作・浅野長訳「伝聞」（*Spreading the News*）を上演している。さらに、一九一四年二月には市川左団次一座がマレイ（T. C. Murray, 1873–1959）作・小山内薫訳の「兄弟」（*Birthright*, 1910）を上演、独立劇場が第一回公演（京都四条南座、一九一一・九）においてグレゴリー夫人作・中村吉蔵翻案「噂」を上演した。

川村花菱が主事、小山内薫が顧問となり、有楽座専属劇団として発足した土曜劇場は、第一回公演（有楽座、一九一二・三）及び土曜劇場・文士劇合同「演劇倶楽部」第一回公演（一九一二・六）においてグレゴリー夫人作・川村花菱訳「ハイアシンス・ハルベイ」を上演、第二回公演（有楽座、一九一二・四）においてハイド、グレゴリー夫人合作・小山内薫訳「貧民院」を上演、第三回公演（有楽座、一九一二・五）においてハイド作、小山内薫訳「失踪聖人」（*The Lost Saint*, 1903）、第七回公演（有楽座、一九一二・一二）においてグレゴリー夫人作・土曜劇場訳「伝聞」を上演した。さらにとりで社試演会の第二回試演会（一九一三・一二、有楽座）では、イェイツ作・仲木貞一訳「幻の海」（*The Shadowy Waters*, 1900）が上演される。明治四〇年代から高まる新劇運動史を見ていくと、小山内薫らが中心となり、グレゴリー夫人の戯曲が頻繁に上演されたことがわかるだろう。田中栄三『明治大正新劇史資料』（演劇出版社、一九六四）参照。

（40）菊池寛「自分に影響した外国作家」（『テアトル』一九二六・五、『菊池寛全集』補巻、一五四頁）。菊池は続けて、「その間に在つてシングを説き、イエーツに優るの卓見を示した人は上田敏博士である。自分はその異説に依つて始めてシングの巻を繙いたのであつた。それまでの自分はやはり、イエーツに求め、グレゴリー夫人に探り、ロビンスンに学んで、徒らに空疎な渉猟の濫手を伸してゐただけであつたのであらう。自分はこの点に於ても、上田博士の明に敬服し、それに依る所ことに感謝しなければならぬのを覚える」と述べている。一九一二年（大正元年）頃から大正アイルランド文学が盛行していた中でも、特にイエイツやグレゴリー夫人が主流であったが、上田敏はシングを評価していたことがうかがえる。しかし、菊池の言葉に該当するような、上田敏の論考は管見の限り見当たらない。

菊池寛は、東京帝国大学から京都帝国大学英文科に移った時のことを、「私は、京都へ行つて、現代劇を研究するつもりだつたから、一年のときから、現代劇ばかりよんでゐた。上田敏博士から、シングの名を聞き、シングに傾倒してゐた。

京大の研究室は、近代文学に関する書物が多く、その点では東京の文科などは、遠く及ばなかつたゞらう」（菊池寛「半自叙伝」（『文藝春秋』一九二九・六、引用は『菊池寛全集』第二三巻（高松市菊池寛記念館・文藝春秋、一九九五、五三頁）と記しているように、京都帝国大学英文科教授上田敏の教え子であった。さらに、菊池は、「大学へ入つてからは専ら近代劇の研究をしたので、小説類は殆んど何も読まなかつた。近代劇は主として英国をやつたのであるが、又欧州の作家のものも大抵は読み尽した。その中でもアイルランドの戯曲とシングのものに傾倒した。そして、それらは矢張今でも好きである」（菊池寛「私の愛読書」『サンエス』一九二〇・四、『菊池寛全集』補巻、一一八頁）とも書いており、大学の講義や上田敏との個人的な会話の中で教えを受けたのかとも推測する。

（41）会員某「SPREADING THE NEWS」（『新思潮』一九一四・八）。この『新思潮』の編集後記と近況報告を兼ねたコーナー「SPREADING THE NEWS」というタイトルも、グレゴリー夫人の一幕喜劇「噂の広まり」（*Spreading the News*, 1904）から来ているものであり、『新思潮』同人たちのアイルランド文学への熱意がうかがえる。同号の巻頭には芥川龍之介「シング紹介」（柳川隆之介名義）が掲載され、山宮允がイエイツの翻訳「庶民的詩歌とは何ぞや――ウイリアム・イエーツ――」を掲載、久米正雄が「芸術座の研究劇　ハイアシンス・ホールヴエイに就いて」を掲載している。久米は、グレゴリー夫人の「ヒヤシンス・ハーヴェイ」（*Hyacinth Harvey*, 1906）を上演した芸術座の公演について、「愛蘭劇の郷土色といふ事に就いては、今更私が茲で云ふに足らぬ規定の事実である。而して演劇と郷土色の事に就いては先月の演劇画報で小山内氏も充分云つてゐる」とし、芸術座の仲木貞一のことを「場所が愛蘭であることを忘れてゐたに違ひない」と批判している。

（42）芥川龍之介「井川恭宛書簡」（一九一四・三・一九付、『全集』第一七巻、一八四頁）。

（43）蒲原有明「帝国大学派文士の長短　詩と評論と小説」（『太陽』第一五巻一六号、一九〇九・一二）

（44）この時期の〈アイルランド〉イメージを考えた場合、夏目漱石『永日小品』における「クレイグ先生　上、中、下」（『大阪朝日新聞』一九〇九・三・十、十一、十二）は見逃すことが出来ない。漱石は、ロンドン留学中にシェイクスピア学者クレイグ（William James Craig, 1843-1906）に個人授業を受けるが、その模様を回想したものである。「クレイグ先生は燕の様に四階の上に巣をくつてゐる」（『漱石全集』岩波書店、一九九四、二〇八頁）からはじまり、「先生は愛蘭土の人で言葉が頗る分らない。少し焦き込んで来ると、東京者が薩摩人と喧嘩をした時位に六づかしくなる」（二一〇頁）と描かれている。「先生の得意なのは詩であつた」（二一一頁）、「ある時窓から首を出して、遥かの下界を忙しさうに通る人を見下しながら、君あんなに人間が通るが、あの内で詩の分るものは百人に一人もゐない、可愛相なものだ。一体英吉利人は詩を解する事の出来ない国民でね。其処へ行くと愛蘭土人はえらいものだ。はるかに高尚だ。――実際詩を味ふ事の出来る君だの僕だのは幸福と云はなければならない、と云はれた。自分を詩の分る方の仲間へ入れてくれたのは甚だ難有いが、其の割合には取扱が頗る冷淡である」と記していることが注目される（二一二―二一三頁）。ここではアイルランド人と詩とが結び付けられている。

(45) 市川勇も、前掲「明治期の雑誌に於けるイエイツ紹介状況―「太陽」を中心に」において片上の「ケルトは一体に感情的な民族で、想像の力に富み、宗教心深く、敏感にして華美を愛し空想を好む民族である」という一節を引用し、マシュー・アーノルドからの影響を指摘している。

(46) 日夏耿之介「夏の露台より」（『聖盃』一九一三・七、雛津之介名義）。片上伸「イエーツ論」は、『生の要求と文学』（南北社、一九一三）に収録されたため、日夏耿之介はこの書を読んだと思われる。ただし、日夏は続けて、「『イエツ論』（原文ママ）として筆者を顧れば、其処にある不満を感ぜざるを得ない。期待に裏切られた不満である。論の有する内生の叫びの余りに小さい憾みである。傷感的に論の対照に同化され過ぎた欠点である。モ一《ママ》度同筆者の声を聴きたい」として不満と要望を述べている。

(47) この点に関しては、第三章にて考察する。

(48) 菊池寛の卒業論文の題目は、「英国及び愛蘭の近代劇」であった。京都帝国大学英文科は上田敏の後任に厨川白村が赴任し、菊池寛だけではなく、矢野峰人や山本修二ら、アイルランド文学を研究する学者を輩出した。矢野は、京都帝国大学英文科において、上田敏と厨川白村に教えを受けたことを回想している（「師を選ぶなら第一流の人を」『The Student Times』十三巻十一号、ジャパンタイムズ、一九六三・三・一五）。さらに、織田作之助が京都帝国大学在学中に文芸部の雑誌に発表した「シング劇雑稿」（『嶽水会雑誌』、三高文芸部、一九三二・一二）には、当時の英文科教授であった山本修二の影響が色濃い。織田作之助におけるシング受容と、彼の戯曲創作・戯曲論・演劇論との関係性については今後の課題としたい。

また、小樽高等商業学校の英語の授業で「シングのアイルランド劇」のテキストを用いて、教え子だった伊藤整にシングやイエイツの詩を教えた小林象三もまた京都帝国大学英文科出身（後に教授として赴任）であった（伊藤整『若い詩人の肖像』新潮社、一九五六・八）。このように、京都帝国大学英文科では、〈先生と学生〉という関係性において、上田敏、厨川白村、菊池寛、矢野峰人、山本修二、小林象三、織田作之助らをはじめとして、アイルランド文学の魅力が研究者だけではなく作家にまで、脈々と伝えられていったことがうかがえる。

菊池は、「自分は京都大学で、三年上田博士の講義を聴いた。自分が卒業した七月に博士は死なれたのである。だから、自分は博士が教えた最後の学生の一人である」とも書いており、若い菊池に、京都帝国大学英文科が与えた影響は大きかった。ただし、菊池は、「自分は幸か不幸か上田博士から何等の文芸上の伝統を受け継がなかつた。先生は詩を愛し、愛を讃美して居たからである」と留保している（「晩年の上田敏博士」『文章世界』一九一八・七、前掲『菊池寛全集』補巻、一二頁)。

(49) 菊池寛は、一九二三年の『女性改造』の講演会において、「厨川さんが貴君に会ひたいと云はれるし、芥川さんや久米さんも居られるから」と改造社から電話を受け、京都から上京した厨川白村を囲んで、帝国ホテルにおいて芥川龍之介、久米正雄、有島武郎と共に会食したことを記している。さらに、「私は、京都大学を出たので、教室では厨川さんの講義を聴いた」、「厨川さんが《ママ》、英文学者としての位置や文芸界思想界に尽くされた功績に就いては、他に云ふ人があらう。たゞ、大学教授などと云ふものは、分りもしない癖に、文壇を軽蔑したり白眼視したりするものが多いが、厨川さんは常に、文壇に対して、理解と厚意とを持つて居られたやうに思ふ。殊に、僕は京都大学出身としては、文壇に最も活躍してゐたせいか特にいろ〳〵な点に就いて好意を持つてゐて下さつた」と大学教授と教え子という立場であった厨川との思い出を回想している(「厨川白村氏の思ひ出」『女性改造』一九二三・十一、前掲『菊池寛全集』補巻、六〇頁)。

さらに、京都帝国大学英文科において、厨川白村は小林象三や新井豊太郎らを教えるが、前者は小樽高等商業学校で伊藤整にアイルランド文学を教え、後者は小樽の市立中学校で伊藤整と同僚の英語教師になる。伊藤整『若い詩人の肖像』には小林象三、新井豊太郎が実名で登場し、厨川白村がいたころの京都帝国大学の雰囲気が「自由なる京都学派」という表現をもって描かれる。

(50) 小山内薫は第三次・第四次『新思潮』の同人達に助言を与え、彼等のアイルランド文学受容をたすけた。前掲芥川龍之介「井川恭宛書簡」(一九一四・三・一九付)参照。

第三章

(1) 本章執筆にあたって、日本近代文学館所蔵芥川龍之介文庫、山梨県立文学館所蔵芥川龍之介資料の資料調査を行った。また『芥川龍之介全集』(岩波書店、一九九五—一九九八)の編集委員石割透氏に、『芥川龍之介全集』及び各全集における「シング紹介」に関する編集経緯をご教示いただいた。

(2) 石割透「後記付記」(『芥川龍之介全集』第一巻、岩波書店、一九九五・一一、四〇九—四一〇頁)。

(3) 葛巻義敏『芥川龍之介未定稿集』(岩波書店、一九六八)

(4) 山梨県立文学館編『芥川龍之介資料集　図版二』(山梨県立文学館、一九九三)

(5) 鶴岡真弓「芥川龍之介の愛蘭土」(『正論』一九九八・一〇)

(6) 今野哲「シング紹介」(志村有弘編『芥川龍之介大事典』勉誠出版、二〇〇二)。

(7) 田村修一「春の心臓」(『芥川龍之介全作品研究事典』勉誠出版、二〇〇〇)

(8) 具体的には、以下の記事を指す。山宮允訳・イェイツ「肉体の秋」(一九一四・四)、「庶民的詩歌とは何ぞや――ウイリアム・イエーツ――」(一九一四・八)、井川恭訳・シング「海への騎者――J. M. SYNGE――」(一九一四・六)、菊池寛「Sphinx の胸にいるクレオパトラ」(一九一四・二)、「『ヒヤシンス・ハルヴエイ』誤訳早見表」(一九一四・六)、久米正雄「ハイアシンス、ホールヴェイを見て」(一九一四・八)。以下、『新思潮』からの引用は全て初出誌に拠る。

(9) この会の名称については「アイルランド文学会」、「愛蘭土文学会」、「愛蘭土研究会」、「愛蘭土文学研究会」と表記にばらつきがあるが、本章では、会を企画し、会場を提供した西條八十が「シンヂ小品」(『假面』一九一四・五)において用いている「愛蘭土文学研究会」という表記を採用する。

(10) 小嶋千明「芥川龍之介とイェイツ」(『文化学研究』第一号、日本女子大学、一九九三)。井村君江「芥川とアイルランド文学」(『芥川龍之介全集』第六巻、岩波書店「月報六」、一九九六)も参照。

(11) *The Aran Islands* には "1st July '14 Tabata" との書き込みが、*Deirdre of the Sorrows* の末尾九八頁には "10th October 1913" との書き込みが、*The Tinker's Wedding, Riders to the Sea and the Shadow of the Glen* には、"7th Oct. 1913" の書き込みが、*The Well of the Saints* の末尾九二頁には、"7th Oct 1913" の書き込みがある。芥川の書簡における「学校は不相変つまらない/シンヂ(原文ママ)はよみ完つた DEIDRE OF SORROWS(原文ママ)と云ふのが大へんよかつた」(井川恭宛書簡、一九一三・一〇・一七付)という記述からも、これらの書き込みは読了日時と場所を示している。芥川は、「シング紹介」を執筆する以前の一九一三年から一九一四年にかけて、シングの著書を精力的に読んでいたことが明らかである。

(12) 引用及び頁数は以下の書に拠る。Maurice Bourgeois, *John Millington Synge and the Irish Theatre*, London: Constable, 1913. 下線部は論者によるものだが、"Wanderlust" のイタリックは原文ママ。

(13) 具体的に指摘すると、山宮允訳・イェイツ「庶民的詩歌とは何ぞや――ウイリアム・イエーツ――」(『新思潮』一九一四・八)、井川恭訳・シング「海への騎者――J. M. SYNGE――」(『新思潮』一九一四・六)では一貫してアイルランドの国名表記に「愛蘭」が用いられている。

(14) 『新思潮』の「編輯所より」(一九一四・二)、「編輯室より」(一九一四・四)、「消息」(一九一四・五)、「消息」(一九一四・六)の全ての記事において「愛蘭文学号」という表記が採用されている。

(15) 芥川龍之介「「假面」の人々」(『早稲田文学』一九二四・六)

(16) 日夏耿之介「圓右のやうな芥川」(『浪漫古典』一九三四・五)。「愛蘭土文学研究会」について、『全集』第二十四巻年譜ではこの一文における日夏の記述を参考にして、一九一三年九月の項に「この頃、山宮允に伴われ、吉江孤雁を中心とするアイルランド文学研究会に初めて参加」とあるが、『假面』『新思潮』の記述からも一九一四年の誤りである。

(17) 日夏耿之介「吉江喬松博士と自分」(『中央公論』一九四〇・五、引用は『日夏耿之介文集』井村君江編、ちくま学芸文庫、二〇〇四、三〇一頁)。

(18) 日夏耿之介は、「俊髦亡ぶ」において、「明治から大正に移る前後の事である。／当時予等の恩師吉江喬松等を中心に愛蘭文学研究会を拵へた事がある。雑誌「仮面」の同人では故松田良四郎氏と西条八十と予と、雑誌「新思潮」の同人であつた山宮允と芥川龍之介とが参加し、相談会を大久保の西條宅で催したのだが、どうした訳であつたが覚えて居らぬがこの会は具体的の活動も産物も見せずに自然消滅してしまつたけれど、寡言緘然古武士の俤がある文科学生山宮とは此時から今日に至る迄信友の交を結ぶに至つたし、瀟洒にして俊敏な一高生芥川とも必ずしも深くはなかつたが、同好の士友稀少な文壇の中では趣味嗜好接近せる知友として時あつて歓語する機会を作つたのである」と書いている。ここからも、「愛蘭土文学研究会」が、当時は「稀少」な「趣味嗜好」をもった「同好の士友」として、芥川や日夏耿之介、西條八十が交流する契機となったことがうかがえる(「俊髦亡ぶ」『文藝春秋』一九二七・九、引用は『日夏耿之介文集』井村君江編、ちくま学芸文庫、二〇〇四、二八四頁)。

(19) 西條八十「Green Room」(『假面』一九一三・一二)。以下『假面』からの引用は、全て初出誌に拠る。

(20) 「Ecce Homo.」(『假面』一九一四・四、消息子名義)

(21) 「この二十五日に西條宅で第二回愛蘭土研究會を開く筈だ」(編輯者「Bell-tower Gossip」四・十八付、『假面』一九一四・五)。なお、西條嫩子は、愛蘭土文学研究会は三回開催されたと書いている(『父西條八十』中央公論社、一九七五・四)。愛蘭土文学研究会については西條八十研究からの詳細な調査が上村直己氏によって行われている。「「愛蘭土文学研究会」について」「『聖盃』・『假面』総目次及び解題」(『西條八十とその周辺』近代文芸社、二〇〇三)参照。

(22) 「Bell-tower Gossip」(『假面』一九一四・五)、「今度入つたタリ君はシンジに似てる相だ」という表記より。

(23) 芥川龍之介「井川恭宛書簡」(一九一四・三・二付、『全集』第一七巻、一八〇頁)

(24) 芥川龍之介「井川恭宛書簡」(一九一四・三・十九付、『全集』第十七巻、一八四頁)

(25) 「SPREADING THE NEWS.」(『新思潮』一九一四・八)

(26) 西條八十「シンヂ小品―ヂョン・ミリングトン・シンヂ―」(『假面』一九一四・五)

(27) 西條八十「イエエツ、レディー　グレゴリイ及シンヂ――ジヨオヂ・モオア――」(『假面』一九一四・七)

(28) 西條八十「Bell-Tower Gossip」(『假面』一九一四・九)

(29) 一九一七年六月十日付の片山廣子宛書簡(年次推定)では、片山廣子(松村みね子)からシングの翻訳『いたづらもの』(東京堂書店、一九一七・六)を送られた芥川が、「坪内先生の序文は先生がモリス・ブルジョアを読んでゐない事を暴露してゐるので少々先生に気の毒な気がしました」と書き送っている(『全集』第一八巻、一一五頁)。

注

(30) 日夏耿之介はこの論争について、「その当時、西条が「仮面」で「新思潮」の芥川か菊池寛とJ. M. Syngeの発音がシンヂだ、いや、シングだと一寸論争した事があつたやうだが、発音には大し《ママ》た神経質でなかつた、予は記憶してをらぬ」と回想している（「俊髦亡ぶ」『文藝春秋』一九二七・九、引用は『日夏耿之介文集』井村君江編、ちくま学芸文庫、二〇〇四、二八五頁）。

(31) 日夏耿之介「夏の露台より」（『聖盃』一九一三・七「イェエツ号」）

(32) 日夏耿之介「イェエツの古伝象徴劇」（『聖盃』一九一三・七「イェエツ号」）

(33) 西條八十「シンヂ小品」（『聖盃』一九一四・五）

(34) 西條八十「白日夢の体現としてのシングの芸術」（『假面』一九一五・六）

(35) 石本笙「悲しみのデアドラ――シングの絶筆――」（『帝国文学』一九一四・十）。以下、『帝国文学』からの引用は全て初出誌に拠る。

(36) 菊池寛「京都芸術の為に」（『中外日報』一九一四・五・八）、引用は『菊池寛全集』第二二巻（高松市菊池寛記念館・文藝春秋、一九九五）四二一―四二三頁。

(37) 菊池寛「シングの戯曲に対するある解説」（『帝国文学』一九一七・一二）、前掲『菊池寛全集』第二二巻には「シング論」（三二三―三三三頁）として収録。引用は初出誌に拠る。

(38) 菊池寛「二個の感想」（『中外日報』一九一四・六・六―七）、引用は『菊池寛全集』第二二巻（高松市菊池寛記念館・文藝春秋、一九九五）四八頁。

(39) 菊池寛「半自叙伝」（『文藝春秋』一九二九・六）、引用は『菊池寛全集』第二三巻（高松市菊池寛記念館・文藝春秋、一九九五）五三頁。

(40) 芥川龍之介「義仲論」（東京府立第三中学校『学友会雑誌』第一三号、一九一〇・二、『全集』第二一巻、九七―九八頁）

(41) 芥川龍之介「小野八重三郎宛書簡」（一九一二年八月十六日付、『全集』第一七巻、八七頁）

(42) 芥川龍之介「井川恭宛書簡」（一九一四年十一月三十日付、『全集』第一七巻、二四三―二四四頁）

(43) W. B. Yeats, *Where there is Nothing : Plays for an Irish Theatre*, Vol. 1, London: A. H. Bullen, 1903.

(44) 拙訳による。ボイドによる原文は以下の通り。"*Where there is nothing*, like *The Pot of Broth*, was excluded from the Collected Edition of Yeats's works. But the former has been more decisively repudiated than the latter, inasmuch as *The Pot of Broth* has frequently been reprinted, even since 1908. On the other hand, *Where there is Nothing* has never appeared since its first publication in 1903." 引用は、Boyd, Ernest A., *Ireland's Literary Renaissance*. New York: J. Lane, 1916, p. 153.

(45) 片上伸「イエーツ論」（『早稲田文学』一九一一・五、引用は初出誌に拠る）。

（46）芥川龍之介は、死の半年前に書かれた「彼　第二」（『新潮』一九二七・一、引用は『全集』第一四巻）において「若い愛蘭土人」を登場させている。

僕等は腕を組みながら、傘もささずに歩いて行つた。

「僕はかう云ふ雪の晩などはどこまでも歩いて行きたくなるんだ。どこまでも足の続くかぎりは………」

彼は殆ど叱りつけるやうに僕の言葉を中断した。

「ぢやなぜ歩いて行かないんだ？　僕なぞはどこまでも歩いて行きたくなれば、どこまでも歩いて行くことにしてゐる。」

「それは余りロマンティックだ。」

「ロマンティックなのがどこが悪い？　歩いて行きたいと思ひながら、歩いて行かないのは意気地なしばかりだ。凍死しても何でも歩いて見ろ。………」（二一〇頁）

「どこまでも歩いて行きたくなれば、どこまでも歩いて行くことにしてゐる」と言う「若い愛蘭土人」である「彼」に対して、「僕」は「ロマンティック」と呼んでいる。さらに、「僕」が「彼」に、「お前は『さまよへる猶太人』だらう。」と言うと、「彼」は、「僕はそんなに単純ぢやない。詩人、画家、批評家、新聞記者、………まだある。息子、兄、独身者、愛蘭土人、………それから気質上のロマン主義者、人生観上の現実主義者、政治上の共産主義者………」（前掲『全集』第一四巻、二一七頁）と答える。

このような「彼　第二」の「若い愛蘭土人」の造型からは、芥川が、「シング紹介」において言及した「虚無の郷」の主人公ポールを想起させる。すなわち、芥川において、放浪―ロマンティック―アイルランド人というイメージの連鎖は初期から晩年に至るまで続いているのである。「彼　第二」については、第五章において再度論じる。

（47）山梨県立文学館所蔵の「芥川龍之介旧蔵洋書」に関しては調査の他に、飯野正仁「山梨県立文学館所蔵の「芥川龍之介旧蔵洋書」目録」（『資料と研究』、山梨県立文学館、二〇〇〇・一）を参照した。

（48）芥川龍之介「井川恭宛書簡」（一九一四・三・十九付、『全集』第十七巻、一八四頁）

（49）習作期の芥川と西洋文学をめぐる二つの側面は、清水康次氏の指摘による。

第四章

（1）J. M. シングの「聖者の泉」に関しては、「『鼻』と密接な関わりを持つ」という、中村友氏の論考「『鼻』私考―シングの戯曲「聖者の泉」を起点として―」（『学苑』一九八三・一）がある。

（2）『芥川龍之介資料集　図版二』（山梨県立文学館、一九九三）に写真版が収録されている。

（3）「シング紹介」の「続編」と考えられる四〇〇字詰原稿用紙一枚分の草稿一及び二枚分の草稿二（『芥川龍之介資料集　図版二』（山梨県立文学館、一九九三）は、共に「シングの放浪生活に関して　知られてゐるのは　極　僅な事実だけである」から始まる同じような内容の二種類の草稿である。

（4）田村修一「春の心臓」（『芥川龍之介全作品研究事典』勉誠出版、二〇〇〇）

（5）安藤宏「太宰治における〝転向〟の虚実――未定稿「カレッヂ・ユーモア・東京帝国大学の巻」を視点として」（『日本近代文学館年誌』第一号、二〇〇五）

（6）松本常彦「初期未定稿作品」（関口安義編『芥川龍之介新辞典』翰林書房、二〇〇三）

（7）松居松葉の翻案劇とアイルランド演劇の関わりについては、小嶋千明「翻案の力と演劇の改革―松居松葉とアイルランド演劇」（『比較文学』第四七巻、二〇〇四）において、ラザフォード・メイン（Rutherford Mayne, 1878-1967）の『誓約』（*The Troth*）と松居松葉による翻案劇『雪のふる夜』（『松葉脚本集』菊屋出版、一九一五、後に一九二一初演、於・明治座）とを分析した研究がある。

（8）「同人小集」（『新思潮』一九一四・三、「同人の一人」名義）。

（9）前掲「同人小集」。

（10）芥川龍之介「井川恭宛書簡」（一九一四・三・一九付、『全集』第一七巻、一八四頁）。

（11）W. B. Yeats, *The Secret Rose*, London: Lawrence & Bullen, 1897. に収録されている短編である。

（12）J. M. Synge, *The Well of the Saints; a play*, Dublin: Maunsel, 1912. 芥川龍之介旧蔵書に残存。「7 Oct. 1913」の書き込みあり。

（13）J. M. Synge, *The Tinker's Wedding, Riders to the Sea and the Shadow of the Glen*, Dublin: Maunsel, 1912.

（14）J. M. Synge, *Deirdre of the Sorrows; a Play*, Dublin: Maunsel, 1912.

（15）J. M. Synge, *The Aran Islands*, 2vols, Dublin: Maunsel, 1912.

（16）J. M. Synge, *The Playboy of the Western World; a Comedy in Three Acts*, Dublin: Maunsel, 1912.

（17）「鼠小僧次郎吉」は、同時代評において既に「芥川氏のは、英雄崇拝のパロディーとでも云ふべき物であらう。あの有名な愛蘭土の劇にもかう云ふ安価な浪漫主義が面白く取り扱はれてゐるけれど、芥川氏のはそれに比べると話が吾国の事であるだけに、吾々にはより自然的であるやうに感じられる」（太田善男「初春の文壇（一一）」『読売新聞』一九二〇・一・一六）というように、「愛蘭土の劇」との関係が指摘されている。また、先行研究においては、吉田精一が「講釈種か。テーマにはシング「西方の人気者」の影響があろう。」（「芥川龍之介の生涯と芸術」『芥川龍之介』新潮文庫、一九五八）と述べ、さらに片山宏行も『菊池寛のうしろ影』（未知谷、二〇〇〇）第一部「菊池と芥川―仇討三態」において、シングの *The Playboy of the Western World* から「鼠小僧次郎吉」への影響を指摘している。一方、奥野久美子はストーリー展開に関してはシングからの影響はあるが、芥川が講談本を作品に活かしたもっとも早い例として同作を論じている（奥野久美子『芥川作品の方法　紫檀の机から』和泉書院、二〇〇九）。

（18）J. M. Synge, *The Well of the Saints; a play*, Dublin: Maunsel, 1912. 以後、引用は全て同書により、訳は全て拙訳である。

（19）"I do be thinking in the long nights it'd be a grand thing if we could see ourselves for one hour, or a minute itself, the way we'd know surely we were the finest man and the finest woman of the seven counties of the east— (*bitterly*) and then the seeing rabble below might be destroying their souls telling bad lies, and we'd never heed a thing they'd say." p. 4.

（20）"They are, holy father ; they do be always sitting here at the crossing of the roads, asking a bit of copper from them that do pass, or stripping rushes for lights, and they not mournful at all, but talking out straight with a full voice, and making game with them that likes it." pp. 23–24.

（21）"the grave of the four beauties of God" の和訳は、"Did ever you hear tell of a place across a bit of the sea, where there is an island, and the grave of the four beautiful saints?" p. 11. というティミーの台詞による。

（22）"Isn't it yourself is after playing lies on me, ten years, in the day and in the night ; but what is that to you now the Lord God has given eyes to me, the way I see you an old, wizendy hag, was never fit to rear a child to me itself." p. 34.

（23）若松美智子『劇作家シングのアイルランド　悲劇的美の世界』（彩流社、二〇〇三）一九四頁。

（24）久保田重芳『J. M. シングの世界』（人文書院、一九九三）一四二頁。

（25）"There's a power of deep rivers with floods in them where you do have to be lepping the stones and you going to the south, so I'm thinking the two of them will be drowned together in a short while, surely." p. 91.

（26）M. J. Sidnell, "The Well of the Saints and the Light of This World", *Sunshine and the Moon's Delight*, ed. By S. B. Bushrui, Collin Smythe Limited and The American University of Beirut, 1972, p. 57.

（27）久保田重芳「J. M. Synge における「放浪者」について―『聖者の泉』を中心に」（『英米文学』、関西学院大学英米文学会、一九七九・一二）

（28）"It's a queer woman you are to be crying at the like that, and you your whole life walking the roads." 引用は、J. M. Synge, *Collected*

Plays, Poems and the Aran Islands. ed., Alison Smith, London: Dent, 1999, p. 43.

(29) それぞれ以下の通り。小嶋千明「民衆への視点とアイルランド演劇——坪内逍遥による翻案劇『霊験』を中心に」（『比較文学』第四一号、日本比較文学会、一九九八）、前波清一『アイルランド演劇―現代と世界と日本と―』（大学教育出版、二〇〇四）、金牡蘭「ある〈翻案の秀作〉の周辺―坪内逍遥『霊験』の「緒言」を読む―」（『文学文化論集』第二一号、筑波大学比較・理論文学会、二〇〇四・三）。

(30) 坪内逍遥『霊験』「緒言」（金港堂書籍、一九一五）

(31) 前掲、坪内逍遥『霊験』「緒言」。

(32) 前掲、坪内逍遥『霊験』「緒言」。

(33) 戸坂康二「解説」（『名作歌舞伎全集　第七巻　九本世話物集』東京創元新社、一九六九、三四〇頁）を参考にした。

(34) 「壺坂霊験記」『名作歌舞伎全集　第七巻　九本世話物集』（東京創元新社、一九六九）三四九－三五〇頁。

(35) 前掲「壺坂霊験記」三四二頁。

(36) 前掲「壺坂霊験記」三五〇頁。

(37) 前掲「壺坂霊験記」三五〇頁。

(38) 前掲「壺坂霊験記」三四一頁。

(39) 前波清一『アイルランド演劇―現代と世界と日本と―』（大学教育出版、二〇〇四）一六八－一六九頁。

(40) 石割透『芥川龍之介資料集・解説』（山梨県立文学館、一九九三）

(41) 芥川龍之介「貉」（『読売新聞』一九一七・三・一一、『全集』第二巻収録）。

(42) 「貉」『全集』第二巻、一〇〇頁。

(43) 「貉」『全集』第二巻、一〇〇頁。

(44) 日本近代文学館所蔵芥川龍之介旧蔵書には、W. B. Yeats. *The Celtic Twilight*, London: Bullen, 1912. が残存しており、「2nd Feb 1914」の書き込みがある。また、該当エピソードの "Our Lady of the Hills" には、旧蔵書にてタイトルに赤い下線が引いてある。

第五章

(1) 山梨県立文学館編『芥川龍之介資料集』（山梨県立文学館、一九九三）に、当該草稿が収録された際の「ディイダラス（仮）」

に倣う。

（2）太田三郎「ジョイスと新心理主義文学――間接的、集団的な影響の媒介――」（『比較文学――その概念と研究例』研究社、一九五五）

（3）鏡味國彦『ジェイムズ・ジョイスと日本の文壇』（文化書房、一九八三）

（4）曾根博義「ジョイス」（関口安義編『芥川龍之介新辞典』翰林書房、二〇〇三）

（5）この他の先行研究として、茂呂公一は、『藪の中』は、芥川に内在していた自己解体への予感が、『亡命者たち』の精神と肉体との出口のない卍巴の構造に反応し、被害者である「侍」に象徴される、日本人特有の美意識を通して描かれたものであろう、と推測するゆえんである」と、「藪の中」（『新潮』一九二二・一）への『亡命者』（*Exiles*, 1918）の影響を指摘している（「ジョイスの"Exiles"と芥川の『藪の中』における卍巴模様の構造と、真相の曖昧さの意味について：ジョイス受容史への加筆の試み」『城西人文研究』第一六巻第一号、一九八八・七）。また、柴田多賀治は擬音語に着目して、「河童」（『改造』一九二七・三）、「お辞儀」（『女性』一九二三・十、初出表題「お時宜」）と『ユリシーズ』（*Ulysses*, 1922）とを比較している（『芥川龍之介と英文学』八潮出版社、一九九三、二二一頁）。

（6）蓮實重彦「接続詞的世界の破綻――芥川龍之介『歯車』を読む――」『國文學　解釈と教材の研究』一九八五・五）

（7）太田三郎「ジェイムズ・ジョイスの紹介と影響」（『学苑』第一七五号、一九五五）

（8）芥川龍之介「「我鬼窟日録」より」（『サンエス』一九二〇・三・一、『芥川龍之介全集』第六巻、六頁）。さらに、芥川龍之介の「手帳2」の「見開き32」には、「James Joyce The Portrait of the artist as A Young man, The Egoist Ltd.」（原文ママ）という記述がある（『芥川龍之介全集』第二三巻、二九九頁）。*A Portrait of the Artist as a Young Man* は、一九一六年にHuebsch から刊行されるが、一九一四年から一五年にかけて*Egoist* 誌で連載されていた。芥川は、Huebsch から刊行された*A Portrait of the Artist as a Young Man* 初版を入手している。石割透は、手帳に「記された時期は、一九一八、九（大正七、八）年頃と推測される」と述べている（『芥川龍之介全集』第二三巻、六二七頁）。

（9）「上海游記」「江南游記」「北京日記抄」は後に『支那游記』（改造社、一九二五・一一）に収められた。

（10）「我鬼窟日録」には、一九一九年五月二九日付で「ジョオンズを尋ねたが留守なり」（5）、同年六月一一日付で「午後菊池を訪ふ。あらず。ジョオンズを訪ひ東洋軒にて食事」（10）、九月二一日付で「久保田万太郎、南部修太郎、佐佐木茂索、ジョオンズ等来る。夕方久米を除き三人にて更科へ蕎麦を食ひに行く。燗酒の中に蚊あり。ジョオンズ洒落て曰、この酒を蚊帳で漉して来て下さい。」（19）、九月二四日付で「久米を訪ふ。今夜成瀬やジョオンズと飯を食はん打合せの為なり。久米帝劇のマチネエへ行つてから帰りに茶屋へ来ると云ふ（中略）夜伊香保で久米、成瀬とジョオンズの為に別宴を開く。ジョオンズに画を書かせ久米と二人で賛をする。」（19-20）という記述がある（全て『芥川龍之介全集』第二三巻）。九月二四日のジョーンズのための「別宴」とは、ジョーンズがロイター通信社上海支局に赴任する送別会である。

(11) 芥川龍之介「出帆」(『新思潮』一九一六・一〇、『芥川龍之介全集』第一巻、二七八頁)。芥川龍之介「井川恭宛書簡」には、「当分なにもしずにぶら〱してゐたいと思ふ　大学院へははいつた／これからジヨンズによばれてゆく　又一晩下手な英語で会話をしなければならない　この頃も many languages と云つて笑はれた　僕はいつまでたつてもああ技術には習熟しないらしい／ヘルンの居を訪ふ条は非常に面白かつた」(一九一六・九・六)という記述がある。東京帝国大学で英文学を専攻し、広く海外の文学に関心を抱いていた芥川龍之介にとって、ジョーンズは英語で会話し、文学や政治について語り合える大切な友人であったと考えられる。

(12) トーマス・ジョーンズ (Thomas Jones, 1890–1923)。一九一五年イギリスから来日。長岡擴の家に寄宿し、大倉商業で英語を教える。芥川・成瀬などと知り合う。後にロイター通信社に入社、上海支局に移り、一九二一年芥川の中国旅行の際に上海で再会する。一九二三年、三年間過ごした上海で客死。享年三三歳。長岡光一は、「ジョーンズさんは、大倉商業(現東京経済大学)で英語を担当していた父擴の紹介で、今ホテル・オークラのあるところにあった大倉商業で英語を教えることになった」と回想している(「トーマス・ジョーンズさんのこと」『芥川龍之介全集』第七巻、岩波書店「月報七」、一九七八)。芥川は、「上海游記」において、「何でも或晩ジヨオンズ君が、—やつぱり君附けにしてゐたのぢや、何だか友だちらしい心もちがしない。彼は前後五年間、日本に住んでゐた英吉利人である。私はその五年間、(一度喧嘩をした事はあるが)始終彼と親しくしてゐた」と記しており、芥川がアイルランド文学へ興味を抱き続けた背景には、ジョーンズの存在も大きいと考えられる。

(13) 芥川龍之介「彼　第二」(『新潮』一九二七・一、『芥川龍之介全集』第一四巻、一八頁)。

(14) 芥川龍之介「彼　第二」(前掲『芥川龍之介全集』第一四巻、二七頁)。

(15) 芥川龍之介と松村みね子の交流に関しては、松本寧至が『越し人慕情　発見芥川龍之介』(勉誠社、一九九五)で考察している。また、翻訳家としての松村みね子については、井村君江「解説　アイルランド文学翻訳家　松村みね子」(フィオナ・マクラオド著、松村みね子訳『かなしき女王』沖積舎、一九八九)及び鶴岡真弓「ひるがえる二色　廣子とみね子」(片山廣子／松村みね子『燈火節』月曜社、二〇〇四)に詳しい。松村みね子については、片山廣子／松村みね子『燈火節』(月曜社、二〇〇四)と、『野に住みて　短歌集＋資料編』(月曜社、二〇〇六)の刊行によって資料が整理され、近年研究が進んでいる。松村みね子に関する先行研究は、主に以下を参照した。藤田福夫「片山広子の作風概観ならびに年譜」(『金沢大学教育学部紀要』第一四号、一九六五・一二)、市川勇『アイルランドの文学』(成美堂、一九八七)、吉川豊子「研究動向　片山廣子／松村みね子」(『昭和文学研究』第五六号、二〇〇八・三)、林田弘美「忘れられた女流翻訳家松村みね子に関する一考察　短歌とアイルランド文学翻訳に傾倒した「夢想家」」(『埼玉女子短期大学研究紀要』第十号、一九九九・

三）、高橋哲雄『アイルランド歴史紀行』（筑摩書房、一九九一）、清部千鶴子『片山廣子　孤高の歌人』（短歌新聞社、一九九七）、佐藤弓生「『シング戯曲全集』解説」（松村みね子訳『シング戯曲全集』沖積舎、二〇〇〇）、川村湊『物語の娘　宗瑛を探して』（講談社、二〇〇五）。また中村真一郎『火の山の物語』（筑摩書房、一九八八）を参照した。

（16）芥川龍之介「或早春の午後（仮）」（『芥川龍之介全集』第二二巻、四八―四九頁）。石割透は後記において、執筆時期について「一九二四、五（大正一三、四）年頃に執筆された、と推測される」と述べている（『芥川龍之介全集』第二二巻、五八六頁）。

（17）フィオナ・マクラオド著、松村みね子訳『かなしき女王』（第一書房、一九二五）については、前掲井村君江「解説　アイルランド文学翻訳家　松村みね子」（フィオナ・マクラオド著、松村みね子訳『かなしき女王』沖積舎、一九八九）に詳しい。

（18）曾根博義「ジョイスと芥川龍之介」（『溯河』第二七号、一九九〇・一）

（19）芥川龍之介「雑筆」（『人間』一九二〇・九、『芥川龍之介全集』第七巻、一一四―一一五頁）。

（20）芥川龍之介「ディイダラス（仮）」（『芥川龍之介全集』第二二巻、三五二頁）。『若い芸術家の肖像』では、該当箇所は以下の通り（一行余白を//によって表す）。引用及び頁数は、James Joyce, *A Portrait of the Artist as a Young Man*. New York: B. W. Huebsch, 1916.『若い芸術家の肖像』からの引用は大澤正佳訳、ジョイス『若い芸術家の肖像』（岩波文庫、二〇〇七）に拠る。ただし、引用はスティーヴンの連想が描かれている箇所が中心となるため、訳は最小限に留め、本文で詳しく分析するようにした。

“He turned to the flyleaf of the geography and read what he had written there : himself, his name and where he was.//

Stephen Dedalus
Class of Elements
Clongowes Wood College
Sallins
County Kildare
Ireland
Europe
The World
The Universe//

That was in his writing : and Fleming one night for a cod had written on the opposite page ://

Stephen Dedalus is my name,
Ireland is my nation.
Clongowes is my dwellingplace
And heaven my expectation." (pp. 11-12)

(21) 川口喬一『昭和初年の『ユリシーズ』』(みすず書房、二〇〇五)

(22) 前掲、三五一頁。原文は以下の通り。"He opened the geography to study the lesson ; but he could not learn the names of places in America. Still they were all different places that had different names. They were all in different countries and the countries were in continents and the continents were in the world and the world was in the universe." (p. 11)

(23) 『芥川龍之介全集』第一一巻、六九頁。

(24) 和田桂子は堀口大學の同文章について、「一九二五（大正十四）年、『新潮』を読んでいた日本人は、内心独白という、聞き覚えのない、不思議な言葉を知った」、「堀口大学によって紹介された、この『ユリウス《ママ》』という途轍もない小説とその技法は、『新潮』の読者を驚かせた。」（『二〇世紀のイリュージョン　『ユリシーズ』を求めて』白地社、一九九二、一〇四―一〇五頁）と指摘している。川口喬一は、「堀口の「内心独白」はわが国に『ユリシーズ』の「内的独白」の手法を紹介した最初の文献である。その後この手法が、わが国において如何にはなばなしく持て囃されたかを考えてみれば、堀口の「功績」はけっして無視するわけにはいかないだろう。その後遺症は現在にも続き、いまでも、『ユリシーズ』と言えば「内的独白」、「意識の流れ」と答える人があとを断たない。」と述べている（『昭和初年の『ユリシーズ』』みすず書房、二〇〇五、六二―六三頁）。

(25) 芥川龍之介「拊掌談」（『文芸時報』一九二六・二、『芥川龍之介全集』一三巻、一八八頁）。

(26) 土居光知「ヂヨイスのユリシイズ」（『改造』一九三〇・四）

(27) 川口喬一は、「昭和初期のわずか十数年のあいだの『ユリシーズ』騒動」の経緯について、野口米次郎、堀口大學、土居光知らから始まる紹介記事の具体的な内容とその文学史的影響力を詳細に辿っているが、芥川が「『ユリシーズ』騒動」に先駆けてジョイスを受容し、しかもジョイスの文体の本質を見抜いていたことを指摘している（『昭和初年のユリシーズ』みすず書房、二〇〇五、一二頁）。

(28) 信時哲郎「銀ぶらする僕――「歯車」における視線をめぐって――」（『山手国文論攷』第一六号、一九九五・三）

(29) 安藤公美「「歯車」論――意味の代行・一九二〇年代のことば」（『玉藻』第三一号、一九九六・三）

(30) 『芥川龍之介全集』第一五巻、四〇頁。

(31) 『芥川龍之介全集』第一五巻、八四頁。

(32) 具体的には以下の通り。意図的に「僕は…歩いて行つた」という文章が繰返されていることが理解できる。「僕は右側のビルデイングの次第に消えてしまふのを見ながら、せつせと往来を歩いて行つた。」「僕は前にとつて置いた僕の部屋へこもる為に人気のない廊下を歩いて行つた。」「僕は戸をあけて廊下へ出、どこと云ふことなしに歩いて行つた。」「僕は急に無気味になり、慌ててスリツパアを靴に換へると、人気のない廊下を歩いて行つた。」「僕は薄明るい外光に電灯の光のまじつた雪解けの道をせつせと姉の家へ歩いて行つた。」「僕はこのホテルの外へ出ると、青ぞらの映つた雪解けの道をせつせと姉の家へ歩いて行つた。」「僕はひとりこの汽車に乗り、両側に白い布を垂らした寝台の間を歩いて行つた。」「僕はこの本屋の店を後ろに人ごみの中を歩いて行つた。」「僕はこのプウルを後ろに向うの松林へ歩いて行つた。」「僕はひとり又往来を歩いて行つた。」「僕はもう一度紙屑の薔薇の花を思ひ出しながら、努めてしつかりと歩いて行つた。」「僕は十分とたたないうちにひとり又往来を歩いて行つた。」「僕は努めて暗い往来を選び、盗人のやうに歩いて行つた。」「僕は運河に沿ひながら、暗い往来を歩いて行つた。」「僕は片手に壁を抑へ、やつとロツビイへ歩いて行つた。」「僕はやむを得ずこの店を出、人通りの少ない往来をぶらぶらひとり歩いて行つた。」「僕はいろいろの疑問に苦しみ、人気のない道を選つて歩いて行つた。」「火事―僕はすぐにかう考へ、そちらを見ないやうに歩いて行つた。」「僕は愈最後の時の近づいたことを恐れながら、頸すぢをまつ直にして歩いて行つた。」

(33) 宮坂覺「「歯車」―〈ソドムの夜〉の彷徨」(『國文學　解釈と教材の研究』一九八一・五)

(34) 国松夏紀「「芥川龍之介におけるドストエフスキイ――その二、『歯車』を中心に――」(『比較文学年誌』第一七号、一九八一・三)

(35) 山敷和男「「歯車」と「地獄」の比較文学的研究」(『文学年誌』第八号、一九八六・九)

(36) 清水康次「『歯車』のことば」(『芥川龍之介の方法と世界』和泉書院、一九九四、二九〇頁)。初出は、「「歯車」論―コンテキストを失った言葉―」(『國文學　解釈と教材の研究』第三七巻第二号、一九九二・二)。

(37) 前掲『芥川龍之介全集』第一五巻六九頁。

(38) 前掲『芥川龍之介全集』第一五巻七七頁。

(39) 吉本隆明「芥川龍之介の死」(『国文学　解釈と鑑賞』一九五八・八)、佐藤泰正「芥川龍之介管見―近代日本文学とキリスト教に関する一試論」(『国文学研究』一九六一・九)。『若い芸術家の肖像』と『歯車』の両作品に、「人口の翼」というモチーフ上の共通点があるということは、河村民部氏の指摘による。

(40) 加藤明「「歯車」論――ギリシア神話の暗号をもとに――」(『日本文学』一九八四・一)

(41) 結城英雄『ジョイスを読む　二十世紀最大の言葉の魔術師』(集英社新書、二〇〇四、九三頁)。

(42) 電話から聞こえてくる「声」についての、『歯車』と「妖婆」のモチーフの共通性は、出原隆俊氏の指摘による。

(43) 夏目漱石「琴のそら音」(『七人』一九〇五・五)。引用は『漱石全集』第二巻(岩波書店、一九九四)九六頁。

（44）前掲『漱石全集』一〇六―一〇七頁。「余」の傍点は原文ママ。
（45）前掲『漱石全集』一〇七頁。
（46）前掲『漱石全集』一〇七頁。
（47）前掲『漱石全集』一〇八頁。
（48）前掲『漱石全集』一〇八―一〇九頁。
（49）前掲『漱石全集』一〇九頁。
（50）夏目漱石「琴のそら音」における「余」の「聯想」と、芥川龍之介『歯車』における「僕」の連想行為の類似性は清水康次氏の指摘による。
（51）昭和初期の「『ユリシーズ』騒動」以降に生まれた「意識の流れ」小説が、神経症の人物を採用している作品が多い点は興味深い。山田博光氏から、このような傾向を持つ作品の系譜は昭和初期だけではなく、野間宏「暗い絵」（『黄蜂』一九四六・四―一〇）等の作品まで続いているという指摘を受けた。野間も芥川と同じく、『若い芸術家の肖像』冒頭部分の“cold”と“hot”という感覚の繰り返しから、スティーヴンが死への恐怖を覚えていく部分に着目しており、興味深い（野間宏「自分の内部にあって自分ではないものとのたたかい」『ジョイス研究』英宝社、一九七九）。

第六章

（1）『新思潮』『聖盃』『帝国文学』等のメディアによるアイルランド文学受容言説の差異については、拙稿「芥川龍之介「シング紹介」論―「愛蘭土文学研究会」との関わりについて―」（『日本近代文学』第七八号、二〇〇八）で明らかにした。
（2）菊池寛によるアイルランド文学紹介記事や言及を整理した論に、片山宏行『菊池寛の航跡―初期文学精神の展開』（和泉書院、一九九七）と河野賢司「菊池寛とアイルランド演劇」（『エール』第一七号、一九九七）がある。菊池寛とアイルランドの関係についての先行研究は、アイルランド文学が菊池の作品に与えた影響に関する比較研究と、菊池寛のアイルランドへの関心が、彼の朝鮮へ対する認識とどのように関わっていたのかを考察する研究に大別できる。前者に、大久保直幹「菊池寛とシング―「海の勇者」と「海に騎りゆく人々」について」（『日本近代文学』第六集、一九六九）、早川正信「菊池寛の初期戯曲にみられる「狂人」の問題―グレゴリー夫人『満月』との関連」（『比較文学』第三六号、一九九三）等がある。また、後者に、鶴岡真弓「芥川龍之介の愛蘭土」（『正論』三一四号、一九九八・一〇）、格清久美子「菊池寛とアイルランド文学―「暴徒の子」における植民地の表象をめぐって」（『近代文学研究』一七号、二〇〇〇）、金牡蘭「「暴徒の子」が物語るもの―菊池寛とアイルランド文学の再考に向けて―」（『比較文学』第四九号、二〇〇六）、山田朋美「菊池寛のアイルランド認識」（『エール』第二七号、二〇〇七）がある。

（3）菊池寛のアイルランドに関する発言は、山本修二との共著『英国愛蘭近代劇精髄』に対する矢野峰人の、「寛はただ名前を出しただけ」（「愛蘭文学回想　矢野峰人インタビュー」『幻想文学』第二号、一九八二・一二）という発言により、慎重な取り扱いをする必要性が言われてきた。しかし、同書に発表されたアイルランド戯曲の項目の原型は既に『文藝講座』に発表されたものである。同誌には山本も英国戯曲について論文を二本発表しており、少なくとも『文藝講座』掲載の菊池寛名義のものは菊池自身の手になるものと考えられる。

（4）「半自叙伝」（『文藝春秋』一九二九・六）。

（5）「無名作家の日記」（『中央公論』一九一八・七）。

（6）菊池寛「大阪芸術創始」（『不二新聞』一九一四・二・一一、草田杜太郎名義、『菊池寛全集』二二巻、三三一―三三三頁）。

（7）前掲菊池寛「大阪芸術創始」（引用は『菊池寛全集』二二巻、三三一―三三三頁）。

（8）出原隆俊は、『都の花』と『なにはがた』――〈関西文人〉の位置――」（『阪大近代文学研究』、大阪大学近代文学研究会、二〇〇三・三、一―一〇頁）において、明治二四年四月に創刊された『なにはがた』について、「この時期は東京を中心に文学雑誌が頻出し、地方でも雑誌が刊行される動きがあり、『なにはがた』もその流れの一貫と言える」と述べる。出原は、名古屋生れで東京朝日新聞で活躍した渡辺霞亭（一八六四―一九二六）が『なにはがた』第一冊に発表した「阿琴」に「右の小説、世界は大阪なれど言葉は例の我流なり、別に仔細あるにはあらず、馴れぬ語を避けたるのみ」と付記されていることについて、「大阪において出版された雑誌において、大阪を舞台とする小説を発表するという〈役割意識〉のようなものが作用していると言えるだろう」と指摘している。

　さらに大阪生まれの武田仰天子（一八五四―一九二六）は、『都の花』に連載した「三都の花」において「西京」の「訛り」を用いた文体を使用している。出原は、「「三都の花」という題名が『都の花』を意識していることは、作中に、机の上に「都の花と女学雑誌」が置かれているとの記述があることからも明らかであろう。つまり、「都」が東京のみではないという意思表示と考えられるわけである」と述べている。さらに出原は、仰天子が『都の花』『なにはがた』という発表媒体によって、作品を書き分けていることを指摘し、「仰天子の作品は、常に大阪を舞台にしているわけで、地方発刊の雑誌においては、常に地元を作品の舞台として読者の関心を呼ぼうとし、中央の雑誌においては、関西色を打ち出すことによって特色を出していることになる」と指摘している。明治中期には『なにはがた』『葦分船』『大阪文芸』などの雑誌が続々と関西で刊行されている。

　このようなことからも、菊池がイェイツらのアイルランド文芸復興運動をモデルとして「大阪文芸創始」を掲げる以前に、大阪から文芸を発信していこうという同様の動きが既に明治中期の大阪にはあり、仰天子のように東京を意識しながら、〈関西文人〉として作品を執筆していた作家も存在したことがわかり、興味深い。

(9)「京都芸術の為に」(『中外日報』一九一四・五・八、引用は『菊池寛全集』第二二巻による)。

(10) 前掲「京都芸術の為に」(『菊池寛全集』第二二巻、四二頁)。

(11) 前掲「京都芸術の為に」(『菊池寛全集』第二二巻、四三頁)。京都時代の菊池の消息については、片山前掲書に詳しい。「文芸同攻会」に関しては「大阪の文芸界」(『団欒』一九一七・六)を参照した。

(12) 前掲「京都芸術の為に」(『菊池寛全集』第二二巻、四三頁)。

(13) 前掲「京都芸術の為に」(『菊池寛全集』第二二巻、四三頁)。

(14)「二個の感想」(『中外日報』一九一四・六・六―六・七、『菊池寛全集』第二二巻、四八頁)

(15)「二個の感想」においては、菊池の「京都芸術の為に」へ、陽人生、淑翠生の二氏が反響を送り返したことが書かれている。陽人生に対して、「自分の芸術で京都芸術を啓発することとかワイルドとなつてイエーツを紹介することなどを私に暗示丈でもなさるゝこと」は「私をよく知つて居て下さらないのか、でなければ陽人生氏のお人の悪いひやかしである」(四八頁)と述べていることから、京都芸術に対する菊池の立ち位置が揺らいでいることに対して、陽人生から批判されたのかと推測する。しかし、菊池は、「ロマンチックな私は理智的反省によつて自分の活動《アクション》が鈍ぶる事を恐れて居る」、「我々は何かをしたいと思つて居る、止まつて考へないで立つて歩みたい」と血気盛んである。これらの言葉からは、当時の菊池寛が、自らの文学的営為の理想を「運動」体として捉えていたことが理解できる。

(16)「七月の都から」(『中外日報』一九一四・八・一八、『菊池寛全集』第二二巻、五一頁)。

(17)「蘆花の近業と伊庭の芝居」(『中外日報』一九一五・一・一五、『菊池寛全集』第二二巻、五一頁)。

(18)「葬式に行かぬ訳」(『新潮』一九一九・一二)

(19)「菊池寛氏を憶ふ」(『世界人』一九四八・五)。

(20) Glenn W. Shaw はアメリカ・ロサンジェルス生まれ。一九一三年来日し一九五七年まで戦時中を除き在日。大阪高等商業学校、山口高等商業学校等で英語教師。日本文学の翻訳紹介に力を入れた。Caitlin Nelson, “Midway between the Occident and the Orient”: The Glenn W. Shaw Collection at the Asia Collection, University of Hawaii, Manoa, *Journal of East Asian Libraries*, No. 139, 2006.

(21) 菊池「モーニング・ポースト紙の批評原文を読んで」(『読売新聞』一九二六・五・二二)。

(22)「ダブリン・ドラマ・リーグ」の記録によれば、*The Housetop Madman* が上演されたのは一度きりである。Brenna Katz Clarke & Harold Ferrar, *The Dublin Drama League 1919–1941*, The Dolman Press, 1979. アイルランド・ナショナル・ライブラ

リーの Joseph Holloway Collection において *The Housetop Madman* の上演プログラムを確認した。"KIKUSHI KWAN" となっているが、この表記からもショーの翻訳を経由しての受容であることがわかる。

(23) 杉山寿美子『アベイ・シアター 1904–2004 アイルランド演劇運動』(研究社、二〇〇四)。

(24) 山宮允「詩人イェイツに見ゆるの記」(一九二六、のち『虚庵文集　山宮允著作選集』第三巻、一九六六)

(25) Edward W. Said, "Yeats and Decolonization," *Culture and Imperialism*, New York: Alfred A. Knopf, 1993. 引用は、エドワード・サイード「イェイツと脱植民地化」(大橋洋一訳『文化と帝国主義』みすず書房、二〇〇一)による。

(26) Joseph Lennon, *Irish Orientalism: A Literary and Intellectual History*, New York: Syracuse UP, 2008.

(27) W. B. Yeats, "Introduction", *Certain Noble Plays of Japan: From the Manuscripts of Ernest Fenollosa, Chosen and Finished by Ezra Pound, with an Introduction by William Butler Yeats*. Churchtown, Dundrum: The Cuala Press, 1916.

(28) *Ibid.*

(29) Shotaro Oshima, "An Interview with W. B. Yeats." *W. B. Yeats and Japan*. Hokuseido, 1965.

(30) 京都での「無名作家」時代の様子を描いた『無名作家の日記』は、菊池の文壇デビュー作。

(31) 尾島前掲書。

(32) 「自分に影響した外国作家」(『テアトル』一九二六・五)。

(33) 菊池前掲論。

(34) Kwan Kikuchi, tr. by Glenn Shaw, *Tōjūrō's Love and Four Other Plays*, Hokuseido, 1925. 翻訳作品は、「藤十郎の恋」(一九一九)、「屋上の狂人」(一九一六)、「奇蹟」(一九一六)、「父帰る」(一九一七)、「敵打以上」(一九二〇)。

(35) さらに、ショーによって、"Shōnenbō San of Kompira is dancing in a cloud. In a red robe, he's dancing with the angels. He says, "Come to me, come to me."" や "The goblins are all beckoning me to come." と翻訳された義太郎が見る幻影は、フェアリーやゴブリン等のアイルランド妖精譚を採集し、妖精が美しい子供をさらっていくという伝説を踏まえた詩 *The Stolen Child* (1886) 等を執筆したイェイツの関心をより高めたと考えられる。

(36) 大西貢「菊池寛の作劇精神とその成立過程—『屋上の狂人』までの道程—」(『大正の文学』有精堂、一九八一)に、「シングに学びつつ、この作品で、彼の芸術の本体とも言うべき、戯曲の「主題」を把握する方法、及び題材を駆使して「主題」を表現する方法を、彼の作劇術として完成することに成功した」という指摘がある。

(37) 引用は全て『菊池寛全集　第一巻』(高松市菊池寛記念館・文藝春秋社、一九九三)に拠る。グレン・ショーは該当箇所を以下のように訳している。"*Suejirō*. If the doctors say he can't get well, he can't. What's more, as I've said many times, if brother suffers with this affliction, we must by all means try to cure him, but we can make him happy all day long if we just let him climb to

the roof of the house. (……) And suppose you did cure him now and make him a sane man, what good would it do? He's twenty-four and knows nothing, not even the *i* of his *i-ro-ha*; he's utterly without experience; in addition, he'd be conscious of his own deformity and probably the most unhappy man in Japan. Is that what you want? Nothing could be so foolish as to think that it must be best to make him sane, and give him sanity to torture him." (p. 94)

（38）グレン・ショーは末尾を以下のように翻訳している。"*Yoshitarō*. [*his face shining with a strange brightness in the golden light*]. Sue, look. In that cloud over there, you can see a golden palace, can't you? There, you see it, don't you? There, just look at it! Beautiful, isn't it?
Suejirō. [*as if feels a little sadness of the man who is not crazy*]. Yes, I see, I see. Great, isn't it?" (p. 97)

（39）John M. Synge, *The Well of the Saints: a play*, Maunsel, 1919. 引用は全て同書に拠り、訳は拙訳。

（40）「劇壇時事」（『演劇新潮』一九二六・五）。

（41）「戯曲研究」（『文藝講座』、一九二四・九—一九二五・五）。

（42）前掲「劇壇時事」。

（43）菊池寛は、「自然主義はさういふイリュージョン的なものを捨てゝ赤裸々の現実の姿を見ようといふ努力でありますから、云ふ迄もなくロマンチシズムに対して、総ての面で反動であつた」と捉えた後、「シングに「聖者の泉」と云ふ芝居があつて」、「イリュージョンが、人生に取つて大切なることが、此の芝居で分る」（「文芸上の諸主義二」『文藝講座』、一九二五・四）と述べているように、『聖者の泉』を自然主義へ対抗するものと捉えていた。

（44）鈴木貞美は、『文藝春秋』一九三七年九月号の「話の屑籠」において「北支が戦端を開いたことは遺憾である」と書いたことに着目し、「菊池寛は戦争の拡大に明確に反対した」としながら、一九三八年四月には海外向けのタブロイド紙『Japan To-day』を創刊したことに対して、「「国家目的に協同」する、この時期の菊池寛の対外宣伝戦略だった」と論じている。基本的な立場は反戦でありながら、日本の国家体制を肯定する菊池の揺れは一九三〇年代にも見られる。鈴木貞美『『文藝春秋』とアジア太平洋戦争』（武田ランダムハウスジャパン、二〇一〇年）。

第七章

（1）『私の履歴書』（日本経済新聞社、一九六二）。この時期の西條に関しては、筒井清忠『西條八十』（中央公論社、二〇〇五）に詳しい。

（2）上村直己『西條八十とその周辺』（近代文芸社、二〇〇三）
（3）「三木露風氏の想ひ出」（『蠟人形』一九三八・七・一、八・一、九・一、一〇・一）
（4）編輯者「編輯室より」（『聖盃』一九一二・一二）
（5）「片々」（『聖盃』一九一三・四）
（6）木村毅『比較文学新視界』（八木書店、一九七五）
（7）拙稿「芥川龍之介「シング紹介」論―「愛蘭土文学研究会」との関わりについて」（『日本近代文学』七八号、二〇〇八）
（8）「Green Room」（『假面』一九一四・一二）
（9）「Ecce Homo.」（『假面』一九一五・四、消息子名義）
（10）『新らしい詩の味ひ方』（交蘭社、一九二三）
（11）「外国の詩の話」（『世界文学』一九二四・四）
（12）霜田史光「幻想の建築者西條八十氏」（『詩王』一九一九・八）
（13）島田謹二「『砂金』論―その解釈と、その系譜と、その手法と―」（『西條八十全集』一巻、国書刊行会、一九九一）
（14）荒川洋治「窓の下の密度」（『西條八十全集』一巻月報、一九九一）
（15）「早稲田大学文科卒業生氏名及論文題目」（『早稲田文学』一九一五・八）より。
（16）『我愛の記』（白凰社、一九六二）
（17）Ernest Renan, *Poetry of the Celtic Races, and Other Essays*. London: W. Scott, 1896. に拠る。神奈川近代文学館・西條八十文庫所蔵の同書には書込が多く残されている。
（18）これらの詩篇は Paul Selver, *An Anthology of Modern Bohemian Poetry*, London: Henry J. Drane, 1912. の英訳からの重訳である。西條八十文庫のリストに書名はあるが、現存せず。上村直己は「八十は同書を一九一三年八月一六日に購入」と書いている（『全集』五巻、一九九五）。論者は British Library 所蔵本を確認。
（19）「チエック詩人の群れ」（『時事新報』一九一九・三・一六、二〇、二一、二二、二五の全五回連載）。
（20）「西條八十詩集序」（『西條八十詩集』第一書房、一九二七）
（21）大和田茂『社会文学・一九二〇年前後　平林初之輔と同時代文学』（不二出版、一九九二）
（22）神戸雄一「小曲と西條八十氏とに連なる感想」（『かなりや』一九二三・四）
（23）西條「民謡精神と民族性」「同（二）」（『かなりや』一九二二・一〇及び一九二二・一二）。後に「紅き薔薇と白き薄の花―二つの民族の謡について」と改題され前掲『新らしい詩の味ひ方』所収。引用は初出に拠る。
（24）民謡を語るときにケルトを例に出すことは西條に限られたことではない。上田敏は「三絃楽の如き妙に一方に発達して了つたものを国民音楽の基礎とするよりも、寧ろ其の根元に溯つて、民謡の醇朴なる曲を拾ひ集めて、例へば、我が邦のケルト人種ともいふべきアイヌの旋行《メロディ》（ママ）かもしれぬ追分節の如きものを参考して」（「楽話」『帝国文学』一九〇四・一）と述べている。坪井秀人は、「先住民族（〈旧土人〉）の失われゆく口承文芸をまなざす西欧近代のロマン主義的な視線に同化しながら、日本の内部にある種のオリエンタリズム的な欲望の対象を仮構するという構図がここには指摘できる」と述べている（「〈国民の声〉としての民謡」『文学の闇／近代の「沈黙」』世織書房、二〇〇三）。

（25）阿毛久芳「詩のドラマを漫歩して」（『全集』十三巻月報、一九九九）

（26）『唄の自叙伝』（生活百科刊行会・小山書店、一九五六）。旧版『あの歌この歌』（イヴニングスター、一九四八）から改題し、旧版「あとがき」は削除された。

（27）前掲『唄の自叙伝』。

（28）「第二尼港事件たる通州事件」（「読売新聞」一九三七・八・八、夕刊一面）、「吾々は先に尼港事件を経験した。いままたこゝに通州事件に遭遇せねばならなかつた」（『婦人公論』一九三七・一一・一五）等。

（29）前坂俊之は、一九三七年には新聞各紙は「政府と一体となった挙国一致報道で「暴戻支那膺懲」のキャンペーン一色となった」と指摘している（『太平洋戦争と新聞』講談社、二〇〇七）が、西條は「暴戻」「膺懲」といった新聞の見出しに用いられた単語を詩に頻繁に持ち込んでいる。瀬尾育生が、永田助太郎「我が艨艟」を分析し、新聞を「日本の戦争詩にはっきりと文体的特性を提供し強制した」メディアとした指摘は、西條の一連の詩にも言えよう（『戦争詩論 1910–1945』平凡社、二〇〇六）。

（30）「現在、レコードやラジオで行はれてゐる歌謡は、何も強ひて芸術で無くてもいい。（中略）それは、政治や、教育などと同じ一つの社会現象として、一般大衆を慰安し、鼓舞し、あるひはひとつの理想へと指導することに立派な使命を持つてゐる」（『詩の作り方』雄鶏社、一九四七）。西條の戦中・戦後の活動に関しては、坪井秀人『声の祝祭　日本近代詩と戦争』（名古屋大学出版会、一九九七）、天野知幸「〈記憶〉の沈潜と二つの〈戦争〉─引揚・復員表象と西條八十─」（『日本文学』二〇〇六）、増田周子「日本新民謡運動の隆盛と植民地台湾との文化交渉─西条八十作「台湾音頭」をめぐる騒動を例として─」（『東アジア文化交渉研究』第一巻、二〇〇八）等の研究がある。

※本文引用のうち注がないものは『西條八十全集』（国書刊行会、一九九一）に拠った。

第八章

（1）小坂部元秀「若い詩人の肖像」（『伊藤整研究』三弥井書店、一九七三・八）
（2）桶谷秀昭『伊藤整』（新潮社、一九九四・四）二七頁。
（3）曾根博義「『若い詩人の肖像』」（「国文学　解釈と鑑賞」至文堂、一九八九・六）
（4）渥美孝子は、「私」と確執のあった同僚、小坂英次郎を仮名にしたことについて、「現実の小堺勇次郎が教師を辞めたからこそ仮名にしなければならなかったのではないか」、「中学校教師という地位にしがみつく小坂教諭ならばこそ、それは「私」の残酷な陰画たりうる」と指摘している（「伊藤整『若い詩人の肖像』―詩人と教師と」（「東北学院大学論集　人間・言語・情報」、二〇〇〇・七）。
（5）武井静夫「伊藤整と北海道　『若い詩人の肖像』の世界」（シンポジウム「作家の営為としての〈北海道〉」、昭和五一年度北大国文学会秋季大会、「国語国文研究」、一九七七・八）
（6）清水康次「作家以前・作家としての出発の時代」（『二十世紀旗手・太宰治―その恍惚と不安と―』和泉書店、二〇〇五）八八－九頁。
（7）菊地利奈「小樽高等商業学校における外国語教育―高商英語教育が伊藤整の文学活動に与えた影響―」（『滋賀大学経済学部研究学報』第一五号、二〇〇八）
（8）伊藤整『若い詩人の肖像』の引用及び頁数は、以下全て『伊藤整全集』第六巻（新潮社、一九七二）に拠る。
（9）『若い詩人の肖像』の冒頭部において、「私の入る前の年」は「第一次世界戦争が終ってから四年目に当り、世界の大国の間には軍備制限の条約が結ばれていた。世界はもう戦争をする必要がなくなった。やがて軍備は完全に撤廃される、という評論が新聞や雑誌にしばしば書かれた」、「いまその一九二二年の歴史を見ると、それは日本共産党が創立された年であり、社会主義の文芸雑誌「種蒔く人」が発刊された年であり、日本労働総同盟が誕生した年である」（83）という一節がある。一方、末尾部分には、「彼（論者注：梶井基次郎）が北川や外村や中谷たちと、同人雑誌「青空」を創刊したのは大正十四年一月で、四年後のこの昭和三年には、その雑誌は休刊になっていたが、彼はその文学についての理解の深さとその人柄にある明るさの点で、このグループの中心的な存在になっていた」（305）とある。このことから、『若い詩人の肖像』は、一九二二年に「私」が小樽高等商業学校へ入学することからはじまり、一九二八年に、父の危篤によって東京から北海道へ帰郷する夜汽車の中で、「自分が文学をやっているのは何のため」か考えてみようと決意する場面で終わる。
（10）亀井秀雄『伊藤整の世界』（講談社、一九六九）二二頁。
（11）引用は、以下に拠る。*The Collected Works of W. B. Yeats, Vol. 1: The Poems*, Rev. 2nd ed. New York: Simon & Schuster, 1996, pp.

14–15.

（12）拙訳。

（13）『雪明りの路』に収録された詩「秋の恋びと」では、「木の葉はおしなべて散つてしまつた」と、秋の深まりによって木の葉を落としていく自然と恋人とが重ねあわされ、そのことによって恋人との距離が感じられることを描いており、明らかにイェイツに影響を受けたと思われる。

木の葉はおしなべて散つてしまつた。
秋はいたる所に
つめたい異人の瞳を覗かしてゐる。
瓜ざね型の　まつ毛の黒い
もの言はぬ恋びとよ。
お前はかずかずの思ひを燃やして
毎日　だまつて
私と人知れぬ目を交す約束を忘れはしないが
あゝお前はその白い手を
何時になつたら私へさしのばすの。
秋はすつかり木の葉を落して
明日にも冬が海を鳴らしてやつて来るだらうに
お前はその思ひを
何時になつたら私に語るのだらう。（『伊藤整全集』第一巻、新潮社、一九七二、四三－四頁）

（14）小樽市立小樽文学館所蔵資料調査による。書写ノートに関しては菊地利奈の研究がある。菊地利奈は、『雪明りの路』に引用された“He Wishes for the Cloths of Heaven”が書き写されていないことなどから、「ここにリストした以外にも、イェイツの詩が書き写された伊藤のノートがどこかにあるのではないか」と指摘している（前掲論文「小樽高等商業学校における外国語教育―高商英語教育が伊藤整の文学活動に与えた影響―」）。

（15）前掲『伊藤整全集』第一巻、一二八頁。

（16）西條八十訳によるウォルター・デ・ラ・メア「碑銘」（『西條八十訳詩集』交蘭社、一九二七）は以下の通りである。

世にも美はしき女人ここに眠る、
その心も、また歩みも明るき、――

おもふに彼女は
この西の国の並びなき麗人なりしならむ、
さはれ美は泯び、美は逝く、
かくてわが亡きあと
誰びとかよくこの西の国の女人を想ひいでむ?

(17) 曾根博義『伝記伊藤整　詩人の肖像』(六興出版、一九七七)三二五頁。

(18) 小樽市立小樽文学館所蔵資料「伊藤整選詩華集筆写ノート」(布クロス装横罫ノート使用)調査による。

(19) 「かくれんぼ」「かりうど」「おとむらひ」「馬に乗った人」の四篇が西條八十・水谷まさる訳『新訳・世界童謡集』(冨山房、一九二四)に収録されており、また「かりうど」「おとむらひ」「夏の夕」「馬に乗った人」の四篇は『西條八十訳詩集』(交蘭社、一九二七)に収録された。デ・ラ・メアの訳詩が掲載された『詩聖』創刊号については、『若い詩人の肖像』に、「この一九二二年頃」「『日本詩人』や『詩聖』を購読し、また明治から大正にかけての日本の近代詩をかなりよく読んでいた。私は北原白秋、萩原朔太郎、高村光太郎、佐藤惣之助、室生犀星等の詩集を集めて愛読していた」とある。

(20) 西條八十は、イェイツやシングと同様にデ・ラ・メアの詩を愛した。彼が訳したデ・ラ・メア詩篇には、上記の他に「マアサ」(Martha、『白孔雀』『西條八十訳詩集』)、「銀貨」(The Silver Penny、『西條八十訳詩集』)、「ふうりんさう」(Bluebells、『新訳・世界童謡集』)、「老ぼれ兵隊」(The Old Soldier、『新訳・世界童謡集』)、「豚と炭焼き」(The Pigs and the Charcoal-burner、『新訳・世界童謡集』)、「蠅」(The Fly、『新訳・世界童謡集』)、緊子(The Buckle、『新訳・世界童謡集』)、「誰」(Who、初出『愛唱』一九二八・四、単行本未収録)がある。西條は『新らしい詩の味ひ方』において、イェイツ、ダンセイニとともにデ・ラ・メアを妖精を描く詩人として紹介しているように、デ・ラ・メアを幻想的な世界を構築する詩人として捉えていた。

(21) 外国語劇の楽屋を見て「私」が想起した西條八十の詩は、第一詩集『砂金』(尚文堂書店、一九一九)の巻頭詩「梯子」である。楽屋や舞台裏の「幻想の雰囲気」に、西條の詩「梯子」の、「下りて來い、倚つてゐるのに――/色/光/遠い響を殘して/幻の獸どもは、何處へ行くぞ。//待たるゝは/月にそむきて/木犀の花片幽か/埋れし女の跫音。//午は寂し/昨日も今日も/幻の獸ども/綺羅びやかに/黄金の梯子を下りつ上りつ。」という描写が重ね合わされたのである。この場面で西條八十の詩が連想された背景には、訳詩集『白孔雀』(尚文堂書店、一九二〇)において、西條がメーテルリンク「十五の唄」(Quinze Chansons)を翻訳したという事情もあるだろう。

(22) 西條八十「お月さん」(『童話』一九二一・四、作曲・本居長世)。

(23) 菊地利奈は「小林象三先生の思い出(一)—京都大学名誉教授佐野哲郎先生インタビュー—」(『彦根論叢』二〇〇八・一)、

同「(二)」(『彦根論叢』二〇〇八・六)において、小樽高等商業学校の英語教育の水準の高さと伊藤整の文学活動の関わりを指摘している。

(24) W. B. Yeats, *A Selection from the Poetry of W. B. Yeats*. Leipzig: B. Tauchnitz, 1913. この版には、前述の "The Falling of the Leaves" は収録されていない。

(25) 「小樽高等商業学校校友会々誌」(第三五号、一九二四)に掲載され、後に『雪明りの路』に収録された詩「Yeats.」では、「あゝ　私は涙でいつぱいだと／腕と脚のながい　白い頬に緑の目を持つた／若い愛蘭人は、／ふと言つてみて／何時までも　いつまでも繰り返してゐた。／And now am full of tears.」というように、"Down by the Salley Gardens" の末尾部分の "and now am full of tears" という一節が繰り返されている(引用は前掲『伊藤全集』第一巻、四二頁)。詩の題からイェイツを思わせる若いアイルランド人が、失った若い恋の日々を回想するというもので、イェイツから伊藤整への影響関係がうかがえる。

(26) 伊藤整が参照したイェイツの詩集の Notes にこの詩の成立経緯が記されている。"An extension of three lines sung to me by an old woman at Ballisodare." W. B. Yeats, *A Selection from the Poetry of W. B. Yeats*. Leipzig: B. Tauchnitz, 1913, p. 257.

(27) 厨川白村『近代文学十講』(大日本図書、一九一二)

(28) 厨川白村『厨川白村集　第三巻　文藝評論』(厨川白村集刊行会、一九二五)

(29) 『京都大学七十年史』(京都大学七十年史編纂委員会、京都大学創立七十周年記念事業後援会、一九六七)及び『京都大学百年史』(京都大学百年史編纂委員会、一九九七)を参照。上田敏と厨川白村は、上田敏「英国現代の三詩人」(『學鐙』一九〇四・一)、厨川白村「英国現代の二詩人」(『帝国文学』一九〇四・二)及び『近代文学十講』(一九一二・六)等早くからアイルランド文学の紹介に努めた。

(30) 伊藤整と庁立樽中及び小樽高等商業学校で同窓だった藤田小四郎は、「学校の一年で小林教授からイエ《マ》ツやシングの詩を教《マ》つた時、その感銘らしきものを殊更に語りかけて来たのは伊藤の方からであった。そろそろ広い世界に目が開きかけた年頃であった」と回想している(「中学・高商時代前後の伊藤整」『緑丘　伊藤整追悼号』第八一号・八二号合併号、小樽商大同窓会誌、一九七一、一九頁)。

(31) 厨川白村『英詩選釋』(アルス、一九二二)に選ばれたイェイツの詩は、"The Lake Isle of Innisfree", "The White Birds", "The Falling of the Leaves", "The Lover Tells of the Rose in His Heart", "He Wishes for the Cloths of Heaven" の五篇。"The White Birds" と "The Lover Tells of the Rose in His Heart" に関しては、京都大学英文科出身の矢野峰人訳を引用している。

(32) 厨川白村「ケルト文学復興の新運動」(『文章世界』第百三二号、一九一五・一)。

(33) 前掲、伊藤整『雪明りの路』(椎の木社、一九二六)。引用は前掲『伊藤整全集』第一巻、二一頁

(34)菊池寛「半自叙伝」(『文藝春秋』一九二九・六)。引用は『菊池寛全集』第二三巻(高松市菊池寛記念館・文藝春秋、一九九五)五三頁。

(35)伊藤整は、「日本的」という言葉にこだわりを見せている。「擬日本的ではあるが決して日本的とは言われないさまざまな特色のなかで私たちは育った」(「故郷の風物」一九三六)。引用は『伊藤整全集』第二三巻(新潮社、一九七四)に拠る。

(36)「私」は、小樽商業高等学校へ入学した時と同様に、「自分が紳士らしくしなければならぬと感じ、その紳士服である新しい背広を着て街を歩くとき、どういう表情をすればいいのかと考えるようになっていた」。

(37)小熊英二『〈日本人〉の境界』(新曜社、一九九八)五〇頁。

(38)『街と村』第一部「幽鬼の街」(『文藝』一九三七・八、引用及び頁数は『伊藤整全集』第三巻、新潮社、一九七三に拠る)には、『若い詩人の肖像』に描かれる「縮れ毛」のモチーフが既に出現している。男は、「私」を、「ぐっと睨みつけ」「身なりを見まわし」た後、「帽子を被らずにいる私の髪に眼をやって、これだ、というような顔をして暫く眼を動かさないのであった」。男は、「失礼だが、君の郷里は何処かね?」と「私」に訊ね、「私」が北海道だと答えると、「あはあ。ふむ、北海道も郷里になるかな?」と言いながら、「まだじっと私のぼうぼうと伸びた縮れた髪を見まわし」、「ふむ、そうですか、北海道ですか? ところでこれは余談ですが、アイヌというのは毛が縮れているのですか?」(32)と問いかける。

『街と村』では「縮れ毛」のテーマはより鮮明に、アイヌと結びつけられている。男は、「なるほど。ではやっぱり人種がちがうのですね。いや総じて大和民族の髪というものはですな、その切断面が丸いのですよ」と言い、「私」の縮れ毛はパーマをかけているのかと訊ねる。「私」が縮れ毛が生まれつきだと答えると、男は「我々は日本の純粋な魂を守らなければならない。不純な血液の混淆した人間は絶対に排撃しなければならない。そこから魂の頽廃が始まるのだ」(33)と喋りつづけるのである。ここでは、髪の毛の性質によって「大和民族」と「不純な血液の混淆した人間」を区別し、「血液の混淆」した人間は、「日本の純粋な魂」を「頽廃」させるものとして「排撃」しなければならない対象とされている。

さらに、「私」は北海道から「上野行き」の列車の切符を買おうとして断られる。「なぜ私にだけ上野行きの三等寝台が断わられるかという本当の理由を知りたい」私は、駅に自分の系図があり、先祖をさかのぼると「シリモヌイ、イサラッペ、フゴッペ、カムイシュッペなどというアイヌ名」であることを発見し、「窓口に置いてある自分の握り拳ががくがくと震え動くのを感じた。これだったのだ、これだったのだ」(34)と感じる。「幽鬼の街」においては、縮れた髪の毛によってアイヌであることを見とがめられるというテーマは前景化しており、「私」は「アイヌ」を母方の祖先に持つ者のため、内地への切符を売ってもらえないということが暗に示唆されている。

そして、「血液の混淆」という問題は、作品内で〈文学の混淆〉という問題へと移行していく。

こういう処に育つと、ああいう風なけちけちして、他人の芸術の真似ばっかりしているような人間が出来るんだな。大体植民地の文化というのは移し植えに外ならないんだ。そういう文化の性格というものは、そこに育った人間についてまわるんだな。だからあいつの書くもので独創というものは爪の垢ほどもないのさ。寄せ集めか、引き写しか、翻訳かだ。あれで強引に世を渡ろうとする処が植民地育ちなのさ。（51）

ここで「私」は、「植民地」育ちの「私」の「ニセ者」性を「東京」の友人達に指摘され、「植民地の文化」が「移し植え」であると言われる。「私」の出自は、『若い詩人の肖像』と同じく、「内地」の父と「アイヌ」の血を引いているかもしれない「母」という「曖昧性」において語られる。そのような出自の問題が、「北海道」という「植民地」で生まれ育った「私」の文学の「独創性」をも脅かしていると、「東京」の人間から「排除」される様が描かれている。

（39）引用及び括弧内の頁数は全て以下に拠る。James Joyce, *A Portrait of the Artist as a Young Man*, New York: B. W. Huebsch, 1916.

（40）大澤正佳訳、ジョイス『若い芸術家の肖像』（岩波文庫、二〇〇七）による。以下全て同じ。

（41）"tundish" の「雑種」性については、結城英雄『ジョイスを読む——二十世紀最大の言葉の魔術師』（集成社新書、二〇〇四）に、「スティーヴンはイギリス出身の学監と「漏斗」という言葉をめぐり対話する。スティーヴンはその言葉がゲール語であると思い、学監がその言葉を知らないことを侮蔑する。そして後ほど、スティーヴンはその言葉が英語であることを理解し、「あいつ、母国語を教えるために来たのか、おれたちに習うために来たのか。いずれにせよ、糞くらえだ」とつぶやく。しかしその言葉は英語であると同時に、ゲール語でもあり、いわば両言語の雑種である」（九九頁）という指摘がある。一八三〇年代には、アイルランドにおいて、英語による教育が施行されたことが背景にある。実際、英語は移民労働者になるには不可欠の言葉であった。

（42）教祖への反応は、以下のように描かれている。「「私は悪い人間でございます。いまお話をうかがってそれがよく分りました」と言ってこの男の前に跪くことを、この男は予期しているのだ、と思うと、私は居たたまらない屈辱感に襲われた。私は自分自身の心の働きで泣き出したのだ。私の心の破れ目が、この男の話で刺戟されたのは事実である。しかしその働きは、本来の私のものだ。父親というものを生理的に忌み嫌う青年の苦しさなんかお前に分るものか、と私は思った。（…）型どおりの偽善的な説教の形式に、そういうものに私は破られたのだ（…）それを考えて見よう。それが分らなければ自分が文学をやっているのは何のためだか分らなくなる、と私は思った」（312-313）

（1）Horatio Sheafe Krans, "Mr. Yeats and the Irish Literary Revival", *Outlook*, New York, 2 Jan 1904.

（2）Justin McCarthy, *Irish Literature*, vol. 1–vol. 10, New York: Bigelow, Smith & Co., 1904.

（3）David Thompson（1835–1915）。アメリカ人宣教師。一八六三年に来日。横浜英学所、大学南校で英語をおしえ、一八七三年、東京基督公会新栄教会を設立。一八七七年東京一致神学校講師。ヘボンと共に『旧約聖書』翻訳にあたったほか、一八八五年から一八九二年まで弘文社から刊行されたちりめん本『日本昔噺シリーズ』（*Japanese Fairy Tale Series*）英語版の翻訳者としても知られる。翻訳として、*Momotaro*（1885）, *The Old Man Who Made the Dead Trees Blossom*（1886）等がある。タムソンと呼ばれた。

（4）一九一二年から一九一九年まで駐日英国大使であったグリーン（Sir William Conyngham Greene）の妻。

（5）浜田泉訳「妖精文学」（『ラフカディオ・ハーン著作集　第九巻　人生と文学』恒文社、一九八八）三七四頁。

書誌

Bibliographies

Arai, Hirotake and Gibu, Morio. *Catalog of the Glenn Shaw Collection at the East-West Center Library*. Honolulu: Hawaii UP, 1967.

Arnold, Matthew. *On the Study of Celtic Literature and Other Essays*. London: J. M. Dent, 1910.

Bickley, Francis. *J. M. Synge and the Irish Dramatic Movement*. New York: Russell & Russell, 1968.

Bloom, Harold. *Yeats*. New York: Oxford UP, 1972.

Boyd, Ernest A. *Ireland's Literary Renaissance*. New York: J. Lane, 1916.

Brown, Karen E. *The Yeats Circle, Verbal and Visual Relations in Ireland, 1880–1939*. Farnham: Ashgate, 2011

Carroll, Clare and King, Patricia et al. *Ireland and Postcolonial Theory*. Cork, Ireland: Cork UP, 2003.

Clarke, Brenna Katz. *The Emergence of the Irish Peasant Play at the Abbey Theatre*. Ann Arbor, Mich.: UMI Research Press, 1982.

Costigan, Lucy & Cullen, Michael. *Strangest Genius: The Stained Glass of Harry Clarke*. Dublin: History Press Ireland, 2012.

Eagleton, Terry and Jameson, Fredric and Said, Edward. *Nationalism, Colonialism, and Literature*. Minneapolis: Minnesota UP, 1990.

Eglinton, John. *Literary Ideals in Ireland*. New York: Lemma, 1973.

Flannery, James. *W. B. Yeats and the Ideas of a Theatre: The Early Abbey Theatre in Theory and Practice*. New Haven/London: Yale, 1976.

Gordon-Bowe, Nicola. *Harry Clarke: The Life & Work*. Dublin: History Press Ireland, 2012.

———, Elizabeth Cumming. *The Arts and Crafts Movements in Dublin and Edinburgh*. Dublin: Irish Academic Press, 1998.

———, ed. *Art and the National Dream: Search for Vernacular Expression in Turn-of-the-century Design*. Dublin: Irish Academic Press, 1993.

———. *Harry Clarke: His Graphic Art*. Mountrath: Dolmen Press, 1983.

Gregory, Lady. *Our Irish Theatre*. Gerrards Cross: Colin Smythe, 1972.

Harrington, John P. *The Irish play on the New York stage, 1874–1966*. Lexington, Ky.: Kentucky UP, 1997.

Hearn, Lafcadio. *Life and Literature; selected and edited with an Introduction by John Erskine*. London: W. Heinemann, 1917.

Hogan, Robert and Burnham, Richard. *The Years of O'Casey, 1921–1926, The Modern Irish Drama, vol. 6*. Newark: University of Delaware Press, 1992.

———— and Burnham, Richard and Poteet, Daniel P. *The Rise of the Realists, 1910–1915, The Modern Irish Drama, vol. 5*. Dublin: Dolmen, 1984.

———— and Burnham, Richard. *The Art of the Amateur, 1916–1920, The Modern Irish Drama, vol. 4*. Dublin: Dolmen, 1979.

———— and Kilroy, James. *The Abbey Theatre: The Years of Synge, 1905–1909, The Modern Irish Drama, vol. 3*. Dublin: Dolmen, 1978.

————. *Laying the Foundations, 1902–1904, The Modern Irish Drama, vol. 2*. Dublin: Dolmen, 1976.

———— and Kilroy, James. *The Irish Literary Theatre 1899–1901, The Modern Irish Drama, vol. 1*. Dublin: Dolmen, 1975.

———— and Bowen, Zack and Feeney, William J. and Kilroy, James. *The Macmillan dictionary of Irish Literature*. London: Macmillan, 1980.

————. *After Irish Renaissance: A Critical History of the Irish Drama Since The Plough and the Stars*. London: Macmillan, 1968.

Holloway Joseph. *Joseph Holloway's Abbey Theatre: A Selection from His Unpublished Journal 'Impressions of a Dublin Playgoer'*. ed. by Robert Hogan and Michael J. O'Neill. Carbondale and Edwardsville: Southern Illinois UP, 1967.

Hone, Joseph. *W. B. Yeats: 1865–1939*. London: Macmillan, 1965.

Howe, P. P. *J. M. Synge: A Critical Study*. London: Secker, 1912.

Hunt, Hugh. *The Abbey: Ireland's National Theatre 1904–1978*. New York: Columbia UP, 1979.

Hokuseido Publications of the Works of Lafcadio Hearn and Glenn W. Shaw and Other: Reviews on the Hokuseido Books by Critics of the World. Tokyo: Hokuseido Press, 1931.

Japan Pen Club. *Japanese Litterature in Foreign Language*. Japan Book Publisher, 1990.

Joyce, James. *A Portrait of the Artist as a Young Man: Complete, Authoritative Text with Biographical and Historical Contexts, Critical History, and Essays from Five Contemporary Critical Perspectives*. ed. by R. B. Kershner. Basingstoke: Macmillan Press, 1993.

————. *Ulysses: The Critical and Synoptic Edition.*. ed. H. W. Gabler et al. 3vol. New York: Garland, 1984.

————. *Ulysses*. New York: Randum House, 1961.

————. *Dubliners*. New York: Viking Press, 1969.

Kikuchi, Kwan. trans. by Shaw, Glenn. *Tojuro's Love and Four Other Plays*. Tokyo: Hokuseido, 1925.

Larmour, Paul. *The Arts & Crafts Movement in Ireland*. Belfast: Friar's Bush Press, 1992.

Lennon, Joseph. *Irish Orientalism: A Literary and Intellectual History*. Syracuse: Syracuse UP, 2004.

Levitas, Ben. *The Theatre of Nation: Irish Drama and Cultural Nationalism, 1890–1916*. Oxford: Clarendon Press, 2002.

Macleod, Fiona. *The Works of "Fiona Macleod" vol. 5; The Winged Destiny: Studies in the Spiritual History of the Gael*. London: William Heinemann, 1913.

Macrae, Alasdair D. F. *W. B. Yeats : a literary life*. Dublin: Gill & Macmillan, 1995.

Malins, Edward. revisions and additional material by John Purkis. *Preface to Yeats*. London: New York: Longman, 1994.

McCarthy, Justin. *Irish Literature*. 10vols. New York: Bigelow, Smith & Co., 1904.

McCready, Sam. *A William Butler Yeats Encyclopedia*. Westport, Conn: Greenwood, 1997.

Malone, Andrew E. *The Irish Drama*. London: Constable & Co., 1929.

Morash, Chris. *A History of Irish Theatre, 1601–2000*. Cambridge: Cambridge UP, 2002.

Naito, Shiro. *Yeats and Zen: The Translation of His Mask*. Kyoto: Yamaguchi, 1983.

Oshima, Shôtarô. *W. B. Yeats and Japan*. Tokyo: Hokuseido, 1965.

———. "Synge in Japan", Suheil Bushrui ed. *Sunshine and the Moon's Delight: A Centenary Tribute to John Millington Synge, 1871–1909*. Gerrards Cross, Bucks: Colin Smythe, 1972.

Pilkington, Lionel. *Theatre and the State in Twentieth-Century Ireland: Cultivating the People*. London: Routledge, 2001.

———. *Theatre & Ireland*. Basingstoke: Palgrave Macmillan, 2010.

Renan, Ernst. *Poetry of the Celtic Races, and Other Essays*. London: W. Scott, 1896.

Richards, Shaun. *The Cambridge Companion to Twentieth-Century Irish Drama*. Cambridge, U. K.; New York: Cambridge UP, 2004.

Rolleston, T. W. *Myths & Legends of the Celtic Race*. 2nd and rev. ed, London: G. G. Harrap, 1917.

Said, Edward. W. *Orientalism; Western conceptions of the Orient*. Harmondsworth: Penguin, 1978.

Sekine, Masaru, Christopher Murray, and Augustine Martin. *Yeats and the Noh: A Comparative Study*. Gerrards Cross: Smythe, 1990.

Sheehy, Jeanne. The Rediscovery of Ireland's Past: The Celtic Revival, 1830–1930.

Squire, Charles. *Celtic myth & legend, poetry & romance; with Illustrations in Color & Monochrome after Paintings by T. H. F. Bacon A. R. A. & Other Artists*. London: Gresham, 191–.

Synge, J. M. *Collected Plays, Poems and the Aran Islands*. ed. Alison Smith, London: Dent, 1999.

———. *J. M. Synge's Plays, Poems and Prose*. London: Dent, 1958.

———. *Plays; with Introduction and Notes by Sanki Ichikawa*. Tokyo: Kenkyusha, 1923.

———. *Deirdre of the Sorrow*. Dublin: Maunsel, 1912.
———. *The Playboy of the Western World*. Dublin: Maunsel, 1912.
———. *The Tinker's Wedding, Riders to the Sea and the Shadow of the Glen*. Dublin: Maunsel, 1912.
———. *The Well of the Saints*. Dublin: Maunsel, 1912.
———. *The Aran Islands*. parts1-4, 2vols. Dublin: Maunsel, 1912.
Trotter, Mary. *Modern Irish theatre*. Cambridge: Polity, 2008.
Yeats, William Butler. *The Collected Works of W. B. Yeats, Vol. 1: The Poems*. Rev. 2nd ed. New York: Simon & Schuster, 1996.
———. *Memoirs: Autobiography*. ed., Denis Donaghue, London: Macmillan, 1972.
———. *Explorations*. London: Macmillan, 1962.
———. *Essays and Introductions*. London: Macmillan, 1961.
———. *The Variorum Edition of the Poems of W. B. Yeats*. ed. Peter Allt and Russell K. Alspach. New York: Macmillan, 1957.
———. *The Collected Plays of W. B. Yeats*. London: Macmillan, 1952.
———. *The Letters of W. B. Yeats*. ed. Allan Wade. London: Rupert Hart-Davis, 1952.
———. *The Collected Poems of W. B. Yeats*. London: Macmillan, 1950.

【和文文献】

■引用本文

『芥川龍之介全集』岩波書店、一九九五－一九九八年。
『芥川龍之介資料集』山梨県立文学館、一九九三年。
『伊藤整全集』新潮社、一九七二－一九七四年。
『定本　上田敏全集』教育出版センター、一九七八年。
『小山内薫演劇論全集』未来社、一九六四－六五年。
『菊池寛全集』高松市菊池寛記念館、文藝春秋、一九九三－二〇〇三年。

『厨川白村全集』改造社、一九二九年。

『厨川白村集』厨川白村集刊行委員会、一九二四―一九二五年。

『西條八十全集』国書刊行会、一九九一年―刊行中。

『山宮允著作選集』全三巻、山宮允著作集刊行会、一九六四―六六年。

『逍遥選集』逍遥協会編、第一書房、一九七七―一九七八年。

『漱石全集』岩波書店、一九九三―二〇〇四年。

『野口米次郎ブックレット』第一書房、一九二五―一九二七年。

『日夏耿之介文集』井村君江編、ちくま学芸文庫、二〇〇四年。

『日夏耿之介全集』河出書房新社、一九七三―七八年。

松村みね子（片山廣子）『野に住みて　短歌集・資料編』月曜社、二〇〇六年。

――『燈火節　随筆・小説集』月曜社、二〇〇四年。

『明治文学全集』筑摩書房、一九六五―一九八九年。

『矢野峰人選集』国書刊行会、二〇〇七年。

『ラフカディオ・ハーン著作集』恒文社、一九八一―一九八八年。

■参照本文

イェイツ，W. B.『幻想録』島津彬郎訳、ちくま学芸文庫、二〇〇一年。

――編、『ケルトの薄明』井村君江訳、ちくま文庫、一九九三年。

――『イェイツ詩集』中村孝雄・中林良雄訳、松柏社、一九九〇年。

――『ケルト幻想物語』井村君江訳、ちくま文庫、一九八七年。

――編、『ケルト妖精物語』井村君江訳、ちくま文庫、一九八六年。

――『W. B. イェイツ全詩集』鈴木弘訳、北星堂、一九八二年。

――『イェイツ戯曲集』佐野哲郎・風呂本武敏・平田康・田中雅男・松田誠思訳、山口書店、一九八〇年。

――『ヴィジョン』鈴木弘訳、北星堂、一九七八年。

――『善悪の観念』鈴木弘訳、北星堂、一九七四年。

――『鷹の井戸』松村みね子訳、角川文庫、一九五三年。

――『イェイツ詩抄』山宮允訳、岩波文庫、一九四六年。

――編、『隊を組んで歩く妖精達 其他 アイルランド童話集』山宮允訳、岩波文庫、一九三五年。

伊藤整『太平洋戦争日記』全三巻、新潮社、一九八三年。

――編『現代日本戯曲選集』全十二巻、白水社、一九五五―一九五六年。

『近代劇全集』第二五巻、愛蘭土編、第一書房、一九二七年。

『近代劇全集』第三九巻、英吉利編、第一書房、一九三〇年。

『近代劇体系』第九巻、英・愛蘭編、近代劇刊行会、一九二四年。

『現代戯曲全集』全二〇巻、国民図書、一九二四年。

『現代日本文学英訳選集六　恩讐の彼方に』原書房、一九六四年。

『講座　日本の演劇5　近代の演劇I』勉誠社、一九九七年。

郡虎彦『郡虎彦全集』全三巻、飯塚書房、一九三六年。

シング，J.M.『アラン島』栩木伸明訳、みすず書房、二〇〇五年。

――『シング選集戯曲編　海に騎りゆく者たちほか』木下順二他訳、恒文社、二〇〇二年。

――『シング選集紀行編　アラン島ほか』甲斐萬里江他訳、恒文社、二〇〇〇年。

――『アラン島』姉崎正見訳、岩波文庫、一九三七年。

――『シング戯曲全集』松村みね子訳、新潮社、一九二三年。

ジョイス，ジェイムズ『ダブリンの市民』結城英雄訳、岩波文庫、二〇〇四年。

――『ユリシーズ』全四冊、丸谷才一、永川玲二、高松雄一訳、集英社文庫、二〇〇三年。

――『ユリシーズ』柳瀬尚紀訳、河出書房新社、一九九六年。

――『世界文学選集　ユリシーズ』二一巻・二二巻、伊藤整、永松定訳、新潮社、一九六三年。

――『ユリシーズ』全五冊、森田草平ほか訳、岩波文庫、一九三二―一九三五年。

――『若い芸術家の肖像』大澤正佳訳、岩波文庫、二〇〇七年。

――『若い芸術家の肖像』丸谷才一訳、新潮文庫、一九九四年。

ダンセイニ，ロード『ダンセイニ戯曲集』松村みね子訳、一九九一年。

『日本戯曲全集　現代篇』第三三巻―五〇巻、春陽堂、一九二八―一九三〇年。

日夏耿之介『サバト恠異帖』井村君江編、ちくま学芸文庫、二〇〇三年。

マクラウド，フィオナ著『かなしき女王　ケルト幻想作品集』松村みね子，ちくま文庫，二〇〇五年。

――――『ケルト民話集』荒俣宏訳，ちくま文庫，一九九一年。

■アイルランド（全般）・単行本

青山学院大学総合研究所「文学と自然」研究プロジェクト編『自然とヴィジョン　イギリス・アメリカ・アイルランドの文学』北星堂，二〇〇二年。

イーグルトン，テリー『学者と反逆者　19世紀アイルランド』大橋洋一，梶原克教訳，松柏社，二〇〇八年。

――――『表象のアイルランド』鈴木聡訳，紀伊國屋書店，一九九七年。

磯部佑一郎『イギリス新聞史』ジャパンタイムズ，一九八四年。

市川勇『アイルランドの文学』成美堂，一九八七年。

井辻朱美『ファンタジーの魔法空間』岩波書店，二〇〇二年。

伊藤進，郡伸哉，栂正行『空間・人・移動　文学からの視線』中京大学文化科学研究所，二〇〇六年。

井村君江『妖精学大全』東京書籍，二〇〇八年。

――――『Fairy Book　井村君江の妖精図鑑』レベル，二〇〇八年。

――――『ケルト妖精学』ちくま学芸文庫，二〇〇三年。

――――『サロメ図像学』あんず堂，二〇〇三年。

――――『妖精とその仲間たち』ちくま文庫，二〇〇〇年。

――――『妖精の輪の中で　見えないものを信じながら』ちくまプリマーブックス，二〇〇〇年。

――――『妖精学入門』講談社現代新書，一九九八年。

――――『サロメの変容　翻訳・舞台』新書館，一九九〇年。

――――『ケルトの神話』ちくま文庫，一九九〇年。

――――、升本匡彦『欧米作家と日本近代文学5　英米篇』教育出版センター，一九七四年。

上野格，アイルランド文化研究会『図説　アイルランド』河出書房新社，一九九九年。

エリス，P.ベアレスフォード著『アイルランド史　民族と階級』堀越智・岩見寿子訳，論創社，一九九一年。

大内義一『愛蘭の文学』稲門堂，一九六〇年。

大野光子『女性たちのアイルランド』平凡社、一九九八年。

尾島庄太郎、金子光晴『イエイツの詩を読む』野中涼編、思潮社、二〇〇〇年。

――、鈴木弘『アイルランド文学史』北星堂書店、一九九二年。

――『イェイツ　人と作品』研究社、第八版、一九七七年。

――『英詩の味わい方』研究社、訂正増補版、一九七七年。

――『英吉利文学と詩的想像　ケルト民族の稟質の展開』北星堂書店、一九五三年、増補改五版：一九七二年。

――『新しい英詩の鑑賞』北星堂書店、改訂六版、一九七六年。

――『現代アイアランド文学研究』北星堂書店、一九五六年。

オフェイロン『アイルランド　歴史と風土』橋本槙矩訳、岩波文庫、一九九七年。

勝田孝興『愛蘭文学史』生活社、一九四三年。

鎌田東二、鶴岡真弓編著『ケルトと日本』角川選書、二〇〇〇年。

カラン，ボブ『ケルトの精霊物語』萩野弘巳訳、青土社、二〇〇一年。

カンリフ，B.『図説ケルト文化誌』倉持不三也訳、原書房、一九九八年。

京都アイルランド語研究会『今を生きるケルト　アイルランドの言語と文学』英宝社、二〇〇七年。

キレーン，リチャード『図説　アイルランドの歴史』鈴木良平訳、彩流社、二〇〇〇年。

河野賢司『周縁からの挑発　現代アイルランド文学論考』渓水社、二〇〇一年。

――『現代アングロ・アイリッシュの文学』山口書店、一九九五年。

小辻梅子『ケルト的ケルト考』社会思想社、一九九八年。

――、山内淳編『二つのケルト　その個別性と普遍性』世界思想社、二〇一一年。

コノリー，ジェイムズ『ジェイムズ・コノリー著作集　アイルランド・ナショナリズムと社会主義』堀越智・岡安寿子訳、未来社、一九八六年。

サイード，エドワード・W『文化と帝国主義1』大橋洋一訳、みすず書房、一九九八年。

――『文化と帝国主義2』大橋洋一訳、みすず書房、二〇〇一年。

――『オリエンタリズム』上・下、今沢紀子訳、平凡社ライブラリー、一九九三年。

サウンディングズ英語英米文学会編『想像力と英文学　ファンタジーの源流を求めて』小林章夫監修、金星堂、二〇〇七年
佐藤清『愛蘭文学研究』東京帝国大学英文学会編『英文学研究』別冊一、研究社、一九二二年
佐藤享『異邦のふるさと「アイルランド」　国境を越えて』新評論、二〇〇五年。

佐藤泰正編『文学における旅』笠間選書、一九八五年。

真田桂子『トランスカルチュラリズムと移動文学　多元社会ケベックの移民と文学』彩流社、二〇〇六年。

佐野哲郎編『豊穣の風土　現代アイルランド文学の群像』山口書店、一九九四年。

ジェームズ，S.『図説ケルト』井村君江監修、吉岡晶子訳、東京書籍、二〇〇〇年。

ジェイコブズ，J.『ケルト妖精民話集』小辻梅子訳、社会思想社現代教養文庫、一九九二年。

司馬遼太郎『「街道をゆく」愛蘭土紀行』全二巻、朝日新聞社、一九八八年。

下楠昌哉『妖精のアイルランド　「取り替え子」の文学史』平凡社新書、二〇〇五年。

杉山寿美子『アイルランド演劇運動　アベイ・シアター　1904-2004』研究社、二〇〇四年。

鈴木良平『ＩＲＡ　アイルランドのナショナリズム　新増補版』彩流社、一九九一年。

高神信一『大英帝国の中の「反乱」第二版』同文館出版、二〇一〇年。

高橋哲雄『アイルランド歴史紀行』筑摩書房、一九九一年。

武部好伸『ケルト映画紀行』論創社、一九九八年。

田中仁彦『ケルト神話と中世騎士物語　「他界」への旅と冒険』中公新書、一九九五年。

中央大学人文科学研究所編『ケルト口承文化の水脈』中央大学出版部、二〇〇六年。

――――編『ケルト復興』中央大学出版部、二〇〇一年。

――――編『ケルト　生と死の変容』中央大学出版部、一九九六年。

――――編『ケルト　伝統と民族の想像力』中央大学出版部、一九九一年。

富岡多恵子『ひべるにあ島紀行』講談社文芸文庫、二〇〇四年。

辻井喬、鶴岡真弓『ケルトの風に吹かれて』北沢図書出版、一九九四年。

鶴岡真弓『ジョイスとケルト世界　アイルランド芸術の系譜』平凡社ライブラリー、一九九七年。

――――『ケルト／装飾的思考』ちくま学芸文庫、一九九三年。

――――、松村一男『図説　ケルトの歴史　文化・美術・神話をよむ』河出書房新社、一九九九年。

波田野裕造『物語　アイルランドの歴史　欧州連合に賭ける〝妖精の国〟』中公新書、一九九四年。

栩木伸明『アイルランド現代詩は語る　オルタナティヴとしての声』思潮社、二〇〇一年。

――――『アイルランドのパブから　声の文化の現在』ＮＨＫブックス、一九九八年。

中尾まさみ監修『東京大学駒場博物館特別展示　トリニティ・カレッジ・ダブリン＝東京大学学術協定締結記念　W. B. イェイツとアイルランド　〈作品解説・年表・参考図書〉』東京大学イェイツ研究会、二〇一二年。

西成彦『クレオール事始』紀伊國屋書店、一九九八年。

――『ラフカディオ・ハーンの耳』岩波書店、一九九三年。

林景一『アイルランドを知れば日本がわかる』角川グループパブリッシング、二〇〇九年。

深谷哲夫、リチャード・ホートン、月川和雄『アイルランドへ行きたい』新潮社、一九九四年。

フランクリン，アンナ『図説妖精百科事典』井辻朱美監訳、東洋書林、二〇〇四年。

ブリッグス，キャサリン『妖精事典』平野敬一・井村君江・三宅忠明・吉田新一訳、富山房、一九九二年。

――『妖精 Who's Who』井村君江訳、筑摩書房、一九九〇年。

プリングル，デイヴィッド編『図説ファンタジー百科事典』井辻朱美日本語版監修、東洋書林、二〇〇二年。

風呂本武敏編『アイルランド・ケルト文化を学ぶ人のために』世界思想社、二〇〇九年。

――『見えないものを見る力　ケルトの妖精の贈り物』春風社、二〇〇七年。

――執筆者代表『テキストとコンテキストをめぐって　W・B・イェイツの場合』（英宝社ブックレット、二〇〇六年。

――『近・現代的想像力に見られるアイルランド気質』溪水社、二〇〇〇年。

――編『ケルトの名残とアイルランド文化』溪水社、一九九九年。

――『アングロ・アイリッシュの文学　ケルトの末裔』山口書店、一九九二年。

ボイド，アーネスト『アイルランドの文藝復興』向山泰子訳、新樹社、一九七三年。

堀越智『北アイルランド紛争の歴史』論創社、一九八三年。

――『アイルランド民族運動の歴史』三省堂、一九七九年。

――『アイルランドの反乱　白いニグロは叫ぶ』三省堂、一九七〇年。

マイヤー，ベルンハルト『ケルト事典』鶴岡真弓監修・平島直一郎訳、創元社、二〇〇一年。

前波静一『アイルランド演劇　現代と世界と日本と』大学教育出版、二〇〇四年。

――『イェイツとアイルランド演劇』風間書房、一九九七年。

――『シングのドラマトゥルギー』弓書房、一九八一年。

松尾太郎『アイルランドと日本　比較経済史的接近』論創社、一九八七年。

――『アイルランド問題の史的構造』論創社、一九八〇年。

松岡利次『アイルランドの文学精神　7世紀から20世紀まで』岩波書店、二〇〇七年。

松村賢一編『アイルランド文学小事典』研究社、一九九九年。

――『ケルトの古歌『ブランの航海』序説』中央大学出版部、一九九七年。

マローン，アンドリュー E.『アイルランドの演劇』久保田重芳訳、創文社、一九八九年。

水之江有一『アイルランド　緑の国土と文学』研究社、一九九四年。

ミラー，カービー、ワグナー，ポール『アイルランドからアメリカへ　700万アイルランド人移民の物語』茂木健訳、東京創元社、一九九八年。

ムーディ，T. W.；マーチン，F. X. 編著『アイルランド　風土と歴史』堀越智監訳、論創社、一九八二年。

矢野禾積（峰人）『アイルランド文芸復興』弘文堂書房、一九四〇年。

矢野峰人『アイルランド文学史』英語英文学講座、新英米文学社、一九三三年。

山本修二『アイルランド演劇研究』あぽろん社、一九六八年。

ル＝グウィン，アーシュラ・K.『ファンタジーと言葉』青木由紀子訳、岩波書店、二〇〇六年。

脇明子『魔法ファンタジーの世界』岩波書店、二〇〇六年。

『英語青年』特集：イェイツ　政治・神秘主義・フェミニズム、研究社、一九八九年十月。

『芸術新潮』特集：ケルトに会いたい！アイルランド紀行、新潮社、一九九八年七月。

『幻想文学』特集：ケルト幻想文学史　妖精の幸ふ古代へ、幻想文学出版局、一九九二年四月。

『幻想文学』特集：ケルト幻想、幻想文学出版局、一九八二年十一月。

『すばる』特集：ジェイムズ・ジョイス ブルームズデイ100周年、集英社、二〇〇四年七月。

『ユリイカ』特集：アイルランドの詩魂、青土社、二〇〇〇年二月。

『ユリイカ』特集：ジョイス、一九九八年七月。

『ユリイカ』特集：ケルト　源流のヨーロッパ、一九九一年三月。

■アイルランド（作家論）

伊藤整編『現代英米作家研究叢書　ジョイス研究』英宝社、改定版、一九七五年。

大浦幸男編『イェイツの世界』山口書店、一九七八年。

——『孤塔の詩人イェイツ』山口書店、一九六二年。

大沢正佳『ジョイスのための長い通夜』青土社、一九八八年。

尾島庄太郎『イェイツ　人と作品』研究社、一九六一、第四版：一九六八年。

鏡味國彦『ジェイムズ・ジョイスと日本の文壇　昭和初期を中心として』文化書房博文社、一九八三年。

川口喬一『昭和初年のユリシーズ』みすず書房、二〇〇五年。

――『「ユリシーズ」演義』研究社、一九九四年。

北村富治『『ユリシーズ』註解 Annotations to Ulysses』洋泉社、二〇〇九年。

久保田重芳『J. M. シングの世界』人文書院、一九九三年。

櫻井正一郎・藪下卓郎・津田義夫『イェイツ名詩評釈』大阪教育図書、一九七八年。

佐野哲郎『W. B. イェイツ』山口書店、一九八一年。

島津彬郎『イェイツを読む』研究社、一九九三年。

杉山寿美子『レイディ・グレゴリ　アングロ・アイリッシュ一貴婦人の肖像』国書刊行会、二〇一〇年。

鈴木幸夫編『ジョイスからジョイスへ』東京堂、一九八二年。

成恵卿『西洋の夢幻能　イェイツとパウンド』河出書房新社、一九九九年。

日本バーナード・ショー協会『バーナード・ショーへのいざない』文化書房博文社、二〇〇六年。

鶴岡真弓『ジョイスとケルト世界　アイルランド芸術の系譜』平凡社ライブラリー、一九九七年。

長谷川年光『イェイツと能とモダニズム』ユー・シー・プランニング、一九九五年。

藤井秋夫『シング』研究社英米文学評伝叢書、復刻版、一九八〇年。

藤江勝『シング戯曲全集』聚英閣、一九二三年。

前波清一『シングのドラマトゥルギー』弓書房、一九八一年。

舛田良一『劇作家　J・M・シング研究』朝日出版社、一九八一年。

丸谷才一編『ジョイス』早川書房、一九七四年。

山崎弘行『イェイツ　決定不可能性の詩人』山口書店、一九八六年。

柳瀬尚紀『ジェイムズ・ジョイスの謎を解く』岩波書店、一九九六年。

結城英雄『ジョイスを読む　二十世紀最大の言葉の魔術師』集英社新書、二〇〇四年。

――『「ユリシーズ」の謎を歩く』集英社、一九九九年。

和田桂子『二〇世紀のイリュージョン　『ユリシーズ』を求めて』白地社、一九九二年。

渡辺久義『イェイツ』あぽろん社、一九八二年。

■日本近代文学（全般）・単行本

出原隆俊『異説・日本近代文学』大阪大学出版会、二〇一〇年。

稲垣達郎、紅野敏郎編『新小説総目次・執筆者索引　マイクロ版』日本近代文学館、八木書店、一九八九年。

太田三郎『近代作家と西欧』清水弘文堂、一九七八年。

小熊英二『〈日本人〉の境界　沖縄・アイヌ・台湾・朝鮮　植民地支配から復帰運動まで』新曜社、一九九八年。

――『単一民族神話の起源「日本人」の自画像の系譜』新曜社、一九九五年。

小樽高商史研究会編『小樽高商の人々』北海道大学図書刊行会、二〇〇二年。

勝原晴希編『『日本詩人』と大正詩〈口語共同体〉の誕生』森話社、二〇〇六年。

川戸道昭、榊原貴教編著『図説 翻訳文学総合事典』全五巻、大空社・ナダ出版センター、二〇〇九年。

萱野茂『アイヌ民族から見た近代日本』中央大学人文科学研究所、一九九七年。

――『近代雑誌目次文庫二八　外国語・外国文学　第四巻　えい』ゆまに書房、一九九六年。

現代詩誌総覧編集委員会編『現代詩誌総覧四　レスプリ・ヌーボーの展開』日外アソシエーツ、一九九六年。

紅野謙介『書物の近代』ちくま学芸文庫、一九九九年。

紅野敏郎、日高昭二編『「改造」直筆原稿の研究　山本実彦旧蔵・川内まごころ文学館所蔵』雄松堂出版、二〇〇七年。

紅野敏郎『大正期の文芸叢書』雄松堂出版、一九九八年。

――『近代日本文学誌　本・人・出版社』早稲田大学出版部、一九八八年。

小森陽一他『岩波講座近代日本の文化史5　編成されるナショナリズム』岩波書店、二〇〇二年。

菅井幸雄『新劇　その舞台と歴史　1906→(1967年)』求竜堂、一九六七年。

鈴木貞美編『「Japan To-day」研究　戦時期『文藝春秋』の海外発信（日文研叢書）』作品社、二〇一一年。

――『文藝春秋とアジア太平洋戦争』武田ランダムハウスジャパン、二〇一〇年。

――『雑誌『太陽』と国民文化の形成』思文閣出版、二〇〇一年。

――『「生命」で読む日本近代―大正生命主義の誕生と展開』ＮＨＫブックス、一九九六年。

瀬尾育生『戦争詩論 1910-1945』平凡社、二〇〇六年。

関忠果他編『雑誌『改造』の四十年』光和堂、一九七七年。

関肇『新聞小説の時代　メディア・読者・メロドラマ』新曜社、二〇〇七年。

曽田秀彦『民衆劇場　もう一つの大正デモクラシー』象山社、一九九五年。

田中栄三『明治大正新劇史資料』演劇出版社、一九六四年。

筑波大学近代文学研究会編『〈翻訳〉の圏域―文化・植民地・アイデンティティ―』イセブ、二〇〇四年。

――編『明治から大正へ　メディアと文学』筑波大学近代文学研究会、二〇〇一年。

――編『明治期雑誌メディアにみる「文学」』筑波大学近代文学研究会、二〇〇〇年。

坪井秀人『感覚の近代　声・身体・表象』名古屋大学出版会、二〇〇六年。

――『声の祝祭　日本近代詩と戦争』名古屋大学出版会、一九九七年。

テッサ・モーリス＝鈴木『辺境から眺める　アイヌが経験する近代』みすず書房、二〇〇〇年。

内藤高『明治の音　西洋人が聴いた近代日本』中公新書、二〇〇五年。

中島国彦編『文藝時評大系』ゆまに書房、二〇〇五年―。

西一祥、松田存『能楽海外公演史要』錦正社、一九八八年。

深萱和男編『「白樺」総目次』臨川書店、一九七二年。

福原麟太郎『福原麟太郎随想全集第二巻　本棚の前の椅子』井伏鱒二、河盛好蔵、庄野潤三編、福武書店、一九八二年。

古川久『明治能楽史序説』わんや書店、一九六九年。

――『欧米人の能楽研究』東京女子大学学会、一九六二年。

本間久雄、平田耀子編著『本間久雄日記』松柏社、二〇〇五年。

中山昭彦他編『文学の闇／近代の「沈黙」』世織書房、二〇〇三年。

日本文学研究資料刊行会編『日本文学研究資料叢書　大正の文学』有精堂出版、一九八一年。

――『編年体大正文学全集』全一五巻、ゆまに書房、二〇〇〇年。

――『三田文学総目次』講談社、一九七一年。

増田正造『能と近代文学』平凡社、一九九〇年。

松田存『近代文学と能楽』朝文社、一九九一年。

村松定孝編『幻想文学　伝統と近代』双文社出版、一九八九年。

渡辺保『明治演劇史』講談社、二〇一二年。

■日本近代文学（作家論）・単行本

浅井清編『新潮日本文学アルバム　菊池寛』新潮社、一九九四年。

浅野洋、芹澤光興、三嶋譲編『芥川龍之介を学ぶ人のために』世界思想社、二〇〇〇年。

安藤公美『芥川龍之介　絵画・開化・都市・映画』翰林書房、二〇〇六年。

石割透編『日本文学研究資料新集二〇　芥川龍之介　作家とその時代』有精堂出版、一九八七年。

猪瀬直樹『こころの王国　菊池寛と文藝春秋の誕生』文藝春秋、二〇〇四年。

上村直己『西條八十の見たベルリン五輪』熊本出版文化会館、二〇一二年。

――『西條八十とその周辺』近代文芸社、二〇〇三年。

海老井英次、宮坂覺編『作品論芥川龍之介』双文社出版、一九九〇年。

奥野久美子『芥川作品の方法　紫檀の机から』和泉書院、二〇〇九年。

桶谷秀昭『伊藤整』新潮社、一九九四年。

小樽商大同窓会誌・緑丘会大阪支部編『緑丘　伊藤整追悼号』小樽商大同窓会、一九七一年。

香川県立図書館編『菊池寛文庫所蔵目録』香川県立図書館、一九三七年。

片山宏行『菊池寛のうしろ影』未知谷、二〇〇〇年。

――『菊池寛の航跡　初期文学精神の展開』和泉書院、一九九七年。

金子勝昭『歴史としての文芸春秋』日本エディタースクール、一九九一年。

亀井秀雄『伊藤整の世界』講談社、一九六九年。

川村湊『物語の娘　宗瑛を探して』講談社、二〇〇五年。

神田由美子『芥川龍之介と江戸・東京』双文社出版、二〇〇四年。

菊池弘編『芥川龍之介事典』明治書院、二〇〇一年。

清部千鶴子『片山廣子　孤高の歌人』短歌新聞社、一九九七年。

葛巻義敏編『芥川龍之介未定稿集』（岩波書店、増補第三刷、一九七五年。

小泉時・小泉凡『増補新版　文学アルバム　小泉八雲』（恒文社、二〇〇八）。

小泉凡『民俗学者　小泉八雲　日本時代の活動から』恒文社、一九九五年。

郡山市文学の森資料館編『若き久米正雄・芥川龍之介・菊池寛　文芸雑誌『新思潮』にかけた思い』郡山市文学の森資料館、二〇〇八年。

権田浩美『空の歌　中原中也と富永太郎の現代性』翰林書房、二〇一一年。

西條嫩子『父西条八十』中央公論社、一九七五年。

西条八十著作目録刊行委員会編『西条八十著作目録・年譜』西条八束、一九七二年。

西條八束著、西條八峯編『父・西條八十の横顔』風媒社、二〇一一年。

斎藤憐『ジャズで踊ってリキュルで更けて　昭和不良伝・西条八十』岩波書店、二〇〇四年。

佐藤公一『モダニズム　伊藤整』有精堂、一九九二年。

佐藤泰正編『文学における故郷』笠間選書、一九七八年。

柴田多賀治『ジョイス・ロレンス・伊藤整』八潮出版社、一九九一年。

清水康次『芥川文学の方法と世界』和泉書院、近代文学研究叢刊三、一九九四年。

市立小樽文学館編『伊藤整生誕100年市立小樽文学館特別展記念講演会　シンポジウム「よみがえる伊藤整」全記録』市立小樽文学館、二〇〇六年。

――、伊藤整文学賞の会、北海道新聞社編『若い詩人の肖像　伊藤整、青春のかたち　伊藤整文学賞創設十周年記念企画展図録』市立小樽文学館、伊藤整文学賞の会、北海道新聞社、一九九九年。

杉山正樹『郡虎彦　その夢と生涯』岩波書店、一九八七年。

関口安義『世界文学としての芥川龍之介』新日本出版社、二〇〇七年。

――『芥川龍之介の歴史認識』新日本出版社、二〇〇四年。

――編『芥川龍之介新辞典』翰林書房、二〇〇三年。

――『恒藤恭とその時代』日本エディタースクール、二〇〇二年。

――編『芥川龍之介　旅とふるさと』至文堂、二〇〇一年。

――編『芥川龍之介全作品事典』勉誠出版、二〇〇〇年。

――編『芥川龍之介作品論集成』第一巻―第四巻、翰林書房、一九九九―二〇〇三年。

――『芥川龍之介とその時代』筑摩書房、一九九九年。

――『評伝　成瀬正一』日本エディタースクール、一九九四年。

――編『芥川龍之介研究資料集成』第一巻―第十巻、別巻一、日本図書センター、一九九三年。

――『芥川龍之介　闘いの生涯』毎日新聞社、一九九二年。

曽根博義『伝記　伊藤整　詩人の肖像』六興出版、一九七七年。

筒井清忠『西條八十』中央叢書、二〇〇五年。

――『西條八十と昭和の時代』ウェッジ叢書、二〇〇五年。

中野敏男『詩歌と戦争　白秋と民衆、総力戦への道』ＮＨＫ出版、二〇一二年。

中原中也の会『中原中也研究』第一五号、特集 西條八十とモダン日本、角川学芸出版 中原中也記念館、二〇一〇年。

西成彦、崎山政毅編『異郷の死　知里幸恵、そのまわり』人文書院、二〇〇七年。

日本近代文学館編『芥川龍之介文庫目録』日本近代文学館、一九七七年。

野坂幸弘『伊藤整論』双文社出版、一九九五年。

長谷川郁夫『美酒と革嚢　第一書房・長谷川巳之吉』河出書房新社、二〇〇六年。

長谷川泉編『伊藤整研究』三弥井出版、一九七三年。

日高昭二『菊池寛を読む』岩波セミナーブックス、二〇〇三年。

――『伊藤整論』有精堂、一九八五年。

平岡敏夫『「夕暮れ」の文学史』おうふう、二〇〇四年。

――『芥川龍之介と現代』大修館書店、一九九五年。

――『日露戦後文学の研究』全二冊、有精堂出版、一九八五年。

――『芥川龍之介　抒情の美学』大修館書店、一九八二年。

平川祐弘監修『小泉八雲事典』恒文社、二〇〇〇年。

堀まどか『「二重国籍」詩人 野口米次郎』名古屋大学出版会、二〇一二年。

前川知賢『西条八十論』弥生書房、一九八五年。

松澤信祐『新時代の芥川龍之介』洋々社、一九九九年。

松本寧至『越し人慕情　発見芥川龍之介』勉誠社、一九九五年。

――『もうひとりの芥川龍之介　生誕百年記念展　産經新聞創刊六十周年』特別監修：小田切進、監修：関口安義・宮坂覺、産經新聞社、一九九二年。

宮坂覺編『芥川龍之介　人と作品』翰林書房、一九九八年。

――編『芥川龍之介　理智と抒情』有精堂出版、一九九三年。

山梨県立文学館編『芥川龍之介の手紙　敬愛する友 恒藤恭へ』山梨県立文学館、二〇〇八年。

――編『文士の友情　芥川龍之介と菊池寛・久米正雄』山梨県立文学館、二〇〇三年。

吉田潮『流行歌　西條八十物語』ちくま文庫、二〇一一年。

吉田城『「小説の深層をめぐる旅　プルーストと芥川龍之介』松澤和宏編、岩波書店、二〇〇七年。

■論文（※注に挙げた以外のもの）
伊豆利彦「よみがえる「得能五郎の生活と意見」—激動する歴史のただ中に〈現在〉を生きる」『日本文学』特集・「一九四〇年代文学」は可能か、日本文学協会、二〇〇三年十一月。

馬本勉「倉田百三と庄原の英学」庄原市文化講演会配付資料、於・庄原市田園文化センター、二〇〇八年八月二三日。

小木曽雅文「菊池寛とショー」『実践女子大学文学部紀要』第四三集、実践女子大学文学部、二〇〇一年三月。

岡本亮「『若い詩人の肖像』・『街と村』」『国文学解釈と鑑賞』特集・近代文学に見る日本海、至文堂、二〇〇五年二月。

尾島庄太郎「劇及び散文学概観」『世界文学講座　第三巻　英吉利文学篇』、新潮社、一九三〇年。

尾島庄太郎「アイルランド文学史」『世界文芸大辞典第七巻　文学史』吉江喬松篇、中央公論社、一九三六年。

小野十三郎「「雪明りの路」のころ」『伊藤整全集』第一巻、新潮社、一九七二年六月。

亀井秀雄「「得能五郎」と検閲」『思想』特集・被占領下の言語空間、岩波書店、二〇〇三年九―一〇月。

川崎昇「ひとし君のころ」『伊藤整全集』第一巻、新潮社、一九七二年六月。

菊地利奈「伊藤整と左川ちか—アイルランド文学にみいだした「希望」『エール（Eire.）』、日本アイルランド協会、二〇〇八年十二月。

北田幸恵「若い詩人の肖像」『国文学解釈と鑑賞』特集・伊藤整と日本のモダニズム、至文堂、一九九五年十一月。

倉田稔「〈論説〉伊藤整『若い詩人の肖像』のフィクション性」『小樽商科大学人文研究』一〇五号、小樽商科大学、二〇〇三年三月。

倉西聡「伊藤整『得能五郎の生活と意見』の成立」『武庫川国文』第六〇号、武庫川女子大学日本語日本文学科、二〇〇二年十一月
桑原俊明「ユーラシア辺境の国アイルランドと日本　ジョイスを中心に」『盛岡大学英語英米文学会会報』第一六号、盛岡大学英語英米文学会、二〇〇五年三月。

紅野敏郎「菊池寛・久米正雄の戯曲の位置づけ」『悲劇喜劇』No. 424、早川書房、一九八六年二月。

小嶋千明「遅れてきたアイルランド信奉者—眞船豊」『エール（Eire.）』第一九号、日本アイルランド協会、一九九九年十二月。

佐伯彰一「伊藤整『若い詩人の肖像』」『近代文学』第十一巻十二号、近代文学社、一九五六年十月。

佐野哲郎、虎岩直子、真鍋晶子「シンポジウム「新天地の夢——文学と音楽に見るアメリカ移民（1996年度アイルランド研究年次大会（於・愛知淑徳大学）報告要旨）」『エール（Eire.）』第一七号、日本アイルランド協会、一九九七年一二月。

鈴木弘「ケルト精神の継承を志向し、その典型を古い日本文化に見出したハーンとイェイツ」『講座小泉八雲』第一巻、平川祐弘・牧野陽子編、新曜社、二〇〇九年。

関井光男・日高昭二・曽根博義鼎談「日本のモダニズム運動と伊藤整」『国文学解釈と鑑賞』特集・伊藤整と日本のモダニズム、至文堂、一九九五年十一月。

瀬沼茂樹「第一巻解説―文学的出発の前後―」『伊藤整全集』第一巻、新潮社、一九七二年六月。

曽根博義「「若い詩人の肖像」〈伊藤整〉」『国文学解釈と鑑賞』特集・近代文学に描かれた青春、至文堂、一九八九年六月。

曽根博義「第二次『椎の木』細目」『語文』第八九集、日本大学国文学会、一九九四年六月。

高松晃子「日本の「ケルト」受容に関する一考察―「エンヤ」以後の音楽を中心に」『福井大学教育地域科学部紀要』（第VI部芸術・体育学、音楽編）第三六号、二〇〇三年十二月。

富田砕花「愛蘭詩史概観」『世界文学講座　第三巻　英吉利文学篇』、新潮社、一九三〇年。

島海久義「異世界への旅人たち―ケルト的発想と日本の場合」『和洋女子大学英文学会誌』第三四号、和洋女子大学英文学会、二〇〇〇年三月。

野坂幸宏「翻訳家としての伊藤整」『国文学解釈と鑑賞』特集・伊藤整と日本のモダニズム、至文堂、一九九五年十一月。

速川和男「翻訳者としての Glenn W. Shaw」『東日本英学史研究』第三号、日本英学史学会東日本支部、二〇〇四年三月。

保坂綾子「東洋英和女学院所蔵「片山廣子氏寄贈本」について」『資料室だより』第六七号　特集・片山廣子と東洋英和、東洋英和女学院資料室委員会、二〇〇六年一一月。

真鍋晶子「ジェイムズ・ジョイスとケルトなるもの（2002 年度アイルランド研究年次大会（於大阪商業大学）―テーマ発表「アイルランド文学におけるケルト的なるもの」）」『エール（Eire）』第二三号、日本アイルランド協会、二〇〇三年十二月。

真鍋晶子「文学にあらわれたアメリカへのアイルランド移民―女性を中心に」（『エール（Eire.）』第一七号、日本アイルランド協会、一九九七年十二月。

山田清一郎「古きよき時代のこと」『芥川龍之介全集』月報七、岩波書店、一九七八年二月。

吉津成久「ラフカディオ・ハーンから小泉八雲へ―極西愛蘭と極東日本の接点をめぐって」『異文化との遭遇』佐藤泰正編、笠間書院、一九九七年九月。

与那覇恵子「東洋英和の宝　〝廣子とみね子〟」『資料室だより』第六七号　特集・片山廣子と東洋英和、東洋英和女学院資料室委員会、二〇〇六年一一月。

和田桂子「フロイト・ジョイスの移入と伊藤整」『国文学解釈と鑑賞』特集・伊藤整と日本のモダニズム、至文堂、一九九五年十一月。

和田博文「抒情のモダニズム詩人伊藤整―第一次「椎の木」を中心に」『国文学解釈と鑑賞』特集・伊藤整と日本のモダニズム、至文堂、一九九五年十一月。

日本近代文学におけるアイルランド文学受容年表―翻訳・紹介記事を中心として―

年	関連記事
1885 （明治 18）	東海散士（柴四朗）『佳人之奇遇』（1885-1888）「愛蘭惨状ノ図」、「愛蘭」の紅蓮という佳人が登場する。
1895 （明治 28）	「海外騒壇　去年の英文学」（『帝国文学』第 1 巻 3 号、1895.3）無署名ではあるが、上田敏『最近海外文学』（文友館、1901）と同内容。
1896 （明治 29）	ラフカディオ・ハーン、1896 年から 1903 年まで東京帝国大学文科大学文学部英文学科講師。講義の中でイェイツを日本に紹介する。
1897 （明治 30）	「海外文壇　昨年の英国文学界」（『太陽』第 3 巻 6 号、1897.3） 「海外文壇　近時片々録」（『太陽』第 3 巻 10 号、1897.5）
1901 （明治 34）	上田敏『最近海外文学』（文友館、1901）序に「本書掲載の諸項皆一たび雑誌「帝国文学」の一覧「海外騒壇」のうちに現はれ、今許諾を得て再録するもの」とある。 「海外文壇」（『新小誌』1901.6）
1902 （明治 35）	大江小波編、小峯大羽画『徳利長者　附馬耳大王』（巌谷小波編　世界お伽話：第四十編　愛蘭土の部　博文館、1902）
1904 （明治 37）	厨川白村「英国現代の二詩人」（『帝国文学』第 10 巻第 4 号、1904.4）最初のまとまったイェイツ論。 上田敏「英国現代の三詩人」（『學鐙』1904.1） 巌谷小波訳「やかず聟（笑劇）」（『文芸倶楽部』1904.1）※ *The Only Jealousy of Emer* の翻訳 大江小波編『二人半助』（巌谷小波編　世界お伽噺：第六十編　愛蘭土の部、博文館、1904） 野口米次郎「英米の新潮流　愛蘭土詩人イーツ」（『英文新誌』第 22 号、1904）
1905 （明治 38）	厨川白村訳、イェイツ「恋と夢」（訳詩四篇からなる「潮の音」のうちの一篇、『明星』1905.6） 小山内薫訳、イェイツ「『愛蘭劇　カスリーン・ニ・フーリハン』」（『明星』1905.11）。※裏表紙に、「本号所載小山内薫氏談話イーツの戯曲の舞台画」「ウイリアム・バットラア・イーツ肖像」の写真版掲載。 野口米次郎「英文学の新潮流　ウキルアム、バトラー、イーツ」（『英米の十三年』春陽堂、1905）イェイツとの会見録 上田敏訳、イェイツ「心情」（『明星』巳年第 12 号、1905.12） 大江小波編『浮かれ笛』（巌谷小波編　世界お伽噺：第六十七編　愛蘭土の部、博文館、1905） 大江小波編『光乃剣』（巌谷小波編　世界お伽噺：第六十九編　愛蘭之部、博文館、1905）
1906 （明治 39）	あやめ会第一詩集『あやめ草』（如山堂書店、1906）野口米次郎の求めにより、イェイツが “To the Rose upon the Rood of Time”, “A Faery Song” を寄稿している。

	上田敏「鏡影録　六」（『藝苑』第 7 巻、藝苑子名義、1905.7）『あやめ草』に寄稿されたイェイツの詩に言及。 上田敏「鏡影録　九」（『藝苑』第 10 巻、藝苑子名義、1905.12）民謡蒐集に関して、イェイツの *Ideas of Good and Evil* に言及。 石川半山『露国の志士、愛蘭の佳人　大西洋航海記の一節』（警醒社書店、1906） 野口米次郎「愛蘭土文学の復活」（『慶應義塾學報』1906.1）
1907 （明治 40）	平田禿木「英国詩界の近状」（『明星』、1907.5）イェイツ、シング、グレゴリー夫人への言及。 小山内薫「倫敦に於ける愛蘭劇」（第一期『新思潮』創刊号、1907.10）イェイツ、シング、グレゴリー夫人の紹介。 野口米次郎「叙情詩人としてのエーツ」（『太陽』第 13 巻 13 号、1907.10） 栗山茂訳「訳詩二章 上衣・小舟・沓・沖の小島へ」（『明星』1907.12） 森鷗外「脚本『サロメ』の粗筋」（『歌舞伎』第 88 号）
1908 （明治 41）	小山内薫「愛蘭劇『カスリイン・ニ・フウリハン』」「倫敦に於ける愛蘭劇」（『演劇新潮』博文館、1908） 「現代芸術の分野」（『太陽』第 14 巻 9 号、1908.6） イェイツ、小林愛雄訳「イエツ詞華」（掲載詩：「爐のほとりにて語りし人にささぐこの処女の巻」「夢」「柳園」「イニスフリーの湖島」「落葉」、『帝国文学』第 14 巻第 2 号、1908.2）、小林愛雄訳、ワイルド「オスカア・ワイルド詞華」（『帝国文学』1908.8） 野口米次郎「The Poet Yeats」（『帝国文学』第 14 巻第 6 号、1908.6） 栗原古城「海外詩壇　キリアム・バットラア・イエイツ」（『明星』1908.10）※“Aedh tells of the Rose in his Heart” 他一篇の詩対訳。 栗原古城「イエツの象徴論」（『帝国文学』第 14 巻第 11 号、1908.11） 栗山茂訳「水の音」（『明星』1908.3）
1909 （明治 42）	『スバル』創刊。創刊号（第 1 年第 1 号、1909.1）表紙裏にイェイツの詩 “A Cradle Song” が掲載される。 「附録　四十一年史　第六章　文学　詩壇」（『太陽』1909.2 増刊） 長谷川天渓「表象主義の文学」（上・中・下）（『太陽』1909.10, 11, 12） 川島風骨「バアナアド・ショオに就て」（『帝国文学』第 15 巻第 10 号、1909.10） 岩野泡鳴訳、イェイツ「時の十字架上なる薔薇に」（『中学世界』1909.11）『あやめ草』へ寄稿したイェイツの詩の翻訳。 片上天弦「イギリス篇　七八六　イエツの其他」『文芸百科全集』（隆文堂、1909.11）※日本の文学事典においてイェイツがはじめて項目に。 蒲原有明「詩と評論と小説」（『太陽』1909.12） 島崎藤村『新片町より』（左久良書房、1909.9）「イブセンの足跡」。栗原古城の「イエツの象徴論」（『帝国文学』1908.11）を読み、執筆されたことが記されている。 小山内薫訳、ハイド・グレゴリー夫人合作「愛蘭劇『貧民院』」（『早稲田文学』第 38 号、1909.1）、 小山内薫訳、イェイツ「砂時計」（『歌舞伎』1909.1） 楠山正雄訳、ショー「ウオーレン夫人のなりはひ」（『早稲田文学』第 38 号、1909.1） 服部嘉香「九月の詩界」（『早稲田文学』第 47 号、1909.10）イェイツに言及。 安成貞雄「バアナアド・シヨウ書目」（『早稲田文学』第 47 号、1909.10） 平田禿木「劇星バアナアド、シヨオ」（『早稲田文学』第 49 号、1909.12） ひさを「海外近信」（『早稲田文学』第 49 号、1909.12）ショーに言及。

年	関連記事
	※東京俳優学校第二回試演会、小山内薫訳・ハイド・グレゴリー夫人「貧民院」上演（1909.11.24-27）
1910 （明治 43）	柳田國男『石神問答』（聚精堂、1910）※イェイツの *The Celtic Twilight* に言及。 ――――『遠野物語』（初版は自費での出版、1910.6） 小山内薫訳、イェイツ「フウリハンの娘」（『太陽』1910.3）、「詩壇の名家」（『太陽』第 16 巻 2 号、1910.1）イエーツの紹介。 和辻哲郎「ショウに及ぼしたるニイチエの影響」（『帝国文学』第 16 巻第 2 号、1910.2）、「ショオ劇見物記」（『帝国文学』第 16 巻第 11 号、1910.11）、「ショオ劇見物記」（『帝国文学』第 16 巻第 12 号、1910.12） 田波御白訳、ワイルド「我儘な巨人」（『帝国文学』第 16 巻第 7 号、1910.7）、「オスカア・ワイルドの散文詩」（『帝国文学』第 16 巻第 10 号、1910.10） 松居駿河町人転作「噂のひろまり（＊脚本）」（『早稲田文学』第 59 号、1910.10）目次の著者名は松居松葉。後記に「原作者は劇作家として知られるグレゴリー夫人」と記載。 小林愛雄訳「老いし時（詩）」（『帝国文学』1910.2） 川路柳虹訳「エーツの詩 愛の悲み・君が老いて」（『女子文壇』1910.8）
1911 （明治 44）	和辻哲郎「象徴主義の先駆者キリアム・ブレイク」（『帝国文学』第 17 巻第 2 号、1911.2）イェイツに言及。 川島風骨「近欧劇団の瞥見」（『帝国文学』第 17 巻第 3 号、1911.3）シングに言及。 漁白「海外騒壇　GOSSIP」（『帝国文学』第 17 巻第 3 号、1911.3）イェイツ、ショーに言及。 漁白「海外騒壇　GOSSIP」（『帝国文学』第 17 巻第 4 号、1911.4）イェイツ、グレゴリー夫人に言及。 幽絃郎「海外騒壇　最近世界思潮」（『帝国文学』第 17 巻第 6 号、1911.6）ショーに言及。 漁白「海外騒壇　GOSSIP」（『帝国文学』第 17 巻第 6 号、1911.6）ショーに言及。 記者「海外騒壇　最近世界思潮」（『帝国文学』第 17 巻第 7 号、1911.7）ショーに言及。 厨川白村「最近の英文学」（『帝国文学』第 17 巻第 10 号、1911.10） 漁白「海外騒壇　最近世界思潮」（『帝国文学』第 17 巻第 10 号、1911.10） 片上伸「イエーツ論」（『早稲田文学』第 66 号、1911.5） 市川又彦「欧州劇壇通信　バーナード、ショウの『アームス、アンド、ゼ、マン』を見る」（『早稲田文学』第 72 号、1911.11） 島村抱月「チェスタトンとショー（＊題言）」（『早稲田文学』第 73 号、1911.12） 三浦白水訳、イェイツ「砂時計」（『開拓者』1911.1）※ *The Hour-Glass* の翻訳 市川三喜「『いたづらもの』を読む」（『英語青年』第 38 巻 4 号、1911.11.1） 仲木貞一訳、イェイツ「まぼろしの海」（『劇と詩』1911.11）※ *The Shadowy Waters* の翻訳 葵村訳「ムード」（『詩歌』1911.5） ※東京俳優学校第五回試演会、松居松葉訳・グレゴリー夫人「噂のひろまり」上演（1912.11.30）
1912 （明治 45、 大正元）	和辻哲郎「ショオとエデキントの比較」（『帝国文学』第 18 巻第 1 号、1912.2） 幽絃郎訳、ジェイムズ・ダグラス「来るべき文芸思潮の要素」（『帝国文学』第 18 巻第 3 号、1912.3） 平野萬里訳、グレゴリー夫人「月の出」（『スバル』第 4 年第 3 号、1912.3） 菊池寛「LAUGHING IBSEN」（『校友会雑誌』第二百十五号、1912.5）

	松居松葉訳、ショー『二十世紀』（春陽堂、1912） 森川葵村「イェーツの象徴詩抄論」（『詩歌』、白日社、1912.4）、『夜の葉』（東雲堂書店、1912.5） 松居松葉訳、ショー「二十世紀（＊脚本）」（『早稲田文学』第 81 号、1912.8） 松居松葉訳、ショー「二十世紀（＊承前）」（『早稲田文学』第 82 号、1912.9） 厨川白村「ケルト民族」「ケルト人種より起らんとする新気運」「愛蘭の新派文学」（『近代文学十講』大日本図書株式会社、1912.6） 竹友藻風訳、イエイツ「肉体の秋」（『芸文』1912.2）※ *Ideas of Good and Evil* の翻訳 山宮允訳、イエイツ「訳詩三章　こころ、白鳥、夢」（『アララギ』1912.4） 山宮允訳、イエイツ「暮光」（『アララギ』1912.5） 仲木貞一訳、イエイツ「緑の兜（戯曲）」（『詩と劇』1912.10） 小林愛雄訳、イエイツ『近代詞華集』（春陽堂、現代文芸叢書 18〔柳苑、湖鳥、落葉、矢、夢、老いし時、老人、爐のほとりにて語りし人にささぐこの処女の巻〕1912.12）
1913 （大正 2）	萱野二十一訳、イエイツ「ディアダア」（『三田文学』1913.1） 内ヶ崎作三郎「ヂョオルヂ・バアナアド・ショオの印象」（『帝国文学』第 19 巻第 3 号、特集・英吉利文学号、1913.3） 厨川白村「ショオ抜粋」（『帝国文学』第 19 巻第 3 号、特集・英吉利文学号、1913.3） 北沢貞造訳「秘密のない怪女（オスカア・ワイルド）」（『帝国文学』第 19 巻第 3 号、特集・英吉利文学号、1913.3） 千葉掬香訳、ムーア「戯曲　御弟子（1）」（『帝国文学』第 19 巻第 3 号、特集・英吉利文学号、1913.3）、「御弟子（2）」（『帝国文学』第 19 巻第 6 号、1913.6）、「御弟子（3）」（『帝国文学』第 19 巻第 8 号、1913.8） 石本筀「ショウの新お伽劇（海外騒壇）」（『帝国文学』第 19 巻第 12 号、1913.12） 細田枯萍訳『人と超人』（バーナード・ショー著、敬文館、1913） 丘草太郎訳、イエイツ「戯曲　カスリーン・ニ・フウリハン（ウイリアム・イエエツ）」（『假面』1913.5） 小林愛雄「現代の英吉利文壇」（『帝国文学』第 19 巻第 3 号、特集・英吉利文学号、1913.3） ――― イエイツ訳詩「谿」（『聖盃』「イエエツ号」1913.7） 西條八十訳、イエイツ「彷徨へるえゑんがすの唄」「ええどは失はれたる愛を嘆（イエーツ）」（『帝国文学』第 19 巻第 3 号、特集・英吉利文学号、1913.3） ―――訳、イエイツ「ベエルの磯」「“The Wind among the Reeds.” より―ウイリアム　バトラー　イエエツ」（「女のこころ」「ええどはその愛するものに或る歌を与ふ」「老いたる母の歌」「漁夫ぶりいざる」「はんらはんの悲しみ」、『聖盃』「イエエツ号」1913.7） 日夏耿之介「イエエツの古伝象徴劇」、「ウィリアム・バトラア・イエエツ小伝」、「ウイリアム・バトラア・イエエツ氏書史」、「アイルランド文学研究書目」、イエイツ訳詩「白き鳥」、「恋のあはれみ」、「落葉」、雛津之介「夏の露台より」（『聖盃』「イエエツ号」1913.7） 松田良四郎訳「羹の鍋」、「愛蘭土劇運動の記録（フランシス・ビツクレイ）（『聖盃』「イエエツ号」1913.7）、「旅の男（レディ・グレゴリイ）」（『假面』1913.11） 松田良四郎訳「心の希望の国」（『劇と詩』1913.6）※ *The Land of Heart's Desire* の翻訳 坪内逍遥訳、ショー『ウオーレン夫人の職業』（早稲田大学出版部、1913） 楠山正雄訳『運命の人』（バアナアド・ショオ著、現代社、1913）

年	関連記事
	仲田生「海外文芸消息」(『早稲田文学』第 94 号、1913.9)「愛蘭文学協会」へ言及。 岩野泡鳴訳、アーサー・シモンズ『表象派の文学運動』(新潮社、1913.10) 上田敏「独語と対話」(『太陽』1913) イェイツ、AE、ワイルドに言及。 山宮允「イエツの批評的研究」(『アララギ』1914.3)、「同 (二)」(『アララギ』1914.4) 訳者不記、イェイツ「幻の海〔戯曲梗概〕」(『とりで』1913.11) ※ *The Shadowy Waters* の翻訳 ※小山内薫訳・監督マレイ、「兄弟 (愛蘭土劇「長男の権利」)」一幕、市川左団次一座、歌舞伎座、1913 年 2 月興行 (10 日初日) ※大久保二八 (松居松葉) 翻案「茶を作る家」二幕 (公衆劇団、第一回公演、帝国劇場、1913 年 10 月 1 日より二十日間) レノックス・ロビンソン『収穫』(アベイ劇場、1910 初演)
1914 (大正 3)	松村みね子訳、グレゴリー夫人「満月」(『心の花』第 18 巻第 1 号、1914.1) 2 月　第三次『新思潮』を創刊 (9 月休刊) 田部隆次『小泉八雲』(早稲田大学出版部、1914) 第一章「ギリシアからアイルランドへ」 『未來』創刊 (灰野庄平、山宮允、三木露風、柳澤健、川路柳虹等)。 芥川龍之介訳、イェイツ「「ケルトの薄明」より」(『新思潮』1914.4、柳川隆之介名義) ――――訳、イェイツ「春の心臓」(『新思潮』1914.6、柳川隆之介名義) ――――　紹介文「シング紹介」(『新思潮』1914.8、柳川隆之介名義) ――――　未定稿・イェイツ「火と影との呪」、戯曲「戯曲弘法大師御利生記」執筆。 菊池寛「大阪芸術創始」(『不二新聞』1914.2.21、草田杜太郎名義) ――「ショウの片影」(『不二新聞』1914.3.1) ――「京都芸術のために」(『中外日報』1914.5、1914.8) ――「二個の感想」(『中外日報』1914.6.6-1914.6.7、草田杜太郎名義) ――「ラフカヂオ、ハーンを想ふ」(『中外日報』1914.8.2、草田杜太郎名義) ――「ヒヤシンス・ハルヴエイ誤訳早見表 (グレゴリイ夫人)」(『新思潮』1914.6、草田杜太郎名義) 井川恭訳、シング「海への騎者 (シング)」(『新思潮』1914.6) 山宮允訳、イェイツ「イエーツ『善悪の観念』中より」(『未來』1914.1) ――訳、イェイツ「ウィリアム・ブレークと想像」、「詩歌の象徴 (イエーツ)」※ *Ideas of Good and Evil* の翻訳 (『未来』第一輯 1914.2) ――訳、イェイツ「魔術 (ウイリアム・イエーツ)」(『帝国文学』第 20 巻第 3 号、1914.3) ――訳、イェイツ「劇場論 (イエエツ)」(『帝国文学』第 20 巻第 4 号、1914.4) ――訳、イェイツ「肉体の秋 (イエーツ)」(『新思潮』1914.4) ――訳、イェイツ「庶民的詩歌とは何ぞや (イエーツ)」(『新思潮』1914.8)、 ――訳、イェイツ「愛蘭と芸術 (イエーツ)」(『帝国文学』第 20 巻第 11 号、1914.11) ――「象徴主義の辯」(『帝国文学』第 20 巻第 12 号、1914.12) 山宮允訳、イェイツ「長靴の復讐」(『アララギ』1914.4) 久米正雄「芸術座の研究劇　ハイアシンス・ホールヴエイに就いて」(『新思潮』1914.8)

	坪内逍遥「霊験」（『新日本』1914.9） 石本筀「昨秋の英国劇団」（『帝国文学』第20巻第2号、1914.2）ショーに言及。「小説家としてのショウ」（『帝国文学』第20巻第4号、1914.4）、「悲しみのデアドラ」（『帝国文学』第20巻第10号、1914.10） 馬場睦夫訳、イェイツ「希望の国（イエエツ）」（『帝国文学』1914.10）※ *The Land of Heart's Desire* の翻訳。 つのかみ生「愛蘭宗教伝説」（『心の花』1914.3） 細田枯萍『近代劇十講』（「海へ騎り行く人」「谷間の影」（J. M. Synge）、「ケァスリィン・ニイ・フウリィハアン」（W. B. Yeats）、「マクドナウの妻」（Augusta Gregory）、敬文館、1914） 西條八十「シンヂ小品」（『假面』1914.5）、「イエエツ、レディー・グレゴリイ及シンジ（ジョオヂ・モオア）」（『假面』1914.7） ――――「愛蘭詩抄（時とともに智恵は来る、酒の唄（キリアム・バトラー・イエエツ）、恐怖、冬（ジョン・ミリングトン・シンヂ）、池の面の四羽の鶩（キリアム・アリンガム）、狂へる唄（ヘスタア・シガアスン）、謎（ダグラス・ハイド）」（『假面』1914.12） 長谷川天渓「英国劇壇の回想」（『早稲田文学』第100号、百号記念号、1914.3）ショーに言及。 増野三良「印度詩人ラビンドラナアト・タアゴル（Rabindranath Tagore）」（『早稲田文学』第102号、1914.5）イェイツへも言及。 仲木貞一訳、グレゴリー夫人「喜劇　ヒアシンス、ハルヴェイ（一幕）」（『早稲田文学』第102号、1914.5） 本間久雄「最近思潮　ラフカヂオ・ハーンに関する一新説」（『早稲田文学』第104号、1914.7）ハーンを「ケルト」として紹介。 田中純「宿命の蠱惑　イーツの位置」（『早稲田文学』第108号、1914.11） 星湖「『霊験』の上演」（『早稲田文学』第108号、1914.11） なつき訳「幸福な町（イエーツ）」（『番紅花』1914.3） 上田敏「英仏の芸術」（『大阪朝日新聞』日曜付録、1914.9.6）民謡に関して、「蘇格蘭、愛蘭等ケルトの楽」に言及。 村山至大訳、イェイツ「詩の夢」「白き鳥」（『創作』1914.5）、「愛の悲しみ」他二篇（『創作』1914.7） 中谷徳太郎訳、グレゴリー夫人「上着」（『秀才文壇』1914.1） 島華水訳、イェイツ「憐れな婆様（＊戯曲）」（『藝文』1914.2） 楠山正雄訳、ショー「シーザーとクレオパトラ」（『新日本』1914.4） 安成二郎訳、ショー『女と悪魔』（新潮社、1914） 荒畑寒村『ショウ警句集』（泰平館書店、1914） イェイツ、栗原古城訳『幻の海　附イエーツ評伝』（アカギ叢書第64篇、1914） 萬古刀訳「ゴールウエー平原」（『自画像』1914.7） 萩原朝彦訳・シング「谷の影」（『作と評論』1914.11） ※1914年7月1日より一週間、坪内逍遥・又彦共訳、ショー「武器と人」上演（無名会、於・有楽座） ※1914年7月14・15日　仲木貞一訳、グレゴリー夫人「ヒヤシンス、ハルヴェー」他2作の研究劇試演（芸術座、於・中渋谷福沢邸） ※1914年7月15・16日　栄三訳、グレゴリー夫人「噂」上演（野外劇場、於・鶴見花月園） ※1914年11月29日より5日間　ショー「チョコレート兵隊」上演（PM社第一巻公演、於・本郷座）
1915 （大正4）	山宮允訳、イェイツ『善悪の観念』（東雲堂書店、1915）野口米次郎が「序」に、イェイツとの会見記を寄稿。 矢野峰人訳、イェイツ「白き鳥」（『未來』第二年第二号、1915.2） 松村みね子訳、ショー『船長ブラスバオンドの改宗』（佐佐木信綱編、竹柏会、1915）

年	関連記事
	馬場睦夫「英国劇壇に於ける偶像破壊者　ショオと、ハンキン、ゴルスワアシイー」(『帝国文学』第21巻第3号、1915.3) 鳴沢寡人訳、イェイツ「君死なば」「古への恋人へ」「歌捧げんとして」(『帝国文学』第21巻第4号、1915.4) 岡栄一郎訳「皇女の誕生日（オスカー・ワイルド作)」(『帝国文学』第21巻第8号、1915.8)、「漁夫とその魂（オスカア・ワイルド)」(『帝国文学』第21巻第12号、1915.12) 青木「新刊紹介　松村みね子訳「船長ブラスバオンドの改宗」」(『帝国文学』第21巻第9号、1915.9) 西條八十「白日夢の体現としてのシング芸術」(『假面』1915.6) TN生「最近思潮　シヨウ再びジヨンブルを痛撃す」(『早稲田文学』第111号、1915.2) 増野三良訳、イェイツ「「ギタンヂヤリ」の序」(『早稲田文学』第112号、1914.3) T、N、生「最近思潮　シヨウ発見の一史詩」(『早稲田文学』第112号、1915.3) 花園緑人「最近思潮　戦時における倫敦の劇壇」(『早稲田文学』第114号、1915.5) 荒畑寒村「シヨウの新作」(『早稲田文学』第116号、1915.7) 西條八十訳、イェイツの詩（『早稲田文学』第119号、1915.10）余白に掲載 犬塚生「愛蘭労働者と姓名登録」(『早稲田文学』第120号、1915.11) 松村みね子訳、ショー「黒い髪の女」(『心の花』第19巻第1号、1915.1) 松村みね子訳、シング「谷のかげ」(『心の花』第19巻第8号、1915.8) Lafcadio Hearn, *Interpretations of Literature.* ed. by John Erskin. New York: Dodd, Mead & Co., 1915 森鷗外「松村夫人に」(『心の花』第19巻第8号、1915.8) 上田敏「松村夫人の翻訳」(『心の花』第19巻第10号、1915.10) 細田枯萍「新ケルト文学」(『英語青年』第33巻5号、6号、8号、9号、10号、1915.6.1-8.15) 坪内逍遥『霊験』(金港堂書籍、1915）※シングの *The Well of the Saints* の翻案、「北日本と新文学」(1915.3、後国劇向上会編『芸術殿』5（8)、四條書房、1935) 厨川白村「ケルト文学復興の新運動」(『文章世界』1915.1) 石本筀「シヨオ劇の翻訳について（特に松村みね子女史に)」(『心の花』十九の十二号、1915.12) 大田黒元雄『現代英国劇作家　評論兼紹介』(洛陽堂、1915）著者が一年半のロンドン滞在中に読んだ、イェイツ、シング、グレゴリー夫人、ショーの紹介。 江中鉄次郎訳、イェイツ「望みの郷」(『ARS』1915.4）※ *The Land of Heart's Desire* の翻訳 平田禿木訳、イェイツ「鷹の井」(『英語文学（～4月)』1915.2）※ *At the Hawk's Well* の翻訳 磯部外紫子訳、イェイツ「詩人ラビンドラナース・タゴーレ」(『新人』1915.2) 水谷竹紫訳、シング「海の騎手」(『第三帝国』1915.10-11) 陶山務訳、シング「海への騎手」(『科学と文芸』1915.12)
1916 (大正5)	2月、第四次『新思潮』創刊。 この頃、芥川龍之介・久米正雄ら、アイルランド人教師・新聞記者トマス・ジョーンズと知り合う。 芥川龍之介「翡翠　片山廣子」(「啞苦陀」名義、『新思潮』1916.5) 小熊虎之助「二人の先駆者（ショオ)」(『帝国文学』第22巻第10号、1916.10)

	菊池寛「屋上の狂人」（『新思潮』1916.5）、「海の勇者」（『新思潮』1916.7）、「奇蹟」（『新思潮』1916.8）、「校正の後に」（『新思潮』1916.8）、「校正後に」（『新思潮』1916.9）、「愛蘭劇手引草」（『新思潮』1916.10） 山宮允訳「イエーツ短詩鈔」（『詩人』第一巻第一号（創刊号）、1916.12）※「水うみの島へ」「我聞きぬ」「酒の歌」「時と偕に智慧はきたる」「木の葉の凋落」「女心」 MH 生「最近思潮　愛蘭の愛国詩人」（『早稲田文学』第 129 号、1916.8） 杉井豊「最近思潮　改革者としてのショウ」（『早稲田文学』第 132 号、1916.11） 松村みね子訳、ショー「喜劇新聞きりぬき」（『心の花』第 20 巻第 1 号、1916.1） 松村みね子訳、ダンセイニ「アルギメネス王」（『三田文学』第 7 巻第 8 号、1916.8） 松村みね子訳、イェイツ「うすあかりの中の老人」（『三田文学』第 7 巻第 9 号、1916.9） 松村みね子訳、ダンセイニ「人馬のにひ妻」（『三田文学』第 7 巻第 11 号、1916.11） 片山廣子歌集『翡翠』（松村みね子、東京堂、1916） 佐藤春夫『佐藤春夫詩集』（第一書房、1916） 島村抱月「朝鮮だより　僕のページ」（『早稲田文学』143 号、1916.10） Lafcadio Hearn, *Appreciatiosn of Poetry*. ed. by John Erskin. New York: Dodd, Mead & Co., 1916 陶山務訳「イエーツの詩より二篇〔詩〕」（『科学と文芸』1916.4）
1917 （大正 6）	芥川龍之介「貉」（『読売新聞』1917.3） 山宮允『訳注　現代英詩抄』（有明館書店、1917.2） ———訳、イェイツ「イエーツ愛詩抄」（『未來』第三巻第一号、1917.1）※「蜉蝣」「天津み空の刺繍布」「君老いて」「白き鳥」 ———「エー・イー論」（『未來』第三年第一号、1917.1） 『未來』第二巻第三号（1917.3）、表紙画に AE 肖像。 菊池寛「シングの戯曲に対するある解説」（『帝国文学』第 23 巻第 11 号、1917.11） ———「閨秀文壇唯一の翻訳家　松村みね子夫人」（『時事新報』第 12032-3 号、1917.2.10-11） ———「シングと愛蘭土思想」（『新潮』1917.12） 西條八十訳、AE「JANUS」（『未來』第三年第一号、1917.1） ———訳、ジョーゼフ・キャメル「愛蘭ぶり二篇」（『未來』第二巻第一号、1917.1）※「山の歌人」「女人」 厨川白村「愛蘭文学の新星（ダンサニイ卿の作品）」（『太陽』1917.08） 伊勢懸蔵「最近思潮　新愛蘭土文学」（『早稲田文学』第 137 号、1917.4） 宮島生「最近思潮　グレゴリー夫人の新戯曲」（『早稲田文学』第 139 号、1917.6） 犬塚生「最近思潮　一幕物作家ダンセニイの評判」（『早稲田文学』第 139 号、1917.6） 犬塚生「最近思潮　戦争に関する愛蘭の詩」（『早稲田文学』第 141 号、1917.8） MH 生「最近思潮　ショーの戦争観」（『早稲田文学』第 143 号、1917.10） 犬塚生「最近思潮　戦争と英国作家」（『早稲田文学』第 145 号、1917.12）ショーへ言及。 本田雷砧「日本語のシング劇」（『英語青年』第 37 巻 12 号、1917.8.15） 松村みね子訳、ショー「アンドロクロスと獅子」（『心の花』第 21 巻第 1 号、1917.1） 松村みね子訳、ダンセイニ「うすあかりの中の老人」（『三田文学』第 8 巻第 2 号、1917.2）

年	関連記事
	松村みね子訳、シング『いたづらもの　三幕喜劇』（東京堂書店、1917.6）序文は坪内逍遥 坪内逍遥「「いたづらもの」のはじめに」（『心の花』第 21 巻第 7 号、1917.7） Lafcadio Hearn, *Life and Literature.* ed. by John Erskin. New York: Dodd, Mead & Co., 1917 福永渙『アーサー王物語』（科外教育叢書第 27 巻、科外教育叢書刊行会、1917）第二十章「トリストラム愛蘭を去る」 松尾香介訳、イェイツ「心の渇仰の国」（『六合雑誌』、1917.5-6）※ *The Land of Heart's Desire* の翻訳 岡田哲蔵訳、イェイツ「クルー湖上の白鳥」（『六合雑誌』1917.11） 落合浪雄訳、シング「谷のかげ」（『新演芸』1917.4）
1918 （大正 7）	小林愛雄・佐武林蔵訳『近代詩歌集』（佑堂書肆、1918）イェイツが収録されている。 山宮允『詩文研究』（續文堂、1918.11）、「海外文芸通信（ウイリアム・ワトソン）」『帝国文学』第 24 巻第 12 号、1918.12） 花園緑人訳、ダンセイニ「ダンセイニ卿戯曲小品二篇」（『早稲田文学』第 154 号、1918.9）ダンセイニ「霧」「「死」の食物」。余白にダンセイニ『五十一篇集』の紹介記事あり。 松村みね子訳、ダンセイニ「山の神々」（『心の花』第 22 巻第 1 号、1918.1） 松村みね子訳、ダンセイニ「アラビア人の天幕」（『三田文学』第 9 巻第 4 号、1918.4） 菊池寛「無名作家の日記」（『中央公論』1918.7） 巌谷小波編『袖珍世界お伽噺』第 3 冊第 5 集（博文館、1918-1922）「三の王冠（愛蘭土）」 野口米次郎「エーツと能」（『国民新聞』1918.7.3）、「一画家の肖像」（『學鐙』1918.3）※ジョイスの紹介。 「[海外文芸消息] 愛蘭の作家オグラディー氏の論文集」（『読売新聞』1918.8.2） 室生犀星『新らしい詩とその作り方』（文武堂書店、1918） 赤井米吉訳、イェイツ「むら雲（詩）」（『開拓者』1918.1） 赤井米吉訳、イェイツ「楽土へ急ぐ」（『開拓者』1918.3） 『太陽』において、ワイルド、シング、AE の紹介。
1919 （大正 8）	土居光知「英文学研究の態度及び対象性」（『帝国文学』第 25 巻第 3 号、1919.3）「ケルト」に言及 浦瀬白雨訳、ダンセイニ「山の神々」（『帝国文学』第 25 巻第 9 号、1919.8） 松村みね子訳、ダンセイニ「女王の敵」（『三田文学』第 10 巻第 9 号、1919.9） 菊池寛訳、グレゴリー夫人「后デルヴォルギラ」（『早稲田文学』1919.9） 菊池寛「藤十郎の恋」（『大阪毎日新聞』1919.4 に 11 回に渡り連載） ――――「葬式に行かぬ訳」（『新潮』1919.2） 西條八十「チエック詩人の群れ」（『時事新報』1919.3.16, 20, 21, 22, 25） ――――「ダンセイニの散文詩（望樓）」（『詩王』第一年第四輯、1919.6） ――――「愛蘭土詩抄」（『詩王』第一年第五輯、1919.8　※ AE「記憶」、ローザ・マルホランド「唄」、ダグラス・ハイド「おんみ山上に在りしや」、ジョゼフ・キャンベル「移民」 ――――「アラン島の初夏」（『早稲田文学』1919.8） 矢野目源一訳（推定）「ダンサニイの散文」（『詩王』第一年第八輯、1919.11）※上村直己氏による指摘

	ジェームズ・カズンズ “Tibes”（『詩王』第一年第八輯、1919.11） 芥川龍之介訳「春の心臓」（『解放』1919.10）※再録
1920 （大正 9）	『帝国文学』終刊。 松村みね子訳、イェイツ「詩—Yeats—The Wild Swans At Cool より」（『三田文学』第 11 巻第 12 号、1920.12） 西條八十訳詩集『白孔雀』（尚文堂、1920.1） 西條八十訳、サミュエル・ラヴァ「口笛ふく盗人」（『詩王』第二年第一輯、1920.1） ————訳、ダンセイニ「倫敦の話」（『詩王』第二年第五・六・七輯、1920.6） ————訳、ダンセイニ「火の後」「客」（『詩王』第二年第九・十輯、1920.9） ————訳、カズンズ「詩の形式と本質」（『詩王』第二年第四輯、1920.4） ————「詩壇雑俎（二）—カズンス氏を送りて—」（『詩王』第二年第四輯、1920.4）※同輯は表紙も「ヂェームズ・カズンス像」（写真） ジェームズ・カズンズ “A Very Lonely Song”, “The Boon”（『詩王』第二年第一輯、1920.1） ———————— “A DRIFT IN MOONLIGHT”（『詩王』第二年第三輯、1920.3） ———————— “A Deserted Nest”（『詩王』第二年第四輯、1920.4） 『詩王』（第二年第三輯、1920.3）は表紙「ロオド・ダンセイニ像」（写真） S. O.「愛蘭文学の近代文芸史に於ける地位—厨川博士の講演大要」（『英語青年』第 43 巻 3 号、1920.5.1）※ 1920 年 3 月 3 日に開催された東京帝国大学英文学会における厨川白村「愛蘭文学の近代文芸史に於ける地位」講演録。 菊池寛「敵打以上」（『人間』1920.4）、「愛蘭土人と日本人」（「文芸閑談」中、『新小説』1920.6） 芥川龍之介「澄江堂雑記」（1920.8.20 付）※ジョイス『若い芸術家の肖像』についての言及。 『太陽』においてワイルド、ショウの紹介 「愛蘭の提琴家アイヒシム氏来朝」（『早稲田文学』170 号、1920.1） 楠山正雄訳、イェイツ「心願の国」、シング「海へ乗り入れるもの等」（『近代劇選集 1・青い鳥外八篇』新潮社、1920.3）※ *The Land of Heart's Desire* の翻訳 芥川龍之介訳「春の心臓」（『影灯籠』春陽堂、1920.1）
1921 （大正 10）	松村みね子訳、グレゴリー夫人「愛蘭民謡」（『三田文学』第 12 巻第 6 号、1921.6） 松村みね子訳、キャンベル（Joseph Campbell）「詩聖」（『詩聖』第 2 号、1921.11） 矢野峰人訳、イェイツ「鳥声傷心」「愛人に」「薄明境」（『芸文』京都帝国大学京都文学会、1921.4） 富田砕花「エー・イー詩抄」（『日本詩人』第一巻第二号、1921.11） 松村みね子『ダンセニイ戯曲全集』（「山の神々」、「アルギメネス王」、「光の門」、「アラビヤ人の天幕」、「神々の笑い」、「おき忘れた帽子」、「金文字の宣告」、「旅宿の一夜」、「女王の敵」：警醒社書店、1921） 『新文芸』1 巻 5 号においてイェイツ特集号 岡倉由三郎訳「如意の郷」（『新文芸』1921.5）※ *The Land of Heart's Desire* の翻訳 渡平民訳『近代一幕物選集』（日本評論社出版部、1921.7）※イェイツ「デイアダア」、シング「谷の蔭」 斎藤勇訳、イェイツ「二本の木」（『新文芸』1921.2） 浦瀬白雨訳「イエイツ断篇」（『新文芸』1921.11）

年	関連記事
1922 （大正 11）	厨川白村『英詩訳釋』（アルス、1922）イェイツの詩から五篇訳釋。 山宮允「愛蘭の諸詩人」（『早稲田文学』第 200 号、1922.7） 日夏耿之介「近代神秘詩と詩人エイ・イーの立場」（『早稲田文学』第 200 号、1922.7） 矢野峰人「最新英詩界管見」（『早稲田文学』第 200 号、1922.7） （彙報欄）「アイルランドの新興芸術」（『早稲田文学』第 198 号、1922.5） 松村みね子訳、ピアス（Patrick Pearce）「馬鹿もの」（『詩聖』第 7 号、1922.4） 松村みね子訳、コラム（Patrick Colum）「「長靴の猫」の悲しき後日譚」（『三田文学』第 13 巻第 5 号、1922.5） 松村みね子訳、ダンセイニ「ブウブ・アヒイラの祈」（第二次『明星』第 1 巻第 7 号、1922.5） 松村みね子訳、イェイツ「カルバリイ」（『劇と評論』創刊号、1922.6） 松村みね子「ピアスの詩と戯曲」（『劇と評論』第 3 号、1922.8） 松村みね子訳、シング「鋳掛屋の婚礼」（『劇と評論』第 6 号、1922.11） 富田砕花「愛蘭詩抄」（『日本詩人』第二巻第十号、1922.10） 松村みね子訳『愛蘭戯曲集　第壱巻』（「谷のかげ」（シング）、「寛大な恋人」（アーヴィン）、「詩人」（ピアス）、「モーリス・ハアト」（マアレイ）、「ウスナの家」（マクラオド）、「満月」（グレゴリイ）、「欲求の国」（イエーツ）：玄文社、1922） 舟橋雄『英米現代の文学』（明誠館書店、1922）第四章「愛蘭文藝復興」 佐藤清『愛蘭文学研究』（東京帝国大学英文学会編『英文学研究』別冊、研究社、1922） 木村瑜一郎「幻の海」（『作と評論』1922.1）※ *The Shadowy Waters* の翻訳 『白孔雀』第二号（1922.4）の巻頭語にイェイツの引用。 『世界童話劇全集』（船坂書店、1922）※渡辺民訳・グレゴリー夫人「黄金の林檎」
1923 （大正 12）	松村みね子訳、ダンセイニ「ロドリゲスの記録」（『心の花』第 27 巻第 4 号、1923.4） 富田砕花「「時代の牧羊者」エー・イー」（『日本詩人』第三巻第五号、1923.6） 富田砕花「「時代の牧羊者」エー・イー」（『日本詩人』第三巻第六号、1923.7） 富田砕花訳・トマス・マクドナー「碑銘」（『白孔雀』第八号、1912.10） 松村みね子訳『シング戯曲全集』（新潮社、1923）※「海に行く騎者」、「谷の影」、「聖者の泉」、「西の人気者」、「鋳掛屋の婚礼」、「悲しみのデヤドラ」 藤江勝訳『シング戯曲全集』（聚英閣、1923）※「海に乗り入る者等」、「谷間の蔭」、「聖者の泉」、「西海岸の鬼息子」、「鋳掛屋の結婚」、「嘆きのディアダア」 『研究社英文学叢書　31』（The shadow of the glen.Riders to the sea. The well of the saints. The tinker’s wedding. The playboy of the western world / John M. シング；市河三喜注、研究社、1923） 横山有策『シェリーの詩論と詩の擁護』（早稲田泰文社、英詩文研究 1、イェイツ「シェリーの詩の哲学」）
1924 （大正 13）	『近代劇大系第 9 巻 英補遺及愛蘭篇』:「カンデイダ」（ショウ著 河竹繁俊訳）、「砂時計」（イエェツ著 小山内薫訳）、「デアドラ」（イエイツ著 竹友藻風訳）、「月の出」（グレゴリイ夫人著 楠山正雄訳）、「西の人気男」（シング著 松村みね子訳）、「山の神々」「光の門」（ダンセニー著 松村みね子訳）、「ヂョン・ファーギュソン」（セント・アーヴン著 大関柊郎訳）、近代劇大系刊行会、1924）

	芥川龍之介、軽井沢「つるや旅館」にてアイルランド文学翻訳家松村みね子（歌人片山廣子）と出会う。 ――――「彼と才力の上にも格闘出来る女に遭遇」（『或阿呆の一生』） ――――「もう一度廿五歳になつたやうな興奮」（8月20日付佐佐木茂索宛書簡）「左團次は今年来たらず住吉の松村みね子は昨日来にけり」（7月28日付室生犀星宛書簡） 山宮允「愛蘭の諸詩人序説」（『英文学研究』東京帝国大学英文学会、1924） 新居格訳、イェイツ「役者の女王（上）」（第二次『明星』第5巻第1号、1924.6）、「役者の女王（下）」（第二次『明星』第5巻第2号、1924.7） 御老末太「北方美術に於けるケルト要素」（第二次『明星』第5巻第1号、1924.6） 松村みね子訳、コラム「麦の奇蹟」（『心の花』第28巻第1号、1924.1） 松村みね子「戯曲家グレゴリイ夫人」（『女性』第5巻第4号、1924.4） 野口米次郎「イェーツと西利的性情」（『日本詩人』第四巻第一号、「回想のイェーツ」号、1924.1）同号の扉には、イェイツの筆跡が掲載されている。 富田砕花「抒情詩人イェーツ」（『日本詩人』第四巻第一号、「回想のイェーツ」号、1924.1）、「パアトリク・ピィアス研究」（『日本詩人』第四巻第五号、1924.5） 西條八十「イェーツ三章」（『日本詩人』第四巻第一号、「回想のイェーツ」号、1924.1） ――――「イエーツ詩草」（『棕櫚の葉』第一年第四輯　西條八十氏送別号、1914.4）※「老人の言葉」「ええづは愛人に或る詩を与ふ（改訳）」 ――――『新しい詩の味ひ方』（交蘭社、1924）イェイツ、ダンセイニの詩の紹介。 佐藤清「思ひ出のイェーツ」（『日本詩人』第四巻第一号、「回想のイェーツ」号、1924.1） 幡谷正雄「國民詩人イェーツの使命」（『日本詩人』第四巻第一号、「回想のイェーツ」号、1924.1） 幡谷正雄譯「イエーツ詩抄」（『日本詩人』第四巻第七号、1924.7） 菊池寛「朝鮮文学の希望」（『文藝春秋』1924.9） 近藤孝太郎訳・グレゴリー夫人『グレゴリイ夫人戯曲集』（新潮社、1924.2）※「噂の広がり」「救民院病室」「ジャックダウ」「銅像」「月の出」「ヒアシンス・ハルベイ」「マクドナウの妻」 『英語青年』9号（2月1日）、10号（2月15日）、11号（3月1日）、12号（3月15日）に福原麟太郎、野口米次郎、山宮允、矢野峰人、竹友藻風らがイェイツに関する評論を掲載。 富田義介「An Imaginary Dialogue with W. B. Yeats」（『英語青年』第50巻9号、1924.2.1） 内田精一「目覚めたる愛蘭人――愛蘭文芸復興の背景」（『英語青年』第50巻10号、11号、1924.3.1-4.1）
1925 （大正14）	Kwan Kikuchi, tr. by Glenn Shaw, *Tojuro's Love and Four Other Plays,* Tokyo: Hokuseido, 1925 矢野峰人訳、マクラウド「散文律」（第二次『明星』第6巻第1号、1925.1） 芥川龍之介「越びと」（第二次『明星』第6巻第3号、1925.3） 厨川白村「ケルト文芸復興概観」「愛蘭文学の新星」「ダンセイニの邦訳と新訳」（『厨川白村集　第三巻　文藝評論』、厨川白村集刊行会、1925） 菊池寛・山本修二『英国愛蘭近代劇精髄』（新潮社、1925） 松村みね子『かなしき女王　フイオナ・マクラオド短篇集』（海豹．女王スカァアの笑ひ．最後の晩餐．髪あかきダフウト．魚と蠅

<table>
<tr><th>年</th><th>関連記事</th></tr>
<tr><td></td><td>の祝日．漁師．精．約束．琴．浅瀬に洗ふ女．剣のうた．かなしき女王、第一書房、1925）
堀口大學「小説の新形式としての内的独白」（『新潮』1925.8）
幡谷正雄訳『英文学名著選 5　海へ乗り行く者』（シング著、健文社、1925）
『世界童話大系　第八巻　愛蘭篇』（山宮允訳「イエイツ童話集」「グレイヴズ童話集」：世界童話大系刊行会、1925）
「〔新刊紹介〕菊池寛・山本修二共著「英国愛蘭近代劇精髄」」（『太陽』1925.10）
中村吉蔵「月曜付録　「英国、愛蘭、近代劇精髄」を読んで」（『読売新聞』1925.10.12）
岡倉由三郎・武井亮吉訳註『如意の郷・外二篇』（研究社、洋々塾文庫 3　1925.11）※ The Land of Heart's Desire, Cathleen Ni Hoolihan, Deirdre の翻訳
福田正夫他訳、イエイツ『陰影の水の上』（聚芳閣、泰西叙事詩選 2、1925.6）
山宮允訳『孔雀』（内外出版、1925.4）※「愛蘭新詩鈔」：イエイツ「イニスフリイの湖島」、「みづうみの島へ」、「木の葉の凋落」、「もしわれに」、「恋人はその友に旧友を説く」、「君老いて」、「夢」、「漂浪のインガスが歌」、「白き鳥」、「年老いし漁夫の瞑想」、「恋の悲哀」、「恋人のなげき」、「蟀蟖」、「心の薔薇」、「我聞きぬ」、「時と偕に智慧はきたる」、「酒の歌」、「クウル湖上の白鳥」、エイ・イー「識らざる神」「眞理」「新しき世界」「薄暮」「夜」「犠牲」「赦し」、コラム「耕人」「子守歌」「海鳥より波に」グレイヴス「鴨と鵜」「流星」「薔薇と芸香」、ジョンスン「友」、シング「冬」、トドハンタ「小曲」、マクドーナ「島にて」</td></tr>
<tr><td>1926
（大正 15、
昭和元）</td><td>"A Dramatist of Japan", The Morning Post, 1926.3.31.1　※ Glenn Shaw 訳の Tojuro's Love and Four Other Plays の紹介記事が Editorial 欄に掲載される
「モーニング・ポスト紙の菊池寛評（上）」「（中）」「（下）」（『読売新聞』1926.5.17-19）
菊池寛「モーニング・ポースト紙の批評原文を読んで」（『読売新聞』1926.5/21）、「自分に影響した外国作家」（『テアトル』1926.5）、「劇壇時事」（『演劇新潮』1926.5）、「文芸上の諸主義二」（『文藝講座』1926.12）、「戯曲研究五　主題と人物」（『文藝講座』1926.7）
11 月 29 日　イエーツが顧問となりロビンソンによって立ちあげられた The Drama League によって、ダブリンのアベイ・シアターで Kwan Kikuchi の The Housetop Madman が上演される。
矢野峰人、ダブリンにて Kwan Kikuchi, The Rooftop Madman がイエーツ夫妻の主宰する「素人玄人協同の小劇団によつて上演された」ことを知る（「菊池寛氏を憶ふ」（『世界人』1948.5）
野口米次郎『愛蘭情調』（野口米次郎ブツクレツト第 28 編、第一書房、1926）
『太陽』にてオケイシー、イエイツ、ショウ、ワイルドを紹介
「沈黙の所産　『愛蘭文学研究』四千枚を脱稿上梓する富田砕花氏」「白髪のバーナード・ショウ」（『読売新聞』1926.9.3）
伊藤整『雪明りの路』（椎の木社、1926）見開きにイエイツ "He Wishes for the Cloths of Heaven"
帆足図南次「愛蘭農民小説　<土の文学>」（『早稲田文学』第 247 号、1926.8）
南江二郎「イエーツの舞踊詩劇研究」（『日本詩人』第六巻第六号、1926.6）
南江二郎訳、イェイツ「鷹の泉」（『文人』1926,2）※ At the Hawk's Well の翻訳
清水暉吉「猫と月・舞踊詩劇・イエーツ」（『地上楽園』第一巻第三号、1926.8）
安田褓花訳『世界文豪と其傑作』（帝国教育研究会〔魂、光の門〕1926.1）
燕石猶（岸野知雄）訳、イェイツ「東邦聖者礼讃」（『奢覇都』1926.6）</td></tr>
<tr><td></td><td></td></tr>
</table>

1927（昭和 2）	「海外文壇消息」『太陽』※オケイシー、ロビンソン 尾島庄太郎『ウイルヤム・バトラ・イエイツ研究』（泰文社、1927） 『近代劇全集第 25 巻 愛蘭土篇』（第一書房、1927.11）※収録作品：「カスリン・ニ・フウリハン」（イエーツ・松村みね子訳）、「心のゆくところ」（イエーツ・松村みね子訳）、「鷹の井戸」（イエーツ・松村みね子訳）、「海に行く騎者」（シング・松村みね子訳）、「谷の影」（シング・松村みね子訳）、「聖者の泉」（シング・松村みね子訳）、「西の人気男」（シング・松村みね子訳）、「山の神々」（ダンセニイ・松村みね子訳）、「光の門」（ダンセニイ・松村みね子訳）、「女王の敵」（ダンセニイ・松村みね子訳）、「もしもあの時」（ダンセニイ・松村みね子訳） 小山内薫，北村喜八編『海外名作戯曲鑑賞読本巻 3　近代 上篇』（新詩壇社、1927） 丸山薫「汽車にのつて」（『椎の木』第九号、1927.6）
1928（昭和 3）	松村みね子訳、オフラハティ（Liam O'Flaherty）「野にゐる牝豚」（『女人藝術』創刊号、1928.7） 竹村俊郎訳、ダンセイニ「ラ・トラヴィアタの審判」（『パンテオン』第一号、1928.4）、ダンセイニ「大洋の観望者ポルタニーズ」（『パンテオン』第二号、1928.5） 燕石猷訳、イェイツ「吾が家居」（『パンテオン』第四号、1928.7）、「錬金薔薇」（『パンテオン』第七号、1928.10）、「錬金薔薇」（『パンテオン』第八号、1928.11）※二号続けて掲載。「ビザンチュウムに船行して」（『パンテオン』第九号、1928.12） 『世界文学全集　第 33 巻　英吉利及愛蘭戯曲集』（新潮社、1928）（人と超人（ショウ著 北村喜八訳）、聖ジョゥン（ショウ著 市川又彦訳）、悪魔の弟子（ショウ著 市川又彦訳）、法律の轍（ゴールズワアジイ著 菊池寛訳）、勝利者と敗北者（ゴールズワアジイ著 山田松太郎訳）、小さい男（ゴールズワアジイ著 大宅壮一訳）、太陽（ゴールズワアジイ著 大宅壮一訳）、敗北（ゴールズワアジイ著 大宅壮一訳）、プレイボーイ（シング著 松村みね子訳）、海に行く騎者（シング著 松村みね子訳） 『世界戯曲全集　第 9 巻　愛蘭劇集　愛蘭篇』（世界戯曲全集刊行会、近代社、1928）カスリイン・ニ・フウリハン（イエイツ著 小山内薫訳）、砂時計（イエイツ著 小山内薫訳）、鷹の井（イエイツ著 平田禿木訳）、デアドラ（イエイツ著 竹友藻風訳）、月の出（グレゴリ夫人著 楠山正雄訳）、貧民院（ハイド，グレゴリ夫人著 小山内薫訳）、金の林檎（グレゴリ夫人著 小山内薫訳）、マクドナウの妻（グレゴリ夫人著 北村喜八訳）、海に行く騎者（シング著 松村みね子訳）、谷の影（シング著 松村みね子訳）、西の人気男（シング著 松村みね子訳）、収穫（ロビンスン著 三浦道夫訳）、山の神々（ダンセイニ著 松村みね子訳）、光の門（ダンセイニ著 松村みね子訳）、もしも（ダンセイニ著 舟橋雄訳）、長男の権利（マアレイ著 小山内薫訳）、土地（コラム著 中川竜一訳）、ヂューノウと孔雀（オウケイシ著 勝田孝興，三浦道夫訳）、作者小伝及び解題（小山内薫他著） 帆足図南次『アイルランド文学の闘争過程』（思想教育研究所出版部、1928.10） 『世界童話体系 22（V）』（世界童話体系刊行会、1928.4）※甫木山茂訳・グレゴリー夫人「金の林檎」 南江二郎訳『イェーツ舞踊詩劇集』（東京詩学協会（厚生閣書店）、1928,8）※「鷹の泉」「イマアルの嫉妬」 金杉恒弥訳『イエイツ詩抄』（啓明閣、1928.11） 『英語と英文学』9 月号「愛蘭文学特輯」（英文学社、1928.9）※山宮允・尾島庄太郎・佐藤清・川津孝四・工藤直太郎・木村弘毅・邱水夫・茗荷房吉・平田禿木・阪井徳三・堀口五郎が執筆。
1929（昭和 4）	土居光知「ヂョイスの『ユリシイズ』」（『改造』1929.2） 『世界文学全集　第 35 巻　近代戯曲集』（新潮社、1929）（故郷（ズーデルマン著 舟木重信訳）思はれぐされ（ベナベンテ著 永田寛定訳）猶太街（ハイエルマンス著 朝倉純孝，朝倉すみ訳）春の目ざめ（ヴエデキント著 野上豊一郎訳）サロメ（ワイルド著 楠山正雄訳）救民院病室（グレゴリイ夫人著 近藤孝太郎訳）山の神々（ダンセニー著 松村みね子訳）横つ面をはられる「彼」（ア

年	関連記事
	ンドレエエフ著 北村喜八，熊沢復六訳）熊（チェーホフ著 米川正夫訳）検察官（ゴーゴリ著 米川正夫訳） 文芸社編輯部訳編『悪魔の子分』（バーナード・ショウ著、文芸社、1929） 八住利雄編『神話伝説体系　G　愛蘭神話伝説集』（近代社、1929.3） 菊池寛「半自叙伝」（『文藝春秋』1929.6）
1930 （昭和 5）	伊藤整「ジェイムズ・ジョイスのメトオド『意識の流れ』に就いて」（『詩・現実』一号、1930.6） 伊藤整訳・ジョイス「イヴライン」（『一橋文芸』1930.7）※ジョイス『ダブリン市民』からの翻訳。 伊藤整、永松定、辻野久憲「ユリシーズ」（『詩・現実』二号〜五号、1930.7-1931.6）のち伊藤整、永松定、辻野久憲『ユリシイズ』（第一書房、1931） 『近代劇全集　第 26 巻　愛蘭土篇』（第一書房、1930）※収録作品：秘蔵つ子（ロビンソン著 灰野庄平訳）、長男の権利（マアレイ著 小山内薫訳）、胡弓引の家（コラム著 灰野庄平訳）、鴉（グレゴリイ著 灰野庄平訳）、金の林檎（グレゴリイ著 小山内薫訳）、月の出（グレゴリイ著 灰野庄平訳） 『近代劇全集　第 39 巻　英吉利篇』（第一書房、1930）（聖ジョン（ショー著 野上豊一郎訳）アンドロクルスと獅子（ショー著 松村みね子訳）運命の人（ショー著 松村みね子訳）ウオーレン夫人の職業（ショー著 坪内逍遥訳） 富田砕花「愛蘭詩史概観」、尾島庄太郎「劇及び散文学概観」（佐藤義亮編『世界文学講座』第三巻英吉利文学篇上巻、新潮社、1930） 『世界童話劇集（下巻）』（近代社、1930.3）※甫木山茂訳・グレゴリー夫人「金の林檎」
1931 （昭和 6）	伊藤整、永松定、辻野久憲『ユリシイズ』第一巻（第一書房、1931） 矢野峰人『片影』（研究社、1931） 『世界文学講座　第 12 巻 現代世界文学篇』（「愛蘭現代劇（山本修二）」、「愛蘭散文学（佐藤清）」、新潮社、1931）
1932 （昭和 7）	織田作之助「シング劇雑稿」（『嶽水会雑誌』、三高文芸部、1932.12） 山本修二『英米現代劇の動向』（創元社、1932） 長沢才助『日本の能楽』（雄文閣、新時代学芸叢書 2、1932.2）※「イエーツの文芸と日本の能楽」（日高只一）
1933 （昭和 8）	尾島庄太郎『ブレイクとセルト文学思想』（東水橋町；富山県（出版社表記なし）、1933） 佐藤清「愛蘭詩の現状」（山宮允・佐藤清・中村喜久夫『英米近代詩研究』金星社、1933.10） 矢野峰人『アイルランド文学史』（新英米文學社、1933.9） 八住利雄編『アイルランド神話傳説集』（神話傳説大系、誠文堂、1933） 『世界文学講座 第 3 巻 英吉利文学篇 上巻』（「愛蘭文学概観（富田砕花）」、「劇及び散文学概観（尾島庄太郎）」、新潮社、1933） 『世界文学講座 英吉利文学篇 下巻』（「キルヤム・バトラァ・イェエツ（日夏耿之介）」、新潮社、1933）
1934 （昭和 9）	市川又彦訳註『運命の人』（バアナード・ショウ著、外語研究社、1934） 尾島庄太郎『英米文学評伝叢書 81　イェイツ』（研究社、1934）
1935 （昭和 10）	松村みね子「アイルランド民謡雑感」（『短歌研究』第 4 巻第 12 号、1935.12） 山宮允訳『隊を組んで歩く妖精達（アイルランド童話集）』（岩波文庫、1935.3）〔隊を組んで歩く妖精達、替へ子、人魚、一人ぼっちでゐる妖精達、幽霊、巫子、妖精学者など、巨人、王様、王妃様、お姫様、殿様、盗人など〕

	坪内逍遥「北日本と新文学」(『藝術殿』、国劇向上会、1935.8)
1936 (昭和 11)	『愛蘭の聖なる労働者マット・タルボトの生涯』(カトリツク講話集；第 6 期 第 2 輯、光明社、1936) 尾島庄太郎『アイルランド文学史』(世界文芸大辞典第七巻、中央公論社、1936)
1937 (昭和 12)	『研究社英文訳註叢書第 44』(海へ騎り行く人々・聖者の泉 / J. M. シング著、竹村覚訳註、研究社、1937) 『研究社英文訳註叢書第 45』(西の国の人気男 / J. M. シング著、竹村覚訳註、研究社、1937) 姉崎正見訳『アラン島』(シング著、岩波文庫、1937)
1938 (昭和 13)	7 月 5 日、尾島庄太郎がダブリンにてイエーツにインタビューを行い、イエーツから菊池寛の消息を尋ねられる。(Shotaro Oshima, *"An Interview with W. B. Yeats." W. B. Yeats and Japan.* Tokyo: Hokuseido, 1965.)
1939 (昭和 14)	山本修二訳、シング『西国の伊達男』(岩波文庫、1939) ————訳、シング『海へ騎りゆく人々・他二篇』(岩波文庫、1939.4) ※「海へ騎りゆく人々」、「谷の蔭」、「鋳掛屋の婚礼」
1940 (昭和 15)	矢野禾積『アイルランド文芸復興』(弘文堂、教養文庫、1940) 中川竜一訳『悪魔の弟子』(バアナアド・ショオ著、弘文堂書房、1940) 『研究社英米文学語学講座　第 10 巻』(研究社、1940)(米語の発達 (重見博一)、愛蘭英語と蘇格蘭英語 (勝田孝興)、標準語と方言及スラング (真鍋義雄)、慣用語 (佐藤正治)、ベーシック英語 (高田力)、英語と外国語との相互影響 (木坂千秋)、日本語と英語の比較 (沢村寅二郎))
1943 (昭和 18)	勝田孝興『愛蘭文学史』(生活社、1943)

【参考文献】 市川勇『アイルランドの文学』(成美堂、1987)、上村直己『西條八十とその周辺』(近代文芸社、2003)、川戸道昭・榊原貴教編著『図説 世界翻訳文学総合事典』第 2 巻 (大空社・ナダ出版センター、2009)、河野賢司『周縁からの挑発　現代アイルランド文学論考』(渓水社、2001)、日本イェイツ協会・早稲田大学図書館編『イェイツ生誕百年記念展　イェイツと日本　展観目録』(日本イェイツ協会・早稲田大学図書館、1966)、風呂本武敏「愛蘭—民衆派—アメリカ」(『富田砕花の世界』展図録、芦屋市立美術博物館、1998)、前波静一『アイルランド演劇　現代と世界と日本と』(大学教育出版、2004)

鈴木暁世（すずき・あきよ）

福岡女子大学専任講師。
1977年、富山県生まれ。大阪大学大学院文学研究科博士後期課程修了、文学博士。大阪大学大学院文学研究科助教、Victoria and Albert Museum客員研究員（日本学術振興会）を経て現職。2014年4月より金沢大学に着任予定。

専門分野　日本近代文学、比較文学

越境する想像力
――日本近代文学とアイルランド――

2014年2月28日　初版第1刷発行　［検印廃止］

著　者　鈴木暁世

発行所　大阪大学出版会
代表者　三成　賢次

〒565-0871　大阪府吹田市山田丘2-7
大阪大学ウエストフロント
TEL　06-6877-1614
FAX　06-6877-1617
URL：http://www.osaka-up.or.jp

印刷・製本　尼崎印刷株式会社

Printed in Japan

ISBN 978-4-87259-459-1　C3091

索　引

あ　行

アーノルド，マシュー（Arnold）　84-86, 93, 94, 96, 97, 107, 330, 332, 335, 363
　『ケルト文学の研究』（*On the Study of Celtic Literature*）　84, 86, 107, 330, 363
アイルランド共和軍（IRA）　78, 79, 371
アイルランド共和国　78, 254, 255, 326
アイルランド国民演劇協会　93, 98, 100, 102, 138, 149, 150, 209
アイルランド国民議会　78
アイルランド国民劇場→アベイ座
アイルランド自治法案　78
アイルランド自由国　35, 79
アイルランド統治法　79
アイルランド独立戦争　79
アイルランド・ナショナル・ライブラリー　351
愛蘭土文学研究会　4, 17, 18, 24, 43, 105, 113, 117, 129, 130, 132-136, 141, 173, 237, 240, 304, 306, 313, 314, 317, 325, 337, 338, 349, 354
アイルランド文学座→アイルランド文芸劇場
アイルランド文芸劇場　61, 62, 98, 138
アイルランド文芸復興運動　6, 9, 12, 16, 18, 19, 27, 31, 32, 35, 37, 38, 40, 51, 54, 57, 62, 67, 69, 77, 84, 89, 91, 93, 98, 107, 109, 113, 135, 136, 148, 151, 209, 211-213, 224, 225, 231-233, 274, 275, 282, 283, 285, 286, 293, 297, 301, 302, 305-308, 313, 314, 331, 350
『アウトルック』（*Outlook*）　92, 303, 331, 362
青木月斗　208
『青空』　278
青柳有美　33
秋田茂　72, 329
芥川龍之介　4, 6, 9, 10, 13, 15, 17, 18, 23, 24, 43, 49, 89, 104, 105, 108-110, 113-119, 128, 129, 139-141, 145, 148, 149, 158, 161, 167, 171, 175, 179, 190, 200, 207, 208, 215, 225, 240, 301, 303, 304, 306, 307, 309, 310, 312-315, 317-319, 323, 324, 334, 336-349, 354, 366, 377-379, 381, 386, 388, 389, 391, 393
　「暁」　147
　「悪魔の会話」　147
　「兄と妹」　147
　「尼と地蔵」　150
　「或阿呆の一生」　171, 174, 199
　「或早春の午後（仮）」　175, 346
　「井川恭宛書簡」　334, 336, 338-341, 345
　「芋粥」　165
　「お辞儀」「お辞宜」　344
　「小野八重三郎宛書簡」　339
　「我鬼窟日録」　344
　「「我鬼窟日録」より」　172, 344
　「河童」　344
　「「假面」の人々」　377
　「彼　第二」　173, 340, 345
　「狂院」　147
　「金瓶梅」　147
　「「ケルトの薄明」より」　116, 146, 149,

386
「孔子」　147
「江南游記」　173, 344
「弘法大師御利生記」　17, 141, 145, 146, 150-152, 155-162, 165, 304, 318
「越し人」　174
「雑筆」　176, 178, 182, 304, 346
「地獄変」　193
『支那游記』　344
「上海游記」　173, 344, 345
「侏儒の言葉」　199
「酒蟲」　165
「出帆」　173, 345
「小説を書き出したのは友人の煽動に負ふ所が多い」　147
「少年」　171, 179, 180, 305
「シング紹介」　17, 24, 104, 108, 113-116, 119, 121, 123-125, 128, 132, 136-138, 140, 145, 149, 160, 161, 165, 303, 304, 310, 317, 334, 336, 337, 339-341, 349, 354, 386
「シング紹介続編」　115, 165
「シング論」→「シング紹介」
「SPHINX」　147
「青年と死と」　146
「戦遮と仏陀」　147
「大導寺信輔の半生」　171, 172
「TAKEHIKO と WAKATARU」　147
「ディイダラス（仮）」　343, 346
「點心」　4, 323
「天文廿年の耶蘇基督」　147
「追憶」　171
「点鬼簿」　173
「ナザレの耶蘇」　147
「鼠小僧次郎吉」　150, 341, 342
「歯車」　17, 167, 171, 172, 190, 193-196, 198-200, 202-204, 304, 305, 347, 348
「鼻」　117, 165, 341
「バルタザアル」　116
「春の心臓」　116, 117, 146, 149, 337, 341, 386, 391
「PIETA」　147
「秀吉と悪夢」　147
「火と影との呪い」　116, 149
「人と死」　147
「一人の夫と二人の妻と」　147
「拊掌談」　347
「文芸的な、余りに文芸的な」　200
「北京日記抄」　173, 344
「貉」　166, 167, 343, 389
「妖婆」　200, 348
「義仲論」　137, 140, 339
「世之助の船出」　147
「羅生門」　117
「老人と王」　147
「老年」　117
芥川龍之介旧蔵書　15, 17, 120, 124, 125, 150, 175, 341, 343
『秋田時事』　33, 34, 302
浅野長　333
「伝聞」（*Spreading the News*）　98, 333, 334
『葦分船』　350
渥美孝子　356
アベイ座　8, 28, 29, 43, 57, 93, 98, 102, 138, 150, 151, 209, 217, 220, 221, 224, 305, 314, 332
天野知幸　355
阿毛久芳　255, 355
あやめ会　94, 95, 323, 382
『あやめ草』　6, 94, 95, 106, 323, 332, 382, 383
『豊旗雲』　94
新井豊太郎　283, 284, 290, 336
荒川洋治　243, 354
『アララギ』　6, 385, 386

アリンガム，ウィリアム　59, 238, 240, 387
「池の面の四羽の鷺」　238
アルスター義勇軍　78
アルスター文芸劇場　332
安藤公美　190, 347, 377
安藤宏　146, 341
アンドレーエフ，レオニード　220
イースター蜂起　78, 326
飯野正仁　340
イェイツ，ウィリアム・バトラー（イーツ、イエーツ）　3-10, 12, 16-18, 23-28, 32, 35, 37, 40, 43, 44, 51-54, 56, 58, 59, 62, 63, 67, 77, 81-100, 102-104, 106-110, 113, 116, 117, 119, 130, 131, 135, 138-140, 146, 148, 149, 151, 166, 167, 173, 178, 207-212, 214, 217, 220-226, 229, 231-233, 237-246, 253, 265, 267, 273-276, 278-280, 282-285, 293, 296, 297, 301-308, 312-314, 318, 320, 323-327, 330-335, 337, 350-352, 357-359, 367, 368, 370-374, 380, 382-397
『アイルランド農民の妖精物語と民話』　81
『アシーンの放浪』　82
「羹の鍋」（*The Pot of Broth*）　138, 239, 339, 385
「"The wind among the Reeds."より」　238, 385
『踊り手のための四つの戯曲』（*Four Plays for Dancers*）　8
「彼は心の薔薇を語る」　241
「近代の戯曲に」　8
The Celtic Twilight（『ケルトの薄明』）　82, 116, 117, 149, 167, 301, 337, 343, 367, 384
「酒の唄」　238
「彷徨へるええんがすの唄」　238, 385
The Secret Rose（『秘密の薔薇』）　116, 341
「庶民的詩歌とは何ぞや」　334, 337
「白き鳥」　239, 385, 387, 389, 394
「心情」　90, 382
「谿」　239, 385
「デアドラ」「デイアダア」（*Deirdre*）　7, 8, 62, 391, 392, 394
「肉体の秋」　337, 385
「時とともに智慧は来る」　238
「ベイルの磯」（「ベエルの磯」）　103, 238, 385
"A Faery Song"　94, 323, 382
"An Interview with W. B. Yeats"（Shotaro Oshima）　323, 352, 397
"To an Isle in the Water"　268
"Aedh tells of the Rose in his Heart"　90, 106, 383
Crossways（『十字路』）　268, 276
The Countess Cathleen（「キャスリーン伯爵夫人」）　98
A Dialogue of Self and Soul　324
"Down by the Salley Gardens"　283, 359
"The Falling of the Leaves"　276, 277, 285, 359
"He Wishes for the Cloths of Heaven"（「恋と夢」）　44, 90, 278, 285, 357, 359, 382, 394
"The Host of the Air"　330
Ideas of Good and Evil（『善悪の観念』）　6, 23, 97, 325, 332, 367, 383, 385-387
In the Shadow of the Glen（「谷間の蔭」）　98, 118, 160, 392
Kathleen Ni Houlihan（「キャスリーン・ニ・フーリハン」）　63, 90, 91, 98, 103
"Our Lady of the Hills"　167, 343
On Baile's Strand（「バーリャの浜辺」）　98, 102
Meditations in Time of Civil War　324
Plays for an Irish Theatre　140

Poems: second Series　140
A Selection from the Poetry of W. B. Yeats　283, 359
Synge and the Ireland of his time　119
The Stolen Child　352
The Collected Letters of W. B. Yeats　331
The Collected Works of W. B. Yeats　356, 366
The Hour-Glass（「砂時計」）　93, 102, 103, 333, 383, 384, 392
“The Lake Isle of Innisfree”（「水の音」）　90, 359, 383
The Land of Heart's Desire（「心願の国」）　82, 88, 93, 385, 387, 388, 390, 391, 394
The Shadowy Water（「暗き海」「幻の海」）　93, 102, 333, 384, 386, 392
The Unicorn from the Stars（『星から来た一角獣』）　138
“To the Rose upon the Rood of Time”（「時の十字架上なる薔薇に」）　94, 106, 323, 382, 383
Where there is Nothing（「虚無の国」「虚無の郷」「無何有の境」「何もないところ」）　119, 130, 138-140, 339, 340
The Wind Among the Reeds（『蘆間の風』『葦間の風』）　241, 242, 271, 276
井川恭（恒藤恭）　13, 23, 104, 117, 125, 130, 137, 147, 148, 208, 305, 310, 337, 378, 379, 386
「海への騎者――J., M. SYNGE――」（*Riders to the Sea*）　10, 102, 104, 118, 148, 160, 224, 337
イギリス・アイルランド条約（英愛条約）　79, 80
生田葵　149
石丸悟平→石丸梅外
石丸梅外　31, 208, 209, 211
石本筆　134, 310, 339, 385, 387, 388
「悲しみのデアドラ――シングの絶筆」　339
石割透　115, 145, 165, 336, 343, 344, 346, 377
出原隆俊　318, 348, 350, 375
市川左団次　28, 29, 326, 333, 386
市川三喜　384
市川勇　10, 67, 324, 329, 335, 345, 369, 397
井出説太郎→土屋文明
伊藤銀月　33
伊藤整　4, 9, 10, 15, 17, 18, 44, 45, 48, 49, 89, 109, 203, 265-268, 270-273, 278-281, 284, 285, 293, 297, 301, 303, 304, 307-309, 313-315, 317, 318, 327, 335, 336, 356-360, 366, 368, 373, 377-381, 394, 396
「秋の恋びと」　357
「Yeats.」　44, 359
「海の見える町」　265
『海の見える町』　265
「機構の絶対性」　203
『現代詩講座』　278
「卒業期」　265
『比較文学――その概念と研究例』　344
「墓碑銘」（An Epitaph）　278, 279
『雪明りの路』　44, 48, 265, 272, 273, 278, 285, 293, 327, 357, 359, 394
「雪の来るとき」　265
『幽鬼の街』　293
『ユリシーズ』　199, 265, 344, 347, 349, 368, 374
『若い詩人の肖像』　4, 18, 44, 48, 265-267, 270, 272, 274, 285, 286, 294, 295, 297, 307, 308, 313, 314, 318, 335, 336, 356, 358, 360, 361, 380
伊藤道郎　8, 315
伊藤亮輔　331
伊庭孝　212
李孝石　12

「ジョン・ミリントン・シングの劇研究」 12
井村君江 320, 323, 329, 337-339, 345, 346, 367-369, 371, 372
岩野泡鳴 94, 106, 107, 332, 383, 386
『闇の盃盤』 106
「時の十字架上なる薔薇に」(To the Rose upon the Rood of Time) 94, 106, 323, 382, 383
ウェイリー，アーサー 7
The Tales of Genji(『源氏物語』) 7
上田敏 4, 81, 83, 89, 90, 94, 96, 106, 107, 110, 136, 207, 208, 276, 284, 286, 303, 308, 310, 313-315, 330-335, 354, 359, 366, 382, 383, 386-388
「英国現代の三詩人」 83, 359, 382
「海外騒壇　去年の英文学」 81, 82, 382
「海外文壇　近時片々録」 83, 382
「楽話」 355
「鏡影録　九」(藝苑子名義) 332, 383
「鏡影録　六」(藝苑子名義) 332, 383
「小泉八雲先生追悼譚」 331
『最近海外文学』 81, 330, 382
「心情」(イェイツ) 90, 382
「千八百九十四年の英文学」 81
『若い詩人の肖像』 4, 18, 44, 48, 265-267, 270, 272, 274, 285, 286, 294, 295, 297, 307, 308, 313, 314, 318, 335, 336, 356, 358, 360, 361, 380
上野格 73, 325, 329, 369
上村直己 237, 338, 354, 377, 390, 397
ヴェルレーヌ(エルレイン) 273, 274, 331
「月下」 331
ウォーカー，スチュアート 76
占部百太郎 77
「愛蘭問題!!　自治か独立か(上)」 77
「愛蘭問題＝自治か独立か(下)」 77
A. E.(エー・イー) 4, 6, 7, 23, 60, 81, 85, 240, 244, 386, 389-392
『英文新誌』 323, 382
『英語青年』 43, 373, 384, 388, 389, 391, 393
『英語世界』 331
『英文学研究』 52, 327, 370, 392, 393
エグリントン，ジョン 60
『エゴイスト』(*Egoist*) 344
海老井英次 115, 377
エレディア，ホセ=マリア・ド 106
エレヂア→エレディア
『演劇新潮』 105, 332, 353, 383, 394
大久保二八→松居松葉
大久保直幹 349
『大阪朝日新聞』 334, 387
『大阪毎日新聞』 173, 225, 390
大澤正佳 346, 361, 368
太田三郎 171, 172, 344, 375
大田黒元雄 312, 388
太田善男 342
大西貢 352
オオネイル→オニール
大橋洋一 323, 324, 352, 369, 370
大和田茂 253, 354
小木曽雅文 380
岡本かの子 315
奥野久美子 342, 377
オ・グレイディ，スタンディシュ 59
小熊英二 292, 360, 375
オケイシイ→オケーシー，ショーン
オケーシー，ショーン 4, 214
桶谷秀昭 266, 356, 377
小山内薫 90, 92, 94, 100, 101, 103-105, 110, 131, 149, 303, 314, 315, 326, 331-333, 336, 366, 382-384, 386, 392, 395, 396
「『愛蘭劇　カスリーン・ニ・フーリハン』」 90, 303, 331, 332, 382
『演劇新潮』 105, 332, 353, 383, 394
「兄弟(愛蘭土劇「長男の権利」)」 28,

326, 386
「失踪聖人」（*The Lost Saint*）　333
「砂時計」　93, 102, 103, 333, 383, 384, 392
「貧民院」（*The Poorhouse*）　104, 333, 384
「倫敦に於ける愛蘭劇」　100, 101, 149, 332, 383
「「ロンドン」に於ける愛蘭劇」　332
小坂部元秀　265, 356
尾島庄太郎（Shotaro Oshima）　7, 58, 62, 223, 315, 323, 328, 352, 370, 373, 380, 395-397
『現代アイァランド文学研究』　58, 328, 370
"An Interview with W. B. Yeats."　323, 352, 397
織田作之助　315, 335, 396
「シング劇雑稿」　335, 396
織田純一郎　69
『欧洲奇事花柳春話』　69
『通俗　花柳春話』　71
小田実　45
『何でも見てやろう』　45
小樽高等商業学校（小樽高商）　4, 18, 44, 89, 267, 268, 272, 275, 278, 280, 283, 287, 295, 308, 309, 313, 335, 336, 356, 357, 359, 375
小樽文学館　268, 271, 272, 321, 327, 357, 358, 378
オニール，ユージン　103, 220
小野八重三郎　137
「SPREADING THE NEWS」　334
折竹蓼峯（錫）　106

か　行

『改造』　59, 173, 174, 200, 203, 328, 344, 347, 395
鏡味國彦　171, 344, 374
『嶽水会雑誌』　335, 396
格清久美子　349
『學鐙』　83, 172, 173, 359, 382, 390
『学友会雑誌』　137, 339
加古千賀　162
「壺坂霊験記」　162-165, 304, 343
梶井基次郎　290, 356
カズンズ，ジェイムズ・H　8, 60, 312, 314, 391
片上伸　106-109, 139, 335, 339, 383, 384
「イエーツ論」　107, 108, 139, 335, 339, 384
「イエツ其他」　106
『生の要求と文学』　335
片上天弦→片上伸
片山廣子→松村みね子
片山宏行　342, 349, 377
加藤明　199, 348
『かなりや』　354
歌舞伎座　28, 29, 149, 326, 386
上司小剣　252
「英霊」　253, 258
亀井秀雄　270, 356, 377, 380
『假面』　13, 15, 17, 69, 104, 105, 109, 113, 128-132, 135, 141, 167, 207, 237-240, 243, 245, 304, 306, 307, 309, 310, 337-339, 354, 385, 387, 388
萱野二十一→郡虎彦　7, 8, 385
河合武雄　28
川口喬一　178, 347, 374
川島風骨　104, 383, 384
「近欧劇団の瞥見」　104, 384
河瀬蘇北　68, 78
「血なまぐさき愛蘭　愛蘭自由国の成立」　78
川戸道昭　329, 375, 397
川端康成　203, 304
「水晶幻想」　203

河村民部　348
川村花菱　148, 333
「ヒヤシンス・ハルベイ」「ハイアシンス・ハルベイ」　103, 333
川村湊　346, 377
韓国併合　16, 26, 36
関東大震災　255, 284, 290, 293
蒲原有明　94, 106, 107, 253, 334, 383
『有明集』　106
「帝国大学派文士の長短　詩と評論と小説」　334
神戸雄一　253, 354
「小曲と西條八十氏とに連なる感想」　354
「菊」　69
菊池寛（Kwan Kukuchi）　4, 6-11, 13, 15, 17, 18, 23, 27-29, 31, 32, 35, 38, 40, 43, 49, 51-54, 62, 89, 104, 109, 110, 117, 135, 147, 148, 167, 173, 178, 207, 208, 210, 213-217, 220, 222-226, 230-233, 284, 286, 293, 301-303, 305-308, 310, 312-315, 317, 318, 320, 322-327, 330, 333-337, 339, 342, 349-353, 360, 366, 377, 379, 380, 384, 386, 389-391, 393-397
『仇討以上』　217
「「愛蘭劇」に関するエッセイ」　23
「愛蘭土劇手引草」　326
「海の勇者」　10, 349, 389
『英国愛蘭近代劇精髄』　38, 54, 55, 326, 327, 350, 393
「英国及び愛蘭の近代劇」　327, 335
「大阪芸術創始」　31, 32, 42, 208, 209, 213, 232, 326, 350, 386
「大阪の文芸界」　351
「屋上の狂人」　6, 8, 18, 43, 207, 208, 214, 217, 220, 222, 223, 225-227, 229-232, 305, 314, 320, 352, 389
The Housetop Madman　8, 18, 43, 217, 305, 314, 351, 352, 394
「恐ろしい父、恐ろしい娘（一幕二場）」　148
「京都芸術の為に」　32, 209, 211, 326, 339, 351
「厨川白村氏の思ひ出」　336
「校正後に」　310, 326, 389
「七月の都から」　212, 351
「シングと愛蘭土思想」　30, 41, 51, 53, 301, 326, 327, 389
「シングの戯曲に対するある解説」　41, 339, 389
『眞珠夫人』　223
「自分に影響した外国作家」　323, 333, 352, 394
「SPHINXの胸に居るクレオパトラ（ショオ）」　148
「葬式に行かぬ訳」　351, 390
「玉村吉彌の死（戯曲）」　148
「“TZSCHALLAPPOKO”」　326
「朝鮮文学の希望」　38-42, 232, 233, 302, 393
「藤十郎の恋」　216, 217, 225, 352, 390
「二個の感想」　212, 326, 339, 351, 386
「話の屑籠」　353
『半自叙伝』　208, 327
「晩年の上田敏博士」　335
「『ヒヤシンス・ハルヴエイ』誤訳早見表」　337, 386
「暴徒の子」　208, 349
『無名作家の日記』　208, 352
「弱蟲の夫」　148
「ラフカヂオ、ハーンを想ふ」　42, 327, 386
「蘆花の近業と伊庭の芝居」　212, 351
「私の愛読書」　334
Tōjūrō's Love and Four Other Plays（『藤十郎の恋　他四篇』）　18, 43, 216, 352

菊池利奈　267, 356-358, 380
北アイルランド議会　79
北川冬彦（北川）　290, 356
北原白秋　358
郷土芸術　10, 32, 51, 135, 209-211, 229, 231, 285, 308
京都帝国大学　23, 31, 89, 136, 207, 208, 211, 214, 293, 305, 308, 313, 314, 333-336, 391
教文館　190
金祐鎮　11
金牡蘭　11, 161, 324, 343, 349
木村毅　69, 239, 329, 354
　『比較文学新視界』　354
木村荘太　149
キャンベル，ジョセフ　217, 241, 390, 391
キュザック，マイケル　53
清部千鶴子　346, 377
　『片山廣子　孤高の歌人』　346, 377
金港堂　162, 326, 343, 388
『近代劇全集』　49, 368
草田杜太郎→菊池寛
葛巻義敏　115, 140, 336, 377
　『芥川龍之介未定稿集』　115, 336, 377
工藤日東　77
　「英国の挙国一致　愛蘭土問題と独帝の術策」　77
国松夏紀　348
久保栄　266
久保田重芳　157, 160, 342, 373, 374
久保田万太郎　344
久米民十郎　8
久米正雄　10, 13, 23, 43, 147, 148, 173, 207, 208, 225, 305, 315, 334, 336, 337, 377, 379, 380, 386, 388
　「牛乳屋の兄弟」　148
　「御家騒動の序幕」　148
　「芸術座の研究劇　ハイアシンス・ホールヴエイに就いて」　334, 386
　「此の諫言お用ゐなくば（戯曲）」　148
　「地蔵経由来」　10
　「ハイアシンス、ホールヴェイを見て」　337
　「人と幸運（笑劇）」　148
　「蝕める青春（四幕）」　148
クラーク，ブレナ・カッツ（Brenna Katz Clarke）　217, 320, 332, 351
　The Emergence of the Irish Peasant Play at the Abbey Theatre　332, 363
グラッタン　58
グラッドストーン，ウィリアム　73, 78
グランヴィル=バーカー，ハーレー（バアカー）　327
クランズ，ホラーショー・シェーフィ（Horatio Sheafe Krans）　303, 331, 362
　Mr. Yeats and the Irish Literary Revival　303, 331, 362
　William Butler Yeats and the Irish Literary Revival　331
厨川白村　50-52, 62, 75, 76, 83, 84, 89, 90, 92, 96, 107, 110, 207, 284-286, 303, 308, 313-315, 327, 331, 335, 336, 359, 367, 382, 384, 385, 388, 389, 391-393
　「愛蘭文学の新星（ダンサニイ卿の作品）」　75, 76, 284, 389, 393
　「英国現代の二詩人」　83, 84, 91, 107, 303, 331, 332, 359, 382
　『英詩選釋』　284, 359
　『近代文学十講』　359, 385
　「月下」（ヴェルレーヌ）　331
　「ケルト文芸復興の新運動」　51
　「小泉先生」　331
　『小泉先生そのほか』　331
　「小泉先生の旧居を訪ふ」　331
　「恋と夢」　44, 90, 278, 285, 357, 359, 382, 394

「先師ハーン先生を憶ふ」　331
「象牙の塔を出て」　284
『白村随筆集』　331
『文藝評論』　284, 359, 393
「暮春悲歌」（レナウ）　331
「無題」（ポー）　331
栗原古城　90, 106, 383, 387
「イエツの象徴論」　106, 383
「海外詩壇　キリアム・バットラア・イェイツ」　90, 106, 383
栗山茂　90, 383
「水の音」　90, 359, 383
グリーン夫人　312
グリフィス，アーサー　79, 80
クレイグ，ゴードン　324, 334
「近代の劇場に於ける悪傾向」　324
グレゴリー夫人　4, 5, 7, 9, 10, 12, 25, 28, 35, 37, 52, 54, 56, 57, 60, 62, 67, 77, 98-100, 102-104, 109, 138, 140, 148, 149, 151, 209, 211, 224, 315, 327, 332-334, 349, 383, 384, 386-393, 395, 396
「満月」　25, 386, 392
A Book of Saints and Wonders　140
Hyacinth Halvey（「ヒヤシンス・ハーヴェイ」「ヒアシンス・ハルヴェイ」「ヒヤシンス・ハルベイ」）　102, 334
New Comedies　140
Our Irish Theatre　363
Spraeding the News（「噂の広まり」「噂」「伝聞」）　98, 102, 103, 333, 334, 387
The Gaol Gate（「牢獄の門」）　102, 103
The Jackdaw（「鴉」）　102
The Rising of the Moon（「月の出」）　102-104, 384, 392, 393
The Travelling Man（「旅の男」）　104
The Unicorn from the Stars（『星から来た一角獣』）　138
黒川太郎　90, 303, 331, 332
クローデル，ポール　220
クロムヱル、クロムウェル　39
ゲイト座　220
ゲーリック・アスレティック連盟　53
ゲーリック・リーグ　37, 38, 53
『藝苑』　332, 383
京城帝国大学　12, 327
芸術座　212, 334, 387
『劇と評論』　326, 392
小泉八雲→ハーン
公衆劇団　28, 29, 326, 386
『講談倶楽部』　259
河野賢司　10, 46, 324, 349, 370, 397
鴻の巣　149
交蘭社　245, 279, 354, 357, 358, 393
ゴールズワージー，ジョン　215-217
ゴールドスミス，オリバー（Goldsmith）　3, 55, 58, 60, 282, 328
郡虎彦　7, 8, 322, 324, 368, 378
「近代の戯曲に」　8
「近代の劇場に於ける悪傾向」　324
「ディアダア」　7, 8, 385
国民演劇協会→アイルランド国民演劇協会
「国民新聞」　97
『国民之友』　73
『心の花』　25, 386-390, 392, 393
小島辰夫→成瀬正一
小嶋千明　117, 161, 332, 337, 341, 343, 380
小杉天外　33
児玉花外　68, 78
「愛蘭領袖の死」　78-80
後藤末雄　149
後藤宙外　32-34, 302
小林愛雄　106, 107, 239, 383-385, 390
「イエツ詞華」　106, 383
「イニスフリーの湖島」　106, 383
「落葉」　106, 383, 385
「豁」　239, 385

「夢」　106, 383, 394
「柳園」　106, 383
「炉のほとりにて語りし人にささぐこの処女の巻」　106, 383, 385
小林象三　89, 274, 278, 279, 283-285, 287, 290, 313, 314, 335, 336, 358
小林多喜二　266, 280
コラム，ポードリック　60, 392-396
コリンズ，マイケル　79
今野哲　115, 336

さ　行

サイード，エドワード　5, 12, 48, 220, 323, 324, 352, 370
「イェイツと脱植民地化」　5, 220, 323, 324, 352
『オリエンタリズム』　48, 327, 370
西條嫩子　338, 378
『父西條八十』　338
西條八十　4, 9, 10, 13, 15, 17, 18, 23, 24, 43, 89, 104, 105, 109, 110, 113, 128-133, 136, 167, 237, 238, 240, 250, 252, 254, 279-281, 301, 303, 304, 306, 307, 309, 310, 312-315, 317, 318, 323, 325, 337-339, 353-355, 357, 358, 367, 377-379, 385, 387-391, 393, 397
「愛蘭詩抄」　238, 240, 392
「紅き薔薇と白き薄の花——二つの民族の謡について」　354
『新らしい詩の味ひ方』　241, 279, 354, 358
『あの歌この歌』　256, 355
「イェエツ、レディー　グレゴリイ及シンジ」　238, 387
「イェーツ三章」　43, 393
「池の面の四羽の鷺」　238
『唄の自叙伝』　255, 355
「馬に乗った人」　280, 358
「ええどは失はれた愛を歎く」　238
「老ぼれ兵隊」（The Old Soldier）　358
「丘のおもみ」　245
「お月さん」　281, 358
「おとむらひ」（The Funeral）　280, 358
「外国の詩の話」　354
「かくれんぼ」（Hide and Seek）　280, 358
「かりうど」（The Huntsman）　280, 358
「彼は心の薔薇を語る」　241
『黄菊の館』　256
「恐怖」　194, 238
「銀貨」（The Silver Penny）　358
「緊子」（The Buckle）　358
「Green Room」　338, 354
「狂へる唄」　238
「グレンクリイ」　245
『国民詩集』　260
『西條八十詩集』　354
「西條八十詩集序」　354
『西條八十詩謡全集』　260
『西條八十訳詩集』　279, 280, 357, 358
「“The wind among the Reeds.”より」　238, 385
『砂金』　18, 237, 242, 243, 252, 253, 256, 281, 306, 354, 358
「酒の唄」　238
「詩人の覚悟」　256
「彷徨へるええんがすの唄」　238, 385
「十五の唄」（Quinze Chansons）　240, 358
「ジョオヂ・モオア「イエエツ、レディー・グレゴリイ及シンヂ」」　131, 338
『白孔雀』　18, 240-242, 245, 279, 307, 358, 391, 392
「シング戯曲の研究」　23, 243
「シンヂ小品—ヂョン・ミリングトン・シンヂー」　131, 338
『新訳・世界童謡集』　358
「芒の中」　242, 243

『戦火にうたふ』　257, 258
『大衆歌謡のつくり方』　256
「起てよ国民」　256
「誰」（Who）　186, 358, 362
「誰人か我に代る」　248, 249, 253, 254, 258
「チエック詩人の群れ」　246, 249, 250, 307, 323, 354, 390
「通州の虐殺　忘るな　七月廿九日！」　257
「時とともに智慧は来る」　238
「謎」　238
「夏の夕」（Summer Evening）　280, 358
「尼港の虐殺」　251-254, 257-260, 307
「ノモンハン大空中戦を謳ふ」　259
「蠅」（The Fly）　358
「墓」　245
「白日夢の体現としてのシングの芸術」　238, 243, 307, 339
「梯子」　281, 358
「碑銘」　279, 357, 392
「ふうりんさう」（Bluebells）　358
「豚と炭焼き」（The Pigs and Charcoal-burner）　358
「冬」　238, 245, 394
「ベエルの磯」　238, 385
「Bell-Tower Gossip」　338
「ボヘミアの詩人より」　246, 307
「マアサ」（Martha）　358
「三木露風氏の想ひ出」　354
『見知らぬ愛人』　18, 245, 307
「民謡精神と民族性（一）」　254, 354
「民謡精神と民族性（二）」　254, 354
『我愛の記』　354
『私の履歴書』　237, 353
齋藤英里　325
榊原貴教　329, 375, 397
佐々木喜善（鏡石）　27
佐佐木茂索　344, 393
佐藤清　11, 12, 43, 52-54, 57, 62, 325, 327, 370, 392, 393, 395, 396
『愛蘭文学研究』　11, 52, 54, 327, 370, 392, 394
佐藤醇造　6, 8
佐藤惣之助　358
佐藤亨　46
佐藤泰正　348, 371, 378, 381
里見義　69
佐野哲郎　358, 367, 371, 374, 380
佐野正人　11, 324, 325, 327
『サンエス』　334, 344
山宮允　4, 6, 13, 17, 23, 24, 43, 97, 105, 117, 125, 128, 129, 131, 148, 207, 220, 240, 305, 306, 315, 323-325, 334, 337, 338, 352, 367, 368, 385-387, 389, 390, 392-396
「詩人イエイツに見えるの記」　323, 324
「詩人としてのイエーツ」　23, 325
「庶民的詩歌とは何ぞや――ウイリアム・イエーツ――」　334, 337
『善悪の観念』　6, 23, 97, 325, 332, 367, 383, 385-387
「肉体の秋」　337, 385
サンゴール，レオポール　5
『椎の木』　43, 45, 47, 48, 381, 395
椎の木社　44, 265, 272, 273, 327, 359, 394
シェイクスピア　334
『詩王』　354, 390, 391
四季社　45
『時事新報』　8, 250, 307, 323, 324, 354, 389, 390
『詩人』　242
『詩聖』　280, 358, 391, 392
『詩・現実』　265, 396
柴田柴庵　131
柴田多賀治　344, 378
司馬遼太郎　45, 371

『愛蘭土紀行』　45
島崎藤村　106, 107, 149, 383
「イブセンの足跡」　106, 383
『新片町より』　106, 383
島田謹二　243, 354
島村抱月　33, 35, 36, 38, 49, 302, 384, 389
「朝鮮だより　僕のページ」　36, 302, 389
清水康次　191, 266, 318, 319, 340, 348, 349, 356, 378
シェリダン，リチャード・ブリンスレー（Sheridan）　3, 55, 58, 60, 328
シガーソン　238, 241
シドネル，M. J.（Sidnell）　342
シニツツラア→シュニッツラー
シベリア出兵　252
志村有弘　336
霜田史光　242, 354
「幻想の建築者西條八十氏」　354
シモンズ，アーサー　94, 276, 386
『Japan To-day』　353
シュトラウス，オスカー　212
「チョコレエト兵隊」　212
シュニッツラー　148, 220
春陽堂　92, 97, 106, 303, 323, 368, 382, 385, 391
『小学唱歌集 第三編』　69
尚文堂書店　240, 242, 358
ショー，グレン・W　18, 43, 214, 215, 216, 220, 225, 226, 231, 305, 314, 352, 353, 381, 393
Tōjūrō's Love and Four Other Plays（『藤十郎の恋　他四篇』）　18, 43, 216, 352
ショー，ジョージ・バーナード（Shaw）　3, 10, 34, 51, 52, 54, 58-61, 123, 148, 190, 212, 215-217, 220, 312, 327-329, 351, 363, 364, 374, 380, 383-385, 387-389, 394, 396
Caesar and Cleopatra　148
『ジヨン・ブルの他の島』　54
「SPHINX の胸に居るクレオパトラ（シヨオ）」　148
『船長ブラスバオンドの改宗』　312, 387
「武器と人」　212, 387
ジョイス，ジェイムス　3, 17, 44, 167, 171, 172, 175, 176, 178, 180-182, 195, 199, 200, 203, 265-267, 291, 293, 296, 297, 304, 309, 318, 344, 346-348, 361, 368, 371, 373, 374, 378, 380, 381, 390, 391, 396
A Portrait of the Artist as a Young Man（『若い芸術家の肖像』）　17, 44, 167, 171, 172, 175, 176, 178-182, 185, 189, 195, 196, 198-200, 203, 266, 267, 291, 293, 296, 297, 304, 318, 344, 346, 348, 349, 361, 364, 368, 391
Chamber Music（『室内楽』）　175
Dubliners（『ダブリナーズ』）　175, 364
Exiles（『亡命者』『亡命者たち』）　344
Ulysses（『ユリシーズ』）　199, 265, 309, 344, 364
ジョーンズ，トーマス（ジヨオンズ、Thomas Jones）　173, 174, 314, 344, 345, 388
『女性改造』　336
ジョンソン，ライオネル　129, 244
『白樺』　8
シング，ジョン・ミリントン　4-6, 8-10, 12, 17, 18, 23-25, 27-29, 33-35, 37, 43, 44, 52, 56, 58, 60, 62, 63, 67, 76, 77, 89, 98, 100, 102-105, 109, 110, 113, 117-128, 130-136, 140, 141, 145, 148-151, 153, 156, 157, 160-162, 164, 165, 167, 173, 178, 207, 208, 211, 214, 217, 221, 224-226, 230-233, 237, 238, 240, 243-246, 254, 256, 265, 267, 274, 275, 284-286, 293, 296, 297, 304-314, 318, 326, 327, 332-335, 337-339, 341, 342, 349, 352, 353, 358, 359, 368, 372, 374, 383, 384, 386-392, 394, 395, 397

『いたづらもの』(松村みね子)　312, 338, 384
「丘のおもみ」　245
「恐怖」　194, 238
「グレンクリイ」　245
『シング戯曲全集』　43, 312, 346, 368, 374, 392
「シンヂ小品—ヂョン・ミリングトン・シンヂー」　131, 338
「冬」　238, 245, 394
The Aran Islands(『アラン島』)　24, 118, 150, 225, 245, 337, 341, 366, 368, 397
"The Curse"　132
Deirdre of the Sorrow(「悲しみのディアドラ」)　24, 63, 118, 150, 337, 341, 366
The Playboy of the Western World(「いたづらもの」「西の国のプレイボーイ」)　10, 102, 103, 118, 150, 221, 309, 332, 341, 342, 366, 390
Riders to the Sea(「海へ騎りゆく者たち」)　10, 102-104, 160
The Shadow of the Glen(「谷の蔭」「谷間の蔭」)　391, 397
The Tinker's Wedding(「鋳掛屋の婚礼」)　24, 118, 150, 160, 337, 341, 366, 392, 397
The Well of the Saints(「聖者の泉」)　10, 17, 24, 118, 145, 150, 207, 230, 305, 337, 341, 342, 353, 366, 388, 392, 395
『新科学的文芸』　203
新劇社　212
新時代劇協会　148
『新思潮』　4, 6, 10, 13, 15, 17, 18, 23, 31, 69, 100, 104, 105, 109, 113-116, 125, 128, 130, 131, 134-136, 141, 145-149, 162, 165, 167, 173, 174, 207, 208, 225, 302-306, 309, 310, 313, 314, 326, 327, 332, 334, 336-338, 341, 345, 349, 377, 383, 386, 388, 389
『新小説』　33, 391
『新潮』　41, 53, 148, 181, 323, 326, 327, 340, 344, 345, 347, 351, 389, 390, 394
新潮合評会　181
『新日本』　162, 387
シン・フェイン　78
鈴木貞美　330, 353, 375
鈴木大拙　25, 311
鈴木ビアトリス　25, 217, 311, 312
鈴木弘　330, 367, 370, 380
鈴木夫人→鈴木ビアトリス
スコット，ウォルター　87
スコットランド　25, 35, 56, 86
スウィフト，ジョナサン　3, 55, 58
杉山寿美子　217, 332, 352, 371, 374
杉山正樹　324, 378
鈴木五郎(瓊江)　73
『欧米大家演説集　自由言論』　73
鈴木正節　330
薄田泣菫　94
『ステージ』(*The Stage*)　100-102, 104, 149, 332
"Irish Plays in London"　100
『ステエジ』→『ステージ』
スティーヴンズ，ジェイムズ　60
スティーブンスン→スティーブンソン
ストリンドベリ　191, 217, 220
The Dance of Death(「死の舞踏」)　220
『地獄』　191
ストリンドベルグ→ストリンドベリ
『スバル』　69, 104, 383, 384
スミス，パメラ・コールマン　58, 69, 331
成恵卿　324, 374
『聖盃』(『聖杯』)　13, 69, 109, 130, 133, 207, 237-239, 241, 304, 313, 335, 338, 339, 349, 354, 385
「イェエツ号」　130, 238, 239, 313, 339, 385
瀬尾育生　355, 375

『世界人』　323, 351, 394
関口安義　341, 344, 378, 379
関忠果　328, 375
　『雑誌『改造』の四十年』　328, 375
セゼール，エメ　5
セルヴァー，ポール（Paul Selver）　354
　An Anthology of Modern Bohemian Poetry　354
千家元麿　273, 274
曽根博義　378, 381

た　行

ダービー伯爵（エドワード・スミス=スタンリー）　69
第一高等学校　31, 207, 208
第一書房　49, 175, 265, 346, 354, 367, 368, 379, 389, 394-396
タイナン，キャサリン　60
『太陽』　10, 16, 35, 67-69, 74-78, 82, 83, 90, 96, 106, 109, 252, 302, 330, 334, 375, 382-384, 386, 389-391, 394, 395
高井多佳子　329
高橋哲雄　46, 323, 346, 371
高浜年尾　280
タゴール，ラビンドラナート　5, 221
高村光太郎　358
武井静夫　266, 356
武田仰天子　350
　「三都の花」　350
竹友藻風　43, 385, 392, 393, 395
竹本大隅太夫　162
谷崎→谷崎潤一郎
谷崎潤一郎　220
ダヌンチオ，ガブリエーレ　128
「種蒔く人」　356
タブ，ジョン　94
ダブリン・ドラマ・リーグ　8, 217, 220, 227, 314, 320, 351
タムソン令嬢　311, 312
田村修一　116, 146, 337, 341
ダンセイニ　4, 10, 25, 60, 75-77, 149, 241, 284, 315, 330, 358, 368, 389-393, 395
　「アルギメネス王」　310, 389, 391
　「ペガーナの神々」　149
　「山の神々」　10, 390-392, 395
『団欒』　351
チェーホフ，アントン　220, 396
催延宇　11
チェコ革命運動　248
趙容萬　12
チェンバレン，ジョセフ　73
近松守太郎　73
　『世界歴史譚第16編　グラッドストーン』　73
竹柏会　174, 312, 387
『中央公論』　150, 179, 200, 252, 253, 338, 350, 390
『中外日報』　32, 208, 209, 212, 213, 326, 327, 339, 351, 386
『中学世界』　106, 383
辻野久憲　265
土屋文明　147, 148
　「雪来る前」　148
筒井清忠　353, 378
恒藤恭→井川恭
坪井秀人　355, 376
坪内逍遥　10, 29, 32, 33, 35, 148, 161, 162, 166, 301, 304, 312, 315, 326, 333, 343, 385, 387, 388, 390, 396, 397
　「北日本と新文学」　32-34, 302, 326, 388, 397
　『霊験』　29, 164, 326, 343, 387, 388
「壺坂霊験記」　162-165, 304, 343
鶴岡真弓　11, 115, 324, 336, 345, 349, 370-372, 374

『テアトル』　323, 333, 352, 394
帝国劇場　10, 28, 29, 162, 326, 386
『帝国文学』　6, 16, 41, 69, 81-84, 90, 97, 104, 106, 109, 113, 117, 134, 135, 238, 302-304, 309, 310, 330-332, 339, 349, 355, 359, 382-391
デイリー・メイル　61
デイ・ルイス，セシル　3, 58
デ・ヴァレラ，イーモン　78, 79
デエメル→デーメル，リヒャルト
デーメル，リヒャルト　106
デ・ラ・メア，ウォルター　276, 278-280, 357, 358
“An Epitaph”（「墓碑銘」「碑銘」）　278-280
“Bluebells”（「ふうりんさう」）　358
“The Buckle”（「緊子」）　358
“The Fly”（「蠅」）　358
“The Funeral”（「おとむらひ」）　280, 358
“Hide and Seek”（「かくれんぼ」）　280, 358
“The Horseman”（「馬に乗った人」）　280, 358
“The Huntsman”（「かりうど」）　280, 358
“Martha”（「マアサ」）　358
“The Old Soldier”（「老ぼれ兵隊」）　358
“The Pigs and Charcoal-burner”（「豚と炭焼き」）　358
“The Silver Penny”（「銀貨」）　358
“Summer Evening”（「夏の夕」）　280, 358
“Who”（「誰」）　186, 358, 362
土居光知　181, 182, 347, 390, 395
「ヂヨイスのユリシイズ」　347
東雲堂書店　6, 97, 385, 387
東海散士　69, 71, 382
『佳人之奇遇』　69, 71, 72, 329, 382
「東京朝日新聞」　257
東京経済大学　345
東京専門学校　33
東京帝国大学　11, 23, 26, 52, 86, 89, 116, 141, 207, 301, 303, 305, 313, 314, 325, 327, 333, 341, 345, 370, 382, 391-393
東儀鐵笛　162
東京俳優学校　333, 384
東京俳優養成所→東京俳優学校
トゥツィチ，スルジャン　220
The Liberators（「解放家」）　220
『童話』　358
徳富蘇峰　73
徳富健次郎　73
『グラッドストン伝』　73
独立劇場　333
戸坂康二　343
ドストエフスキー，フョードル　191
「カラマゾフの兄弟」　194
『罪と罰』　191, 193, 194, 198
トドハンター，ジョン　60
外村繁（外村）　356
富田砕花　43, 117, 315, 381, 391-394, 396
土曜劇場　333
「伝聞」　333
とりで社　333
トレヴェリヤン，ジョージ　73
トロッター，マリー（Trotter）　332, 366
Modern Irish theatre　332, 366

な　行

内藤水翟（濯）　106
長岡光一　345
「トーマス・ジョーンズさんのこと」　345
長岡擴　173, 345
『長岡文芸』　147
仲木貞一　333, 334, 384, 385, 387
「幻の海」（The Shadowy Water）　83

永島今四郎　73
　『第十九世紀政海ノ泰斗グラッドストン公伝』　73
永田助太郎　355
　「我が艨艟」　355
長田幹彦　210
　『祇園』　210
永松定　265, 368, 396
中村不折　73
中村孝雄　367
中村真一郎　346
　『火の山の物語』　346
中村友　341
中村吉蔵　333, 394
　「噂」（*Spraeding the News*）　98, 102, 103, 333, 334, 387
夏目漱石　89, 117, 200, 334, 348, 349
　『永日小品』　334
　「クレイグ先生」　334
　「琴のそら音」　200, 201, 203, 348, 349
『なにはがた』　350
波潟剛　12, 324
成瀬正一　147, 148, 173, 378
　「婚礼当夜（笑劇）」　148
　「仕損じた盗人（ジョン・ハンキン）」　148
南部修太郎　344
西成彦　319, 324, 372, 379
『日本及日本人』　253
日本近代文学館　15, 17, 51, 118-120, 124, 125, 139, 150, 175, 321, 330, 336, 341, 343, 375, 379
　『太陽総目次』　330
『日本詩人』　43, 96, 97, 375, 391-394
丹羽純一郎→織田純一郎
「庭の千草」　69
『人間』　346, 391
ネルーダ，パブロ　5
ネルソン，カイトリン（Caitlin Nelson）　351
ノグチ，ヨネ→野口米次郎
野口米次郎　6-8, 43, 92, 94, 96, 97, 107, 110, 172, 175, 181, 221, 303, 312, 314, 315, 323, 332, 347, 367, 379, 382, 383, 387, 390, 393, 394
　『あやめ草』　6, 94, 95, 106, 323, 332, 382, 383
　「イェーツと西利的性情」　97, 393
　「エーツと能」　97, 324, 390
　「英文学の新潮流　ウキルアム、バトラー、イーツ」　323, 382
　『英米の十三年』　92, 97, 303, 323, 382
　「回想のイエーツ」　43, 97, 393
　「一画家の肖像」　172, 390
　「歌集翡翠の出版せらるゝにあたりて片山夫人に与ふ」　312
　「叙情詩人としてのエーツ」　96, 97, 303, 383
　『豊旗雲』　94
　Seen and Unseen　94
　The Poet Yeats　37, 383
信時哲郎　190, 347
野間宏　315, 349
　「暗い絵」　349
　『黄蜂』　349
　『ジョイス研究』　349
　「自分の内部にあって自分ではないものとのたたかい」　349

は　行

バアカー→グランヴィル=バーカー
バーク，エドマンド　3, 55, 58
バークレー，ジョージ　58
パーネル，チャールズ・スチュワート　72, 73, 78, 179

ハーン，ラフカディオ（Hearn、ヘルン）　3, 16, 26, 41, 42, 86-89, 92, 121, 122, 210, 241, 301, 303, 313, 314, 326, 327, 330, 331, 345, 362-364, 367, 372, 377, 379-382, 386-390
『人生と文学』（*Life and Literature*）　26, 86, 330, 363, 390
"Of Moon-desire"　122
ハイド，ダグラス　37, 53, 59, 85, 104, 238, 240, 333, 383, 384, 387, 390, 395
The Lost Saint（「失踪聖人」）　333
The Poorhouse（「貧民院」）　104, 333, 384
灰野庄平　131, 386, 396
ハウプトマン　149
パウンド，エズラ　7, 8, 221, 222, 324, 374
『能　日本古典演劇の研究』　7
萩原朔太郎　273, 274, 276, 358
『青猫』　276
朴勝喜　11
博文館　35, 73, 74, 105, 330, 332, 382, 383, 390
蓮實重彦　172, 344
長谷川年光　324, 374
秦豊吉　147, 148
「ぢごくと兵士、兵士と小間使（戯曲　シニツツラア）」　148
幡谷正雄　43, 393, 394
服部嘉香　131, 383
早川正信　349
林田弘美　345
林博太郎　311
ハンキン，ジョン　148, 315, 327, 388
ピアス，パトリック　326
ビアス，アンブローズ　325
ビアトリス，ビアトリス・レイン→鈴木ビアトリス
ピーボディ，ジョセフィーン　94
ヒーニー，シェイマス　3
ビーヤス→ビアス
ビクター　256
彦六座　162
ビックレイ，F.　239
「愛蘭土劇運動の記録」　239
J. M. Synge　363-365
日夏耿之介　4, 13, 17, 24, 109, 113, 128-130, 133, 238, 240, 304, 306, 315, 335, 337-339, 367, 368, 385, 392, 396
「愛蘭土文学研究書目」　239
「イェエツの古伝象徴劇」　239, 339, 385
「イェエツ氏小伝」　239
「イェエツ氏書史」　239
「圓右のやうな芥川」　337
「俊髦亡ぶ」　338, 339
「白き鳥」（イェイツ）　239, 385, 387, 389, 394
「夏の露台より」（雛津之介名義）　335, 339, 385
「吉江喬松博士と自分」　338
雛津之介→日夏耿之介
ピネロ，アーサー・ウィング　327
ヒューズ，ジョージ　330
平川祐弘　330, 379, 380
平田禿木　90, 97, 99, 383, 388, 395
「英国詩界の近状」　90, 97, 383
平野萬里　104, 384
「月の出」　102-104, 384, 392, 393
ピランデッロ，ルイジ　214, 220
ピランデルロ→ピランデッロ
ファーカー，ジョージ（Farquhar）　60, 61, 328
ファーガスン，サミュエル　59
フィリップス，ステファン　83
フェイ，ウィリアム→フェイ兄弟
フェイ兄弟　93, 98
フェイ，フランク→フェイ兄弟
フェノロサ，アーネスト　7, 221

『能　日本古典演劇の研究』　7
フェラー，ハロルド（Harold Ferrar）　351
福地桜痴　162
福原麟太郎　43, 376, 393
『不二新聞』　208, 213, 350, 386
藤田福夫　345
『ブックマン』（*The Bookman*）　330
ブラウニング　284
フランス，アナトール　116, 128
「バルタザアル」　116
ブリッジズ，ロバート　90
ブルジョア，モーリス　113, 119, 120, 123, 124, 132, 138, 140, 338
John Millington Synge and the Irish Theatre　17, 113, 118, 119, 121-124, 128, 132, 136, 138, 140, 303, 304, 337
ブレイク，ウィリアム　325, 384, 396
プレイボーイ騒動　102, 104, 332
フロオリッキイ　246
風呂本武敏　329, 367, 372, 397
文芸協会演劇研究所　333
『文芸時報』　347
『文藝春秋』　39, 232, 302, 325, 330, 334, 338, 339, 350, 353, 360, 375, 393, 396
文芸同攻会　31, 208, 209, 211, 351
『文芸百科全書』　106
『文章世界』　51, 327, 335, 359, 388
ベケット，サミュエル　3
ベズルチ　246, 248, 249, 253, 254, 258
「誰人か我に代る」　248, 249, 253, 254, 258
ベナベンテ，ハシント　220, 395
ベルグソン，アンリ　156
ヘルン→ハーン
ボイド，アーネスト（Boyd）　58-60, 138, 328, 339, 363, 372
ホウ，P. P.　124, 294
J. M. Synge　363-365
ポー，エドガー・アラン　331
「無題」（ポー）　331
ポートマントー座　76
ボードレール，シャルル　313
ホーム・スイート・ホーム　256
北星堂書店　215, 328, 370
細田枯萍　310, 385, 387, 388
『近代劇十講』　310, 387
ホッパー，ノラ　85
堀口大學　181, 182, 276, 347, 394
「小説の新形式としての『内心独白』」　181
ボロウ，ジョージ　122
本田増次郎　312

ま　行

マーティン，エドワード　60, 62, 98, 327
The Heather Land（『ヒースの野』）　98
マーテルリンク→メーテルリンク　24
前坂俊之　355
前波清一　10, 161, 164, 343, 374
馬海松　232
マクドナー，トマス　60, 392
マクラウド，フィオナ　25, 150, 175, 369, 393
『かなしき女王』　345, 346
The Works of Fiona Macleod　150, 175
正富汪洋　253
増田周子　355
桝本清　148
「新劇社の馬盗人」　148
升本匡彦　329, 369
松居松翁→松居松葉
松居駿河町人→松居松葉
松居松葉　10, 28, 29, 104, 148, 315, 326, 332, 333, 341, 384-386
「噂のひろまり」（*Spraeding the News*）

104, 332, 333, 384
『松葉脚本集』　332, 341
「茶を作る家」　10, 28, 29, 326, 386
「雪のふる夜」（メイン「誓約」の翻案）　332
松浦一　131
松尾太郎　325, 372
『アイルランドと日本　比較経済史的接近』　325, 372
マッカーシー，ジャスティン（McCarthy）　91, 303, 331, 362, 365
Irish Literature　91, 303, 331, 362, 365
松田良四郎　104, 129, 130, 238, 240, 306, 338, 385
「愛蘭土劇運動の記録」　239
「甕の鍋」（イェイツ）　239, 385
「旅の男」　104
松村みね子　9, 11, 13, 24, 25, 30, 31, 43, 49, 174, 175, 301, 309, 310, 312, 315, 324-326, 338, 345, 346, 367-369, 381, 386-393, 395, 396
「アルギメネス王」　310, 389, 391
『いたづらもの』（シング）　312, 338, 384
『悲しき女王』『かなしき女王』（マクラウド）　345, 346
『翡翠』　174, 312, 389
『シング戯曲全集』　43, 312, 346, 368, 374, 392
『船長ブラスバオンドの改宗』　312, 387
『ダンセイニ戯曲全集』　312
『燈火節』　25, 325, 345
『野に住みて　短歌集＋資料編』　345
「ピアスの詩と戯曲」　30, 301, 326, 392
松本常彦　147, 341
松本寧至　345, 379
『越し人慕情　発見芥川龍之介』　345, 379
丸善　24, 25, 172, 173, 175, 304, 325
丸山薫　43, 45, 46, 48, 49, 301, 315, 395
「汽車にのつて」　395
『幼年』　45, 47
丸山重俊　46
マレイ，T. C.（Murray）　28, 326, 333, 365, 386
Birthright（「兄弟」「兄弟（愛蘭土劇「長男の権利」）」）　29, 333
マローン，アンドリュー・E（Malone）　60-62, 328, 329, 365, 373
The Irish Drama　60, 328, 329, 365
マンガン，ジェームズ・クラレンス　59
満州事変　256
水谷まさる　358
『新訳・世界童謡集』　358
『都の花』　350
宮坂覺　348, 377, 379
『明星』　16, 69, 90, 92, 97, 99, 106, 109, 174, 302, 303, 309, 331, 332, 382, 383, 392, 393
『三田文学』　7, 8, 324, 385, 389-392
ミラー，ウォーキン　94
『未來』　6, 246, 247, 307, 386, 387, 389
ムア，ジョージ　60, 62, 105, 138, 238, 327
「ジョオヂ・モオア「イエエツ、レディー・グレゴリイ及シンヂ」」　131, 338
ムーア，トマス　4, 85, 122, 250, 385
無名会　29, 162, 387
村岡花子　312
室生犀星　358, 390, 393
メイン，ラザフォード　60, 332, 341
「誓約」（*The Troth*）　326, 332, 341
「雪のふる夜」（松居松葉による「誓約」の翻案）　332
メーテルリンク，モーリス　106, 280, 358
L'Oiseau blue（『青い鳥』）　280
モオパスサン→モーパッサン
モーニング・ポスト　43, 215-218, 222, 225, 226, 231, 394

“A Dramatist of Japan”（「ある日本の戯曲家」）　43, 215, 394
モーパッサン，ギ・ド　193
『モダン日本』　232
望月小太郎　73
『第十九世紀政海ノ泰斗グラッドストン公伝』　73
本居長世　358
百田宗治　43
森鷗外　141, 200, 210, 312, 383, 388
モラシュ，クリス（Morash）　332, 365
A History of Irish Theatre　332, 365
森口多里　128, 130
モリス，ウィリアム　23, 338
茂呂公一　344

や　行

矢内原忠雄　325
柳川隆之介→芥川龍之介
柳田國男　16, 26, 27, 301, 326, 384
『石神問答』　26, 27, 301, 384
『遠野物語』　26, 27, 384
矢野峰人　6, 8, 43, 55, 62, 89, 214, 284, 313, 315, 323, 327, 328, 335, 350, 359, 367, 373, 387, 391-394, 396, 397
「愛蘭文学回想　矢野峰人インタビュー」　350
『アイルランド文学史』　55, 327, 328, 370, 373, 396, 397
「菊池寛氏を憶ふ」　323, 351, 394
「師を選ぶなら第一流の人を」　335
矢野禾積→矢野峰人
結城英雄　199, 295, 348, 361, 368, 374
有楽座　148, 333, 387
山敷和男　348
山田朋美　350
山田博光　349
山田正章　324
山梨県立文学館　125-127, 139, 145, 146, 178, 321, 336, 340, 341, 343, 366, 379
山本修二　38, 54, 55, 57, 62, 89, 284, 313, 315, 326-328, 335, 350, 373, 393, 394, 396, 397
『アイルランド演劇研究』　328, 373
『英国愛蘭近代劇精髄』　38, 54, 55, 326, 327, 350, 393
山本実彦　375
「ショウを送りて」　328
山本有三　147, 148
「女親（三幕物）」　148
横瀬夜雨　253
横光利一　203
「機械」　203
吉井勇　210
吉江孤雁→吉江喬松
吉江喬松　129-131, 239-241, 306, 314, 337, 338, 380
「イェーツ研究」　239
『近代詩講話』　241
吉川豊子　345
吉田精一　342
吉増剛造　27, 326
吉本隆明　348
「芥川龍之介の死」　348
「読売新聞」　216, 217, 219, 251, 252, 342, 343, 351, 355, 389, 390, 394
「モーニング・ポスト紙の菊池寛評」　216, 219

ら　行

ラヴァー，サミュエル　241
ラム，チャールズ　275
ラッセル，ジョージ→ A. E.
ランボー，アルチュール　237

リッチー，ジェームズ　73
『大政事家　虞拉土斯頓立身伝』　73
ルナン，エルネスト（Renan，Ernest）　7, 23, 58, 138, 244, 328, 329, 339, 352, 354, 363, 365
Poetry of the Celtic Races, and Other Essays　354, 365
レヴィタス，ベン（Levitas）　326, 327, 332, 365
The Theatre of Nation: Irish Drama and Cultural Nationalism　326, 332, 365
レシェラデウ　246
レナウ，ニコラウス　331
「暮春悲歌」　331
ロイター　173, 345
『浪漫古典』　337
ロード・リットン（ブルワ=リットン，エドワード）　69, 329
ロチ，ピエール　210
「お菊夫人」　210
ロビンスン→ロビンソン，レノックス　214, 333, 395
ロビンソン，レノックス　8, 10, 28, 217, 386, 394-396
『収穫』　28, 386
ロレンス，W. J.（Lawrence）　82, 102, 332, 341, 378

わ　行

ワイルド，オスカー　3, 50, 51, 54, 58, 60, 106, 122, 241, 282, 327, 329, 351, 383-386, 388, 390, 391, 394, 395
若山儀一　325
若松美智子　156, 342
早稲田大学　4, 11, 18, 23, 33, 43, 67, 129, 130, 207, 237-239, 243, 306, 325, 354, 375, 385, 386, 397
『早稲田文学』　13, 16, 33, 36, 69, 104, 107, 108, 207, 237, 302, 309, 325, 332, 337, 339, 354, 383-392, 394
和田桂子　347, 374, 381
渡辺霞亭　350
「阿琴」　350
渡邊修次郎　73
『大政事家　虞拉土斯頓立身伝』　73
和辻哲郎　149, 384
ワトソン，ウィリアム　82, 83, 390